FRANCKE

B. J. Hoff

Doch vergeßt die Heimat nicht

Irish Saga – Band 4

FRANCKE
Verlag der Francke-Buchhandlung GmbH

ISBN 3-86122-149-7

2. Auflage 1995
Alle Rechte vorbehalten
Originaltitel: Sons of an ancient Glory
© 1993 by B. J. Hoff
Published by Bethany House Publishers, Minneapolis, USA
© der deutschsprachigen Ausgabe
1994 by Verlag der Francke-Buchhandlung GmbH
35037 Marburg an der Lahn
Deutsch von Agentur Lardon/Roselinde Päßler
Umschlaggestaltung: Reproservice Jung, Wetzlar
Umschlagillustration: Dan Thornberg
Satz: Druckerei Schröder, 35083 Wetter/Hessen
Druck: St.-Johannis-Druckerei, Lahr 30129/1995

Edition C, Nr. E 43

Inhalt

Teil drei: Licht der Hoffnung — Wunderbare Gnade

Ich habe ihnen die Herrlichkeit gegeben, die du mir gegeben hast,
damit sie eins seien, wie wir eins sind, ich in ihnen und du in mir,
damit sie vollkommen eins seien und die Welt erkenne, daß du mich
gesandt hast und sie liebst, wie du mich liebst.

Johannes 17, 22-23

Neuer Ruhm

*Ein mutiges und stolzes Volk lebte lange Zeit in diesem Lande
Und es ehrte und bewachte diesen Ort —
Oh Jubel, nicht einmal der Söhne Schmach und Schande
vermag jemals den alten Ruhm zu reißen völlig mit sich fort!*

Thomas Davis (1814-1845)

*Killala, Westirland
1. Januar 1801*

Dan Kavanagh eilte aus der Hütte, an der Hand den kleinen Barry, und die harten Worte der Hebamme trafen ihn von hinten wie ein Kugelhagel.

„Du wirst uns hier nichts als Ärger machen, Mann!" schrie Jane O'Dowd mit schriller Stimme hinter ihm her. „Nimm den Bengel mit und dann weg mit euch! Geht doch zu McNally. O'Casey, der *Seanchai*, ist dort und erzählt seine Geschichten. Ich werde euch eine Nachricht schicken, sobald es soweit ist, keine Angst!"

Kein Mann im Dorf würde sich der hitzigen Jane O'Dowd widersetzen. Dan war im Nu verschwunden, dicht gefolgt von dem kleinen Barry. Die beiden älteren Jungen, Niall und Tim, waren, zweifellos in Erwartung der kommenden Ereignisse, bereits am Morgen mit Oran Browne in den Wald gegangen. Dan nahm es ihnen nicht übel; ihm war es nur mit äußerster Anstrengung gelungen, seinem eigenen Drang, davonzulaufen, zu widerstehen. Obgleich er daran zweifelte, daß es dem Geschichtenerzähler gelänge, seine Gedanken von Peg und dem Baby, das versuchte, das Licht der Welt zu erblicken, abzulenken, konnte er der Versuchung nicht widerstehen, sich ein wenig ablenken zu lassen.

Obwohl der Wind an dem Strohdach von McNallys Hütte rüttelte, stand deren Tür offen. Ein ganzer Schwarm von Leuten aus der Stadt hatte sich in der Hütte versammelt, was natürlich bedeutete, daß die Hütte bis zum Bersten gefüllt war. Das war immer so, wenn der *Seanchai*, der Geschichtenerzähler, in das Dorf kam.

Dan nahm den kleinen Barry auf seine Schultern und drängte sich dicht neben die Tür. Er bekam den spindeldürren O'Casey mit dem silbergrauen Haar, der sich auf einem Stuhl neben dem Feuer niedergelassen hatte, nur kurz zu Gesicht. Von vermutlich dem gesamten McNally Clan und einer beachtlichen Anzahl von Dorfbewohnern umringt, hätte der umherziehende Geschichtenerzähler hofhalten können; in der Hütte herrschte völliges Schweigen, und die Mienen aller Anwesenden waren gespannt.

Einen Augenblick später wußte Dan, daß O'Casey soeben die neueste Nachricht aus Dublin City überbrachte, wo an diesem Tag – dem bedeutungsvollen ersten Tag eines neuen Jahrhunderts – der verhaßte *Act of Union*, der Zwangsanschluß Irlands an Großbritannien, in Kraft trat.

„Doch was wird aus dem Parlament?" fragte der hochgewachsene Tommy Conlon. „Aus unserem irischen Parlament?"

„Irisches Parlament, ja tatsächlich!" schnaubte O'Casey. „Ab heute *gibt* es kein irisches Parlament mehr; außerdem war es niemals mehr als ein schlechter Scherz." Der Geschichtenerzähler schürzte die Lippen. „Von nun an werden Irland und England wie ein Land sein. Unser Land gehört jetzt der Britischen Krone, genauso ist das."

„Wie auch unsere Seelen", murmelte Frank Duggan, ein breitschultriger Bauer, der dicht am Feuer hockte.

Bei diesen Worten griff ein dumpfer Schmerz nach Dans Herz, obgleich die Nachricht O'Caseys nur eine Bestätigung dessen darstellte, was er bereits befürchtet hatte. Ab heute würde das Volk keinerlei Anspruch mehr darauf haben, über die Belange ihres eigenen Landes mitzubestimmen. In einem widerlichen Spektakel von Gewalt, Bestechung und Betrug hatte man den Zusammenschluß Irlands und Großbritanniens geschmiedet, und den Iren blieb nichts anderes übrig, als damit zu leben.

Und vermutlich auch damit zu sterben ...

Wie eine unheilverkündende dunkle Wolke lag die Wirklichkeit dieses Zusammenschlusses über diesem Tag und drohte zu verderben, was sonst zu einem wunderbaren Ereignis geworden wäre. Denn jeden Augenblick würde Peggy ein Kind gebären – das erste, dessen Vater Dan war.

Die anderen drei Jungen waren die Söhne seines toten Bruders. Nachdem Brian im Jahre '98 wegen Hochverrats gehängt worden war, hatte Dan Peggy zur Frau genommen und die Jungen zu seinen Kindern gemacht. Der heutige Tag würde die erste Frucht ihrer Ehe ans Licht bringen, und er sollte wirklich an nichts anderes denken.

Doch der Schmerz um sein Land wollte nicht von ihm weichen, nicht einmal bei dem Gedanken an ein neugeborenes Kind. Eine über Jahrhunderte während Unterdrückung durch die Engländer hatte schließlich auf diese Weise geendet, mit der größten Demütigung für Irland. Ein Zusammenschluß auf dem Papier, ungewollt und verabscheut – ein abscheuliches Produkt von Korruption, welches das Volk an einen Feind fesselte, der sie nicht einmal als Menschen betrachtete.

Ein Stoß von dem jungen Emer Costello, der neben ihm stand, brachte Dan in die Wirklichkeit zurück. Er blickte auf und sah, wie John McNally den Jungen und ihn hineinwinkte.

„Es ist zu kalt für den Kleinen", sagte McNally, während er auf Barry zeigte, der zitternd in dem eisigen Wind stand. „Bring ihn nach drinnen. Wir machen Platz."

Dan zwängte sich an der Menge vorbei und zog den kleinen Barry durch die schmale Tür. Wie in seiner eigenen Hütte gab es auch in McNallys zwei Räume, deren Fußboden aus Steinen aus den Bergen bestand. An einer Wand lehnte eine grobgezimmerte Holzkiste, in der ein paar Stücke gesprungener Keramik und einige Teller aufbewahrt wurden. In der Ecke, in der Nähe des Schornsteins, befand sich das Strohlager, über das eine schwere graue Decke gelegt war. Das Torffeuer war heruntergebrannt, schien aber dennoch nach dem scharfen, schneidenden Wind eine wohlige Wärme zu spenden.

Während sich Dan mit Barry unter die Familie mischte, nickte er O'Casey repektvoll zu, der jedoch keinerlei Notiz davon zu nehmen schien. Offensichtlich in seine eigenen trübsinnigen Gedanken versunken, hatte das feingezeichnete Gesicht des Geschichtenerzählers einen verdrießlichen Ausdruck angenommen, während er mit den Händen sein Knie umklammerte.

„Zusammenschluß!" zischte er und spie das Wort so haßerfüllt aus, daß es zu einem Fluchwort wurde. „Das ist nichts anderes als eine Vergewaltigung dieses Landes, ja in der Tat nichts anderes! Die Engländer haben uns wiederum heimgesucht, diesmal mit Hilfe unserer eigenen Politiker!"

„Man sagt, daß die Stimmen alle gekauft waren, jede einzelne bis auf die letzte von ihnen!" bemerkte der älteste Sohn der McNallys aus der hinteren Ecke.

„Gekauft, gezwungen, bestochen!" gab der Geschichtenerzähler zurück. „Jedes niederträchtige Mittel, das die Krone ersinnen konnte, wurde benutzt. Doch sind uns die meisten davon nicht schon lange vertraut?" Plötzlich beugte sich der grauhaarige alte Mann auf dem Stuhl nach vorn, als sei er erschöpft.

Dan hatte O'Caseys Schweigen schon oft erlebt und wußte, daß es Stunden dauern konnte, bevor er wieder zu sprechen begann.

Warum auch nicht! Was gab es denn noch zu berichten? Die Schandtat war vollbracht und nicht mehr rückgängig zu machen, zumindest nicht in absehbarer Zeit. Möge Gott ihnen allen beistehen.

Manche behaupteten, der Zusammenschluß sei eine gute Sache für Irland, die dem Land Anteil an den Reichtümern der Krone und gleiche Rechte für alle — selbst für die Katholiken und Pächter — bringen würde. Andere hingegen — und Dan wußte, daß sie die Lage besser einzuschätzen verstanden — behaupteten, daß das neue Gesetz nur dazu diente, Irland völlig der Herrschaft der britischen Unterdrücker zu unterwerfen und daß der Zusammenschluß tatsächlich das Ende der wenigen Freiheiten bedeutete, die sich die Iren noch bewahrt hatten.

Dan wußte, daß er nicht so klug wie manche anderen Männer war, doch er konnte sich nichts anderes vorstellen, als daß der Zusammenschluß mit ihrem jahrhundertelangen Feind nur weiteres Unheil über Irland bringen würde.

Bevor er sich diesen traurigen Gedanken noch weiter hingeben konnte, wurde die Stille in der Hütte durch ein Rufen von draußen durchbrochen. Er hob den Kopf und hörte, wie jemand seinen Namen rief.

„Dan Kavanagh! Wo ist Dan Kavanagh?"

Dan nahm Barry auf den Arm und bahnte sich einen Weg durch die Menge. An der Tür angekommen, sah er den jungen Joey Mahon über den Hof eilen. Das schmale Gesicht des Jungen war rot und seine Augen glühten vor Aufregung.

In seiner Eile stolperte der Junge, richtete sich wieder auf. „Du sollst sofort nach Hause kommen!" krächzte er, während er von einem Fuß auf den anderen hüpfte. „Jane O'Dowd hat mir gesagt, ich soll dich sofort nach Hause holen!"

Dan wurde von Panik erfaßt. Er drückte den kleinen Barry so fest an seine Brust, daß dieser protestierend aufschrie. „Das Baby ist da?" stieß er hervor.

Auf Joey Mahons schmalem Gesicht erschien ein breites Grinsen. „Nein, nicht *das* Baby, Dan! Oh nein! *Die* Babies! *Zwei* Babies, sagt Jane O'Dowd!" Der Junge hielt inne, um Luft zu holen. „Du hast zwei Söhne bekommen, sagt Jane, und du sollst dir Feuer unter die Beine machen und sofort nach Hause kommen!"

Dan starrte den Jungen an. Benommen umklammerte er Barry, um das Zittern seiner Hände zu beruhigen. „Zwei?" sagte er, überzeugt, daß er nicht richtig verstanden hatte.

Joeys Kopf schnellte nach oben „Ja, *zwei*!" beharrte er, während sein Kinn sich auf und nieder bewegte.

„Zwei", wiederholte Dan leise für sich selbst, „zwei Söhne."

Das war mehr, als er sich vorstellen konnte. Wie angewurzelt stand er da und starrte Joey Mahon verdutzt an. Das besorgte Murmeln neben ihm schwoll zu Verwunderungsrufen, dann zu lautem Lachen und Gratulationen an. Männer kamen auf ihn zu. Einige bekreuzigten sich, andere klopften Dan auf die Schulter oder schüttelten ihm die Hand.

In Dans Kopf schwirrte es wie in einem Bienenschwarm, doch schließlich kam Leben in seine Beine. Er befreite sich von den Gratulanten und rannte los. Der kleine Barry gluckste laut in seinen Armen.

Joey Mahon trabte neben ihnen her, seine Worte im Lauf abgehackt hervorstoßend. „Wie werdet ihr die beiden nennen, Dan? Jetzt braucht ihr zwei Namen, nicht nur einen!"

Ohne im Lauf innezuhalten, schaute Dan ihn an. *Namen?* Sie hatten bereits einen Namen ausgewählt: Brian, für seinen toten Bruder. Doch sie hatten bestimmt auch nicht im geringsten daran gedacht, daß sie *zwei* Namen brauchen würden!

„Und was wird mit der Harfe, Dan?" zirpte Joey Mahon weiter. „Wer wird jetzt die Harfe der Kavanaghs bekommen, nachdem dir zwei Söhne geboren sind?"

Dan blickte angespannt zu dem Jungen. Diese Frage zumindest bedurfte keiner Entscheidung seinerseits. „Nun, die Harfe gehört meinem Erstgeborenen", erwiderte er und verlangsamte seinen Lauf ein wenig, während sie an der Hütte der Quigleys vorüberkamen. „Dem ältesten Sohn des ältesten Sohnes. Als mein Bruder Brian tot war, bekam ich die Harfe. Nun wird sie dem Älteren der Zwillinge gehören – Brian soll er heißen, nach seinem Onkel. So ist es recht."

Ein feiner, kalter Regen hatte eingesetzt, als sie McNallys Hütte verlassen hatten, und der Boden begann bereits aufgeweicht und schlüpfrig zu werden. Als sie um die Ecke liefen und in den Weg einbogen, der zu ihrer Hütte hinaufführte, torkelte Joey Mahon und wäre beinahe gegen Dan gefallen. Dan streckte eine Hand aus und hielt inne, um den Jungen zu halten. Dabei stellte er Barry auf den Boden. „Nun, mein Junge", sagte er zu Joey Mahon. „Könntest du dich ein bißchen um Barry kümmern, während ich hineingehe?"

Der Junge nickte und nahm Barrys runde Kinderhand in seine. „Jawohl, Dan, ich werde ihn mit zu mir nach Hause nehmen. Du wirst eine Weile bei den neugeborenen Söhnen bleiben wollen, nehme ich an."

Etwas im Blick des kleinen Barry ließ Dan zögern. Der kleine Bursche schaute Dan an, als fühlte er sich verlassen. Einen Augenblick später hatte Dan seine Meinung geändert und nahm den Jungen wieder hoch.

„Auf der anderen Seite", sagte er, das Kind im Arm haltend, „ist es vielleicht am besten, er bleibt bei mir. Und bestimmt", fügte er mit einem Lächeln hinzu, „wird Barry sich freuen, seine neuen Brüder kennenzulernen."

Joey Mahon blickte ein wenig enttäuscht drein, nickte jedoch nur und erwiderte höflich, wie es seine Art war: „In Ordnung, Dan. Dann gehe ich jetzt. Du kannst später nach mir schicken, wenn ihr Hilfe braucht."

Einen Augenblick blieb Dan stehen und sah zu, wie der kleine einsame Junge die Straße hinunterlief, dessen Mutter bei seiner Geburt verstorben war. Bei diesem Gedanken drückte er Barry noch fester an sich, um sich dann in schnellem Lauf auf den Weg zur Hütte zu begeben.

Nun war es doch noch ein guter Tag geworden. Laßt den Zusammenschluß mit England sein – was soll es schon? Ein Mann sollte sich an einem Tag wie diesem nicht den Kopf über Politik zerbrechen. Später würde noch Zeit genug sein, um über solche ernsten Dinge nachzudenken.

Für einen Mann, der seinen Köcher mit Söhnen gefüllt hatte, galt es, an wichtigere Dinge zu denken. „Das stimmt doch, mein Sohn?", sagte er zu dem kleinen Jungen mit dem runden Gesicht in seinem Arm, während sie sich der Tür ihrer Hütte näherten. „Ein Ire mit fünf Söhnen unter seinem Dach hat über bedeutendere Dinge nachzudenken als den Anschluß an England. In der Tat, über Wichtigeres, Gott sei es gedankt."

Ja, und gab es nicht einige Dinge, die England Irland nicht rauben konnte? Den Ruhm der Vergangenheit dieser Insel und die Hoffnung auf ihre Zukunft wurde mit jedem tüchtigen Sohn, der einem Mann geboren wurde, erneuert.

Und so wollte es Dan Kavanagh scheinen, daß er mehr als genug für sein Land getan hatte.

Teil eins

Licht der Verheißung

Neuanfänge

*Denn ich weiß wohl, was ich für Gedanken über euch habe, spricht
der Herr: Gedanken des Friedens und nicht des Leides, daß ich euch
gebe Zukunft und Hoffnung.*

Jeremia 29,11

1. Kapitel

Ein Nachmittag im Park

Doch ein kleiner Rebell
sah bei allem lachend zu ...

Alice Milligan (1886 —)

Brooklyn
10. Mai 1849

Der kleine Tom Fitzgerald lachte, als er den Frosch am Rand des Teichs erspähte. Es war nur ein kleiner Ochsenfrosch, doch bestimmt groß genug, um ein wenig Spaß mit ihm zu haben — und auch groß genug, um *Mädchen* damit zu erschrecken.

Über die Schulter blickend, sah er, daß seine Schwester Johanna und ihre Freundin Dulcie sich auf der Seite des Parks aufhielten, wo der Wald begann. Sie suchten nach einem Nest junger Hasen, das sie gestern entdeckt hatten.

Die blonde Dulcie kicherte. Dulcie kicherte immerzu, weil sie ein Mädchen war, und sie war dumm. Tom vermutete, daß Johanna auch kichern würde, wenn sie es könnte. Doch seine große Schwester konnte weder hören noch sprechen, und so gab sie nur ihr lustiges „Flüsterlachen" über Dulcies Dummheiten von sich.

Tom fand Dulcie kein bißchen witzig. In Wahrheit mochte er das Nachbarsmädchen, das direkt neben ihnen wohnte, eigentlich überhaupt nicht sehr. Sie behandelte ihn wie ein Baby und neckte ihn, indem sie ihn „kleiner Tom" nannte, obwohl er sie schon gewarnt hatte, es nicht zu tun.

Alle außer der alten herumkommandierenden Dulcie nannten ihn inzwischen einfach nur „Tom". Er war schließlich vier Jahre alt, und bald wurde er fünf, so daß es an der Zeit war, ihn als den großen Jungen zu behandeln, der er war. Tante Nora und Onkel Evan versuchten es, wenn sie es auch oft vergaßen. Johanna behandelte ihn noch wie ein kleines Baby, aber irgendwie machte ihm das von seiner Schwester nicht soviel aus.

Trotzdem hatte sie ihn heute nachmittag im Park ziemlich gereizt. Zu sehr darauf bedacht, die Häschen wiederzufinden, um auf Tom zu achten, war sie ihm nicht einmal zu Hilfe geeilt, als Dulcie begonnen hatte, ihn zu necken und herumzukommandieren. Schließlich war er seiner eigenen Wege gegangen, um sich etwas Interessanteres zu suchen als einfältige Mädchen oder kleine Hasen.

Dann hatte er den Frosch entdeckt. Das sonderbar ausschauende Wesen saß einfach nur da, am Rand des Teichs. Als Tom sich einige Schritte auf ihn zu bewegte, hatte er sich immer noch nicht von der Stelle gerührt. Ja, es schien beinahe, als freute er sich, Gesellschaft zu haben.

Nun blickte Tom noch einmal von den Mädchen zu dem Frosch, steckte die Hände in die Taschen seiner Knickerbocker und ging weiter auf den Teich zu. Er ging bewußt langsam, damit der Frosch nicht bemerkte, daß er ihn fangen wollte. Ab und zu stieß er mit einem Fuß gegen einen Stein, um vorzutäuschen, daß er nichts anderes im Sinn hatte, als ein wenig durch den Park zu schlendern.

Er stellte sich vor, er wäre ein indianischer Krieger, wie sie in Onkel Evans Gutenachtgeschichten vorkamen. Ein Krieger, das wollte er heute sein, ein Krieger, der auf dem Weg zum Fluß war, wo er sein Kanu ins Wasser lassen und Fische für seine Familie fangen würde.

Tom war sich nicht ganz sicher, ob indianische Krieger eigentlich auch angelten oder nicht. Er schaute an sich herab und runzelte die Stirn über die Stiefel, die Tante Winnie ihm anzuziehen befohlen hatte, weil es im Park schlammig war. Eines wußte er ziemlich genau: ein indianischer Krieger trug *keine* Stiefel.

*   *   *

Während sie in ihrem Bett saß, noch ruheloser und gelangweilter als gewöhnlich, sah Nora Whittaker zu, wie Evans Tante Winnie die anfallenden Arbeiten im Haushalt erledigte — Arbeiten, die sie eigentlich tun sollte.

Die ältere Frau schwebte durch das Zimmer wie eine Ballerina und summte fröhlich vor sich hin, während sie flink mit einem Federwisch über die Möbel wischte. Obwohl sie sich darüber ärgerte, so nutzlos zu sein, mußte Nora lächeln. Zierlich und flott sah Tante Winnie in ihrem rosa Morgenkleid aus, das blonde Haar hübsch frisiert. Ja, sie sah in der Tat so aus, als sollte sie in der Fifth Avenue zum Tee einladen, anstatt eine Wohnung in Ordnung zu halten.

Evans Tante erwiderte Noras Lächeln, wobei sie sich anmutig drehte und ein paarmal flink über den Schrank wedelte. Dann blieb sie, als wollte sie ihr Werk bewundern, in einiger Entfernung stehen, nickte zufrieden und setzte sich dann an Noras Bett.

„Du liegst hier und innerlich schäumst du vor Wut, weil du nicht aufstehen und deine Arbeit tun kannst", sagte sie und nahm Noras Hand. „Das kann ich verstehen."

Noras Lächeln wich einem Seufzen. „Ja, das stimmt. Ich fühle mich so —"

„Gelangweilt?"

„Ja, aber vor allem fühle ich mich schuldig und vollkommen nutzlos."

„Aber du bist *nicht* nutzlos, und ganz bestimmt hast du keinen Grund, dich schuldig zu fühlen! Oh, ich weiß, du mußt es gründlich satt haben, immer nur im Bett zu liegen, doch für dein Baby zu sorgen ist viel, viel wichtiger als Hausarbeiten zu erledigen, meine Liebe!"

„Ja, ich weiß", pflichtete Nora ihr bei. „Ich habe einfach nicht damit gerechnet, so lange im Bett liegen zu müssen. Es scheint als würden die nächsten zwei Monate sich ewig hinziehen!"

„Aber das werden sie nicht", sagte Tante Winnie ganz praktisch. „Und in der Zwischenzeit mußt du daran denken, daß sich am Ende alles auszahlen wird. Und", fügte sie in einem Ton hinzu, der keinen Widerspruch duldete, „du mußt auch daran denken, daß es mir nichts ausmacht, dir zu helfen. Wirklich nicht, im Gegenteil, mir macht es wirklich Spaß. Ich hatte sonst noch nie einen Haushalt zu führen, weißt du."

Als sie Noras verdutzten Blick sah, erklärte Tante Winnie weiter: „Mein erster Mann, George Mountjoy, war unheimlich reich — hat dir Evan nicht von ihm erzählt? Du meine Güte, selbst Georges *Diener* hatten Diener!" Sie faßte sich mit der Hand an die Wange. „Mein lieber George; wir waren erst sieben Jahre verheiratet, als er verstarb."

Sie hielt inne und glitt mit einer Hand über ihre makellose Frisur. „Mein nächster Mann, Neville, war eigentlich nicht reich. Doch er entstammte einer altehrwürdigen Familie. Die Diener waren alt wie auch die ganze Familie. Neville hatte jedoch eine ganze Schar von Dienern, so daß ich nie etwas im Haus zu tun brauchte, außer", fügte sie mit einem tiefen Seufzer hinzu, „Tee auszuschenken."

Nora wußte beim besten Willen nicht, ob sie lachen oder Tante Winnie ihr Mitgefühl aussprechen sollte. So drückte sie ihr teilnahmsvoll die Hand — eine kleine, zarte, sorgsam manikürte Hand. „Ich kann mir nicht vorstellen, wie du das gemeistert hast! Ich meine, zweimal Witwe zu werden. Als Owen — mein erster Mann — starb, wollte ich auch sterben."

„Ich weiß", sagte Evans Tante und wieder seufzte sie leise. „Aber man muß sein Bestes tun." Sie sah Nora an, und ihr Gesicht hellte sich wieder auf. „Und im Augenblick mußt du dein Bestes tun, um stark und fröhlich zu bleiben. Für das Baby. Und natürlich auch für Evan. *Sieh* nur, wie glücklich du ihn gemacht hast. Es ist so gut für Evan, dich zu haben, wirklich Nora!"

Nora wandte ihren Blick ab. „In letzter Zeit fühle ich mich eher wie eine Last als ein Segen für Evan", bekannte sie leise. „Der Mann hat wenig, worauf er sich jeden Tag freuen kann, wenn er nach Hause kommt. Eine kranke Frau, die nichts anderes tun kann als im Bett zu liegen wie ein großer Klotz."

„O nein!" schalt Tante Winnie. „Was für ein dummes Geschwätz! Solange Evan *dich* hat, wenn er nach Hause kommt, wirst du nie eine Klage von ihm hören, das kann ich dir versichern! Du meine Güte, seine Augen strömen jedesmal vor Liebe über, wenn er dich anschaut. Ja, wenn mich ein Mann so anschauen würde, wie mein Neffe *dich* ansieht, ich würde geradewegs in Ohnmacht fallen, wirklich!"

Nora lachte. „Ich glaube, dann solltest du bei Mr. Farmington lieber auf der Hut sein."

„Ich habe keine Ahnung, wovon du sprichst", erwiderte Evans Tante, und auf ihren Wangen erschien ein Hauch von einem rosa Schimmer.

Nora zog eine Augenbraue hoch, doch Tante Winnie fuhr fröhlich lächelnd fort: „Lewis ist ein sehr charmanter Mann."

„Das ist er tatsächlich", erwiderte Nora.

„Nun", sagte die andere, während sie aufsprang: „Ich muß weiter Staub wischen, meine Liebe. In wenigen Augenblicken werde ich auch beginnen, das Abendessen vorzubereiten, bevor Lewis und Evan von der Werft kommen."

„Vielleicht würde Mr. Farmington mit uns essen, wenn du ihn bittest", schlug Nora vor.

„Oh, das können wir nicht, Liebes! Lewis führt mich heute abend aus; wir wollen Macready im Astor Place Theater sehen. Ich werde mich hier umziehen, so daß wir nicht erst an meiner Wohnung anzuhalten brauchen."

Sie ging zur Tür, dann wandte sie sich noch einmal um. „Und von dir, meine Liebe, möchte ich, daß du das Gleiche tust wie ich, wenn *ich* versucht bin, mich selbst zu bemitleiden."

Erst jetzt wurde Nora bewußt, daß sie sich tatsächlich selbst bemitleidet *hatte*, und sie schaute Tante Winnie verdutzt an.

„Ich nehme Bleistift und Papier und schreibe alles auf, wofür ich dankbar bin. Nachdem ich alles einzeln aufgelistet habe, lese ich mir die Liste laut vor. Wenn ich mit Vorlesen fertig bin, habe ich bereits vergessen, warum ich so trübsinnig gestimmt war." Sie hielt inne. „Soll ich dir Schreibpapier bringen, Liebling?"

Wieder mußte Nora lachen. „Ja, bitte, Tante Winnie." Evans Tante strahlte. „Wunderbar! Ganz oben auf deine Liste schreibst du natürlich Evan und eure wundervollen Kinder; und das Kleine, das unterwegs ist."

„Und *dich*, Tante Winnie", erklärte Nora aufrichtig. „Du wirst auch ganz oben auf meiner Liste stehen. Du bist für uns alle ein besonderer Segen."

* * *

Als er am Ufer des Teichs angelangt war, blickte Tom an sich herunter. Er entdeckte, daß sein Hemdzipfel heraushing und grinste. Wenn Johanna es sehen könnte, würde sie mit dem Finger drohen. Wenn es darum ging, das Hemd ordentlich in die Hose zu stopfen oder die Nase sauber zu putzen, war sie genauso schlimm wie Tante Nora.

Mit einem Blick nach hinten vergewisserte er sich, daß die Mädchen immer noch außer Sichtweite waren. Dann wandte er sich wieder dem Ochsenfrosch zu.

Wenn der Frosch wußte, daß er gejagt werden sollte, schien das Spiel ihm zu gefallen. Er war auf einen alten umgefallenen Baumstamm gesprungen, der quer über das schmale Ende des Teichs lag. Nun saß der Frosch da und betrachtete Tom mit seinen dicken, hervorstehenden Augen, als wollte er herausfinden, was als nächstes käme.

Tom grinste den Frosch an und trottete weiter. Dabei stellte er sich vor, wie die Mädchen kreischen würden, wenn er ihnen den alten Frosch ins Gesicht werfen oder, was noch besser war, unter Dulcies Unterröcke stecken würde.

Sein Grinsen wurde noch breiter und er ging schneller.

Ich werde dich kriegen, ganz bestimmt, du komischer alter Frosch. Ich werde dich kriegen und die Mädchen zu Tode erschrecken!

Als Tom den knochigen Baumstamm erreicht hatte, sah er sich den Teich genauer an. An dieser Stelle war das Wasser beinahe völlig von großblättrigen Pflanzen und anderem grünen schleimigen Zeug bedeckt. Tom fand den Teich ein bißchen unheimlich mit allem, was aus ihm herauswuchs.

Dann wandte er sich wieder dem Frosch zu und beobachtete, wie er seine Zunge heraussteckte, um eine Mücke aus der Luft zu fangen. Tom ahmte es mit seiner Zunge nach, dann lachte er und trat behutsam auf den alten Stamm.

In den hervorstehenden Augen des Froschs war nichts von Furcht zu lesen, und so kam Tom zu der Überzeugung, daß alles noch einfacher würde, als er gedacht hatte.

Schritt für Schritt ging er auf den Frosch zu.

„Ich komme, um dich zu fangen, alter Ochsenfrosch. Du und ich, wir werden gemeinsam großen Spaß haben, bestimmt! Beweg dich bloß jetzt nicht. Bleib ... genau ... da ...“

Plötzlich glitt Toms Fuß von dem Baumstamm ab. Sein Herz begann zu rasen. Er rutschte, torkelte, bevor er sich schließlich wieder aufrichten konnte.

Der Frosch blieb regungslos sitzen und starrte ihn an. Das wilde Klopfen seines Herzens ignorierend, fragte sich Tom, ob Tiere denken konnten, und wenn ja, was dieser Frosch jetzt wohl dachte.

„Möchtest du spielen, alter Ochsenfrosch? Willst du mir helfen, die Mädchen zu erschrecken?“

Eine Wolke schob sich vor die Sonne, und der Nachmittag erschien mit einem Mal dunkel, als wollte sich der Himmel auf den Teich herabsenken. Der Wind, der schon den ganzen Nachmittag über geweht hatte, wurde schärfer. Er pfiff über das Wasser, und Tom begann in seinen Hemdsärmeln zu frieren. Nun wünschte er sich, er hätte auf Tante Nora gehört und seine Jacke übergezogen.

Inzwischen war er dem Ochsenfrosch so nahe gekommen, daß er ihm beinahe in die Augen schauen konnte. Als das Tier weiter seelenruhig sitzenblieb, ging Tom langsam auf die Knie, um sich dann auf den Bauch zu legen. Den Baumstamm umklammernd, kroch er vorwärts, die Augen stets auf den Frosch geheftet.

Doch er hatte nicht mit der rauhen, zersplitterten Rindes des Stammes gerechnet. „Mist!“ Er zuckte zusammen, als die harte Rinde dort, wo sein Hemd heraushing, seine zarte Haut zerkratzte.

Plötzlich, wie durch Toms ruckartige Bewegung gewarnt, sprang der Frosch vom Baustamm herunter in den Teich.

„Mist!“ rief Tom wieder, diesmal lauter, während er im Kriechen innehielt und zusah, wie der Frosch im Wasser verschwand.

* * *

Johanna schnappte entsetzt nach Luft, als sie auf der anderen Seite des Parks eine große schwarze Katze in den Wald trotten sah. Ein kleines Fellbündel im Maul haltend, stolzierte sie beinahe voller katzenhafter Genugtuung.

Sie packte Dulcie am Ärmel ihres Kleides und zeigte aufgeregt zu der Katze. Das kleinere Mädchen öffnete den Mund zu einem empörten Schrei. Dann liefen sie beide los.

Mit ihren langen dünnen Beinen war Johanna viel schneller als Dulcie. Während sie rannten, fuchtelten sie mit den Armen und Dulcie schrie, in der Hoffnung, daß die Katze erschrocken das Häschen fallen lassen würde.

Johanna begann zu weinen, während sie zwischen den Bäumen hindurchjagten, und ihr Herz krampfte sich zusammen, als sie den kleinen Hasen in den Fängen der Katze sah. Ihre Röcke noch höher raffend, überwand sie behende verrottende Baumstümpfe und Dornengestrüpp, die Augen stets auf die Katze geheftet.

Den kleinen Hasen im Maul, jagte die Katze weiter in den Wald hinein, jedoch rannte sie nun ziellos erst in die eine, dann in eine andere Richtung, als wüßte sie nicht genau, wo sie am besten entfliehen konnte.

Johanna war Dulcie weit voraus und hatte beinahe die Höhe der Katze erreicht. Das Tier tat so, als nähme es keine Notiz von ihr und drehte, gegen den Wind ankämpfend, nach rechts ab. Doch Dulcie kam laut schreiend und wild mit einem Zweig fuchtelnd von der anderen Seite, der Katze den Weg abschneidend.

Das Tier schien plötzlich jegliche Orientierung verloren zu haben, rannte erst in die eine, dann in die entgegengesetzte Richtung. Schließlich ließ die Katze ihre winzige Beute fallen und lief in wilder Jagd mitten in den Wald hinein.

Johanna bückte sich, um den jungen Hasen aufzunehmen, mit einem Handrücken über ihre Augen wischend. Das arme Häschen an sich gedrückt, stand sie wieder auf. Sie spürte, wie das kleine Herz des Hasen unter ihrer Hand raste und dachte, daß das Häschen sich vielleicht vor ihr genauso fürchtete wie vor der Katze.

Plötzlich fiel ihr etwas ein. *Wie lange waren sie schon fort? Der kleine Tom ... er war die ganze Zeit allein ...*

Mit der freien Hand bedeutete sie Dulcie, daß sie sofort zum Park zurückmußten!

* * *

Den Atem anhaltend, umklammerte Tom den Baumstamm und wartete. Es mußte schon viel Zeit vergangen sein, seitdem der Frosch verschwunden war. Der Wind blies jetzt noch stärker, peitschte das Wasser im Teich und heulte zwischen den Bäumen.

Tom zitterte am ganzen Leib, nicht nur vor Kälte, sondern auch aus Enttäuschung darüber, den Frosch verloren zu haben. Fest an den Baumstamm geklammert, starrte er in den Teich. Doch unter den Seerosenblättern und den anderen rankenden Pflanzen, die in dem Teich wuchsen, konnte er nichts sehen.

„Komm hierher zurück, du alter Ochsenfrosch!" forderte er. Er war zornig auf den Frosch und noch zorniger auf sich selbst, daß er ihn entwischen lassen hatte.

Jetzt hatte er für seine Mühen nichts aufzuweisen außer einem zerkratzen Bauch und jämmerlichem Frösteln. Noch einmal, doch eigentlich schon ohne jede Hoffnung, teilte er mit einer Hand das Wasser und versuchte, etwas von dem Tier, das ihn überlistet hatte, zu erspähen. Als er nichts sah, begann er schließlich, auf dem Baumstamm rückwärts zu kriechen.

Das war noch schmerzhafter als vorwärts, die aufgesplitterte Rinde schürfte an seinem Bauch und zerkratze seine Hände. Tom hielt inne und ging behutsam auf die Knie. Dann, sich mit beiden Händen an dem Stamm abstützend, richtete er sich auf. Als zu seiner Linken dicht neben ihm etwas ins Wasser platschte, gefolgt von einem heftigen Windstoß auf der anderen Seite, drehte Tom sich ruckartig um. Er schwankte, ein Fuß glitt aus. Er suchte mit den Armen nach Halt, fand aber nichts als Luft. Mit einem grellen Aufschrei stürzte er von dem Baumstamm in das dunkle Wasser des Teichs.

Tom ging schnell unter. Seine schweren Stiefel zogen ihn wie Mühlsteine nach unten. Er versuchte zu schreien, schluckte stattdessen jedoch immer mehr von dem ekligen Teichwasser.

Wild um sich schlagend, tauchte er wieder auf, und noch einmal — verzweifelt suchten seine Hände nach dem Baumstamm, nach irgendeinem Halt. Doch fand er nichts als seilartige Ranken, und dichtstehende Seerosenblätter und andere Pflanzen verdunkelten ihm bald jegliche Sicht.

Tom glaubte, er habe jemanden schreien gehört und öffnete den Mund zu einem Hilferuf. Stattdessen verschluckte er sich an dem bitteren Wasser, das mit voller Wucht in seine Lungen strömte.

Schmerz quälte sein Herz, seine Lungen, seine Kehle. Tränen des Entsetzens vermischten sich mit dem Wasser des Teichs, als er noch einmal versuchte zu schreien. Panik erfaßte ihn. Wild schlug er um sich und kämpfte mit letzter Kraft gegen das Wasser an. Noch einmal tauchte er auf und stieß mit dem Kopf gegen etwas Hartes.

* * *

Kurz bevor sie die Lichtung erreichten, hielten die Mädchen inne, um den kleinen Hasen sicher in sein Nest zurückzustecken.

Als sie aus dem Wald herauskamen, machte Dulcie Johanna darauf aufmerksam, daß jemand im Park schrie. Johanna hob den Kopf und schaute angestrengt zum Teich hinüber.

Es wehte ein eisiger Wind, und die Sonne war hinter den Wolken verschwunden. Der Nachmittag war bitterkalt und trübe geworden. Johannas Augen hefteten sich auf eine Frau, die am Rand des Teiches stand. Ihr gegenüber standen zwei ältere Herren.

Johanna begann zu laufen, die Augen weiter auf die Frau gerichtet, die eine Haube und ein mit einem Volant besetztes Kleid trug. Noch ein paar Schritte weiter und Johanna konnte erkennen, daß die Dame etwas hielt, das wie ein Herrenmantel aussah.

Johanna erschauderte. Einen Augenblick hielt sie inne und spürte, wie ihre Beine bleischwer wurden. Dulcie berührte ihren Arm, und Johanna schaute sie an, bevor sie ihre Augen wieder zum Teich richtete.

Verzweifelt hielt sie Ausschau nach einem Zeichen von dem kleinen Tom. Ihr stockte der Atem, als sie sah, wie die junge Frau den Mantel zu Boden legte und in einer verzweifelten Geste die Hände vor ihr Gesicht hielt. Gleichzeitig traten die beiden älteren Herren auf der anderen Seite des Teichs noch näher an das Wasser heran.

Erst jetzt sah Johanna den Mann, der, bis zur Brust im Wasser stehend, etwas in seinen Armen hielt.

Sie wußte kaum, daß sie weiterzulaufen begonnen hatte und bewegte sich wie im Traum auf das Geschehen auf der gegenüberliegenden Seite des Parks zu. Angst, kalte, qualvolle Angst, hämmerte gegen ihre Brust, und plötzlich jagte sie in wildem Lauf davon.

Der Wind schnitt in ihre Haut, blies ihr das Haar ins Gesicht. Ihre Beine krampften, und ihre Füßen brannten durch die Schuhsohlen hindurch. Ihr Puls hämmerte schneller, während sie rannte.

Als sie näher zum Teich kamen, umklammerte Dulcie ihren Arm, als wollte sie sie zurückhalten. Johanna wirbelte bei dieser Berührung herum, schaute sie an, dann stieß sie ihre Hand zurück und lief das letzte Stück zum Teich.

Am Rand des Teichs blieb sie wie angewurzelt stehen. Zum erstenmal sah sie deutlich, was der Mann im Teich in den Armen hielt.

Johannas stummer, gequälter Schrei fand nirgends einen Widerhall als in ihrem Herzen — das zerbrach.

2. Kapitel

Ein trüber, kalter Tag

In der Ferne einen Schein man leuchten sieht
von den Lichtern einer Stadt.
Langsam, widerwillig nur flieht
der trübe, kalte Tag am Ende matt.

James Stephens (1882-1950)

New York City

Michael Burke war nur einer der mehr als dreihundert Polizeibeamten der Stadt, die am späten Nachmittag dieses Tages für das *Astor Place Opera House* eingeteilt worden waren. Die meisten von ihnen würden erst später am Abend eingesetzt werden, doch auch jetzt sah man in der Nähe des *Astor Place Opera House* bereits einige Sterne blinken.

Es war ein feuchter und für den Monat Mai ungewöhnlich kalter Tag. Der Wind schien Regen zu bringen, doch hatte das Wetter die Menge nicht abzuhalten vermocht. Zu Hunderten bevölkerten sie bereits den Platz und drängten auf den Eingang des Theaters zu.

Nachdem Michael seinen Gang um das Gebäude beendet hatte, blieb er stehen und betrachtete die Umgebung. Seiner Meinung nach war das Theater, in der Presse oft mit einem griechischen Tempel verglichen, an einer Stelle errichtet worden, die zu wenig Sicherheit bot: mit dem Astor Place im Süden, der Eighth Street im Norden sowie der Bowery und dem Broadway im Osten und Westen ergaben sich eine ganze Anzahl von Sicherheitsrisiken.

Seine Männer waren seit einiger Zeit damit beschäftigt, Fenster mit Brettern zu vernageln, doch Michael wußte nicht, was die Bretter nützten, wenn die Steine tatsächlich zu fliegen begannen. Und die Wahrscheinlichkeit, daß dies geschah, war sehr groß. Ein großer Teil der Straßen war aufgerissen, um Abwasserleitungen zu verlegen, so daß in der Umgebung der Oper reichlich Steine umherlagen – ein willkommenes Arsenal für eine aufgebrachte Volksmenge.

Und genau das erwarteten der Bürgermeister und die Polizei an diesem

27

Abend. Empört darüber, wohin die Torheit von Menschen führen konnte, schüttelte Michael den Kopf. Es schien der Gipfel von Absurdität zu sein, daß andauernde Zwistigkeiten zwischen zwei Schauspielern — der eine, ein piekfeiner Engländer und der andere, ein Bühnenstar aus Philadelphia — eine ganze Stadt in Aufruhr versetzen konnten.

Für das vornehme Glacéhandschuhpublikum des Theaters war der in England geborene William Macready ein „Gentleman" und ein „Mann von Adel", während sie Forrest, einen beliebten amerikanischen Schauspieler, als „gewöhnlich" oder sogar „vulgär" bezeichneten. Presseberichten zufolge währten die Auseinandersetzungen zwischen den beiden schon seit Jahren und hatten bereits zu einer Reihe fragwürdiger Vorkommnisse geführt, aus denen sich in letzter Zeit eine endgültige Fehde entwickelt hatte.

Forrest, der Amerikaner, wurde ausgepfiffen und geschmäht, als er in London den *Macbeth* spielte. Er machte Macready für die Beleidigungen verantwortlich und revanchierte sich, indem er den englischen Schauspieler ebenfalls auspfiff, während er in Edinburgh die gleiche Rolle spielte. Seitdem waren sie wie Hund und Katze — und von der Presse hochverehrt, denn zweifellos ließen sich mit ihren Possen sehr gut Zeitungen verkaufen.

Michael war rasch zu der Überzeugung gekommen, daß beide Männer Toren waren. Macreadys Premiere in der Oper am Montag abend hatte zu unangenehmen Zwischenfällen geführt, die beinahe in einen allgemeinen Aufruhr ausgeufert wären, als der englische Schauspieler auf der Bühne mit Eiern und alten Schuhen beworfen wurde. Der empörte Macready hatte sein Engagement mit sofortiger Wirkung für beendet erklärt, doch schien es einer Reihe von einflußreichen New Yorkern gelungen zu sein, ihn davon zu überzeugen, daß er blieb.

Heute erwartete man von seiten der Stadtverwaltung einen noch gewalttätigeren Mob als am Montag abend. Michael hatte von zwei seiner besten Informanten erfahren, daß der berüchtigte Verbrecherboss Jesaja Rynders geplant hatte, während der Vorstellung im Theater mit seinen Schlägern einen Aufruhr anzuzetteln.

Wenn irgend jemand Ärger machen kann, dann ist es Rynders, dachte Michael erbittert. Messerstecher, Glücksspieler, und Tammany Anhänger (eine Vereinigung, die für ihren korrupten Einfluß auf die Politik New Yorks im 19. Jh. berüchtigt war, d.Ü.), hatte Rynders fast alle Banden in den Slums von Five Points unter seiner Kontrolle. Für seinen Haß gegen die Engländer bekannt, bedurfte es für ihn keines weiteren Anstoßes, um seine Banditen nach Gutdünken auf Macready zu hetzen.

Als seien Rynders und seine Schläger noch nicht genug, war außerdem die Rede davon, daß ein weiterer Heißsporn und Verfasser von Groschenromanen, der sich „Ned Buntline" nannte, mit seiner Bande ebenfalls einen Aufruhr anzuzetteln plante. Buntline, Anführer einer Gruppe aufgeblasener Nationalisten, auf deren Fahnen „Amerika den Amerikanern" stand, hatte seine Absicht erklärt, alle „Fremden" des Landes zu verweisen, und er war bereits seit Tagen gegen Macready vorgegangen.

Michael seufzte. Einige seiner Männer hielten es für lächerlich, daß beinahe alle Polizeikräfte am Astor Place zusammengezogen wurden. Sogar die Nationalgarde stand bereit und wartete auf Befehle.

Michael war jedoch der Meinung, daß der Bürgermeister und Polizeichef Matsell die Lage nur allzu gut einzuschätzen wußten. Seit kurzem schien es in der Stadt zu gären und das Verlangen nach Krawallen und Aufruhr ständig zu wachsen.

Einen Aufruhr würde es geben; Michael fühlte es. Nach all den Jahren bei der Polizei spürte er, wenn Schwierigkeiten bevorstanden, wie ein Jagdhund den Sturm witterte. Und so war an diesem kalten, trostlosen Nachmittag jeder Nerv seines Körpers angespannt in Erwartung des herannahenden Unheils.

* * *

Es hatte bereits zu dämmern begonnen. Das Licht des späten Nachmittags hatte sich in einen grauen Nebel verwandelt, und in dem Zimmer war es trübe geworden. Auf einem kleinen Ständer neben dem Untersuchungstisch flackerte eine Öllampe, die dem Arzt, der dort arbeitete, gerade genug Licht spendete.

Jess Dalton blickte von der anderen Seite des Zimmers zu Nicholas Grafton und seinem jungen Assistenten, Daniel Kavanagh, hinüber. Dr. Grafton war über ein kleines Mädchen gebeugt, eines der vielen Kinder in dieser Stadt, die in einem Mietshaus, zusammengepfercht mit anderen Familienmitgliedern, arbeiteten. Nicht älter als neun Jahre, hatte das Mädchen an den Lippen, an den Wangen und überall an den Fingern verstreut offene Wunden.

Nikotinvergiftung. Jess hatte schon oft genug miterlebt, wie der Arzt solche Fälle behandelte, so daß er die Krankheit inzwischen sofort erkannte, wenn er sie sah. Diese Krankheit, häufig zu beobachten bei Menschen, die Tabak schälten oder Zigarren rollten, machte vor keiner

Altersgruppe Halt. Dr. Grafton erklärte, bereits Fünf- oder Sechsjährige deswegen behandelt zu haben.

Jess stand neben der Tür, als die Nachricht aus Brooklyn eintraf – ein von Lewis Farmington eilig gekritzelter Zettel, der von einem der Jungen, die auf der Werft arbeiteten, auf der Fähre herübergebracht wurde. Daniel wurde sofort zu Hause gebraucht, hieß es dringlich. Es hatte einen Unfall gegeben, einen schlimmen. Können Pastor Dalton und Dr. Grafton auch mitkommen?

Jess sah den Arzt an und las die Nachricht noch einmal, bevor er sich dem Jungen zuwandte, der sie überbracht hatte. „Was für ein Unfall, mein Junge, weißt du etwas?"

Seine Mütze umklammernd, antwortete der Junge mit einem starken irischen Akzent: „Nein, Sir. Ich sollte nur die Nachricht überbringen. Ich habe jedoch gehört, wie man davon sprach, daß jemand ertrunken sei."

Eine böse Ahnung ließ Übelkeit in Jess aufsteigen. Er blickte noch einmal zu Dr. Grafton hinüber, dann fragte er leise zurück: „Es ist jemand ertrunken?"

„Jawohl, Sir", entgegnete der Junge mit einem raschen Kopfnicken. „Davon schien auf der Werft die Rede zu sein."

Betrübt starrte Jess den Jungen mit dem schmalen Gesicht an. Einen Augenblick später wanderte sein Blick zu Daniel. Schließlich ging er mit schweren Schritten und einem noch schwereren Herzen auf die andere Seite des Zimmers.

*   *   *

Halb sieben an diesem Abend waren fast alle Polizeistreitkräfte der Stadt am *Astor Place Opera House* versammelt. Die Mehrzahl der Männer hatten im Inneren Posten bezogen, während fünfzig Mann auf der hinteren Seite des Gebäudes entlang der Eighth Street und weitere fünfundsiebzig auf dem Astor Place ihre Stellungen eingenommen hatten.

Michael blieb mit dem größten Teil seiner Männer drinnen, wobei er in regelmäßigen Abständen den neuesten Lagebericht von draußen erhielt. Schließlich beschloß er, selbst einen Blick nach draußen zu werfen und begab sich zum Haupteingang am Astor Place.

Als er nach draußen schaute, stöhnte er laut auf. Einige der Männer hatten geglaubt, der drohende Regen und die eisige Kälte würden viele abhalten. Im Gegenteil wimmelten jedoch vom Broadway bis zur Bowery die Straßen von menschlichen Körpern.

Wenn das Militär, wie berichtet, wirklich bereitstand, so hoffte Michael sehnsüchtig, daß es bald eintraf. Nach den Menschenmassen, die zu dem Theater strömten, zu urteilen, würde die Polizei jegliche Hilfe nötig haben, die sie bekommen konnte.

Noch einen Augenblick beobachtete Michael die Szene, bevor er sich wieder in das Innere des Gebäudes zurückbegab. Als er sich umwandte, stieß er beinahe mit Polizeichef Matsell persönlich zusammen. „Entschuldigung, Sir!" stieß er hervor, und es war ihm äußerst peinlich, dabei ertappt zu werden, wie er sich an der Tür herumdrückte.

Der Chef lächelte grimmig und winkte ab, als Michael sich entschuldigte. Noch sehr jung für diese Stellung, hatte Chief Matsell sich von Anfang an einen Offizieren gegenüber zugänglich verhalten. Gleichzeitig war es ihm gelungen, bei allen Streitkräften Disziplin und Respekt durchzusetzen, wie man sie vorher nicht gekannt hatte. Er behandelte seine Männer höflich und gerecht, seine Offiziere mit unmißverständlicher Wertschätzung.

„Wir werden Ärger bekommen, Captain", sagte er und sah Michael in die Augen. „Großen Ärger."

„Ja, Sir, mir scheint es auch so. Wir werden das Militär bald brauchen, glaube ich."

Der Chef nickte. „General Sandford wird Bescheid geben, wenn sie bereit sind. Danach braucht der Bürgermeister nur noch seine Befehle zu erteilen."

Michael hoffte, daß die Gardisten mit ihren Vorbereitungen nicht zu lange verzogen. Er hatte das böse Gefühl, daß sie bald jeden nur verfügbaren Mann brauchen würden.

* * *

Der Vorhang öffnete sich 19.40 Uhr, zehn Minuten zu spät. Inzwischen munkelte man, daß mehr Karten verkauft worden waren, als das Theater Menschen aufnehmen konnte, was bedeutete, daß das Gebäude mit mehr als achtzehnhundert Menschen vollgestopft war.

Der Polizeichef hatte persönlich in der Loge des Hauses rechts neben der Bühne Platz genommen, um für seine Männer und die Besucher deutlich sichtbar in Erscheinung zu treten. Zu Michaels großer Erleichterung überbrachte Denny Price die Nachricht, daß das Militär Aufstellung genommen hatte und weitere Befehle erwartete.

Trotz der Unruhestifter unter dem Publikum verliefen die ersten beiden Szenen ohne Zwischenfälle. In der dritten Szene jedoch betrat Macready als Macbeth stolz die Bühne.

„So schön und häßlich sah ich nie 'nen Tag".

Diese seine erste Zeile wirkte bei den angeheuerten Schlägern wie eine brennende Fackel, die in ein Pulverfaß geworfen wurde. Michael sah, wie Jesaja Rynders sich persönlich erhob, um seine Kumpane beim Buhrufen und Zischen anzuführen. Gleichzeitig brachen Macreadys Anhänger in Beifallskundgebungen aus, schwenkten ihre Hüte und winkten mit Taschentüchern.

Volle fünfzehn Minuten lang kam jegliches Geschehen auf der Bühne völlig zum Erliegen, während die beiden im Haus versammelten Seiten ihr Bestes taten, um einander zu übertönen. Michael und die Männer, die hinten die Gänge säumten, blieben gespannt und abwartend stehen. Schließlich spielte man weiter, obgleich der Dialog der Schauspieler kaum zu verstehen war.

Erst da fiel Michael ein, daß Saras Vater und die Witwe Coates geplant hatten, die Vorstellung heute abend zu besuchen. Sein Blick wanderte auf die linke Seite zu Lewis Farmingtons Loge hinauf. Erleichtert seufzte er auf, als er sie leer erblickte. Vielleicht hatten sie von dem zu erwartenden Aufruhr Wind bekommen und ihre Pläne geändert. Auf jeden Fall waren sie aus dem Tumult heraus.

In dem Augenblick, als der zweite Akt begann, brach das Chaos aus. Die vernagelten Fenster klapperten, einige zersprangen, als man draußen begonnen hatte, das Gebäude mit Steinen zu bewerfen. Bald hatte die Polizei alle Hände voll zu tun, die Bretter immer wieder einzusetzen. Der Lärm auf den Straßen schwoll immer mehr an, dann begann die Steinschlacht wirklich.

Der dumpfe Schmerz, der sich bereits heute nachmittag in Michaels Rücken festgesetzt hatte, wanderte nun weiter nach oben in seinen Kopf, und sein Schädel hämmerte jedesmal vor Schmerz, wenn wieder ein Stein das Gebäude traf. Als von einem der oberen Fenster ein ohrenbetäubender Schlag zu hören war, glaubte er, sein Kopf müsse vor Qual zerspringen. Er schaute nach oben und wurde entsetzt Zeuge, wie ein Stein in den herrlichen Deckenleuchter in der Mitte des Theaters geschleudert wurde und ihn völlig zerstörte.

Er lief zu dem Fenster und schaute durch die zerbrochene Scheibe hinaus auf eine fluchende, fauchende Menschenmenge, die zu rasen begonnen hatte. Jemand hatte einen Hydranten geöffnet, und der Gehweg wurde überflutet. Soweit man sehen konnte, waren alle Straßenlampen kaputt. Das Glas von Lampen und Fenstern bildete einen heimtückischen Wall um das Gebäude.

Michael erkannte auf den ersten Blick, daß die Polizei zahlenmäßig weit unterlegen war. Sie waren mit ihren Knüppeln zum Gegenangriff übergegangen, doch waren sie jämmerlich wenige im Vergleich zu dem Mob, der Tausende zählte.

Die meisten der Aufrührer schienen noch sehr jung, kaum mehr als große Jungen zu sein. Zu seinem Erstaunen stellte Michael fest, daß einige von ihnen Feuerwehruniformen trugen. Mit Leitern in den Händen stürzten sie sich auf das Gebäude und schrien: *„Brennt die Aristokratenhöhle nieder!"* In der Menge waren nicht wenige irische Gesichter zu erkennen, die lauthals ihre Beschimpfungen gegen die Engländer ausstießen, während sie ihre Steine und andere Geschosse gegen das Theater schleuderten.

Michael wirbelte herum und stand dem Sheriff gegenüber. „Begeben Sie sich mit Ihren besten Männern zum Eingang an der Eighth Street, Captain! Dort versucht eine Gruppe von Rowdies in das Gebäude einzudringen!"

Mit Hilfe von Denny Price stellte Michael einen Zug Männer zusammen. Als er und Price die Tür aufrissen, strömten die Polizisten hinter ihnen hinaus und trieben die vordersten Reihen des Mobs zurück.

Mit erhobenem Schläger stapfte Price durch die Menge wie ein wütender Stier. Michael hatte stattdessen seine Pistole gezogen, bevor sie durch die Tür traten. Während sich Michael, hinter Price haltend, mit den Schultern einen Weg durch die erhitzten Angreifer bahnte, richtete er im Vorbeigehen seine Pistole auf ein zorniges Gesicht nach dem anderen. Sie waren angewiesen, nicht in die Menge zu schießen, aber niemand hatte verboten, ein oder zwei Warnschüsse in die Luft abzugeben.

Nachdem sie den Mob zurückgedrängt hatten und es ihnen gelungen war, den Eingang zu sichern, überließ Michael Denny Price das Kommando und eilte zum Haupteingang am Astor Place. Einen Augenblick blieb er wie angewurzelt stehen, entsetzt über das unglaubliche Geschehen, das sich vor seinen Augen abspielte. Hier war der Mob noch dichter und gewalttätiger. Die jungen Rowdies, beinahe noch Kinder, hatten der Polizei übel mitgespielt und schienen im Begriff, den Haupteingang zu stürmen.

Er sah, wie ein Polizist, der die Meute zurückzudrängen versuchte, unter einem Steinhagel zusammenbrach. Zorn stieg in Michael auf, und er jagte dem Angreifer nach. Er gab einen Schuß in die Luft ab, dann hatte er den jungen Burschen erreicht. Hart packte er ihn am Genick und drückte ihn auf die Straße. Es gab keine Anweisung, jemanden festzunehmen, aber er nahm den kleinen Schläger fest und schickte ihn unter den starken Armen eines jungen Polizisten taumelnd in das Theater.

Der Beamte, den er getroffen hatte, war bewußtlos. Michael steckte seine Pistole ein, faßte den Mann unter den Armen und zog ihn eilends nach drinnen. Als ein junger Bursche mit zornig glühenden Augen mit seinem Kameraden versuchte, Michael den Weg zum Eingang zu versperren, holte Michael mit dem Bein aus und versetzte dem einen einen kräftigen Schlag gegen die Knie und dem anderen in die Genitalien.

Drinnen angekommen, rief er in den Raum: *„Wir brauchen einen Arzt für die Verletzten!"*, dann eilte er weiter, in der Absicht, noch mehr Männer am Haupteingang zusammenzuziehen.

Hinter ihm rief jemand seinen Namen. Michael wandte sich um und sah, wie Benjamin Fairchild, Captain im Eighth Street Bezirk, auf ihn zueilte.

Fairchilds Gesicht glich einer Gewitterwolke. „Wir sollen unsere Männer sofort nach drinnen beordern!"

„Nach drinnen?" Michael starrte ihn verdutzt an.

Der andere Captain nickte kurz. „Wir sollen alle Männer im Inneren zusammenziehen, um das Gebäude zu halten. Das Militär ist im Anmarsch."

Michaels Zorn wich schnell blanker Frustration. Er wußte, daß dies der einzig vernünftige Befehl war.

„Wir können sie nicht mehr länger zurückhalten, Mike", erklärte Fairchild. „Wir sind nur eine Handvoll gegen Tausende. Der Mob ist völlig außer Kontrolle geraten. Der Chef sagte, es wäre sinnloses Blutvergießen, die Männer noch länger draußen zu lassen. Das Beste, was wir tun können, ist – falls wir es schaffen – das Gebäude zu halten, bis die Armee eintrifft."

Michael zuckte kurz mit den Achseln. „Nun ja, wollen wir hoffen, daß sie nicht für uns alle zu spät kommt. Ich fürchte, es wird noch ein schlimmeres Blutvergießen geben, wenn dieser Mob das Gebäude stürmt."

Fairchild ging weiter, und Michael warf einen Blick nach drinnen zur Bühne. Unglaublich – es wurde immer noch gespielt. Ein furchtbarer Lärm erschütterte das Gebäude, der Kronleuchter hing zerbrochen von der Decke, überall lagen Glasscherben, und die Menge schrie. Doch der englische Schauspieler, Macready, spielte seine Rolle weiter, vollkommen lächerlich wirkend bei dem Versuch, sich Gehör zu verschaffen.

* * *

Es war bereits dunkel, als Daniel und die anderen in Brooklyn von der Fähre eilten und den Heimweg einschlugen. Als Daniel Mr. Farmington am Kai neben seinem Wagen warten sah, drehte sich vor Angst sein Magen um. Was immer geschehen war, es mußte schrecklich sein, furchtbar schrecklich.

Mr. Farmingtons Gesicht war ernst, sein Blick düster. Er schüttelte jedem kurz die Hand, bevor er Daniels Arm nahm. „Daniel ... einen Augenblick, mein Junge."

Daniel spürte, wie sich eine schwere Last auf seine Brust legte. Er sah, wie Mr. Farmington erst Pastor Dalton, dann Dr. Grafton einen Blick zuwarf. „Es ist etwas Trauriges passiert", sagte er leise, die Augen wieder auf Daniel gerichtet. „Etwas Tragisches, fürchte ich."

Er zögerte, und plötzlich begann etwas in Daniel, sich aufzulehnen. Er wollte kein Wort mehr hören. Er wollte nicht wissen, welches neue Unheil ihn erwartete, was immer es auch sein mochte. Er hatte geglaubt, das Unheil sei vorüber, wenigstens für einige Zeit. Sie hatten genug davon gehabt in ihrem Leben, mehr als genug.

Daniel schaute Mr. Farmington an. Langsam schüttelte er in Ablehnung dessen, was kam, den Kopf, noch ehe er die Worte gehört hatte.

3. Kapitel

Eine neue Sorge

In der Welt gibt es mehr Leid und Tränen,
als man jemals zu begreifen vermag.

W. B. Yeats (1865-1939)

Um neun war das Militär auf dem Astor Place eingetroffen, doch hatten die Soldaten bisher keinen Gebrauch von der Schußwaffe gemacht.

Auch der Bürgermeister hatte seine Anwesenheit, begleitet von einer Reihe sensationshungriger Reporter, unmißverständlich demonstriert. Als nach *Macbeth* der Vorhang endlich gefallen war, geleitete Michael mit einigen seiner Männer die Zuschauer durch die Tür am Astor Place, wo sie ohne Zwischenfälle, an einer Abteilung Infanteristen mit aufgepflanzten Bajonetten vorbei, das Theater verließen.

Eine Dreiviertelstunde später baten sowohl die Polizei als auch das Militär um Schießerlaubnis, doch der Bürgermeister – Politiker durch und durch – verweigerte sie und verschwand kurz darauf. Michael stand dicht daneben, als ein junger Polizist, das Gesicht blutüberströmt, regelrecht um Erlaubnis für die Polizei flehte, sich verteidigen zu dürfen. Schließlich erteilte Sheriff Westervelt in Abwesenheit des Bürgermeisters dem Militär den Schießbefehl.

Inzwischen hatte sich der Schauspieler Macready in seine Garderobe zurückgezogen. Man sagte, er habe von einigen einflußreichen Bürgern Schutz erhalten, unter anderem von Robert Emmett, unter dessen Dach er bald Zuflucht finden würde.

Michael wußte, wer Emmett war: ein Neffe und Namensvetter eines der berühmtesten irischen Patrioten des gescheiterten Aufstands von Dublin Castle zu Beginn des neunzehnten Jahrhunderts – Emmett mit dem namenlosen Grab. „Niemand soll eine Inschrift auf meinen Grabstein schreiben", hatte der Held vor seiner Hinrichtung erklärt. „Wenn mein Land seinen Platz unter den Nationen der Erde eingenommen haben wird, dann, und erst dann, soll mein Grabstein eine Inschrift erhalten."

Michael dachte, der Patriot würde sich in seinem namenlosen Grab umdrehen, wenn er von dem Bündnis seines Neffens mit einem englischen Schauspieler erführe. Noch einen Augenblick beobachtete Michael, wie sich Macready und seine Beschützer über den Ausgang an der Eighth Street davonstahlen, bevor er wieder nach drinnen ging.

Seine Hoffnung, daß der Aufruhr ein Ende finden würde, bevor der Kugelhagel begann, wurden jäh zunichte, als ein Schuß aus einer Muskete explodierte. Blitzschnell wandte er sich um und jagte durch die Tür auf die Straße, sich stets geduckt haltend, um sich nicht zur Zielscheibe zu machen.

* * *

Daniel betrat das Haus wie im Traum; kurz hinter der Schwelle blieb er stehen. Überall war es still, nur aus einem der hinteren Zimmer drang ein leises Weinen – das ihm das Herz zerriß.

Seine Mutter ... wieder weinte seine Mutter ...

Plötzlich mußte er an Johanna denken und sah sich in der Diele um, doch es war nichts von ihr zu sehen. Er fühlte, wie Pastor Dalton einen Arm um seine Schultern legte und ließ sich in das hinterste Zimmer des Hauses, das Schlafzimmer seiner Mutter, führen.

Als er das Zimmer betrat, spürte er, wie seine Knie stocksteif wurden. Kurz hinter der Tür blieb er stehen, und es war ihm, als würde alles um ihn herum dunkel. Alles schien in düstere Schatten getaucht bis auf das Geschehen vor seinen Augen. Einen Augenblick lang glaubte er, der Rest der Welt sei verschwunden, nur dieses kleine Stück Wirklichkeit für ihn zurücklassend.

Während der Heimfahrt in Mr. Farmingtons Wagen hatte dieser die wenigen Einzelheiten über den Unfall berichtet, die er bisher erfahren hatte. Er hatte wiederholt, was der Zeuge gesehen hatte, bevor er den Kleinen Tom aus dem Teich gezogen hatte. Doch trotz der schmerzlichen Bilder, die vor Daniels innerem Auge entstanden, vermochte er das, was geschehen war, einfach nicht zu fassen. Auf dem Weg zur Haustür hatte er verzweifelt den Kopf geschüttelt, um sich selbst zu beweisen, daß er wach und nicht alles nur ein böser Traum war.

Jetzt stand er an der Tür und starrte auf die andere Seite des Zimmers, auch beim Anblick seiner Mutter immer noch wie betäubt. Sie saß in ihrem Bett. An Evan geklammert, aus dessen Gesicht jegliche Farbe gewichen war, schluchzte sie an seiner Schulter. Am Fußende des

Betts war Dr. Grafton bereits dabei, in seinem Arztkoffer etwas zu suchen.

Daniel atmete tief durch, als Evan und dann seine Mutter sich zu ihm umwandten. Im Schein der Kerze sah er ihr aschfahles, tränenüberströmtes Gesicht, die Augen weit aufgerissen, der Blick erschreckend leer. Als sie Daniel erblickte, stieß sie einen erstickten Schrei aus, dann breitete sie ihre Arme aus.

In ihren zitternden Armen wurde Daniel beinahe von seiner eigenen Traurigkeit überwältigt. Ein furchtbarer Schmerz ... Schmerz für sie alle ... erschütterte seinen ganzen Körper, als er spürte, wie seine Mutter sich in seine Arme fallen ließ. Dann fühlte er Evans Hand auf seinem Rücken, die sowohl trösten wollte als auch Trost suchte.

Eine Zeitlang fehlten ihnen jegliche Worte. Sie waren zu nichts anderem fähig, als ihrem Schmerz freien Lauf zu lassen, während sie den schwachen Versuch unternahmen, einander zu trösten.

Schließlich gelang es Daniel zu sprechen: „Wo ist Johanna?"

Seine Mutter begann von neuem zu weinen, als sie auf den Flur in die Richtung von Johannas Schlafzimmer wies. Behutsam befreite sich Daniel aus ihrer Umarmung und machte Platz für Dr. Grafton, damit er sie untersuchen konnte.

* * *

Daniel hätte nicht geglaubt, daß der Schmerz, der sein Herz zerriß, noch größer werden könnte, doch als er über den Flur ging und einen Blick in Johannas dunkles Schlafzimmer warf, verschlug ihm eine Woge neuen Schmerzes den Atem.

Johanna saß im Dunkeln, der kleine Körper nur durch den schwachen Schein des Mondes erhellt, der durch das Fenster drang. Ihr Kopf war gesenkt, und ihre Arme hingen schwach an ihrem Körper herab. Sie sah um alles in der Welt aus wie eine kleine Stoffpuppe, die man weggeworfen hatte.

Er zögerte nur einen Moment, bevor er durch das Zimmer schritt und vor ihr stehenblieb. Lange Zeit ließ sich nicht erkennen, ob sie ihn wahrnahm. Schließlich hob sie ihr Gesicht, das tränenüberströmt und mit Schmutz beschmiert war. Daniel schluckte hart gegen den Klumpen, der sich in seiner Kehle bildete, als er ihrem schmerzgequälten Blick begegnete.

Schließlich streckte er ihr seine Arme entgegen. Ihre Augen wanderten von seinem Gesicht zu seinen Händen, doch zögerte sie noch. Dann erstarrte ihr Gesicht in einem Ausdruck endloser Qual, den Daniel nie vergessen würde, und sie begann, so heftig sie konnte, mit ihrem Finger gegen ihre Brust zu stoßen – immer wieder. Während sie so auf sich selbst einhämmerte, gab sie ein furchtbar stummes, ersticktes Schluchzen von sich, das Daniel für den grausamsten Schrei hielt, den er jemals vernommen hatte. Sie stieß weiter gegen ihre Brust, bis Daniel es schließlich nicht mehr ertragen konnte und ihre Hand mit der seinen festhalten wollte.

„Nein!" schrie er beinahe und zuckte beim Klang seiner eigenen Stimme in der Stille des Zimmers zusammen. Er hielt ihre Hand fest. „Nein", sagte er noch einmal, „es war nicht deine Schuld! Wirklich nicht, Johanna!" Erst in diesem Augenblick wurde ihm bewußt, daß sie ihn nicht anschaute und deshalb keine Ahnung hatte, was er sagte.

Plötzlich sprang sie von ihrer hockenden Stellung auf dem Fenstersims auf wie ein wildes Tier, das aus einer Falle flieht. Sie sprang auf ihre Füße und riß ihre Hand los. Als wolle sie sich vor ihm schützen, schlang sie beide Arme um ihre Brust. Mit den Händen die Schultern umklammernd, schluchzte sie wieder ihr stummes, gequältes Weinen.

Etwas in Daniel sagte ihm, daß er sie nicht noch einmal berühren durfte, sonst würde sie völlig zerbrechen. Alles, was er tun konnte, war, hilflos zuzusehen, wie sie um sich schlug, während er versuchte, sie davon zu überzeugen, daß sie keinerlei Schuld am Tod des kleinen Tom traf.

Daniel gehörte zu den wenigen Menschen, denen Johanna Zutritt in ihre stumme Welt gewährt hatte. Er hatte sich bemüht, die vereinfachte Zeichensprache zu lernen, die Morgan für die Familie entwickelt hatte. Damit, gepaart mit einem natürlichen Verstehen, das die beiden zu verbinden schien, war es ihm gelungen, Johannas Freundschaft zu gewinnen.

Doch jetzt konnte er beinahe hören, wie die Tür ihres Herzens vor ihm zuschlug, konnte förmlich sehen, wie sie sich zurückzog, sich einschloß an jenem seltsamen, stummen Ort in ihrem Inneren, wohin ihr niemand folgen konnte.

Und er konnte nichts tun, außer einfach nur dazustehen. Tränen strömten über seine Wangen, während er einen furchtbaren, bitteren Zorn hinunterschluckte, einen Zorn, wie er ihn seit langem nicht mehr gekannt hatte – nicht mehr, seitdem Johannas Schwester, Katie, gestorben war.

Gott helfe ihnen allen, Johannas ganze Familie war tot! Katie, ihre Mutter Catherine, Thomas, ihr Vater. Und jetzt . . . jetzt der kleine Tom. Nur Johanna lebte noch. Johanna, die weder hören noch sprechen konnte, und deren ganze Freude in ihrem stummen Leben ihr kleiner Bruder Tom gewesen war.

Plötzlich wußte Daniel, gegen wen sich sein Zorn richtete, und er wurde nur noch wütender. *„Oh Gott!"* stieß er hervor und zuckte zusammen, als seine Wort im Dunkel des Zimmers widerhallten. „Mußtest du ihr auch noch den kleinen Tom nehmen? Hättest du ihr nicht *etwas* lassen können? Kannst du uns *überhaupt jemals etwas* lassen?"

* * *

Was sich vor dem Theater abspielte, spottete jeglicher Vorstellung. Das höllische Treiben glich in der Tat einem Schlachtfeld. Pferde schnaubten, Kugeln fauchten durch die Luft, Tausende blutrünstiger Männer rannten hin und her, attackierten die Soldaten mit Steinen und versuchten sogar, ihnen die Waffen zu entreißen.

Die Luft in den Straßen war heiß und vom bitteren Geruch des Schießpulvers erfüllt. „Die Soldaten schießen nur mit Platzpatronen!" schrie jemand großspurig aus der Menge. Dann, noch bevor das Echo seiner Worte verhallt war, wurde einer von ihnen, ein blutjunger Mann, in beide Füße getroffen und brach auf der Straße zusammen.

Plötzlich riß ein widerlich aussehender Schläger, einen großen Stein zwischen die Knie geklemmt, seine Jacke auf und wies auf das rote Flanellhemd, das darunter zum Vorschein kam: „Schießt hier hinein!" schrie er. „Nehmt das Leben eines freien Amerikaners für einen verruchten britischen Schauspieler! Tut es doch! Ihr Feiglinge wagt es doch nicht!"

Doch die Soldaten wagten es und schossen ihn auf der Stelle nieder.

Michael sah entsetzt, wie sich ein großer, gutaussehender feiner Herr zur Zielscheibe machte, indem er mitten auf dem Astor Place stand. „Sie da!" schrie Michael. „Gehen Sie hier weg, bevor Sie sich selbst umbringen!" Der Mann ignorierte ihn. Eine Sekunde später durchbohrte eine Kugel seinen Kopf, und sein Schädel zersprang.

Michael war übel; da stieß er auf einen Trupp seiner Männer, die zur Unterstützung des bedrängten Militärs gekommen waren. Die Lage war jedoch inzwischen völlig außer Kontrolle geraten. In den vordersten Reihen standen vorwiegend Jungen, nicht älter als sechzehn — mindest drei-

oder vierhundert. Noch immer bewarfen sie das Gebäude mit Steinen und auch die Soldaten.

Die Gesichter der meisten Soldaten spiegelten deutlich ihren Jammer wider. Dieselben Männer, die noch vor wenigen Augenblicken um Schießerlaubnis gebeten hatten, schreckten jetzt vor dem Gedanken zurück, auf ihre eigenen Landsleute zu feuern. Doch sie schossen, so tief wie möglich zielend in der Hoffnung, die schlimmsten der Aufrührer abzuschrecken oder wenigstens nur zu verwunden, anstatt sie zu töten.

„Polizeichef Matsell wurde getroffen!" rief ein Polizist. „In die Brust — von einem großen Stein!" Michael machte kehrt und rannte in Richtung Eighth Street, in der Meinung, daß man Matsell nach drinnen brachte. Doch bevor er die Tür erreichen konnte, fing Denny Price ihn ab, mit einem Zettel in der Hand winkend.

„Mike! Mike — hier! Von deiner Frau!"

Völlig zerstreut und verwirrt von dem Tumult und der Nachricht von Matsells Verwundung, hielt Michael inne und starrte Price verständnislos an. „Von meiner Frau?"

Price reichte ihm den Zettel. Als Michael die eilig gekritzelten Worte sah, die so wenig Ähnlichkeit mit Saras sonst so sauberer Handschrift besaßen, runzelte er die Stirn. „Der kleine Tom ist heute nachmittag im Park ertrunken. Ich bin nach Brooklyn gefahren. Komm, wenn du kannst."

Erst konnte Michael es nicht fassen, dann brach Bestürzung über ihn herein. Der arme kleine Kerl! *Ertrunken?*

Er schaute von der Nachricht auf. Einen Augenblick war er zu nichts anderem fähig, als in den Alptraum des Mordens und wahnwitzigen Zorns vor ihm zu starren. Wahnsinn und Tod. Gemetzel im Namen von Vaterlandsliebe. Man erschoß seinen Nächsten auf offener Straße, tötete die Menschen, die man zu beschützen geschworen hatte.

In einer Ecke von Michaels Bewußtsein lauerte ein Gedanke, von dem er zwar wußte, daß er absurd war, der ihm aber oft im Anblick von Grauen und Schrecken in seiner Funktion als Polizist in den Sinn kam. Wenn er sah, wie ein Mensch einem anderen, oder verschiedene Gruppen von Menschen einander Leid zufügten, dann mußte er sich einfach fragen, ob nicht in diesem Leben der *Alptraum* Wirklichkeit und Frieden nichts anderes als eine schwache Täuschung war. War es Wahnsinn, nach Frieden zu streben, wenn die menschliche Art entschlossen zu sein schien, sich gegen sich selbst zu wenden — sich selbst zu zerstören?"

Seine Augen richteten sich wieder auf den Zettel in seiner Hand. Langsam schüttelte er den Kopf. Eines war gewiß: heute nacht würde es keinen Frieden geben; weder hier auf den Straßen der Innenstadt noch in jenem kleinen Haus in Brooklyn.

Möge Gott ihnen allen gnädig sein. Würden sie jemals wieder Frieden finden?

4. Kapitel

Der Zigeuner und der Rebell

Ob das Gesetz recht oder unrecht tut — ich weiß es nicht.
Dies eine wissen wir Gefangenen fürwahr:
Daß Gefängnismauern zu dick sind zu entfliehn
und jeder Tag so lang ist wie ein Jahr,
ein Jahr, dessen Tage endlos verziehn.

Oscar Wilde (1854-1900)

Dublin, Irland
Mitte Juni

Tierney Burke verbrachte seinen siebzehnten Geburtstag in einer kalten, dunklen Gefängniszelle in Dublin.

Wäre er an diesem Tag zu Hause gewesen, hätte ihn sein Vater gewiß zum Corned-Beef-Essen in Wells Café und vielleicht anschließend noch zu einem Boxkampf eingeladen. Stattdessen beging er diesen Tag mit bitterem Wasser und muffigem Brot. Das Brot war stets muffig hier, wie auch die Luft, die nach Schimmel und ungewaschenen Körpern roch.

Heute abend war es größtenteils ruhig gewesen. Die einzigen Laute waren ein gelegentliches Schreien der Wärter oder ein dumpfes Stöhnen von einem der Gefangenen. Von Zeit zu Zeit wurde eine Zellentür aufgeriegelt, gefolgt von schlurfenden Geräuschen, die einen Neuzugang anzeigten.

Zwei Wochen war er mittlerweile hier. Zwei Wochen und *drei Tage*, verbesserte er sich selbst, während er mit einem kleinen Stein an der Wand einen weiteren Tag markierte. Dazu benutzte er unbeholfen seine linke Hand, denn sein rechter Arm war gebrochen und hing in einer schmutzigen Schlinge.

Tierney ließ sich auf die harte Platte sinken, die sein Bett war, lehnte seinen Kopf gegen die Wand und schloß die Augen. Er meinte, es müßte so gegen neun Uhr abends sein, er war jedoch nicht sicher. Seine Uhr hatte ihm das Gefängnispersonal gemeinsam mit seinen anderen persönlichen Habseligkeiten abgenommen — „aus Sicherheitsgründen".

43

Jede Frage nach der Zeit oder irgend etwas anderem, brachte nichts als bitteren Spott von den Wärtern, besonders demjenigen, den die Gefangenen „Beulenwilly" nannten wegen der schlimmen Eiterbeulen, die überall an seinem dicken Hals hervortraten.

„Was bedeutet Zeit im Gefängnis, du Ratte?" würde er antworten, während sein häßliches Lachen seine verfaulten Zähne freigab. „Oh, ich weiß! Ich wette, du wartest schon gespannt auf die nächste feine Mahlzeit, nicht wahr!" Unweigerlich würde er wie auch die anderen Wärter die Gefangenen mit dem Essen anstacheln, das so faul war, daß selbst die Ratten die Nase rümpften.

Die Wärter spotteten jeglicher Beschreibung. Sie glichen Karikaturen, entstanden in den Träumen irgendeines Wahnsinnigen. Am glücklichsten schienen sie zu sein, wenn sie einen Gefangenen gegen die Wand schleudern oder ihre Gase auf die Hände eines armen Opfers ablassen konnten. Einige von ihnen waren nicht ganz so brutal, und die Erniedrigung der Gefangenen in ihren Zellen bereitete ihnen weniger Befriedigung. Die meisten von ihnen, wie „Beulenwilly", hielt Tierney jedoch für völlig geistesgestört.

Sein gebrochener Arm und einige geprellte Rippen waren ihm Beweis genug, daß er recht hatte.

* * *

Das Bild häuslichen Friedens im großen Wohnzimmer von Nelson Hall hätte Morgan Fitzgerald zufrieden stimmen müssen. Seine Frau Finola und seine kürzlich adoptierte Tochter Annie saßen und nähten für das zu erwartende Baby, während Schwester Louisa dicht dabeisaß, den Fortgang der Arbeiten mit einem wachsamen Auge überwachend.

Zweifellos hätte er diesen Anblick unter anderen Umständen genossen. Doch heute abend schien es keine Ruhe für seine Seele, keinen Frieden für sein wundes Herz zu geben.

Vor drei Tagen hatte sie Evan Whittakers Brief mit der entsetzlichen Nachricht vom Tod des kleinen Tom erreicht. Noch immer litt Morgan so heftig unter dem Schock und der Trauer, daß er den Schmerz kaum ertragen konnte. Immer wieder hatte er den Brief durchgelesen, als hätte er einen Teil der Geschichte überlesen, eine rettende Nachricht zwischen den Zeilen, die, wenn man sie entschlüsselte, an den Tag brachte, daß alles ein Irrtum war.

Doch es war kein Irrtum. Der kleine Tom war tot, und Morgan fühlte sich von diesem Kummer verwundet und zerschlagen. Beinahe wollte es ihm scheinen, daß jedesmal, wenn er geglaubt hatte, den Verlust seiner Familie verarbeitet – die Erinnerungen endlich dort abgelegt zu haben, wo sie ihn nicht mehr so schmerzten – ein neues Unheil hereinbrach. Aller Schmerz aus der Vergangenheit brach von neuem über ihn herein, erfüllte ihn mit Trauer und Sorge.

Noch einmal wanderte sein Blick auf die andere Seite des Zimmers, einen Augenblick auf Finolas goldenem und Annies dunklem Kopf verweilend, die dicht über ihre Näharbeiten gebeugt waren. Die stille Freude, die er gewöhnlich in Augenblicken wie diesen empfand, war heute von ihm gewichen. Heute abend sehnte er sich nur danach, allein zu sein – allein mit seinen Erinnerungen.

Mit einem letzten zögernden Blick zu Finola wandte er sich um und rollte aus dem Zimmer.

* * *

Tierney öffnete die Augen, als er im Flur Schlüssel klirren hörte. Schwere schlurfende Schritte zeigten an, daß „Beulenwilly" nahte.

Tierney wartete angespannt. Einen Augenblick später wurde die Zellentür geöffnet und der fette Wärter schickte einen neuen Gefangenen taumelnd in die Zelle.

Der Neuankömmling stieß laute Schimpfworte aus, was sich wie eine fremde Sprache anhörte. Der Wärter trat den Gefangenen mit seinem schweren Stiefel in den Rücken, so daß dieser gegen die Wand taumelte.

„Ich habe Gesellschaft für dich, kleiner Ami!" sagte der Wärter zu Tierney gewandt. „Du hattest diese königliche Suite lang genug für dich allein."

Tierney starrte ihn an, tief durchatmend. Der Schmerz an seinen Rippen erinnerte ihn daran, daß er nicht in der Verfassung war, einen weiteren Schlag von „Beulenwilly" einzustecken, und so schwieg er.

„Ihr beide seid ein erstklassiges Paar", spottete der Wärter. „Ein Zigeuner, der Pferde stiehlt, und eine Hafenratte aus Amerika."

Tierney starrte absichtlich auf die abscheuliche Eiterbeule, die unter dem linken Ohr des Wärters hervorquoll, bevor er seine Aufmerksamkeit auf etwas vorn auf dem Hemd des Wärters lenkte, das wie ein Soßenfleck aussah. Aus den Augenwinkeln beobachtete Tierney, wie sich der neue Mitgefangene langsam ausstreckte und aufstand, wobei er, die Hände zur Faust geballt, den schlampigen Wärter zornig anblitzte.

Tierney reckte sich ein wenig, um seinen neuen Zellenkameraden besser betrachten zu können. *Zigeuner und Pferdedieb* hatte der Wärter ihn genannt. So sah er auch aus.

In New York hatte es auch einige Zigeuner gegeben, zumeist in und um Shantytown. In ihren seltsamen Kleidern und buntbemalten Wagen zogen sie stets Aufmerksamkeit und mißtrauische Blicke auf sich, wohin sie auch kamen.

Dieser Zigeuner war jung; vermutlich kaum älter als Tierney, und er schien auch etwa gleich groß zu sein. Er war groß und schlank. Seine langen Beine steckten in Röhrenhosen, die unten am Saum bestickt waren. Er trug ein leuchtend gelbes Hemd und ein blau-weiß bedrucktes Tuch, das lose um seinen Hals gebunden war. Unter seinen Hosen schauten dunkelbraune Stiefel hervor, die offensichtlich von guter Qualität waren. In einem Ohr glänzte ein kleiner goldener Ohrring. Sein Haar war genauso pechschwarz wie sein spitzbübischer Schnurrbart. Seine Haut war dunkel, obgleich nicht so dunkel, wie sie Tierney von den meisten Zigeunern in Shantytown in Erinnerung hatte.

Die Tür klirrte und „Beulenwilly" schlurfte weiter den Gang hinunter. Die Lampe hatte er mitgenommen. Nur ein schwacher Schimmer des Mondlichts drang durch das kleine vergitterte Fenster hoch oben an der Außenwand.

Einen Augenblick verweilten die beiden Gefangenen im Halbdunkel einander abschätzend. Der Zigeuner brach als erster das Schweigen. „Ist das hier drin passiert?" fragte er, auf Tierneys Arm deutend.

Tierney nickte, enthielt sich jedoch jeder weiteren Erklärung.

Die schwarzen Augen des Zigeuners schauten ihn wissend an. „Einer von den Wärtern?"

„Nein", murmelte Tierney, „*Zwei* von ihnen."

Der andere zuckte zusammen, als hätte er selbst den Schmerz gespürt. „Wie lang bist du schon hier?"

Tierneys Arm juckte in dem schmutzigen Verband, und so versuchte er, ihn in der schmutzigen Schlinge hin- und herzubewegen, um etwas Erleichterung zu finden. „Fast drei Wochen", erwiderte er, während er nicht im geringsten den Versuch unternahm, seine Wut zu verbergen. „Mir kommt es vor wie drei Jahre."

Der Zigeunerjunge nickte und musterte ihn. „Der Wärter hat dich ‚Ami' genannt. Du bist also kein Ire?"

„Amerikaner, *irischer* Amerikaner. Meine Eltern sind ausgewandert."

„Und du bist erst vor kurzem aus Amerika gekommen?"

Tierney lachte bitter. „Ich bin erst so kurz hier, daß es mir gelungen ist, weniger als eine Stunde nach Verlassen des Schiffes im Gefängnis zu landen." Die Enttäuschung darüber, seine Pläne so jäh durchkreuzt zu sehen, übermannte ihn von neuem, neuen Schmerz und frischen Zorn wachrufend.

Die dunklen Augen des anderen leuchteten voller Interesse. „Ich bin noch nie einem Amerikaner begegnet." Er hielt inne. „Bist du gekommen, um Verwandte zu besuchen? Ich hatte geglaubt, daß gegenwärtig die meisten Schiffe von Irland *wegsegelten.*"

Tierney schwieg. Er war nicht in der Stimmung, seine Lebensgeschichte zu erzählen, und schon gar nicht einem Zigeuner.

„Verzeih mir. Es steht mir nicht zu, dich zu fragen." Sein neuer Zellengenosse wandte seine Augen ab und blickte zu Boden. Einen Augenblick später erklärte er: „Ich bin Jan Martova. Es tut mir leid, daß du soviel Kummer hast."

Erstaunt sah Tierney auf. Die guten Manieren seines Zellengenossen überraschten ihn. In New York hielt man Zigeuner für kaum mehr als schmutzige, stehlende Wilde. Man betrachtete sie als dumme Bettler, die man am besten mied.

Er hatte jedoch seit Wochen niemanden mehr gehabt, mit dem er sprechen konnte, außer den brutalen Wärtern — von denen selten ein anderer Laut als ein Grunzen oder Fluchen zu vernehmen war. Widerwillig gestand Tierney sich ein, daß er sich einsam fühlte. Er war einsam und hatte Heimweh — nach seinem Vater, seinen Freunden, der vertrauten Umgebung.

„Mein Name ist Burke" erwiderte er schließlich. „Tierney Burke". Er hielt kurz inne, bevor er fragte: „Also — warum bist du hier? Was hast du getan?"

Der Zigeuner seufzte und zuckte mit den Achseln. „Man hat mich beschuldigt, ein Pferd gestohlen zu haben." Er schaute Tierney an und lächelte schwach. „Alle Zigeuner sind Pferdediebe, nicht wahr?"

Offen gestanden entsprach das genau dem, was Tierney immer gehört hatte. Selbst sein Vater, der gewiß nicht voreingenommen war, hatte wenig für die Zigeuner und ihre, wie er zu sagen pflegte, „diebische Art" übrig.

Immer noch lächelnd, verschränkte Jan Martova die Arme über seiner Brust. „In Wahrheit kam ich dazu, wie ein britischer Soldat sein Pferd schlug. Ein schönes Tier — das Pferd, meine ich — doch für ihn viel zu temperamentvoll und zweifellos auch klüger, als er es mochte."

Plötzlich wurde sein Gesichtsausdruck ernst. „Ich versuchte, dem Soldaten die Peitsche abzunehmen und das Pferd zu befreien. Zufällig waren noch andere Soldaten in der Nähe." Wieder zuckte er die Achseln. „Und so sitze ich jetzt im Gefängnis, wegen Pferdediebstahls." Er blickte Tierney direkt in die Augen. „Nichts Außergewöhnliches für einen *Rom*, nicht wahr?"

„Einen *Rom*?"

„Meine Familie gehört zu den Zigeunern, die wir Roma nennen."

Einen Augenblick schwiegen sie. Tierney war von seinem Zellengenossen fasziniert, seine kultivierte Ausdrucksweise und sein höfliches Benehmen machten ihn irgendwie betroffen.

„Ich hoffe, dein Vergehen ist nicht schwerwiegend", bemerkte der Zigeuner schließlich.

Tierney knurrte verächtlich. *„Mein Vergehen"*, stieß er hervor, „bestand darin, daß ich versucht habe, zwei betrunkene Soldaten von einem kleinen, abgemagerten Jungen abzubringen, bevor sie ihn umbrachten! Sie behaupteten, er habe sie bestohlen." Mit einem gezwungenen Lächeln fügte er hinzu: „Und wahrscheinlich hat er das auch getan. Doch ich sah, daß er halb verhungert war. Ich wollte nicht zulassen, daß man ihn umbrachte, nur weil er Hunger hatte! Leider hetzte einer ihrer Kumpane die Polizei auf mich. Mich trieben sie ins Gefängnis und den Jungen nahmen sie anderswohin mit."

Der Zigeuner nickte, als wäre ihm Tierneys Geschichte nicht fremd. „Nicht gerade der beste Willkommensgruß. Gibt es jemanden in der Stadt, der dich erwartet? Jemanden, der dir helfen könnte?"

„Ich war auf der Suche nach einem alten Freund meines Vaters. Bei ihm soll ich wohnen, auf seinem Gut außerhalb von Dublin."

Er drehte sich zur Seite, ein stechender Schmerz durchzuckte seine Rippen mit solcher Heftigkeit, daß er nach Atem rang. Gleichzeitig griff ein anderer Schmerz nach ihm, der Schmerz der Reue und der Verzweiflung angesichts der furchtbaren Lage, in die er sich selbst gebracht hatte. Nach all den Jahren war endlich sein Traum, Irland zu sehen, in Erfüllung gegangen, nur um wieder zunichte gemacht zu werden, noch ehe er den Hafen richtig verlassen hatte.

„Der Freund deines Vaters hat ein Gut? Dann muß er ein wohlhabender Mann sein."

Sofort wurde Tierney vorsichtig. Die Zigeuner waren dafür bekannt, Reiche zu betrügen und zu bestehlen. „Vielleicht ist es kein richtiges Gut", schränkte er ein. „Ich glaube, das Grundstück gehörte seinem Großvater."

Jan Martova betrachtete Tierney mit einem forschenden Blick. „Und weiß der Freund deines Vater, was dir passiert ist? Daß du hier bist?" Tierney schüttelte den Kopf, noch immer von dem Schmerz gequält, seine Pläne durchkreuzt zu sehen. „Ich hatte keine Möglichkeit, ihn zu benachrichtigen."

Der Zigeuner nickte, ohne etwas zu erwidern. Er wandte sich um und schritt durch die Zelle, wobei die Absätze seiner Stiefel laut auf dem Steinfußboden aufschlugen. Einen Augenblick hielt er inne und starrte auf das abscheuliche Lager, das ihm als Bett dienen sollte. Mit einem verächtlichen Blick blieb er stehen.

Mit der Stiefelspitze auf dem Fußboden kratzend, schien er seine Worte sorgfältig abzuwägen. „Vielleicht kann ich dir helfen", erklärte er. „Vielleicht könnten wir es einrichten, daß den Freund deines Vaters eine Nachricht von dir erreicht. Wenn er reich ist, muß er auch Einfluß haben — vielleicht genug Einfluß, um dich hier herauszuholen."

Tierney entging der geschäftliche Unterton in den Worten des anderen nicht, doch vermochte er nicht, das lebhafte Interesse zu verhehlen, welches der Vorschlag des Zigeuners bei ihm wachgerufen hatte. „Und wie willst du das einrichten?" fragte er mißtrauisch. „Mir scheint, daß du genausofest eingesperrt bist wie ich."

Der Zigeuner lächelte geheimnisvoll. „Aber meine Familie ist es nicht. Einer meiner Cousins ist irgendwo da draußen, jetzt, und hält Wache", erklärte er und deutete auf das hohe, schmale Fenster. „Er fungiert als Wachtposten für meinen älteren Bruder, damit mir kein übermäßiges Leid geschieht. Es wäre nicht schwierig, eine Nachricht nach draußen zu bringen und sie weiterzuleiten."

Er hielt inne, mit den Fingerspitzen über sein Kinn streichend. „Es müßte jedoch eine *schriftliche* Botschaft sein. Dein wohlhabender Gönner würde vermutlich den Worten eines Zigeuners kaum Glauben schenken."

Tierney entging der spöttelnde Unterton des Zigeuners nicht. Er verschwendete auch keinen Gedanken daran, daß er Morgan Fitzgerald Unannehmlichkeiten bereiten könnte. Wenn es irgendeine Chance gab, aus dem Höllenloch herauszukommen, und war sie auch noch so gering, er wäre ein Tor, wenn er sie nicht nutzen würde!

„Wie heißt der Freund deines Vaters?" fragte der Zigeuner.

Tierney zögerte nur einen Moment: „Morgan Fitzgerald."

Jan Martova sah ihn an. „Der Mann, den sie *Seanchai* nennen? Der große Dichter im Rollstuhl?"

„Du kennst ihn?"

Der Zigeuner schüttelte den Kopf. „Ich habe nur von ihm erzählen hören. Morgan Fitzgerald ist ein sehr umstrittener Mann – und ein sehr geachteter."

Tierney ließ sich nicht von seinem Ziel ablenken. „Was erwartest du", fragt er offen, „als Gegenleistung für deine Hilfe?"

Jan Martova winkte mit einer Hand ab, dann lächelte er. „Vielleicht darf ich hoffen, daß der große *Seanchai* auch mir helfen würde. Ich war schon einmal hier drin, verstehst du, und ich mag diesen Ort genausowenig wie du."

Tierney hätte ihm ganz Irland dafür versprochen, aus diesem abscheulich stinkenden Loch herauszukommen. „Eine schriftliche Botschaft, sagtest du. Wo soll ich *hier* Bleistift und Papier hernehmen?"

Der Zigeuner, noch immer über sein Kinn streichend, schwieg. Plötzlich faßte er den Ärmel seines Hemdes am Ellenbogen und begann, daran zu ziehen, bis er ein Stück herausgerissen hatte. Den Fetzen zwischen den Fingern haltend, deutete er auf Tierneys gebrochenen Arm und sagte: „Das wird dir als Schreibpapier dienen. Ich hoffe jedoch, daß dies nicht die Hand ist, mit der du schreibst."

Tierney schaute über die behelfsmäßige Schiene. „Doch", murmelte er, „du wirst für mich schreiben müssen."

Jan Martova sah ihn lange durchdringend an. „Das kann ich leider nicht. Du mußt es mit deiner anderen Hand bewerkstelligen."

Tierney brauchte einige Zeit, bevor ihm ein Licht aufging. Ihm fiel ein, daß sein Vater ihm erzählt hatte, daß die meisten Zigeuner weder schreiben noch lesen konnten, daß sie es ablehnten, ihre Kinder zur Schule zu schicken und aus diesem Grund jede Generation wieder als Analphabeten aufwuchs.

Tierney nickte verlegen. „Ich werde es schaffen." Er stand von seinem Bett auf und schaute entsetzt zu, wie der Zigeuner zu dem Lager auf der andere Seite der Zelle ging, dort niederkniete und darunter und daneben etwas zu suchen begann. Schließlich hielt er inne und lächelte breit. Er stand auf und hielt Tierney einen Nagel entgegen. „Und das", sagte er, immer noch breit lächelnd, „wird deine Feder sein."

Tierney starrte ihn an.

„Natürlich brauchen wir auch noch Tinte", sagte Jan Martova unverzagt.

Tierney erkannte, daß er sich nicht nur mit einem Zigeuner eingelassen hatte, sondern obendrein mit einem *verrückten* Zigeuner. „Und wo", fragte er ungehalten, „schlägst du vor, *Tinte* zu finden?"

Die dunklen Augen des Zigeunerjungen blitzten schalkhaft. „Blut", entgegnete er, während er aus seinem Stiefel ein Messer hervorzog. „Blut wird den Zweck gut erfüllen, denke ich."

„*Blut?*" wiederholte Tierney ungläubig und wappnete sich für den Fall, daß der verrückte Zigeuner ihn angriff.

Jan Martova grinste. „Blut", sagte er noch einmal. „Mach dir keine Sorgen, kleiner Ami", fügte er hinzu. „Wir nehmen *Zigeunerblut*. Ich habe genug davon."

5. Kapitel

Die Erinnerungen werden dir für immer bleiben

Die wir wahrhaft lieben, sterben nie ...
Nach Jahren noch, wenn wir müde und verdrossen,
streift ein Hauch alter Liebe unsere Wangen, frisch und neu.

John Boyle O'Reilly (1844-1890)

Verdrossen über die für die Jahreszeit ungewöhnliche Kälte, die sich überall im Haus auszubreiten schien, versuchte Morgan, die Scheite in dem großen steinernen Kamin der Bibliothek zu neuem Leben zu entfachen.

An seinen Schreibtisch zurückgerollt, blätterte er einen Augenblick lustlos in einigen Papieren, bevor er in seinem Rollstuhl zurücksank.

Seine Seele war matt, und seine Glieder schmerzten, doch war es noch nicht spät genug, um schlafen zu gehen. Er hatte ohnehin genug mit Einschlafproblemen zu kämpfen und verbrachte die frühen Nachtstunden größtenteils mit einem Buch, bis die Müdigkeit ihn endlich übermannte. Seitdem ihn die Nachricht vom Tod des kleinen Tom erreicht hatte, wurden selbst diese wenigen kostbaren Stunden, in denen er sonst Schlaf fand, häufig von schmerzlichen Erinnerungen und unruhigen Träumen unterbrochen.

Er war in großer Sorge um seine Nichte Johanna — die einzige Überlebende der Familie seines Bruders. Das arme Mädchen hatte schon genug daran zu tragen, daß sie weder hören noch sprechen konnte. Ihr kleiner Bruder war für sie wie ein Geschenk des Himmels. Von Anfang an hatte sie ihn abgöttisch geliebt, wie eine kleine Mutter, hatte ihn versorgt, mit ihm gespielt, über ihn gewacht.

Wie wird sie den Tod des geliebten Bruders verkraften? Morgan seufzte und wischte sich mit dem Ärmel die Augen trocken, während er noch tiefer in seinem Rollstuhl zusammensank.

Um sich von dem kleinen Tom abzulenken, richtete er seine Gedanken bewußt auf Tierney Burke. *Der Junge müßte eigentlich längst hier sein.*

Michaels Brief, in dem er von den Problemen seines Sohnes und seiner Überfahrt nach Iralnd berichtete, war bereits vor mehr als einer Woche eingetroffen. Seitdem war Sandemon jeden Tag zum Hafen gegangen, um den Jungen abzuholen. Dann hatte er, letzten Freitag erst, erfahren, daß das Schiff bereits vor zwei Wochen eingelaufen war. Doch von Tierney Burke fehlte jegliche Spur.

Seitdem er Michaels Brief mit der Nachricht erhalten hatte, daß Tierney auf dem Weg nach Irland war, sah Morgan seiner Ankunft mit gemischten Gefühlen entgegen. Einerseits freute er sich und konnte es kaum erwarten, den Sohn seines ältesten Freundes kennenzulernen, andererseits fürchtete er, daß mit dem Jungen auch irgendwelche Schwierigkeiten nach Nelson Hall kommen könnten.

Michael hatte, wie es seine Art war, in seinen Briefen sehr offen von den Auseinandersetzungen zwischen ihm und seinem Sohn berichtet, die — zumindest aus Michaels Sicht — aus dem rebellischen, heißblütigen Temperament des Jungen resultierten. In all den Jahren, in denen sie sich geschrieben hatten, war Morgan immer wieder auf Ähnlichkeiten zwischen Tierney Burke und *ihm* selbst gestoßen. In seiner Jugend hatte man auch über ihn die Stirn gerunzelt und ihn als rebellisch und aufrührerisch bezeichnet. Als sie noch als Jungen in ihrem Dorf Killala lebten, hatte Michael ihm oft — und nur selten im Scherz — vorgeworfen, daß er, wie ein Hund dem Hasen, ständig neuem Ärger nachjagte.

Bei diesem Gedanken huschte ein schwaches Lächeln über Morgans Gesicht. Welch bittere Ironie für den vernünftigen, praktischen, zuverlässigen Michael, einen Sohn zu haben, der offensichtlich eine Mischung aus Quecksilber und Feuer war — ganz ähnlich dem Freund, der er ihn so oft zur Verzweiflung gebracht hatte.

Als er sich vorstellte, wie schmerzlich und enttäuschend das alles für Michael sein mußte, erkannte Morgan, daß *hier* der Unterschied zwischen ihm und Tierney Burke lag. Seinem Vater hatte die rebellische Art seines Sohnes wenig Kummer bereitet. Aidan Fitzgeralds Vaterschaft war, wenn auch nicht gänzlich von Gleichgültigkeit, so doch von einer gewissen Lethargie gekennzeichnet — selbst wenn er, was nur selten vorkam, nüchtern war. Die schulische Bildung ausgenommen, hatten Morgan und sein Bruder Thomas sich faktisch selbst erzogen. Durch das mangelnde Interesse ihres Vaters genossen sie als Jungen unheimlich viele Freiheiten, worum sie andere Jugendliche im Dorf sehr beneideten.

Vielleicht war es seine eigene vernachlässigte Erziehung — gepaart mit Michaels Treue als Freund — die Morgan fest entschlossen machten, sein Bestes für Tierney Burke zu tun, ihm ein Zuhause zu geben und ihm zu helfen, wo immer er es zuließ. Inzwischen hoffte er, daß sie vielleicht sogar Freunde würden.

Unglücklicherweise schienen seine guten Absichten fehlzuschlagen, noch ehe er den Jungen überhaupt zu Gesicht bekommen hatte!

Mit beiden Händen über seinen Bart streichend, schloß er einen Augenblick lang angesichts des dumpfen Schmerzes, der seine Schläfen befallen hatte, die Augen.

„Morgan?"

Er schaute auf und sah Finola in der Tür stehen. Wie immer, wenn er sie sah, wurde ihm warm ums Herz. Sich in seinem Stuhl aufrichtend, winkte er sie herein. „Hast du keine Lust mehr zu nähen?"

Sie schüttelte den Kopf und lächelte scheu, während sie auf ihn zuging. „Eigentlich bin ich gekommen ... um nach dir zu schauen", antwortete sie behutsam. „Du mußt heute abend an deinen Neffen denken, nicht wahr, Morgan?"

Er nickte. Es war beinahe beängstigend, wie sie seine Gedanken stets zu erraten schien. „Ja, das muß ich. Mir scheint, ich kann kaum noch an etwas anderes denken, außer vielleicht an das Ausbleiben von Michaels Sohn. Ich mache mir langsam große Sorgen um den Jungen."

Morgan kam in seinem Rollstuhl hinter dem Schreibtisch hervorgerollt und hielt inne, um die schweren rosa Vorhänge zuzuziehen. „Komm, setz dich zu mir", sagte er, zum Kamin weisend, „obwohl meine Gesellschaft heute nicht gerade hinreißend sein wird."

Er schaute zu, wie Finola behutsam in dem großen Sessel am Kamin Platz nahm. Er liebte die Art, wie Finola sich bewegte. Obgleich es nicht mehr zu übersehen war, daß sie ein Baby erwartete, war jede ihrer Bewegungen, jede Geste so anmutig wie Wasserspiele.

Ihr flachsblondes Haar fiel in dicken Flechten über ihre Schulter. In ihrem honigfarbenem Kleid, die helle Haut im Glanz des Flammenlichts erstrahlend, sah sie anmutig, zerbrechlich und über alle Maßen bezaubernd aus.

„So hast du noch immer keine Nachricht von Tierney Burke erhalten?"

„Nein", erwiderte Morgan, während er seine Augen von ihr losriß und in die Flammen schaute. „Vielleicht hätte ich das Schiff früher erwarten sollen. Ein Angestellter eines Importeurs hat Sandemon erzählt, daß es ein neues Schiff war, eines von Farmingtons Postschiffen — und wesentlich schneller als die meisten seiner Vorgänger."

„Dem Jungen wird doch wohl nichts passiert sein? Er ist knapp siebzehn Jahre alt, sagtest du."

Ratlos hob Morgan die Hände „Woher sollten wir es wissen? Und der Haken dabei ist, daß wir nicht einmal wissen, wo wir mit der Suche beginnen sollten. Der Junge kann mittlerweile *überall* gelandet sein!" Tief seufzend hielt er inne. „Mir scheint, ich bin als Vormund nicht sehr erfolgreich."

„Was soll das heißen? Du bist einfach *wunderbar* zu Annie!"

Er schaute sie an, dann richtete er seinen Blick wieder ins Feuer. „Ich muß immer wieder daran denken, wie ich den kleinen Tom zum letztenmal sah, ihn und die anderen aus meiner Familie ... in der Nacht, als ich sie an Bord ihres Schiffes nach Amerika brachte."

Er schloß die Augen und schwieg einen Augenblick angesichts der schmerzlichen Bilder, die vor ihm auftauchten. Die letzten Tage hatten so viele qualvolle Erinnerungen wachgerufen, die Morgan für immer zu verbannen versucht hatte: er sah, wie Thomas, sein Bruder, vor seinen Augen erschossen wurde, ermordet, weil er Morgans Leben retten wollte ... die entsetzten Augen der Kinder, als sie an Bord getrieben, halb getragen wurden ... Noras Qualen ... der Tod ihres ältesten Sohnes, noch ehe das Schiff den Hafen verließ ...

„Ich spüre immer noch, wie der Junge seine dünnen Ärmchen um meinen Hals schlang, als er sich verabschiedete ... so zerbrechlich diese kleinen Arme ... die mich nicht loslassen wollten ..."

Er erschrak, als ihm bewußt wurde, daß er laut gesprochen hatte und warf Finola einen schnellen Blick zu.

„Dein kleiner Neffe?" fragte sie sanft.

Morgan nickte und umklammerte mit den Armen seine Brust. „Er war damals kaum mehr als ein Baby ... noch nicht einmal drei Jahre alt. Er und die kleinen Mädchen waren durch den Aufruhr im Hafen vollkommen verängstigt — das meiste habe ich dir ja erzählt ..."

Sie beugte sich nach vorn und berührte schweigend seine Hand.

„Ich hatte geglaubt — ich war davon überzeugt — daß ich sie in ein besseres Leben entließ, in ein Land voller Hoffnung schickte ..."

Er schüttelte den Kopf, gequält von der noch immer so lebendigen Erinnerung an die großen grünen Augen des kleinen Tom — die „Fitzgerald-Augen", wie Thomas sie immer genannt hatte. Wieder sah er die Angst und die Panik in jenem entsetzten Blick, als der Junge begriffen hatte, daß sein Vater tot war und nicht mit ihnen nach Amerika gehen würde.

Zuerst Katie, jetzt der kleine Tom, Gott sei ihnen gnädig. Auch in Amerika hatten sie keine Hoffnung gefunden ...

Finolas sanfte Stimme riß ihn aus seinen trübsinnigen Gedanken. „Du hast getan, was du für das Beste hieltest, alles, was du tun konntest. Du hast ihnen alles gegeben, was dir möglich war, Morgan. Du mußt dich an die Gewißheit klammern, daß sie, zumindest einige Zeit lang, glücklicher waren, als sie hier in Irland gewesen wären." Sie hielt inne und berührte seine Hand.

„Und dann hast du noch die Erinnerungen ... deine Erinnerungen werden dir für immer bleiben. Wie lieb sie dir jetzt sein müssen —"

Als sie draußen im Flur ein deutliches Räuspern vernahmen, brach Finola ab, und beide wandten sich zur Tür.

In der Tür erschien Artegal. Starr blieb der bleiche, hagere Diener stehen, seine stets gegenwärtige mißbilligende Miene besonders ausgeprägt.

„Verzeihen Sie, Sir, aber es ist —" er schluckte so angestrengt, als hätte er einen dicken Pfropfen in seinem Hals. „Es ist ein *Zigeunerjunge* an der Hintertür, der darauf besteht, Sie zu sprechen."

Morgan starrte Artegal an. *„Ein Zigeunerjunge? Hier?"*

„Ich fürchte, ja, Sir. Soll ich ihn wegschicken?"

„Warum will er mich sprechen?"

Der Diener rollte voller Verachtung mit den Augen. „Er *sagt,* er hätte eine Nachricht für Sie."

Morgan dachte einen Augenblick nach.

„Gut, bringen Sie ihn herein. Und schicken Sie bitte Sandemon zu mir."

Artegals Augen weiteten sich. Nichts erwidernd, unternahm er auch nicht im geringsten den Versuch, seine Mißbilligung zu verbergen. „Jawohl, Sir."

Sobald der Diener das Zimmer verlassen hatte, wandte Morgan sich an Finola. Ungebeten wurden in ihm alle alten Märchen darüber wach, daß Zigeuner Kinder stahlen und Ungeborene mit einem Fluch belegten. Auf der einen Seite ärgerte er sich, daß ihm solcher Unfug in den Sinn kam, auf der anderen Seite übermannte ihn der Drang, seine junge Frau zu schützen.

„Vielleicht ... ist es am besten, du gehst zu Annie und Schwester Louisa zurück."

Sie schaute ihn verdutzt an.

Immer noch ärgerlich auf sich selbst, seufzte Morgan. „Weißt du, bei Zigeunern kann man nie sicher sein, was einen erwartet. Sie sind ein ... seltsames Volk."

Noch immer verwundert stand Finola auf, strich ihren Rock glatt und verließ das Zimmer.

Es war Sandemon und nicht Artegal, der den rätselhaften Besucher hereinführte. Neben dem großen Mann mit schwarzer Hautfarbe wirkte der Junge, der etwas zerlumpt und nicht allzu sauber aussah, noch winziger.

In Sandemons Augen war eine ungewöhnliche Vorsicht zu lesen, als sie das Zimmer betraten. Sein sonst stets gelassener Gesichtsausdruck wirkte angespannt.

Als Morgan den Jungen betrachtete, schätzte er ihn nicht älter als zehn Jahre, vielleicht war er sogar noch jünger. Seine dunklen Augen blickten mißtrauisch aus dem schmalen schmutzverschmierten Gesicht, und um den Hals trug er ein ausgewaschenes bedrucktes Halstuch. Daß er Zigeuner war, war nicht zu übersehen. Bestimmt gehörte er einer der Romafamilien an, die häufig ihr Lager auf freien Plätzen in den Elendsvierteln, wie z. B. in den Liberties, aufschlugen.

Morgan rollte hinter seinen Schreibtisch. „Worum geht es?" fragte er zu Sandemon gewandt.

Der dunkelhäutige Mann von den Westindischen Inseln zog unschlüssig eine dunkle Augenbraue nach oben. „Dieser Junge behauptet, eine Nachricht für Sie zu haben, *Seanchai*. Ich habe ihn nach Beweisen fragt, doch er lehnt es ab, mir die Nachricht zu zeigen."

Stirnrunzelnd richtete Morgan seinen Blick auf den Zigeunerjungen. „Nun denn — welche dringende Botschaft bringst du?"

Der Junge mit dem struppigen Haar schob trotzig sein Kinn nach vorn. Aus seinen schwarzen Augen schien, unglaublicherweise, Empörung zu sprechen.

„Die Botschaft befindet sich hier", sagte er und klopfte vorn auf ein sehr schmutziges weißes Hemd. Mit einer Arroganz, die Morgan beinahe belustigend fand, fuhr der Zigeunerjunge fort, Morgan in seinem Rollstuhl zu mustern. „Ich darf die Nachricht keinem anderen übergeben als dem *Gorgio* namens Morgan Fitzgerald", erklärte er schließlich.

„‚Gorgio'?" fragte Sandemon.

„So bezeichnen die Roma jeden, der kein Zigeuner ist", antwortete Morgan, die Augen weiter auf den Jungen gerichtet. Im Laufe der Jahre hatte er einige Zigeuner kennengelernt, allerdings nicht sehr gut. Er bezweifelte, daß jemals ein *Gorgio* einen Zigeuner gut kennen würde. Sie waren ein verschlossenes, altes, isoliert lebendes Volk, die Zigeuner — eine fremde Rasse, die hinter der scheinbar uneinnehmbaren Festung ihrer selbstauferlegten Abgeschiedenheit lebte. Es geschah in der Tat äußerst selten, daß ein Außenstehender diese Mauer durchbrechen konnte.

„Ich bin Morgan Fitzgerald", sagte er zu dem Jungen. „Und jetzt möchte ich bitte die Botschaft haben, die du bei dir zu tragen behauptest."

Die dunklen Augen musterten ihn scharf. Morgan glaubte, dies war das erste Mal, daß ihm ein grüner Junge – der obendrein ein Zigeuner war – mit Verachtung begegnete. Wäre der Junge nicht noch ein Kind gewesen, hätte er sich vermutlich empört. „Die Botschaft!" forderte er bestimmt.

Er sah zu, wie der Zigeunerjunge in sein Hemd griff und etwas hervorzog, das aussah wie ein Stück Stoff. Ohne ein Wort zu sagen, ging der Junge auf Morgan zu und reichte ihm den Stoffetzen.

„Was –" Morgan faltete den Stoff auseinander und hielt ihn angespannt zwischen beiden Händen. Sein Blick wanderte von dem Jungen zu dem Stoffetzen. Einen Augenblick schaute er verständnislos darauf herab, ohne irgend etwas zu begreifen.

„Seanchai?"

Der besorgte Ton in Sandemons Stimme rüttelte ihn wach. Schließlich begriff er den Sinn der unbeholfen auf den Stoff gekritzelten Worte.

Er mußte hart schlucken, und sein Herz begann wie wild gegen seine Brust zu hämmern. „Wo hast du das her?" stieß er, zu dem Jungen aufblickend, hervor.

Wieder musterte ihn der kleine Zigeuner, bevor er kurz angebunden erwiderte: „Von meinem Cousin, aus dem Gefängnis. Er hat es mir durch das Fenster seiner Zelle zugeschoben."

„Aus dem *Gefängnis*?" Benommen starrte Morgan ihn an.

Aufbrausend erklärte der Zigeunerjunge: „Mein Cousin, Jan Martova, ist im Gefängnis – er wurde zu unrecht beschuldigt!" Sich zu seiner vollen Größe aufrichtend, fügte er hinzu: „Er hat mir diese Botschaft im Namen seines Gorgio Zellengenossen anvertraut."

Zellengenossen . . .

Morgan rang darum, die Situation völlig zu begreifen. Dann, den Blick nicht von dem Jungen wendend, reichte er Sandemon den Fetzen Stoff. „Die Nachricht", sagte er mit leiser Stimme, „ist von Tierney Burke." Er hielt inne, gegen die Trockenheit in seinem Mund ankämpfend. „Er ist offensichtlich im Gefängnis, hier in Dublin."

Sandemon überflog die auf den Stoff gekritzelten Worte. Als er wieder aufsah, stand Entsetzen auf seinem Gesicht geschrieben. „Das sieht aus als ob –"

Morgan nickte, ihm wurde übel. „Als ob es mit Blut geschrieben sei."

6. Kapitel

Begegnung in einem Gefängis von Dublin

Wir haben einander zu Fall gebracht — doch es war sinnlos.
Denn es waren zwei Helden, die aufeinandertrafen.

Aus dem Irland des Neunten Jahrhunderts.

Die Zellentür wurde aufgerissen. Das Metall klirrte auf dem Steinfußboden, Tierney aus dem Schlaf reißend.

Es blieb ihm keine Zeit, seine Gedanken zu ordnen oder die Augen an die Dunkelheit zu gewöhnen, ehe „Beulenwilly" und Rankin, einer der anderen Wärter, fluchend in die Zelle rasten. Zornrot im Gesicht, stürzte sich Rankin mit geballten Fäusten auf Jan Martova. Gleichzeitig fiel „Beulenwilly" über Tierney her.

„Was —" Auf die Füße taumelnd duckte sich Tierney und entging so dem ersten Schlag des Wärters. „Beulenwilly" holte von neuem aus. Tierney sah die schwere Kette, die der Wärter um seine Fingerknöchel geschlungen hatte und konnte seinen Kopf gerade noch rechtzeitig zur Seite drehen, um dem nächsten wütenden Schlag zu entrinnen. „Beulenwilly" verlor das Gleichgewicht und taumelte fluchend gegen die Wand.

Tierney sah, wie Jan Martova einen derben Schlag von Rankin einsteckte, einem wuchtigen Dummkopf, der zweimal so groß wie der Zigeuner und hundsgemein war. Doch er wußte, daß er keinerlei Chance hatte, seinem Zellengenossen zu helfen. Er hatte mehr als genug damit zu tun, seinen eigenen wütenden Angreifer von sich fernzuhalten.

„Du schmutziger Verräter, du Ami!" Der Wärter hatte sich wieder auf ihn gestürzt, seine fleischigen Hände gegen Tierneys Kehle drückend. Voller Angst spürte Tierney, wie er kaum noch Luft bekam, seine Luftröhre abgeschnürt zu werden drohte. In seinem Kopf drehte sich alles. Vor seinen Augen flimmerten helle Punkte, in blinder Verzweiflung schlug er mit seinem gesunden Arm um sich und auf den Wärter ein.

Der Wärte brüllte und schleuderte Tierney, die Zähne bleckend, gegen die Steinwand der Zelle. „Mit den schmutzigen Zigeunern Botschaften hinausschmuggeln, was? Du hast einen schlimmen Fehler gemacht, du amerikanischer Hund, du! Er spie Tierney ins Gesicht, bevor er ihm mit der Faust in die Magengrube stieß.

Tierney kämpfte gegen den Schmerz, der seinen ganzen Körper durchzog und ihn zu erwürgen drohte. Er spürte, wie seine Knie weich wurden und rang mit aller Kraft darum, das Bewußtsein nicht zu verlieren. „Beulenwilly" grinste. Seinen stinkenden Atem in Tierneys Gesicht schnaubend, ergötzte er sich sichtlich an den Qualen des Jungen.

Die Wut verlieh Tierney noch einmal neue Kraft. Er hob sein Bein an und stieß dem Wärter mit dem Knie gegen die Genitalien. Die Augen des Wärters quollen hervor, als er vor Schmerz brüllend rückwärts torkelte.

Aus den Augenwinkeln sah Tierney, wie der Zigeuner einem von Rankins Schlägen ausweichen konnte. Er bückte sich und zog dasselbe Messer hervor, mit dem er sich selbst eine Ader aufgeschnitten hatte, um Blut zum Schreiben zu gewinnen. Als er sich aufrichtete, blitzte in seinen Händen die Klinge, und in seinen Augen glühte der Haß. Bevor er jedoch auch nur eine Bewegung machen konnte, stürzte Rankin sich wieder mit der vollen Wucht seines massigen Körpers auf ihn, und er verlor das Gleichgewicht. Der Wärter landete einen mörderischen Schlag gegen den Kopf des Zigeuners, und Jan Martova schlug dumpf auf dem Boden auf.

Während er stürzte, flog das Messer aus seiner Hand und fiel klirrend zu Boden. Tierney sprang nach vorn, zu dem Messer. Im selben Augenblick hatte sich „Beulenwilly" soweit erholt, daß er sich schwerfällig auf Tierney zu stürzen begann. Er packte ihn am Unterleib und hielt ihn fest.

Nach Atem ringend wand sich Tierney in dem verzweifelten Versuch, den Wärter abzuschütteln. Doch mit dem gebrochenen Arm war er in den Klauen des Riesen praktisch wehrlos. Er sah, wie Rankin das Messer aufhob, sich Jan Martova zuwandte, der immer noch ausgestreckt und vermutlich bewußtlos auf dem Fußboden lag.

Tierney schrie ihm eine Warnung entgegen, doch der Zigeuner bewegte sich nicht.

Hinter seinem Rücken keifte „Beulenwilly". „Die Zigeuner haben für dich eine Botschaft auf das Gut draußen auf dem Hügel vor der Stadt geschmuggelt, nicht wahr?" Wieder streifte sein stinkender Atem Tierneys Gesicht. „Nun, das wird dir nicht gut bekommen!"

Seine fleischigen Arme preßten Tierneys Leib zusammen, so daß es ihm die Luft nahm. Ihm wurde übel und schwindlig.

Irgendwie fand er die Kraft, zurückzuschlagen und dem Wärter mit den Fersen in die Knie zu treten. Im selben Moment wand er sich und war endlich frei.

Er taumelte nach vorn. Als er sich umwandte, sah er, wie „Beulenwilly" sich erneut auf ihn stürzte. Die großen Pranken des Wärters waren über seinem Kopf zur Faust geballt, bereit, zu einem tödlichen Schlag auszuholen.

Tierney machte sich steif und hob dann bewußt seinen geschienten Arm, vor Schmerz nach Atem ringend. Er zielte mit der groben, scharfen Kante der Behelfsschiene auf den Hals des Wärters und stieß sie mitten in die schlimme, rot entzündete Eiterbeule. Der Wärter schrie laut auf vor Schmerz, seinen Hals umkrallend, während er zu Boden fiel.

Obgleich Zorn und Haß in Tierneys Adern wallten, zuckte er zusammen, als er die Qualen dieses Mannes sah. Wieder zu Rankin und Jan Martova gewandt, erkannte er, daß der andere Wärter für einen Augenblick von „Beulenwillys" Schreien abgehalten worden war. Das Messer in der Hand, starrte er auf seinen Kameraden, der nur noch ein wimmernder Haufen auf dem Boden der Zelle war.

Mit lautem Gebrüll stürzte Tierney auf ihn zu, die gesunde Hand ausgestreckt, um dem Wärter das Messer zu entreißen.

Das Messer wie zum Wurf erhebend, brach Rankin in lautes Gebrüll aus.

„Halt!"

Als hinter ihm dieser donnernde Ruf erklang, wirbelte Tierney herum, Rankin einen Augenblick vergessend.

„Das Messer weg! Sofort!"

In der offenen Zellentür saß in einem Rollstuhl ein Riese mit feurigen Augen, die ebenso glühten wie sein kupferfarbenes Haar, und hielt eine Pistole auf Rankin gerichtet. Hinter ihm stand ein großer Schwarzer in einem purpurfarbenem Hemd, auf dem Kopf eine Matrosenmütze.

Die Waffe in der erhobenen Hand, ließ der große Mann im Rollstuhl noch einmal seine Warnung durch die Zelle dröhnen: „Ich sagte . . . das Messer weg!"

Diesmal gehorchte Rankin.

Die durchdringenden grünen Augen des Mannes im Rollstuhl durchbohrten den Wärter noch einen Augenblick, bevor sie sich mit ihrer vollen Intensität auf Tierney richteten.

Unwillkürlich erschauderte Tierney. Er schluckte hart. Einen Moment spürte er, wie seine Augen zu den von einer Decke verhüllten, leblosen Beinen des Mannes wanderten, der dasaß und ihn anstarrte. Endlich richtete er seinen Blick weiter nach oben, auf die Pistole und dann auf das von einem bronzefarbenem Bart umrahmte Gesicht, das offensichtlich vor Zorn glühte.

Der Mann saß steif und gerade da, während die eine große Hand die Pistole genau waagerecht hielt und die andere sich am Rollstuhl festkrallte. Tierney glaubte unter diesem Blick voll unglaubicher Wut zu vergehen und mußte sich zwingen, diesen Blick zu erwidern.

Natürlich wußte er, wer dieser Riese war. Obgleich er ihn nicht erwartet und die Umstände mehr als ungewöhnlich waren, erkannte er Morgan Fitzgerald sofort.

Vor ihm saß der Held seiner Kindheitsträume, die Hauptperson unzähliger Geschichten, die sein Vater im Laufe der Jahre über den Freund seiner Kindheit erzählt hatte: Geschichten von Jungenstreichen und gefährlichen Eskapaden junger Burschen, später dann wundersame Geschichten von dem umherziehenden Rebellen und Poeten, der in Tierneys Geist eine beinahe legendäre Rolle spielte.

Die Gegenwart dieses Mannes, auch wenn er an einen Rollstuhl gefesselt war, wirkte bezwingend. Er hatte das Gebaren eines Herrschers, eines alten Stammeshäuptlings, eines Kriegsfürsten. Die Kraft, die er ausstrahlte, schien die kleine schäbige Zelle mit pulsierender Energie zu erfüllen.

Solange Tierney zurückdenken konnte, hatte er diesen Mann vergöttert, hatte den Tag herbeigesehnt, an dem er ihn endlich von Angesicht zu Angesicht sehen würde, den Helden, der so viele seiner eigenen großen Hoffnungen und Ideale verkörperte. Obgleich er von der Verletzung, die den Mann gelähmt hatte, wußte, traf es ihn wie ein Schlag, deren grausame Auswirkung mit eigenen Augen sehen zu müssen.

Es schien ihm, als sei der fürchterliche Rollstuhl nur eine andere Art von Zelle, ein Gefängnis, aus dem es kein Entrinnen gab. Einen Augenblick schlug eine Welle bitterer Enttäuschung über Tierney zusammen: Enttäuschung und Empörung darüber, daß ein Mann wie Morgan Fitzgerald eine solche Grausamkeit erdulden mußte.

Die dunklen Bilder zogen vorüber und ließen ihn erschüttert und irgendwie verwirrt zurück darüber, daß er tatsächlich in der Gegenwart von Morgan Fitzgerald persönlich in der Zelle eines Gefängnisses von Dublin stand. Demütigung war für Tierney ein äußerst seltenes, beinahe fremdes Gefühl. In diesem Augenblick fühlte er sich jedoch gedemütigt. Er kam sich klein, unbedeutend und vollkommen lächerlich vor, daß seine erste Begegnung mit dem Mann, der ihn seit seiner Kindheit inspiriert hatte, von einer brutalen Schlägerei in einer feuchten, schmutzigen Gefängniszelle überschattet war.

Der durchdringende Blick dieser grünen Augen war auf ihn gerichtet, mit einem Mal seine ganze Gestalt umspannend. „Wenn du damit fertig bist, deine Wärter zusammenzuschlagen, könntest du vielleicht so nett sein und mir bestätigen, was ich bereits vermute: daß du Tierney Burke bist, Michaels Sohn."

Diese Stimme überraschte ihn. Tief und volltönend mit typisch irischem Tonfall, hatte sie etwas Ruhiges, Vornehmes an sich. Gleichzeitig spürte Tierney jedoch die Kraft, die in ihr lag, unter der selbst die Mauern dieses Gefängnisses erzittern würden. Tierney wurde immer elender zumute, und er zwang sich, dem Blick des riesigen Mannes weitaus sicherer zu begegnen, als er sich fühlte. „Ja, Sir. Ich bin Tierney Burke."

Ein kurzes Nicken jenes großen kupferfarbenen Kopfes; ein oder zwei Sekunden lang hätte Tierney schwören können, einen Schimmer von Belustigung in diesen bezwingenden grünen Augen wahrgenommen zu haben, ein Gedanke, der ihn vor Zorn erbeben ließ.

Doch als Morgan Fitzgerald sprach, war sein Ton nüchtern, seine Worte scharf: „Ja, das habe ich mir gedacht."

*　*　*

Einen Augenblick lang war Morgan von dem unglaublichen Gefühl betört, sich um zwanzig Jahre zurückversetzt zu sehen. Der schlanke junge Mann mit dem abgemagerten Gesicht, der mit gespreizten Beinen mitten in der Zelle stand, sah seinem Vater so ähnlich, daß Morgan beinahe den Namen seines alten Freundes ausgerufen hätte ...

Michael ...

Die gleiche stolze, unnachgiebige Kieferpartie war trotz des dunklen Bartwuchses deutlich zu erkennen. Das dicke schwarze Haar. Der vertraute selbstbewußte Blick. Die wohlgeformten breiten Schultern. Das hübsche, verschmitzte Gesichts, nur durch eine weiße Narbe über dem linken Auge beeinträchtigt. Morgan glaubte, er hätte den Jungen unter Tausenden erkannt.

Plötzlich ergriff ihn eine furchtbare Sehnsucht nach dem alten Freund seiner Jugend, so daß er sich unheimlich beherrschen mußte, nicht seine Arme auszubreiten und den Jungen an seine Brust zu drücken. Stattdessen warf er einen flüchtigen Blick auf den Wärter, der geifernd am Boden lag, dann auf den anderen, auf den er noch immer seine Pistole gerichtet hielt. Schließlich wanderte sein Blick zu dem Jungen, der bewußtlos an der Wand lag.

„Das ist der Zigeuner – der Cousin des Jungen, der deine Nachricht überbracht hat?" fragte er zu Tierney gewandt.

„Ja – er ... es war seine Idee, eine Botschaft zu schreiben ... er sagte, einer seiner Verwandten könnte sie überbringen, aber in Wahrheit hatte ich kaum Hoffnung ..."

Der Junge ließ seine Worte unvollendet verhallen. Morgan spürte deutlich das Unbehagen des jungen Rebellen und kam zu dem Schluß, daß ihm dieses Gefühl wahrscheinlich nicht sehr vertraut war.

Sandemon war zu dem auf dem Boden liegenden Zigeunerjungen gegangen und untersuchte ihn. „Er ist bewußtlos", sagte er aufblickend, „doch nicht schwer verletzt, vermute ich."

Morgan nickte. „Was soll das eigentlich alles? Die Zellentür steht offen, du prügelst dich mit deinen Wärtern –"

„Sie stürmten in die Zelle und begannen, auf uns einzuschlagen!" Der Mund des Jungen wurde schmal und hart. „Sie waren wütend, weil wir eine Botschaft nach draußen geschmuggelt hatten!"

„Ihr habt Glück, daß es nicht schlimmer für euch ausgegangen ist. Ich bezweifle, ob du die geringste Ahnung hast, mit welchen Schlägern man es an einem Ort wie diesem zu tun hat."

„Oh, ich glaube schon", erwiderte Tierney zähneknirschend, während er einen vielsagenden Blick auf den Arm warf, der in der schmutzigen Schlinge hing. „Das war zum Beispiel die Antwort, als ich sauberes Trinkwasser haben wollte."

Morgan verzog das Gesicht. „Ja", sagte er leise, „ich habe auch meine Erfahrungen mit dem Strafvollzug." Einen Augenblick musterte er den Jungen. „Du bist in meine Obhut entlassen. Ich vertraue darauf, daß du mir keinen Anlaß gibst, diesen Schritt zu bereuen."

Röte trat in das Gesicht des Jungen, und, o ja ... da war es wieder, dieses stolze Zurückwerfen des Kopfes, dieses trotzige Beben der Nasenflügel – wie ein junger, temperamentvoller Vollblüter.

Wie sein Vater ... wie Michael ...

„Ich kann Ihnen alles erklären, Sir."

„Ganz gewiß" sagte Morgan. „Und ich bin sicher, ich werde von deinen Erklärungen hingerissen sein. Doch das wird noch warten müssen, fürchte ich. Der erste Punkt der Tagesordnung lautet, dich hier herauszuholen."

Er wandte sich zu Sandemon, der wieder an die Tür getreten war. Die Züge des Farbigen verrieten keinerlei Regung, doch Morgan kannte ihn gut genug, um Mißbilligung und verhohlene Neugier in seinen Augen lesen zu können.

„Versuche, den Oberaufseher zu finden und sage ihm, daß wir sofort einen Arzt brauchen." Er hielt inne. „Vergiß nicht, ihn darauf aufmerksam zu machen, daß auch ein Wärter einen Arzt braucht, nicht nur ein Gefangener. Anschließend werde ich noch einmal mit dem Gefängnisdirektor sprechen, bevor wir nach Hause fahren."

„Sir?"

Morgan wandte sich wieder dem Jungen zu. Tierney deutete auf den Zigeuner, der immer noch regungslos auf dem Boden lag.

„Können wir ihn nicht mitnehmen? Bitte, ich verdanke ihm so viel."

Morgan starrte ihn an. „Unmöglich! Der Junge ist ein Fremder für dich, ein Gefangener", er hielt inne, „und ein Zigeuner."

Die blauen Augen funkelten. „Er ist ein Freund! Er hat sein Blut für mich nicht geschont! Ich werde ihn nicht so hier liegenlassen. Sie werden ihn umbringen!"

Morgan betrachtete ihn und spürte, wie er den hitzigen Ausbruch des Jungen im Grunde billigte. So hatte er also noch mehr von seinem Vater als nur das angenehme Äußere. Treue und ein ausgeprägter Gerechtigkeitssinn waren stets herausragende Züge Michaels.

Die beiden beobachtend, hielt Sandemon vor der Tür inne. Als Morgan seinem Blick begegnete, sah er in den Augen des Freundes Besorgnis und Zweifel.

Wieder an Tierney gewandt, erklärte er: „Man kann nicht einfach einen Zigeuner mitnehmen, wie es einem gefällt. Vermutlich würden wir damit den Zorn der ganzen Sippe auf Nelson Hall bringen! Seine Familie wäre über unsere Einmischung gewiß nicht erfreut."

„Unsere Einmischung wäre sicher willkommener, als ihn hier umbringen zu lassen. Sie wissen, was sie mit ihm machen werden! Er hat seine Wärter mit einem Messer angegriffen!"

Natürlich hatte er recht. Wenn sie ihn hier ließen, war der Junge so gut wie tot. Für diese Schurken waren Zigeuner nicht mehr als Tiere — völlig wertlos. Außerdem war es eine Tatsache, daß der größte Teil der Bevölkerung die Zigeuner haßte und darüber erbost war, daß sie sich so zahlreich in der Stadt aufhielten.

Doch selbst wenn er gewillt wäre, den Jungen mit nach Nelson Hall zu nehmen, könnte er ihn nicht einfach so aus dem Gefängnis herausholen. „Ich habe nicht das Recht, ihn mitzunehmen", sagte er stirnrunzelnd.

„Wie haben Sie *mich* dann freibekommen?" konterte Tierney Burke.

Morgan lächelte grimmig. „Man könnte sagen, daß ich den Einfluß meines verstorbenen Großvaters mit einer großzügigen Spende an den Strafvollzug kombiniert habe", erwiderte er kühl.

Der Junge brauchte nicht zu wissen, daß es eine unverschämt hohe Summe Bestechungsgeld war, gepaart mit einer versteckten Drohung. „Ich habe deinem Vater versprochen, die Verantwortung für dich zu übernehmen."

„Ich *brauche* niemanden, der für mich Verantwortung übernimmt", entgegnete Tierney Burke überlegen. „Ich bin siebzehn Jahre alt."

„Und ich bin noch viel älter", erwiderte Morgan im gleichen Tonfall, „und hoffentlich ein ganzes Stück klüger. Nun, was weißt du über den Zigeuner?" Er zeigte auf den Jungen, der noch immer bewußtlos am Boden lag."

„Nur soviel, daß er ein Pferd befreit hat, das von zwei Soldaten mit der Peitsche geschlagen wurde", antwortete Tierney. „Und daß er bereit war, mit seinem eigenen Blut eine Nachricht zu schreiben, um einem Fremden zu helfen."

Jene durchdringenden stahlblauen Augen waren herausfordernd auf Morgan gerichtet.

Und er ließ sich erweichen. Tief seufzend sagte er matt: „Ich werde sehen, was ich tun kann. Doch wenn wir alle von einer Rotte Zigeuner in unseren Betten umgebracht werden, wirst du es verantworten müssen und nicht ich."

7. Kapitel

Die offene Tür

Herrscher des Himmelszelts,
Ob dunkel oder hell sei mein Haus,
Meine Tür verschließ ich niemandem auf der Welt,
Damit nicht Christus auch mich stößt hinaus.

Frühirisch

Durch einen Spalt in der halb offenen Küchentür erspähten Annie Fitzgerald und der Wolfshund Fergus nicht, wie erwartet, *einen* neuen Jungen, sondern zwei, von denen der eine ein *Zigeuner* war. Ein *echter*
Zigeuner, nicht nur ein gewöhnlicher Landstreicher oder einer von dem
fahrenden Volk, die sich selbst als Zigeuner bezeichneten – nein, ein leib-
haftiger *Rom*!

Das war beinahe zuviel Aufregung an einem Abend! Ihre erste Begegnung mit einem richtigen Zigeuner – und gleichzeitig mit einem *Amerikaner!* Nun, eine richtige *Begegnung* war es eigentlich nicht: das heißt
noch nicht. Im Augenblick jedenfalls konnte sie nur durch die Tür, die
einen Spaltbreit offenstand, in die Küche spähen, wo der *Seanchai* und
Sandemon zuschauten, wie der Arzt die beiden Neuankömmlinge in
Nelson Hall untersuchte und verband. Doch sie würde ihnen *begegnen*,
ganz bestimmt und schon bald! Das hatte sie sich fest vorgenommen.

„Das ist ein *Ereignis*, Fergus", flüsterte sie so leise wie möglich dem
Wolfshund zu, der ebenfalls seinen Hals reckte, um das seltsame Treiben
in der Küche besser beobachten zu können. „Natürlich kann es sein, daß
du schon viele Zigeuner und vielleicht sogar auch einige Amerikaner
gesehen hast, bevor du zu uns nach Nelson Hall gekommen bist, aber für
mich ist das einfach ein *Ereignis*, das kann ich dir versichern."

Annie war davon überzeugt, daß sie klug genug war und den Zigeuner
auch als solchen erkannt hätte, wenn der alte Artegal, der Diener, sich
nicht so aufgeregt und vor sich hingemurmelt hätte, daß jeder es hören
mußte. Wer, wenn nicht ein Zigeuner, würde sich sonst so kleiden?

Und war er nicht prächtig anzusehen? Er war ein *echter* Zigeuner, das
stand völlig außer Zweifel! Mit dem dunklen spitzbübischen Schnurr-

67

bart, dem farbenfrohen Halstuch und einem goldenen Ring in einem Ohr sah er ungewöhnlich und geheimnisvoll und vielleicht sogar ein wenig gefährlich aus!

Annie erschauderte leicht bei diesem Gedanken, dann widmete sie ihre Aufmerksamkeit dem anderen Neuankömmling. So faszinierend der Zigeuner auch sein mochte, es war der *andere* Fremde, der Annie am meisten betörte – der Amerikaner, Tierney Burke.

Während der Zigeuner zu seiner Familie zurückkehren würde, sollte Tierney Burke hier bei ihnen in Nelson Hall wohnen. Und würde er nicht als der Sohn des ältesten Freundes des *Seanchai* beinahe zur *Familie* gehören?

Und sah er nicht hervorragend aus? Diesen Gedanken verriet Annie nicht einmal ihrem besten Freund, Fergus.

Bestimmt wäre Schwester Louisa empört, wenn sie erführe, daß Annie sich für das Aussehen eines jungen Burschen interessierte, ganz besonders, wenn es sich um einen jungen *Amerikaner* handelte, der ihnen allen noch völlig fremd war. Nonnen, so hatte Annie beobachtet, verstanden sich mit Jungen ohnehin nicht gut.

Die Augen zusammengekniffen, sah sie, wie der Arzt den Jungen auf die Bank setzte, die an der Wand stand. Er sank nach hinten, zwei Dinge in den Händen haltend, die ihm der *Seanchai* vorher übergeben hatte: eine zerschrammte Geige und einen Geldbeutel, der an einem Strick befestigt war. Er schien noch sehr schwach zu sein, doch sah er schon viel besser aus als vorher, ehe Dr. Dunne sich um ihn gekümmert hatte.

Als nächstes hieß der Arzt Tierney Burke in dem Stuhl neben dem Tisch Platz nehmen und half ihm, sein Hemd auszuziehen. Annie wußte, daß es mehr als an der Zeit für sie war, zu verschwinden. Doch eine Mischung aus Neugier und der Faszination, die von den außergewöhnlichen Geschehnissen in dieser Nacht ausging, gestattete ihr nicht, auch nur einen Augenblick von dem, was noch kommen sollte, zu versäumen.

Aus Anstandsgründen versuchte sie, ihren Blick von Tierney Burkes breiter Brust abzulenken. Sie konnte jedoch nicht umhin, sich einzugestehen, daß ihre Erwartungen in bezug auf den jungen Amerikaner völlig falsch waren. Vielleicht waren diese Vorstellungen bei ihr entstanden, weil der *Seanchai* stets von ihm wie von einem kleinen Jungen gesprochen hatte: ein dicker, rotgesichtiger Giftpilz von einem Jungen, wie einer der schrecklichen O'Higgins Zwillinge, oder vielleicht eine Vogelscheuche von einem Spitzbuben mit dunklen Sommersprossen und großen Ohren.

Tierney Burke war keines von beiden. Selbst in dem Stuhl konnte

Annie erkennen, daß er groß und schlank war, mit breiten Schultern und einem schönen, ausgeprägten Kinn — soweit sie es unter dem wirren dunklen Bart erkennen konnte. Und obgleich er so schlank wie ein temperamentvoller Jährling war, hatte er einen muskulösen Körperbau, der ihm das beinahe bedrohliche Aussehen eines erwachsenen Mannes verlieh. Und er hatte eine *Narbe* — eine lange Narbe wie ein Pirat, die von seiner Stirn über eine dunkle Augenbraue bis zum äußeren linken Augenwinkel führte.

Jegliche Furcht, für ihr unverschämtes Verhalten bestraft zu werden, verschwand, als sie die Unzahl schlimmer blauer Flecke auf dem Körper des jungen Amerikaners bemerkte. Sah das nicht um alles in der Welt so aus, als hätte jemand versucht, ihn umzubringen?

Annie hielt sich mit einer zur Faust geballten Hand den Mund zu, während sie sich mit der anderen auf Fergus' starken Rücken stützte. Plötzlich wurde sie von einer Woge des Schmerzes erfaßt, als sie an die furchtbaren Schläge dachte, die sie einst von der Hand ihres betrunkenen Stiefvaters einstecken mußte. Doch wie, fragte sie sich, sollte es jemandem gelungen sein, einen starken Jungen wie Tierney Burke derart zu mißhandeln?

Sie sah, wie er bleich wurde, als der Arzt zuerst die schmutzige Schlinge und dann die Schiene abnahm. Unwillkürlich zuckte Annie mit dem jungen Amerikaner vor Schmerz zusammen. Als Dr. Dunne etwas wie „den Knochen noch einmal durchbrechen" murmelte, spürte Annie, wie das Blut aus ihrem Kopf wich.

Sie beschloß, lange genug spioniert zu haben. Außerdem war sie keineswegs sicher, ob sie das, was jetzt kam, miterleben wollte ...

„Annie Fitzgerald! Ich fordere eine Erklärung! Sofort!

Annie erstarrte und seufzte, ärgerlich darüber, ertappt worden zu sein.

Nicht gewillt, sich Schwester Louisas Zorn zu stellen, blieb sie noch einen Augenblick bedächtig sitzen. Der scharfe Ton der Nonne war schon schlimm genug, doch das Feuer in ihren Augen würde unerträglich sein.

„Ich *sagte* ... ich fordere eine Erklärung."

Eine Sekunde bevor Annie sich umwandte, winselte Fergus unheimlich mitleiderregend. Annie hoffte, das würde dazu beitragen, die Nonne zu beruhigen. Die Schwester ignorierte den Wolfshund jedoch völlig und sah Annie mit einem wütenden Blick an, der scharf genug war, ihr Haar zu spalten.

„Ja, Schwester, ich bin noch einmal nach unten gegangen, um mir etwas warme Milch zum Einschlafen zu holen. Da hörte ich den Tumult und spähte durch die Tür, um zu sehen, was los ist. Und dann sah ich überall im Haus Fremde und Zigeuner. Natürlich wollte ich Sie holen ... doch bevor ich Ihre Ruhe störte, dachte ich, sehe ich selbst nach, was dieser Lärm zu bedeuten hat –"

„Spar dir deine langen Reden, mein Fräulein! Dafür bin ich viel zu wütend."

Das konnte Annie wohl sehen. Im Geist suchte sie krampfhaft nach einer vernünftigen Erklärung, die die Nonne besänftigen könnte. „Wissen Sie, Schwester –"

„Du solltest längst schlafen!" schimpfte Schwester Louisa weiter, Annies Versuch, sich zu erklären, völlig ignorierend. „Stattdessen finde ich dich im Flur, wie du deine Nase in Dinge steckst, die dich bestimmt überhaupt nichts angehen. Was hat dich bloß geritten, Kind! Was ist denn so fesselnd, daß du dich selbst derart erniedrigst?"

Nun hatte sie es! Auf das Schlimmste gefaßt, verzog Annie ihren Mund in düsterer Erwartung, während die Schwester sie mit dem Ellenbogen beiseite schob, um selbst einen Blick in die Küche zu werfen.

„Bei allen Heiligen!" stieß die Nonne hervor, während ihr Gesicht genauso weiß wurde wie das Leinen, von dem es eingerahmt war. Sie rollte mit ihren dunklen Augen, daß man meinte, sie jeden Augenblick in ihrem Gehirn verschwinden zu sehen. Annie unternahm noch einen letzten verzweifelten Versuch, sich zu retten, bevor die Nonne völlig die Beherrschung verlor. Auch Fergus winselte noch einmal, Versöhnung heischend.

„Dahinter spionierst du also her! Gottlose Zigeuner und halbnackte Fremde!"

Annie zuckte zusammen, auf eine Ohrfeige gefaßt. Sie wartete, daß ihre Sünde sie mit voller Kraft übermannen, ihre Schande übermächtig über ihr zusammenschlagen würde, um zu echter Reue zu finden.

„Ich wollte doch wirklich nur sehen, was los war!" erklärte sie noch einmal schwach, in der Hoffnung, Schwester Louisa würde die aufrichtige Reue in ihrer Stimme bemerken.

Plötzlich kam ihr ein brillanter Gedanke. „Und wollte ich mich nicht schon lange schlafen legen, Schwester? Das wollte ich wirklich! Ich hatte noch gelernt, aber bei dieser Aufregung im Haus konnte ich mich nicht konzentrieren. Ich fürchtete, es wäre ein Unglück geschehen!"

„Und es könnte geschehen, wenn du nicht die Treppe hoch bist, bevor ich bis zehn gezählt habe, Miss! Und bei fünfzehn unter deiner Bettdecke!"

Für diese unerwartete Gnade überaus dankbar, lief Annie sofort nach oben. „Komm, Fergus —"

„*Warte* —"

Annie hielt mitten auf der Treppe inne und wandte sich um. Sie hätte gleich wissen sollen, daß die Schwester die ungewöhnliche Milde zurücknehmen würde.

Die Nonne, nicht viel größer als Annie, die ebenfalls eher schmächtig war, stand neben ihr. „Du wirst dich von den beiden fernhalten", warnte sie Annie, mit den Augen rollend. „Man weiß nie, was man von einem Zigeuner — oder einem Amerikaner zu erwarten hat!"

„Aber, Schwester, ist Tierney Burke nicht der Sohn des ältesten und liebsten Freundes des *Seanchai*? Und was den Zigeuner betrifft —"

„Was den Zigeuner betrifft, wirst du ihn völlig ignorieren!" beendete die Nonne Annies Satz, wobei sie warnend den Zeigefinger hob und den Kopf schüttelte. „Ist das *ganz* klar, Miss?"

„O ja, natürlich, Schwester!" Annies Blick wanderte zu einer widerspenstigen dunklen Haarsträhne, die unter der Haube der Nonne hervorlugte. „Ja, dann … gehe ich also jetzt ins Bett, Schwester, wenn Sie bitte zu zählen beginnen."

Die Schwester kniff verdächtig die Augen zusammen, nickte aber nur kurz zum Zeichen, daß Annie entlassen war. Fergus wagte einen letzten Blick über die Schulter, als wolle er sich vergewissern, daß die Nonne ihnen nicht folgte, ehe er mit Annie um die Wette die Treppe hochjagte und mit Leichtigkeit als erster oben anlangte.

Mir scheint, sinnierte Annie, als wüßte auch ein Wolfshund, daß man einer wütenden Nonne lieber aus dem Weg geht.

* * *

Lousia blickte ihnen nach — das weiße Nachthemd des Mädchens wehte um ihre dünnen Beine, während sie zwei Stufen auf einmal nahm. Der Wolfshund, der sie im Nu überholt hatte, stand oben auf dem Treppenabsatz und wartete.

Ein Lächeln unterdrückend, dachte Louisa nach, ob sie wieder in ihr Zimmer zurückgehen oder nachsehen sollte, ob sie gebraucht wurde. Sie war zu einer Zeit in ihrer Andacht gestört worden, wo normalerweise alle anderen im Haus bereits schlafen gegangen waren. Halb erwartend, nach unten gerufen zu werden, hatte sie schnell ihre Tracht übergezogen und sich nach unten begeben, wo sie das Kind bei seinem Unfug ertappt hatte.

Sie wandte sich zur Küche, doch dann besann sie sich anders. Gewiß würde ein ganzes Zimmer voller Männer auch ohne sie zurechtkommen.

Während sie die Stufen nach oben stieg, fragte sie sich wieder, ob der *Seanchai* wirklich klug daran gehandelt hatte, die Verantwortung für den jungen Amerikaner zu übernehmen, der nach den Worten seines eigenen Vaters ein kleiner Rebell war. Falls Morgan Fitzgerald wußte, daß er sich damit auch Ärger ins Haus geholt hatte, behielt er es zumindest für sich.

Auf dem Treppenabsatz angelangt, blickte Schwester Louisa den Flur hinunter und sah, daß die Tür zu Annies Schlafzimmer fest verschlossen war. Das Kind und der Wolfshund lagen gewiß wartend am Schlüsselloch, bis sie ihre Schritte vorübergehen hörten.

In der Tat — *diese* eine war mehr als genug für den *Seanchai*, für jeden noch so aufopferungsvollen Vormund! Sie hoffte, daß er es nicht eines Tages bereute, noch einen halsstarrigen jungen Menschen bei sich aufgenommen zu haben.

Während sie den Flur entlangging, fragte sie sich, ob der *Seanchai* sich reiflich genug überlegt hatte, was er tat. Auf seinen Schultern lastete bereits mehr als genug Verantwortung — mit einer neu adoptierten Tochter und einer bekümmerten jungen Frau, ganz zu schweigen von dem Baby, das unterwegs war!

Der Mann hatte entweder das Herz eines Heiligen oder das eines Narren! Louisa war sich nie ganz sicher, welches. Noch einen schwierigen jungen Menschen in den Haushalt aufzunehmen, der, gelinde gesagt, bereits turbulent genug war, könnte sich als schwerer Fehler erweisen. Und was dachte er sich nur dabei — Gott möge ihnen gnädig sein — einen *Zigeuner* mit unter sein Dach zu bringen?

Louisa hatte oft genug in den Liberties und anderen Slums der Stadt gewirkt, um Zigeunern gegenüber mißtrauisch geworden zu sein. Ihre gottlose Art, ihre Mißachtung gegenüber dem Eigentum anderer, die Tatsache, daß sie nicht bereit waren, sich in die Gesellschaft zu integrieren — bis dahin, daß sie ihren Kindern jegliche Schulbildung verwehrten — machte sie für die Kirche in höchstem Grade verdächtig.

Doch, wenn sie ganz ehrlich war, sie hatte unter ihnen auch solche kennengelernt, von denen man sagen mußte, daß sie unerwartet anständige Züge besaßen, und, was noch unvorstellbarer schien, eine besondere Art edler Gesinnung. Trotzdem gab es genug, was die dunklen Geschichten, die man über sie erzählte, glaubhaft machte, und sie waren, als Ganzes gesehen, kein Volk, dem man vertrauen konnte – zumindest nicht außerhalb ihrer Wagenburgen.

Aus allen diesen Gründen glaubte sie, daß es für sie alle besser wäre, wenn der Zigeuner so schnell wie möglich wieder seines Weges zog.

8. Kapitel

Fremde in Nelson Hall

Fremde — so werden wir genannt,
weil wir unsre eignen Träume hegen.
Ideen — von anderem Gewand
als längst Verflossenes zu pflegen.

AE (George Russell) (1867-1935)

Morgan spürte den Schmerz in seinem eigenen Arm mit, als er zusah, wie der Arzt Tierney Burkes gebrochenen Arm neu einrichtete.

Der Junge bewies Mannhaftigkeit, das mußte er ihm lassen. Bleich, die Zähne aufeinandergebissen und die Hände zur Faust geballt, gab er keinen Laut von sich, sondern ertrug seinen Schmerz mit eiserner Selbstbeherrschung.

„Er sollte sich ins Bett legen und eine Weile im Bett bleiben", sagte der Arzt, während er einen frischen Verband anlegte. „Er hat leichtes Fieber und wird Ruhe brauchen." Zu Morgan gewandt fuhr der Arzt fort: „Ruhe und kräftige Kost. Und jener", erklärte er, mit dem Kopf auf den Zigeuner deutend, der auf der anderen Seite des Zimmers halb eingeschlafen zu sein schien, „sollte zumindest über Nacht bleiben. Ich glaube, es wird ihm bald wieder gutgehen, er scheint jedoch einen derben Schlag abbekommen zu haben. Er sollte nicht soviel herumlaufen, bevor ich mir ihn morgen noch einmal angeschaut habe, um ganz sicher zu gehen —"

„Mir geht es gut", unterbrach der Zigeuner, der offensichtlich doch nicht geschlafen hatte. „Sie brauchen sich nicht weiter um mich zu bemühen."

Morgan musterte ihn, und er fühlte sich hin- und hergerissen zwischen dem Gedanken, nur ungern einen Zigeuner in seinem Haus zu behalten und der Ungewißheit, ob der Junge wirklich schon in der Lage war, sich auf den Weg zu begeben. Der Zigeuner — Jan Martova hieß er — hielt die zerkratzte Geige, die sich unter seinen persönlichen Sachen vom Gefängnis befand, behutsam an sich gedrückt, als wäre es ein kostbarer Schatz.

Er sah unheimlich müde und matt aus. Morgan glaubte, daß er nicht mehr so jung war, wie er auszusehen schien und daß die Unschuld, die ihn umgab, trügerisch war. Bestimmt war er älter als Tierney – vielleicht zwanzig Jahre oder noch älter.

„Wir haben ein Zimmer für dich für diese Nacht", bot er ihm spontan an. Er sah, wie Sandemon überrascht zu ihm herüberblickte. Der Zigeuner sah ihn noch verblüffter an. Er hob den Kopf und schaute Morgan ins Gesicht.

„Du hast dem Sohn meines Freundes Freundlichkeit erwiesen", fuhr Morgan fort. „Ich werde es dir nicht damit vergelten, daß ich deine Gesundheit gefährde. Du kannst über Nacht bleiben."

Der Blick des Zigeuners war offen, aber nicht zu deuten. „Ich erwarte keine Vergeltung. Sie haben mir bereits einen großen Dienst erwiesen, mich aus dem Gefängnis zu befreien. Ich werde Ihren Großmut nicht weiter ausnutzen und Ihnen zur Last fallen."

Über die guten Manieren des jungen Mannes erstaunt, wehrte Morgan mit einer Hand ab. „Es bedeutet keine Last, dir ein Bett zu richten. Morgen wird noch früh genug für dich sein, uns zu verlassen."

„Sie sind sehr freundlich, aber ich kann nicht bleiben." Der Ton des Zigeuners war höflich, doch die Entschlossenheit, die darin lag, ließ keinen Raum für weitere Diskussionen. „Es ist verboten."

„Verboten?"

„Sie sind ein *Gorgio.* Ich bin ein *Rom.*" Der Blick des jungen Zigeuners blieb unbeirrt, in seiner Stimme klang jedoch ein leichtes Zögern, das Morgan beinahe als Bedauern deuten mochte. „Ich kann nicht unter Ihrem Dach bleiben, doch ich bin sehr dankbar für Ihre Einladung."

Wäre Morgan nicht seltsamerweise verletzt gewesen, hätte er die Erklärungen des jungen Burschen amüsant gefunden. Die öffentliche Abneigung gegenüber den Zigeunern war so stark, daß er sich einfach fragen mußte, wie seine Mitbürger auf den Gedanken reagierten, daß Nelson Hall für einen Zigeuner „verboten" war.

„Dann also in den Ställen", erwiderte er. „Ich werde dafür sorgen, daß dir dort ein Lager gerichtet wird." Unerklärlicherweise war Morgan fest entschlossen, den Zigeuner über Nacht bei sich zu behalten.

„Wenn er im Stall schläft, dann werde ich auch dort schlafen!" stieß Tierney hervor.

Morgan verlor plötzlich die Geduld mit den beiden und schnaubte: „Red' keinen Unsinn. Es ist seine Entscheidung, in den Ställen zu schlafen. *Du* wirst hier schlafen, in einem Bett, wo du hingehörst – und je schneller wir dich dort hinbringen, um so besser ist es! Die anderen im Haus würden auch gern noch ein wenig schlafen. Und ich bin auch völlig erschöpft!"

Tierney schaute ihn an, keinesfalls überzeugt. Sein Mund hatte sich zu einem harten, dünnen Strich verzogen, doch erwiderte er nichts mehr, als er dem Arzt gestattete, ihm in sein Hemd zu helfen.

Nicht zum erstenmal an diesem Abend mußte Morgan sich fragen, ob es klug war, diese neueste Verantwortung übernommen zu haben. Er schaute zuerst zu Jan Martova, der noch immer behutsam seine Geige festhielt, dann zu Tierney Burke, der seinen Blick mit einem Gesichtsausdruck erwiderte, der beinahe erbittert erschien.

In diesem Augenblick stummen Begegnens erkannte Morgan, daß der Zigeuner derjenige von diesen beiden jungen Männern war, der ihm weniger Schwierigkeiten unter sein Dach bringen würde.

* * *

Das kleine Lager befand sich am Rande der Liberties, auf einem seit langem verlassenen, schmutzigen Gelände. Als Nanosh zwischen den Wagen hindurchschlüpfte, war es schon spät, doch die Lagerfeuer loderten noch hell, und es waren lebhafte Stimmen zu hören. Die meisten der Männer saßen rauchend und trinkend um ihre Feuer. Einige der Frauen schliefen bereits, der größte Teil von ihnen in den Wagen, denn die Nacht war für die Jahreszeit ungewöhnlich kalt.

Die Hunde kündigten Nanoshs Eintreffen an, und einige der Kinder, die noch zwischen den Wagen spielten, riefen seinen Namen. Er achtete jedoch nicht auf ihre Grüße und hielt nur solange inne, um die Gruppen von Männern an den Feuern zu mustern.

Als er seinen Cousin Greco erspäht hatte, ging er geradewegs auf ihn zu. „Was machst du hier? Du sollst bei deinem Cousin am Gefängnis Wache stehen!"

Grecos Mund war schmal vor Zorn, seine dunklen Augen anklagend. Zwei andere Männer aus der Runde standen ebenfalls auf.

Nanosh fiel ihm ins Wort. „Warte, Cousin, du weißt nicht, was — ich muß dir erzählen —" vom schnellen Laufen noch völlig außer Atem, schnappte er nach Luft. „Jan hat mir eine Nachricht aus dem Gefängnis übergeben, die ich zu dem großen Haus auf dem Hügel bringen sollte, für seinen Zellengenossen. Nachdem ich die Botschaft überbracht hatte, lief ich sofort wieder zurück, aber die Wärter haben mich entdeckt, und ich mußte fliehen!"

Grecos zorniges Gesicht wurde noch finsterer. „Was für eine Botschaft? Was soll dieser Blödsinn?"

Nanosh hatte nicht das Bedürfnis, den Zorn seines älteren Cousins zu verspüren. So beeilte er sich, von der mit Blut auf ein Stück Stoff gekritzelten Botschaft zu erzählen, von seiner Audienz bei dem großen Mann im Rollstuhl an dem Ort, der Nelson Hall genannt wurde, und schließlich davon, wie er den Wachen am Gefängnis nur knapp entronnen war.

„Sie fanden mich im Gebüsch, kurz nachdem die Männer von dem großen Haus ins Gefängnis gekommen waren. Sie drohten damit, *mich* ebenfalls einzusperren. Einer drohte sogar, mir den Bauch aufzuschlitzen!"

Grecos Augen funkelten zornig, doch diesmal, das wußte Nanosh, richtete sich sein Zorn gegen die Wärter und nicht gegen *ihn*.

„Sie waren groß und unbeholfen . . . so konnte ich ihnen entwischen. Dann bin ich gerannt wie der Wind! Den ganzen Weg hierher bin ich gerannt, um dir zu erzählen, was passiert ist!"

Die dunklen Augen seines Cousins streiften ihn, während Greco mit seinem langen Finger an den Konturen seines Schnurrbarts entlangstrich. Schließlich nickte er kurz zustimmend. „Du hast deine Sache gut gemacht. Geh jetzt zu deiner Mutter. Ich werde zum Gefängnis gehen und herausfinden, was mit Jan passiert ist."

„Nimm mich mit, Cousin! Ich sollte mit dir gehen!" protestierte Nanosh.

Greco schaute ihn an. „Du kannst nicht mitgehen, Nanosh", sagte er bestimmt, aber nicht unfreundlich. „Die Wachen könnten wieder versuchen, dich gefangenzunehmen. Du mußt hierbleiben. Dein Cousin wird jedoch noch heute nacht von deinem Mut erfahren. Geh jetzt. Ich muß mich um Jan kümmern."

Obwohl er sehr enttäuscht war, wußte Nanosh, daß es keinen Sinn hatte, mit Greco zu streiten, und so trottete er widerwillig zu seinem Lagerfeuer.

* * *

Zwei Stunden nach Mitternacht waren fast alle im Haus schlafen gegangen. Morgan lauschte einen Augenblick an Finolas Tür und hoffte, daß die Aufregung im Haus sie nicht wachgehalten hatte. Als er nichts hören konnte, nickte er Sandemon kurz zu, zum Zeichen dafür, daß er ihm ins Bett helfen sollte.

„*Seanchai*", sagte Sandemon, während er Morgans Nachtwäsche bereitlegte, „ich habe gedacht —"

Morgan schaute ihn von der Seite an. „Das tust du gewöhnlich", sagte er sarkastisch.

Den Spott in den Wind schlagend, fuhr Sandemon fort: „Ich habe *nachgedacht* über eine Möglichkeit, die Ihnen noch etwas mehr Freiheit schaffen würde – eine Vorrichtung, mit der Sie ohne fremde Hilfe ins Bett gehen und aus dem Bett aufstehen könnten."

Morgan blickte stirnrunzelnd auf das Bett, das auf eine Höhe mit dem Rollstuhl gebracht worden war. „Du hast bereits die Beine des zweihundert Jahre alten Bettes meines Großvaters abgeschnitten", sagte er. „Was hast du nun noch vor?"

Sandemon lächelte, und seine dunklen Augen funkelten. Er wies zur Decke empor.

Morgan schaute zu den in Dunkel gehüllten Balken hinauf. „Und?"

„Einen Fleischerhaken", erklärte Sandemon. „Wir werden einen Fleischerhaken in dem Balken direkt oberhalb des Bettes befestigen, daran wird eine Kette befestigt, und –"

Morgan rollte mit den Augen. „Erst dressierst du mich für meine eigene Hochzeit wie einen Truthahn, und jetzt willst du mich wie eine Rinderhälfte an einem Fleischerhaken aufhängen!" Er stieß einen übertriebenen Seufzer aus. „Was willst du noch –"

Plötzlich ertönte von unten ein wildes Klopfen, und sie erschraken beide. Noch im Rollstuhl sitzend, zog Morgan instinktiv die Schublade seines Nachtschränkchens hervor und ergriff seine Pistole. Doch Sandemon hielt ihn, seine starke Hand auf Morgans Schulter drückend, zurück. „Ich werde zuerst einmal nachschauen", sagte er, bereits auf dem Weg zur Tür.

Das Klopfen setzte sich ununterbrochen fort, bis Morgan schließlich hörte, wie die Tür geöffnet wurde. Anschließend waren laute Stimmen zu hören, und Morgan rollte auf den Gang, die Waffe in der Hand.

Am Treppengeländer hielt er inne. Zu seiner Überraschung sah er einen großen, breitschultrigen Mann mit schwarzem Haar und üppigem Schnurrbart, der sich gewaltsam an Sandemon vorbeidrängte und mitten in der Vorhalle stehenblieb.

Der Eindringling knurrte irgend etwas Unverständliches, und Sandemon, sein Blick so kalt, wie ihn Morgan noch nie gesehen hatte, erwiderte in schrillem Ton: „Sie müssen morgen wiederkommen, zu einer angemessenen Zeit! Ich kann den *Seanchai* nicht mitten in der Nacht stören!"

Morgan hatte sich jedoch bereits mit seinem Rollstuhl in den Lift begeben. Er hielt die Pistole auf den Fremden gerichtet. „Wer sind Sie?"

Der Mann unten in der Diele blieb unbeirrt stehen. Die Hände in die Hüften gestemmt, starrte er Morgan mit einem feindseligen Blick an.

„Ich bin Greco Martova. Ich will meinen Bruder!"

Martova — natürlich! Er hätte auf den ersten Blick erkennen müssen, daß der Mann ein Zigeuner war. Er war eine imposante Erscheinung mit seinen gutaussehenden, dunklen Gesichtszügen, dem starken rabenschwarzen Haar und dem ebenso dunklen Schnurrbart. Er trug Reitstiefel aus Leder, an seinen Fingern glänzten zahlreiche goldene Ringe, und in dem einen Ohr funkelte ein schmaler, goldener Ohrring. Über seiner breiten Brust baumelte eine goldene Kette, an der mehrere Goldmünzen hingen. Ein strahlend blaues seidenes Halstuch war lose um seinen Hals gebunden.

„Jan Martova ist Ihr Bruder?" fragte Morgan schließlich.

„Ja, mein Bruder! Und die Wächter im Gefängnis haben mir gesagt, daß er hier sei! Stimmt das?"

Morgan nickte kurz. „Er schläft in den Ställen."

„In den Ställen?" wiederholte der Zigeuner ungläubig. „Mein Bruder schläft in Ihren *Ställen*?"

„Nur deshalb, weil er kein Bett unter meinem Dach annehmen wollte", fauchte Morgan, ungehalten über das rüde Benehmen des Mannes.

Der Zigeuner gab ein kurzes Knurren zur Antwort.

„Ihr Bruder hat von einem der Wärter einen Schlag auf den Kopf bekommen", fuhr Morgan fort, entschlossen das ungehörige Verhalten des Mannes zu ignorieren. „Ein Arzt hat ihn untersucht und vorgeschlagen, daß er, zu seiner eigenen Sicherheit, die Nacht hier verbringen soll."

Die Stirn des Zigeuners legte sich in Falten und seine Besorgnis war nicht zu verkennen. „Ist er verletzt?"

„Nein", versicherte ihm Morgan schnell. „Nicht ernsthaft. Er wird bald wieder völlig gesund sein. Der Arzt hielt es im Interesse des Jungen für das Beste, über Nacht hierzubleiben."

Der Zigeuner verschränkte seine Arme über der Brust. „Wenn er nicht verletzt ist, werde ich ihn mit nach Hause nehmen — sofort."

Morgan holte tief Luft, es kostete ihn große Anstrengung, sich zu beherrschen. „Das wäre nicht klug, meine ich. Deshalb nicht, weil der Arzt davon abgeraten hat."

„Der Rat eines *Gorgio* Arztes ist für mich völlig bedeutungslos! Ich werde meinen Bruder mit nach Hause nehmen, wo er die richtige Pflege erhalten wird."

Inzwischen war Morgan mit seiner Geduld am Ende. „Das ist Ihre

Angelegenheit", erklärte er bissig. „Doch wenn ihm aufgrund Ihrer Torheit irgendein Nachteil entsteht, wird das auch Ihre Angelegenheit sein." Er hielt inne. „Vielleicht möchten Sie in den Ställen nach ihm sehen — und sich überzeugen, daß er gut und bequem untergebracht ist. Vielleicht könnten Sie *ihm* dann die Entscheidung überlassen, ob er sich stark genug fühlt, mitten in der Nacht aufzubrechen."

Der Zigeuner schien einen Augenblick über Morgans Vorschlag nachzudenken, dann schüttelte er den Kopf. „Er wird tun, was ich ihm sage. Er ist mein Bruder. Ich werde ihn heute nacht mit zurück ins Lager nehmen."

Empört darüber, mit welcher Sturheit sich dieser Mann jeglicher Vernunft widersetzte, entgegnete Morgan erbittert: „Nun, wie Sie wünschen! Sandemon — führ ihn zu den Ställen."

Nach oben in sein Schlafzimmer zurückgekehrt, schäumte Morgan innerlich vor Wut. Er hatte mehr als genug an diesem Tag — von Gefängnissen und Zigeunern und jungen Hitzköpfen!

Da schlug die Uhr unten in der Diele gerade drei. Morgan stöhnte. In weniger als fünf Stunden würde er im Klassenzimmer erwartet, um schwerfällige Rezitationen und stockende Lehrsätze zu hören. Jeder, der auch nur ein bißchen Verstand hatte, wußte, daß man dieser Aufgabe mit so wenig Schlaf nicht gewachsen war.

Er fing an, sich zu fragen, ob es richtig war, den Sohn seines ältesten Freundes bei sich aufzunehmen. Es würde noch viel zu sagen geben, um ein ruhiges, normales Leben zu führen — besonders, wenn diese Nacht beispielhaft wäre für das, was noch kommen sollte.

9. Kapitel

Von Freunden und Verwandten

Unsere Freunde wandeln mit uns
auf dem langen Pfad, wo Schönheit sich wendet.

Oliver St. John Gogarty (1878-1957)

Am Morgen war der Zigeunerjunge verschwunden. Sandemon berichtete Morgan zum Frühstück, daß in den Ställen nichts mehr von Jan Martova zu sehen war. Ja, es gab keinerlei Hinweise mehr, daß er jemals in Nelson Hall war.

In Gedanken ganz woanders, nickte Morgan zerstreut. „Ich habe nichts anderes erwartet. Dieser sein Bruder hat ihn fortgeschleppt, ohne viel zu fragen."

Allein an dem langen Tisch im Speisezimmer sitzend, schaute er von seiner Kaffeetasse auf. „Finola ist heute morgen nicht nach unten gekommen. Bitte geh zu ihr und sieh nach, ob alles in Ordnung ist bei ihr. Und wo ist Annie? Das ist schon das zweite Mal in dieser Woche, daß sie zu spät zum Frühstück kommt."

„Ich bin hier, *Seanchai*!"

Wie immer betrat das Kind das Zimmer nicht, sondern sie *platzte* herein. Außer Atem, lächelte sie Sandemon verlegen an, als sie sich an ihm vorbei durch die Tür drängte.

Trotz seiner Müdigkeit entging es Morgan nicht, daß seine Adoptivtochter heute morgen ungewöhnlich ordentlich aussah. Das dicke schwarze Haar, das sich normalerweise bereits vor dem Frühstück wieder selbständig zu machen begann, schien heute mit außergewöhnlicher Anstrengung in zwei dicken, schweren Zöpfen gebändigt worden zu sein. Das spitzbübische Gesicht glänzte, und die stets munteren schwarzen Augen sprühten heute förmlich vor unbändiger Energie.

Er bot ihr seine Wange zu einen flüchtigen Kuß. „Ich habe schon gedacht, ich bin heute als einziger auf den Beinen."

„Und ich habe gedacht, du hättest jede Menge Gesellschaft!" platzte Annie heraus, während ihr Blick durch das Zimmer schweifte. „Wo sind die anderen?"

„Die anderen?"

„Ja, Tierney Burke aus Amerika – und der Zigeuner!"

Plötzlich hielt sie inne und biß sich auf die Unterlippe.

Empört, jedoch nicht überrascht, daß sie in der vergangenen Nacht ein wenig herumspioniert hatte, zog Morgan eine Augenbraue hoch. „Und woher weißt du von Tierney Burke ... und dem Zigeuner?"

Das Kinn nach vorn geschoben, verschlang sie die Hände hinter ihrem Rücken und sah Morgan in die Augen. „War nicht genug Lärm in Haus, um einen Toten aufzuwecken? Ja, wer sollte da schlafen bei diesem Tumult!"

„Deine Neugier wird dir trotzdem teuer zu stehen kommen", erwiderte Morgan mit einer gewissen Strenge. „Ich erwarte von dir, daß du im Unterricht aufmerksam bist, trotz deiner nächtlichen Lauscherei."

„Kommen sie nicht herunter?" fragte sie geradeheraus, während sie ihren Stuhl zurechtrückte. „Tierney Burke und der Zigeuner?"

„Der Zigeuner", erklärte Morgan, „ist bereits wieder weg. Und Tierney Burke wird auf Anraten Dr. Dunnes für etwa einen oder zwei Tage das Bett hüten. Und was dich betrifft, mein Mädchen, so ißt du jetzt am besten deinen Haferbrei."

Sie rümpfte die Nase. „Schon *wieder* Haferbrei? Ich habe den Haferbrei satt!"

„Du wirst ihn essen und dankbar dafür sein!" knurrte Morgan, den der fehlende Schlaf ungewöhnlich gereizt reagieren ließ. „Tausende – überall in unserem Land – würden Gott loben, wenn sie nur einen Löffel voll davon zu essen hätten!"

Als er ihren erschrockenen Blick sah, bereute er seinen scharfen Ton sofort, doch er wollte auf keinen Fall, daß das Mädchen nörgelte, wenn es soviel Gutes hatte.

Während sie aß, wechselten sie kein Wort. Schließlich brach Morgan in einem viel milderem Ton das Schweigen zwischen ihnen. „Gewiß wirst du Tierney Burke heute noch kennenlernen, vielleicht heute abend. Vergiß aber nicht, daß er sich nach allem, was er durchgemacht hat, noch schwach fühlen wird und du ihn mit deinem Geschwätz nicht zu sehr anstrengen darfst."

Sie hielt mit dem Löffel mitten in der Luft inne. „Oh, ich werde es *bestimmt* bedenken! Ich hoffe jedoch, daß er uns alles über Amerika erzählen wird, wenn er sich wieder stärker fühlt." Nach einer kurzen Pause fügte sie hinzu: „Und wo ist der Zigeuner hingegangen, *Seanchai*? Zurück zu seiner Sippe?"

Morgan nickte. „Sein Bruder hat ihn geholt", sagte er bitter, während er an das anmaßende Auftreten des älteren Martova dachte.

Annie quälte sich einen letzten Löffel Haferbrei hinunter, dann sprang sie von ihrem Stuhl auf. „Das ist mehr als schade", sagte sie, und wischte mit der Serviette über den Mund. „Ich hatte gehofft, auch ihn kennenzulernen. Ich habe noch nie mit einem richtigen Zigeuner gesprochen."

Morgan schaute sie an. „Das wird kein Verlust für dich sein, garantiere ich dir."

Als er hinter ihr herschaute, während sie das Zimmer verließ, konnte er ein flüchtiges Lächeln nicht unterdrücken. Es war ein bittersüßes Gefühl, zuzuschauen, wie sie so schnell von einem kleinen Mädchen zu einer jungen Dame heranwuchs. Bald wurde sie dreizehn Jahre alt. Nein, sie war kein kleines Mädchen mehr.

Zuweilen verspürte er einen überwältigenden Drang, die Zeit aufzuhalten, damit sie noch ein Stück ihrer Kindheit genießen könnte. Natürlich war er sehr gespannt, was für eine Frau Annie einst sein würde, doch genoß er die Jahre ihrer Jugend, in denen er dem Kind in ihr ein Vater sein konnte.

Sie war so spät zu ihm gekommen ... und war ihm so schnell so lieb geworden. Es bewegte ihn stets aufs neue, wenn er daran dachte, daß er schließlich Vater geworden war – der Vater eines versponnenen Kindes, das die Sterne vom Himmel holen wollte – eines Kindes mit einem außergewöhnlich regen Geist, das das Leben als eine einzigartige Aufeinanderfolge großer Wunder betrachtete und das das Licht ihres emporstrebenden Geistes auch von den schlimmsten Qualen in Mißbrauch und Beschimpfung nicht dämpfen ließ.

Und er dachte auch daran, daß er bald ... erschreckend bald ... der Vater eines *weiteren* Kindes sein würde – der Vater eines kleinen Babys.

Finolas Kind. Während ihre Zeit immer näher rückte, wurde Morgan sowohl ungeduldig als auch besorgt. Ungeduldig, daß das Warten nun endlich vorüber war und das Kind geboren wurde, aber auch besorgt um Finola und ihr Wohl.

Je näher die Zeit der Geburt herankam, um so mehr fürchtete er, daß die Geburt als solche – ein Vorgang, der für ihn etwas Bedrohliches darstellte – ihr irgendwie Schaden zufügen und die Besserung zunichte machen könnte, die sich nach dem grausamen Überfall eingestellt hatte, einem Überfall, der ihr sowohl körperlich als auch seelisch schweren Schaden zugefügt hatte.

Zuweilen meinte er sogar, daß das *Baby* Finola schaden könnte, einfach deshalb, weil sie dadurch unausweichlich an den brutalen Überfall erinnert wurde, der ihr soviel Qual bereitet hatte. Und doch schien sie ihre Situation, wenn sie auch nicht vollkommen glücklich war, zumindest angenommen zu haben. Sie nähte mit Schwester Louisa und Annie, beteiligte sich an den Plänen für die Einrichtung des Kinderzimmers, und sie schien außerdem auf ihre Gesundheit zu achten. Wenn sie nicht von der bevorstehenden Geburt sprach, entweder aus Respekt den gesellschaftlichen Normen gegenüber oder aufgrund ihrer natürlichen Zurückhaltung, hatte er im Grunde nichts anderes erwartet – obgleich er sich in Wahrheit nach mehr Offenheit von ihr sehnte.

Nach der Offenheit einer Ehefrau, die ihre tiefsten Geheimnisse mit ihrem Ehemann teilte ...

Er schob diesen Gedanken beiseite. Er hatte in der Tat bereits viel mehr, als er jemals zu hoffen gewagt hatte. Zum erstenmal in seinem Leben hatte er ein Zuhause und eine Familie: eine Tochter, die er von Herzen liebte, ein Baby, das bald zur Welt kommen würde, und Finola als seine Frau.

Zwar war sie nur dem Namen nach seine Frau, doch sie war *hier*, unter seinem Dach. Sie war in seiner Nähe, aß an seinem Tisch, wärmte sich an seinem Kamin, und sie waren Freunde geworden – was allein schon einen großen Segen darstellte.

Ja, er hatte viel mehr, als ein Mann in seinem Zustand hoffen konnte, besonders in diesen schlimmen Zeiten. Es würde ihm gut anstehen, sich ein dankbares Herz zu erhalten und jeden Tag neu aus Gottes Hand zu nehmen.

Im Augenblick, beschloß er, während er in seinem Rollstuhl hinter dem Tisch hervorrollte, würde er sich erst einmal nach oben begeben und sich vergewissern, daß es ihr gutging. Er hatte noch Zeit, ihr Lächeln zu genießen, bevor der Unterrichtstag für ihn begann.

* * *

„Sandemon war soeben hier und hat sich nach deinem Befinden erkundigt“, teilte Lucy Finola mit. „Der *Seanchai* hat sich Sorgen gemacht.“

Finola schaute von ihrem Schaukelstuhl, der neben dem Fenster stand, auf. Flecky, ihre schwarzweiße Katze, bewegte sich unruhig in Finolas Schoß, drehte sich um und kuschelte sich wieder in Finolas Arm. „Ich hoffe, du hast ihm gesagt, daß es mir gutgeht?“

„Ja, das habe ich." Lucy schloß die Tür zum Schlafzimmer und trat ein. „Ich habe ihm erklärt, daß du dich heute früh einfach noch nicht in der Lage gefühlt hast, zum Frühstück nach unten zu kommen. Ich glaube jedoch, daß jeden Augenblick ein Klopfen an der Tür ertönen wird. Der *Seanchai* findet nicht eher Ruhe, bis er sich selbst davon überzeugt hat, daß bei dir alles in Ordnung ist."

Finola runzelte die Stirn. „Vielleicht sollte ich nach unten gehen. Aber er ist stets so besorgt, wenn ich nichts esse ..."

„Weil er das Beste will für dich und für das Kind."

„Ich weiß." Nachdenklich kraulte Finola der Katze das Ohr. „Es ist einfach nur, weil ich mich heute früh so träge fühle, so riesig. Heute erscheint mir alles so anstrengend, daß ich mir nicht vorstellen kann, wie ich nur einen Bissen hinunterbekommen sollte. Gewiß würde er mir im Hals steckenbleiben."

Lucy schaute sie kopfschüttelnd an: „Du bist alles andere als riesig, Kind! Trotz des Babys bist du immer noch zu dünn — viel zu dünn, meine ich. Du brauchst jeden Bissen, den du irgendwie zu dir nehmen kannst."

Finola mußte lächeln. Welche Wandlung hatte Lucys Gefühlsleben erfahren, seitdem sie den Heiland gefunden hatte! Während sie es einst gewagt hatte, eine Abtreibung vorzuschlagen, war sie jetzt wie eine Mutter darum besorgt, daß Finola und das Kind gediehen.

Und sie *gediehen* tatsächlich! Bis vor wenigen Tagen hatte sie sich beinahe wieder kräftig gefühlt. Seit kurzem machte ihr jedoch das zusätzliche Gewicht derart zu schaffen, daß sie sich unbehaglich und völlig unbeholfen fühlte.

In letzter Zeit schämte sie sich, überhaupt gesehen zu werden, besonders von Morgan, obwohl er die Freundlichkeit in Person war und vorgab, ihren unansehnlichen Umfang überhaupt nicht zu bemerken. Er blieb stets der Gentleman, unfehlbar aufmerksam und besorgt.

Als sie an ihn dachte, brach eine Flut der Liebe in ihr hervor, so stark, daß es ihr beinahe die Sinne zu rauben drohte. Ihre Arme umklammerten Flecky, bis die Katze empört aufjaulend zu Boden sprang. Finola blickte auf, erstaunt, als die Katze mit einem dumpfen Schlag auf dem Boden landete. Sie war weit weg gewesen ... weit weg mit Morgan. Manchmal meinte sie, den süßen Schmerz des Glücks nicht ertragen zu können, den schon allein ein Gedanke an ihn hervorrief.

Ihre Gefühle für diesen Mann, der ihr Ehemann — und ihr bester Freund — war, befremdeten und beunruhigten sie, denn sie konnte das schmerzliche Verlangen in ihrem Herzen, einfach nahe bei ihm zu sein, nicht verstehen. Noch weniger verstand sie die quälende Leere, die sie verspürte, wenn sie getrennt waren.

Sie hoffte brennend, daß er ihre Verwirrung, ihre unerklärliche Torheit nicht bemerkte. Wie demütigend wäre es, wenn er jemals entdeckte, daß sie sogar mitten in ihrer Schmach und in ihrem unansehnlichen Zustand eine solche liebevolle Zuneigung für ihn hegte – ihn, der mehr als die meisten anderen von ihrer Schande wußte.

Sie könnte es nicht ertragen, irgend etwas zu tun, das das Wunder ihrer Freundschaft zerstörte. Um keinen Preis würde sie dieses wertvolle Geschenk aufs Spiel setzen.

Morgan hielt an der Schwelle inne und wartete, bis Lucy das Zimmer verlassen hatte. Einen Augenblick blieb er wie angewurzelt stehen, von der einmaligen Aura, die sie umgab, und ihrem Liebreiz verzückt.

Ihr flachsblondes Haar, das beinahe bis an ihre Taille reichte, hing lose über dem cremefarbenen Morgenmantel. In ihrem Schaukelstuhl am Fenster sitzend, umgab sie das Morgenlicht mit einem sanften Schein. Auch in seiner wildesten Phantasie hätte er sich niemals vorstellen können, daß eine Frau, die hochschwanger war, ihm jemals durch die Schönheit ihres bloßen Anblicks das Herz zerreißen könnte!

Natürlich hatte er nicht gerade viel Erfahrung mit hochschwangeren Frauen, doch wer hätte geglaubt, daß ein alter Vagabund wie er sich völlig zum Narren machte angesichts der Schönheit eines Mädchens, das halb so alt war wie er – und das vermutlich kaum etwas anderes im Sinn hatte als die bevorstehende Geburt ihres Babys!

Während er ins Zimmer rollte, sagte er unsicher: „Ich habe mir Sorgen gemacht um dich."

Sie lächelte ihn an, und das ganze Zimmer schien zu erstrahlen. „Es tut mir leid, ich wollte dich nicht ängstigen. Ich fühle mich einfach irgendwie müde heute morgen. Vielleicht hätte ich doch nach unten kommen sollen –"

„Nein, natürlich nicht, wenn du dich nicht in der Lage dazu fühlst", erwiderte er schnell. Er ergriff ihre Hand, streifte sie mit einem flüchtigen Kuß und ließ sie wieder los. „Ich mußte mich nur vergewissern, daß es dir gutgeht."

Ich mußte dich sehen ... deinen Anblick genießen, bevor noch eine Stunde verginge, oder ich hätte das Gefühl der Einsamkeit nicht länger ertragen ...

„Du darfst dir nicht so viele Sorgen machen, Morgan. Mir geht es recht gut, wirklich."

„Trotzdem werde ich mich um so mehr sorgen, je näher deine Zeit heranrückt, fürchte ich", sagte er ohne nachzudenken. Er spürte, wie Röte in sein Gesicht trat, denn wie jeder andere Mann in Irland, fühlte er sich in der Gegenwart einer werdenden Mutter beklommen, und noch peinlicher war es, von diesem Zustand zu sprechen.

Finola wandte ihren Blick ab, als schämte sie sich für ihn. „Es wird alles gut werden. Bitte, mach dir meinetwegen nicht so viele Sorgen. Du hast genug getan ... mehr als genug."

„Unmöglich!" stieß er hervor. „Ich könnte niemals genug für dich tun!"

Von den Worten, die unkontrolliert über seinen Lippen geflossen waren, plötzlich unangenehm berührt, umklammerte Morgan die Armstützen seines Rollstuhls. Was *war* an diesem Mädchen, das unweigerlich seinen Sinn berauschte, seine Zunge gefangennahm?

Ihr ensetzter Blick steigerte sein Unbehagen. „Es ist ein schöner Morgen heute", bemerkte er in dem Versuch, das Thema zu wechseln. „Ich dachte, vielleicht möchtest du mit mir etwas Sonne genießen."

Bis vor kurzem hatten sie es sich zur Gewohnheit gemacht, wenigstens einen Teil des Vormittags im Freien zu verbringen. Oft saßen sie einfach nur an dem kleinen Fluß, der das Gelände im Westen begrenzte, beobachteten Schwäne und unterhielten sich. Manchmal gingen sie zu den Stallungen oder spazierten einfach nur im Gelände umher. Seit kurzem zögerte Morgan jedoch, einen Spaziergang vorzuschlagen, denn er hatte bemerkt, daß sie schnell außer Atem geriet und leicht ermüdete.

Einen Augenblick lang schien sie versucht, zuzustimmen, doch schüttelte sie genauso schnell den Kopf. „Ich fühle mich nicht —"

Sie hielt inne, als plötzlich an der Tür ein Klopfen zu hören war, gefolgt von einer leisen Frage Sandemons.

Unerklärlicherweise befiel Morgan ein kalter Schauder, als Sandemon das Zimmer betrat. Etwas in den dunklen Augen des Mannes ließ ihn sofort aufmerken.

„*Seanchai* —" er hielt einen Augenblick inne, und Morgan spürte wiederum, daß etwas nicht stimmte, als fiele es seinem sonst stets redegewandten Gefährten von den Westindischen Inseln schwer, die rechten Worte zu finden für das, was gesagt werden mußte.

Morgan nickte. „Was ist los?"

„Ich fürchte, ich habe eine schlechte Nachricht für Sie, *Seanchai*. Sein Blick wanderte zu Finola, dann wieder zurück zu Morgan. „Es handelt sich um ... Vater Joseph. Heute morgen traf die Nachricht ein ... es tut mir leid, Ihnen das sagen zu müssen, *Seanchai* ... aber Vater Joseph ist heimgegangen zum Herrn."

Sandemons Worte trafen Morgan wie ein körperlicher Schlag. Der kalte Schauder, der ihn einen Augenblick zuvor berührte hatte, ergriff nun von seinem ganzem Körper Besitz.

Wie aus weiter Ferne hörte er, wie Finola nach Atem rang, spürte, wie ihre Hand seinen Arm berührte. Er nahm auch wahr, wie Sandemon weitere Worte der Anteilnahme murmelte, auch sein Gesicht betrübt und voller Trauer.

„*Joseph?*" stieß er hervor. „Joseph Mahon? Gewiß nicht . . ."

Trauer und Schmerz erfaßten ihn, und plötzlich begannen seine Hände und Arme unwillkürlich zu zittern.

Morgan biß die Zähne zusammen und versuchte mit äußerster Willensanstrengung dem Zittern Einhalt zu gebieten. *Finola durfte nicht sehen; sie durfte nicht wissen . . .*

Wütend über diesen Verrat seines Körpers, schlug er mit seinen zitternden Unterarmen gegen die Räder seines Rollstuhls und wandte sich um in Richtung Tür. Er *mußte* fliehen — jetzt, bevor er völlig gedemütigt wäre. „Es tut mir leid . . ." murmelte er, während er blindlings aus dem Zimmer steuerte.

Irgendwie schaffte er es, zu seinem Schlafzimmer zu gelangen und rollte hinein. Drinnen blieb er wie erstarrt sitzen, von Trauer überwältigt. Sandemon klopfte, doch Morgan sagte ihm, daß er allein sein müsse. Gleichzeitig beauftragte er ihn, Schwester Lousia mitzuteilen, daß sie den Unterricht für ihn übernehmen solle. Einen Augenblick später hörte er, wie sich die leisen Schritte seines schwarzen Freundes auf dem Flur entfernten.

Morgan seufzte, den Kopf gegen die Lehne seines Rollstuhls gestützt. *Das war nicht das erste Mal . . .*

Diese Attacken suchten ihn bereits seit einigen Wochen heim — sich allmählich steigernd, hatten sie zunächst wie ein nervöses Muskelzucken begonnen, dann an Stärke zugenommen. Soviel stand fest — irgend etwas war nicht in Ordnung, und es wurde immer schlimmer. Bislang war es ihm gelungen, diese Anfälle vor Finola zu verbergen. Gott weiß, daß sie mit dem Baby, das jeden Tag geboren werden sollte, genug im Sinn hatte. Doch diesmal hatte sie es gesehen — dessen war er gewiß.

Morgan schüttelte den Kopf. Es war schon bitter genug, wie ein nutzloser Klotz von einem Mann an den Rollstuhl gefesselt zu sein . . . aber auch noch mit Anfällen geplagt zu werden?

Er schickte einen wütenden Blick zu den dunklen Balken an der Decke empor.

„Gott", sagte er heiser flüsternd, „ich kann schon meine Beine nicht mehr gebrauchen. Muß ich nun auch meine Würde noch verlieren?" Er atmete tief durch, und der Schmerz über allen Verlust, der ihn in den letzten Jahren heimgesucht hatte, übermannte ihn mit seiner ganzen grausamen Heftigkeit. „Und jetzt noch *Joseph*", stöhnte er. „Ach Herr … mußte es wirklich Joseph Mahon sein?"

Geschwächt von dem Schock und dem Anfall nervöser Zuckungen, saß Morgan zusammengesunken in seinem Stuhl und versuchte, diese neueste Nachricht, wieder einen geliebten Menschen verloren zu haben, zu erfassen – ein Verlust, der ihn persönlich genauso schmerzlich traf wie die gesamte Grafschaft Mayo. Eine Erinnerung nach der anderen stieg in ihm auf. Außerstande, die Woge der Trauer, die in seinem Herzen anschwoll, zurückzuhalten, ließ er schließlich seinen Tränen freien Lauf.

Er konnte sich kaum an eine Zeit erinnern, in der er Joseph Mahon nicht gekannt hatte. Der freundliche Priester war aus seinem Leben ebensowenig wegzudenken, wie aus dem Leben des Dorfes Killala, wo Morgan aufgewachsen war. Und obwohl er seinen alten Freund länger als ein Jahr nicht mehr gesehen hatte, stand Josephs schmales, abgemagertes Gesicht, in dem jahrelange Not ihre Spuren tief eingegraben hatte, so deutlich vor ihm, als hätten sie sich erst gestern gesehen.

Der ältere Priester war stets mit Trost und Hilfe zur Stelle gewesen, wann immer er im Dorf gebraucht wurde, doch was für Morgan am wichtigsten war: er war es, der ihm geholfen hatte, sein Leben von Grund auf zu ändern. Morgan wußte, daß Joseph viele Jahre lang unablässig für ihn gebetet hatte. Und Gott sei es gedankt, die Gebete dieses braven Mannes waren nicht gänzlich umsonst!

Der liebenswürdige Priester, der so um Morgans Seele besorgt war, hatte nicht minder um Morgans irdisches Leben gekämpft. War er es nicht gewesen, der ihn, beinahe in letzter Minute, vor dem Strang errettet und Gnade erwirkt hatte?

Joseph war es auch, der die Versöhnung mit seinem englischen Großvater, Richard Nelson, vorbereitet hatte. Und Joseph, wiederum Joseph, war mit dem müden verlorenen Sohn im Staub niedergekniet, und hatte ihn zurück in die Arme eines vergebenden Gottes geführt.

In letzter Zeit hatte Morgan fieberhaft daran gearbeitet, die Tagebücher des immer schwächer werdenden Priesters zu redigieren. Wenn Joseph Mahons Tagebuchaufzeichnungen über die Hungersnot in der Grafschaft Mayo erst veröffentlicht waren, würden sie die Wahrheit über den schändlichen Verrat Großbritanniens an Irland aufdecken – und gleichzeitig ein beredtes, unglaublich mutiges Zeugnis von dem unbezwingbaren Willen des irischen Volkes ablegen. Die schonungslos offenen

Berichte des alten Priesters ließen Morgan einen schmerzlichen Blick in das Herz seines Freundes tun — eines guten, einfachen Menschen, der Gott ein Leben lang die Treue gehalten hatte.

Durch einen Schleier von Tränen blickte Morgan aus dem Fenster auf die sanft ansteigenden Hügel, die jetzt in üppigem Grün und allen frohen Farben des Frühlings erstrahlten. Es schien ihm, daß der Verlust eines solchen Menschen wie Joseph Mahon unermeßlich war — eines Menschen, der unzählige Seelen zum Heiland geführt und sein Leben im Dienst für andere aufgezehrt hatte.

Und trotzdem mußte es etwas geben ... das einem solchen Menschen Anerkennung zollte, ... ihm Ehre erwies.

Oh, Joseph ... Joseph ... ich werde alles tun, was in meiner Macht liegt, damit dein Wirken bekannt ... deine Worte gehört werden ... von unserem Volk ... und vielleicht auch von anderen Völkern. Soviel kann ich für dich tun, mein alter Freund ... soviel werde ich für dich tun ...

* * *

Finola konnte es nicht länger ertragen. Die Erinnerung an seinen schmerzerfüllten Blick, sein gequältes Gesicht, als er aus dem Zimmer geflohen war, würde sie keinen Frieden finden lassen, ehe sie nicht zu ihm ging.

Sie ging zu der Tür, die ihre Schlafzimmer verband und klopfte leise, dann noch einmal.

„Herein ..."

Seine Stimme war kaum mehr als ein Flüstern, doch Finola zögerte nicht. Hinter der Schwelle blieb sie stehen und schaute ihn mit wehem Herzen an.

Er saß mit dem Rücken zur Tür gewandt, seine breiten Schultern zusammengesunken, während er aus dem Fenster blickte. Das furchtbare Zittern schien aufgehört zu haben.

„Morgan", sagte sie leise und unsicher. „Morgan ich werde dich wieder allein lassen, wenn du möchtest. Aber ich ... wollte dir sagen, daß es mir sehr leid tut. Ich weiß, Vater Joseph hat dir sehr viel bedeutet."

Lange erwiderte er nichts. Schließlich wandte er sich um, und Finola stockte der Atem, als sie sein tränenüberströmtes, todtrauriges Gesicht sah.

„Oh ... Morgan ... es tut mir so leid!"

Sein Versuch zu lächeln mißlang. Er hob eine Hand und ließ sie wieder sinken. Finola glaubte, ihr Herz müßte zerbrechen an dem Schmerz, den sie in seinen Augen sah.

Sie lief zu ihm. Trotz der Unbeholfenheit, die ihr Zustand mit sich brachte, kniete sie vor seinem Rollstuhl nieder und schloß seine beiden Hände in die ihren. „Kann ich irgend etwas für dich tun? Irgend etwas?"

Er schüttelte den Kopf, ihre Hände umklammernd. „Ich möchte mich für mein Verhalten entschuldigen", sagte er mit erstickter Stimme.

„Das ist doch Unsinn!" Tief betrübt über den Schmerz, der aus seinen Augen sprach, drückte sie seine Hände. „Darf ich bei dir bleiben, Morgan? Bitte!"

Ein Ausdruck der Dankbarkeit trat auf sein Gesicht, und er nickte. „Verzeih mir, wenn ich dich erschreckt habe."

Finola runzelte die Stirn. „Wovon sprichst du?"

„Das Zittern", sagte er so leise, daß sie seine Worte kaum verstehen konnte. „Ich weiß, du hast es gesehen." Er hielt inne. „Es kommt nicht oft vor", fügte er hinzu, „doch ich glaube, es ist — beunruhigend für andere."

Er sah elend aus. Als Finola zu begreifen begann, hätte sie weinen mögen. Sie hatte das Zittern schon einmal bemerkt, als sie im Freien war, doch um ihn nicht zu beschämen, hatte sie bewußt so getan, als hätte sie nichts gesehen.

Es demütigte ihn . . .

„Es beunruhigt mich nur, weil ich weiß, daß es dir Sorgen macht", erklärte Finola, während sie ihm direkt in die Augen sah. „Doch was hat es zu bedeuten?"

Sobald die Frage über ihre Lippen war, fragte sie sich, ob sie nicht besser geschwiegen hätte. Er zuckte jedoch nur mit den Achseln. „Dr. Dunne ist sich nicht ganz sicher. Es begann vor einigen Wochen", erklärte er, ihre Hände festhaltend. „Er drängt mich, einen anderen Arzt zu konsultieren. Im Augenblick sehe ich mich jedoch außerstande, noch einen Arzt seine Kunst an mir erproben zu lassen."

„Vielleicht solltest du es wenigstens für die Zukunft ins Auge fassen", wagte sie zu sagen.

„Vielleicht", murmelte er, den Blick abgewandt.

Finola hatte ihm so viel zu erzählen. Sie sehnte sich schmerzlich danach, ihm zu sagen, daß sie seinen Kummer teilte, seinen Schmerz irgendwie zu lindern suchte. Sie wünschte auch, er wüßte, wie tapfer und mutig sie ihn fand und daß sie ihn bewunderte für alles, was er unter solchen unmöglichen Umständen erreicht hatte.

Es würde jedoch zu sehr nach Mitleid klingen, und sie vermutete, wenn es irgend etwas gab, das Morgan von ihr nicht ertragen konnte, dann war es Mitleid. So drückte sie einfach noch einmal seine Hände, bevor sie wieder aufstand, reichlich unbeholfen zwar, vermochte sie sogar, darüber zu lächeln. „Ich glaube, ich würde doch gern nach draußen gehen", sagte sie und versuchte, ein wenig Hoffnung in ihre Stimme zu legen. „Ich ziehe mich nur um. Kommst du mit?"

Er zögerte, dann nickte er zum Zeichen seiner Zustimmung. „Ja, Schwester Louisa hat meinen Unterricht übernommen." Er hielt inne und betrachtete sie. „Vielen Dank, Mädchen."

Als Finola ihn fragend ansah, fügte er hinzu: „Daß du dich um mich sorgst."

Gegen ihre eigenen Tränen ankämpfend, erwiderte Finola: „Ich sorge mich wirklich um dich, Morgan ... du liegst mir sehr am Herzen."

Sie wandte sich um und eilte aus dem Zimmer, bevor sie törichterweise mehr sagte, als sie beabsichtigte.

10. Kapitel

Die Ankunft von Quinn O'Shea

Manchem bereitet Trommelwirbel, Jubelruf...
begeisterten Empfang im Saal.
Ein andrer einen Platz sich schuf
durch stillen Schmerz, geheime Qual.

Anonymus

Ende Juni
New York City

Auf dem Rand ihrer Koje hockend, hielt Quinn O'Shea angesichts des fauligen Gestanks, der aus dem Rumpf der *Norville* auszuströmen schien, den Atem an. Es war früh am Morgen, und obgleich sie nicht nach draußen blicken konnte, spürte sie, es würde ein schöner Tag werden.

Vor fünf Tagen bereits waren sie im Hafen von New York eingelaufen, doch anstatt an Deck gehen zu dürfen, waren die Passagiere des Zwischendecks, zu denen Quinn gehörte, dazu verurteilt worden, alles mit Seewasser und Lauge zu schrubben, um diesen Teil des Schiffes von dem Schmutz, der sich hier angesammelt hatte, sowie den widerlichen Gerüchen zu befreien.

Als ob es irgendwelche Hoffnung gäbe, diesen alten Kasten von seinem Gestank zu befreien, dachte Quinn verdrießlich. Sie war ziemlich sicher, daß sich die abscheulichen Gerüche von Zerfall, ungewaschenen Körpern und gefährlichen Krankheiten aller Art für immer mit dem feuchten Holz des Schiffes vereinigt hatten.

Das lebhafte Geschwätz der Frauen neben ihr ignorierend, von denen die meisten entweder die Vorzüge Amerikas anpriesen oder ihre Befürchtungen austauschten, widmete sich Quinn wieder dem Brief, den sie zu schreiben begonnen hatte. Ein Dutzend oder noch mehr Briefe warteten bereits darauf, an Molly abgeschickt zu werden, doch sie schrieb noch weiter, denn sie hatte ihrer jüngeren Schwester versprochen, ihr in allen Einzelheiten von der Reise zu berichten.

93

Dieses Versprechen hatte sie jedoch nicht gehalten; nicht ganz. Es gab *einige* Dinge bei dieser Ozeanüberquerung, die sie verschweigen wollte, um das Mädchen nicht zu ängstigen. Sie wollte nicht, daß Molly vor der Reise zurückschreckte, wenn eines Tages die Zeit für sie gekommen war.

Doch zum größten Teil hatte Quinn ehrlich über die Bedingungen an Bord berichtet: wie sie zu Hunderten auf engem Raum zusammengepfercht waren, das knappe, verdorbene Essen, die grausame feuchte Kälte – die erbarmungslos schwächende Seekrankheit, die so viele heimgesucht hatte, der Quinn jedoch irgendwie hatte entrinnen können. Sie war zu der Überzeugung gekommen, daß Molly sich keine unrealistischen Vorstellungen von der Überfahrt machen durfte, denn dadurch würde die Wahrheit nur noch schwerer zu ertragen sein.

Im Augenblick wollte Quinn jedoch einige Dinge für sich behalten: die Würmer und das Ungeziefer in den Lebensmittelvorräten, den Gestank nach Erbrochenem, die Ruhr, die in der dritten Woche der Überfahrt zur Epidemie geworden war, die Tausende Toter, die wie wertloser Müll über Bord geworfen wurden, die ständige Angst während der gesamten Reise vor fast allen anderen Passagieren des Zwischendecks.

. . . Es hieß, heute würden alle Passagiere auf Krankheiten untersucht. Wir haben alle eifrig gebetet, daß man keine ernsthaften Krankheiten unter uns entdeckt, denn sonst könnten wir wochenlang im Krankenhaus festgehalten werden.

Je früher wir dieses Todesschiff verlassen können, um so besser, meine ich! Ich kann es kaum erwarten, endlich wieder ein Stück Privatsphäre zu haben und damit zu beginnen, mir eine Stelle zu suchen. Je eher ich Arbeit finde, um so schneller kann ich dir das Geld für deine Überfahrt schicken.

Und vergiß nicht, Molly, daß du Geduld und Glauben haben mußt, denn es wird einige Zeit dauern, ehe ich eine Stelle gefunden habe . . .

Ihre jüngere Schwester würde für sie beide Glauben haben müssen, dachte Quinn bitter, den von ihrem war kaum noch etwas übriggeblieben, nachdem das Gesetz und Millen Jupe mit ihr fertig waren.

Sie beendete den Brief und adressierte ihn an Molly persönlich. Einen Augenblick hielt sie mit der Feder über dem Namen ihrer Schwester inne, bevor sie mit entschlossenen Strichen weiterschrieb. Es hatte doch keinen Zweck, den Namen ihrer Mutter hinzuzufügen. Für ihre Mutter war sie so gut wie tot, und daran konnte man nichts ändern.

* * *

Es war mitten am Nachmittag, als die Nachricht nach unten drang, daß das Schiff höchstwahrscheinlich in Quarantäne gelegt würde.

Alle Kranken würden in ein Krankenhaus auf Staten Island gebracht, während an Bord der *Norville* „weitere medizinische Untersuchungen" durchgeführt würden.

Quinn hatte bereits eine dieser medizinischen Untersuchungen an Bord miterlebt, und, obgleich sie nicht sehr viel von solchen Dingen verstand, war sie dennoch sicher, daß es sich um kaum mehr als eine Farce gehandelt hatte. Für die achthundert oder mehr Passagiere an Bord der *Norville* hätte man ein ganzes Team von Inspektoren gebraucht, um eine wirkliche Untersuchung durchzuführen. Stattdessen waren ein Arzt und zwei Assistenten durch das Schiffen gegangen, hatten genickt oder diejenigen Passagiere mit dem Finger angestoßen, die blind, taub und stumm oder einfach zu schwach waren, um stehen zu können. Quinn hatte diese „Voruntersuchung" ohne Zwischenfälle überstanden.

Doch jetzt kamen sie wieder durch, und diesmal würden sie einige der Zwischendeckpassagiere genauer untersuchen. Quinn wußte genau, daß die Schiffsoffiziere vor der Untersuchung einige Passagiere versteckt hatten, besonders solche, die an ansteckenden Krankheiten wie Pocken oder Typhus litten. Der Kapitän des Schiffes war offenbar bereit, jedem Betrug stattzugeben, wenn dadurch eine lange Quarantänezeit vermieden werden konnte.

Offenbar hatte man ihren Husten nicht als ernsthafte Bedrohung betrachtet – ebensowenig wie sie selbst. Wer wäre *nicht* erkältet, nachdem er mehr als einen Monat im dem eisig kalten, feuchten Rumpf eines verrotteten alten Schiffes wie der *Norville* verbracht hatte !

Doch der ständige Husten hatte sie verletzlich gemacht. Als der fischäugige Beamte der Gesundheitsbehörde mit dem Finger auf ihr Gesicht zeigte und sie als „fiebernd und tuberkuloseverdächtig" einstufte, stieß ihr flehentlicher Protest nur auf einen eiskalten Blick. Der Beamte ging weiter, und Quinn wurde auf einer Seite mit all denen zusammengetrieben, die von der Passagierliste gestrichen wurden. Wenige Minuten später wurde ihnen befohlen, die Boote zu besteigen, die zum Abtransport ins Krankenhaus bereitlagen.

Quinn konnte nur wie ein abgeurteilter Gefangener dastehen und mit zunehmendem Entsetzen beobachten, wie andere für das gleiche Schicksal ausgesondert wurden. Während dieses Ausleseverfahrens wurden Familien auseinandergerissen: weinende Mütter wurden von ihren Kindern fortgeschleift, Ehemänner von ihren geängstigten Frauen getrennt, schreiende Waisen den Armen der Geschwister entrissen.

Es war wie in einem Alptraum, wo die Kranken und Leidenden für ihre Gebrechen bestraft wurden, indem man sie auf eine Reise in die Hölle sandte. Und ihre Lieben konnten nichts anderes tun, als danebenzustehen und zuzusehen, wie Glieder ihrer Familie dem unausweichlichen Schicksal folgten.

* * *

Es war schon beinahe dunkel, als die überfüllte Barkasse das seichte Wasser vor Staten Island erreichte. Den Patienten wurde befohlen, das Boot zu verlassen, und Quinn befand sich sofort bis zu den Knien im Wasser. Beinahe den Halt verlierend, hielt sie den kleinen Beutel, der ihre Briefe an Molly und einmal Kleidung zum Wechseln enthielt, soweit wie möglich in die Höhe, während sie zum Ufer wankte.

Plötzlich hörte sie hinter sich ein Kind schreien. Als sie sich umwandte, sah sie, wie ein Mädchen mit vor Schreck geweiteten Augen beinahe bis zum Hals im Wasser steckte.

„Mama! Mama! Hilf mir, Mama!" Mit den Händen um sich schlagend, schwankte das Kind auf und ab.

An nichts anderes als an das Kind denkend, stürzte sich Quinn nach vorn ins Wasser. Plötzlich rutschte sie aus und verlor das Gleichgewicht. Voller Ensetzen sah sie das Bündel aus ihren Armen in den Fluß treiben.

Quinn stolperte, griff nach dem kleinen Beutel, der ihren gesamten, dürftigen Besitz enthielt und auch die Briefe, an denen sie in all den Wochen gearbeitet hatte. Doch er hatte bereits zu sinken begonnen und verschwand vor ihren Augen in der Tiefe.

Einen Augenblick starrte sie fassungslos in das Wasser. Ein schriller Hiferuf des Kindes brachte sie in die Wirklichkeit zurück, und sie lief zu dem kleinen Mädchen. Inzwischen hatten andere jedoch das zu Tode geängstigte Kind erreicht, und eine Frau, die Quinn für die Mutter hielt, schleifte das Mädchen, fest unter den Armen gepackt, an das Ufer.

Quinn wandte sich um und stolperte weiter vorwärts. Endlich am

Strand angelangt, sank sie zusammen, völlig außer Atem und erschüttert von dem Verlust ihres einzigen Besitzes. Alle Briefe waren verloren, für sie — und für Molly! Außerdem besaß sie nun kein Stück saubere Kleidung mehr! Wie sollte sie sich um eine Stelle bewerben, wenn sie aussah wie ein Landstreicher! Doch es blieb ihr keine Zeit, über ihren Verlust zu trauern. Ein dienstlich aussehender Mann mit einer Armbinde erschien und trieb sie alle den Strand entlang zu dem Krankenhaus.

In dem trüben Licht der hereinbrechenden Dunkelheit machte Tompkinsville, so hieß das Haus, einen düsteren trostlosen Eindruck, beinahe wie ein Gefängnis. Noch ehe sie das Gebäude erreichten, wurden Quinns Sinne beinahe überwältigt von einem abscheulichen tödlichen Gestank, der, so glaubte sie, gewiß die gesamte Insel erfüllte.

Der Geruch des Todes. Schaurige Wogen des Todes lauerten hier überall, noch darauf wartend, sie in ihrem häßlichen Maul zu verschlingen.

Quinns Magen rebellierte. Ihr Geist suchte krampfhaft nach einem Weg, von hier zu fliehen, denn so gewiß sie die Küste Amerikas erreicht hatte, war dies eine Todesinsel!

Gerade als sie ausbrechen und weglaufen wollte, erschien neben ihr der große Bobby Dempsey. „Hab keine Angst, Mädchen", sagte er mit seiner tiefen, schwerfälligen Stimme. „Wir werden nicht allzulange hierbleiben müssen."

Verwundert schaute Quinn auf. „Was machst denn du hier, Bobby Dempsey? *Du* bist doch bestimmt nicht krank!"

Der stämmige Mann trat von einem Fuß auf den anderen und schaute den steinigen Strand hinunter: „Sie haben gesagt, ich sähe aus wie ein Schwachsinniger und auch, daß man mich vielleicht nach Irland zurückschicken würde."

Quinn starrte ihn erschüttert an. Bobby Dempsey war ein großer grober Klotz von einem Mann mit Augen, die so traurig aussahen wie die eines verlassenen jungen Hundes, tief in einem Gesicht liegend, das schon zu viele Schläge abbekommen zu haben schien. Gewiß war er etwas träge und langsam im Denken, kein gescheiter Kopf, aber er war auch nicht schwachsinnig und hatte es nicht verdient, derart erniedrigt zu werden!

Aus irgendeinem Grund hatte sich der ungelenke Riese an Bord zu Quinns Beschützer ernannt. Entweder weil sie so klein und auch noch sehr jung war, oder weil sie ihn freundlich behandelt hatte, war der arme Bobby zu ihrem ständigen Schatten geworden.

Plötzlich erschien ihr der Verlust ihrer Habe nicht mehr so wichtig. Quinn spürte Mitleid mit diesem Mann in sich aufsteigen, und sie berührte seinen starken Arm. „Achte nicht auf sie, Bobby! Leute wie sie können keinen Apfel von einer Birne unterscheiden!"

Als sie sich dem Eingang näherten, sprach sie leiser. „Wie hast du das gemeint, Bobby, daß wir nicht allzulange hierbleiben?"

Seine Antwort wurde von dem großen, dürren Beamten abgeschnitten, der ihnen am Strand vorausgegangen war und nun damit begann, sie durch die Tür zu treiben. In dem Gebäude angekommen, sah Quinn nichts als die Fortsetzung des Elends, wie sie es an Bord erlebt hatte. Jeder nur irgendwie verfügbare Platz war mit Betten und Feldbetten zugestellt, die alle von stöhnenden, schreienden Einwanderern besetzt waren. Selbst die Wände atmeten den Geruch von Krankheit und Tod, von mehr Wehgeschrei und Totenklage widerhallend, als Quinn es jemals an einem anderen Ort gehört hatte, nicht einmal auf der *Norville*.

Am anderen Ende des engen Raums sah Quinn eine Reihe von Frauen und Kindern stehen. Die meisten von ihnen weinten – einige laut, andere schluchzten leise vor sich hin. Da sie spürte, daß Bobby und sie bald getrennt würden, wandte Quinn sich zu ihm um. „Ich habe dich gefragt, wie du das meinst, von hier wegzulaufen, Bobby? Ich werde mit dir mitkommen!"

Bobby schaute sich verstohlen um. „Das hier ist kein Ort für ein kleines Mädchen wie dich. Das ist ein schlimmer Ort – ein sehr schlimmer – denke ich."

Quinn wurde plötzlich ungeduldig und drängte: „Aber wie willst du es schaffen hier wegzukommen, Bobby? Du hast nicht gesagt, wie!"

Bobby warf einen Blick auf zwei grob aussehende Männer in der nächsten Reihe und erklärte flüsternd: „Jack Roche und Owney Boyle – und ihre Frauen – wollen mit einem der Boote, die uns herübergebracht haben, in die Stadt fliehen, nach New York."

Als Quinn noch weitere Fragen stellen wollte, brachte der Mann sie mit folgenden Worten zum Schweigen: „Du tust einfach das, was ich dir sage, Mädchen, wenn es soweit ist. Kannst du eine Ohnmacht vortäuschen?"

Quinn brauste auf. „Nun, das müßte ich wirklich vortäuschen!" gab sie zornig zurück. „Ich bin doch keine dumme Pute, die gleich in Ohnmacht fällt!"

Bobby zwinkerte ihr zu, dann sagte er lächelnd: „Also gut... wenn ich mit den Fingern schnipse, wirst du ohnmächtig. Und vergiß nicht, du mußt eine große Show daraus machen! Ich werde dich auffangen, du brauchst keine Angst zu haben, auf dem Boden aufzuschlagen."

„Aber –"

Eine rauhe Stimme hinter ihnen unterbrach ihren Einspruch. „Frauen in diese Reihe, Männer dorthin!"

Quinn drehte sich um, eine bissige Bemerkung auf der Zunge.

Etwas in dem schmalen Gesicht des Beamten ließ sie verstummen. „Wir müssen nachsehen, ob du Läuse hast", erklärte er, und seine Nüstern bebten, als sähe er sie auf Quinns Gesicht umherlaufen.

„*Läuse?* Ich habe keine Läuse! Ein bißchen Husten habe ich, aber kein *Ungeziefer!*"

Quinn schaute nervös zur Tür am Ende der Reihe, durch die immer mehr Frauen und Kinder verschwanden.

Andere empörte Stimmen wurden laut. Quinn wußte, daß einige von ihnen Läuse hatten. An Bord war sie beinahe wie besessen davon gewesen, diesem Ungeziefer zu entfliehen, das sich auf so vielen anderen schmutzigen Köpfen eingenistet hatte.

„Wenn sie Läuse bei uns finden, schneiden sie uns das Haar ab!" jammerte eine Frau vor ihr in der Reihe.

Quinns Blut drohte ihr in den Adern zu gefrieren. Nicht *ihr* Haar, das würden sie nicht tun! Niemand würde Quinn O'Sheas Haar abschneiden, niemand! Und schon gar nicht wegen der Läuse, die sie überhaupt nicht hatte!"

„Ich habe keine Läuse!" verteidigte Quinn sich von neuem, diesmal noch lauter.

„Sei dessen nicht so sicher, Mädchen", erwiderte Bobby, der noch immer hinter ihr stand.

Quinn wirbelte herum, ihre Augen funkelten. Doch Bobby blinzelte ihr nur unbeholfen zu. „Sehe ich da nicht gerade eine krabbeln, dort unten?" Er zeigte auf das untere Ende ihres langen Zopfs und zwinkerte noch einmal auffällig.

Quinn starrte ihn an, dann begriff sie. Laut und heftig kreischend, ließ sie sich in Ohnmacht fallen, wie es eine Königin nicht hätte besser machen können. Bobby fing sie mit seinen kräftigen Armen auf, gerade ehe sie den Fußboden berührte.

11. Kapitel

Eine lange Nacht in Brooklyn

Herr Jesus, komm, eile zu mir her!
Nimm mich an deine Hand,
führ mich zurück ans Land!
Schon drohe ich zu sinken,
in stürmischerer See zu ertrinken
wie Simon Petrus einst im Galiläischen Meer.

Oscar Wilde (1856-1900)

„Mr. Whittaker?"

Evan Whittaker blickte von seinem Rechnungshauptbuch auf. Harry J., einer der jungen Burschen aus dem Büro, stand vor seinem Schreibtisch. Die Augen des Jungen funkelten aufgeregt. Etwas schien ihn offensichtlich sehr zu bewegen.

„Mr. Whittaker, Sie sollen nach Hause kommen! Sofort! Ihr Stiefsohn hat einen Nachbarsjungen geschickt, um die Nachricht zu überbringen!"

Einen Augenblick lang starrte Evan Harry J. nur fassungslos an, dessen dunkle Augen durch die Bedeutung seiner Nachricht noch größer als gewöhnlich wirkten. Schließlich drangen die Worte in sein Bewußtsein ein. Er sprang auf und nahm seine Jacke von dem Kleiderständer in der Ecke. „Was hat er ge-genau gesagt?"

Harry kam herum, um Evan Whittaker in seine Jacke zu helfen. „Nun, das ist alles, Sir. Er kam angerannt und erklärte, daß Sie sofort zu Hause gebraucht würden. Soll ich Sie in dem Buggy nach Hause fahren, Mr. Whittaker?"

Evan war bereits auf dem Weg zur Tür. Sein Herz hämmerte wild, und er nickte. „Ich sage nur Mr. Farmington Bescheid, dann treffen w-wir uns draußen am Wagen."

„Mr. Farmington ist aber mit Mr. Donaldson zum Rechtsanwalt hinübergefahren", rief Harry J. ihm nach. Er folgte Evan in den Flur. „Er sagte, er käme erst nachmittags zurück."

Evan versuchte zu denken. „Nun gut, dann sagen Sie ihm bitte, wo ich bin, wenn Sie mit dem Wagen zurück sind."

Die Fahrt im Wagen dauerte nur wenige Augenblicke, die Evan aber wie Stunden erschienen. Das letzte Mal war Evan an jenem Nachmittag dringlich nach Hause gerufen worden, als der Kleine Tom ertrunken war. Seit jenem traurigen Tag, der inzwischen mehr als einen Monat zurücklag, verbrachte Evan jede Stunde, die er von zu Hause weg war, in einer gewissen Anspannung, jeden Augenblick auf eine dringliche Nachricht gefaßt — diesmal von Nora.

Es waren noch einige Wochen Zeit bis zu Noras Termin, seit Toms tragischem Unfall war sie jedoch so verstört — so verstört und elend — daß Dr. Grafton Evan darauf hingewiesen hatte, auf einen Notfall vorbereitet zu sein. Da der besonnene Arzt nicht dazu neigte, Panik zu machen, hatte sich Evan seine Warnung sehr zu Herzen genommen.

Natürlich hatte er auch selbst gesehen, wie Nora immer schwächer wurde. Es wäre unmöglich gewesen, es *nicht* zu bemerken. Sie schlief unruhig, wenn sie überhaupt schlief, sie stöhnte, weinte leise vor sich hin oder schrie, wie aus einem Alptraum aufgeschreckt, laut auf. Ihr Appetit, noch nie allzu üppig, war völlig verschwunden. Sie aß nur, wenn Evan oder Tante Winnie ihr gut zuredeten — und dann auch nur, das wußte Evan, um des Kindes willen, das sie unter ihrem Herzen trug.

Sie war lustlos, ungewöhnlich nervös und zerstreut. Evans Sorge um Nora war so groß, daß auch sein Appetit und seine Schlafgewohnheiten beeinträchtigt wurden. Er fand kaum Frieden, und das forderte seinen Tribut.

Seufzend schaute er aus dem Fenster des Wagens auf den Fluß, der im Schein der untergehenden Sonne glänzte. Normalerweise liebte er diesen Anblick und konnte sich nie satt daran sehen. Auf dem Fluß herrschte reges Treiben von Hunderten von Schiffen mit hohen Masten, die Segel eingerollt, die Flaggen im Wind wehend. Fähren flitzten hin und her und brachten Menschen und Waren von Brooklyn an das Ufer von Manhattan, das zahllose Kais und Lagerhäuser säumten.

Doch heute war das geschäftige Treiben, das ihn sonst stets von neuem begeisterte, von einem Vorhang immer größer werdender Furcht verhüllt. Besonders beängstigend fand er den Gedanken, das Baby könne zu früh geboren werden. Dr. Grafton hatte betont, daß Nora im Krankenhaus gebären sollte — eine Entbindung zu Hause war aufgrund ihres äußerst geschwächten Zustands zu risikoreich.

Was wäre, wenn das Baby früher kam, und keine Zeit mehr blieb, sie ins Krankenhaus zu bringen?

Gegen eine neue Woge der Angst ankämpfend, versuchte Evan zu beten. Er betete, daß dieses Baby, das Nora sich so sehnlich wünschte, gesund und kräftig zur Welt kommen und irgendwie Noras Freude am Leben zurückbringen, ihrem Leben wieder neu Sinn und Ziel verleihen möge.

Schuld nagte an ihm, als er wiederum über die Tatsache nachdachte, daß es von Anfang an Nora war, die dieses Baby haben wollte. Nora hatte alle Träume und Hoffnungen für dieses Kind gehegt, nicht er. In Wahrheit hatte er das neue Leben, das in ihr heranwuchs, zuweilen beinahe gefürchtet, vielleicht sogar Anstoß daran genommen – aus Angst, daß es Nora irgendwelchen Schaden zufügen könnte, oder ... *oh Gott, bitte nicht* ... sie sogar ganz von ihm nähme.

Plötzlich betete er aus der Tiefe eines schuldgequälten Herzens, daß Gott ihm helfen möge, dieses Kind zu lieben. Es war *sein* Baby, nicht allein Noras. Es würde sie zugrunderichten, sollte sie jemals fürchten müssen, daß er ihr Kind weniger liebte als sie.

Evan erschauderte, als ihm die Bedeutung dieses seines stillen Gebetes bewußt wurde. *Was für ein Mann war er, der es für notwendig hielt, darum zu beten, sein eigenes Kind lieben zu können!*

„Vergib mir, Herr", flüsterte er. „Ich fürchte nur, daß ich sie mehr liebe ... ich kann mir nicht vorstellen, irgend etwas oder irgend jemanden genauso zu lieben wie Nora ..."

* * *

Daniel stand an der Haustür und hielt in der hereinbrechenden Dunkelheit gespannt Ausschau nach Dr. Grafton oder Evan.

Obwohl er als Assistent von Dr. Grafton schon einige Erfahrungen gesammelt hatte, war er noch nie bei einer Geburt zugegen gewesen. Den Gebärenden war es schon peinlich, wenn ein Arzt bei der Entbindung anwesend war, ganz zu schweigen von einem jungen Assistenten ohne Ausbildung.

Trotz seiner mangelnden Erfahrung hatte er jedoch genug in Fachbüchern gelesen, um einschätzen zu können, daß die Situation seiner Mutter ernstzunehmen war.

Ins Haus zurückgekehrt, begann er, auf dem Flur auf und ab zu laufen. Seine Mutter hatte gesagt, das Baby würde kommen. Wenn sie recht hatte, dann würde es zu *früh* geboren – einige Wochen vor der Zeit. Diese Aussicht ängstigte ihn mehr, als er sich vorzustellen wagte.

Sie schien in letzter Zeit so zerbrechlich zu sein, sichtlich schwach und

elend, daß er sich nicht ausmalen wollte, was eine Frühgeburt für sie —
und auch für das Baby — bedeutete.

Wäre nicht diese ständige Angst gewesen, hätte er sich gewiß auf eine
neue Schwester oder einen neuen Bruder gefreut. Außerdem dachte er,
daß es vielleicht gut für Johanna wäre, die den Tod ihres Bruders Tom
noch immer nicht verkraftet hatte.

Gewiß verstand er, daß dieses Baby für seine Mutter sehr wichtig war.
Sie war fest entschlossen, Evan ein eigenes Kind zu schenken, doch
fürchtete er, daß sie sich mehr Sorgen um den Zustand des Babys
machte, als sie vor irgend jemandem zugeben wollte. Sein tägliches Gebet
war, daß Gott ihr genug Kraft schenken möge, wenn ihre Zeit gekommen war.

Und jetzt schien ihre Zeit *gekommen* zu sein.

Immer noch voller Unruhe, ging Daniel den Flur entlang zum Schlafzimmer. Als er das Zimmer betrat, fand er sowohl Johanna als auch seine
Mutter genauso vor, wie er sie verlassen hatte. Johanna, die Augen voller
Furcht weit aufgerissen, stand neben dem Bett, über Daniels Mutter
gebeugt, die wach war, aber offensichtlich große Schmerzen litt.

Er ging zu der anderen Seite des Betts und blieb gegenüber von
Johanna stehen. „Bestimmt werden Evan und Dr. Grafton jeden Augenblick hier sein, Mutter", sagte er, während er ihre Hand ergriff. „Kann ich
dir irgend etwas bringen, während wir noch warten? Kann ich irgend
etwas für dich tun?"

Ihre Haut war aschfahl, unter ihren Augen lagen dunkle Schatten. Ihr
Gesicht war schmerzgequält, als sie seine Hand umklammerte. Doch sie
schüttelte nur den Kopf und zog ihn näher an sich heran. Als sie zu sprechen begann, war ihre Stimme so leise, daß er ihre Worte kaum verstehen
konnte. „Ich möchte, daß du jetzt gehst. Johanna wird bei mir warten, bis
der Arzt kommt. Du solltest nicht —"

Sie hielt abrupt inne. Ihre Augen weiteten sich, und, als würde sie von
einer unerträglichen Woge des Schmerzes erfaßt, umklammerte sie
Daniels Hand mit einer Kraft, die er nicht bei ihr vermutet hätte. Ihr ganzer Körper schien steif zu werden. Sie beugte sich nach vorn, krümmte
ihren Rücken und preßte seine Hand, bis er glaubte, seine Knochen würden brechen.

Sie rang noch einmal um Atem, dann sank sie in ihre Kissen zurück.
Daniel, seine eigene Angst verbergend, begegnete Johannas angstvollem
Blick. Er bedeutete ihr, daß sie ein feuchtes Tuch holen sollte, dann
beugte er sich über seine Mutter und berührte ihre Stirn mit seinen Lippen. Erschrocken fuhr er zurück, als er die Hitze auf ihrer Haut spürte.

Während er in ihre von Schmerz verdunkelten Augen schaute, hatte er große Mühe, seine eigene Furcht zu verbergen. Irgendwie gelang es ihm zu lächeln, und er wiederholte: „Dr. Grafton wird bald hier sein, Mutter, er und auch Evan. Alles wird gut werden, ganz bestimmt."

Während er sprach, wußte Daniel, daß dieser Zuspruch ihm selbst genauso galt wie seiner Mutter.

* * *

Lewis Farmington hatte sofort die Werft verlassen, als er erfuhr, daß Evan nach Hause gerufen worden war.

Als er, in dem kleinen Häuschen angekommen, das abgespannte Gesicht seines Assistenten sah, war Lewis froh, gekommen zu sein, und noch dankbarer, daran gedacht zu haben, Winnie holen zu lassen. Das kleine Haus würde nicht zu vielen Leuten Platz bieten, doch er wußte, daß Evan seine Tante gern bei sich haben wollte. Und Lewis mußte zugeben, daß auch er Winnie gern bei *sich* haben wollte.

Nicholas Grafton war nur wenige Minuten vor Lewis eingetroffen und hatte bereits alle aus dem Schlafzimmer geschickt — alle, außer Johanna. Nora hatte darauf bestanden, daß sie blieb, und das Kind schien erfreut darüber — wenn auch ein wenig besorgt — auserwählt worden zu sein.

Lewis lächelte vor sich hin. Nach der furchtbaren Tragödie mit dem kleinen Tom brauchte es das Mädchen, wieder *gebraucht* zu werden und angenommen zu sein. Es entsprach so ganz Noras Art daran zu denken, selbst in ihrem eigenen Schmerz.

Ein offensichtlich nervöser Daniel John hockte auf der äußersten Kante des Sofas neben einem kreidebleichen Evan, der äußerst mitgenommen aussah.

Lewis wandte sich wieder zum Fenster und starrte in die Nacht hinaus. Die Dunkelheit wurde nur von ein paar Straßenlaternen und dem gedämpften Licht, das hinter den Vorhängen aus einigen Fenstern drang, erhellt. Er seufzte. Eine lange Nacht stand ihnen bevor. Eine *sehr* lange Nacht, fürchtete er.

Er hoffte, daß Winnie bald eintreffen würde. Ihre Gegenwart würde die Dinge für alle in einem etwas helleren Licht erscheinen lassen. Winnie konnte das, tatsächlich. Diese Frau hatte eine Art an sich, die ein Zimmer erstrahlen ließ, wenn sie es betrat. Gewiß würde Evan das heitere Gemüt seiner Tante heute nacht mehr als dringend nötig haben.

Lewis lächelte wehmütig, als er daran dachte, wie sehr er Winnie mochte, und er fragte sich, ob er überhaupt noch jemanden so sehr mochte wie sie. Sie schien seine Aufmerksamkeiten nicht ungern anzunehmen, doch konnte er nur hoffen, daß sie nicht einfach nur freundlich ihm gegenüber war, weil er zufällig der Arbeitgeber ihres Neffen war.

Alter schützt vor Torheit nicht ...

Er verzog das Gesicht, als ihm bewußt wurde, welche Richtung seine Gedanken eingeschlagen hatten und zwang sich, seine Aufmerksamkeit wieder auf Evan zu richten anstatt auf Evans *Tante.*

Im Laufe der letzten zwei Jahre hatte er den sanftmütigen jungen Engländer sehr schätzen- und liebengelernt. Evan war – nun, um die Wahrheit zu sagen, war Evan ihm beinahe wie ein Sohn geworden. Der Mann hatte sein volles Vertrauen, und er arbeitete sehr gern mit ihm zusammen, ihm täglich mehr Verantwortung übertragend.

Sollte er sich schuldig fühlen, weil er Evan mehr achtete als seinen eigenen Sohn? Oh, natürlich liebte er Gordon, doch die traurige Wahrheit sah so aus, daß Gordon nicht sehr *liebenswert* war.

Seine letzte Kapriole, seine Familie um irgendeines gewinnträchtigen Geschäftes willen nach Kaifornien zu schleppen, hatte Lewis viel tiefer verletzt, als er zuzugeben bereit war. Gordon hatte es sich in den Kopf gesetzt, eine Bank für die Goldgräber zu eröffnen, die den Westen des Landes überfluteten. So hatte er einfach ohne jegliche Vorwarnung, noch bevor die Weihnachtsfeiertage vorüber waren, seine ziemlich törichte, übermäßig verwöhnte Frau und seine nicht minder verwöhnten beiden Kinder genommen und war mit ihnen nach Kalifornien umgezogen.

Es betrübte Lewis sehr, daß sein Sohn, der bereits ein reicher Mann war, davon besessen zu sein schien, immer noch mehr Reichtum anzuhäufen. Von Kindheit an hatte Lewis sein Bestes getan, um sowohl Sara als auch Gordon zu lehren, daß – obgleich die Farmingtons mehr als genug Geld besaßen – die Anhäufung von Reichtum niemals zum Sinn und Ziel ihres Lebens werden dürfe. Gleichzeitig hatte er versucht, beiden ein Gefühl für die Verantwortung zu vermitteln, die seiner Meinung nach mit Reichtum und Besitz einhergehen mußte.

Sara, Gott segne das Mädchen, war über die Maßen großzügig und hatte sich nicht an ihren materiellen Besitz gebunden. Gordon jedoch – Lewis meinte, bei seinem Sohn irgendwie versagt zu haben, und dieses Versagen lastete schwer auf ihm.

Immerhin mußte er zugeben, daß er Evan und Nora Whittaker schon vor Gordons Weggang sehr zu lieben begonnen hatte. Das eingewanderte Paar gehörte für ihn beinahe ebenso zur Familie wie seine eigenen

Kinder, und er war fest entschlossen, alles, was in seiner Macht lag, zu tun, um ihnen das Leben ein wenig zu erleichtern.

Das Schlimme war jedoch, daß er im Augenblick kaum etwas für sie tun *konnte*. Nora hätte zur Entbindung ins Krankenhaus eingeliefert werden müssen, aber das war nun nicht mehr möglich. Nicholas hatte gesagt, daß es viel zu gefährlich war, sie jetzt noch zu transportieren.

Frustriert mußte Lewis daran denken, daß es noch einen anderen Sachverhalt gab, den *kein* Reichtum der Welt wiedergutmachen konnte. Wieder sah er glasklar die Wahrheit vor sich, daß die wichtigsten Dinge im Leben sich letztlich der Kontrolle des Menschen, einschließlich aller ihm zu Verfügung stehenden Mittel, entzogen.

Es würde immer wieder Situationen geben wie die, in welche sie sich jetzt gestellt sahen, in denen mit Reichtum absolut nichts zu erreichen war. Heute nacht würde man sich in diesem kleinen Häuschen nur auf die Kunst eines guten Arztes — und auf die Kraft des einen *Großen Arztes* — verlassen müssen.

Lewis fand Trost für sich darin, daß er es schon so viele Male erlebt hatte, daß das beides zusammen mehr als genug gewesen war.

12. Kapitel

Das Geheimnis, das Wunder

Er war ein Kind — wie wir —
hilflos, klein und schwach
wuchs er heran.
Er kannte Lachen und Weinen — wie wir —
und er teilt unsere Freude
wie auch unsere Schmach.

Cecil Frances Alexander (1820-1895)

Unfähig, sich noch weiter mit den anderen, die im Wohnzimmer versammelt waren, zu unterhalten, war Evan aufgestanden. Er wollte nichts anderes als einfach nur allein sein.

In Daniel Johns Schlafzimmer angekommen, schloß er hinter sich die Tür und hoffte, damit gleichzeitig Noras schmerzgequältes Schreien aussperren zu können. Bei jedem Schrei, jedem Aufstöhnen von ihr war es Evan, als würde ein Messer in sein Herz gestochen. Dem letzten Bericht Dr. Graftons zufolge konnte es jedoch noch Stunden dauern, bis das Baby geboren wurde.

Von Kummer und Müdigkeit erschöpft, ließ sich Evan auf die Bettkante sinken. Lange Zeit saß er einfach so da, regunglos und wie benommen, und rieb sich mit der Hand die Augen.

Auch durch die geschlossene Tür hörte er noch immer Noras Schreie im Flur widerhallen. Er hatte diese Nacht gefürchtet, die Angst davor hatte ihn seit langem begleitet, doch selbst seine schlimmsten Bedenken verblaßten im Vergleich zu dem, was jetzt geschah. Sie litt noch viel mehr, als er befürchtet hatte, und es gab nichts — lieber Gott, *nichts* — was er tun konnte, um ihr zu helfen!

Durch die allgemein übliche Sitte und auf Noras ausgesprochenen Wunsch aus dem Schlafzimmer verbannt zu sein, machte alles nur noch schlimmer für ihn. Wenn er bei ihr sein, ihre Hand halten, ihre Stirn kühlen — irgend etwas für sie tun — könnte, hätte er zumindest ihren Schmerz irgendwie teilen können.

Er mußte daran denken, wie hilflos er sich gefühlt hatte, als sie damals, einige Monate vor ihrer Hochzeit, an Scharlach erkrankt war — wie er im Krankenhaus bei ihr geblieben, neben ihrem Bett gewacht hatte. Während dieser langen, bangen Stunden hatte er die Hitze von Noras Fieber auf seiner eigenen Haut verspürt. Sein Herz hatte mit dem Hämmern ihres Pulses geklopft. Sein ganzer Körper hatte unter dem furchtbaren Zugriff dieser trügerischen Krankheit gelitten. Aber er war während des gesamten Alptraums bei ihr gewesen — und irgendwie hatte ihm das geholfen, alles ertragen zu können.

Doch heute abend — heute nacht dünkte Nora ihm so ... *weit entfernt, so unerreichbar.* Eingehüllt in das Geheimnis und Wunder der Geburt schien sie eher eine Fremde als seine Frau zu sein.

Nur ein paar Schritte weiter, den Flur entlang, kämpfte und arbeitete sie sich durch das wunderbarste, geheimnisvollste Geschehen, das man sich nur vorstellen konnte ... während er, völlig hilflos, hier saß, und es schien ihm, als trennten ihn Welten von ihr. Er glaubte, den Gedanken an ihren Schmerz nicht ertragen zu können und noch weniger den Gedanken, daß sie allein durch dieses Tal gehen mußte.

Erneut von einer Woge der Angst und Hilflosigkeit erfaßt, erhob sich Evan gequält von der Bettkante, um langsam auf seine Knie zu sinken. Ein Zittern erfaßte seinen ganzen Körper, und eine Zeitlang konnte er nichts anderes tun als zu weinen, still und verzweifelt, wie ein geängstigter Junge. Das Gebet, das er sprechen wollte, schien in seinem Hals steckengeblieben, unter einer Flutwelle der Furcht begraben zu sein.

„Oh, Gott! Wie lange m-muß das noch währen? Sie hat heute nacht so viele Schmerzen gelitten ... und auch sch-schon vorher! So v-viele Schmerzen Herr — und sie muß sie allein tragen — oh, Herr, mach doch b-bitte den Schmerzen ein Ende. Befreie sie von ihrer Qual ... laß es vorüber sein. Sie ist so allein ..."

Sie ist nicht allein. Ich bin bei ihr in ihrem Schmerz ...

Evan seufzte tief, stockte. „Aber sie ... sie durchlebt so furchtbare Qualen ..."

Ich habe Gethsemane durchlebt ...

„Herr, sie leidet ..."

Ich habe Golgatha durchlitten ...

„Wenn ich d-doch nur bei ihr sein könnte, Herr ..."

Ich bin bei ihr, Evan. Ich bin ihr ganz nahe in ihrem Schmerz, in ihrem Kampf, dir einen Sohn zu gebären, wie ich auch meiner Mutter nahe war, als sie ihren Sohn am Kreuz sterben sah ... Evans Weinen wurde schwächer, ein wenig zumindest. Langsam schien sein Herz aufzuhören zu bluten. „Du ... bist bei ihr — wirklich, Herr? Du bist dort drüben in die-

sem Zimmer, bei Nora? In diesem Augenblick, in i-ihrem Schmerz . . .
bist du da?"

*Evan . . . Evan . . . weißt du nicht, daß ich meinen Kindern in Not und
Schmerz näher bin als zu irgendeiner anderen Zeit? Ich halte dich in meinen Armen, wenn du Schmerzen hast, ich wiege dich wie man ein Kind
wiegt, wenn es leidet. Laß deine Seele Frieden finden, Evan, ich halte
Nora, jetzt, in diesem Augenblick. Sie ist nicht allein, mein Sohn . . . niemals ist sie allein. Nora ist in den Armen des Vaters.*

Evan öffnete die Augen, dann schloß er sie schnell wieder, um sich in
dem Licht und in der Wärme zu baden, die den kleinen Raum ganz zu
erfüllen schienen. „Herr . . ." wagte er noch einmal zu fragen. „Herr,
habe ich richtig gehört, daß . . . d-du gesagt hast . . . einen *Sohn?*"

* * *

Um drei Uhr morgens wurde Theodore Charles Lewis Whittaker geboren.

Die längste Nacht in Evans Leben endete schließlich mit dem zaghaf-
ten Schreien seines neugeborenen Sohnes, einem flüchtigen, matten
Lächeln seiner erschöpften Frau und erleichterten, aber auch müden
Umarmungen von allen, die ihnen in dieser Nacht beigestanden und mit
ihnen gewacht hatten: Daniel John und Johanna natürlich, sowie Tante
Winnie und Lewis Farmington. Später war auch noch Sara Farmington
Burke gekommen und ihnen allen zu einer Quelle des Trostes geworden.
Ebenfalls anwesend war Jess Dalton. Der große Pastor mit dem lockigen
Haar hatte am frühen Abend vorbeigeschaut und war, nachdem er nur
einen Blick auf Evan geworfen hatte, die ganze Zeit geblieben.

Selbst jetzt, nachdem Dr. Grafton wiederholte Male bekräftigt hatte,
daß es sowohl Nora als auch dem Kind recht gutginge, saß Evan nur wie
benommen da und starrte sie beide an.

* * *

Während ihr neugeborener Sohn zufrieden an ihrer Brust saugte,
betrachtete Nora Evan mit Augen, die nicht länger als einige Augenblicke
offenbleiben wollten.

Noch nie im Leben hatte sie sich derart erschöpft gefühlt. Die Gebur-
ten ihrer anderen Kinder waren ebenfalls lang und nicht leicht gewesen,

doch keine hatte ihrem Körper soviel abverlangt wie dieser winzig kleine Junge, der jetzt in ihren Armen lag. Doch hatte sich nicht alle Mühe gelohnt, um jetzt ein neugeborenes, rosiges Baby an der Brust zu halten und das Glück in Evans verklärtem Blick zu sehen?

„Und du bist ganz sicher, daß er gesund ist?" fragte sie wieder, als hätte sie die Antwort nicht schon mehr als einmal gehört.

Evan drückte ihre Hand und nickte. „Du h-hast seine Z-Zehen und Finger selbst gezählt, Liebling ... so viele Male."

„Es gibt noch mehr als Finger und Zehen", erwiderte Nora, erstaunt darüber, wieviel Anstrengung es sie kostete, nur zu sprechen. „Ich habe es dir nie gesagt, Evan, aber ich hatte von Anfang an Angst, seitdem ich wußte, daß ich schwanger war — Angst, daß vielleicht der Hunger oder der Scharlach irgendwelche schädlichen Auswirkungen auf das Kind haben könnten."

Einen kurzen Augenblick nur nahm sein Gesicht einen anderen Ausdruck an. „Nun, ... ich, äh ... ich muß zugeben, daß ich auch nicht immer völlig ohne Be-Bedenken war", erklärte er leise. „Doch du siehst es selbst", fügte er hinzu, und das Leuchten kehrte in seine Augen zurück, „er ist völlig gesund, es ist alles in Ordnung."

Nora nickte, gegen den Schlaf ankämpfend, der sie jeden Augenblick zu übermannen drohte. Sie wollte keine Sekunde dieses kostbaren Augenblicks mit ihrem Mann und ihrem neugeborenen Sohn versäumen. „Und ich bin Gott so dankbar!" Sie seufzte tief. „Wie freue ich mich, daß es ein Junge ist, Evan: für dich — und für Johanna."

Evan runzelte die Stirn. „Johanna?"

„Sie vermißt den kleinen Tom so sehr. Sie trauert noch um ihn, wie auch ich. Noras Freude wich von ihr, und einen Augenblick schwieg sie. Selbst jetzt, da sie ihren neugeborenen Sohn in ihren Armen hielt, erfüllte sie der Gedanke an den kleinen Tom mit großer Traurigkeit und ließ sie erschaudern.

Unwillkürlich streichelte sie zärtlich über das flaumige Köpfchen ihres kleines Sohnes. „Vielleicht", fuhr sie schließlich fort, „wird Johanna jetzt anfangen, den kleinen Tom loszulassen, zumindest ein wenig." Sie schaute Evan an. „Du meinst doch nicht, daß es falsch war, sie während der Geburt bei mir zu behalten? Weißt du, sie war auch bei Catherine, als der kleine Tom geboren wurde."

Evan drückte ihre Hand. „Ich glaube, d-du hast genau das Richtige getan", sagte er überzeugt. „Und es hat auch mir geholfen, Johanna bei dir zu wissen. Ich ... ich wäre gern bei dir geblieben. Ich w-wollte dich nicht allein lassen."

Überrascht forschte Nora in seinem Gesicht. „Oh, ich war doch nicht allein, Evan."

Er hob den Kopf und schaute ihr in die Augen.

Nora lächelte und nickte. „Ich war überhaupt nicht allein. Oh, Evan, es war eigentlich wunderbar! Wirklich!"

Sich noch weiter nach vorn beugend, umschloß er ihre Hand noch fester. „Aber ... du hattest soviel Schmerzen ..."

Wieder schaute Nora auf das so wohlgeformte kleine Köpfchen, das sich an ihre Brust schmiegte. Er war so unendlich vollkommen. Er war das schönste Baby! „Ja, man wird niemals ein Kind ohne Schmerzen gebären. Aber ist es nicht aller Mühe wert?"

„Natürlich", stimmte Evan ihr zu. „Aber ... *wunderbar*? Das verstehe ich nicht."

Nora dachte einen Augenblick nach, um die rechten Worte ringend, um etwas erklären zu wollen, wofür es, so fürchtete sie, keine Erklärung gab — *ein Geheimnis, ein Wunder.*

Du bist derjenige von uns, Evan, der gut mit Worten umzugehen versteht", sagte sie mit einem matten Lächeln. „Es ist einfach so, daß ... etwas geschieht ... nicht immer, aber manchmal ... mitten im größten Schmerz ..."

Wieder hielt sie inne, intensiv in seinem Gesicht forschend. Er sah müde und abgespannt, beinahe ausgezehrt aus nach dieser langen, anstrengenden Nacht. Nora spürte jedoch, daß dies für ihn sehr wichtig war, und so wog sie, ungeachtet ihrer eigenen Erschöpfung, ihre Worte sehr sorgfältig ab.

„Das ist schwer zu erklären, verstehst du. Als meine anderen Kinder zur Welt kamen, und als ich Scharlach hatte — und dann wiederum heute nacht — ist es auf der einen Seite, als befände ich mich in den tiefsten Tiefen aller Qual und Pein, auf der anderen Seite jedoch kommt es mir so vor, als wäre ich außerhalb aller Schmerzen. Es ist beinahe so, als —"

Nora unterbrach sich, und ihr Blick wanderte zum Fenster. Das Baby seufzte, ihre Brust mit seinem süßen Atem wärmend, und Nora spürte plötzlich einen unaussprechlichen Frieden, unsagbare Freude und Geborgenheit. Für einen Augenblick hatte ihr Schlafzimmer aufgehört zu existieren, ihre Gedanken wanderten ...

Sie dachte zurück, zurück an die qualvollen Schmerzen ... aber noch viel mehr dachte sie an das andere: das Gefühl, daß noch etwas anderes da war ... nein, *jemand* anders, jemand, dessen Gegenwart den Schmerz gering und unbedeutend erscheinen ließ. Sie erinnerte sich an die Wärme, die sie umschloß, die sie hielt ... und schützte ...

Sie blickte Evan wieder an. Sein Gesichtsausdruck war angespannt, seine Augen auf ihr Gesicht geheftet. „Soweit ich es in Worte fassen kann, Evan, ist es so, als würde der Herr selbst zu mir kommen, mich in seine Armen nehmen ... und mich irgendwie ... durch die Schmerzen hindurchtragen. Und wenn das geschieht, wenn ich spüre, wer mich hält und trägt, dann scheint alles — selbst der Schmerz — nur lauter Herrlichkeit zu sein!"

Sie hielt inne. „Soviel weiß und glaube ich ganz sicher, Evan: in solchen Augenblicken bin ich dem Herrn näher als sonst irgendwann in meinem Leben."

Er fühlte, wie ihre Hand in der seinen zitterte. Lange Zeit sprach keiner von beiden, und Nora spürte, wie der Schlaf sie übermannte. Unter großer Anstrengung öffnete sie noch einmal die Augen und sah, wie Evan mit tränennassen Augen in ihrem Gesicht forschte.

„Evan ... Evan freust du dich? Über das Baby?"

Er beugte sich nach vorn, ihre Hand an seinen Mund führend. „Was für eine Frage!" Seine Stimme war heiser, so innerlich ergriffen war er. „Natürlich freue ich mich! Ich bin ... ich bin einfach *überwältigt!*"

Nora lächelte ihn an. Vor Schwäche drehte sich alles in ihrem Kopf, doch konnte sie ihre Augen nicht abwenden von ihrem Ehemann und dem winzigen neugeborenen Jungen, der inzwischen friedlich schlief. „Nun habe ich dir doch einen Sohn geschenkt, Evan. Einen hübschen, gesunden Sohn, dank Gottes Hilfe."

„Ja ... dank Gottes Hilfe", wiederholte er leise, und Nora wunderte sich über das Zittern in seiner Stimme.

„Wie wollen wir ihn nennen, Evan?"

„Nun, ich dachte, wir ha-hatten uns bereits über seinen Namen geeinigt, Liebling!"

„Ja", entgegnete Nora, während sie noch einmal den samtigen Schimmer des sandfarbenen Haares und die vollkommen gestalteten, winzigen Ohren bewunderte. „Aber wie wollen wir ihn *rufen?* So ein langer Name paßt bestimmt noch nicht für einen kleinen Jungen; den werden wir erst später gebrauchen."

Evan schien einen Augenblick lang über ihre Worte nachzudenken. „Teddy", sagte er schließlich, langsam nickend. „Warum nennen wir ihn nicht Teddy?"

„Teddy", wiederholte Nora mit schwerer Zunge, und sie spürte, wie sie den Kampf, wachzubleiben, zu verlieren begann. „Ja, dann ... werden wir unseren Sohn Teddy nennen. Teddy ist ein schöner Name ..."

13. Kapitel

Auf feindlichem Gebiet

Männer — aus demselben Land —
stehen feindlich sich gegenüber,
bis die tödliche Schlacht entbrannt.

Robert Young (1800 bis um 1870)

Simon Dabneys Parties zum 4. Juli waren seit fünf Jahres zu einem gesellschaftlichen Ereignis ersten Ranges geworden. (Am 4. Juli 1776 wurde
die von T. Jefferson entworfene Unabhängigkeitserklärung angenommen. Anm. d.Ü.) Senatoren, Kongreßabgeordnete, Mitglieder der Stadtverwaltung und andere bedeutende Persönlichkeiten gehörten zu den
vornehmen Gästen, die sich jedesmal die Ehre gaben — außerdem waren
stets einige Angehörige der Polizei geladen.

Die Party heute abend sollte die bislang größte und überschwenglich-
ste werden. Der Ballsaal in Dabneys Villa erstrahlte im Lichterglanz.
Überall in dem geräumigen Saal funkelten Kristalleuchter wie Diamanten, die sich im Feuer spiegeln, während Hunderte von Kerzen in dem
leichten Sommerwind flackerten, der durch die offenen Fenster herein-
wehte.

Saras Kleid war ein Traum aus smaragdgrünem Samt und Seide, der
Rock doppelt unterlegt, mit einem üppigen Volant. Nur äußerst selten
legte Sara den Schmuck ihrer Mutter an, doch hatte sie den heutigen
Abend für wert erachtet, einen diamanten Anhänger zu tragen. Durch
diese Pracht, ergänzt von ein paar Sommerblumen im Haar, fand sich
Sara echt elegant.

Doch es war die offene Anerkennung in den Augen ihres Mannes, die
Sara stets von neuem mit einem atemberaubenden Gefühl erfüllte. Heute
abend glaubte Sara, während sie mit Michael an ihrer Seite ihrem Vater
und Winifred gegenübersaß, daß sie die glücklichste Frau hier im Saal —
ja, in ganz New York City sein mußte! Sie hatte eine wunderbare Familie, führte ein so schönes Leben — und sie hatte einen Ehemann, der sie
noch immer mit unverhohlener Bewunderung verwöhnte und mit liebe-
voller Aufmerksamkeit umwarb.

„Trägst du dieses Kleid nur für mich, Sara, *a gra*, mein Liebling?"
Michael hatte diese Worte leise gesprochen, diese Worte, die nur für sie
bestimmt waren. Als Sara jedoch zu ihrem Vater und Winnie hinüber-
blickte, sah sie, daß dies wirklich nicht nötig gewesen wäre. Die beiden
waren viel zu sehr miteinander beschäftigt, um noch von irgendeiner
anderen Unterhaltung Notiz zu nehmen als ihrer eigenen.

Sara lächelte. „Dann habe ich die richtige Wahl getroffen?"

„Du weißt, das ist mein Lieblingskleid." Er drückte ihre Hand, und
seine dunklen Augen glitten mit einer Wärme über ihr Gesicht, daß ihr
Herz einen Freudensprung vollführte. „Du bist", sagte er noch immer
leise, „die reizendste Frau im ganzen Saal. Ich bin ein Ire, der sich mehr
als glücklich preisen kann."

Nach sechsmonatiger Ehe konnte er sie immer noch zum Erröten
bringen, wenn er ihr tief in die Augen schaute und ihr Zärtlichkeiten
zuflüsterte. „Diese Umgebung hier würde jeder Frau zum Vorteil gerei-
chen", erwiderte Sara rasch, um zu überspielen, wie sie vor Freude errötete. „Es ist, als wäre man eingetaucht – in ein Lichtermeer."

Michael schaute sich um und erwiderte trocken: „Eine ganz schöne Fete,
nur um ein paar Politiker zusammenzubringen, meinst du nicht auch?"

Saras Vater wandte seinen Blick lange genug von Winifred ab, um eine
Bemerkung zu machen. „Weißt du, Simon macht nie etwas nur halb und
schon gar nicht bei einer Party! Dieses Fest ist geplant, um zu beeindruk-
ken, – und ich glaube, das tut es auch."

Weiter die Tanzfläche und die vollbesetzten Tische in dem Ballsaal
betrachtend, schüttelte Michael den Kopf. „Ich könnte wetten, daß die
Hälfte der Polizei hier ist."

Saras Vater nickte. „Vor allem die höheren Ränge, glaube ich. Simons
Interesse an der Durchsetzung von Recht und Ordnung scheint sich nur
auf die einflußreichen Jungs zu beziehen."

„Auf die einflußreichen oder die korrupten?" erwiderte Michael mit
einem Lächeln, das sich nicht in seinen Augen widerspiegelte. „Die meisten der hohen Herren haben ihre Finger so tief in die Kassen gesteckt,
daß sie ihre Ellenbogen nicht mehr wiederfinden."

„Trotzdem sind sie hier in der Stadt die Säulen der Partei."

Michael verzog das Gesicht. „Doch wohl eher Marionetten als Säulen,
würde ich sagen." Er hielt inne. „Ich bin mir nicht sicher, ob ich weiß,
weshalb wir eingeladen wurden, außer deiner Freundschaft mit Dabney
natürlich."

Saras Vater schüttelte den Kopf. „Du bist hier, weil Simon die Absicht
hat, dich in sein politisches Lager zu ziehen. Du wirst dies zweifellos

inzwischen selbst bemerkt haben. Es ist wohl kaum seine Art, seine Absichten zu verhehlen.

Michaels Miene wurde noch finsterer, als er erwiderte: „Er will mich *kaufen*, wolltest du sagen."

Sara hatte das meiste schon vor dem heutigen Abend gehört. Es war offenbar eine unbestreitbare Tatsache, daß eine Reihe ihrer Polizisten, vorwiegend die Hauptleute, von den *Tammany* Bossen gekauft waren, doch konnte sie sich nicht vorstellen, daß sie *alle* korrupt waren. (Tammany ist eine Vereinigung, die für ihren korrupten Einfluß auf die Politik der Stadt New York im 19. Jhdt. berüchtigt war; Tammany Hall ihr Sitz, der an die Demokratische Partei New Yorks verpachtet wurde. Anm. d. Ü.) Michael war es gelungen, sich dem Einfluß solcher Politiker und der Verbrecherbosse zu entziehen, und gewiß gab es noch andere wie ihn.

„Nein, ich glaube nicht, daß Simon in deinem Fall zu viele Illusionen hegt", entgegnete ihr Vater. „Als alter Fuchs kann er meiner Meinung nach sehr gut einen Mann von Ehre von solchen unterscheiden, denen Redlichkeit nichts bedeutet. Nein", wiederholte er, während er mit seiner Uhrentasche spielte, „mir scheint, daß Simon ernsthaft versucht, dich in die politische Arena zu ziehen, indem er sie dir . . . ehrbar darstellt — und viel attraktiver, als sie in Wirklichkeit ist."

Sara war betroffen und überrascht, welche Erleichterung Michaels Antwort für sie bedeutete. „Ich habe kein wirkliches Interesse an der Politik, zumindest im Augenblick nicht", erwiderte er.

Ihr Vater nickte, Sara einen Blick zuwerfend. „Trotzdem haben New Yorker Politiker Interesse an dir, mein Sohn, und du wirst bald herausfinden, daß Simon Dabney sehr zäh ist, wenn er sich einmal etwas in den Kopf gesetzt hat."

Michael zuckte mit den Achseln, sein Gesichtsausdruck war unergründlich. „Er wird auch merken, daß ich genauso — "

Er hielt inne, und sein Gesicht verfinsterte sich völlig, als er zur Tür auf der anderen Seite des Saals starrte. Sara hielt den Atem an, als sie, der Richtung seines Blickes folgend, sah, wie Patrick Walsh den Ballsaal betrat, seine Frau Alice an seiner Seite.

Michael hatte sich halb von seinem Stuhl erhoben. Während sie ihre Hand beschwichtigend auf seinen Arm legte, spürte Sara, wie auch in ihr Zorn aufstieg. Sie wußte nicht, was sie unerhörter finden sollte: den Gedanken, daß Simon Dabney einen Mann wie Patrick Walsh in sein Haus einlud — oder die Tatsache, daß Walsh tatsächlich die Stirn besaß, hier zu erscheinen.

Michael warf ihr einen Blick zu, und Sara sah das Feuer in seinen Augen. „Michael, das darfst du nicht", sagte sie, den Druck auf seinen Arm verstärkend.

Inzwischen war er aufgestanden. Diesmal griff Saras Vater ein. „Sara hat recht, Michael. Das hier ist Simon Dabneys Haus, und er kann einladen, wen immer er möchte. Außerdem ist auch Walshs Frau dabei, und du möchtest sie gewiß nicht demütigen."

Sara hielt den Atem an. Einen Augenblick stand Michael sprungbereit wie ein Panther, der sich auf seine Beute stürzt. Zu ihrer großen Erleichterung spürte sie schließlich, wie sich die Muskeln in seinem Arm entspannten, und sie sah, wie sich die weißen, zur Faust geballten Finger lösten, während er langsam wieder Platz nahm.

„*Warum?*" fragte er, an Saras Vater gewandt. „Warum sollte Dabney mit einer Schlange wie Walsh irgend etwas zu tun haben wollen? Er muß doch wissen, wer er ist!"

Die Hände auf dem Tisch gefaltet, sah Saras Vater Michael ernst an. „Simon Dabney", sagte er schließlich tief seufzend, „ist der perfekte machtpolitische Makler, mein Junge. Er ist weitaus mächtiger als die Banditen in *Tammany Hall*, ja, auch mächtiger als der Parteienapparat des Staates. Er unterhält Verbindungen mit jedem politischen Führer in New York, mit den Verantwortlichen eines jeden Wahlbezirks, mit jedem politischen Handlanger in New York City und darüber hinaus mit einigen von ihnen im Staat. Simon jagt der Macht nach wie manche Männer Frauen nachlaufen — und er versäumt keine Gelegenheit, neues Terrain zu erobern."

Er hielt inne, mit den Fingern leise auf den Tisch klopfend. „Du mußt begreifen, Michael, daß Patrick Walsh, ob es dir gefällt oder nicht, in Manhattan einen beachtlichen Einfluß ausübt. Niemand konnte bisher etwas anderes beweisen, als daß er ein schlauer, äußerst erfolgreicher, wenn auch in manchen Dingen fragwürdiger Geschäftsmann ist. Er schüttet beachtliche Summen in die Parteikassen aus, und auf ihn hört man in *Tammany Hall* mehr als auf jeden anderen Verbrecherboß, mit Ausnahme vielleicht von Jesaja Rynders."

„Es ist ein Wunder, daß er heute abend nicht auch anwesend ist", murmelte Michael, seine Stimme voller Verachtung.

Saras Vater breitete seine Hände aus. „Rynders ist in einer Hinsicht aus anderem Holz geschnitzt als Walsh." Er sah Michaels skeptischen Blick und erklärte weiter. „Oh, natürlich ist er genauso korrupt, doch Rynders täuscht nicht vor, irgend etwas anderes zu sein als das, was er ist — ein Glücksspieler, ein Barbesitzer, ein Bandenchef. Sein politischer Einfluß ist ihm mehr oder weniger egal geworden. Er hat sich nicht danach gedrängt, aber natürlich hat er genommen, was sich ihm bot. Er ist ein Gauner, und es scheint ihn nicht zu kümmern, wer es weiß. Walsh dagegen möchte vor uns als völlig ehrbar gelten, als ein fleißiger, einflußreicher Geschäftsmann."

„Er ist nichts anderes als ein *Schwindler*!" zischte Michael, während er sich nach vorn beugte. „Das ist bei den Geschäftemachern in *Tammany Hall* ebenso bekannt wie bei allen Polizeieinheiten!"

Als Michaels Stimme lauter wurde, drückte Sara wieder seinen Arm. Er schaute sie an, dann lehnte er sich zurück, um frustriert mit einer Hand durch sein Haar zu fahren. „Wir hätten ihn seit Monaten hinter Gittern, wenn bei dem Brand im Warenhaus jene Hauptbücher nicht verbrannt wären – und wenn seinen Schlägern nicht die Kehle durchgeschnitten worden wäre, bevor sie reden konnten."

Saras Herz krampfte sich vor Mitleid mit ihrem Ehemann zusammen. Er schien nichts anderes als Enttäuschungen zu erleben, wenn immer er versuchte, Patrick Walsh seiner gerechten Strafe zuzuführen. Obgleich es eine Reihe von Augenzeugen dafür gab, daß Patrick in den Sklavenhandel mit Kindern verwickelt war, befand sich der Mann noch immer auf freiem Fuß, sein schmutziges Geschäft weiter ausübend, als wäre nichts geschehen. Nach dem Brand waren zwei seiner Handlanger inhaftiert worden, doch wurden sie in ihren Zellen umgebracht, bevor sie den Mund aufmachen konnten.

Selbst die Beweise aus erster Hand von Michaels Sohn hatten nichts anderes bewirkt, als Tierney in Lebensgefahr zu bringen. Tierney war deshalb nach Irland geflohen, während Patrick Walsh fortfuhr, seine korrupte Herrschaft weiter auszubauen. Kein Wunder, daß Michael den Anblick dieses Mannes kaum ertragen konnte!

„Und ich werde ihn doch kriegen", sagte er, das Gesicht angespannt und sein Ton erschütternd hart. „Ganz gleich, was es kostet, ich werde diesen Teufel hinter Gitter bringen, dorthin, wo er hingehört."

Sara warf einen Blick auf den langjährigen Gegner ihres Mannes. Walsh stand da, in seinem zwanglos eleganten, maßgeschneiderten Abendanzug und unterhielt sich lachend und scherzend mit seinem Gastgeber, Simon Dabney.

Sie konnte den Mann kaum anschauen, ohne zu erschaudern. Seit ihrer ersten Begegnung mit Walsh hatte Sara das Gefühl, daß diesen Mann etwas Falsches, Böses, vielleicht sogar Tödliches umgab, und genau das schien auch heute abend den gesamten Ballsaal zu durchdringen und zu überschatten, als hätte sich plötzlich und unerwartet ein Sommergewitter über ihnen zusammengeballt, das jeden Augenblick loszubrechen drohte.

Sich wieder Michael zuwendend, wurde Sara einen Augenblick lang von einem Gefühl kalter Angst erfüllt. Seit kurzem hatte sie sich zu fragen begonnen, ob aus Michaels Entschlossenheit, Patrick Walsh zu überführen, nicht mehr werden könnte als nur das natürliche Verlangen, ihn seiner gerechten Strafe zuzuführen – etwas, das viel dunkler war und vielleicht sogar gefährlich.

Sie glaubte, daß seine Feindschaft gegen den berüchtigten Verbrecherboß beinahe an Besessenheit grenzte, doch mußte sie zu seiner Verteidigung sagen, daß Michael Grund genug hatte, ihn zu verachten. Patrick Walsh verkörperte jene Art des Bösen, das zu bekämpfen Michaels Beruf und Lebensaufgabe war.

Am meisten beunruhigte sie die Furcht, daß Michael begonnen haben könnte, Walsh für den Bruch zwischen ihm und seinem Sohn verantwortlich zu machen. Und an dieser Stelle, gestand Sara sich ungern ein, konnte sie ihrem Mann nicht zustimmen, zumindest nicht in jeder Hinsicht. Ja, es war wirklich furchtbar, was Tierney getan hatte – töricht und gefährlich – sich überhaupt mit Walsh einzulassen. Doch selbst wenn der Junge anfangs unschuldig übertölpelt worden war, hatte er am Ende nach seinen eigenen Worten gewußt, wie korrupt Walsh war.

Wenn Tierney auch keine andere Wahl zu bleiben schien, als New York zu verlassen, hatte Michael längst eingeräumt, daß die Kluft zwischen ihm und seinem Sohn seit Jahren immer breiter geworden war. Sara fürchtete jedoch mehr und mehr, daß ihr Mann zu dem Entschluß gekommen war, Patrick Walsh zumindest zum Teil für den Verlust seines Sohnes verantwortlich zu machen.

Bis jetzt hätte sie nicht geglaubt, daß Michael zu einem unvernünftigen Gedanken fähig wäre. Er war von Natur aus ein gerechter, vernünftiger und überaus praktisch denkender Mensch. Doch in diesem einen Fall mußte sie sich fragen, ob sein auf Patrick Walsh Fixiertsein ihn nicht blind gemacht hatte für die Wahrheit.

Sara erschauderte, als sie das Profil ihres Mannes betrachtete, der seinen Gegner auf der anderen Seite des Zimmers anstarrte, beinahe so, als sähe sie zum erstenmal, wie sich seine Züge verhärteten. Der schwüle Juliabend schien mit einem Mal kalt geworden zu sein, und auch das erhebliche Gewicht von Michaels Arm, das sie auf dem ihren spürte, vermochte sie nicht zu erwärmen.

* * *

Alice Walsh fürchtete in der Zwischenzeit Einladungen wie diese. Nicht, daß sie oft zu derartigen Festlichkeiten geladen waren. Da Patrick Ire und im *Geschäft* war, erhielten sie reichlich wenige Einladungen zu gesellschaftlichen Anlässen. Trotz seiner bedeutenden Erfolge und des enormen Einflusses, den Patrick in bestimmten Gebieten der Stadt ausübte, galten die Walshs in einer Reihe von gesellschaftlichen Kreisen immer noch nicht als „akzeptabel".

Alice war sich nicht sicher, ob ihr das etwas ausmachte, zumindest nicht viel. Sie war von jeher scheu und hatte sich unter vielen Menschen noch nie wohlgefühlt, und schon gar nicht unter der High-Society von New York.

Was ihr Kummer bereitete, wenn sie überhaupt einmal darüber nachdachte, waren Andeutungen in einigen Kreisen, daß sie nicht erwünscht waren − nicht so sehr wegen Patricks irischer Abstammung, sondern aufgrund seiner verschiedenen geschäftlichen Aktivitäten.

Sie hätte es verstehen können, wenn sie in England oder einem anderen der europäischen Länder gelebt hätten, wo Geschäftsleute noch mit einer gewissen herablassenden Überlegenheit betrachtet wurden. Doch sie lebten in Amerika. In Amerika galt es nicht nur als akzeptabel, sondern vielmehr als bewundernswert, sein Glück zu machen, sich ein Vermögen zu erarbeiten − *oder?*

Dieses Land wurde schließlich von Leuten aufgebaut, die sich durch ihre harte Arbeit und ihren Einfallsreichtum emporarbeiteten. Warum wurden sie und Patrick dann stets auf Distanz gehalten, außer von den Neureichen und Politikern?

Bis jetzt hatte sie kaum darüber nachgedacht, weshalb sie ausgeschlossen wurden. Es hatte ihr genügt, einige Bekannte in ihrer Gemeinde und Patricks politische und geschäftliche Partner zu haben.

Seit kurzem hatte Alice jedoch begonnen, einige Dinge in Frage zu stellen, die sie früher ignoriert hatte. Patrick erschien so verändert seit einigen Monaten. Vorher war es in ihrem Heim beglückend ruhig zugegangen. Ihre Ehe war, wenn auch etwas eintönig ... vorausberechenbar ... so doch zumindest *friedvoll* gewesen.

Unbehaglich stellte Alice fest, daß Ruhe und Frieden in ihrer Familie auf der Tatsache beruhten, daß sie stets sehr viel Zeit aufgewendet hatte, um dafür zu sorgen, daß Patrick sich wohlfühlte. Sie erzog die Kinder, denn „Papa darf nicht belästigt werden, wenn er abends spät nach

Hause kommt und müde ist." Sie traf die meisten Entscheidung bezüglich der Hausangestellten, so daß Patrick sich voll auf seine Arbeit konzentrieren konnte. Selbst in Fragen der Ausgestaltung des Hauses und der Auswahl der Möbel entschied gewöhnlich Alice — bezahlt wurden diese Dinge natürlich aus dem mehr als großzügigen Haushaltsbudget, das Patrick ihr zur Verfügung stellte.

In letzter Zeit war ihr bewußt geworden, daß sich ihr ganzes Leben irgendwie um Patrick zu drehen schien: dafür Sorge zu tragen, daß er glücklich, zufrieden und ungestört war, war offenbar zu ihrer Lebensaufgabe geworden. In gewisser Weise spielten selbst die Kinder zugunsten ihres Vaters eine untergeordnete Rolle.

In all den Jahren ihrer Ehe hatte Alice nur selten tiefgründiger über ihre Beziehungen zueinander nachgedacht. In der Tat war Alice der Frage ausgewichen, ob Patrick mit ihr und den Kindern vollkommen glücklich war. Sie liebte ihn über alles und hatte ihr Leben dem Ziel geweiht, eine ideale Ehefrau und Mutter zu sein. Warum *sollte er nicht* glücklich sein mit ihr?

Er hatte ihr niemals Anlaß gegeben, an seiner Liebe zu zweifeln. Wenn er Beschwerden hatte, so äußerte er sie, und Alice bemühte sich sofort darum, die betreffende Angelegenheit zu regeln. Mittlerweile betrachtete sie es beinahe als mehr oder weniger selbstverständlich, daß Patrick, wenn er an einem bestimmten Punkt unzufrieden war, dies unverzüglich zum Ausdruck brachte. Ihr Mann zählte nicht zu den Menschen, die ihre Meinung für sich behielten.

In letzter Zeit schien er jedoch gänzlich verändert. Alice fand es immer schwerer, sich auf ihn zu freuen. War etwas in ihrer Beziehung nicht in Ordnung, oder war er nur zu sehr von seinen geschäftlichen Angelegenheiten in Anspruch genommen — oder hatte er vielleicht irgendwelche Sorgen, die er nicht mit ihr teilte?

Was immer auch der Grund sein mochte, sie fand Patricks Verhalten einfach sonderbar. Er war nervös, schnell gereizt — und kurz angebunden ihr und den Kindern gegenüber.

Natürlich war er in bezug auf die Kinder schon *immer* eher ungeduldig gewesen, in letzter Zeit war er jedoch bei jeder Kleinigkeit regelrecht gereizt.

Unerklärlicherweise schien er daran Anstoß zu nehmen, daß sie begonnen hatte, in der Missionsarbeit in Five Points mitzuarbeiten. Zunächst hatte er kaum etwas gesagt. Seit kurzem schien er jedoch ihr Engagement in dem Knabenchor und die wenigen Stunden, die sie jede Woche Sara Farmington Burke half, die Wohnbedingungen von Kindern zu untersuchen, als persönliche Beleidigung zu betrachten. Er fauchte sie an, wenn immer sie versuchte, mit ihm über dieses Thema zu sprechen und reagierte beinahe trotzig, wenn sie über die kleinen Fortschritte berichten wollte, die sie für die Kinder erreicht hatten.

Ihr war aufgefallen, daß er besonders schnell aufbrauste, wenn es um Sara Farmington Burke ging. Allein den Namen dieser Frau zu erwähnen, trug ihr oft Spott oder eine scharfe Zurechtweisung ein.

Dieser Punkt verwirrte Alice am meisten. Sara Burke wurde von jedem, der sie kannte, geachtet, ja beinahe geliebt. Besonders verehrten sie diejenigen, die mit ihr in den verschiedenen Missionsprojekten zusammenarbeiteten. Es war allgemein bekannt, daß für die Erbin aus dem Hause Farmington keine Aufgabe zu gering war. Jedes Anliegen, das man an sie herantrug, wurde geprüft. Sie schien, was Arbeit anbelangte, die Tragfähigkeit eines starken Mannes zu besitzen und die Geduld einer Heiligen, wenn es um geistliche Dinge ging.

Alice konnte sich nicht vorstellen, daß irgend jemand Sara *nicht* mochte — am allerwenigsten Patrick, der sie kaum kannte. Sie achtete und verehrte die junge Frau, fühlte sich immer mehr zu ihr hingezogen — und war ihr überaus dankbar, denn durch Sara Burke hatte sie zum erstenmal in ihrem Leben eine lohnende Aufgabe erhalten, die über den Rahmen ihrer Familie hinausreichte.

Als sie Sara jetzt auf der anderen Seite des Ballsaals sitzen sah, begann Alice eine Hand zu erheben, um ihr freundlich zuzuwinken, hielt jedoch beim Anblick ihres Mannes inne. Captain Burke starrte Patrick mit einer solchen offenen Feindseligkeit an, daß Alice unwillkürlich erschauderte.

Sie hatte die Feindschaft zwischen ihrem Mann und dem Polizeihauptmann schon früher bemerkt, doch hatte sie nicht die leiseste Ahnung, worauf die Feindseligkeit zwischen den beiden Männern beruhte. Sie hatte gehofft, daß sich ihr Verhältnis besserte, nachdem Patrick Captain Burkes Sohn, als dieser so furchtbar verletzt aufgefunden worden war, in seinem Haus aufgenommen und ihm die beste Pflege hatte angedeihen lassen. Die Feindschaft der beiden Männer war jedoch so offenkundig, daß man sie beinahe greifen konnte.

Es schmerzte sie, diese rätselhafte Feindschaft zwischen ihrem Ehemann und dem Mann einer Frau, die sie nichts als verehrte und bewunderte. Von ganzem Herzen wünschte sich Alice, daß alles anders wäre. Sie hatte sogar davon zu träumen begonnen, daß sie und Sara Burke gute Freunde werden könnten — hatte sich nach einer engen Freundschaft gesehnt, die mehr war als eine formelle Zusammenarbeit.

Ihr Blick wanderte wieder zu dem versteinerten Gesicht von Captain Burke. Mit tiefem Bedauern wurde ihr nunmehr bewußt, wie furchtbar hoffnungslos ihre Träume waren.

14. Kapitel

Tanzende Träume

Mit ehrfürchtig bebender Hand
überreiche ich dir
das Buch meiner zahllosen Träume.

W. B. Yeats (1865-1939)

Michael hatte sich kurz entschuldigt, um Polizeipräsident Mitchell und seine Frau zu begrüßen. Auf dem Weg zurück an ihren Tisch sprach ihn Dabney an.

„Ich freue mich sehr, daß Sie und Ihre reizende Frau heute abend gekommen sind. Ich hoffe, Sie fühlen sich wohl hier bei uns."

„Es ist ein großartiger Abend, Mr. Dabney. Es war sehr freundlich von Ihnen, uns einzuladen."

Simon Dabney war ein großer, kräftiger Mann mit einem freundlichen Gesicht und beeindruckend vollem, silbergrauem Haar. Sara hatte gesagt, daß Simon Dabney eher aussah wie jedermanns Lieblingsonkel und nicht wie der schlaue Fuchs, der er in Wirklichkeit war.

Michael dachte, daß das Wort „schlau" hervorragend zu dem Rechtsanwalt mit der angenehmen Stimme paßte. Ihm schien, daß Dabney etwas zu schnell den guten Kumpel hervorkehrte — zu schnell sein vertrauliches Schulterklopfen, zu rasch das Lächeln, das seine Augen nicht erreichte, zu sehr darauf bedacht, auch mit denen einen kameradschaftlichen Ton anzuschlagen, die er kaum kannte. Es würde ihn tatsächlich überraschen, wenn Dabney nicht im Grunde irgendwie gefühllos und berechnend wäre — ein echter „schlauer Fuchs".

„Ich muß zugeben, Captain, daß ich gehoffte hatte, mit Ihnen ausführlicher über die Angelegenheit zu sprechen, über die wir uns bereits vor einigen Wochen unterhalten hatten."

„Über die Stelle als Mitglied der Stadtverwaltung", entgegnete Michael direkt.

Dabney lächelte. „Genau, ich hoffe, Sie hatten genug Zeit, darüber nachzudenken."

„Genug, um zu wissen, daß ich nicht Ihr Mann sein kann."

123

Dabneys Lächeln blieb stets präsent. „Sie unterschätzen sich, Captain. Wenn die Partei Sie für geeignet hält —"

Michael schüttelte den Kopf, Dabney unterbrechend. „Ich habe dabei nicht an meine Eignung gedacht. Der Grund ist, daß ich einfach kein Interesse daran habe, aus dem Polizeidienst auszuscheiden, zumindest im Augenblick nicht."

Der Rechtsanwalt forschte in seinem Gesicht, was vermutlich gutwilliges Verstehen zu erkennen geben sollte. Michael glaubte jedoch, hinter der Miene des „lieben Onkels" noch etwas anderes zu entdecken.

„Darf ich offen reden, Captain Burke?"

Michael wartete, erwiderte jedoch nichts.

Der große Anwalt legte Michael eine Hand auf die Schulter. Michael spürte, wie er steif wurde. „Die Partei ist auf der Suche nach einer bestimmten Art von Abgeordnetem — nach einem Mann voller Klugheit und Integrität — einem Mann, der sich nicht bestechen läßt. Da bestimmte führende Kräfte innerhalb der Partei Ihren Ruf kennen und der Meinung sind, daß Sie genau der Mann sind, den sie suchen, hat man beschlossen, gewisse, sonst übliche Verfahren zu umgehen und Sie direkt als Abgeordneten zu benennen."

Dabney hielt inne und warf Michael einen bedeutsamen Blick zu, als er hinzufügte: „Ich glaube, ich verspreche nicht zuviel, wenn ich Ihnen sage, daß der nächste Schritt Kongreßabgeordneter bedeuten könnte."

Michael ärgerte sich über die Art, wie der Mann einfach voraussetzte, daß er ein so großes Interesse daran habe, in die politische Arena einzutreten — und noch mehr über die Hand auf seiner Schulter. „Ich weiß Ihr Interesse zu schätzen, Mr. Dabney, doch, wie bereits gesagt, ist dies nicht der richtige Zeitpunkt für mich."

Als spürte er Michaels Verärgerung, zog der Anwalt seine Hand zurück. „Darf ich fragen, Captain, warum?"

Aus dem Augenwinkel konnte Michael sehen, wie Patrick Walsh an der Seite stand, als würde er den Ballsaal überwachen. Sein Magen krampfte, als er seine Aufmerksamkeit wieder auf Dabney konzentrierte, doch achtete er sorgfältig darauf, daß sein Ton unverbindlich war. „Nun, sagen wir einfach, es gibt noch Dinge, die ich erledigen möchte, bevor ich die Polizei verlasse."

Der Anwalt musterte ihn wiederum, dann lächelte er achselzuckend. „In Ordnung, Captain. Ich muß Ihnen jedoch noch sagen, daß ich hoffe, Sie begehen keinen schwerwiegenden Fehler damit, diese Gelegenheit zu versäumen. Es wäre nur der Beginn einer außergewöhnlichen Karriere für Sie."

Michael spürte selbst den Unterton in seiner Stimme, als er erwiderte: „Zuweilen muß ein Mann das, was er begonnen hat, zu Ende führen, bevor er an einen Neuanfang denken kann."

Simon Dabney setzte sein charmantestes Lächeln auf. „Das verstehe ich, Captain", sagte er versöhnlich. „Und ich muß sagen, daß Ihnen Bewunderung gebührt für Ihre Hingabe an Ihren Dienst bei der Polizei. Doch wir werden später weiterreden, ganz bestimmt."

Als Michael sich einen Weg durch die tanzenden Paare bahnte, hoffte er, daß er nicht so unbedacht gehandelt hatte, wie Dabney meinte. Es stimmte, daß er eine günstige Gelegenheit in den Wind schlug, denn nicht jeden Tag wurde einem Polizeihauptmann angeboten, Mitglied der Stadtverwaltung zu werden. Außerdem hegte Michael bereits seit einigen Jahren vage politische Ambitionen.

Aber er war überzeugt, daß er nur bei der Polizei die Möglichkeit hatte, Patrick Walshs korrupte Herrschaft zu stürzen. Deshalb war er bereit, dort zu bleiben, wo er war, solange es nötig wäre.

* * *

Mit altvertrauter Sehnsucht schaute Sara den prachtvoll gekleideten Paaren zu, die über die Tanzfläche wirbelten. Es schien, als würden alle tanzen — außer ihr und Michael. Winifred war es sogar gelungen, ihren Vater zu einem Walzer zu überreden.

Sie ertappte sich dabei, wie sie mit den Zehen im Takt der Musik wippte, hielt inne, nur um sofort darauf mit den Fingern auf dem Tisch den Rhythmus zu klopfen. Das Orchester spielte heute abend besonders gut, dachte sie, so klang- und schwungvoll, so einladend. Der Ballsaal war zu einem Farbenmeer geworden, und die Frauen erstrahlten in ihren sommerlichen Ballkleidern, während ihre Partner sie mit atemberaubender Geschwindigkeit über die Tanzfläche wirbelten. Es war offensichtlich, daß Simon Dabneys Gäste sich prächtig amüsierten.

Sara hatte noch nie getanzt — niemals. Wie man es von der einzigen Tochter Lewis Farmingtons erwartete, war sie als Debütantin in die Gesellschaft eingeführt worden, hatte, als sie jünger war, sowohl als Gast als auch als Begleiterin ihres Vater an zahllosen Bällen teilgenommen — wiederum, weil man es von ihr erwartete. Doch weil sie hinkte, hatte sie nie getanzt.

Zuweilen hatte ein junger Mitgiftjäger, der dreist genug war, auf ihre

Behinderung anzuspielen, sich erboten, seine Schritte ihrem langsameren Tempo anzupassen, als erwiese er ihr damit einen großen Gefallen. Sara hatte den törichten Freiern meist mit einem vernichtenden Blick und einer bissigen Bemerkung geantwortet und deutlich gemacht, daß sie sich durch die Herablassung eines Toren alles andere als geschmeichelt fühlte.

Was sie niemals zugegeben hatte – nicht einmal ihrem Vater gegenüber – war, daß sie oft davon geträumt und sich vorgestellt hatte, wie es sein müßte, nur ein einziges Mal zu tanzen – trotz ihres häßlichen Hinkens.

Besonders hatte es ihr der Walzer angetan. Das Orchester teilte offenbar ihre Begeisterung für diese moderne Tanzart, die sich buchstäblich durch Europa und die Vereinigten Staaten wälzte, schienen sie doch mehr Walzer als alles andere zu spielen.

Einige waren natürlich von dieser neuen Mode im Ballsaal schockiert, über den Gedanken entsetzt, daß sich die Partner berührten, während sie über die Tanzfläche glitten. Sara hielt dieses scharfe Urteil jedoch angesichts der voluminösen Kleider und des keuschen Abstandes zwischen den Partnern für übertrieben.

Außerdem hatte sie bisher nie Interesse daran gehabt, mit irgend jemand anderem zu tanzen als mit ihrem Vater oder ihrem Bruder, und beide hatten sie nie aufgefordert, aus Rücksicht gegen sie und ihre Behinderung. Die meisten der Burschen, die sich um die Gunst der jungen Debütantinnen bemühten, waren ohnehin viel zu ungeschickt auf der Tanzfläche, um Saras Interesse zu wecken.

Doch sie würde so gerne mit Michael tanzen ...

Unzählige Male hatte sie es sich vorgestellt, wie es sein mußte, im Takt eines mitreißenden Walzers in seinen Armen über die Tanzfläche zu gleiten. Ob es so ähnlich war, wie zu fliegen?

Natürlich würde sie es nie erfahren. Vor vielen Jahren hatte sie, allein in ihrem Zimmer, versucht, zu den Klängen einer vorgestellten Musik zu tanzen. Sie hatte so getan, als sei sie federleicht, ihre Bewegungen so harmonisch und graziös wie die einer französischen Ballerina. Doch dann, als sie plötzlich ihr Spiegelbild erblickt hatte, war sie sich hoffnungslos unbeholfen und häßlich vorgekommen, so daß sie auf ihr Bett gesunken und die Augen vor ihrer eigenen Torheit geschlossen hatte.

Einen Augenblick ... nur einen Augenblick lang ... hatte sie sich dem Selbstmitleid hingegeben. Dann, unheimlich betrübt über sich selbst und die Tatsache, daß sie die Sünde nutzloser Tagträumerei noch durch ihre Unzufriedenheit darüber komplettiert hatte, wie Gott sie geschaffen hatte, war sie von ihrem Bett aufgesprungen und auf der Suche nach einer nützlicheren – erbaulicheren – Beschäftigung durch das Haus gejagt.

Natürlich lag diese Begebenheit lange vor ihrer Ehe mit Michael. Es wäre tatsächlich eine große Torheit für eine Frau, die so glücklich war wie sie, weiter ihren unerfüllbaren Träumen nachzutrauern. Sie war mit einem der besten, edelsten, gutaussehendsten Männer von New York verheiratet — ja, das war ihr Michael ganz gewiß — und er machte kein Geheimnis daraus, daß er sie über alles liebte.

Warum sollte sie dann etwas so Belanglosem nachtrauern wie zu *tanzen*.

„Komm, tanz mit mir, Sara."

Sara wirbelte herum und sah, wie Michael sich von seinem Stuhl erhob, seine Hand auf ihren Arm legte.

Sie starrte ihn an, als wäre er verrückt geworden. „Mit dir *tanzen*? Um Himmels willen, Michael, du weißt doch, daß ich nicht tanzen kann!"

Er musterte sie einen Augenblick, dann stand er ganz auf und zog sie mit sich hoch. „Du hast noch nie getanzt, Sara?" fragte er leise.

Sara spürte, wie sie rot wurde. „Natürlich nicht", erwiderte sie gereizt, seinem Blick ausweichend.

„Sara?" Ihr Name war kaum mehr als ein Flüstern auf seinen Lippen, doch seine Hände auf ihren Unterarmen waren unnachgiebig. „Dann wirst du jetzt mit *mir* tanzen."

Obwohl ihr Herz bei seinen Worten vor Freude hüpfte, fühlte Sara sich noch immer außerstande, ihm in die Augen zu schauen. „Ich *kann nicht*, Michael! Ich schaffe es nicht —"

„Das brauchst du auch nicht", unterbrach er sie mit unendlicher Zärtlichkeit in der Stimme. „Ich schaffe es für uns beide, komm jetzt. Ein Mann möchte schließlich mit seiner Frau tanzen." Damit begann er, sie um den Tisch herumzuführen.

„Ich werde dich blamieren", murmelte Sara, sehnlichst nach einem Fluchtweg inmitten des Meers wogender Tänzer Ausschau haltend.

Michael hielt inne, sich zu ihr wendend. Einen Augenblick flammte in seinen Augen etwas auf. Dann nahm er sie sehr entschlossen in seine Arme, eine ihrer Hände auf seine Schulter legend, während er die andere in seine nahm. „Niemals, Sara, *a gra*, mein Liebling", sagte er, sie in den Bann seiner dunklen Augen ziehend. „Du würdest mich niemals blamieren. Du erstaunst mich manchmal, stellst mich immer wieder einmal vor ein Rätsel, und natürlich erfreust du mich. Doch nie — niemals — könntest du mich blamieren! Und jetzt, mein Schatz, — wirst du mit mir tanzen. Achte nicht auf die anderen. Vertrau dich einfach meiner Führung an. Du wirst sehen, es wird sein, als trüge ich dich. Ich werde nicht schneller tanzen, als du mir folgen kannst."

Plötzlich spürte Sara, wie sie sich mitten unter den anderen Tänzern befand, spürte, wie Michael sie beinahe vom Boden abhob, sie fest in seinen starken Armen haltend. Einen flüchtigen Augenblick lang streikte ihr lahmes Bein. Als Michael jedoch bemerkte, wie sie zögerte, verstärkte er den Druck seiner Hand auf ihrer Hüfte und wirbelte sie noch weiter auf die Tanzfläche hinaus.

Einen Moment fühlte Sara Angst in sich aufsteigen, doch als das Orchester einen beschwingten Walzer zu spielen begann, schob sie alle Furcht beiseite. Der Saal schwankte, in ihrem Kopf drehte sich alles. Jetzt erkannte Sara, daß Michael auf die Glastür zusteuerte, die auf die Veranda führte.

Draußen war die Nacht vom Licht des Mondes und dem Duft von Sommerblumen erfüllt, der berauschend und süß von dem warmen Juliwind herübergetragen wurde. Michael führte sie mit sich fort, und als sie über die Veranda wirbelten, begann sich der sternenklare Himmel über ihr zu drehen.

„Ich schaffe es, Michael, *tatsächlich!*"

Er hielt sie noch fester in seinen Armen. „Natürlich! Habe ich es dir nicht gleich gesagt, daß du dich nur meiner Führung anzuvertrauen brauchst?"

„Nun ... eigentlich trägst du mich ja fast ..."

Einen Augenblick schaute er ihr in die Augen. „Und hast du etwas dagegen, Liebling?"

„Nein", erwiderte Sara zärtlich. „Ich habe überhaupt nichts dagegen, Michael."

Saras Füße berührten die glatten Steinplatten kaum. Sie sah und spürte nichts anderes als die tanzenden Sterne über ihnen, die Kraft von Michaels Umarmung, sein strahlendes Lächeln, während er sie sanft über alle Gedanken an ihr lahmes Bein und die Angst, sich zu blamieren, hinausführte.

Heute abend tanzte Sara zum erstenmal in ihrem Leben. Sie tanzte mit ihrem Ehemann, eingetaucht in den Zauber des Mondlichts und den berauschenden Duft von Blumen. Unfähig, an sich zu halten, während sie in Michaels Armen schwebte, begann sie vor lauter Freude laut zu lachen. Er lachte mit ihr, freute sich für sie und, so glaubte Sara, freute sich auch selbst über alle Maßen, bei Mondschein in einem Sommergarten mit seiner Frau zu tanzen.

* * *

Nachdem er gesehen hatte, wie Sara und Michael durch die Türen zur Veranda entschwunden waren, führte Lewis Farmington Winnie in die gleiche Richtung. Kurz vor der Glastür hielt er inne, gefesselt von dem Anblick seiner tanzenden Tochter.

Er hatte sie noch nie so gesehen, und gewiß war sie noch nie so glücklich und reizend anzuschauen. Natürlich hatte er sie noch nie tanzen sehen, obgleich er ihre Sehnsucht gespürt, das Verlangen in ihren Augen mehr als einmal gesehen hatte, während sie am Rand der Tanzfläche gestanden und den anderen zuschaut hatte. Sie sah so unglaublich jung aus, so endlos glücklich – und so über alle Maßen verliebt – daß Lewis sich bei diesem Anblick die Augen trocknen mußte.

Winnie, neben ihm, legte eine Hand auf seinen Arm. „Sind sie nicht großartig anzuschauen, Lewis? Sind sie nicht einfach *prächtig!*"

Er nickte, unfähig seine Augen von dem Paar auf der Veranda abzuwenden. „Ja, das sind sie", stieß er hervor.

„Es muß dich glücklich machen, Lewis, sie so zu sehen."

Lewis wandte sich wieder seiner Tanzpartnerin zu. Winnie sah einfach traumhaft aus heute abend. Ganz in rosa Seide mit funkelnden Diamanten, das herrliche silberblonde Haar hochgesteckt, sah sie in der Tat aus, als käme sie aus dem Märchenland.

Plötzlich und ehe er innehalten konnte, stieß er das hervor, was ihn diesen ganzen Abend – und schon in der Woche davor – am meisten bewegt hatte.

„Es gibt nur eine Sache, die mich noch glücklicher machen könnte."

Unschuldig lächelnd schaute Winnie ihn an. „Und was wäre das, Lewis?"

Mit den Fingern tastend, zog er aus der Innentasche seines Jacketts ein kleines Samtkästchen hervor. „Das an deinem Finger zu sehen!", sagte er ohne Umschweife, während er die Ringschachtel so rasch öffnete, daß sie ihm beinahe aus der Hand fiel.

Einen Augenblick lang sah ihn Winnie mit ihrem altvertrauten, fragenden Lächeln an. Schließlich wanderten ihre Augen zu dem mit Diamanten und Saphiren besetzen Ring, der in dem Kästchen funkelte.

Als sie schließlich wieder zu Lewis blickte, leuchteten ihre Augen wie Diamanten.

„Nun", erwiderte sie, während sie ihm ihre zierliche linke Hand entgegenstreckte, „dann steck ihn mir an, bitte, Liebling."

Sich wieder wie fünfundzwanzig – oder höchstens wie dreißig – fühlend, steckte Lewis den Ring an Winnies Finger, um sie dann zu dem nächsten Walzer auf die Tanzfläche zurückzuführen.

15. Kapitel

Auf den goldenen Straßen von New York

Mein Herz ist bedrückt, nichts ist mir geglückt.
Nun werde ich es im Land der Freiheit versuchen.

Anonymus (Irische Straßenballade, um 1847)

Quinn O'Shea starrte über den Fluß hinüber zu der Insel, die *Brooklyn* hieß. Wieder lag ein furchtbar heißer Tag hinter ihr. Aus dem Fluß stieg ein Geruch, der sie an Abfall und Tod erinnerte. Die Sonne ging gerade unter, doch ihre Hitze lastete jedoch weiterhin drückend schwül über der Stadt.

Aus den Lagerhäusern strömten Arbeiter in das Hafengelände, sich mit Taschentüchern die Stirn wischend, während sie über die anhaltende Hitzewelle stöhnten. Hinter ihnen schlossen sich schwere Eisentüren, und bald wurde es still auf dem Kai in Erwartung der hereinbrechenden Nacht.

Quinn erschauderte bei dem Gedanken, die Nacht wieder ohne jede Zuflucht im Hafen verbringen zu müssen. Seit einigen Tagen lebte sie inzwischen am Fluß. *Wie eine Hafenratte*, dachte sie bei sich, *doch nicht so geschickt wie diese, sich Nahrung zu beschaffen.*

Aus dem Quarantänehospital geflohen, war sie an den ersten beiden Tagen mit Bobby Dempsey und den anderen ziellos durch die Stadt gestreift. Zunächst war sie von den Eindrücken der Stadt so benommen, daß sie sich wenig Sorgen um ihren leeren Magen gemacht hatte. Doch schon bald war sie gezwungen, ihre Lage nüchtern einzuschätzen: sie hatten nichts zu essen, keine Arbeit – nicht einmal einen Ort, wo sie schlafen konnten, außer in den Gassen, gemeinsam mit anderen Ärmsten der Armen.

Schließlich, von anderen Iren im Hafen überredet, hatten Roche und Boyle beschlossen, mit ihren Frauen an einen Ort zu gehen, den sie Five Points nannten. Nach den Angaben derjenigen, die sie mit ihrem Geschwätz dazu überredet hatten, gab es dort in Five Points anständige Mietshäuser und gute Aussichten auf Arbeit.

130

Quinn hatte bereits beschlossen, sich den anderen nicht anzuschließen. Sie waren rauhes, schmutziges Gesindel. Als Bobby erklärt hatte, daß er im Hafen bleiben wollte, um Arbeit zu suchen, beschloß sie, zumindest vorerst, bei ihm zu bleiben.

Bis jetzt hatte er jedoch noch nicht einmal Hoffnung auf einen Job, und Quinn überlegte, daß es besser war, wegzugehen — allein — sowohl um Bobbys als auch um ihrer selbst willen. Er machte sich ohnehin schon zu viele Sorgen um sie und verbrachte mehr Zeit damit, sich um sie anstatt um eine Arbeit zu kümmern.

Was sie dem langsam denkenden Bobby offenbar nicht begreiflich machen konnte, war, daß sie niemanden *brauchte*, der sich um sie kümmerte. In der Tat ging es ihr langsam auf die Nerven, wie er ständig um sie herumgluckte. Heute nachmittag zum Beispiel mußte Quinn erst ärgerlich werden, um ihn eine Zeitlang loszuwerden.

Bobby konnte natürlich nicht wissen, daß Quinn, noch bevor sie Irland verlassen hatte, beschlossen hatte, sich nie wieder an einen Mann zu binden, nicht einmal an einen mit so freundlichen Absichten wie Bobby Dempsey. Einmal war für sie genug, sie würde nicht zweimal dieselbe Rechnung bezahlen.

Sie war siebzehn, eine erwachsene Frau, und von jetzt an stand sie auf eigenen Füßen. Sie hatte beschlossen, morgen, wenn Bobby auf Arbeitssuche war, einfach zu verschwinden.

Im Augenblick war sie jedoch ein wenig in Sorge um den Mann. Er müßte längst zurück sein. Zu ihrer Sorge gesellte sich ein Gefühl zunehmender Schwäche und Benommenheit. Ihre Beine trugen sie kaum noch, so wacklig waren sie durch den fortwährenden Hunger geworden.

Langsam glaubte sie, daß sie nichts anderes gewonnen hatte, als den Hunger zu Hause in Irland gegen einen anderen Hunger, hier in den Vereinigten Staaten, einzutauschen.

Dem Land der goldenen Straßen ...

Quinn stieß einen kurzen, verächtlichen Laut aus. Vielleicht gab es, irgendwo da draußen in der Stadt tatsächlich diese goldenen Straßen. Irgendwo, weit weg von *diesem* Ort, wo die Hungrigen und Kranken sich wie Ratten zusammendrängten, um zu überleben, wo Menschen wie wilde Tiere um einen Bissen aus den Abfallbehältern kämpften ... gab es vielleicht tatsächlich Straßen, auf denen Gold und goldene Gelegenheiten zu finden waren.

Doch bis jetzt hatte Quinn auf den Straßen New Yorks nichts als betrunkene Matrosen, irische Einwanderer und wilde Schweine gesehen.

Und nur die Schweine, so war Quinn aufgefallen, schienen wohlgenährt zu sein.

* * *

Sergeant Denny Price befand sich weit unten in der Bowery, ein ganzes Stück von seinem Revier entfernt.

Er war hierhergekommen, um sich mit einem nervösen Informanten zu treffen, der es abgelehnt hatte, die Bar im Blue India Saloon zu verlassen. Obgleich sich dieser Bursche in letzter Zeit als sehr wertvoll erwiesen hatte, ärgerte sich Denny wegen der Hitze, die noch zu dieser Abendstunde herrschte. Außerdem war es mehr als ungewiß, ob diese Mühe sich überhaupt lohnen würde.

Als er sich der Bar näherte, verzog er den Mund, angewidert von dem unheimlichen Gestank, der von den Abfällen herrührte, die sich an den Straßenrändern auftürmten. Die anhaltende Hitze während der letzten Tage hatte den Gestank nur noch unerträglicher gemacht. Selbst während der Nacht gab es kein Entrinnen, weder vor der Hitze noch vor dem Gestank. In Nächten wie dieser dachte Denny mit großer Sehnsucht an die klare, liebliche Luft in Donegal zurück.

Es war kurz nach zehn, als er bei Chatham um die Ecke bog und auf den Saloon zuging. Er blieb abrupt stehen, als vor ihm jemand laut aufschrie. Er konnte nichts erkennen und wartete. Wieder ertönte das Schreien, ein Kreischen, wie das eines jungen Mädchens.

Mit vorgehaltener Pistole bewegte sich Denny schnell, aber vorsichtig weiter. Die Bowery war hell erleuchtet von den Lichtern, die aus den Kneipen, Bars und Saloons drangen. Straßenhändler, Männer und junge Burschen, die in den Saloons ein- und ausgingen, Prostituierte, Jugendliche, die abends in die Stadt ausgeströmt waren — das war das Nachtleben auf der East Side.

Die Tatsache, daß die Straßen von Menschen wimmelten, bedeutete jedoch nicht, daß sie sicher waren. Wie überall in der Stadt durfte auch hier in der Bowery kein Polizist es wagen, auch nur einen Augenblick unvorsichtig zu sein.

Trotzdem schob Denny Price, als der nächste Schrei ertönte, alle Vorsicht beiseite und rannte los.

* * *

Quinn hatte sich von der Spielhölle fernhalten wollen. Sie hatte sich auf die Suche nach Bobby gemacht, doch nachdem sie einige Stunden ergebnislos nach ihm Ausschau gehalten und sich dabei immer weiter vom Flußufer entfernt hatte, hatte sie aufgegeben.

Sie redete sich ein, daß mit Bobby alles in Ordnung wäre. Warum sollte das auch nicht der Fall sein, bei seinem wuchtigen Körper und seinen starken Fäusten? Zu dem Entschluß gekommen, daß dies ein günstiger Augenblick war, ihre eigenen Wege zu gehen, hatte sie sich immer weiter in die Stadt hineingewagt.

Sie hatte gehofft, in einen anständigen Stadtteil zu gelangen, wo es hübsche Häuser gab und Familien, die gesunde Mädchen brauchten, um im Haushalt zu helfen. Als sie zuerst die laute Musik gehört und gesehen hatte, wie Männer in den Kneipen ein- und ausgingen, wollte sie sich fernhalten, doch der verführerische Geruch nach etwas Eßbarem hatte sie gefangengenommen wie in einem Netz.

Unfähig, sich zurückzuhalten, hatte sie sich schließlich näher an die Lokale herangewagt, sich mit dem Argument rechtfertigend, daß sie vielleicht hier einen Job und damit etwas zu essen finden würde, bevor sie eine dauerhafte Anstellung fand. Sie fürchtete langsam, in Ohnmacht zu fallen und mit dem Gesicht in einem Abfallhaufen zu landen, wenn sie nicht bald etwas zwischen die Zähne bekam.

Sie hatte beinahe den Mut gefunden, die Gastwirtschaft zu betreten, als die beiden Schönlinge nach draußen torkelten. Sie waren noch so jung – erstaunlich jung, dachte Quinn, um mit Brokatwesten, goldenen Taschenuhren und glitzernden Ringen zu prahlen. Trotzdem sahen sie wie vornehme Herren aus, und so hatte Quinn keine Angst, als einer von ihnen sich ihr näherte und sie, etwas undeutlich sprechend, fragte, ob sie Hilfe brauche – solange nicht, bis der andere wie ein Trunkenbold zu lachen begann und sie fragte, ob auch er ihr behilflich sein dürfe.

Beunruhigt durch die Art und Weise, wie er nach ihr zu greifen begann, wich Quinn zurück und versuchte wegzulaufen. Sie hatten sie schnell eingefangen und schleiften sie zwischen sich her.

Quinns erste Reaktion war Zorn. Die alte Wut, die Millen Jupe in ihr geweckt hatte, flammte wieder auf, und sie begann sich zu winden, um sich von den beiden Säufern freizukämpfen. Doch schwach vor Hunger und Erschöpfung, besaß sie nicht die nötige Kraft für einen solchen

Kampf. Als sie bemerkte, daß die beiden sie in eine dunkle Gasse schleifen wollten, gelang ihr nur noch ein schwacher Hilfeschrei.

„Hör auf, um dich zu schlagen, du kleine Schlampe! Wir werden dir nicht wehtun. Wenn du nicht selbst ein wenig Spaß suchen würdest, wärst du gar nicht erst hierhergekommen!" Der größere der beiden – derjenige, der sie zuerst angesprochen hatte – hielt ihren Arm mit einem erbarmungslos festen Griff hinter ihrem Rücken. Jedesmal, wenn sie sich loszureißen versuchte, zog er seinen Griff noch fester zu, so daß es Quinn vor Schmerz den Atem nahm.

Der andere mit dem närrischen Kneifer auf der Nase hielt ihren zweiten Arm fest, während er seinem Komplizen half, sie in die Dunkelheit zu schleifen.

Als Quinn die Zurufe in der Gasse hörte, steigerte sich ihre Angst noch mehr, weil sie glaubte, es hätten sich noch weitere Komplizen eingefunden, um den Spaß zu teilen. Einen Augenblick später explodierte jedoch ein Schuß, und durch die Gasse kamen Schritte auf sie zu.

„Polizei! Hände hoch! Sonst ziele ich diesmal nicht daneben! Laßt das Mädchen sofort los! Sofort!"

Quinn war noch nie im Leben ohnmächtig geworden, doch jetzt war sie einer Ohnmacht gefährlich nahe. Sie hegte, wie die meisten Iren, gegen die Hüter des Gesetzes eine Mischung aus Furcht und widerwilligem Respekt, doch jetzt war sie über alle Maßen erleichtert, als sie auf einer breiten Brust einen Kupferstern blitzen und in einer großen Hand eine Pistole sah.

Sobald sie den Polizisten erblickten, ließen die beiden feinen Herren Quinn los, als sei sie aussätzig. Als sie jedoch in Richtung des anderen Endes der Gasse fliehen wollten, wurden sie von dem Polizisten durch einen weiteren Schuß aufgehalten.

„Wenn ihr euch noch ein haarbreit weiterbewegt, verlaßt ihr die Bowery in einem Fleischwagen!"

Quinn konnte in der Dunkelheit das Gesicht des Polizisten nicht genau erkennen, doch seine Stimme klang freundlich, als er sich an sie wandte.

„Ist alles in Ordnung, Miss? Haben die beiden Ihnen wehgetan?"

Quinn schüttelte den Kopf, und ihre Zähne klapperten vor Angst und einem neuen Anfall von Schwäche.

„Also dann vorwärts mit euch beiden!" befahl der Polizist. „Wir werden uns aus dieser Gasse heraus ins Licht begeben."

Der Polizist formierte seine drei Schützlinge zu einer kleiner Karawane, indem er zunächst schützend einen Arm um Quinn legte und dann die beiden mürrischen Betrunkenen mit der Pistole vor sich her stupste, bis sie das Ende der Gasse erreicht hatten.

Auf der Straße angekommen, blies er zweimal schrill auf seiner Pfeife, bevor er sich umdrehte, um Quinn eingehend zu mustern.

„Was machst du hier unten? Die Bowery ist kein sicherer Ort für kleine Mädchen oder anständige Frauen."

„Ich bin kein kleines Mädchen!" schoß Quinn zurück. „Aber ich teile Ihre Meinung über diesen Ort!"

Der Polizist hatte ein freundliches, hübsches Gesicht mit einem kessen Lächeln. „Ach, du bist gerade erst herübergekommen! Ich hätte es gleich wissen sollen. Bestimmt suchst du eine Anstellung." Er fuhr fort, nachdem er nicht länger als einen Moment innegehalten hatte. „Nun, hier unten wirst du auf keinen Fall eine anständige Arbeit finden, Mädchen. Wenn du als Dienstmädchen arbeiten möchtest, tust du gut daran, es weiter oben in der Stadt zu versuchen."

Quinn wollte gerade weitere Fragen zu diesem „weiter oben in der Stadt" stellen, als ein anderer Polizist herbeigeeilt kam, um sich mit um die beiden Säufer zu kümmern, die jetzt mit schwerer Zunge einander etwas zuflüsterten, Quinn immer wieder feindselige Blicke zuwerfend.

Der zweite Polizist – eine jüngere Ausgabe desjenigen, der Quinn gerettet hatte – musterte ihre Peiniger mit einem feindseligen Lächeln. „Mir sind diese beiden feinen Herren erst kürzlich begegnet, Sergeant Price, vergangene Woche erst, wenn ich mich nicht täusche. Damals hatten sie noch mehr getankt als heute abend. Ein Mädchen aus dem Tanzsaal bei Karringtons hatte Probleme mit ihnen!"

„Nimm sie im Wagen mit", sagte derjenige, der Sergeant Price hieß. „Ein nächtlicher Aufenthalt in dem stinkenden Loch wird sie vielleicht ein wenig ernüchtern helfen."

Der größere der beiden Schönlinge wurde feuerrot. „Ein nächtlicher Aufenthalt?" fauchte er. „Wir werden die Nacht nirgends anders verbringen als bei uns zu Hause, du dummer Ire!"

Quinn hielt, als sie diese unerhörte Beleidigung vernahm, unwillkürlich die Hand vor den Mund. Sergeant Price richtete seine Pistole auf den jungen Mann, während der andere Polizist einen bedrohlich aussehenden hölzernen Stock ergriff.

„Wie du meinst, Junge", erwiderte der Sergeant leise und drohend. „Wenn du dich lieber mit uns anlegen möchtest, bitte, wir sind bereit."

Der Angeber wurde bleich. Mit weit aufgerissenen Augen sah Quinn völlig ermattet, aber mit großer Erleichterung zu, wie der jüngere Polizist die beiden Schwankenden die Straße hinunterführte.

Stirnrunzelnd wandte sich Sergeant Price wieder an Quinn. „Nun gut, hast du irgendeine Bleibe für diese Nacht? Oder jemanden, der dir helfen könnte, Verwandte vielleicht?"

Quinn zögerte – zu lang offensichtlich, denn er nickte verständnisvoll. „Du bist auf dich allein gestellt, nicht wahr? Nun, dann bringen wir dich am besten in eine der Frauenunterkünfte des Polizeireviers, zumindest solange –"

„Können wir Ihnen behilflich sein, Sergeant?"

Von der weiblichen Stimme, die plötzlich hinter ihnen ertönte, überrascht, wandte Quinn sich erschrocken um und erblickte zwei gutgekleidete Damen, die sie und den Polizisten musterten. Sie blickte in ein scharfes, forschendes Augenpaar in einem Gesicht, das kantig und streng aussah. Trotz der furchtbaren Hitze trug die größere der Damen mit dem durchdringenden Blick ein strenges schwarzes Kostüm. Ihre Begleiterin, die etwas kleiner war und nicht so furchteinflößend aussah, musterte Quinn mit einem schwachen, unsicheren Lächeln.

Der Sergeant nickte beiden freundlich lächelnd zu. „Miss Crane", sagte er höflich, anschließend: „Mrs. Deshler". Seine Augen wanderten von den Frauen zu Quinn. „Vielleicht können Sie uns helfen. Das junge Fräulein braucht vorübergehend eine Unterkunft, während sie sich eine Stelle sucht. Ich wollte sie gerade für heute nacht in eine der Frauenunterkünfte bringen."

Die große Dame mit dem zermürbenden Blick musterte Quinn von oben bis unten. „Bist du gesund, Mädchen?"

Quinn zögerte, dann nickte sie widerwillig. Wäre der Sergeant nicht dabeigewesen, hätte sie vielleicht der böse blickenden Frau geantwortet, daß es sie gar nichts anginge, ob Quinn O'Shea gesund oder krank war. Als sie plötzlich von einem Hustenanfall geschüttelt wurde, hoffte sie halb, die andere würde sich abwenden und davonlaufen.

Stattdessen fuhr die schwarzgekleidete Dame einfach mit ihrer Untersuchung fort. „Du bist eine Zigeunerin, nehme ich an?"

Über die Unverschämtheit der Frau entsetzt, schwieg Quinn, ihr Blick hart und kalt.

„Wenn es Ihnen zu viele Umstände bereitet, Miss Crane", warf der Polizist ein, „dann nehme ich das Mädchen mit."

„Keineswegs, Sergeant. Mrs. Deshler und ich werden sie zum *Shelter* (wörtlich: Zuflucht) bringen, wenn Sie so freundlich wären, uns zu begleiten."

„Ja, natürlich", erwiderte der Polizist — vielleicht zu bereitwillig, dachte Quinn. Zweifellos konnte er aus kaum erwarten, sie loszuwerden.

Nun, sie würde auch ein Wort mitreden darüber, wo sie die Nacht verbrachte.

„Das wird nicht nötig sein", erklärte sie betont. „Ich habe Freunde in der Stadt."

Der Polizist schaute sie an, als sei sie verrückt geworden. Er nahm ihren Arm und sagte: „Ich muß mit dem Mädchen reden, meine Damen. Wenn Sie uns bitte einen Moment entschuldigen."

Keine Antwort abwartend, führte er Quinn ein paar Schritte von den Frauen weg. Ihren Arm immer noch mit festem Griff haltend, schaute er sie an. „Nun schau her, Mädchen, du wirst mit Miss Crane zu dem Shelter gehen. Dort hast du es weitaus besser als in einer der Frauenunterkünfte der Polizei. Du bekommst etwas zu essen und ein Bett, wo du schlafen kannst."

Quinn starrte ihn finster an. „Habe ich irgend etwas verbrochen?"

Er trat einen Schritt zurück. „Was soll das heißen?"

„Habe ich irgend etwas verschuldet, Sergeant, das Ihnen das Recht gibt, darüber zu verfügen, wo ich schlafen werde?"

Er verzog den Mund. „Mein Abzeichen berechtigt mich dazu, Mädchen, und du tust gut daran, das zu beherzigen."

Quinn brauste auf. „Wenn ich nichts verbrochen habe, dann meine ich, geht es Sie nichts an, wo ich schlafen werde."

Er war verärgert, doch versuchte er offensichtlich, sich ihretwegen zu beherrschen. Er stieß einen langen, übertriebenen Seufzer aus, bevor er in einem etwas milderen Ton weitersprach. „Nun, mein Mädchen, wie heißt du eigentlich?"

„Quinn O'Shea."

„Sieh, Quinn O'Shea", fuhr er in einem Ton fort, wie er ihn einem ungehorsamen Kind gegenüber gebrauchen würde, „der Shelter ist ein anständiger Ort. Dort bist du sicher. Und du bekommst solange dein Essen, bis du eine Stelle gefunden hast. Wenn du möchtest, wird Miss Crane dir auch erlauben, für deinen Unterhalt zu arbeiten, bis du eine feste Anstellung gefunden hast. Sie ist eine feine Christin —"

„Aber eine etwas griesgrämige, wie es mir scheint."

„Eine feine Christin", wiederholte der Polizist, etwas lauter werdend, „die ihr Leben der Aufgabe gewidmet hat, dabei zu helfen, junge Mädchen und Frauen von der Straße zu holen. Und könnte nicht Mrs. Deshler, eine wohlhabende Witwe aus dem oberen Teil der Stadt, dir dabei behilflich sein, eine Stelle zu finden? Sie setzt sich sowohl mit ihrer Zeit als auch mit großzügiger finanzieller Unterstützung für den Shelter ein."

Der Sergeant hielt inne, dann fügte er hinzu: „Ich sage dir, Mädchen, du tätest klug daran, keine Schwierigkeiten mehr zu machen und mit in den Shelter zu gehen."

Das, was der Polizist über die reiche Witwe gesagt hatte, gab den Ausschlag für Quinns Entscheidung. Wenn dies wirklich eine reiche Dame aus der „oberen Stadt" war, wie der Polizist gesagt hatte, dann konnte sie Quinn vielleicht tatsächlich helfen, eine Stelle zu finden.

„Ich werde keine Almosen annehmen", erklärte sie hartnäckig.

„Nun, das ist gut, Mädchen, eine ehrenwerte Haltung", erwiderte Sergeant Price, während er Quinn zu den beiden Frauen zurückführte, die auf sie warteten. „Wir werden den Damen sagen, was für ein feines, ehrbares Mädchen du bist. Gerade solchen wie du möchten sie helfen, verstehst du?"

Im Nu befand sich Quinn in sicherer Obhut zwischen dem Polizeimeister und der schwarzgekleideten Miss Crane. „Sie müssen vorsichtiger sein als Damen, Sie dürfen sich spät abends nicht mehr allein an Orten wie diesen aufhalten", bemerkte er, um ein Gespräch zu beginnen.

„Der Herr behütet die Seinen", entgegnete Miss Crane, den Blick weiter geradeaus gerichtet. „Die Arbeit im Reich Gottes muß getan werden, wenn sie vor unseren Füßen liegt."

„Ja, das stimmt", murmelte Sergeant Price.

Quinn kam sich in ihrer Gesellschaft völlig deplaziert vor und ging eine Zeitlang schweigend zwischen ihnen. Plötzlich schoß ihr ein Gedanke durch den Kopf.

„Ich konnte Bobby nicht finden", sagte sie, den Polizisten am Arm zupfend.

„Bobby?"

„Meinen Freund, Bobby Dempsey. Ich sollte im Hafen auf ihn warten, aber er kam nicht. Wenn Sie ihn sehen, würden Sie ihm bitte sagen, wohin ich gegangen bin, Sergeant?"

Der Polizist hielt inne und musterte Quinn mit einem mißbilligendem Blick. Auch die beiden Frauen blieben stehen, und auf dem hageren Gesicht von Miss Crane stand Entsetzen geschrieben.

„Du bist noch zu jung, Mädchen, um mit solchen Leuten wie den Hafenarbeitern irgend etwas zu tun zu haben!" schalt Denny Price. „Sie sind rauhe Burschen, weißt du das nicht?"

„Er ist kein Hafenarbeiter!" schoß Quinn zurück. „Zumindest noch nicht. Wäre Bobby Dempsey nicht gewesen, möchte ich nicht daran denken, wo ich jetzt sein könnte!"

Mit etwas sanfterem Ton — der Mann war schließlich ein Polizeibeamter — bat Quinn noch einmal inständig: „Bitte, Sergeant, sagen Sie mir, daß sie versuchen werden, ihn zu finden. Nur, damit ich sicher sein kann, daß es ihm gutgeht und damit er weiß, wo er mich finden kann."

Der Polizist musterte sie einen Augenblick, bevor er nickte. „Also gut, wenn ich Bobby Dempsey begegnen sollte, werde ich ihm sagen, wo du bist."

„Den Frauen im Shelter ist es nicht gestattet, Besuch zu empfangen."

Quinn wandte sich zu der Dame um, die *Miss Crane* hieß, und starrte sie an. Irgend etwas in ihrer Stimme schien allem, was sie sagte, einen drohenden Unterton zu verleihen.

An dieser Stelle und in diesem Augenblick stand für sie fest, daß sie diese Frau kein bißchen mochte. „Ich werde nur für kurze Zeit dort sein", sagte sie an Mrs. Deshler gewandt, die ihr zaghaft zulächelte.

Im stillen hoffte Quinn, daß dieser ... Shelter ... sich als weitaus fröhlicher erweisen würde als das Gesicht jener Miss Crane, der „feinen Christin", die dieser Einrichtung vorzustehen schien.

16. Kapitel

Sternschnuppe

Denk' an all' die Freunde ich zurück,
die um mich her gefallen sind,
wie Blätter von den Bäumen reißt der kalte Wind,
mit denen ich einst teilte Leid und Glück,
dann bin ich wie einer,
der einen Festsaal betritt — erstorben und menschenleer
geblieben ist außer mir sonst keiner —
die Blumen verwelkt, erloschen das Lichtermeer.

Thomas Moore (1779-1852)

Dublin
Ende Juli

Morgan genoß die frühmorgendlichen Diskussionsrunden mit Tierney, obgleich er zugunsten ihrer lebhaften Unterhaltung auch oftmals sein Frühstück vernachlässigte.

Es hatte ihn nicht verwundert, in Tierney einen scharfsinnigen, schlagfertigen jungen Burschen kennenzulernen. Michael hatte ihn in seinen Briefen oft als „Sternschnuppe" bezeichnet, und Morgan hielt das für eine zutreffende Beschreibung.

Der Junge war äußerst intelligent, obgleich er wahrscheinlich keinen Hang zur Gelehrsamkeit hatte. Tierney, so vermutete Morgan, gehörte zu den Menschen, die am besten durch Tun lernten, die praktische Tätigkeiten rein geistigen vorzogen. Er hatte bereits große Lücken in der Bildung des Jungen entdeckt, fragte sich jedoch, wie sehr der Junge daran interessiert wäre, diese Lücken zu schließen, wenn ihm Gelegenheit dazu geboten würde.

Heute spielte sich der lebhafte Gedankenaustausch bei Tisch vorwiegend zwischen Tierney und Annie ab. Morgan war zu sehr von anderen Dingen in Beschlag genommen, um sich mehr als oberflächlich an dem Gespräch zu beteiligen. Die Dinge, die ihn beschäftigten, waren größtenteils unerfreulicher Natur.

Heute würde er sich in das Richmond Gefängnis begeben, um William Smith O'Brien Lebewohl zu sagen. Von der Krone nach Van Diemen's Land verbannt, hatte der ehemalige Führer der Young Ireland Bewegung mit seinem Einspruch gegen diese Verbannung nichts erreicht. Obgleich das Gesetz klar und deutlich besagte, daß jemand, der des Hochverrats angeklagt war, entweder hingerichtet oder völlig begnadigt würde, hatten die britischen Beamten, mit der ihnen in diesen Dingen eigenen Effizienz, eilends ein *neues* Gesetz erlassen, demzufolge Smith O'Brien binnen weniger Tage sein Land verlassen würde — das Land, dem er sein ganzes Leben geweiht hatte.

O'Briens Bitte um Hinrichtung anstelle von Verbannung war abgelehnt worden, Gott sei Dank, obgleich Morgan seinen Freund auch zu verstehen glaubte, wenn er den Tod der Gefangenschaft vorzog. Trotzdem bestand, solange William am Leben war, immer noch Hoffnung auf Begnadigung, und wenn sie auch noch so gering war.

Manche der ehemaligen Mitglieder von Young Ireland glaubten, daß O'Brien hoffte, eines Tages wieder die Leitung der Bewegung zu übernehmen, doch Morgan war anderer Meinung. William war sich gewiß im klaren darüber, daß seine Verbannung gleichzeitig bedeutete, politisch in Vergessenheit zu geraten. O'Briens Chance, zum Helden Irlands zu werden, wäre tatsächlich im Fall seiner Hinrichtung größer gewesen. Die Liste irischer Märtyrer, die ihr Leben für ihr Heimatland geopfert hatten, war bereits lang genug, doch war es in der Tat noch schwieriger, wenn nicht unmöglich, nach einem gescheiterten Aufstand und lebenslänglicher Verbannung zu einem Helden zu werden — ganz besonders für einen Führer, dessen Ruf durch häßlichen Spott geschändet worden war.

Morgan dachte mit großer Trauer daran, daß O'Brien verbannt werden sollte. Nachdem Joseph Mahon verstorben war und William in der Verbannung sein würde, hatte Morgan, außer Sandemon, praktisch keine guten Freunde mehr. Natürlich hatte er noch Michael, seinen ältesten Freund, doch von ihm trennte ihn ein ganzer Ozean.

Morgan fand diese fortschreitende Vereinsamung beunruhigender, als er geglaubt hatte. Freundschaft, so hatte Morgan erkannt, gab dem Menschen ein Gefühl von Unvergänglichkeit. Freunde trugen auf unerklärliche Weise dazu bei, die Bedeutung des eigenen Lebens zu unterstreichen — ein Geschenk, das nicht zu unterschätzen war, besonders, wenn alles andere so unsicher erschien ...

„Was ist davon zu halten, daß die Queen nach Dublin kommt, *Seanchai*?"

Morgan blickte auf, Annies Frage zunächst nicht begreifend. „Die Queen?"

„Ja, wie sehen wir den für nächste Woche geplanten Besuch der Queen in Irland?"

„Ach ja ... der Besuch der Königin." In die Wirklichkeit zurückgekehrt, hielt Morgan ein Lächeln über den unschuldigen Freimut des Mädchens zurück. „Nun, ich kann natürlich nur für mich persönlich sprechen, doch scheint mir, wenn „Unsere Reizende Kleine Königin" — um den *O'Connell* zu zitieren — sich gedrängt fühlt, den Tribut ihrer irischen Untertanen anzunehmen, warum sollte sie dann nicht nach Irland kommen?"

Annie schaute ihn verdutzt an, offensichtlich nicht zufrieden. „Doch was ist unsere *Meinung* zum Besuch der Königin Viktoria, *Seanchai*?"

Morgan lehnte sich zurück, und wieder mußte er über seine frühreife Tochter lächeln.

„Du mußt selbst nachdenken, *alannah*, mein Kind. Wie wäre es, wenn du mir ‚unsere Meinung' darlegst?"

Über diese Gelegenheit offensichtlich begeistert, widmete sich Annie der aufgeworfenen Frage mit der ihr eigenen Energie. „Ich glaube, wir sollten uns fragen, weshalb die Kleine Königin gerade *jetzt* kommt. Dies scheint nicht gerade der ... günstigste Zeitpunkt für eine königliche Visite zu sein."

Nicht zum erstenmal verblüffte Annie ihn mit ihren Einsichten. „Ja", erwiderte er nachdenklich, „deine Frage ist völlig berechtigt." In der Tat, dachte er erbittert, warum *kam* die Queen gerade jetzt nach Dublin? Das Land war völlig zugrunde gerichtet, hatte ein weiteres Jahr hinter sich, das nichts anderes war als eine lange, sorgenvolle Nacht. Beinahe alle Hilfsmaßnahmen Englands waren eingestellt worden. Zu Tausenden verließen die Menschen das Land, und das Volk ging von Dublin weg, um der Choleraepidemie zu entfliehen.

Während er sprach, spürte Morgan die alte Empörung und Bitterkeit in seiner Brust aufsteigen. „In der Tat eine scharfsinnige Frage, *alannah*", stieß er hervor. „Das irische Volk muß sich fragen, weshalb die Queen mitten in einer Choleraepidemie nach Dublin kommt."

Seinem Blick ausweichend, runzelte Annie die Stirn. „Hast du Angst vor der Cholera, *Seanchai*?"

„Der ist ein Narr, der sich nicht vor einer Choleraepidemie fürchtet. Deshalb habe ich alle, die zu unserem Haushalt gehören, gebeten, die Stadt, wo immer möglich, zu meiden, bis die Epidemie vorüber ist. Wir können es uns nicht leisten, ein Risiko einzugehen."

Annie nickte. „Besonders, weil Finola bald ein Kind gebären wird."
Noch eine Angst. Morgan schluckte, seine Zustimmung murmelnd.
„So könnte man sagen", griff er das Thema wieder auf, „daß meine Meinung ... unsere Meinung, wenn du so möchtest ... zum Besuch der Königin zumindest etwas skeptisch ausfällt."

„Vielleicht", wagte Annie langsam einen weiteren Vorstoß, „will sie dem irischen Volk nur helfen."

„Eine edle Absicht von ihr, obgleich sie etwas zu spät zu kommen scheint, fürchte ich", erklärte Morgan, der Mühe hatte, seinen Groll zu beherrschen. „Es sei denn, sie hat vor, die Gräber im ganzen Land zu schmücken."

„Ich finde es einfach widerlich!" Tierneys Ausbruch überraschte Morgan nicht im geringsten. Während der wenigen Wochen, die er als Gast in Nelson Hall weilte, hatte er sich stets als eigensinnig erwiesen.

„Sie hat die Stirn", fuhr er fort, mit den Fingern knackend, während er seine Schimpfkanonade anstimmte, „mit ihrem dekadenten Pomp hierherzukommen, während das Land verhungert! All das Gerede über Festschmuck in der ganzen Stadt und die Notwendigkeit, Vice-Regal Lodge, den Sitz des Vizekönigs für ihren Besuch zu renovieren! Ich meine, es ist eine Schande!"

Morgan ließ ihn einen Augenblick gewähren. Tierney schien sich verpflichtet zu fühlen, bei jeder Gelegenheit seine Loyalität gegenüber Irland zu demonstrieren.

Als der Junge schließlich innehielt, um Luft zu holen, warf Morgan ein: „Die Queen ist nicht für alle Torheiten ihrer Beamten verantwortlich. Sie scheinen diejenigen zu sein, die diese kostspieligen Dekorationen fordern."

Er wagte nicht, die Tatsache zu kommentieren, daß die Königin Viktoria und ihr Prinzgemahl ihre vier Kinder sowie eine ganze Schar von Dienern mitbrachten — Zeitungsberichten zufolge eine Gesellschaft von sechsunddreißig Leuten. Bereits vor einigen Wochen war eine ganze Armee von Arbeitern in der Stadt erschienen, um mit den Vorbereitungen für den königlichen Besuch zu beginnen. Triumphbögen, Bühnen und dergleichen wurden eilig errichtet, St. Patrick's Hall renoviert und im Schloß von Dublin wurde saubergemacht und frisch gestrichen.

Annies nächste Bemerkung überraschte ihn. „Nun, ich glaube, meine Meinung entspricht dem, was die *Evening Mail* schreibt", erkärte sie feierlich: „Wenn wir Gelder zur Verfügung haben, dann laßt sie uns nicht für Festschmuck ausgeben, sondern für die hungernden Untertanen Ihrer Majestät."

Morgan lächelte sie an. „Ja, Mädchen, ich pflichte dir bei. Und diesmal stimme ich – obgleich das sehr selten der Fall ist – mit der *Evening Mail* überein."

Er faltete seine Serviette zusammen und wandte sich wieder an Tierney. „Ich gehe heute noch ins Richmond Gefängnis, um mich von William Smith O'Brien zu verabschieden, bevor er auf das Schiff gebracht wird. Du kannst mitkommen, wenn du ihn kennenlernen möchtest."

Der Junge war hellauf begeistert. „Ich würde sehr gern mitkommen, Sir! Wann brechen wir auf?"

Annie sprach dazwischen, ehe Morgan antworten konnte. „Darf ich auch mitkommen, *Seanchai*?" fragte sie begierig.

Morgan schaute sie an. „Nun . . . nein, Mädchen, heute nicht. Das Gefängnis ist kein passender Ort für dich."

Ihr Gesicht verfinsterte sich sofort. „Ich sehe nicht ein, weshalb ich nicht mitkommen sollte. Mr. William Smith O'Brien ist ein Held, und ich möchte ihm auch auf Wiedersehen sagen." Als sie ausgeredet hatte, warf sie Tierney einen wütenden Blick zu.

Ihre Hartnäckigkeit ignorierend, schüttelte Morgan fest entschlossen den Kopf. „Ich werde dich nicht mit ins Gefängnis nehmen, und dabei bleibt es. Abgesehen davon, daß das Gefängnis schon für einen Mann ein rauher Ort ist, geschweige denn für ein Mädchen, möchte ich, daß du hier bei Finola bleibst."

Sie kniff ein Auge zusammen und verzog ihren Schmollmund noch mehr. Schließlich gab sie doch nach. „Dann wird es wohl so am besten sein."

„Vielen Dank, mein Mädchen." Morgan nahm ihre Hand und drückte sie fest. „Du wirst also gut auf Finola aufpassen?"

„Du weißt, daß ich es tun werde", erklärte sie, während sie von ihrem Stuhl aufsprang. „Kommt Sandemon mit ins Gefängnis?"

„Natürlich. Würdest du ihm bitte sagen, bevor du nach oben gehst, daß ich innerhalb der nächsten Stunde aufbrechen möchte?"

„Er braucht nicht mitzukommen", erklärte Tierney. „Ich kann Ihnen ebensogut helfen."

Morgan schaute ihn an. Schon vor heute morgen hatte er etwas in der Haltung des Jungen gegenüber Sandemon entdeckt, das ihn leicht beunruhigte – eine gewisse Kühle, eine unterschwellige Bitterkeit, die beinahe an Eifersucht zu grenzen schien. Zuweilen hatte er deutlich das Gefühl, daß Tierney sich überhaupt nur aus Respekt vor Morgans offenkundiger Zuneigung für Sandemon mit dem Mann einließ.

144

Morgan fand die Haltung des Jungen gegenüber Sandemon beunruhigend. Manchmal glaubte er sogar, in Tierney einen gefährlichen Hang zur Grausamkeit zu verspüren — oder zumindest eine gewisse Engstirnigkeit, die sich zumeist in Form von Arroganz oder sogar Grobheit äußerte. Was immer es auch war, Morgan fand es störend, schien es doch in scharfem Gegensatz zu den anderen, edleren Charakterzügen des Jungen zu stehen.

Oft konnte er den Kampf, der sich in dem ruhelosen jungen Gemüt abspielte, regelrecht mitfühlen. Er hatte sehr schnell begriffen, daß Michaels Sohn genauso kompliziert — und schwierig — war, wie es ihm früher nachgesagt wurde. Tierney konnte über alle Maßen großzügig sein, und doch begegnete er den jüngeren Schülern zuweilen mit einem Schuß Boshaftigkeit. Er war charmant, einfallsreich, gewinnend — doch auch fähig, sich in sich zurückzuziehen und so kalt zu sein wie eine Schlange.

Selbst Schwester Louisa gegenüber brachte der Bursche es fertig, dreist zu sein — keine geringe Leistung, wie Morgan dachte. Für Sandemon zeigte er keinerlei Gefühle, geschweige denn Respekt. Für Annie schien er jedoch perfekt in die Rolle des älteren Bruders und Kameraden zu passen. Obgleich er sie gnadenlos neckte, liebte Annie ihn offenbar abgöttisch — zumindest größtenteils.

Außer Morgan war Finola diejenige im Haus, der Tierney aufrichtigen Respekt zollte. Obwohl er ihr selten begegnete, weil Finola derzeit wenig nach unten kam, war Tierney ihr gegenüber stets der perfekte Gentleman, wenn sie sich zufällig trafen.

Aber, dachte Morgan mit einem matten Lächeln, *hielt Finola nicht praktisch den gesamten Haushalt in ihren feinen Händen?*

Der bloße Gedanke an seine zarte junge Frau und die bevorstehende Geburt des Babys ließen Morgans Hände auf dem Tisch leicht erzittern. Um Tierneys prüfendem Blick zu entgehen, lehnte er sich zurück und erklärte bestimmt: „Sandemon wird mitkommen."

Der Hauch von Unduldsamkeit, der über das Gesicht des Jungen huschte, entging ihm nicht.

„Ich möchte, daß ihr beide Freunde werdet", fuhr er fort, als hätte er nichts bemerkt. „Sandemon hat viel zu bieten für einen jungen Mann wie dich. Du tätest gut daran, seine Gesellschaft zu suchen."

Tierney erwiderte nichts, doch sein überheblicher Blick sprach Worte genug.

Entschlossen, ihn jetzt zur Rede zu stellen, bevor sich die Sache noch weiter in die falsche Richtung entwickelte, stemmte Morgan beide

Hände gegen die Tischkante. Einen Augenblick lang musterte er den Jungen, dann sagte er: „Du scheinst Probleme zu haben mit Sandemon. Was ist es genau?"

Tierney schaute nicht von seinem Teller auf. „Ich weiß nicht, was Sie meinen."

„Ich glaube, du weißt es sehr gut", gab Morgan schärfer als beabsichtigt zurück.

Der Junge hob den Kopf. Seine undurchdringlichen blauen Augen schauten Morgan direkt an. „Er ist arrogant — für einen Neger."

Mit einiger Mühe gelang es Morgan, seine Stimme zu beherrschen. „Sandemon ist alles andere als arrogant. Du mißverstehst ihn völlig."

„In Amerika ist es anders", widersprach der Junge. „Vielleicht verstehe ich ihn deshalb nicht. Dort drüben werden Neger nicht gleichwertig behandelt."

Morgan schäumte innerlich vor Wut über seine Unverschämtheit. „Ich weiß sehr wohl, wie Schwarze in Amerika ... *von manchen* behandelt werden." Morgan hielt inne, dann fügte er hinzu. „Ich hätte dich jedoch solchem ignoranten Verhalten überlegen geglaubt."

Der Junge wurde rot. „Ich werde Ihren Freund nicht beleidigen, Sir", sagte er barsch. „Doch dürfen Sie nicht meinen, daß wir dicke Freunde werden."

Morgan beugte sich nach vorn, um Beherrschung ringend. „Soviel sei dir gesagt: Du wirst Sandemon niemals anders als mit dem größten Respekt behandeln. Er hat es verdient — und ich bestehe darauf. Hast du das verstanden?"

Das Gesicht des Jungen glich einer Maske. „Selbstverständlich, Sir. Dies ist schließlich Ihr Haus."

Morgan betrachtete ihn noch einen Augenblick, dann seufzte er. „Es ist auch dein Zuhause, Junge", sagte er matt. „Solange, wie du möchtest. Ich hielt es nur für das beste, wenn du begreifst, wie die Dinge mit Sandemon liegen."

Tierneys Blick blieb unerschütterlich. „Ich verstehe." Unvermittelt stand er auf. „Wenn Sie mich bitte entschuldigen, Sir", sagte er kurz angebunden, dann wandte er sich um und verließ das Zimmer.

An der Tür begegnete er Sandemon, der gerade hereinkam. Als Morgan ihn anschaute, zögerte er einen Augenblick, dann nickte er kurz, den Gruß des schwarzen Mannes erwidernd.

Sandemon wandte sich zur Seite und sah dem Jungen nach, als dieser das Zimmer verließ. Morgan versuchte, während Sandemon durch das

Speisezimmer auf ihn zukam, den Gesichtsausdruck seines Freundes zu erforschen, doch konnte er in den edlen Zügen dieses Mannes keine Spur von Befremden, geschweige denn Enttäuschung entdecken.

17. Kapitel

Unter Männern

Ein Tor, der auf diese drei Münzen setzt:
Stolz auf sein Aussehen, Stolz auf seinen Namen,
Stolz auf seine Männlichkeit.

Morgan Fitzgerald (1849)

Während sie im Wagen zurückfuhren, dachte Tierney die meiste Zeit darüber nach, daß William Smith O'Brien ganz anders war, als er ihn sich vorgestellt hatte.

Er konnte nicht sagen, was er genau erwartet hatte, doch der steife, asketisch aussehende Mann, der im Richmond Gefängnis einsaß, stand gewiß im krassen Widerspruch zu seinen Vorstellungen.

Er hatte geglaubt, in seinen Augen würde ein Feuer brennen, stattdessen hatten sie nur eine Spur verhaltenen Zorns widergespiegelt. Am auffallendsten waren jedoch O'Briens Niedergeschlagenheit und Entmutigung zutage getreten. Sein höfliches, beinahe vornehmes Verhalten schien vielmehr den vollkommenen Aristokraten als den Eiferer kundzutun, den Tierney erwartet hatte. O'Brien, dachte Tierney mit einem Anflug von Verachtung, ähnelte tatsächlich mehr einem englischen Großgrundbesitzer als einem irischen Rebellen.

War O'Brien eine Überraschung für Tierney gewesen, so hatten die Verhältnisse, in denen er lebte, ihn mehr als erstaunt. Anstatt in einer Zelle, tief unten in einem kalten, schmutzigen Kerker seine Tage fristen zu müssen, hatte man ihm Zimmer in der Wohnung des Gefängnisdirektors zur Verfügung gestellt. Er hatte nicht nur freien Zugang zu zwei großen Gärten, sondern es war ihm auch gestattet, seinen Diener bei sich zu haben, der für seine Bedürfnisse sorgte. Ihm schienen im Grunde keinerlei Beschränkungen auferlegt zu sein, außer daß er das Gelände nicht verlassen durfte.

Außerstande, noch länger zu schweigen, stieß Tierney hervor: „Was ist das für eine Gefangenschaft! Lebt er nicht eher wie ein Gast in einem protzigen Hotel!"

„Das Richmond Gefängnis untersteht der Stadtverwaltung von Dublin", erklärte Morgan mit einem bitteren Lächeln. „Aufgrund der

148

öffentlichen Meinung, der Stimmung in der Stadt, wagen die Behörden nicht, O'Brien anders als mit Respekt zu behandeln. Sie sind klug genug, um zu wissen, daß nicht noch ein weiterer irischer Märtyrer nötig wäre, um das Volk aufzuwiegeln."

Tierney schüttelte den Kopf. „Gewiß, das ist er jetzt nicht. Mir scheint, er braucht sich im Augenblick kaum zu beklagen."

„Wenn er erst einmal abtransportiert ist, wird seine Lage ganz anders aussehen, das kann ich dir versichern."

Tierney fand, daß Morgans Antwort sehr gereizt klang.

„O'Brien wird als Schwerverbrecher gelten und zweifellos als solcher behandelt werden. Er wird keine Heimat mehr haben, keine Familie, keine wirkliche Hoffnung, daß seine Situation sich jemals verändern wird, obgleich einige von uns sich weiter für seine Begnadigung einsetzen werden."

Tierney brachte es nicht fertig, seine Enttäuschung für sich zu behalten und stieß hervor: „Er sieht nicht einmal irisch aus! Er entspricht überhaupt nicht dem, was ich mir vorgestellt hatte!"

Morgan verschränkte die Arme über der Brust und musterte Tierney. „Was hast du denn erwartet, Junge? Einen Kämpfer mit feurig glühenden Augen und einem Speer in der Hand?"

Er hielt inne, einen Blick aus dem Wagenfenster werfend, ehe er fortfuhr: „Du darfst nicht in den gleichen Fehler verfallen, den viele andere in bezug auf die Iren gemacht haben, Tierney. Versuche nicht, sie in deine eigene vorgefaßte Meinung von dem zu pressen, was sie sein sollten, anstatt selbst die Wahrheit zu entdecken. Die Engländer haben jahrhundertelang diesen Fehler begangen, und deshalb haben sie immer noch nicht verstanden, wie wir wirklich sind. Smith O'Brien ist, wie viele andere, die leitende Positionen innehatten, ein hochgebildeter Mann. Er hätte in seinem Leben ziemlich alles erreichen können, was er sich vorgenommen hatte. Die Tatsache, daß er sein Leben einer Sache geweiht hat, die manche als hoffnungslos betrachten, macht ihn nicht weniger achtbar. Vielleicht verleiht ihm das um so mehr Ehre."

Tierney fühlte sich zurechtgewiesen und gestand sich widerwillig ein, daß Morgans Worte nicht von der Hand zu weisen waren. So nickte er nur schweigend.

Sandemon hatte während der ganzen Reise geschwiegen. Doch als er jetzt zu sprechen begann, klangen seine Worte beunruhigt; es schien, als dachte er einfach nur laut. „Ich glaube", sagte er langsam, „daß die meisten der alten Propheten ebenfalls mißverstanden wurden. Viele ihrer Zeitgenossen hielten sie vermutlich für Verrückte — oder Narren."

Morgan nickte. „Mir scheint, wir neigen alle dazu, jemanden, dessen Motive wir nicht verstehen, sofort in die eine oder andere Kategorie einzuordnen."

Er wandte sich wieder an Tierney. „Dein Vater hat oft über dein Interesse für Irland — und das irische Volk geschrieben. Ich hoffe, du wirst dir genügend Zeit nehmen und dir die Mühe machen, über beide die Wahrheit herauszufinden. Das kann vielleicht bedeuten, daß einige deiner Illusionen zerstört werden, aber wenn du dein eigenes irisches Wesen wahrhaft erforschen willst, mußt du vom Standpunkt der Realität ausgehen."

Tierney dachte über das, was Morgan gesagt hatte, nach. Tatsächlich waren bereits einige seiner Illusionen zerstört worden, und er glaubte langsam, daß Morgan Fitzgerald eine davon sein könnte.

Der Mann, der ihm gegenübersaß, war nicht die Heldengestalt seiner kindlichen Phantasie. Gewiß, in manchen Dingen war er genau so, wie Tierney ihn sich vorgestellt hatte. Trotz seiner gelähmten Beine entsprach er an Größe und Stärke ganz dem Riesen, der durch die Träume seiner Kindheit gewandert war und seine Ideale geprägt hatte. Morgans Intelligenz war frappierend, beinahe unfaßbar; er war unschlagbar in Gesprächen oder auch beim Schachspielen, obgleich er immer wieder behauptete, dieses Spiel nicht zu mögen.

Doch wo war das Feuer, die unzähmbare Leidenschaft? Wo war die glühende Liebe für sein Land, der Eifer für die Freiheit Irlands, die den jungen Rebellen in den Erinnerungen seines Vaters beherrscht hatten?

Dieser Mann hier verbrachte seine Tage damit, Unterricht zu erteilen, oder er vergrub sich stundenlang in den Seiten des Tagebuchs irgendeines Priesters. Ansonsten beschäftigte er sich entweder mit seiner Frau — was, wie Tierney zugeben mußte, verständlich war — oder er half seiner Tochter beim Lernen. Den Rest der Zeit schien er entweder mit Schreiben oder Harfenspiel auszufüllen.

Was immer er auch war, auf jeden Fall war er nicht der Phönix, den Tierney sich vorgestellt hatte. Ja, der irische Held seiner Kindheit hatte ihn tatsächlich ein wenig enttäuscht.

Und der Mann lebte sogar abstinent! Wer hatte je von einem irischen Rebellen gehört, der nichts trank!

Tierney hatte sich darauf gefreut, abends an dem großen Kamin zu sitzen und mit Morgan Fitzgerald das Glas zu erheben, während dieser von seinen Heldentaten erzählte. Offensichtlich würde er auch das nie erleben.

Verstimmt dachte Tierney, daß es höchste Zeit war, seinen Freund, den Zigeuner Jan Martova, aufzusuchen. Die Zigeuner waren dafür bekannt, daß sie tranken, nicht wahr?

Das war natürlich nicht der einzige Grund, weshalb er ihn aufsuchen wollte, versicherte er schnell sich selbst. Er hatte den Zigeuner gemocht und war der Meinung, daß sie sich gut verstehen würden. So wollte er ihn einfach wiedersehen.

Von diesem Gedanken getrieben, lehnte er sich nach vorn. „Wo kann ich den Zigeuner, Jan Martova, finden, Sir? Er sagte, er käme aus der Stadt."

Morgan schaute ihn an, dann nickte er. „Sie haben ihr Lager gewiß in den Liberties aufgeschlagen."

„Den Liberties?"

„Die Liberties sind ein Bezirk im westlichen Teil der Stadt, genauer gesagt ein Slum und ein Ort, den man lieber meiden sollte."

„Außerdem ist es gefährlich dort", warf Sandemon ein.

Tierney warf ihm einen ungeduldigen Blick zu. „Trotzdem möchte ich ihn gern wiedersehen und mich bei ihm bedanken."

„Dann lädst du ihn am besten nach Nelson Hall ein", sagte Morgan bestimmt.

„Ich bezweifle, daß er kommen würde. Er hat sich dort nicht wohlgefühlt."

Morgan warf ihm einen Blick zu, unter dem Tierney sich leicht unbehaglich fühlte.

„Können Sie mich nicht einfach hier absetzen, Sir? Ich komme später zu Fuß nach Hause."

Morgan schüttelte unnachgiebig den Kopf. „Muß ich dich erst noch einmal an die Choleraepidemie in der Stadt erinnern? An einem Ort wie den Liberties ist die Gefahr noch viel größer! Nein, das wäre mehr als töricht! Du würdest dich und die ganze Familie in Gefahr bringen. Nein, du steigst auf keinen Fall aus!"

Tierney starrte ihn finster an. Es lag ihm auf der Zunge, Morgan daran zu erinnern, daß er kein Recht hatte, ihm vorzuschreiben, was er tun oder lassen durfte. Er war siebzehn Jahre alt, ein erwachsener Mann — und Morgan Fitzgerald gewiß keine Rechenschaft schuldig! Doch er sah, wenn auch nur widerwillig, ein, daß er sich selbst keinen guten Dienst tat, wenn er den Mann bewußt provozierte. Schließlich lebte er trotz allem unter seinem Dach.

Er mußte Geduld haben und den rechten Augenblick abwarten, um in die Stadt zu entwischen. Und was die andere Sache betraf, sich vorher einen Schluck zu genehmigen, so sagte ihm sein Gefühl, daß der alte Butler mit den wäßrigen Augen irgendwo im Gelände Alkohol versteckt halten mußte.

Tierney glaubte zu wissen, daß Artegal für einen angemessenen Preis bereit wäre, seine Vorräte zu teilen.

18. Kapitel

Ein bedeutsamer Tag in Nelson Hall

*Und ich, der ich sonst stets ein Lied oder
ein Pfeifen auf den Lippen führe, verstummte ...*

Patrick Macdonogh (1902 -)

Als der Wagen in den Weg einbog, der nach Nelson Hall hinaufführte, wußte Morgan sofort, daß etwas nicht stimmte.

Vor dem großen Eingangstor stand Annie, als hielte sie bereits nach ihnen Ausschau, der wachsame Wolfshund wie immer an ihrer Seite.

Sobald sie den Wagen erspähte, kamen sie ihnen entgegengerannt, Fergus die Führung übernehmend.

„Seanchai! Seanchai!"

Morgan lehnte sich aus der Tür, während Sandemon um den Wagen eilte, um ihm mit dem Rollstuhl zu helfen. „Was ist los, Mädchen? Was ist passiert?"

„Es ist wegen Finola! Das Baby kommt, *Seanchai*! Schwester Louisa sagt, das Baby kommt!"

Von einer heftigen Woge der Angst erfaßt, starrte Morgan sie an. „Das Baby — bist du ganz sicher?"

Aufgeregt von einem Bein auf das andere hüpfend, nickte das Mädchen heftig mit dem Kopf. „Ja, die Schwester hat es gesagt!"

„Der Arzt — habt ihr Dr. Dunne holen lassen?" stammelte Morgan, während Sandemon ihn aus dem Wagen in den Rollstuhl zog.

„Jawohl, *Seanchai*! Er müßte jeden Augenblick eintreffen", beruhigte ihn Annie. „Die Schwester hat vor etwa einer Stunde Colm O'Grady zu ihm geschickt!"

Als er schließlich im Rollstuhl saß, gestattete Morgan Sandemon, ihn über die Rampe so schnell wie möglich ins Haus zu schieben, während Annie die ganze Zeit schwätzend neben ihm herlief und auf seine Fragen antwortete, indem sie die ihren hinzufügte.

* * *

153

In der Diele empfing sie Schwester Louisa. „Oh, Gott sei es gedankt, daß Sie zurück sind! Doch wo bleibt der Arzt?"

Neben Morgan stehend, fragte Annie: „Wie lange glaubst du, wird es dauern, *Seanchai?"*

In Morgans Kopf schien sich alles zu drehen, und er schaute Annie verständnislos an. „Wie lange?"

„Bis das Baby geboren ist!"

„Woher sollte ich das wissen?"

Er schaute hilfesuchend zu der Nonne, die jedoch nur die Augenbrauen hochzog. „Das wissen nur unser Herr und das Baby."

Morgans Hände zitterten auf den Armlehnen seines Rollstuhls. „Wie ... wie geht es ihr? Wie geht es Finola?"

„Sie ist natürlich — besorgt", erwiderte die Schwester, ihre Worte sorgfältig abwägend. „Wenn der Arzt hier ist, wird sie beruhigter sein, glaube ich."

„Wo *bleibt* er denn eigentlich?" brummte Morgan. „Er könnte in der Zwischenzeit hier und wieder zurück sein!"

Von oben, aus Finolas Schlafzimmer, drang ein Schrei an ihre Ohren. Morgan fuhr hoch, und sein ganzer Körper begann zu zittern. „Sie hat Schmerzen!"

Die Schwester warf ihm einen ungeduldigen Blick zu. „Kein Kind wird ohne Schmerzen geboren, Sir." Ihr Blick sagte ihm deutlich, daß Männer von diesen Dingen wohl nie etwas verstehen würden.

Morgan fuhr mit seinem Rollstuhl zu dem Aufzug. Schwester Louisa stellte sich vor ihn. „Es wäre das beste, wenn Sie hier auf den Arzt warteten. Meinen Sie nicht auch, *Seanchai?"*

Morgan starrte sie an, dann richtete er seinen Blick nach oben, wo sich Finolas Zimmer befand. „Ist Lucy —"

„Lucy wird nicht von ihrer Seite weichen, und auch ich werde bei ihr bleiben."

Er wußte, er sollte das Zimmer nicht betreten — vielleicht *durfte* er es auch nicht, und doch schrie sein ganzer Körper danach, bei ihr zu sein, ihr zur Seite zu stehen.

So etwas hatte es natürlich noch nie gegeben. Ein Ire — bei einer Geburt zugegen? Undenkbar!

Abgesehen von der üblichen Sitte, *wollte* er auch nicht in dem Zimmer sein, wenn sie gebar, auch nicht in der Nähe. Doch kam ihm der Gedanke, daß sie vielleicht Angst haben könnte, daß sie ihn bei sich haben wollte, ihn vielleicht sogar brauchte. Sie waren einander nahegekommen, und sie hatte sich, zumindest in manchen Dingen, auf seine Hilfe verlassen ...

154

„*Seanchai*, ich muß nach oben zurückgehen." Schwester Louisas Stimme riß ihn aus seinen wirren Gedanken. „Wenn der Arzt kommt, schicken Sie ihn bitte sofort nach oben." Sie warf ihm einen scharfen Blick zu, bevor sie sich an Annie wandte: „Es wäre nicht klug, ihn mit Fragen aufzuhalten."

Morgans Mund schien wie erstarrt. „Meinen Sie, ich sollte nach oben ..."

Der Blick der Schwester, der ihn traf, war beinahe mitleidig. „Ganz bestimmt nicht", entgegnete sie sachlich. „Es ist schon ziemlich spät. Warum bitten Sie Mrs. Ryan nicht, Ihnen Tee zu servieren?"

Tee — die Antwort der Nonne in jeder kritischen Situation.

„Ich *will* keinen Tee!"

Was er wollte, Gott möge es ihm vergeben, war ein Schluck Alkohol! Und starrte ihn die Nonne nicht an, als wüßte sie es?

Und wenn schon? Müßte man in einem Augenblick wie diesem nicht dem Stärksten seine Schwachheit verzeihen?

In Finolas Zimmer ertönte erneut ein Schrei. Diesmal sprang Morgan beinahe aus seinem Rollstuhl. „Ich werde zu ihr gehen —"

Wieder vesperrte Schwester Louisa ihm den Weg, ein kleiner, aber entschlossener Wachtposten. Sie hatte gerade den Mund geöffnet, um etwas zu sagen, als Lucy Hoy die Treppe heruntergeeilt kam.

Morgan schaute Schwester Louisa vorwurfsvoll an. „Hatten Sie nicht gesagt, die Frau würde keinen Augenblick von Finolas Seite weichen?"

„Ach du meine Güte —" Lucy war inzwischen unten angekommen, so daß die Nonne ihren Satz unvollendet verhallen ließ, stattdessen mit den Augen rollend.

„Was ist los?" forschte Morgan. „Was ist passiert?"

Lucy blieb stehen und schaute von ihm zu Schwester Louisa.

„Passiert? Oh, nichts ist passiert, Sir! Wirklich nichts! Finola hat mich nur gebeten, für sie ..."

Mit aller Kraft gegen eine weitere Woge der Angst ankämpfend, sagte Morgan schließlich fest entschlossen: „Ich werde nach oben gehen."

Lucy schaute ihn wiederum befremdet an. „Ich — ich glaube nicht, daß dies gut wäre, Sir. Aber sie hat mich gebeten, —"

„Was?" unterbrach sie Morgan, die Erleichterung, die er verspürte, ignorierend. „Worum hat sie gebeten? Sie muß alles bekommen, was sie möchte, alles!"

„Jawohl, Sir, danke, Sir. Ich sollte fragen, ob Ihre Tochter nach oben kommen könnte, Sir. Finola hätte Annie gern bei sich, wenn sie kommen möchte."

Morgan starrte sie an. „Meine Tochter? Annie?"

Er hörte, wie Annie neben ihm tief durchatmete. Er blickte zu dem Mädchen, das, Augen und Mund weit aufgerissen, sprungbereit dastand. „Finola — möchte *mich* bei sich haben?"

„Ja, Miss, das hat sie gesagt, wenn du es auch möchtest."

„*Wirklich?*"

Jetzt begann *Annie* zu zittern. Doch obgleich ihre Hände tatsächlich zitterten, wandte sie sich in aufrechter Haltung, das Kinn nach vorn gestreckt, fest entschlossen an Morgan. „Es wird gut werden, *Seanchai.* Es wird beinahe so sein, als wärst du bei Finola, weil ich ja deine Tochter bin und so ..."

Sie hielt inne, als suchte sie in seinen Augen nach Bestätigung. „Ich werde ... dich vertreten. In gewisser Weise wird es so sein, als wärst du bei ihr, nicht wahr?"

Morgan erwiderte ihren Blick. Er war plötzlich sehr stolz auf sie: stolz und dankbar für alles, was sie ihm bedeutete, für die Kraft, die sie ihm jetzt gab, und für die tiefe Liebe, die aus diesen dunklen Augen sprach, die seinen Blick suchten.

Einen Augenblick später ergriff er ihre Hand. „Du bist dir ganz sicher, *alannah*, mein Kind? Wird es auch nicht — zu schwer für dich sein?"

Ihr schönes Kinn streckte sich noch einige Millimeter weiter nach oben. „Ich bin mir ganz sicher, *Seanchai"*, sagte sie leise. „Ich weiß, daß ich es tun soll."

Morgan drückte ihre Hand, in ihrem Gesicht forschend. Schließlich nickte er. „Ja ... ich glaube, du hast recht. Als meine Tochter solltest du in diesen wichtigen Stunden bei Finola sein. Du wirst ihr für mich sagen ..." seine Stimme versagte, und er schaute in die Runde derer, die in der Diele versammelt waren. „Sag Finola, daß ich bei ihr bin." Eine Hand auf sein Herz legend, fügte er hinzu: „Hier, in meinem Herzen, ... bin ich bei ihr."

Annie strahlte und drückte seine Finger, bevor sie, zwei Stufen auf einmal nehmend, nach oben stürmte.

Als der Wolfshund zu winseln begann und ihr folgen wollte, legte Morgan seine Hand auf den großen Kopf des Hundes und hielt ihn zurück. „Diesmal nicht, alter Junge", beschwichtigte er das Tier. „Im Augenblick, fürchte ich, bist du in den gleichen Stand wie alle irischen Männer versetzt, deren Los es zu sein scheint, sich bei einem so bedeutsamen Anlaß wie diesem über alle Maßen wertlos und obendrein ziemlich hilflos zu fühlen."

Während er sprach, schaute er Schwester Louisa direkt an. Diese nickte nur kurz, als sei sie zufrieden, daß er endlich begriffen hatte.

19. Kapitel

Ein Kind ist geboren

Ein Faden von des Mondes silbernem Schein,
Ein Hauch von der Sterne sanftem Schimmer,
Ein Kuß der Morgensonne, und Engel lächeln in das Zimmer,
... in dem geboren ward ein Kindelein.

Anonymus

In seinem Schlafzimmer wünschte Morgan mit aller Kraft, zuerst, daß die Minuten, dann, daß die Stunden schneller vorübergingen. Er hatte beschlossen, hier zu warten, wo er Finola am nächsten war. Durch die dicken Wände und die schweren Verbindungtüren hindurch konnte er Finolas Stöhnen und ihre Schreie hören. Doch diese Nähe zu ihr, während sie in den Wehen lag, schien ihm das Warten erträglicher zu machen.

Es tröstete ihn ein wenig, und er fühlte sich beinahe mit Finola verbunden, Annie an ihrer Seite wissend und selbst nur durch eine Tür von ihr getrennt zu sein. Wenn er schon nicht unmittelbar bei der Geburt zugegen sein konnte, so war dies bestimmt die nächstbeste Lösung.

Sandemon hatte sich erboten, mit ihm zu warten, doch Morgan hatte abgelehnt und ihn stattdessen gebeten, in die Kapelle zu gehen. „Tu das, was du am besten machst, mein Freund. Bete für Finola ... und für das Kind. Bete, bis alles vorüber ist, wenn du möchtest."

Und so saß er jetzt allein in seinem Schlafzimmer und wartete schweigend. Vor heute nacht war er immer der Meinung gewesen, daß es in Nelson Hall nach Sonnenuntergang nicht besonders still sei. Stets waren gedämpfte Laute in der Nacht zu hören, die ihm die beruhigende Gewißheit verliehen, daß das große Anwesen von fähigen, wenn auch zum Teil schon ziemlich alten Mitarbeitern wohl versorgt wurde. Ein kleiner Teil des Küchenpersonals buk und bereitete alles für den kommenden Tag vor. In den Klassenzimmern wurde saubergemacht und aufgeräumt. Kleinere Reparaturen, die tagsüber Unannehmlichkeiten für die Familie bedeutet hätten, wurden leise in den Nachtstunden erledigt. Routinemäßige, aber notwendige Aufgaben wurden unauffällig ausgeführt, so daß das alte, verwinkelte Gemäuer von einem Ton widerhallte, der erkennen ließ, daß hier Leben herrschte.

Heute nacht schien jedoch alles anders zu sein. Es war, als wären im Haus alle Arbeiten unterbrochen, als hätte das Herz des Lebens heute nacht aufgehört zu schlagen, schweigend innehaltend, um die Geburt eines Kindes abzuwarten, die Geburt von Finolas Kind.

Und meines Kindes, erinnerte Morgan sich selbst. Ich habe es ihr versprochen, Herr. Habe ich dem Kind nicht mehr versprochen als Schutz und meinen Namen? Ich habe ihm meine Liebe versprochen ... und ihm ein Vater zu sein.

Er erschauderte, das Ausmaß seines Versprechens drohte ihn zu überwältigen.

Was war, wenn das Kind nicht normal war? Furchtbare Angst bemächtigte sich seiner Sinne und ließ ungebetene Gedanken an all die Qualen in ihm aufsteigen, die Finola in dem brutalen Angriff erduldet hatte, der zur Empfängnis dieses Kindes geführt hatte. Was war, wenn die Schläge, die Pein, die sie an Leib, Seele und Geist erlitten hatte, — *und o Gott, die unaussprechliche Bosheit ihres Angreifers* — was war, wenn das alles dem Kind auf furchtbare Weise geschadet hatte?

Was war, wenn er das Kind am Ende doch nicht lieben konnte?

Über seine Schwachheit erzürnt, seufzte er laut auf. Entschlossen, die lähmende Furcht und die beunruhigenden Bilder aus seinem Geist zu verbannen, rollte er mit seinem Stuhl zu seiner Harfe. Die Harfe in der Hand, setzte er sich vor das Fenster. Während er in die Nacht hinausstarrte, zupfte er leise eine Melodie zu dem verzweifelten Gebet seines Herzens.

* * *

Im Geburtszimmer hatte jeder der Anwesenden seine spezielle Aufgabe. Lucy stand dem Arzt zur Seite, während dieser Finola die kleinen Hilfestellungen gab, die ihm möglich waren. Schwester Louisa sorgte dafür, daß alles Nötige vorhanden war und versuchte, es der jungen Mutter während der Wehen so bequem wie möglich zu machen.

Annie, zuweilen von Schwester Louisa unterstützt, reichte Finola eine starke Hand, an der sie sich festklammern konnte. Außerdem ermutigte sie Finola fortwährend.

Seit Dr. Dunnes Eintreffen waren inzwischen beinahe drei Stunden vergangen, die drei längsten Stunden in Annies Leben, dessen war sie gewiß. In wenigen, von Panik bestimmten Augenblicken zu Beginn, war

Annie versucht gewesen, aus dem Zimmer zu fliehen und alles Schwester Louisa und Lucy allein zu überlassen.

Der erste Anblick Finolas, ihr aschfahles Gesicht, ihr schmerzgequälter Körper, das herrliche Haar jetzt schweißnaß an ihr herabhängend, hatten Annie den Atem verschlagen. Es hatte sie Mut gekostet, an Finolas Bett zu treten und ihre Hand zu ergreifen.

Doch dann hatte Finola gelächelt ... ein mattes, schwaches Lächeln, aber ein Lächeln, das nur für Annie bestimmt war ... und so war es ihr irgendwie gelungen, ihre Angst beiseitezuschieben.

„Wirst du bei mir bleiben, Aine?" hatte Finola gefragt, ihre Stimme kaum mehr als ein Flüstern. „Du bist die Schwester des Babys ... und in der Tiefe meines Herzens auch meine Schwester. Möchtest du bei mir bleiben? Ich brauche deine Kraft ..."

Annie glaubte, vor Stolz und Liebe zerspringen zu müssen. *Finola hatte sie „Schwester" genannt!*

„Natürlich werde ich bei dir bleiben, Finola!" hatte sie versprochen, die zarte, feuchte Hand drückend, die sich an ihrer festklammerte. „Ich werde keinen Augenblick von deiner Seite weichen. Ich werde deine Kraft sein, Finola, ... alles, was du brauchst. Ich werde solange bleiben ..."

Und sie war geblieben. Jetzt, nach langen Stunden, fühlte sie sich beinahe so ausgelaugt und matt wie Finola selbst. Jede Woge des Schmerzes, die Finola aufschreien ließ, verspürte Annie wie einen Messerstich in ihr eigenes Herz. Jedes Stöhnen, jedes Seufzen schien ihrem eigenen Schmerz eine Stimme zu verleihen. Doch sie würde nicht von Finolas Seite weichen. Sie hatte Finola und dem *Seanchai* versprochen zu bleiben, und solange Gott ihr die Kraft gab, sich auf den Beinen zu halten, würde sie ihr Versprechen ganz bestimmt halten.

* * *

Wiederum Schmerz, ein derart heftiger Schmerz. Woge um Woge toste er durch ihren Körper, zog sie hinab; dann, wenn er vorüber war, ließ er sie so schwach zurück, daß sie kaum Kraft hatte zu atmen.

Finola kannte den Schmerz nur zu gut, erinnerte sich sehr genau an seine Grausamkeit und seine Qualen. Doch diesmal war er anders: nicht weniger unerträglich, nicht weniger kräftezehrend — aber anders.

Vorher war der Schmerz dunkel gewesen — dunkel und widerlich und kalt wie der Tod. Nicht so heute nacht. Dieser Schmerz schien irgendwie aus Licht und Wärme geboren zu sein, und er schien eine Bedeutung zu haben. Seine Kraft war gewaltig, aber reinigend, fordernd, aber einem Ziel zustrebend. In jeder neuen Woge des Schmerzes, die ihren Körper erfaßte, schien eine Art ... Reinheit zu liegen.

Irgendwo außerhalb ihres Zimmers hörte sie Morgans Harfe ... eine leise, zärtliche Melodie. Irgendwie gab es ihr Kraft, zu wissen, daß er in ihrer Nähe war, daß er wartete. Die Musik schien ihren Schmerz einzuschließen, ihn fortzutragen ...

Schließlich erschütterte die letzte Woge des Schmerzes ihren Körper so heftig, daß sie ihren Rücken vom Bett abhob und Annies Hand auf der einen und Schwester Louisas auf der anderen Seite heftig umklammerte. Sie stieß einen letzten, durchdringenden Schrei aus, der den Ballon der Qual in ihrem Inneren zum Explodieren zu bringen und in das Zimmer hinauszustoßen schien – und dies war kein Schrei der Verzweiflung, sondern einen glühender Jubelruf.

* * *

Finolas Schrei raubte Morgan den letzten kärglichen Rest seiner Selbstbeherrschung.

Noch Augenblicke, nachdem dieser Schrei die Tür, die zwischen ihnen lag, durchdrungen hatten, schien sein Echo von den Wänden seines spärlich beleuchteten Schlafzimmers widerzuhallen. Die Lähmung, die ihm seine Beine geraubt hatte, schien jetzt von seinem gesamten Körper Besitz ergreifen zu wollen. Mit zitternden Händen die Armlehnen seines Rollstuhls umklammernd, saß Morgan da und starrte mit nackter Angst auf die schweren Eichentüren, die ihre Zimmer voneinander trennten.

Er versuchte zu schlucken, doch sein Hals schien wie erstarrt. Er spürte, wie sein Blut erst langsamer zu fließen begann, dann wie ein wilder Strom durch seinen Körper wallte. Sein Puls dröhnte gefährlich in seinem Kopf, als das häßliche Zittern sich tatsächlich einzustellen begann.

Wie lange er so dasaß, wie ein gelähmter Feigling auf das Schweigen auf der anderen Seite der Tür lauschend, vermochte er nicht zu sagen. Es schienen Stunden vergangen zu sein, bevor er das leise Murmeln von Frauenstimmen vernahm, gefolgt von einem kräftigen Schrei, dann das wohltuende, leise Lachen von Dr. Dunne.

Während das Zittern seines Körpers wieder verschwand, schienen die

Stimmen in Finolas Schlafzimmer immer fröhlicher zu werden. Wie gebannt starrte Morgan auf die Tür und hielt den Atem an, bereit, Finolas Zimmer zu betreten. Als die Tür plötzlich aufging, fuhr er so erschocken auf, daß der Rollstuhl beinahe umkippte.

In der Tür stand Schwester Louisa, auf ihrem strengen Gesicht ein mattes, aber beruhigendes Lächeln. Morgan richtete seinen Blick von den funkelnden Augen der Nonne auf das Bett und sah Annie, wie sie, kreidebleich im Gesicht, doch die dunklen Augen vor Glück erstrahlend, neben Finola stand.

Finola. Sie lag, gegen einen Berg von Kissen gelehnt, von allen Seiten mit weißem Leinen umgeben, in ihrem Bett, ein kleines Bündel in ihrem Arm haltend –

„*Seanchai* –" einen Augenblick schien die Stimme der Schwester brechen zu wollen, als sie ihm sagte: „Jetzt dürfen Sie hereinkommen."

War Finolas Zimmer schon immer so weit von seinem entfernt? Hatte sich der Rollstuhl schon immer so langsam bewegt?

Schließlich erreichte Morgan das Bett und brachte seinen Rollstuhl zum Stehen. Sein Blick wanderte von Finolas mattem Lächeln zu dem winzigen Bündel, das sie unendlich behutsam gegen ihre Schulter drückte. Als er seine Augen wieder auf Finola richtete, sah er zum erstenmal die Unsicherheit in ihren Augen.

„So, nun . . . ist es also endlich vorüber? Ist alles in Ordnung . . . mit dir, Finola, *aroon*, meine Liebe?"

Immer noch dieses unsichere Lächeln, der suchende Blick. Sie bat ihn, näher zu kommen, immer näher, bis er nur noch eine Handbreit entfernt war.

Er starrte, zuerst auf Finola . . . die traumhaft aussah, obwohl sie unendlich müde und matt sein mußte. Dann wanderten seine Augen zu dem kleinen Bündel, das sie so eng an sich geschmiegt hielt. *So winzig* . . .

Erschrocken sah er, wie sie ihm das Bündel zu reichen begann, wie diese Anstrengung für sie zu groß war. Unwillkürlich streckte Morgan seine Arme aus, um ihr das Bündel abzunehmen. Unbeholfen hielt er es in seinen großen Pranken und wußte zunächst kaum, wie er es halten sollte, bis er es schließlich in seinem Arm wiegte.

Welche Wärme! Wie konnte etwas, das so klein war, soviel Wärme ausstrahlen!

Zitternd schaute er zu Finola. Sie war der Innbegriff aller Schönheit . . . selbst in ihrer Schwäche schien sie zu blühen und zu erstrahlen.

„Morgan? Würdest du bitte . . . einen Namen auswählen. Würdest du ihm bitte einen Namen geben?"

Ihm. Dann war es also ein Junge ...

Morgan riß schließlich seine Augen von ihr los. Das Baby im Arm, rollte er an das Fenster neben dem Bett. Als er den Vorhang ein Stück zurückzog, drangen die ersten Lichtstrahlen der Morgendämmerung in das Zimmer vor.

Klopfenden Herzens nahm er das Kind in seinem Arm hoch und zog mit ungeschickten, zitternden Fingern die Decke beiseite, in die das kleine Köpfchen eingehüllt war.

Er war wie benommen von dem Wunder, das ihm, voller Licht und Herrlichkeit, entgegenstrahlte. *Goldenes Haar, wie das seiner Mutter. Die Haut so zart ... so hell ...*

Das Kind blinzelte mit den Augen, öffnete sie, begegnete seinem Blick. *Große, runde blaue Augen ... wie die seiner Mutter, so blau wie der Himmel über Irland an einem Frühlingsnachmittag.*

Nichts Schlechtes war zu sehen. Kein Schandfleck der Finsternis. Nichts als Licht — warm und golden. Nichts als helles, reines Licht hielt er in seinen Armen!

Ein zitternder Finger berührte die zarte, runde Wange, dann eine helle Haarsträhne — er hatte goldenes Haar.

Einen goldenes Kind, von Gott gesandt.

Wieder einmal hatte Gott Schlechtigkeit in Schönheit verwandelt — Schmerz in Jubel — in dem Geschenk dieses kleinen Jungen.

Eines Sohnes — meines Sohnes.

Gabriel ...

Aus der Tiefe seiner Seele drang dieser Name in sein Bewußtsein.

„Gabriel", flüsterte er, dann sagte er es noch einmal, lauter diesmal, um den Klang dieses Namens auf seinen Lippen zu prüfen. „Er soll *Gabriel* heißen — ‚Mann Gottes'."

Schon etwas mutiger, hob er das Baby in seinen Armen hoch, um es genauer zu betrachten. Einen Augenblick später wandte er sich wieder Finola zu. „Du hast mir einen schönen Sohn geschenkt, Finola, *aroon*, meine Liebe", sagte er leise und schaute ihr tief in die Augen. „Ich würde ihn Gabriel nennen. Bist du einverstanden?"

Sie nickte und ließ den überfließenden Tränen freien Lauf. Trotz ihrer Schwachheit, trotz ihrer Tränen lächelte sie, und das Lächeln, das sie Morgan schenkte, gab ihm das Gefühl, als sei er ein Riese, der das ganze Land beherrschte.

Sein Blick war weiter auf ihre Augen gerichtet. „Er wird ein schöner Mann werden, dieser Gabriel", erklärte er. „Er wird edel sein und stark und —"

Morgan hielt plötzlich inne und schaute auf das Kind in seinem Arm. Das winzige Baby mit dem goldenen Haar hatte mit seiner kleinen Faust Morgans kleinen Fingers umfaßt und klammerte sich mit aller Kraft daran fest, als wolle es dadurch die Richtigkeit von Morgans Prophezeiung unterstreichen.

Von einem bittersüßen Entzücken erfaßt, fing Morgan an zu lachen. Doch entrann ihm stattdessen ein unerwartetes Seufzen, so daß er hart schlucken mußte, um gegen den Kloß in seiner Kehle anzukämpfen. Als er auf das kleine Wunder herabschaute, trübten unvergossene Tränen seinen Blick.

Schließlich blickte er auf und sah Sandemon in der Tür stehen, sein dunkles Gesicht voller Freude und Erleichterung strahlend.

Morgans Augen wanderten in dem Zimmer umher. Am Fußende des Betts stand Schwester Louisa, unheimlich matt und doch über alle Maßen erfreut. Neben ihr betrachtete der Arzt lächelnd — mit berechtigtem Stolz — und voller Zufriedenheit sein Werk. Hinter ihnen Lucy Hoy ... die getreue Lucy, die müde und abgespannt, und auch ein wenig erstaunt aussah.

Ja, und da war Annie ... seine dunkeläugige Aine, voller Freude und Ehrfurcht über das Wunder der Geburt. Morgan streckte ihr seine Hand entgegen, und sie kam um das Bett herum an seine Seite.

Unfähig, den Born der Freude, der in ihm anschwoll, zurückzuhalten, hob er das Kind in seinen Armen in die Höhe, warf seinen Kopf zurück und fing laut zu lachen an.

„Unser Sohn!" verkündete er mit lauter Stimme. Das Kind noch höher hebend, stellte er ihn der Familie vor: *„Das ist Gabriel! Gabriel ... Thomas ... Fitzgerald! Finolas Sohn — und meiner!"*

Teil zwei

Licht der Wahrheit

Hereinbrechende Dunkelheit

Er offenbart, was tief und verborgen ist; er weiß, was in der Finsternis liegt, denn bei ihm ist lauter Licht.

Daniel 2, 22

20. Kapitel

Ein Licht scheint in der Dunkelheit

Wie eine Kerze — entzündet in der Nacht —
hat Gottes Liebe in alles Dunkel Licht gebracht.

Anonymus

Ende September

Billy Hogan hockte allein in einer dunklen Ecke, die Arme über seinen angewinkelten Beinen verschränkt, hatte er den Kopf auf seine Knie gelegt.

Bald würde es dunkel sein. Er erkannte es an dem schmalen, schnell verblassenden Lichtstreifen, der durch einen Riß in der Außenwand hereindrang.

Niemand im Haus außer Billy und seinem Onkel wußte etwas von dem kleinen Verlies hinter dem Kohlenkeller. Und soviel Billy wußte, besaß niemand außer Onkel Sorley einen Schlüssel dafür. Selbst seine Mutter wußte weder etwas von diesem engen Loch, noch von den Stunden, die Billy dort zubrachte.

Zuerst hatte es Billy beinahe begrüßt, gelegentlich in den Keller verbannt zu werden. Bis vor kurzem war er kaum länger als eine Stunde eingesperrt worden und konnte auf diese Weise, zumindest vorübergehend, der Wut seines Onkels und weiteren Schlägen entrinnen.

In letzter Zeit fürchtete er sich jedoch vor dem dunklen, muffigen Loch. Onkel Sorley sperrte ihn immer öfter und auch immer länger ein. Gestern war er erst einige Stunden nach dem Abendessen erschienen, um ihn herauszulassen. Billy hatte nicht gewagt, nach der Abendbrotzeit um etwas zu essen zu bitten und war mit leerem Magen zu Bett gegangen.

Er bekam auch immer öfter Prügel, manchmal sogar für Vergehen, die er gar nicht begangen hatte. Billy schien in letzter Zeit nichts richtig machen zu können. Der kleinste Fehltritt brachte seinen Onkel gegen ihn auf. Wenn er Billy keine bestimmte Übertretung vorwerfen konnte, beschuldigte er ihn einfach, „frech zu sein" und schlug ihn entweder oder stieß ihn die Treppe hinunter in den Keller — manchmal tat er auch beides.

In letzter Zeit trank Onkel Sorley ständig, was gleichzeitig bedeutete, daß er stets schlechtgelaunt war. Billys Mutter bat ihn nicht mehr, mit dem Trinken aufzuhören, wie sie es früher getan hatte, obgleich durch das Trinken selten Geld übrig war, um Nahrungsmittel zu kaufen. An ihm herumzunörgeln führte zu nichts anderem als zu einem erneuten Wutausbruch — der unweigerlich mit der nächsten Zechtour endete.

Billy hob seinen Kopf und versuchte, nicht weiter über seinen Onkel nachzudenken. Er wußte, daß er an erfreulichere Dinge denken mußte, wenn die Zeit schneller vorübergehen sollte.

An jedem anderen Tag hätte er seine Gedanken auf Mr. Whittaker und die anderen Jungen gelenkt, die zu der Singgruppe gehörten. Doch nicht heute. Heute versäumte er ihre wöchentliche Probe. Einen Augenblick versuchte er so zu tun, als befände er sich mit den anderen Jungen oben in dem Probenraum. Er öffnete sogar seinen Mund zum Singen, doch alles, was er hervorbringen konnte, war ein tiefes Seufzen.

Mit Mr. Whittaker und der Gruppe zu singen, war die eine schöne Stunde, die es für ihn in der ganzen Woche gab. In dieser einen Stunde fühlte er sich sicher, ja sogar wertgeachtet. Doch jetzt hatte Onkel Sorley ihm auch *das* noch genommen.

In der anderen Ecke ertönte ein leises Rascheln. Billy machte sich steif. Er spähte in die Dunkelheit, hielt den Atem an, lauschte. Im ersten Moment hörte er nichts anderes als das Rasen seines Pulses. Dann waren die Laute wieder zu hören.

Ratten!

Billys Herz klopfte wild, als er merkte, wie die scharrenden, kratzenden Laute näher kamen. Er wünschte sich, er hätte einen Stock, einen Stein — *irgend etwas*, das ihm als Waffe dienen könnte. Oder wenn er wenigstens etwas sehen könnte!

Wie viele waren es? fragte er sich. Eine oder zwei? Und was war, wenn es mehr waren?

Billy haßte Ratten über alles. Und in New York schien es davon zu wimmeln! Sie waren hier unten, sie waren auch oben — *überall* waren sie! Oft bahnten sie sich einen Weg bis in ihre Wohnung, und seine Mutter lebte in ständiger Angst vor ihnen.

Schon manche Nacht hatte er wach auf seinem Strohsack gelegen, und sein Magen hatte sich umgedreht, während er seine Augen weit offen hielt, um sicher zu sein, daß sich die schmutzigen Tiere nicht an seine jüngeren Brüder heranwagten.

Billy schluckte hart und strengte noch einmal seine Augen an, um etwas sehen zu können, doch die Dunkelheit war bereits hereingebrochen. Jeden Moment, dachte er mit zunehmender Angst, würde Onkel Sorley zur Arbeit gehen, und ihn für den größten Teil der Nacht hier eingesperrt lassen.

Sein Onkel arbeitete bei Tiny's, einer der Spielhöllen in der Bowery – als Rausschmeißer. Nur selten kam er vor zwei oder drei Uhr nachts nach Hause, und manchmal kam er gar nicht nach Hause.

Als in der Dunkelheit wieder raschelnde Laute zu hören waren, betete Billy, daß dies nicht eine von diesen Nächten sein möge.

* * *

„Entschuldigen Sie, Mrs. Walsh, könnten Sie das vielleicht einmal für mich durchspielen? Ich möchte nur sehen, wie die einzelnen Stimmen zueinander passen."

Alice Walsh warf einen kurzen Blick auf die Noten, die Evan ihr reichte, dann begann sie zu spielen. Während er ihr über die Schulter zuschaute, bewunderte Evan, und das nicht zum erstenmal, wie die Frau das Klavierspiel beherrschte. Sie spielte einwandfrei vom Blatt, und auch ihr Rhythmus war tadellos. Wenn man ihr zuschaute, schien es so einfach zu sein, den Tasten eine Melodie zu entlocken, und man konnte leicht vergessen, wieviel Zeit und Mühe es kostete, solche Fähigkeiten zu entwickeln.

Als sie das Stück zu Ende gespielt hatte, schaute sie zu Evan hoch. „Ja, Mr. Whittaker, das Stück ist sehr hübsch. Es ist eines ihrer eigenen, nicht wahr?"

„Ja . . . d-das stimmt", sagte Evan, von ihrem Lob peinlich berührt. „Es wurde immer schwieriger, geeignete Musik für die Jungen zu finden, und so arrangiere ich entweder vorhandenes Liedgut neu, o-oder ich schreibe einfach selbst etwas Neues. Es ist jedoch schwierig, weil ich die Stimmen nicht alle spielen k-kann, um meine Arbeit zu überprüfen."

„Sie leisten eine ausgezeichnete Arbeit. Ich bin sogar der Meinung, daß Sie einige Ihrer Arrangements einem Verleger vorstellen sollten."

Evan mußte über ihre Begeisterung lachen. „Ich bin nicht Stephen Foster, fürchte ich, Mrs. Walsh! Meine Kompositionen sind nichts anderes als laienhafte Versuche."

„Oh, da kann ich Ihnen ganz und gar nicht zustimmen, Mr. Whittaker. Soll ich das mit nach Hause nehmen und mir ein Exemplar für die Begleitung anfertigen, wie ich es auch bei den anderen Stücken getan habe?"

„Das wäre natürlich sehr hilfreich, doch ich m-möchte Ihnen wirklich nicht noch mehr Schwierigkeiten —"

Sie lächelte ihn an. „Das ist keine Schwierigkeit. Es macht mir sogar Spaß. Jetzt, wo die Kinder älter geworden sind, habe ich viel Zeit übrig."

Evan nickte zerstreut und fing an, die Noten einzusammeln. „Ge-gewiß haben Sie bemerkt, daß wir mit einem Problem zu kämpfen haben", erklärte er. „Ich meine, es war ein Fehler, keine Altersgrenze für die Mitgliedschaft in unserer Singegruppe festzulegen.

Evan, der niemanden ausschließen wollte, der Interesse am Singen zeigte, hatte jeden Jungen aufgenommen, der sich nicht als ausgesprochener Störenfried erwies. Das Ergebnis war eine buntgemischte Gruppe, in der einige gerade acht oder neun Jahre alt, und andere, wie Daniel John z. B., bereits ältere Teenager waren.

Das Problem bestand darin, daß sich die Stimmen der älteren Jungen entweder völlig verändert hatten, oder sich in der Entwicklung zu den verschiedensten Männerstimmen befanden. Folglich wurde es immer schwieriger, Arrangements zu entwickeln, die für die gesamte Gruppe geeignet waren.

„Vielleicht wäre es hilfreich, mit den älteren Jungen einige Lieder getrennt einzuüben", schlug Alice Walsh vor.

„Vielleicht. Ich fürchte jedoch auch, daß sie das Interesse verlieren, und ich w-weiß nicht, ob w-wir viel dagegen tun können. Ist Ihnen auch aufgefallen, w-wie ungeduldig sie in letzter Zeit den Jüngeren gegenüber reagierten?"

Sie nickte. „Ich glaube, das ist ganz normal. Außer einem oder zwei von den Jüngeren, wie z. B. Billy Hogan, brauchen diese Jungen viel einfachere Lieder. So langweilen sich die Älteren, während die Kleinen ihre Stimmen einüben."

Als sie Billy Hogan erwähnte, blickte Evan auf. „H-haben Sie auch bemerkt, daß Billy heute wieder gefehlt hat? D-das kommt immer häufiger vor, meinen Sie nicht auch?"

„Haben Sie mit ihm darüber gesprochen?"

Evan nickte. „Es ist immer das gleiche. Er entschuldigt sich, f-führt aber kaum echte Gründe an."

Von seiner Tasche mit den Noten aufblickend, zögerte Evan zunächst, bevor er sich das von der Seele redete, was ihn schon seit Wochen beunruhigte. „Mrs. Walsh, ich glaube, daß B-Billy echte Probleme hat. Ich mache mir tatsächlich große Sorgen um ihn."

Sie erhob sich und legte ihre Noten ordentlich auf dem Klavier ab. „Ich fürchte, ich muß Ihnen zustimmen", erwiderte sie schließlich. „Es zerreißt mir das Herz, wenn ich an den armen kleinen Junge denke. Er gibt sich soviel Mühe, und genießt offensichtlich jede Minute der Probe. Und diese unglaubliche Stimme! Doch scheint er so unendlich traurig zu sein und –" Sie hielt inne, ließ ihre Worte unvollendet verhallen.

Als wollte sie bewußt das Thema wechseln, wandte sie sich Evan zu und lächelte. „Und wie geht es Ihrem kleinen Jungen, Mr. Whittaker?"

Evan strahlte. „Oh danke, es geht ihm sehr gut! Er b-bereitet uns allen soviel Freude. Ich f-fürchte, wir verwöhnen ihn schrecklich. Er ist aber auch ein sehr unkompliziertes Baby — so still, so zufrieden, daß man ihn kaum einmal schreien hört!"

„Das freut mich außerordentlich für Sie. Und wie geht es Ihrer Frau?"

Evan lächelte immer noch, doch als er die gewohnte Antwort murmelte, daß es seiner Frau „gutginge und daß sie sehr beschäftigt war mit dem Baby und so", spürte er den vertrauten Zweifel in sich aufsteigen, ob es Nora wirklich gutging.

Er glaubte, sie müßte inzwischen schon wieder viel stärker sein. Teddy war schon fast drei Monate alt, doch Nora schien kaum etwas von ihrer Kraft und Vitalität zurückgewonnen zu haben. Evan machte sich Sorgen um sie; sie sah stets blaß aus, und die kleinste Aufgabe schien sie anzustrengen. Sie beharrte jedoch darauf, daß sie sich jeden Tag stärker fühlte.

Natürlich hatte er Dr. Grafton seine Sorge anvertraut, doch der Arzt hatte ihn kaum beruhigen können. Evan hatte sich inzwischen an die zurückhaltende Art des freundlichen Arztes gewöhnt — er war in der Tat kein Mann vieler Worte. Trotzdem hatte etwas an der Art, wie er zuweilen genickt oder verständnisvoll gelächelt hatte, Evans Sorge nur noch bestätigt und verschärft.

Trotzdem war es offensichtlich, wie Nora sich an ihrem kleinen Sohn freute. Ihr Strahlen, wenn sie Teddy in ihren Armen hielt, erfüllte Evans Herz stets von neuem mit großer Liebe.

Teddy bereitete ihnen beiden unaussprechliche Freude — und für Evan, der praktisch zum erstenmal erlebte, wie ein Baby heranwuchs, war er nichts als ein Wunder. Er nahm ihn, so oft er konnte, und solange es Nora gestattete, in den Arm, stets von neuem endlos begeistert von der Vollkommenheit seiner kleinen Finger und Zehen. Und wenn der kleine Bursche ihm dann in die Augen sah und diesen kleinen, glucksenden Laut von sich gab — als fände er seinen Vater sehr amüsant — lachte Evan laut vor Freude.

„Ich glaube, ich hätte einen Vorschlag, Mr. Whittaker — was die Jungen betrifft."

Alice Walsh lächelte unsicher und wartete darauf, daß Evan ihr ermutigend zunickte, ehe sie fortfuhr. „Es ist natürlich nur ein Gedanke, aber vielleicht könnten Sie eine Band gründen – für die älteren Jungen, meine ich."

Evan schaute sie an. „Eine Band?"

„Das könnte genau das richtige sein. Einige von ihnen können bereits Noten lesen und spielen Instrumente – wie Daniel John und Casey Dalton."

Evan wagte nicht, die Frau zu beleidigen, doch glaubte er kaum, daß eine Harfe und eine Flöte für eine Band geeignet wären.

Als würde sie sich immer mehr für diese Idee begeistern, fuhr sie, immer lebhafter werdend, fort: „Einige der Jungen sind sehr musikalisch. Gewiß würden sie sehr schnell ein Instrument spielen lernen", erklärte sie. „Und eine eigene Band zu haben, könnte sie ermutigen zusammenzubleiben."

Noch während sie sprach, kamen Evan endlose Hindernisse und Schwierigkeiten in den Sinn. „Aber wir haben keine Instrumente –"

Sie machte eine Handbewegung, als sei dies kein Problem. „Ich bin mir sicher, daß ich unter den Geschäftsleuten und anderen Gliedern meiner Gemeinde einige gebrauchte Instrumente auftreiben könnte."

„Ich fürchte, von einer B-Band verstehe ich überhaupt nichts", versuchte Evan wiederum einzuwenden.

„Oh, aber Sie verstehen sehr viel von Musik! Und die Jungen hängen so an Ihnen, daß es kein Problem sein würde, sie für diesen Plan zu begeistern."

Trotz seiner Skepsis dachte Evan schließlich über diese Möglichkeit nach. „Ja, aber ich wäre auf keinen Fall in der Lage, b-beides zu leiten, die Singgruppe und die Band", betonte er. „Das würde zusätzliche Proben bedeuten und auch, n-neue Arrangements zu schreiben –"

Alice Walsh schien auf jedes Argument eine Antwort zu haben, so daß Evan sich fragte, wie lange sie wohl schon über ihren Vorschlag nachgedacht hatte.

„Ich glaube, ich wüßte jemanden, der uns helfen könnte", erläuterte sie. „Ein Mitglied unserer Gemeinde, Mr. Harold Elliott ist bei Firth Pond, dem Musikverlag, angestellt. Ich könnte ihn bitten, uns einige einfache Stücke zur Verfügung zu stellen. Er hilft uns bestimmt gern. Und was die zusätzlichen Proben betrifft . . ." Sie zögerte, doch nur für einen Augenblick. „Vielleicht – vielleicht könnte ich die kleineren Jungs übernehmen, während Sie mit den älteren arbeiten. Nur zum Üben, natürlich würden Sie Chorleiter bleiben."

Evan schaute die Frau an und war leicht verwirrt. So hatte er Mrs. Walsh noch nie erlebt. Sie war gewöhnlich so ... *still.* „Nun ... ich glaube, man sollte darüber nachdenken", erwiderte er langsam. „Das heißt, wenn Sie wirklich der Meinung sind, daß wir es sch-schaffen könnten."

„Oh, ganz bestimmt könnten wir das schaffen", erwiderte Alice Walsh mit ungewöhnlich fester Stimme. „Die Jungen sind darauf bedacht, Ihnen Freude zu bereiten. Sie lieben Sie, Mr. Whittaker, das wissen Sie."

Über ihre Worte außerordentlich erfreut, machte Evan sich daran, die Tafel abzuwischen, die Lewis Farmington kürzlich gespendet hatte. „Ja, es sind prima Jungen. Ich arbeite sehr gern mit ihnen."

Wieder mußte er an Billy Hogan denken. „Ich glaube, ich werde die Familie Hogan besuchen. Ich sollte mich den Eltern des Jungen zumindest vorstellen, meine ich. Vielleicht wäre jetzt der richtige Zeitpunkt dafür."

„Aber Sie wollen sie doch nicht heute abend noch besuchen, oder?"

Evan wandet sich um und begriff sofort, was sie meinte. „Oh ... n-nein, wahrscheinlich nicht. Man treibt sich im Dunkeln nicht mehr in Five Points herum, zumindest nicht allein. Ich werde sie zu einer anderen Zeit besuchen müssen."

Seinen Worten auf den Fuß folgte ein beunruhigender Gedanke: Wenn er sich als erwachsener Mann nach Einbruch der Dunkelheit nicht in Five Points aufzuhalten wagte, was mußte es für einen kleinen Jungen bedeuten, sein *Leben* dort zu verbringen?

* * *

In dem engen Kellerraum war es inzwischen völlig dunkel geworden. Billy wußte, Onkel Sorley würde nicht kommen, um ihn herauszulassen — wenigstens nicht so bald. Zum erstenmal würde er die Nacht allein in dem schmutzigen schwarzen Kellerloch verbringen müssen.

Billy biß sich auf die Lippen, bis sie schmerzten, drückte seine Augen fest zu, um gegen seine Tränen anzukämpfen. Ein Junge in seinem Alter durfte nicht weinen, sich nicht vor der Dunkelheit fürchten. Er war schließlich neun Jahre alt. Er sollte sich vor *nichts* fürchten.

„Ich habe keine Angst", sagte er in die Dunkelheit hinein. Er hörte das Zittern in seiner Stimme und wiederholte es noch einmal, lauter dieses Mal. „Ich habe vor *nichts* Angst."

Als die Minuten vergingen und Billy nichts mehr hörte, fragte er sich, ob er sich die Laute nur eingebildet hatte. Er wünschte, er hätte eine Laterne oder wenigstens eine Kerze, irgend etwas, um nachsehen zu können, was sich in jener Ecke befand.

In Wahrheit war er sich gar nicht sicher, ob er es sehen *wollte*. Trotzdem, wenn er Licht hätte, würden sie ihn vielleicht in Ruhe lassen und ...

Plötzlich kam ihm etwas in den Sinn, eine Erinnerung aus einer seiner letzten Lesestunden bahnte sich einen Weg durch seine Angst. Weil er den anderen Jungen voraus war, hatte Mr. Whittaker ihm zusätzlichen Lesestoff gegeben: einige Bibelverse aus den Psalmen.

Als Billy die Verse lesen konnte, hatte Mr. Whittaker ihn mit einem strahlenden Lächeln und dem Wort belohnt, für das alle Jungen hart arbeiteten: *„Großartig!"* hatte er gesagt. „Eine *großartige* Leistung, Mr. Hogan!"

Mit geschlossenen Augen versuchte Billy, sich an die Worte zu erinnern, versuchte, sie sich vorzustellen, wie sie auf der gedruckten Seite gestanden hatten:

„Ja, du machst hell meine Leuchte; der Herr, mein Gott, macht meine Finsternis Licht ... auch Finsternis wäre nicht finster bei dir ... die Nacht leuchtet wie der Tag ... bei dir ist Finsternis wie das Licht ... "

Langsam öffnete Billy die Augen. Sein Herz klopfte nicht mehr ganz so wild, und er richtete sich auf. Schließlich — seine Stimme klang klar und stärker als vorher — sprach er wieder in die Dunkelheit: „Ich habe keine Angst, nein, ich fürchte mich nicht."

Mr. Whittaker hatte sie oft daran erinnert, daß Gott überall war, so daß diejenigen, die ihm angehörten, niemals von ihm verlassen waren. Er sah sie überall. „Selbst in der dunkelsten Nacht", hatte er einmal während der Probe zu einem Lied erklärt, „sieht er euch, ist er bei euch. Seine Liebe ist euch Schutz und Zuflucht sowohl bei Tag als auch in der Dunkelheit der Nacht."

Wenn das so war, dann war Gott hier, in dem Kellerverlies. Und die Dunkelheit würde Gott nichts ausmachen, überhaupt nichts. Er sah alles, was passierte, auch in der dunkelsten Ecke.

So hielt Billy seine Augen geschlossen und bat Gott, in der Dunkelheit dieser Nacht über ihm zu wachen. Und nach einiger Zeit hatte er wirklich keine Angst mehr, denn er spürte ganz deutlich, daß er nicht allein war.

21. Kapitel

Der Chatham Shelter

Vater im Himmel, gib uns auch heut' das täglich Brot;
(Gott hilf, daß wir leben möchten, trotz unsrer Not.)
Hülle uns in deine Güte ein;
(Gib uns zurück den Glauben rein.)
Unseren kranken Körper wir dir anbefehlen;
(O Gott, errette von Verzweiflung unsre Seelen.)
Beschirme uns bei Regen und Wind;
(Laß uns wieder lächeln lernen wie als Kind.)
Gib unsern Kindern gute Gaben;
(Doch was ist mit der Hoffnung, die für immer begraben?)
Vater im Himmel, mit unserem täglich Brot nicht säume —
(Wir bitten vielmehr, gib zurück uns unsre Träume!)

Autorin unbekannt

„Und was erwartet dich heute, Schatz?", fragte Michael. Stirnrunzelnd betrachtete er sich im Spiegel der Frisierkommode, während er versuchte, den obersten Knopf seines Hemdes zu schließen.

Sara, noch im Morgenmantel, kam ihm zu Hilfe. „Mein Tag wird vermutlich sehr ausgefüllt sein. Heute morgen will ich zuerst Nora besuchen und auf dem Rückweg in einer der Zufluchtsstätten für Frauen in der Bowery vorbeischauen. Helen hat mich gebeten, auszuhelfen, weil Emily Deshler erkrankt ist."

Er drehte sich um und legte seine Arme um ihre Taille, als sie den widerspenstigen Knopf besiegt hatte. „Welche der Einrichtungen ist es?"

„Ich glaube, der Shelter befindet sich in der Chatham Street."

Er zog eine Augenbraue nach oben. „Das Heim, dem Mathilda Crane vorsteht?"

„Ich glaube, ja. Warst du schon dort?" fragte sie, während sie sein Hemd glattstrich.

„Nein, aber ich kenne Miss Crane. Die Kommission hatte sie eingeladen, als wir mit der Arbeit unseres Ausschusses begonnen haben."

„So arbeitet sie in einem der Ausschüsse mit?"

Er schüttelte den Kopf. „Nein, der allgemeine Eindruck war, daß es . . . wohl etwas schwierig war, mit Miss Crane zusammenzuarbeiten." Er lächelte und zog Sara näher an sich heran. „Du solltest also lieber etwas vorsichtig sein", sagte er grinsend.

„Bei diesem Heim oder bei Miss Crane?"

„Ich glaube, Miss Crane ist das Heim. Ich hatte den Eindruck, daß sie ihre Arbeit sehr . . . äh . . . ernst nimmt. Ich glaube auch, daß sie sehr unduldsam gegenüber allem ist, was als Einmischung gedeutet werden könnte."

Sara schaute ihn an. „Ist sie wirklich so gefährlich?"

„Furchterregend", erklärte er, immer noch lächelnd. Er führte ihre Hand für einen Augenblick an seinen Mund. „Mit meiner Sara kann sie sich natürlich nicht messen. Trotzdem solltest du lieber vorsichtig sein. Du wirst doch hoffentlich nicht allein nach Brooklyn fahren?"

„Nein, Robert wird mich zur Fähre bringen und auch mit mir übersetzen."

Er verzog das Gesicht. „Robert ist inzwischen alt und wacklig geworden, Sara. Er bedeutet keinen großen Schutz für dich."

„Es wird alles in Ordnung gehen, Michael. Mach dir keine Sorgen."

Er schaute sie mißbilligend an, erwiderte jedoch nichts.

„Kommst du zum Abendessen nach Hause?"

„Nein, heute abend nicht. Ich habe um sieben eine Versammlung."

„In der Kommission?"

„Ja, wir nähern uns endlich dem Punkt, weswegen ich zusgestimmt habe, in der Kommission mitzuarbeiten."

Er wandte sich wieder zum Spiegel um, und Sara forschte in seinem Gesicht. „Du meinst die Verbrecherbosse?"

„Und die Schwindler, die für sie arbeiten, ja damit werden wir uns befassen."

„Ihr werdet wegen Patrick Walsh ermitteln?"

Er begegnete ihrem Blick im Spiegel. „Unter anderem."

„Michael . . . du weißt, wie gefährlich der Mann ist. Du wirst doch vorsichtig sein?"

Er fuhr mit einer Bürste durch sein Haar, dann wandte er sich wieder Sara zu. „Ich kann auch gefährlich werden, wenn es sein muß, Liebling. Du brauchst dir keine Sorgen zu machen."

„Er macht mir angst! Ich wünschte —"

Er faßte sie an den Schultern. „Was, Sara?"

Sie schaute ihm in die Augen. Sie wußte, daß die Härte, die ihr entgegenblickte, nicht ihr galt. „Ich wünschte, ... du würdest Walsh jemand anders überlassen."

Sein Kinn schob sich entschlossen nach vorn, als er sich abwandte, um seine Jacke anzuziehen. „Walsh gehört mir", sagte er kurz und in einem Ton, der keinen Widerspruch duldete. „Komm jetzt", sagte er, ihren Arm nehmend, „oder ich habe keine Zeit mehr zu frühstücken. Und du paßt lieber auf dich auf, anstatt dir Sorgen um mich zu machen. Du wirst alle deine Kraft brauchen, um der gefährlichen Miss Crane mutig gegenüberzutreten."

„Du meine Güte, Michael, du beschreibst die Frau ja wirklich so, als müßte man Angst vor ihr haben."

Er öffnete die Tür ihres Schlafzimmers, dann hielt er solange inne, um ihr einen Kuß auf die Wange zu geben. „Nun, sollte ich als dein Ehemann nicht sofort eine hitzige, leidenschaftliche Frau erkennen?"

* * *

Sara hatte gehofft, daß es Nora seit ihrem letzten Besuch inzwischen viel besser ginge, doch hatte sich ihr Zustand kaum verändert.

Obgleich das Baby gut zu gedeihen schien, sah es bei Nora ganz anders aus. Sie war noch viel zu dünn, beinahe so abgemagert wie damals, als sie nach Amerika gekommen war, krank und ausgezehrt durch die Hungersnot. Auch ihr Haar schien schneller zu ergrauen als normal. In Saras Augen sah Nora einfach krank aus.

Wenn man sie fragte, beharrte Nora jedoch stets darauf, daß sie sich „völlig wohl" fühlte.

„Ich bin vielleicht ein bißchen abgespannt", räumte sie ein. „Ein Baby kostet Arbeit, obwohl Teddy so lieb ist, daß ich ihn kaum merke."

Sara betrachtete die Freundin, die ihr gegenüber am Küchentisch saß. „Ich glaube, du könntest ein wenig Hilfe gebrauchen, Nora". schlug sie vor. „Wenigstens eine Zeitlang, bis du dich wieder stärker fühlst, und vor allem auch, weil Johanna ihren Unterricht bei Miss Summer wieder aufgenommen hat."

„Oh, ich komme gut zurecht, Sara — wirklich!" beharrte Nora. „Johanna ist abends zu Hause, und Tante Winnie kommt noch oft vorbei, um mir zu helfen."

„Doch du hast mir selbst erzählt, daß Johanna nur widerstrebend mit dem Baby zu helfen scheint", gab Sara zu bedenken. „Und Tante Winnie wird bald mit ihrem eigenen Haushalt alle Hände voll zu tun haben. Wenn Vater seine Pläne ausführt – und das tut er meistens – werden sie vor Ablauf dieses Jahres verheiratet sein."

Nora nickte und lächelte. „Tante Winnie ist echt aufgeblüht, nicht wahr? Ich finde es wunderschön für sie und deinen Vater."

„Ich freue mich auch riesig", pflichtete Sara ihr mit aufrichtiger Begeisterung bei. „Vater war lange genug allein, und Winifred ist einfach großartig. Ich glaube, sie werden sehr glücklich miteinander sein. Aber wechseln wir nicht das Thema. Versprich mir, daß du über eine Hilfe nachdenkst", drängte sie, Noras Hand auf der anderen Seite des Tischs drückend. „Falls es finanzielle Probleme geben sollte, so weißt du, daß es meinem Vater oder mir eine Freude wäre, euch auszuhelfen. Außerdem könnten wir eines der Mädchen, die tagsüber bei uns arbeiten, für einige Wochen zu euch schicken."

Nora hatte eine innere Stärke, eine stille Würde an sich, die durch ihr zurückhaltendes Wesen oft unbemerkt blieben. Doch jetzt trat sie unübersehbar hervor. „Du und dein Vater haben schon viel zuviel für uns getan, Sara", erklärte sie bestimmt. „Bitte glaube nicht, ich sei undankbar – es wäre nicht auszudenken, was ohne dich und deinen Vater aus uns geworden wäre. Evan und ich möchten jedoch jetzt selbständig unseren Weg gehen, verstehst du? Außerdem wird es für uns auch leichter werden, wenn Evan sein Geld aus England kommen lassen kann."

„Welches Geld aus England?" Über ihre Unverblümtheit entsetzt, hielt Sara inne. „Entschuldige bitte – das geht mich natürlich nichts an."

Nora wehrte ihre Entschuldigung ab. „Als Evan in London arbeitete, konnte er einige Ersparnisse zurücklegen. Aber nachdem er sich den Anweisungen seines Arbeitgebers widersetzt und uns geholfen hat, das Land zu verlassen, fürchtet er Vergeltung, wenn bekannt wird, wo er sich aufhält. Deswegen hat Evan bisher noch nicht versucht, Verbindung mit seiner Bank aufzunehmen."

„Aber könnte nicht Evans Vater das Geld für euch abheben und es euch schicken?"

Noras Blick trübte sich. „Evan hatte auch daran gedacht. Ja, er hat vor einigen Monaten seinem Vater deswegen geschrieben. Doch Evans Vaters ist zu schwach, um nach London reisen zu können."

Sara wollte Nora nicht weiter bedrängen, und so schwieg sie zu diesem Thema. Doch hatte sie sich längst vorgenommen, mit ihrem Vater über dieses Thema zu sprechen, sobald sich eine Gelegenheit ergab. Er erklärte immer wieder voller Stolz, daß er unmöglich ohne seinen englischen Assistenten auskommen könne, daß der Mann für ihn von unschätzbaren Wert war. Sara meinte, dies sei ein geeigneter Zeitpunkt, ihren Vater daran zu erinnern, wie wertvoll Evan für ihn war — und eine Gehaltserhöhung vorzuschlagen — eine großzügige Erhöhung. Vielleicht fiele es Nora dann leichter, sich nach einer Hilfe umzuschauen.

Inzwischen würde sie Nicholas Grafton bitten, einen Besuch bei ihnen zu machen. Das könnte unter dem Vorwand geschehen, nach Baby Teddy zu schauen, doch wenn er Nora sah, würde er gewiß darauf bestehen, auch *sie* zu untersuchen.

* * *

Wenn es etwas gab, das Quinn O'Shea verabscheute, über alle Maßen verabscheute, dann war es das Nähen. Solange sie zurückdenken konnte, hatte sie beim Nähen stets zwei linke Hände gehabt.

Obwohl sie ihren Verdacht niemals geäußert hatte, glaubte sie, daß ihre Ungeschicktheit beim Nähen mit der Sehkraft ihrer Augen im Zusammenhang stand. Das Nahsehen, wie man es für feine Stiche und zarte Muster brauchte, hatte ihr schon immer Probleme bereitet, weil alles vor ihren Augen zu verschwimmen schien.

Trotz ihrer Einwände gegenüber Miss Crane hatte Quinn beinahe die gesamte Zeit, die sie sich in dem Shelter aufhielt — und das waren beinahe drei Monate — über einem Stapel von Hemden gehockt und Knopflöcher und Manschetten genäht. Weil sie so ungeschickt im Umgang mit der Nadel war, waren ihre Finger inzwischen wund, und ihre Augen brannten und tränten unablässig.

Heute fand sie die Näharbeit ganz besonders anstrengend, denn es war wieder ein regnerischer Nachmittag, und in dem Zimmer war es trübe und grau. Ihr Magen krampfte sich vor Bitterkeit zusammen, als sie die Nadel in die Vorderseite des Hemdes stieß, an dem sie gerade gearbeitet hatte.

Sie hatte gehofft, etwas von den Damen zu erspähen, die heute den Shelter besuchten, um dabei vielleicht Mrs. Deshler wiederzusehen. Quinn glaubte mit ziemlicher Sicherheit in jener Julinacht in der Bowery einen Hauch von Freundlichkeit in den Augen dieser Frau entdeckt zu haben — eine Freundlichkeit, an die sie appellieren konnte, wenn sie die Möglichkeit hätte.

Irgendwie mußte sie die Wahrheit ans Licht bringen über diesen Ort, den sie *Shelter* — Zufluchtsort — nannten. Doch solange sie hier in dem freudlosen, engen Nähzimmer eingesperrt war, gab es kaum eine Chance, daß dies jemals geschah, gestand sie sich selbst verzweifelt ein. Die Damen der verschiedenen Missionsgesellschaften kamen nie bis in die dritte Etage.

Zweifellos gäbe es einige Fragen zu beantworten, wenn sie diesen Teil des Heims zu Gesicht bekämen. In dem engen Nähzimmer, das schon mit vier Frauen überfüllt gewesen wäre, waren acht Frauen zusammengepfercht — von denen zwei hochschwanger waren. Der Raum war nur von dem Licht von zwei Kerzen, die jeweils auf einer Seite des Zimmers flackerten, spärlich beleuchtet, und es war kalt und feucht hier an diesem trüben Septembertag.

Als sie in diese Frauenunterkunft gekommen war, hatte Miss Crane sie für die Küchenarbeit eingeteilt, was Quinn sehr recht war. Sie konnte schon immer gut kochen, und wenn Mrs. Cunnington, die Köchin, nicht so eine alte Schrulle gewesen wäre, hätte ihr die Arbeit sogar Spaß gemacht.

Am dritten Tag war diese Miss Crane mit dem strengen Gesicht in die Küche gekommen,hatte ihr die Arbeit dort verboten und sie stattdessen hoch in die Nähstube geschickt. Quinns Einwände hatte sie mit der kurzen Bemerkung abgetan: „Miss Cunnington ist über deinen Husten beunruhigt. Sie meint, es sei nicht gut, wenn jemand, der an Tuberkulose erkrankt ist, mit Speisen umgeht."

„*Tuberkulose?*" hatte Quinn geschrien. „Ich habe keine *Tuberkulose*, ich bin nur erkältet, das ist alles!"

Die Leiterin hatte ihr einen derart verächtlichen Blick zugeworfen, daß Quinn sich einen Augenblick tatsächlich so fühlte, als sei sie ansteckend krank. Nachdem sie ihre Fassung wiedergewonnen hatte, teilte sie Miss Crane mit, daß sie, weil sie ohnehin vorhatte, den Shelter am Ende der Woche zu verlassen, ebensogut gleich gehen könne.

Zu ihrem Erstaunen hatte Mathilda Crane sie belehrt, daß es „völlig ausgeschlossen" war, daß sie jetzt ging und daß sie solange bleiben müsse, bis sie ihre „Schulden bezahlt" hatte.

„*Schulden?* Welche Schulden?" fragte Quinn, über die Bemerkung der Frau völlig verwundert. „Ich habe keine Schulden!"

Die dünnen Lippen der hageren Frau verzogen sich zu einem spöttischen Lächeln. „Ganz im Gegenteil, Miss. Sie schulden uns zwei Tage Unterkunft und Verpflegung, ganz zu schweigen von der medizinischen Behandlung."

Erneut schäumte Quinn innerlich vor Wut, wenn sie an diese Auseinandersetzung dachte. Die *medizinische Behandlung*, von der Miss Crane gesprochen hatte, war nichts anderes als ein schwacher Tee mit ein paar Tropfen Kampfer. Sie hatte weder einen Arzt gesehen, noch irgendwelche Medikamente erhalten. Wirklich eine feine medizinische Behandlung!

Trotz dieser lächerlichen Forderungen war Quinn geblieben. Miss Cranes letzter Hieb war zu furchteinflößend, um ihn zu ignorieren.

„Mittellose Immigranten, die ihre Schulden nicht bezahlen können, kommen in *diesem* Land hinter Gitter, Miss. Entweder du bleibst einen ganzen Monat, oder ich übergebe dich den Behörden."

So war Quinn geblieben und hatte sich gezwungen, zu den schreienden Ungerechtikgeiten und der unfairen Behandlung, die ihr tagtäglich in diesem *Shelter* begegneten, zu schweigen. Entschlossen, „ihre Zeit abzudienen" und dann diesen Ort zu verlassen, hielt sie sich an die Regeln und arbeitete hart, ohne sich zu beklagen.

Doch als der Monat sich seinem Ende näherte, sagte man ihr, sie habe „neue Schulden", für die sie aufkommen müsse. Wieder drohte man ihr mit Gefängnishaft.

Quinn gab nicht so schnell auf. Die Aussicht, eingesperrt zu werden, gehörte jedoch zu den Dingen, die ihr angst machten. Nichts fürchtete sie so sehr, wie ins Gefängnis zu kommen.

Sie hatte Irland verlassen, um ihrer Inhaftierung zu entgehen. Es hatte keine Rolle gespielt, daß Millen Jupe sie erschlagen hätte, wenn sie ihn nicht erstochen hätte. Er wollte sie töten, das war die Wahrheit. Sie hatte nur in Notwehr gehandelt. Die Behörden hatten jedoch kein Wort der Verteidigung ihrerseits gelten lassen. In ihren Augen war sie nichts anderes als eine Dirne — eine Dirne und eine *Mörderin*. Sie wäre gewiß am Galgen gelandet, wenn man sie entdeckt hätte.

Sie konnte einfach den Gedanken nicht ertragen, einer Gefängniszelle entronnen zu sein, nur, um in einer anderen zu landen!

Und so war sie, Monate nach ihrer Ankunft, — wie auch die anderen Frauen im Shelter — noch immer in einer scheinbar ausweglosen Situation.

In der Zwischenzeit verabscheute sie Mathilda Crane so sehr, wie sie, außer Millen Jupe, noch nie im Leben einen Menschen gehaßt hatte. Ihre bitteren Gefühle gegenüber dieser Frau hatten bereits in jener ersten Nacht im Shelter zu schwären begonnen. Schon damals hatte Quinn gespürt, daß die anscheinend so tugendhafte Miss Crane für einen Menschen wie sie eher zu einem Feind als zu einem Freund werden könnte.

Die Zeit, stellte sie jetzt traurig fest, hatte gezeigt, daß ihre Gefühle sie nicht getäuscht hatten.

Wie sehr wünschte sie sich, von Anfang an auf ihre Gefühle gehört zu haben. Hätte sie damals die abscheuliche Wahrheit über den Chatham Shelter gewußt, hätte sie sich niemals von dem glattzüngigen Polizisten hierher schicken lassen.

Obgleich der Shelter jetzt ein elender, trübseliger Ort war, mußte das Haus einst das schöne Heim einer wohlhabenden holländischen Familie gewesen sein. Das lag jedoch schon viele Jahre zurück, und von dem einstigen Glanz war kaum noch etwas übriggeblieben. Die Wände waren verblichen, und die wenigen verbliebenen Möbel sahen abgenutzt und altmodisch aus. Für Quinn war dieses Haus ein trüber, ungastlicher Ort ohne jede persönliche Wärme, die es zu einem Zuhause werden lassen könnte. Tatsächlich schien sich der Shelter zuweilen kaum von dem Gefängnis zu unterscheiden, dem Quinn mit aller Entschlossenheit zu entrinnen versuchte.

Das erste, was von jeder der neuen Bewohnerinnen verlangt wurde, war, die eigene Kleidung abzugeben — einschließlich des Unterrocks, falls man einen besaß — und sie gegen ein häßliches, unförmiges braunes Kleid einzutauschen. „Wir achten hier auf eine praktische, bescheidene Kleidung", pflegte Miss Crane zu solchen Neuankömmlingen zu sagen, die auf ihrer eigenen Kleidung beharrten. „Wir stellen uns nicht der Welt gleich."

Der Shelter war eigentlich für Frauen gedacht, die in Not geraten waren, doch in Wirklichkeit waren die meisten Heimbewohnerinnen junge Mädchen, manche sogar Kinder von neun oder zehn Jahren. Andere kamen „in Schande", wie Miss Crane ihre Lage beschrieb: werdende Mütter, die nicht verheiratet waren und denen keine andere Wahl blieb, als in einer karitativen Einrichtung Zuflucht zu suchen.

Die wenigen reiferen Frauen, die hier lebten, arbeiteten außerhalb in Fabriken, während die jungen Mädchen saubermachen, kochen oder Heimarbeiten für die Hemdenfabrik ausführen mußten, um ihren Unterhalt zu verdienen. Keine der Frauen durfte auch nur einen noch so geringen Teil ihres Lohnes für sich behalten. Jede Woche mußten sie ihren Lohn bis auf den letzten Cent an Miss Crane aushändigen, um für „Unterkunft und Verpflegung" zu bezahlen, oder, im Fall der werdenden Mütter, um das Geld für „zu erwartende Kosten für medizinische Betreuung" zu sparen.

Selbst die schwangeren Mädchen arbeiteten bis zum Umfallen. Sie mußten alle bis zum Schlafengehen arbeiten, und am nächsten Morgen wurden sie längst vor Sonnenaufgang wieder geweckt.

Wenn ein Neuankömmling einmal zu protestieren wagte, wurde ihr —

wie auch Quinn – mit der sofortigen Übergabe an die Polizei und Gefängnis „zum Absitzen der Schulden" gedroht.

Mathilda Crane erinnerte ihre Schützlinge oft daran, daß „Müßiggang aller Laster Anfang sei" und zitierte außerdem immer wieder das Wort: „Wer nicht arbeitet, soll auch nicht essen."

Quinn wollte es scheinen, als tat die langnäsige Direktorin selbst kaum etwas, außer wenn sie mit einer Schar Damen aus einem Missionsverein durch das Gebäude fegte. Diese Damen kamen gewöhnlich von einer der großen Kirchen oben in der Stadt, und sie wollten sich davon überzeugen, welche Früchte ihre finanzielle Unterstützung trug. Allen Mädchen und Frauen wurde rechtzeitig eingeschärft, daß sie mit diesen Besuchern keine Gespräche führen und auf Fragen nur mit ja oder nein antworten durften.

Natürlich wurden nur wenige Fragen gestellt. Während der wenigen Male, wo Quinn Gelegenheit hatte, diesen Besucherinnen in den unteren Etagen des Hauses zu begegnen, war es ihr nicht entgangen, daß die meisten der feingekleideten Damen, während sie durch das Gebäude stolzierten, von der „Ordnung und Sauberkeit", die in dem Shelter herrschten, tief beeindruckt waren und wenig Interesse für die Heimbewohnerinnen selbst zeigten.

Natürlich war es hier sauber und ordentlich! Mathilda Crane schien von „Ordnung und Sauberkeit" regelrecht besessen zu sein. Wenn die Frau auch nur ein Stäubchen oder eine Fussel entdeckte, tat sie so, als hätte man eine Todsünde begangen!

Ach, sie war eine seltsame Frau, diese Mathilda Crane! Laut Ivy Meeks, der einen wirklich guten Freundin, die Quinn in dem Shelter gefunden hatte, war Mathilda Crane eine fromme Christin, eine ledige Frau, die das Heim seit etwa vier Jahren leitete. Sie war offensichtlich ein treues Mitglied einer kleinen Gemeinde, die sich in ihren Wohnungen trafen. Ihr Leiter war ein Mann, den sie „Bruder Willy" nannten. Er war ein großer, kräftiger Mann mit vollem, gelocktem, grauem Haar. Sein breiter Mund, in dem weiße Zähne blitzten, war oft zu einem Lächeln geformt, das sich jedoch, wie Quinn bemerkt hatte, nicht in seinen Augen widerspiegelte.

Während der Gottesdienste, die er in dem großen Aufenthaltsraum hielt, machte er einen sehr frommen Eindruck. Er betete mit lauter Stimme und weinte sogar, wenn er für die Seelen der „Verlorenen" betete. Zuerst wußte Quinn nicht, weshalb sie beim Anblick dieses Mannes stets erschauderte, bis sie entdeckte, daß etwas an seinem Blick ihr nur allzu vertraut war.

Sie kannte dieses Blitzen in den Augen von Millen Jupe. Es war der Blick eines Falken, der sich auf seine Beute stürzte.

Ivy teilte Quinns Zweifel in bezug auf Bruder Willy. Ja, Ivy und sie waren in vielen Dingen der gleichen Meinung. Hätte Quinn nicht diese neue Freundin gefunden, wäre sie gewiß unheimlich einsam gewesen, denn die meisten Frauen schienen entweder stumm und verbittert zu sein oder zu scheu, um eine enge Freundschaft zu schließen.

Ivy war ein Jahr jünger als Quinn – sechzehn – , und sie war mit ihrer Familie aus Pennsylvania nach New York City gekommen. Sie waren Bauern, hatte Ivy berichtet, die ihren Hof verloren hatten, als die Krankheit ihres jüngeren Bruders alle ihre Mittel aufgezehrt hatte. Trotz aller Bemühungen war der kleine Junge gestorben, und Ivys Vater hatte beschlossen, die Heimat zu verlassen und sich in der Stadt eine neue Arbeit zu suchen.

Einen Monat später war er an Grippe gestorben und hatte Ivy mit ihrer Mutter, die ein neues Baby erwartete, allein in der Stadt zurückgelassen. Auf Empfehlung eines Mitarbeiters der Straßenmission waren die beiden in den Shelter gekommen. Als ihre Mutter während der Geburt eines totgeborenen Kindes starb, sah Ivy keinen anderen Ausweg, als in dem Shelter zu bleiben.

Ivy war ein hübsches, lebhaftes Mädchen mit blondem Haar und einem fröhlichen Lächeln. Tagsüber arbeitete sie in einer Hemdenfabrik, und an den Abenden stahl sie sich, nachdem sie ihre Aufgaben im Shelter erledigt hatte, davon, um lesen zu üben. Ihr Vater hatte ihr das wenige, was er wußte, beigebracht, erzählte sie Quinn. „Doch ich werde noch mehr lernen, soviel wie möglich, um einen guten Eindruck zu erwecken, wenn ich mich um eine Stellung bewerbe."

Quinn sprach im allgemeinen wenig über sich selbst, doch als sie sah, wie sich das jüngere Mädchen Nacht für Nacht abmühte, bot sie ihr schließlich ihre Hilfe an.

„Ich kann etwas lesen", erklärte sie Ivy etwas bärbeißig. „Es würde mir nichts ausmachen, dich zu unterrichten."

Als sie die erste Zeit in dem Großen Haus angestellt war und ehe er gemein zu ihr geworden war, hatte Millen Jupe sie lesen gelehrt. Davon erzählte sie Ivy natürlich nichts, und sie verschwieg auch, wie sehr es ihre Augen anstrengte, die Wörter zu entziffern. Ivy war so dankbar wie ein Kind und so wißbegierig, daß Quinn ihr diese Freude um keinen Preis verderben wollte. Hatte das Mädchen nicht wenig genug, worüber sie sich freuen konnte?

Und ging es ihnen nicht allen so?

Quinn wünschte sich, Ivy wäre jetzt hier. Vielleicht hätten sie sich gegenseitig ermutigen können, sich nach unten zu schleichen.

Sie fühlte einen immer stärker werdenden Drang, *irgend etwas* zu unternehmen. Was war, wenn die verwitwete Mrs. Deshler sich in diesem Augenblick hier im Haus befand?

Ungeachtet der Folgen, die sich aus ihrem Verhalten ergeben könnten, schleuderte Quinn unvermittelt das Hemd, das auf ihrem Schoß lag, auf den wackligen Tisch am Fenster. Als sie zur Tür ging, blickte Marjorie Gleeson von ihrer Arbeit auf. „Wo willst du hin?"

„Mir ist übel", erwiderte sie, ohne innezuhalten.

Das war das erste, was ihr eingefallen war. Als sie jedoch zur Tür hinaus- und den düsteren Flur entlangeilte, fragte sie sich, ob aus ihrer Lüge nicht doch Wahrheit wurde. Die Tragweite ihres Schritts kam ihr voll zu Bewußtsein.

Ihr Magen krampfte sich zusammen, doch sie ging weiter. Unter ihr, auf dem Flur, waren gedämpfte Frauenstimmen zu hören. Quinn umklammerte das Geländer, atmete tief durch und begann die Treppe hinunterzugehen.

22. Kapitel

Die Zeit dazwischen

Unschuld und Schönheit
haben nur einen Feind: die Zeit ...

W.B. Yeats (1865-1939)

Spät am Nachmittag, als Sara längst gegangen war, wachte Nora erschrocken auf. Erschüttert stellte sie fest, daß sie tatsächlich während des Stillens fest eingeschlafen war. Der kleine Engel, ihr süßer Teddy, schlief zufrieden an ihrer Brust, doch der Gedanke, daß sie mit dem Baby ihm Arm – und aufrecht im Schaukelstuhl sitzend – so leicht einschlafen konnte, beunruhigte sie.

Vorsichtig, damit sie Teddy nicht weckte, knöpfte sie ihr Kleid zu und stand auf. Das Zimmer drehte sich vor ihren Augen, und sie mußte einen Moment innehalten, bevor sie das Baby über den Flur trug, um es in seine Wiege zu legen.

Teddy bewegte sich kaum, als sie ihn hinlegte. Einen Augenblick beugte sich Nora über die Wiege und betrachtete das kleine Wesen. Die zarte, vollkommene Schönheit ihres kleines Sohnes begeisterte sie stets von neuem. Sie freute sich an dem runden Gesichtchen mit den rosigen Wangen und der glatten Haut, den kleinen Händchen, die sich ihr so schnell entgegenstreckten, dem hellen Flaum, der sein Gesicht umgab.

Sie richtete sich auf und blickte sich im Zimmer um. Das hohe Ehebett sah mehr als einladend aus, und sie sehnte sich danach, sich hinzulegen, nur einen kurzen Augenblick. Doch sie mußte abwaschen, Windeln legen, das Abendessen vorbereiten –

Zeit – in den letzten Wochen schien sie einfach nicht mehr auszureichen. Auch die kleinsten Aufgaben strengten sie so sehr an, daß sie müde und matt war, ehe sie alle ihre Pflichten erledigen konnte.

Plötzlich wurde sie wieder, wie so oft in letzter Zeit, von Schwäche überfallen. Sie hatte Zeit, sagte sie sich. Sie würde ein kurzes Schläfchen halten, bevor Evan nach Hause kam. Das war alles, was sie brauchte ... nur ein bißchen Ruhe.

Als sie sich hinlegte, hatte sie das Gefühl, bis auf den Grund der

Matratze einzusinken, in ihren Ohren brauste es, als toste ein Meer durch ihren Kopf. Nur vage nahm sie den altvertrauten Schmerz wahr, der sich in ihrem Brustkorb ausbreitete. Schon bald war sie von der Dunkelheit eines friedvollen Schlafes umhüllt.

* * *

Sara stand da und gab sich den Anschein, als verfolge sie das Gespräch zwischen Mathilda Crane und einigen der Frauen ihrer Gruppe. In Wirklichkeit versuchte sie, ihre Gefühle gegenüber der Leiterin des Shelters zu ordnen.

Daß sie kaum jemals gegenüber irgend jemandem eine sofortige Abneigung verspürte, versuchte sie sich selbst davon zu überzeugen, daß *Abneigung* ein zu starkes Wort war. Trotzdem mußte sie zugeben, daß Miss Crane einen sehr negativen — einen schleierhaften — Eindruck auf sie machte.

Die Frau schien alles zu sein, was man von ihr erwarten konnte: tugendhaft, höflich, fromm — über jeden Vorwurf erhaben. Was das Heim betraf, so glaubte Sara, könnte es als Vorbild für ähnliche Einrichtungen in anderen Teilen der Stadt gelten. Tadellos sauber, sowohl das Haus als auch die gesamte Haushaltsführung beinahe streng geordnet, schien die Einrichtung — zumindest nach dem zu urteilen, was sie bisher gesehen hatten — der fähigen Leitung einer Frau zu unterstehen, die alle ihre Kraft dieser Aufgabe widmete. Die wenigen Heimbewohnerinnen, denen sie begegnet waren, — größtenteils junge Frauen — sahen gesund und gepflegt aus, obgleich Sara ihre braunen Einheitskleider erniedrigend fand. Die Düfte, die aus der Küche drangen, waren einladend, und die Tische im Speisesaal waren mit Anstaltsgeschirr guter Qualität gedeckt.

Obgleich überall der Eindruck entstand, daß alles im Heim in tadelloser Ordnung war, konnte Sara das Gefühl nicht abschütteln, daß irgend etwas nicht stimmte. Es war beinahe so, als glitte man mit den Fingern über die Oberfläche eines meisterhaften Gemäldes und spürte dabei, daß sich unmittelbar darunter ein ganz anderes Bild verbarg.

Noch beunruhigender war für Sara die Tatsache, daß Mathilda Crane ihr genau das gleiche Gefühl vermittelte.

Während sie zusah, wie die Leiterin mit den strengen Gesichtszügen die Fragen der Frauen beantwortete, fiel Sara auf, daß sie bisher etwas zu schnell und nach einem genauen Plan durch den Shelter geführt worden waren. Einige Räume — ganze Teile des Hauses — waren ohne Erklärung ausgespart geblieben. Von außen sah man deutlich, daß drei Etagen zu dem Shelter gehörten, doch hatte Miss Crane die dritte Etage mit keinem Wort erwähnt, sondern vielmehr den Rundgang bei den Schlafräumen in der zweiten Etage beendet und sie wieder nach unten geführt, um Fragen zu beantworten.

Sara wartete, bis Miss Crane auf Helen Prestons Nachfrage in bezug auf Nahrungsmittel und Medikamente geantwortet hatte, bevor sie selbst eine Frage vorbrachte. „Was befindet sich in der dritten Etage?" fragte sie, einen Schritt nach vorn tretend. „Sind dort ebenfalls Schlafräume?"

Mathilda Crane wandte sich ihr zu. Obgleich die Frau ihr nicht in die Augen sah, während sie ihre Frage beantwortete, fiel Sara auf, daß sie weiter in ihrer respektvollen Haltung verharrte, die sie während der gesamten Führung angenommen hatte.

„Nein, in der dritten Etage befinden sich Arbeitsräume für einige unserer Frauen sowie Räume für zusätzliche Vorräte."

„Oh, welche Arbeiten werden dort ausgeführt? Ich dachte, die meisten Frauen sind außerhalb des Shelters beschäftigt."

Saras Interesse war echt; es lag nicht in ihrer Absicht, unangenehme Fragen zu stellen. Die Verärgerung, die sich für einen Moment auf Mathilda Cranes Gesicht widerspiegelte, sagte jedoch deutlich, daß sie die Frage als unpassend empfand.

„Diejenigen, die nicht außerhalb des Shelters arbeiten können, führen Näh- und andere Akkordarbeiten aus."

Ihr Ton zeigte deutlich an, daß sie das Thema zu beenden wünschte.

Doch Sara ließ sich nicht so leicht abweisen. „Ich bin nicht sicher, ob ich Sie richtig verstanden habe. Warum können diese Frauen nicht anderswo arbeiten?"

Miss Crane schien große Mühe zu haben, ihre Fassung zu wahren. Sara wartete, der Frau in die Augen blickend.

„Eine Reihe der . . . Unglücklichen sind schwanger, und wir möchten nicht, daß sie ihren Zustand der Öffentlichkeit preisgeben." Die Lippen nicht mehr als ein Strich, fuhr die Leiterin fort: „Außerdem sind viele von ihnen irischer Herkunft und deshalb als Arbeitskräfte unerwünscht. Für sie ist es äußerst schwierig, außerhalb des Shelters eine Arbeitsstelle zu finden."

„Ja, davon habe ich gehört", erwiderte Sara sachlich.

Helen Preston, die neben ihr stand, räusperte sich. Zwei der anderen Frauen aus der Gruppe blickten peinlich berührt in Saras Richtung.

„Gewiß sind Ihnen auch die Schilder überall in der Stadt aufgefallen", fuhr Mathilda Crane fort. „Kein achtbares Unternehmen stellt Iren ein, so müssen wir alle Möglichkeiten ausschöpfen, damit sie hier im Heim ihren Unterhalt verdienen können."

„Ja", brachte Sara hervor, „das muß tatsächlich schwierig für sie ein."

Sich weiter in ihr Thema hineinsteigernd fuhr Mathilda Crane fort: „Ja, und man kann es den Geschäftsleuten kaum verübeln, nicht wahr? Die Iren sind nicht nur dumm, sondern oft auch krank. Und dann kann man ihnen natürlich nicht vertrauen. Sie haben einfach keine Moral." Sie seufzte. „Ich kann nicht begreifen, weshalb wir überhaupt zulassen, daß sie in unser Land kommen, mit ihrem Schmutz und ihren Krankheiten, mit ihrem gottlosen Wesen. In der Stadt wimmelt es bereits von ihnen, und immer noch kommen sie in Scharen."

Aus dem Augenwinkel heraus sah Sara, wie Helen Preston, die immer leicht gerötete Wangen hatte, puterrot wurde und auf ihrer Oberlippe Schweißtropfen erschienen.

Sara atmete tief durch, die eine Hand in die Hüfte gestemmt, während sie die andere an ihrer Seite zur Faust geballt hielt. „Wie überaus großzügig von Ihnen", stieß Sara hervor, „daß Sie diese Frauen trotz dieser Gefühle ihnen gegenüber bei sich aufnehmen."

Im selben Moment sah sie, wie Mathilda Cranes Augen noch oben schnellten und sie vor Zorn feuerrot wurde. Sara wandte sich um, dem Blick der Frau folgend.

Auf halber Treppe stand ein junges Mädchen. Ihre großen dunklen Augen waren beunruhigt und herausfordernd zugleich auf die Direktorin gerichtet.

Sara schaute von der einen zu der anderen, und der Ausdruck, den sie auf Mathilda Cranes Gesicht sah, ließ sie aufmerken. Sie war sicher, einen Riß in der Maske gesehen zu haben. Die erbitterte Wut, die sich auf dem Gesicht dieser Frau widerspiegelte, war nicht zu übersehen.

Miss Cranes Worte hallten wie Pistolenschüsse durch das Treppenhaus. „Was ist los, Miss?"

Sara hörte eine Welt von Verachtung in der Art, wie sie das Wort *Miss* hervorstieß. Einen Augenblick lang schien das Mädchen verunsichert, und Sara glaubte, sie würde sich einfach umdrehen und weglaufen. Doch dann kam sie mit erhobenem Kinn die Treppe herunter und blieb auf dem Treppenabsatz stehen.

„Mir war übel, deshalb wollte ich zur Krankenstation gehen, Madame."

Sie sprach mit einem starken irischen Akzent, und ihre Stimme klang erstaunlich fest. Sara musterte das Mädchen, das eine so unerwartet hef-

189

tige Reaktion bei Mathilda Cran hervorgerufen hatte. Sie kam zu dem Schluß, daß sie gewiß nicht krank aussah. Ihr Gesicht war auffallend: feine, und doch scharf gezeichnete Gesichtzüge, das Kinn entschlossen, beinahe kantig, der zarte Teint gelbbraun und glatt mit Ausnahme einiger weniger Sommersprossen, die auf ihrer Nase tanzten. Es war kein außergewöhlich hübsches Gesicht im herkömmlichen Sinn, doch hatte das Mädchen etwas einmalig Anziehendes an sich, das bei einem so jungen Menschen einfach faszinierend war.

Und sie war noch sehr jung, dessen war Sara sicher. Trotz der Aura von Stärke, die sie umgab, und der Klugheit, die aus ihren wunderschönen Augen leuchtete, bezweifelte Sara, daß das Mädchen älter als sechzehn oder höchstens siebzehn Jahre war.

Verwundert beobachtete Sara, wie das Mädchen die Besucher betrachtete, als suchte sie nach einem bekannten Gesicht.

„Du darfst zur Krankenstation gehen", erklärte Mathilda Crane. „Sobald es dir besser geht, kehrst du an deine Arbeit zurück."

Das Mädchen nickte zerstreut, während ihre Augen erneut von einem Gesicht zum anderen wanderten, als hoffte sie noch immer, in der Gruppe jemanden zu finden, den sie kannte.

„Ich sagte, du kannst gehen!" Der Ton der Leiterin hätte eine glühende Kohle erstarren lassen.

Sara wunderte sich über die Enttäuschung, die sie im Blick des Mädchens sah. Einen Moment begegneten sich ihre Blicke. Sara lächelte, und sie verspürte einen unerklärlichen Drang, mit dem Mädchen Kontakt aufzunehmen.

Die Augen des Mädchens schienen ihr etwas mitteilen zu wollen, und Sara reagierte ihren Gefühlen folgend. „Miss Crane? Wenn es der jungen Dame nichts ausmacht, so wären wir, glaube ich, alle an einem Bericht aus erster Hand von einer der Bewohnerinnnen des Shelters interessiert."

Die Leiterin wandte sich, – sehr langsam – zu ihr um, und Sara spürte den Groll, der ihr aus jenen kalten Augen entgegenschlug, wie einen Schlag. Sie trat tatsächlich einen Schritt zurück.

Nachdem sie sich wieder erholt hatte, brachte Sara ihre Bitte noch einmal vor, diesmal mit mehr Nachdruck, und fügte hinzu: „Vielleicht hat sie auch Vorschläge, wie unsere Gruppe die Bewohnerinnen des Shelters noch besser unterstützen kann."

Einige Frauen in der Gruppe murmelten ihre Zustimmung, und Sara widmete ihre Aufmerksamkeit dem Mädchen, das sie inzwischen mit offenkundiger Verwunderung betrachtete.

„Ein anderes Mal vielleicht", erwiderte Miss Crane, Sara einen selbstgefälligen Blick zuwerfend. „Wie Sie gehört haben, fühlt Miss O'Shea sich nicht wohl."

„Nur ein oder zwei Fragen", widersprach Sara, zu dem Mädchen gewandt. „Natürlich nur, wenn du dich dazu in der Lage fühlst."

Ihr voller Mund verzog sich zu einem schiefen Lächeln, als wollte sie zu verstehen geben, daß Sara richtig erkannt hatte, daß sie nicht krank war.

„Ja, Madame, fragen Sie, was immer Sie wollen."

Sara ging etwas näher auf sie zu. „Wie heißt du eigentlich?"

„Quinn O'Shea, Madame, Anna Quinn O'Shea, aber ich werde Quinn gerufen."

„Was für ein schöner Name. Du bist Irin, nicht wahr?"

Das kräftige, stolze Kinn schob sich noch weiter nach vorn „Jawohl."

„Mein Mann ist auch Ire", erklärte Sara freundlich, ihren Blick nur für den Bruchteil einer Sekunde auf Mathilda Crane gerichtet. Befriedigt stellte sie fest, wie die Frau sie voller Entsetzen und mit offenem Mund anstarrte.

Quinn O'Shea schaute Sara ungläubig an. „Ihr Mann ist — *Ire*, Madame?"

Sara nickte lächelnd. „Ich bin Mrs. Burke. Wie bist du hierher in den Shelter gekommen, Quinn?"

Das Mädchen betrachtete Sara, als wollte sie ergründen, wie aufrichtig ihre Frage gemeint war, ehe sie einen schnellen Blick auf Mathilda Crane warf. „Nun, ich bin in diesen Shelter gekommen, weil ich sonst keine Bleibe hatte. Ich hatte gerade das Schiff verlassen und wollte mir eine Stelle suchen, als diese beiden üblen —"

„Ein Polizist rettete Miss O'Shea vor einem Überfall in der Bowery", unterbrach Mathilda Crane. Er hat sie in unsere Obhut übergeben und uns gebeten, uns um sie zu kümmern."

Sara spürte die Spannung in dem Mädchen und stellte ihre Fragen noch behutsamer. „Wie lange bist du schon hier, Quinn?"

„Seit fast drei Monaten, Madame."

„So lange?" Sara zögerte. „Arbeitest du irgendwo hier in der Nähe?"

Das Mädchen schaute sie erstaunt an. „Warum?... Nein, Madame, ich arbeite hier im Haus, in der Nähstube."

„Sie war krank, als sie zu uns kam", warf Mathilda Crane sofort ein.

„Wir fürchteten, sie könnte an Tuberkulose erkrankt sein, und so teilten wir ihr eine Zeitlang nur leichte Aufgaben hier im Heim zu."

Quinn wurde rot, erwiderte jedoch nichts.

Sara forschte in ihrem Gesicht. „Und . . . bist du glücklich hier in dem Shelter, Quinn?"

In den wunderschönen Augen erschien ein Funke. „*Glücklich*, Madame?" murmelte sie, und ihr Blick sagte deutlich, daß Sara wohl nahezu verrückt sein mußte, um so eine Frage zu stellen.

Es entstand ein langes Schweigen. Unter diesem herausfordernden Blick unbehaglich, wußte Sara nicht sofort, was sie erwidern sollte.

Mathilda Crane mischte sich ein. „Wenn dir immer noch übel ist", erklärte sie in einem Ton, der mehr als deutlich erkennen ließ, daß sie dem Mädchen kein Wort geglaubt hatte, „dann schlage ich vor, du gehst zur Krankenstation."

Die Augen des Mädchens verweilten noch einen Augenblick auf Sara, bevor sie sich schließlich abwandte und den Flur entlang zu dem anderen Ende des Gebäudes ging.

Als sie ihr nachsah, den schmalen Rücken in dem häßlichen braunen Kleid steif und gerade haltend, spürte Sara plötzlich Mitleid – und Respekt – für dieses junge Mädchen in sich aufsteigen. Es drängte sie, mehr zu erfahren über Quinn O'Shea. Warum war sie schon so lange hier? Was war ihre Geschichte?

Unwillkürlich erschauderte Sara. Zweifellos hatte jede der Frauen und der Mädchen an diesem düsteren Ort ihre Geschichte, und Sara fragte sich, wie viele dieser Geschichten wohl aus zerbrochenen Träumen oder Leid und Elend gewebt waren.

Irgendwie wußte Sara, daß zu Quinn O'Sheas Geschichte beides gehörte.

23. Kapitel

Verschlossene Türen

Die Deckel des Buches habe ich geschlossen,
doch aus den Blättern die Vergangenheit sich stiehlt zurück,
mich heimzusuchen, wo ich auch steh, und unverdrossen
mir Hohn zu spotten mit unwiderbringlich verlorenem Glück.

C. Day-Lewis (1904-1972)

Während sie den Flur entlanglief, schäumte Quinn innerlich vor Wut über sich selbst. *Warum* hatte sie, da sie endlich die Möglichkeit hatte, zu reden — warum hatte sie geschwiegen?

Weil sie die Nerven verloren hatte, deshalb ...

Wären es nur nicht so viele gewesen! Vielleicht, wenn die Dame mit den freundlichen Augen und der warmen Stimme allein gewesen wäre ... und wenn Miss Crane nicht über jedem Wort gewacht hätte ...

Sie hätte sich selbst ohrfeigen mögen. Sie hätte weinen mögen. Diese einmalige Gelegenheit — und sie hatte sie versäumt! Und wer konnte sagen, wann und ob sie überhaupt jemals wieder so eine Chance hätte?

Sie war einfach überwältigt gewesen von den vielen Damen mit ihren feinen Hüten und prächtigen Kleidern — und sie selbst bloßgestellt in dem häßlichen braunen Kleid, in dem sie sich wie die Insassin eines Irrenhauses vorkam. *Und diese unmißverständliche Warnung in dem Blick von Mathilda Crane ...*

Als sie die geschlossene Tür der Krankenstation vor sich sah, zögerte Quinn, ehe sie langsam weiterging. Sie würde sich trotz allem dort vorstellen müssen, nachdem sie lächerlicherweise vorgegeben hatte, sich nicht wohl zu fühlen. Miss Crane hatte ihr natürlich keinen Augenblick geglaubt. Diese Frau war wirklich schwer zu täuschen. Trotzdem war es besser, das Spiel zu Ende zu spielen, obgleich sie wußte, daß von nun an für sie alles nur noch schwerer sein würde.

Kurz vor der Tür hielt sie inne. Tränen des Zorns und der Selbstverachtung brannten in ihren Augen, die sie zornig abwischte.

Wie sehr wünschte Quinn, sie wäre nie an diesen elenden Ort gekommen, hätte sich nie von Bobby Dempsey getrennt, und —

Sie hielt plötzlich inne. *Bobby!* Sie war so sehr mit ihrem eigenen Unglück beschäftigt gewesen, daß sie Bobby beinahe vergessen hatte, den lieben, freundlichen Bobby ... Gewiß machte er sich Sorgen um sie, zweifellos suchte er sie. Inzwischen hatte er bestimmt eine Arbeit im Hafen und ein wenig Geld. Jeden Tag könnte er sie finden und sie aus diesem *Gefängnis christlicher Nächstenliebe* befreien ...

Einen Augenblick lang wollte sie beten – für Bobby, für sich selbst, daß sie hier herauskam. Ein unaussprechlicher Schmerz übermannte sie, als ihr bewußt wurde, wie sehr sie den Trost und den Frieden vermißte, den sie in ihrer Kindheit durch Gebete erfahren hatte.

Der Schmerz wurde noch größer, als sie sich selbst sagte, daß jedes Gebet, das sie jetzt zu sprechen wagte, nicht mehr sein würde als ein hohles Echo, das von den Wänden ihres Herzens widerhallte. Denn für sie hatte sich die Tür zum Himmel seit langem geschlossen.

* * *

Als Evan in den Weg einbog, der zu ihrem Haus hinaufführte, war er überrascht, daß in dem kleinen Häuschen kein Licht brannte. Anstelle des warmen, gemütlichen Scheins, den er am Ende des Tages erwartet hatte, fand er das Haus dunkel vor. Anstatt von Nora mit einem Lächeln begrüßt zu werden, stieß er nur auf eine geschlossene Tür.

Im Haus angekommen, wurde ihm leicht unbehaglich zumute, besonders, als er Noras Namen rief und keine Antwort erhielt. Er schaute zuerst ins Wohnzimmer, dann ging er in Richtung der Küche.

Natürlich war es noch zu früh, als daß Daniel zu Hause sein könnte. Er verließ Dr. Graftons Praxis meist nicht vor sieben Uhr. Doch wo waren die anderen?

Voller Angst eilte er den dunklen Flur entlang in die Küche. Auch dort war niemand zu finden.

„Nora?" In der Tür ihres Schlafzimmers hielt er überrascht inne, als er sie, offensichtlich fest schlafend, im Bett liegen sah. Auf einem Stuhl zwischen dem Bett und der Wiege saß Johanna, als hielte sie Wacht. Das Schlafzimmer wurde allein von dem letzten Schein der Abenddämmerung erhellt, die durch das Fenster drang, und zusehends von der hereinbrechenden Dunkelheit verdrängt wurde.

Evan schaute in Richtung des Kinderbettchens, in dem das Baby hellwach dalag und fröhliche Laute von sich gab.

Johanna war sichtlich erleichtert, als sie Evan kommen sah. Sofort legte sie ihren Finger an die Lippen, um ihm zu bedeuten, daß Nora schlief. Stirnrunzelnd setzte er sich auf die Bettkante und nahm Noras Hand. Sie bewegte sich leicht, dann drehte sie sich wieder auf den Rücken. Die Augen öffnend, erschien sie für einen Moment völlig verwirrt. „Evan?" Sie griff sich mit der Hand an den Hals. „Warum bist du —" Sie hielt inne, zu Johanna und dem Baby schauend. „Wie spät ist es?"

Evan ließ ihre Hand los, um seine Taschenuhr hervorzuholen. Den Deckel öffnend, sagte er: „B-Beinahe sechs." Er beugte sich herab, um sie zu küssen. Als er sich wieder aufrichtete, glaubte er, ihre Augen seien leicht geschwollen. „Nora? Geht es dir gut?"

„Um *sechs*?" Sie stieß die Decke von ihren Beinen zurück und schwang sich aus dem Bett.

Evan sah, wie sie taumelte und stand auf, um sie zu halten. „Nora! Was ist los? Bist du krank?"

„Nein", behauptete sie, entschlossen den Kopf schüttelnd. „Ich bin nur zu schnell aufgestanden, das ist alles. Ich weiß nicht, was über mich gekommen ist, solange zu schlafen — mitten am Tag!"

„Du warst letzte Nacht noch lange mit Teddy wach", erinnerte sie Evan. „Ich freue mich, daß du ein w-wenig schlafen konntest." Sie immer noch am Arm haltend, forschte Evan in ihrem Gesicht. „Bist du ganz sicher, daß es dir gutgeht?"

Sie nickte und küßte ihn flüchtig auf die Wange. „Du hast nicht gewußt, daß du so eine lahme Frau heiratest, nicht wahr?" Sie ging zu Teddys Wiege, hielt jedoch inne, um Johanna über ihr Haar zu streichen. „Es war ganz prima von dir, *alannah*, mein Kind, bei mir und Teddy zu wachen, während ich geschlafen habe."

Nora nahm das Baby hoch und warf Evan einen verzweifelten Blick zu. „Ich habe noch nicht einmal begonnen, das Abendessen vorzubereiten! Oh Evan, es tut mir so leid; du hast den ganzen Tag gearbeitet —"

„Nora, *wirst* du aufhören, dir deswegen Sorgen zu machen!" Als er zu ihr ging, um ihr das Baby abzunehmen, erschrak er, wie erschöpft sie aussah, obwohl sie gerade erst geschlafen hatte. Nicht zum erstenmal wünschte er sich, sie könnten sich eine Haushalthilfe leisten, zumindest bis Teddy älter war. Sie erholte sich einfach nicht so, wie es sein müßte.

„Es wird uns bestimmt nichs schaden, wenn wir heute abend etwas später essen," erklärte er bestimmt, und dann fügte er hinzu: „Du gehst und bereitest das Essen zu, und ich kümmere mich um Teddy."

Sie zögerte immer noch. „Seine Windeln müssen gewechselt werden . . ."

„Ja, das sehe ich", erwiderte Evan trocken, immer noch lächelnd. „Johanna k-kann mir dabei helfen."

Er sah die Unsicherheit in Noras Blick, als sie das Zimmer verließ. Daß sich Johanna fortwährend weigerte, das Baby anzufassen, war für Nora und Evan ein Grund zur Besorgnis und Enttäuschung zugleich. Obwohl das Mädchen Nora wie immer bereitwillig bei allen anderen Arbeiten half, lehnte sie es ab, mit Teddy direkten Kontakt aufzunehmen. Sie paßte auf ihn auf, wenn er in seinem Bettchen lag, stand daneben und half beim Anziehen, doch sie weigerte sich hartnäckig, ihn aufzunehmen oder sonst irgendwie anzufassen.

Es war offensichtlich, daß sie fest entschlossen war, keine wirkliche Beziehung zu dem neuesten Familienmitglied aufzubauen. Evan hatte jedoch die Sehnsucht in ihrem Gesicht gesehen, als sie sich unbeobachtet glaubte – das unmißverständliche Verlangen, das Baby in ihren Armen zu halten.

Er glaubte, sie zu verstehen, und es tat ihm unendlich weh. Johanna gab sich noch immer die Schuld am Tod des kleinen Tom. Die ganze Familie hatte ihr Bestes getan, um das Mädchen davon zu überzeugen, daß es nicht ihre Schuld war, daß sie sich nicht die Verantwortung für das aufbürden durfte, was in Wirklichkeit ein tragischer Unfall war.

Doch da Johanna sich ihr Leben lang dafür verantwortlich gefühlt hatte, auf ihren kleinen Bruder aufzupassen, fürchtete Evan, daß sie sich, unabhängig von den äußeren Umständen, die zum Tod des Jungen geführt hatten, in jedem Fall selbst die Schuld geben würde. Obgleich inzwischen Monate vergangen waren, trauerte das Mädchen, sich selbst verurteilend, noch immer um ihren kleinen Bruder.

Ihr Verhalten Teddy gegenüber bestätigte das nur. Evan fragte sich, ob sie mit der Art, wie sie sich von dem Baby ... *distanzierte*, nicht auf ihre Weise mit ihren Gefühlen von Trauer und Schuld fertigzuwerden versuchte.

Er erkannte, daß sie vielleicht *Angst* davor haben könnte, auf Teddy aufzupassen. Vielleicht fürchtete sie einen weiteren Unfall, an dem sie, zumindest ihrer Meinung nach, wiederum schuld wäre. Johanna hatte schließlich ihre gesamte Familie verloren. War es nicht verständlich, daß sie sich vorübergehend weigerte, eine neue Beziehung einzugehen, vielleicht, um sich auf diese Weise vor neuer Trauer zu schützen?

Selbst Daniel, an den Johanna sich stets mit ihren Fragen und allem ihrem Kummer gewandt hatte, schien sie nicht mehr trösten zu können. Es war, als hätte sie hinter sich eine Tür geschlossen, die sie niemandem öffnete.

Er bemerkte sehr wohl, wie Johanna schweigend neben ihm stand, während er mit einer Hand unbeholfen versuchte, Teddys Windeln zu wechseln. Sie schickte sich an, ihm zu helfen, jedoch geflissentlich den Blick aus Teddys weit aufgerissenen Augen meidend.

Einen Augenblick drohte Evan von einer Woge des Mitleids für dieses Mädchen überwältigt zu werden. Mit ihren zwölf Jahren war sie beinahe selbst noch ein Kind, und sie lebte in einer stummen Welt, wo Trauer und Schuld unkontrolliert wuchern konnten. Er konnte sich kaum vorstellen, welch unsagbarer Schmerz ihr betrübtes Herz quälen mußte, und er fragte sich, wann das junge Herz unter dieser gewaltigen Last, die sie allein zu tragen versuchte, brechen würde.

* * *

Johanna versuchte, jeden direkten Blickkontakt mit Teddy zu vermeiden, während sie Onkel Evan half, seine Windeln zu wechseln. Obgleich das Baby ständig zu ihr aufschaute und sie anlächelte, tat sie so, als bemerkte sie es nicht. Und wenn ihre Hände schmerzlich danach verlangten, ihn aufzunehmen und an ihr Herz zu drücken, ballte sie sie einfach noch fester zur Faust.

Sie verstand nicht, weshalb jedesmal ein Strom voller Wärme durch ihren Körper zu fließen schien, wenn das Baby ihr seine kleinen Fäustchen entgegenstreckte, und sie ihr Bestes gab, um dies zu ignorieren. Doch manchmal ... wie jetzt ... wenn er so dalag und sie faszininiert anschaute, war das Verlangen, ihn in ihre Arme zu schließen so groß, daß sie kaum zu widerstehen vermochte.

Sie wußte, daß sie Tante Nora und Onkel Evan enttäuschte, weil sie das neue Baby nicht in ihre Arme nahm. Sie hatte die Blicke gesehen, die sie ausgetauscht hatten, als sie sich unbeobachtet glaubten.

Doch sie verstanden sie einfach nicht. Wie sollten sie das auch? Sie waren nicht dabei gewesen an jenem Tag, als man den kleinen Tom aus dem Teich getragen hatte, sein kleiner Körper schwach und leblos. Wie sollten sie dann verstehen, was sie in jenem Augenblick empfunden hatte ... was sie seitdem empfand?

Es war ihre Schuld, einzig und allein ihre Schuld. Hätte sie nicht die Geduld mit ihm und jegliches Zeitgefühl verloren, hätte sie ihn nicht einfach vergessen — oh, möge Gott ihr vergeben — sie hatte ihn *vergessen*, ihren eigenen kleinen Bruder!

Verstanden sie denn nicht, weshalb sie Teddy nicht in ihr Herz schließen konnte? Wußten sie nicht, daß wieder etwas Furchtbares geschehen könnte? Und wenn man sah, wie sie ihn liebten! Sie hatten ihr wegen des kleinen Tom verziehen — er war schließlich auch nicht ihr eigenes Kind — doch gewiß würden sie ihr *niemals* verzeihen, wenn ihrem Teddy etwas zustoßen würde! Genau wie sie *sich selbst* niemals vergeben konnte, den kleinen Tom nicht vor dem Ertrinken bewahrt zu haben.

Das war also ihre Strafe dafür, daß sie nicht auf ihren eigenen kleinen Bruder aufgepaßt hatte — und gleichzeitig eine Maßnahme, die garantierte, daß sie diesem kleinen Jungen kein Leid zufügte. Sie würde es sich nicht gestatten, irgendeine Bindung mit ihm einzugehen oder dem Gefühl der Liebe für ihn Raum zu geben.

Das tat jedoch furchtbar weh, denn eigentlich sehnte sie sich danach, seine große Schwester zu sein. Es wäre schön, wieder einen kleinen Bruder zu haben, mit dem sie spielen und auf den sie aufpassen konnte.

Vielleicht würde der Herr Jesus ihr verzeihen, wenn sie ihre Strafe verbüßte und von jetzt an nur noch verantwortlich handelte. Vielleicht würde sie sich am Ende auch selbst verzeihen und schließlich Verantwortung für den kleinen Teddy übernehmen.

Bis dahin würde Teddy aber gewiß keine große Schwester mehr brauchen — oder wollen.

* * *

An diesem Abend spät stand Sergeant Denny Price an seinem Schreibtisch im Polizeirevier, einige Berichte aus der vergangenen Woche überfliegend, als er plötzlich auf den Namen *Dempsey, B.* stieß. Dieser Name kam ihm irgendwie bekannt vor, doch fiel ihm der Zusammenhang nicht ein. Er las weiter, dann hielt er inne. Seine Augen wanderten auf der Seite zurück nach oben zu jenem Namen und dem dazugehörigen Bericht:

Dempsey, B. Hafenarbeiter — beim Verladen von Fracht durch Kopfverletzung tödlich verunglückt.

Während Denny stirnrunzelnd diese Eintragung las, kam ihm plötzlich wieder jenes irische Mädchen in den Sinn, das ihm vor einigen Monaten in der Bowery begegnet war, jenes eigenwillige junge Mädchen, das auf der Suche nach ihrem Freund war. Hieß ihr Freund nicht *Dempsey*?

Ja, das war es, *Bobby Dempsey* war sein Name. Das Mädchen hatte ihn eindringlich gebeten, er solle versuchen, diesen Bobby Dempsey zu finden, um ihm mitzuteilen, wo sie sich aufhielt. Er hatte ein oder zwei Tage lang nach dem Mann geforscht, als er jedoch keine Spur von ihm finden konnte, war die Sache in Vergessenheit geraten.

Höchstwahrscheinlich war dies der Bursche. Wirklich schade; das Mädchen hatte ausgesehen, als könne sie einen Freund gebrauchen.

Wie war doch ihr Name? In seinem Gedächtnis forschend, rieb er sein Kinn. *O'Shea*, dachte er. Jawohl, so hieß sie: *Quinn O'Shea*.

Armes Mädchen! Wer immer dieser Bobby Dempsey gewesen sein mochte, das Mädchen hatte ihn einen *Freund* genannt. Denny hoffte, daß Quinn O'Shea inzwischen einen anderen Freund gefunden hatte. War es nicht schon schlimm genug, als Ire fremd in Amerika zu sein – und noch dazu allein! Und was für ein winziges Ding sie war!

Vielleicht sollte er sie aufsuchen, um ihr die Nachricht zu überbringen. Aber wahrscheinlich war sie inzwischen nicht mehr in dem Shelter, und solche Einrichtungen führten selten Buch über den weiteren Aufenthalt ihrer ehemaligen Bewohner. Trotzdem würde er, wenn er das nächste Mal in der Bowery war, in dem Shelter vorbeischauen und sich erkundigen.

24. Kapitel

Den Drachen ins Auge fassen

Die Schwindsucht kennt kein Erbarmen
mit blauen Augen und goldenem Haar.

Richard D'Alton Williams (1822-1862)

Daniel Kavanagh mußte hart schlucken, während er mitfühlend zuhörte, wie Dr. Grafton sich mit Elisabeth Ward unterhielt, einer verwitweten jungen Mutter, die, an Schwindsucht erkrankt, offensichtlich langsam dahinsiechte.

Mrs. Ward mußte eine schöne Frau gewesen sein, bevor diese mörderische Krankheit sie gnadenlos ihrer Schönheit beraubt hatte. Sie hatte ein zartes, fein gezeichnetes Gesicht, große blaue Augen und volles blondes Haar. Man spürte, daß sie ein feinfühliges, edles Wesen hatte, doch ihr Körper war von der Krankheit bereits zugrunde gerichtet, die Haut trokken und fieberrot, ihre gebildete Stimme oft dünn und angestrengt.

Mrs. Ward kam nicht mehr regelmäßig, sondern nur noch gelegentlich zu der Sprechstunde in der Missionsstation. Gewöhnlich brachte sie ihr Baby, eine kleine Tochter, mit, doch heute hatte sie das Kind einer Nachbarin anvertraut. „Ich muß eine Angelegenheit in bezug auf die kleine Mary Elisabeth klären, die von Ihrer Antwort auf meine Frage abhängen wird", hatte sie Dr. Grafton erklärt. „Ich möchte Ihre Freundlichkeit nicht über Gebühr strapazieren, Herr Doktor, denn Sie haben schon sehr viel Ihrer Zeit und Kraft für mich geopfert. Ich muß jedoch in etwa wissen, wie lange ich noch zu leben habe, so daß ich vorher noch alles für meine kleine Tochter ordnen kann."

Sogar Dr. Grafton, der nach seinen eigenen Worten „alle Not und alles Elend, das es in dieser Stadt der zerbrochenen Herzen gibt", gesehen hatte, war von der Direktheit der Frau offensichtlich erschüttert.

Daniel war auch an jenem Tag mit in der Sprechstunde gewesen, als Elisabeth Ward Dr. Grafton ihre Geschichte anvertraut hatte. Sie war die Tochter eines wohlhabenden englischen Rechtsanwalts und hatte ihre Heimat und ihre Familie verlassen, um einen irischen Stallknecht zu heiraten, der auf ihrem Gut angestellt war. Ihre Mutter war zu der Zeit bereits verstorben, doch ihr Vater, der noch am Leben war, hatte sie völlig enterbt. Daniel erinnerte sich noch genau an ihren Blick, als sie zu Dr. Grafton gesagt hatte: „Für meinen Vater bin ich so gut wie tot."

Ihr Mann war offensichtlich nur wenige Wochen nach ihrer Ankunft in Amerika dem Typhus erlegen, und bald darauf wurde ihre Tochter — die jetzt dreizehn Monate alt war — geboren. Die junge Frau war gezwungen, in ihrer Wohnung eine Akkordarbeit aufzunehmen, doch verdiente sie nicht annähernd genug, um sowohl für die Miete als auch das tägliche Brot aufkommen zu können. Durch die Hilfe einer wohltätigen Organisation in der Mulberry Street hatten sie — gerade so — überlebt.

Inzwischen war die junge Mutter an Lungentuberkulose erkrankt, und die Krankheit zehrte sie unbarmherzig aus. Daniel hielt sie für eine sehr tapfere Frau, die auf ihren bevorstehenden Tod vorbereitet jedoch sehr um die Zukunft ihres Kindes besorgt zu sein schien.

„Wenn Sie Ihrem Vater schreiben", sagte Dr. Grafton gerade zu ihr, „wird er gewiß Erbarmen haben. Sie sagten doch, die kleine Mary Elisabeth sei sein einziges Enkelkind."

Mrs. Ward sah, unbeweglich auf einem geraden Holzstuhl sitzend, gefährlich zerbrechlich und sehr krank aus. „Ja", sagte sie und nickte traurig, „das stimmt. Und ich habe meinem Vater geschrieben, Herr Doktor — viele Male, doch hat er auf keinen meiner Briefe geantwortet. Mein Vater ist nicht herzlos, Dr. Grafton, nicht wirklich herzlos, aber er ist ein sehr eigenwilliger Mensch, und ich habe alle seine Hoffnungen für mich enttäuscht."

Dieser Gedanke schien sie sehr zu betrüben, und der Arzt legte sanft eine Hand auf ihre Schulter. „Kann ich Ihnen irgendwie helfen, Mrs. Ward? Kann ich irgend etwas für Sie tun?"

Daniel sah, wie die junge Witwe tief durchatmete, als wollte sie sich selbst beruhigen. „Sie können mir die Wahrheit sagen, Herr Doktor, bitte. Ich muß wissen, wie lange noch."

Dr. Grafton forschte einen Augenblick in ihrem Gesicht, dann richtete er sich auf. „Sie verstehen natürlich, daß ich Ihnen nur das sagen kann, was ich vermute. Kein Mensch wird es jemals genau wissen."

Daniel hatte seinen Arbeitgeber als einen weichherzigen, mitfühlenden Menschen kennengelernt, und so wußte er, wie schwer es für ihn sein mußte, auf diese Frage zu antworten.

Als Dr. Grafton schließlich zu sprechen begann, war seine Stimme leise, sein Ton beinahe entschuldigend. „Meiner Meinung nach ... können sie noch mit einigen Wochen rechnen, vielleicht sind es auch noch zwei Monate." Er hielt inne, und Daniel spürte den Kampf, der im Inneren dieses Mannes tobte. „Es tut mir so leid, Mrs. Ward, so unendlich leid."

Die junge Witwe nahm diese grausame Voraussage bemerkenswert gelassen auf. Sie hob den Kopf und es gelang ihr sogar ein schwaches Lächeln. „Vielen Dank, Herr Doktor, ich mußte es wissen. Und nun muß ich Sie noch um einen Gefallen bitten, außer aller Freundlichkeit, die sie mir bereits erwiesen haben.

Dr. Grafton wandte sich ihr zu. „Sie brauchen es mir nur zu sagen, mein Kind."

„Wie ich bereits sagte, habe ich niemals — nicht ein einziges Mal — Antwort auf meine Briefe erhalten. Ich glaube jedoch, wenn mein Vater einen Brief, von fremder Hand geschrieben, noch dazu von einem Arzt, erhielte, würde er ihn nicht einfach unbeachtet lassen. Ich weiß nicht, . . . ob es Ihnen sehr viel Umstände bereiten würde, ihm zu schreiben . . . nur ein paar kurze Zeilen, die meine Situation erklären, auch in bezug auf Mary Elisabeth. Vielleicht könnten Sie ihn bitten . . ." Sie hielt inne, die Hände über ihrem Gesicht zusammenschlagend. Zum erstenmal schien sie von der Hoffnungslosigkeit ihrer Situation überwältigt.

Daniel fürchtete, sie würde völlig zusammenbrechen. Einen Augenblick später blickte sie jedoch wieder auf und fuhr mit deutlicher Willensanstrengung fort, ihre Bitte vorzutragen. „Vielleicht könnten Sie ihn fragen, ob er Mary Elisabeth zu sich nehmen und großziehen würde. Nicht meinetwegen. Das erwarte ich nicht. Er wird mir nie verzeihen, wie ich ihn verletzt habe. Aber sie ist sein einziges Enkelkind — mein Bruder ist unverheiratet — und ich weiß, daß er Mary Elisabeth schon bald lieben würde, wenn er den ersten Schritt einmal getan hätte. Könnten Sie das bitte für mich tun, Dr. Grafton?"

„Natürlich werde ich das tun", erwiderte der Doktor leise. „Bevor Sie gehen, notiere ich mir die Adresse auf, und dann werde ich heute abend noch schreiben."

Nachdem Mrs. Ward gegangen war, standen sich Daniel und Dr. Grafton lange Zeit schweigend gegenüber. Schließlich seufzte der Doktor matt und erklärte: „Sie ist eine sehr mutige junge Frau, nicht wahr? Dinge wie diese werden einfach unbegreiflich bleiben. Ich muß zugeben, daß solche Patienten wie Elisabeth Ward meinen Glauben bis aufs äußerste auf die Probe stellen."

Daniel schaute ihn überrascht an. Es geschah selten, daß der Arzt über persönliche Empfindungen sprach.

Eine Zeitlang arbeiteten sie schweigend nebeneinander, Instrumente und andere Materialien einsammelnd, die sie in Dr. Graftons Arztkoffer verstauten.

„Mir scheint", bemerkte Dr. Grafton schließlich, „daß es einer übergroßen Barmherzigkeit Gottes bedarf, wenn ein Arzt nicht entweder grausam und hart oder völlig verrückt wird. Das Seltsame dabei ist, daß mein Glaube an die unendliche Güte Gottes in dem Verhältnis gewachsen zu sein scheint, wie ich im Laufe der Jahre mit Leid und Elend konfrontiert worden bin."

Daniel beschäftigten diese Worte des Arztes sehr. Fast täglich quälten ihn Zorn und unbeantwortete Fragen im Zusammenhang mit dem Unfall des kleinen Tom. Aus irgendwelchen Gründen konnte er diesen neuesten Schlag noch schwerer akzeptieren als die tragischen Todesfälle in seiner eigenen Familie.

Er fragte sich, ob das nicht teilweise mit Johanna zusammenhing. Der Tod ihres kleinen Bruders hatte sie zugrunde gerichtet, und sie fühlte sich noch immer genauso traurig und verlassen wie an dem Tag, als das Unglück geschah. Für Johanna, in ihrer stummen Welt isoliert lebend, war alles so viel schwerer. Es war qualvoll, ihren unstillbaren Kummer zu sehen, und dies schien Daniels Empörung stets von neuem zu entfachen.

Er schaute zu Dr. Grafton auf, in seinem Gesicht forschend. „Ich bin mir nicht sicher, Sie richtig verstanden zu haben, Sir."

Der Arzt schloß seinen Koffer, dann blickte er auf. „Ich glaube, es hat etwas damit zu tun, daß der Glaube eines Menschen nur wachsen kann, wenn er auf die Probe gestellt wird. Manche würden sagen, ein unbewährter Glaube ist gar kein Glaube." Er hielt inne, Daniel nachdenklich betrachtend. „Es ist schon eine Weile her, seitdem wir über *deine* Pläne auf medizinischem Gebiet gesprochen haben. Bist du immer noch entschlossen, Arzt werden?"

Daniel runzelte die Stirn. „Ich glaubte, fest entschlossen zu sein; ich hoffte in der Tat, nie einen anderen Beruf ausüben zu müssen. Ich ... muß jedoch zugeben, daß ich mir nicht mehr sicher bin. Im Augenblick kann ich ohnehin noch keine Pläne machen, denn zur Zeit werde ich noch zu Hause gebraucht."

Dr. Grafton nickte. „Es ist jedoch so, Daniel, daß du bald daran denken mußt, an eine Universität zu gehen. Ich habe dich in der Zwischenzeit fast alles gelehrt, was ich weiß."

Daniel vermied es, ihm in die Augen zu schauen. „Ich werde noch warten müssen. Außerdem ... bin ich ... bin ich nicht sicher, ob ich mich mein Leben lang mit Elend konfrontiert sehen möchte."

Wieder nickte der Arzt. „Gewiß wäre ich der letzte, der behauptete, das Leben als Arzt sei ein leichtes Leben. Für einige von uns ist dies jedoch das *einzig* mögliche Leben. Trotz allen Elends und aller Enttäuschungen, Daniel, ist es auch ein erfüllendes Leben." Er hielt inne, und für einen Augenblick schienen seine Gedanken in eine andere Welt zu wandern.

Daniel zögerte, bevor er hervorstieß: „Würden Sie es wieder tun, Sir? Wenn Sie Ihr Leben noch einmal von neuem beginnen könnten, würden Sie wieder Arzt werden?"

Dr. Grafton schaute ihn überrascht an. „Ja, Daniel, ich würde es wieder tun, ganz bestimmt." Er hielt einen Augenblick inne, bevor er fortfuhr: „Obwohl es eine Zeit gab, als junger Arzt, wo ich am liebsten aufgeben wollte."

Daniel blickte ihn erstaunt an, und Dr. Grafton nickte, während sein Gesicht einen beinahe schwermütigen Ausdruck annahm. „Ich habe im ersten Jahr ein halbes Dutzend Patienten verloren, drei von ihnen waren Kinder unter zwölf Jahren. Sie starben an tödlichen Krankheiten, und einer hatte einen furchtbaren Unfall. Ich glaubte, einfach nicht mehr weitermachen zu können, vorzugeben, ein Arzt zu sein, der heilen und helfen konnte, wo ich mir doch jeden Tag mehr wie ein Scharlatan vorkam! Alles Wissen, alles, was ich gelernt hatte — was war es, wenn es um Leben und Tod ging? Ich konnte nicht einmal einem kleinen Mädchen helfen, das an Scharlach erkrankt war — sie war erst drei Jahre alt und starb aufgrund von Komplikationen. Ich glaube, ich *hätte* tatsächlich aufgegeben, wäre nicht eine gewisse junge Frau gewesen — etwa in dem Alter von Elisabeth Ward."

Der Arzt ging zum Fenster und starrte in die Dunkelheit hinaus, die inzwischen hereingebrochen war, während er weiter erzählte. Er sprach leise, in einer Art zärtlicher Erinnerung, als sei Daniel überhaupt nicht anwesend. „Sie hieß Felicia, und sie war eine jener wunderbaren jungen Frauen, in deren Gegenwart einfach alles heller erscheint. Sie war reizend und lebhaft, hatte ein sonniges Gemüt — und sie war klein und zierlich, doch ihr Glaube war gewaltig. Jeder, der sie kannte, liebte sie, aus gutem Grund.

„Sie hatte gerade ihr zweites kleines Töchterchen zur Welt gebracht, als wir den Krebs entdeckten."

Daniel mußte schlucken. Er wußte bereits, daß er das Ende von Dr. Graftons Geschichte lieber nicht hören wollte, doch mußte er ihm einfach weiter zuhören.

„Es verging beinahe ein Jahr, bis sie starb. Kaum jemals habe ich ein so qualvolles, herzzerreißendes Sterben miterlebt wie bei ihr. Alle trauerten um sie. Selbst Christen, die für glaubensstark galten, fingen an, einen Gott zu hinterfragen, der eine Frau wie Felicia solche Qualen leiden ließ. Als es auf das Ende zuging, bedeutete es für den stärksten Mann eine harte Probe, nur in ihrem Zimmer zu sein. Es gab Zeiten, wo ich mich selbst in ihren Schmerz eingeschlossen, darin gefangen fühlte – so grausam war er. Es war unerträglich ... einfach unerträglich."

Er unterbrach sich, und Daniel sah, wie sich die Schultern des Arztes hoben, und er kräftig durchatmete. „Ich habe jedoch in dieser ganzen Zeit niemals erlebt, daß sie sich im Zorn gegen Gott aufgelehnt und ihn angeklagt hätte."

Er wandte sich um – und er sah plötzlich viel älter aus. Ein wehmütiger Schleier schien sein Gesicht zu bedecken. „Ich fürchte, das kann ich von mir nicht behaupten. Erbittert lehnte ich mich gegen Gott auf – und ich glaube, ein- oder zweimal habe ich Gott sogar bedroht. Ich betrachte mich als einen lebendigen Beweis seiner Gnade und Barmherzigkeit, denn er hätte mich für meine Gotteslästerung auf der Stelle töten können. Vielleicht hatte er Erbarmen mit mir, denn ich glaube, zu jenem Zeitpunkt war ich schon auf dem Weg, verrückt zu werden."

Der Arzt schwieg einen Moment, die Hände auf seinem Rücken gefaltet, schaute er zu dem Stuhl, auf dem vor kurzer Zeit Elisabeth Ward gesessen hatte.

Langsam nur richtete er seinen Blick wieder auf Daniel. „Felicia war meine Frau", sagte er still.

Daniel holte tief Luft, doch Dr. Grafton bedeutete ihm, daß er mit seiner Geschichte noch nicht am Ende war. „Einige Wochen nach ihrem Tod fand ich ihr Tagebuch, das sie bis zu der Zeit geführt hatte, da sie nicht mehr schreiben konnte. Es war ... eine Offenbarung. Trotz allen Leidens, trotz aller Qual hatte sie ... wunderschöne Dinge niedergeschrieben. Ihre Worte klangen beinahe wie ein Lobgesang. Seite für Seite stieß ich auf Überraschungen, neue Einsichten und Gefühle, die aus ihrem Herzen stammten ... aus ihrer Seele ... Dinge, die meine Vorstellung von Leid und Schmerz für immer verändert haben – und darüber, wo Gott ist, wenn wir leiden.

Sie schrieb darüber, wie der Herr sie bei der Hand hielt, sie über die Berge und durch die Täler des Schmerzes trug und ihr dabei wunderbare Dinge zeigte – aus der verheißenen Herrlichkeit. Aus allem, was sie geschrieben hatte, sprach diese unbegreifliche ... *Freude*. Selbst wenn sie direkt von den Schmerzen schrieb, schien diese Freude dazusein, irgendwo tief in ihrem Inneren an einem Ort, zu dem wir alle keinen Zugang hatten.

Eine Eintragung war direkt an mich gerichtet . . ." Seine Stimme versagte, und er wischte sich mit einer Hand über die Augen, ehe er fortfuhr.

„Sie erzählte mir, wie Gott zu ihr gekommen war, in ihr ‚Tal der Schmerzen‘, wie sie es nannte, wie er ganz nahe bei ihr war . . . näher als je zuvor in ihrem Leben . . . und sie in seine Arme genommen und durch alle Qual hindurchgetragen hatte."

Bewegt hatte Daniel jedes Wort aufgesaugt. Seine Mutter hatte nach Teddys Geburt von einer ähnlichen Erfahrung berichtet. Auch sie hatte davon gesprochen, wie der Herr sie durch die Schmerzen hindurch − „getragen" hatte.

Dr. Grafton sah grau und ausgezehrt aus, doch aus seinen Augen strahlte ein wundervoller Glanz, als er fortfuhr. „Felicia hatte offenbar in ihrem Leiden eine Art . . . *Herrlichkeit* . . . entdeckt. Bis heute kann ich kaum begreifen, was sie erfahren haben muß. Doch ihre Worte haben mir eine Hoffnung vermittelt, die mich wahrscheinlich zu einem besseren Arzt werden ließ, als ich es sonst gewesen wäre."

Er schaute Daniel an. „Mein Eindruck ist, daß aus dir ein guter, ein sehr guter Arzt werden kann, und ich hoffe sehr, daß du deinen Traum weiterverfolgst. Ich möchte dir jedoch folgenden Rat geben, wenn du das von mir annehmen möchtest, in der Hoffnung, daß es deinen späteren Weg ein wenig erleichtern könnte. Als Arzt wirst du mit furchtbaren, mit grausamen, herzzerreißenden Dingen konfrontiert werden. Jetzt ist es an der Zeit, der Wirklichkeit ins Augen zu sehen, nicht erst, wenn der Kampf der Gefühle in dir zu toben begonnen hat. Sieh dem Drachen jetzt ins Auge und entscheide dich, wie du mit ihm verfahren willst. Du mußt dich entscheiden, ob du Gott für alle Grausamkeiten, die das Leben gewiß bringen wird, verantwortlich machen willst − oder ob du Gott vertrauen und deinen Weg tapfer weitergehen willst.

Denn ich meine, Daniel, und bin davon überzeugt, daß das, was du von dem Großen Arzt und seinem Wirken in unserem armen Menschenleben glaubst, wirklich glaubst, ausschlaggebend sein wird dafür, was für ein Arzt − was für ein Mensch − du schließlich sein wirst."

Daniel stand da, den Mann anstarrend, den er bewunderte, dem er vertraute und in dessen Fußtapfen er zu treten hoffte. Er war nicht fähig zu sprechen, so gewaltig war der Ansturm seiner Gefühle, während die Gedanken in seinem Kopf in verschiedene Richtungen stürmten.

Doch er war beinahe zu Tränen gerührt vor Dankbarkeit, denn er wußte, daß er heute, da Nicholas Grafton ihm gestattet hatte, einen Blick in sein Herz zu werfen, den Drachen bereits ins Auge gefaßt − und seine Wahl getroffen hatte.

25. Kapitel

Das Bildnis einer Frau

Die Gewißheit, diese junge Dame selbst zu sehen,
den Liebreiz ihres jungen Frauseins
mit der Glut meiner Jugend zu schauen,
erstaunt und verblüfft mich,
scheint mehr, als ich zu ertragen vermag.

W.B. Yeats

Dublin
Ende Oktober

„Dieses Kind scheint viel mehr Zeit im Schlafzimmer seiner Mutter als in seinem Kinderzimmer zu verbringen", stellte Lucy gutmütig fest, während sie zusah, wie Finola den kleinen Gabriel in ihrem Schoß wiegte. „Ich glaube, er wird das eine Zimmer nicht von dem anderen unterscheiden können."

Im Schaukelstuhl neben dem Fenster sitzend, streichelte Finola über das goldene Köpfchen, das an ihre Brust geschmiegt lag, und lächelte zu ihrem Sohn herab. „Ich bin der Meinung, er ist noch viel zu klein für dieses große, zugige Zimmer — obwohl es ein großartiges Kinderzimmer ist", fügte sie hinzu. „Außerdem wird er bald wieder Hunger haben, so behalte ich ihn gleich hier."

Noch einen Augenblick betrachtete Lucy die beiden. „Dann werde ich die Windeln in die Wäsche bringen. Soll ich dir irgend etwas aus der Küche mitbringen, wenn ich zurückkomme?"

Finola schüttelte den Kopf. „Ich bin ohnehin schon viel zu rund geworden."

„Hört nur dieses Mädchen an!" rief Lucy, die Hände in die Hüften gestemmt. „Zum erstenmal, solange ich mich erinnern kann, hat sie ein wenig Fleisch auf den Knochen, und schon fängt sie an, sich zu beklagen!"

Finola lachte sie an. „Trotzdem, ich brauche nichts aus der Küche."

Nachdem Lucy das Zimmer verlassen hatte, stillte Finola glücklich und zufrieden ihr Baby. Wie sie diese Zeiten der stillen Vertrautheit mit ihrem Sohn genoß – und wie sehr sie ihn liebte!

Alle im Haus waren von ihrem goldenen Kind entzückt – außer Artegal. Für den griesgrämigen Diener schien selbst ein so süßes Baby nichts anderes als eine Last zu sein.

Doch alle anderen liebten den jungen Erben von Nelson Hall über alle Maßen. Seine große Schwester, Annie, konnte nicht an ihm vorübergehen, ohne ihn zu streicheln oder zu küssen. Auch nahm sie ihn so oft auf den Arm, daß Lucy zu schimpfen begonnen hatte: „Das arme Baby! Es wird restlos verzogen!"

Schwester Louisa hatte jedoch erklärt, daß man keine Angst haben müsse, ein so süßes, fröhliches Baby zu verwöhnen. „Er wird spüren, daß man ihn liebt. Was sollte daran schlecht sein? Seht nur, wie gut er sich entwickelt! Das Kind ist ein Engel!"

„Siehst du, mein Liebling, du hast dir einen ganzen Schatz von Herzen erobert!" Mit zärtlichen Worten erzählte Finola ihrem Sohn immer wieder, wie wichtig er ihr und der ganzen Familie in Nelson Hall war. Sie führte oft lange Gespräche mit ihrem Sohn, wenn sie allein waren. Sie sprach mit ihm über die Ereignisse des Tages, über Entscheidungen, die getroffen werden mußten, und er rieb dann seine kleinen Händchen an ihrem Hals, als würde er antworten.

Doch in Augenblicken wie diesen schienen Worte einfach nicht auszureichen! Ihr Herz drohte vor Freude zu zerspringen darüber, Mutter, *Gabriels* Mutter, zu sein. Unwillkürlich stieg ein Lied in ihr auf, ein einfaches, fröhliches Kinderlied.

Sie stellte fest, daß sie in letzter Zeit oft sang, wenn auch nur im stillen. In ihrem Herzen sang sie Wiegenlieder für Gabriel, schickte Loblieder zu dem gnädigen Gott empor ... und sie sang, scheu zwar, geheime Liebeslieder für Morgan.

Erst jetzt wurde ihr bewußt, daß sie das lustige kleine Kinderlied *laut* gesungen hatte! Über sich selbst überrascht, sang sie weiter, hocherfreut, wie einfach es zu sein schien.

Die Worte schienen förmlich aus ihrem Mund zu tanzen. Irische Worte, fröhlich und unbeschwert. Sie kamen so leicht über ihre Lippen, sprudelten wie klares Wasser aus einer Quelle hervor. Und sie brachten genau das zum Ausdruck, was sie heute abend fühlte.

Baby Gabriel schien ihr Lied offensichtlich zu gefallen. Er saugte begierig, mit seiner Hand ihren Daumen umklammernd, während sie zu singen fortfuhr.

* * *

Als er jemanden singen hörte, hielt Morgan mit seinem Rollstuhl überrascht vor Finolas Tür, die einen Spaltbreit offenstand, inne. Er erkannte
das fröhliche Kinderlied sofort, und einen Moment später stellte er mit
Erstaunen fest, daß *Finola* dieses Lied sang!
Was für eine Stimme für eine so scheue, zerbrechliche junge Frau!
Er hatte ihre Stimme schon immer bewundert, wenn sie sprach: so rein
und klar, so weich und rhytmisch, wie ein sanfter, klarer Wasserfall.
Doch dies hier ... dies war eine Stimme, die die Berge von Mayo erklim-
men, dem Herzen Flügel verleihen konnte, um sich bis zur Sonne
emporzuschwingen. Dies war eine Stimme, die man nie mehr vergaß!
Und diese Stimme war außerdem sehr gut *ausgebildet*, erkannte Morgan plötzlich. Außer dem wunderbaren Ton fiel ihm jetzt auch die tech-
nische Perfektion auf, mit der sie ihre Stimme beherrschte, was selbst bei
diesem einfachen Kinderlied nicht verborgen blieb. Das war nicht einfach
eine schöne, fröhliche Mädchenstimme, sondern vielmehr ein meister-
haft geschultes Werkzeug, so schön, so voll, so wundersam.
Plötzlich begriff Morgan. Natürlich! Warum hatte er es nicht schon
früher erkannt! Ihre Liebe zur Musik, die Art, wie ihre Kehle in den
Tagen, bevor sie ihre Stimme wiedererlangt hatte, Lieder zu liebkosen,
sie in sich aufzusaugen schien, und später, als sie schließlich wieder zu
sprechen begonnen hatte, der sanfte, fließende Rhythmus ihrer Worte —
er hätte es längst wissen müssen!
Irgendwann ... irgendwo, in der dunklen Kammer ihrer unbekannten
Vergangenheit, war Finolas Stimme ausgebildet worden. Jemand hatte
sie gelehrt, wie sie dieses wunderbare Instrument mit höchster Vollkommenheit gebrauchen konnte.
Die Tür zu ihrem Schlafzimmer stand einen Spaltbreit offen, und Morgan drehte seinen Rollstuhl so, daß er hineinschauen konnte. Im
gedämpften Licht einer Kerze saß sie, mit dem Rücken zu ihm gewandt,
am Fenster, den Kopf tief über das Kind gebeugt. Sie sang für Gabriel,
leise, zärtlich, liebkosend — eine Mutter, die ihrem Kind ein Wiegenlied
sang.
Morgan erkannte an ihrer Haltung, daß sie Gabriel stillte, und einen
Augenblick genierte er sich, kam er sich beinahe wie Voyeur vor. Doch
das Unbehagen verschwand so schnell, wie es gekommen war, und er
gestattete sich das Vergnügen, zuzuschauen, wie sie, ihren goldenen
Kopf über ihr Kind gebeugt, zärtliche Liebeslieder für ihren Sohn sang.

Während er diesen Anblick genoß, glaubte er, sein Herz würde zerschmelzen, und vor seinen Augen verschwamm alles, als er plötzlich etwas anderes ... etwas Neues an ihr zu entdecken schien. Zum erstenmal sah er in Finola mehr als das reizende, rätselhafte Mädchen mit dem verwundeten Blick, für das er eine große Liebe hegte, die sie beschützen wollte. Er sah sie als eine unendlich reizende, reife junge Frau. Eine Frau, eine Mutter ... und seine Ehefrau. In seinem Haus, unter seinen Augen ... war Finola unmerklich von einem Mädchen zu einer Frau geworden. Welches Wunder!

Die beiden waren so herrlich anzusehen, daß er sich wünschte, diese Szene in einem Bild festhalten zu können.

Der Gedanke an ein Bild reizte ihn plötzlich, schien ihn nicht mehr loslassen zu wollen, als ob damit noch etwas verbunden sei, das er noch nicht wußte, etwas ganz Wesentliches ...

Der Gedanke war ihm so plötzlich gekommen, daß er beinahe laut nach Luft geschnappt hätte. Wenn er ein Porträt von Finola an Frank Cassidy schicken könnte, würde ihm das sicher für seine Nachforschungen von Nutzen sein. Cassidy hatte bei seiner Suche nach Finolas Herkunft bisher nichts als Enttäuschungen erlebt. Jeder Spur, die zu ihrer Familie führen sollte, hatte sich als unbrauchbar erwiesen.

Doch wenn er ein Bild von Finola hätte — dann wäre es gewiß leichter! Und selbst wenn er ihre Familie nicht auffinden konnte, mußte es noch andere geben — andere, die dieses unvergeßliche Gesicht wiedererkannten. Wenn es stimmte, daß ihre Stimme ausgebildet worden war, dann mußte es irgendwo einen Lehrer geben, der ihr Unterricht erteilt hatte.

Er brauchte ein Bild von ihr, und zwar so bald wie möglich!

Doch es *gab* kein Bild von ihr, außer dem großen Familienbild, das Schwester Louisa als Hochzeitsgeschenk für sie gemalt hatte ...

Schwester Louisa! Morgan machte in seinem Rollstuhl kehrt und rollte eilig den Flur entlang zum Zimmer der Nonne, wobei er beinahe gegen ihre Tür stieß, als er anhalten wollte.

* * *

„Ein Porträt von Finola?" Schwester Louisa starrte den *Seanchai* an, der aufgeregt und mit erwartungsvollem Gesicht mit seinem Rollstuhl in ihrer Tür stand. „Nun, ... ja, ich glaube schon, daß ich es könnte, aber —"

„Ich brauche es so bald wie möglich, verstehen Sie?"

Schwester Louisa war erschrocken, als es so heftig an ihrer Tür klopfte, und noch mehr, als sie sah, daß es der *Seanchai* war, der leicht ungeduldig, mit feurig glühenden Augen vor ihr saß.

Zuerst glaubte sie, es handelte sich um Finola und das Kind oder um Annie. Angst hatte sie ergriffen, doch der *Seanchai* hatte sie schnell beruhigt, daß alles in Ordnung sei. „Ich würde Sie jedoch gern um einen Gefallen bitten, Schwester, wenn Sie gestatten."

Auch als er seine Bitte vorgetragen hatte, schien er noch immer ziemlich erregt. Die Dringlichkeit, die aus seinen Worten sprach, machte Schwester Louisa nicht wenig neugierig. Doch schien er keine weiteren Erklärungen abgeben zu wollen.

„Ich glaube nicht, daß es sehr lange dauern würde." Sie hielt inne, immer noch auf eine Erklärung hoffend. „Soll es eine Überraschung werden?" fragte sie. „Soll ich Finola nichts davon sagen?"

„Ja, es wäre gut, wenn sie nichts davon erführe. Es braucht nicht allzugroß zu sein, Schwester, solange es ein naturgetreues Abbild Finolas ist ... und nicht zu lange dauert."

Schwester Louisa nickte. Noch immer über sein Verhalten verwirrt, schaute sie ihm nach, wie er den Flur entlang zu seinem Schlafzimmer rollte.

Der *Seanchai* konnte tatsächlich zuweilen sehr seltsam sein, auf ganz reizende Art und Weise.

Schwester Louisa schloß die Tür und ging zu der kleinen Staffelei, die Sandemon als Geschenk für sie angefertigt hatte. Sie legte ein neues Blatt Zeichenpapier auf und binnen weniger Augenblicke war der Anfang gemacht für ein ihrer Meinung nach attraktives — und sehr wirklichkeitsgetreues — Porträt Finola Fitzgeralds.

26. Kapitel

Der Dieb in der Nacht

Oh, der du, ungebeten, wie ein Dieb in der Nacht,
von neuem zu zerstören kommst geeilt!
Die Freude zu ersticken, die gerade neu erwacht ...
Alte Wunden aufzubrechen, die kaum geheilt ...

John Keegan (1809-1849)
(Opfer der Choleraepidemie in Dublin im Jahre 1849)

Es war einer jener klaren, verzauberten Herbstabende, die zum Musizieren und Feiern geradezu geschaffen schienen. Im Lager der Zigeuner gab es stets genug von beidem.

Die Wohnwagen der Roma hätten ebensogut auf einer Wiese mitten auf dem Land anstatt am Rande eines Slums von Dublin stehen können, so wenig kümmerte sich das fahrende Volk um die anderen Menschen in ihrer Umgebung. Etwa ein halbes Dutzend bemalter Wagen war in Form eines Halbkreises so aufgestellt, daß sie nach außen eine gewisse Begrenzung darstellten. In ihrem Lager jauchzten und spielten die Kinder bis spät abends im Freien, und sie wurden erst zurechtgewiesen, wenn ihre Eltern den Lärm nicht mehr ertragen konnten. Die Männer tranken und musizierten bis spät in die Nacht, bis sie entweder an ihren erlöschenden Lagerfeuern einschliefen, oder das Wetter kalt genug wurde, um sie in ihre Wagen zu treiben.

Wenn andere Bewohner der Liberties sich über den Lärm beschwerten, dann meist nur im stillen, vor sich selbst. Zu dem Lager der Roma zu gehen, um eine Beschwerde vorzubringen – und wäre sie noch so berechtigt – war beinahe tollkühn. Und für einen Bewohner eines so berüchtigten, von Verbrechen regierten Slums, wäre es noch tollkühner, eine Beschwerde vor Gericht zu bringen.

Jedermann wußte, daß die Zigeuner mit ihrer Rache nicht säumen würden. So war es das Klügste, sie aus der Ferne zu tolerieren.

Ungeachtet der Kälte, die mit dem Abendwind herüberwehte, und des Lärms, der in dem Lager herrschte, lag Tierney Burke, auf einen Ellenbogen gestützt, am Lagerfeuer. Zwar fühlte er sich müde und träge, doch

212

gleichzeitig über die Maßen glücklich und zufrieden. Der billige Wein, den er seit mehr als einer Stunde getrunken hatte, hatte sein Blut träge gemacht, und die Feststimmung im Lager der Roma hatte ihn in eine Art schläfrige Euphorie versetzt.

Ihm gegenüber, auf einem Stein hockend, saß Jan Martova und pflegte ein Pferdegeschirr. Jede Familie hatte ihr eigenes Lagerfeuer, obgleich man sich oft zueinandergesellte. Im Augenblick waren Tierney und Jan allein am Lagerfeuer zurückgeblieben, während der ältere Bruder Jan Martovas und andere Verwandte sich um die Pferde kümmerten.

Am anderen Ende des Lagers spielte jemand leise auf einer Ziehharmonika, und draußen, am Rand des Lagers, stimmten die Zigeunerhunde – wilde, grimmige Tiere, die bei jedem Atemzug zu knurren schienen – ein unheimliches Jaulen an, als wollten sie auf die Musik antworten. Zwischen den Wagen rannten Kinder umher, schreiend und lachend in ihr Spiel vertieft.

Tierney war kein Fremder mehr in diesem Lager. Heute abend war es ihm zum drittenmal gelungen, sich aus Nelson Hall davonzustehlen, um die Zigeuner zu besuchen. Obwohl die Choleraepidemie schon lange abgeklungen war, hatte Morgan sein Verbot, nach Dublin zu gehen, noch nicht aufgehoben. Er machte keinerlei Ausnahmen, nicht einmal, als Annie darum gebeten hatte, bei der Parade der Königin in Dublin zuschauen zu dürfen.

Was Annie nicht wußte, war, daß er sich heimlich davongeschlichen hatte, um sich die königliche Prozession anzuschauen. Es war genauso, wie er es erwartet hatte: von der „Kleinen Königin" war nicht viel zu sehen, ebensowenig von den anderen Mitgliedern der königlichen Familie. Für ihn war der ganze Aufzug einfach widerlich und abscheulich verschwenderisch. Und noch schlimmer fand er die Toren von Dublin, die die Straßen säumten und der Queen zujubelten, als wüßten sie nicht, daß sie dazu beigetragen hatte, Tausenden von Iren das Grab zu schaufeln.

Das Lager der Zigeuner gehörte zu den Orten, die Tierney zuerst aufgesucht hatte, als er begonnen hatte, sich abends aus dem Haus zu stehlen. Anfangs war er von den Roma nur mit widerwilliger Höflichkeit empfangen worden, besonders von Greco, Jans älterem Bruder. Als ein *Gorgio* – ein Fremder, ein Außenstehender – galt Tierney bei den Zigeunern automatisch als suspekt, obgleich sie zugeben mußten, daß er dazu beigetragen hatte, einem der Ihren das Leben zu retten.

Bei seinem zweiten Besuch hatte sich der Zwischenfall im Gefängnis und die Gastfreundschaft, die Jan in Nelson Hall erfahren hatte, weiter herumgesprochen, so daß Tierney ein herzlicherer Empfang bereitet wurde. Selbst Greco, obgleich immer noch etwas kühl und abweisend, benahm sich nicht mehr so, als hätte der junge Amerikaner die Pest.

Tierney, in Amerika mit allen Vorurteilen gegen die Zigeuner konfrontiert, hatte eine nicht geringe Verachtung für sie entwickelt. Dennoch fühlte er sich immer öfter zu dem Lager der Martovas hingezogen. Hier gab es immer etwas zu essen und zu trinken, Geschichten aus fernen Ländern, Sagen aus alter Zeit – und wunderschöne, fremdländisch anmutende Mädchen, die ihn gefährlich anziehend zu finden schienen.

Eine von diesen Mädchen war Jans Schwester, Zia. Erst vierzehn Jahre alt, sah sie jedoch eher wie achtzehn aus mit ihren schwarzen mandelförmigen Augen, den blitzenden weißen Zähnen und dem honigfarbenen Teint. Ihr Gesicht wurde von außergewöhnlich starkem schwarzem Haar umschlossen, und jede ihrer Bewegungen schien von der geschmeidigen Anmut einer jungen Wildkatze durchdrungen. Sie war einfach umwerfend, ein Mädchen, das es, wie sein Vater sagen würde, „in sich hatte".

Tierney, der nie dazu neigte, Schwierigkeiten aus dem Weg zu gehen, wäre nichts lieber gewesen, als Zia näher kennenzulernen. Doch er machte sich nichts vor. Gleich zu Beginn ihrer Freundschaft hatte Jan ihm erklärt, was im Hinblick auf Mädchen und Frauen bei ihnen üblich war, und er hatte Tierney gewarnt, daß jemand, der diese Gesetze zu übertreten wagte, sehr schnell ein Messer im Rücken haben könnte.

Tierney hatte überrascht zur Kenntnis genommen, daß die Zigeuner nach einem strengen Gesetzeskodex lebten, einem Kodex, der offensichtlich altüberlieferte Regeln strenger moralischer Grundsätze mit einer verwirrenden Mischung von Sitten und Gebräuchen verband, von denen einige „christlich", andere eindeutig heidnischen Ursprungs zu sein schienen. Von den Frauen verlangte das Gesetz Keuschheit und Bescheidenheit. In bezug auf die Männer fehlte überraschenderweise jegliche Betonung sexueller Leistungsfähigkeit, und die Heirat wurde auf sachliche, beinahe geschäftliche Art und Weise behandelt. Die meisten Ehen wurden von den Familien der Partner vereinbart. Untreue hatte eine Reihe harter Strafen zur Folge, besonders für Frauen, die nicht selten aus dem Familienverband verbannt wurden.

Während Jan Martova Tierney nicht im besonderen gewarnt hatte, Abstand von seiner Schwester zu halten, hatte er ihm doch sehr deutlich zu verstehen gegeben, wie wichtig es war, sich von den Zigeunermädchen fernzuhalten.

Trotzdem konnte er sich nicht enthalten, gelegentlich eine Frage in bezug auf die bezaubernde Zia zu stellen. Über das heruntergebrannte

Lagerfeuer zu Jan blickend, streckte er ihm die fast leere Weinflasche entgegen. „Der letzte Schluck gehört dir", sagte er großspurig, die Wirkung des Weines und der Glut des Feuers spürend.

Jan lächelte und schüttelte den Kopf. „Danke, ich hatte genug."

Tierney zuckte mit den Achseln und leerte gemächlich die Flasche. „Wie hast du das gemeint, als du mir bei meinem ersten Besuch hier im Lager sagtest hast, daß für deine Schwester bald die Heirat vereinbart würde?"

Jan antwortete nicht sofort, sondern fuhr fort, das Geschirr sorgfältig zu reinigen. „Zia wurde Tenca versprochen, dem Anführer einer anderen *Kumpania*", erwiderte er schließlich.

„*Kumpania?*"

„Eine Sippe, die aus mehreren Familien besteht, wie meine hier", erklärte Jan.

„Du sagtest doch, deine Schwester sei erst vierzehn Jahre alt! Sie ist doch noch ein Kind!"

Jan schaute ihn leicht vorwurfsvoll an. „Zigeunermädchen werden versprochen, wenn sie noch sehr jung sind, manchmal bereits im Alter von acht oder neun Jahren. Meist heiraten sie erst viel später, doch die Ehe wird so früh vereinbart."

Tierney konnte sich seltsamerweise nur schwer mit diesem Gedanken abfinden. „Wie alt ist dieser Mann, den sie heiraten muß?"

Wieder war ein leichter Vorwurf in Jans Blick nicht zu übersehen. „Zigeuner bemessen die Jahre nicht auf die gleiche Weise wie ein *Gorgio* das tut. Tenca ist gut über dreißig, wie mein Bruder Greco. Du mußt jedoch wissen, daß man Zia nicht zwingen wird, ihn zu heiraten. Die Vereinbarung kann immer noch für ungültig erklärt werden, wenn Greco einverstanden ist. Mein Bruder ist ein vernünftiger Mann. Er wird unsere Schwester nicht quälen; unsere Frauen sind keine Sklaven."

Nach dem zu urteilen, was Tierney erlebt hatte, war Greco alles andere als vernünftig. Und wenn die Frauen auch keine Sklaven waren, so schienen sie doch in gewisser Weise unterdrückt zu werden. Die Art und Weise, wie man sie behandelte, ließ keinen Zweifel an ihrer Stellung im Lager.

„Meine Schwester gefällt dir?" Die Frage war freundlich gestellt, doch entging Tierney auch nicht der leichte Unterton in Jans Stimme.

Er erwiderte nur achselzuckend: „Wie ich bereits gesagt habe, sie ist noch ein Kind."

Die Hände des anderen hielten inne, während er Tierney über das Feuer hinweg in die Augen schaute. „Wir betrachten Zia nicht als ein

Kind, für uns Roma ist sie eine junge Frau, die geachtet und beschützt werden muß."

Er hielt inne, wieder nach dem Geschirr greifend. „Du und ich sind Freunde, Tierney Burke", bemerkte er leise, während er mit seiner Arbeit fortfuhr. „Deine Familie hat mir Freundlichkeit erwiesen, als ich verletzt war. Ich könnte in der Tat jetzt tot sein, wenn du und der *Seanchai* nicht gewesen wären. Du mußt jedoch begreifen, daß unsere Freundschaft dir nicht helfen könnte, wenn du jemals eines unserer Gesetze mißachten solltest. Der Zigeuner ist seinen Freunden treu – doch nur, wenn seine Freunde den Zigeunern gegenüber treu sind."

Das angenehme Schwirren in Tierneys Kopf machte es ihm schwer, irgend etwas ernst zu nehmen, doch er nickte feierlich, um anzudeuten, daß er verstanden hatte und sich danach richten wollte.

* * *

In der Vorratskammer kniend, wußte Sandemon sofort, daß Annie im Anmarsch war, als er laute Schritte hörte.

Seufzend richtete er sich auf und wandte sich um.

„Was machst du hier in der Vorratskammer, Sand-Mann?"

Ihr aufsässiger Ton und das mürrische Gesicht sagten ihm sofort, daß es Annie nicht im geringsten interessierte, was er hier tat, daß ihr eigentliches Anliegen nichts mit ihm zu tun hatte.

Trotzdem wollte er sie necken. „Mrs. Ryan behauptet, wir haben eine Maus. So will ich gerade eine Falle aufstellen."

„Du wirst das kleine Mäuschen doch bestimmt *nicht* töten!"

Steif stand Annie da, die Hände in die Hüften gestemmt, eine Augenbraue nach oben gezogen und einen Fuß nach vorn gestellt. Der Wolfshund, der in der Mitte der Küche stehengeblieben war und sehnsüchtig mit einem Brot geliebäugelt hatte, das auf dem Regal lag, gesellte sich jetzt zu ihnen.

Sandemon erkannte die Kampfhaltung des Mädchens und nahm seinerseits Verteidigungshaltung an. Die Hände über der Brust verschränkt, warf er ihr einen strengen Blick zu. „Hast du jemals erlebt, daß ich irgendein Lebewesen, und sei es eine Maus, getötet hätte? Du solltest dich schämen, so etwas auch nur zu denken! Ich habe eine Falle aufgestellt, in der die Maus gefangen, aber nicht getötet wird. Falls die Maus so dumm ist, in diese Falle zu tappen, wird sie schlimmstenfalls so lange gefangen sein, bis ich sie befreien kann."

„Ach so". Sie schien zufrieden zu sein — doch schien sie das alles recht wenig zu interessieren. „Wo ist übrigens Tierney Burke? Hast du ihn heute abend schon gesehen?"

Darüber verblüfft, wie sie den vollen Namen des Jungen wie einen Doppelnamen — *Tierney-Burke* — aussprach, erwiderte Sandemon: „Nein, ganz bestimmt nicht. Gibt es irgend etwas Dringliches?"

Keck ihre Zöpfe zurückwerfend, warf sie ihm einen völlig arglosen Blick zu. Seit kurzem bemühte Annie sich darum, sich wie eine Dame zu benehmen. „Natürlich nicht", sagte sie ungezwungen. „Wenn es etwas Dringliches *gäbe*, würde ich dann nach Tierney Burke Ausschau halten?"

„Er scheint ein tüchtiger junger Mann zu sein."

Sie kniff die Augen zusammen. „Ich vermute, er ist wieder durchgebrannt."

Sandemon spürte, wie er auf die Probe gestellt wurde. „Ist das eine Frage oder eine Feststellung?"

„Du mußt wissen, was er treibt", konterte sie. „Ich habe ihn einmal mit eigenen Augen gesehen."

Sandemon *wußte* es, aber daß außer ihm noch jemand Verdacht geschöpft hatte, wußte er nicht. Tierney war sehr erfinderisch und offensichtlich darin geübt, sich in der Nacht heraus- und hereinzuschleichen.

„Artegal hilft ihm, mußt du wissen", erklärte sie ziemlich gereizt. „Er riegelt die Küchentür nicht zu, so daß Tierney Burke kommen und gehen kann, wie es ihm gefällt. Ich meine, sie sind *beide* falsch."

Sandemon sah sie stirnrunzelnd an. „*Ich* meine, daß du viel zu viel weißt. Du mußt viel herumgeschnüffelt haben. Und ich meine außerdem, daß es längst Zeit für dich ist, ins Bett zu gehen."

Sofort verzog sie das Gesicht, und in ihren Zügen spiegelte sich das Kind wieder, das sie einst war. Doch gewann sie ebenso schnell ihre Würde wieder zurück. „Ich bin jetzt älter und brauche nicht mehr soviel Schlaf." Sie hielt inne. Als Sandemon jedoch nichts erwiderte, wandte sie sich an den Wolfshund. „Komm, Fergus, gehen wir nach oben. Sand-Mann ist heute böse mit uns."

Sandemon lächelte, als er zuschaute, wie das Mädchen absichtlich beleidigt durch die Tür stolzierte. Der Wolfshund folgte ihr auf den Fersen, nachdem er noch einmal einen sehnsüchtigen Blick auf das Brot geworfen hatte.

Als Sandemon wieder allein war, wurde er ernst. Was das Mädchen über Artegals Verwicklung in Tierney Burkes nächtliche Possen gesagt hatte, machte ihm deutlich, daß die Situation, gelinde gesagt, beunruhigend war.

Natürlich wußte er, wie falsch der leicht reizbare Diener war. Außerdem hatte er ihn in Verdacht, dem Jungen Alkohol auszuhändigen. Einmal, als die Tür von Tierneys Zimmer nur angelehnt gewesen war, war ihm jener schale, säuerliche Geruch entgegengeschlagen, der unangenehme Erinnerungen an jene Zeit in ihm wachgerufen hatte, als der *Seanchai* dem Alkohol verschrieben war.

Seit Monaten bereits hatte Sandemon vermutet, daß Artegal trank. Da dieses Laster jedoch seinen Dienst nicht zu beeinträchtigen schien, hatte Sandemon beschlossen, darüber zu schweigen, zumindest im Augenblick. Seine geheimen Geschäfte mit Tierney Burke waren jedoch eine ganz andere Sache. Wenn Artegal dem Jungen tatsächlich zu Alkohol verhalf und ihn außerdem bei seinen verbotenen Ausflügen unterstützte, war es dann noch richtig, sie durch sein Schweigen zu decken?

Er glaubte nicht, daß der *Seanchai* irgendeine Ahnung davon hatte, was sich zwischen dem Diener und dem jungen Amerikaner abspielte. Im Augenblick war sein junger Herr, wenn er sich nicht mit seiner Familie oder dem Unterricht befaßte, eifrig damit beschäftigt, Vaters Josephs Tagebuch für den Druck fertigzustellen. Es schien ihm nicht aufzufallen, wenn irgend etwas im Haushalt schieflief.

Aber Morgan Fitzgerald war viel zu klug und aufmerksam, als daß man ihn endlos täuschen könnte. Er würde die Wahrheit schließlich herausfinden, und dann würde er Tierney zweifellos Anlaß geben, sein Verhalten zu bereuen.

Inzwischen wog die Verantwortung für diese Situation schwer auf den Schultern Sandemons, der sich fragte, ob sein Schweigen die Lage nicht noch verschlimmerte. In erster Linie war er dem *Seanchai* verpflichtet. Wo immer der unverbesserliche Tierney Burke sich auch hinschlich, — und er hatte seine Vermutungen in bezug auf die nächtlichen Abenteuer des Jungen — es bestand immer die Gefahr, daß dieses hinterlistige Verhalten des Jungen auch Schwierigkeiten für Nelson Hall nach sich zog.

In diesem Haus hatte es bereits mehr als genug Leid gegeben. Sandemon spürte, daß es an der Zeit war, Schritte zu unternehmen, neuem Unheil vorzubeugen.

Er beschloß, zunächst Tierney Burke zur Rede zu stellen. Er würde ihm sagen, was er wußte, und ihm Gelegenheit geben, sich dem *Seanchai* selbst zu offenbaren.

Mit einem tiefen Seufzer zog er sich einen Stuhl an den Tisch, um zu warten. Heute nacht würde der Bengel die Küche nicht leer vorfinden, wenn er sich durch die Hintertür hereinschlich.

* * *

Sobald Greco und die anderen Männer zum Feuer zurückgekehrt waren, rief jemand nach Musik. Von der anderen Seite des Lagers kamen Kinder gerannt, und gleichzeitig kamen auch die Frauen herzu. Einer der älteren Männer begann zu singen, und bald stimmten andere ein, zu denen auch Jan und sein Bruder gehörten.

Die Zigeuner sangen mit voller, kräftiger Stimme und sehr viel Gefühl. In einer Sprache gesungen, die Tierney nicht verstand, klangen die Lieder alt und traurig. Einige der älteren Männer hatten Tränen in den Augen, während sie in den Gesang einstimmten.

Sobald das Lied zu Ende war, trat Greco in den Kreis der Männer, die sich am Lagerfeuer zusammendrängten. Er begann, eine Weise zu summen, die sich wie ein Tanz anhörte, der Rhythmus flott, die Melodie fröhlich. Die anderen Männer und jungen Burschen summten zunächst mit, bevor sie laut zu singen begannen, in die Hände klatschend und mit den Füßen den Rhythmus schlagend.

Einer der jungen Männer forderte Jan auf, seine Geige zu holen, worauf dieser mit einem leichten Lächeln das Lagerfeuer verließ, um das Instrument zu holen. Als er zurückkam, in eine Lücke neben dem Feuer springend, traten die anderen Männer zurück, um den Martova-Brüdern Platz zu machen.

Fasziniert stand Tierney auf, um mit den Zigeunern zu applaudieren, als der gewöhnlich grimmig aussehende Greco das Lagerfeuer zu umkreisen begann und seine kräftigen weißen Zähne zu der fröhlichen Musik blitzten, während seine Stiefel ein Staccatofeuerwerk trommelten.

Doch es war Jan, der sein Interesse auf sich zog und gefesselt hielt. Tierney verstand kaum etwas von Musik. Er hatte nie ein Instrument gespielt und offen gestanden die Begeisterung derer, die dies taten, nie verstanden. Doch während er hierstand, seinem neuen Freund, diesem jungen Zigeuner, zuschaute und seiner Musik lauschte, sagte ihm sein Gefühl, daß Jan Martova ein außergewöhnlich begabter Geiger war, ein Meister seines Instruments. Er spürte nahezu die Kraft und die Meisterschaft, die sich in diesen langen, schlanken Händen verbargen, während er seiner Geige eine bezaubernde Melodie nach der anderen entlockte.

Die Musik wurde lauter, ein weiterer Tänzer schloß sich Greco an, dann noch einer, bis schließlich eine ganze Schar von Männern und Jungen tanzte. Tierney war enttäuscht, daß Zia, als sie einige Frauen in den Kreis führen wollten, durch Grecos Hand zurückgehalten wurde. Ein kurzes Kopfschütteln von ihm, und sie trat mit den anderen zurück. Tierney fragte sich, ob Zia hätte tanzen dürfen, wäre nicht ein Fremder — ein *Gorgio* — in ihrer Mitte gewesen.

Schließlich beendete Jan vorerst sein Spiel mit einer schwungvollen Verbeugung und einem breiten Lächeln, worauf ein begeistertes Klatschen und Pfeifen einsetzte. Als der junge Geiger von neuem mit dem Bogen die Saiten zu streichen begann, entlockte er ihnen eine so schmerzlich schöne, traurige Melodie, daß Tierney erschauderte.

Es war beinahe, als spielte Jan Martova auf den Saiten seines Herzens. Er spürte, wie seine Gefühle mit dem Klang der Geige aufstiegen, als bittersüße Erinnerungen und alte Träume in ihm erwachten, in seinem Geist anschwellend, ihm den Atem raubten.

Diese Musik berührte die tiefsten Tiefen seiner Seele, deren Existenz er nicht einmal geahnt hatte. Wenn Jan Martovas Musik so etwas in jemandem bewirkte, der so unmusikalisch und deshalb so uninteressiert war wie er, welchen Zauber mußte sie erst bei denen hervorrufen, die mehr Gespür für diese Kunst hatten!

In diesem Augenblick beschloß er, daß Jan Martova in Nelson Hall spielen mußte, für Morgan. Vielleicht würde das dazu beitragen, daß der junge Zigeuner als Tierneys Freund akzeptiert wurde.

Eine weitere Stunde verging, eine Stunde voller Musik und Tanz und Frohsinn, bis Jan schließlich zu spielen aufhörte und zurück ans Lagerfeuer kam. „Komm", sagte er zu Tierney, „ich möchte dir meinen *Vardo* zeigen — meinen Wagen."

Er führte ihn zu einem kleinen, soliden Wagen, der etwas von den anderen entfernt, aber doch im Lager stand. Man sah sofort, daß er neu war, die Wände aus dunkler Eiche, naturfarben lackiert, die Fensterläden in strahlendem Blau gestrichen. An einigen Stellen waren verschiedene Symbole wie Blumen, Mond und Sterne als Schmuck aufgezeichnet. Am hinteren Teil des Fahrgestells, zwischen den Rädern, war eine großer Kasten befestigt, der offensichtlich für Vorräte gedacht war.

Jan öffnete die Doppeltüren am hinteren Ende des Wagens, verbeugte sich förmlich vor Tierney und sagte: „Willkommen bei mir zu Hause, Tierney Burke."

Tierney folgte ihm, leise durch die Zähne pfeifend. „Echt stark", sagte er und fügte, zu Jan gewandt, hinzu. „Das ist dein Wagen?"

Jan nickte. „Ich habe ihn gebaut." Wieder bemerkte Tierney bei seinem neuen Freund jenen leichten Unterton von Stolz, der jedoch frei von jeglicher Überheblichkeit war.

Beeindruckt ließ Tierney seinen Blick durch den Wagen streifen. „Du hast das alles *gebaut*?"

Jan lächelte. „Mit ein wenig Hilfe von Greco und meinen Cousins", erklärte er. „Wir haben viele Monate daran gearbeitet. Natürlich brauche ich noch nicht unbedingt einen eigenen Wagen, solange ich noch keine Frau habe. In Grecos *Vardo* ist es jedoch mit Elena und den kleinen Kindern ziemlich eng geworden, und ich hatte langsam das Gefühl, im Weg zu sein."

An den Fenstern waren Vorhänge angebracht, an den Wänden Töpfe und Pfannen aufgehängt, aber es gab noch keine Möbel in dem Wagen – nur ein paar Kissen lagen auf dem Fußboden verstreut, und in einer Ecke waren einige mollige bunte Decken ausgebreitet.

„Es ist großartig hier", sagte Tierney aufrichtig. „Ich beneide dich darum, ein eigenes Zuhause zu haben."

„Es ist nur ein Wagen", erwiderte Jan mit einem leichten Achselzukken, doch sah Tierney deutlich, wie er sich freute.

Sie ließen sich auf die Kissen fallen, und eine Zeitlang saßen sie schweigend da, jeder in seine Gedanken versunken. Während Tierney über die beeindruckende und vielseitige Begabung seines neuen Freundes nachdachte, schien Jan mit seinen Gedanken noch irgendwo in seiner Musik versunken zu sein.

„Wie hast du so zu spielen gelernt?" fragte Tierney schließlich. „Du sagtest, daß du nie eine Schule besucht hast, weder lesen noch schreiben kannst. Wie kommt es, daß du so viel von Musik verstehst?"

Ein leichtes Lächeln trat auf Jans Gesicht. „Es stimmt, ich bin nie zur Schule gegangen, und ich kann weder lesen noch schreiben. Was die Musik betrifft –" Er zuckte mit den Achseln und schaute aus dem Fenster auf der anderen Seite des Wagens. „Ich glaube, ich wurde mit Musik in meiner Seele geboren. Mein Stamm gehört zu denjenigen Roma, welche als ‚die Musiker' bekannt sind", erklärte er mit einem Hauch von Stolz.

Tierney starrte ihn an. „Du meinst, es ist dir einfach so von Natur aus zugefallen? Du hast niemals Unterricht genommen oder so?"

Jan lachte. „Zigeuner nehmen keinen Geigenunterricht, Tierney Burke." Sein Lächeln erlosch, und Tierney hörte ihn überrascht sagen: „Obgleich ich zugeben muß, daß es Zeiten gab, in denen ich mir gewünscht habe, Unterricht zu nehmen."

„Was?" Du solltest Unterricht *geben*, nicht *nehmen*!"

Die Augen weiter auf das Feuer gerichtet, schüttelte Jan den Kopf. „Es gibt viele Töne in mir, denen ich keine Stimme verleihen kann, weil ich nicht weiß, wie ich es tun soll. Außerdem habe ich oft gedacht, daß ich gern zur Schule gehen würde. Es ist bei uns nicht üblich, aber ich wäre dankbar für eine schulische Ausbildung."

Plötzlich richtete er seine Augen auf Tierney und grinste. „Doch was für einen Unsinn rede ich da! Ein Zigeuner, der weder lesen noch schreiben kann, spricht davon, Geigenunterricht zu nehmen und in die Schule zu gehen! Wirklich eine verrückte Idee! Doch was ist mit dir? Was wirst du hier in Irland machen? Willst du dir eine Arbeit suchen?"

Tierney zuckte die Achseln. „Morgan möchte, daß ich noch mehr lerne, doch ich würde lieber arbeiten. Als erstes hat er jedoch von einer Reise durch Irland gesprochen, die wir hoffentlich bald antreten werden. Niemand weiß mehr über Irland als Morgan. Doch er sagt, daß er warten möchte, bis das Baby etwas älter geworden ist. Er will nicht ohne seine Familie reisen."

Es ärgerte Tierney, daß Morgan noch warten wollte. Er verstand nicht, warum die beiden nicht einfach allein auf die Reise gehen konnten. Natürlich würde Morgan darauf bestehen, Sandemon mitzunehmen; er war zugegebenermaßen auf den schwarzen Mann angewiesen. Doch selbst das würde weniger Umstände bereiten, als mit Frau und Kind zu reisen.

Jan unterbrach ihn in seinen Gedanken. „Ich kann dir mehr Wein anbieten, wenn du möchtest."

Tierney grinste ihn an und lehnte sich an die Wand zurück.

Dann geschah etwas Seltsames.

Seine Beine begannen zu zucken, erst nur sporadisch, dann mit voller Gewalt. Plötzlich hörte das Zucken genauso unerwartet, wie es gekommen war, wieder auf; stattdessen spürte er einen scharfen, stechenden Schmerz in seinen Knien und Waden. Auch dieser Schmerz verließ ihn schnell wieder, doch wären seine Beine gewiß unter ihm zusammengebrochen, wenn er gerade gestanden hätte.

Verwirrt starrte Tierney auf seine Gliedmaßen herab, seine Knie umklammernd, als eine Woge des Schmerzes erst das eine, dann das andere Knie erfaßte. „*Was —*"

Als Jan sah, daß er Schmerzen hatte, sprang er auf und kam zu Tierney herüber. „Was ist los? Bist du krank?"

Krank? Ja, . . . o ja, er war krank! Ihm wurde unheimlich übel. In seinem Bauch schien ein Feuer zu brennen, und sein Herz schien zu schlagen aufhören zu wollen. . .

„Was ist los, mein Freund? Was kann ich für dich tun?" Jans Stimme schien von weither zu kommen, und sie klang gedämpft, als riefe er aus der Tiefe eines Brunnens Tierney etwas zu. „Ich werde Hilfe holen!"

Tierney spürte, wie eine unheimliche Hitze seine Lenden erfaßte, mit voller Gewalt bis in seine Beine vordrang. Schmerz umkrallte ihn, schüttelte ihn.

In seinem Kopf drehte sich alles, und der Fußboden unter ihm schien zu schwanken. Er blickte auf. Die Wagentür wurde aufgerissen, und er sah über sich die wuchtige Gestalt Grecos, Jans Bruder.

Sein Magen schien sich in ihm umzudrehen. Tierney schluckte, es würgte ihn furchtbar, aber es kam nichts heraus.

Er war so heiß, so furchtbar heiß ...

„*Das ist die Cholera!*" Grecos Stimme klang rauh und zornig.

„*Der Gorgio hat Cholera!*" Er stieß etwas in *Romani*, seiner Zigeunersprache, hervor, ehe er befahl: „*Geh aus dem Lager! Du mußt sofort das Lager verlassen!*"

Tierney stöhnte, krümmte sich, versuchte, sich auf den Knien abzustützen.

„Er ist nicht *fähig*, das Lager zu verlassen! Hab Erbarmen, Greco. Wir müssen ihm helfen! Er ist mein Freund!" flehte Jan seinen Bruder an, während er gleichzeitig versuchte, Tierney auf die Beine zu helfen.

Unglaublicherweise gelang es Tierney, einen Arm um Jans Schulter geschlungen, sich auf den Beinen zu halten.

„*Du willst uns alle umbringen wegen dieses Gorgio?*" Greco stieß eine weitere Schimpfkanonade hervor, während Jan begann, Tierney langsam zu den Decken in der Ecke seines Wagens zu führen. „*Ich habe es dir doch gleich gesagt, oder? Siehst du jetzt, was geschieht, wenn man einen Gorgio in unsere Mitte läßt? Bring ihn hier weg, oder ich werde ihn mit der Peitsche davonjagen!*"

„Komm, mein Freund", drängte Jan Tierney, während er ihn zu dem Lager auf dem Fußboden führte und ihm half, sich hinzulegen. „Er wird meinen *Vardo* nicht verlassen, Bruder", erklärte er, über die Schulter zu Greco blickend. „Ich werde meinen Wagen außerhalb des Lagers abstellen, wo er für dich und die anderen keine Gefahr bedeutet."

„Nein!" Verschwommen sah Tierney, wie Greco seinen kräftigen Arm erhob, als wolle er seinen Bruder schlagen. „Bist du verrückt? Willst du dein Leben für ihn opfern?"

Jan Martova hielt inne, dann legte er eine Decke über Tierney. „Du vergißt, daß ich ihm mein Leben *verdanke*", sagte er ruhig. „Er ist mein Freund."

„Er wird dir zum *Verhängnis* werden, wenn du nicht auf das hörst, was ich dir sage, kleiner Bruder!"

Tierney blinzelte und sah, wie Jan aufstand. „Ich bin mehr als zwanzig Jahre alt", erwiderte er gelassen. „Ich bin nicht mehr dein kleiner Bruder, Greco. Ich bin ein Mann. Du kannst mich nicht herumkommandieren wie ein Kind. Tierney Burke ist mein Freund", erklärte er, „und ich bin ihm Treue schuldig. Jetzt geh mir aus dem Weg. Dies ist mein *Vardo*, und ich werde ihn — mit Keja, meiner Stute — dorthin fahren, wo immer ich möchte."

Die Augen zusammengekniffen, starrte Greco Jan mit zornigen Augen an. „Wenn du die *Kumpania* heute nacht verläßt, kleiner Bruder", stieß er durch seine zusammengebissenen Zähne hervor, „wirst du hier nie wieder willkommen sein."

＊ ＊ ＊

Nachdem er Keja vor seinen Wagen gespannt hatte, blieb Jan Martova stehen und dachte nach — er dachte nach und machte sich Sorgen. Er hatte nicht viel Erfahrung bei der Behandlung von Krankheiten, und ganz besonders bei einer so gefährlichen und todbringenden Krankheit wie der Cholera. Die Pflege der Kranken war im Lager die Aufgabe der Frauen, nicht der Männer.

Schließlich machte er sich auf den Weg, um Nanosh, seinen jüngsten Cousin zu suchen. „Du mußt zwei Dinge für mich tun", sagte er dem Jungen, der ihn erwartungsvoll anschaute. „Und sie sind beide sehr wichtig. Kann ich dir vertrauen, daß du mich nicht im Stich läßt?"

Die schmalen Schultern gerade nach hinten und die Brust nach vorn streckend, erkärte Nanosh feierlich: „Du kannst mir vertrauen, Cousin."

„Gut! Zuerst mußt du deine Mutter bitten, mir jegliche Medizin zu schicken, die gut gegen Cholera ist. Sag ihr, ich brauche Medizin für — ich weiß nicht, wie lang. Dann möchte ich, daß du so schnell du kannst nach Nelson Hall läufst und dem großen schwarzen Mann, der für den *Seanchai* arbeitet, erzählst, was geschehen ist.

Jan hielt inne, um Luft zu holen. „Sag ihm, daß Tierney Burke an Cholera erkrankt ist und daß ich ihn in meinem Wagen zu dem Gelände auf der anderen Seite des Flusses gegenüber dem großen Haus bringen werde. Sag ihm auch, daß ich nur so weit und nicht weiter kommen werde, um den *Seanchai* und seine Familie nicht zu gefährden."

Sein Cousin nickte und war im Begriff, sich umzuwenden, als Jan eine Hand auf seine Schulter legte. „Du mußt dich beeilen, Nanosh. Und du mußt alles genau so machen, wie ich es dir erklärt habe. Gibst du mir dein Wort darauf?"

„Ehrenwort, Cousin."

Als Jan zuschaute, wie er sich umwandte und davonlief, wurde es ihm schwer um sein Herz. Er hatte seine Wahl getroffen. Er hoffte, daß weder Nanosh – noch sonst jemand aus seiner Familie – von der Cholera heimgesucht werden würde. Und er hoffte ebenso sehnsüchtig, daß, wenn das alles vorüber sein würde, seine Familie ihm verzeihen würde, daß er einem Fremden den Vorrang gegeben hatte. Wenn er jedoch an Grecos letzte Worte dachte, wußte er bereits, daß diese Hoffnung nichtig war.

27. Kapitel

Schlechte Nachrichten

Dieses Herz, so voller Zärtlichkeit und Liebe,
ist wund und matt geworden ...

Aus WALSHS Irischen Volksliedern (1847)

Sandemon war, den Kopf auf die Arme gelegt, am Küchentisch halb eingeschlafen, als jemand an die Hintertür zu trommeln begann.

Er blickte auf. Für einen Moment verwirrt, versuchte er, seine Gedanken zu ordnen. Der Stuhl scharrte auf dem Fußboden, als er auf seine Füße torkelte, und er stieß mit einem Bein gegen die Tischkante.

War der Junge betrunken, daß er so einen Lärm an einer Tür machte, die nicht verschlossen war?

Der scharfe Vorwurf auf seiner Zunge erstarb, als ihm, nachdem er die Tür aufgerissen hatte, nicht wie erwartet der umherstreunende Tierney Burke, sondern ein kleiner Zigeunerjunge gegenüberstand. Es dauerte einen Augenblick, bis Sandemon erkannte, daß dies der gleiche Junge mit struppigem Haar war, der vor einigen Monaten in Nelson Hall aufgetaucht und die Nachricht aus dem Gefängnis von Dublin überbracht hatte.

Die Junge schien das gleiche schmutzige weiße Hemd wie an jenem Abend zu tragen, und sein Gesicht sah nur ein klein wenig sauberer aus. Seine dunklen Augen glühten offensichtlich vor Aufregung.

„Ich habe eine Nachricht für den *Seanchai* von Tierney Burke!" stieß er ohne jede Einleitung hervor.

So hatte sich sein Verdacht bestätigt: der junge Bursche aus Amerika hatte bei seinen nächtlichen Ausflügen die Zigeuner aufgesucht.

„Der *Seanchai* schläft um diese Zeit, wie du dir vielleicht denken kannst", erwiderte Sandemon scharf. „Welche Nachricht bringst du?"

Der Junge musterte ihn, als wollte er seine Verläßlichkeit prüfen. Sandemon wurde an die Dreistigkeit des Jungen an jenem Abend erinnert, als er ihn zu dem *Seanchai* in die Bibliothek geschleppt hatte, und sah ihn, die Arme über der Brust verschränkt ernst an. „Welche Nachricht?" fragte er noch einmal.

„Sagen Sie dem *Seanchai*, daß Tierney Burke krank ist", gab der Junge, sich mit der Wichtigkeit seiner Botschaft brüstend, bekannt. „Er hat die Cholera und wurde aus unserem Lager verbannt."

Entsetzt trat Sandemon unwillkürlich einen Schritt zurück. „*Cholera?*" Eine ganze Flut von Erinnerungen stieg in ihm auf. Er war dieser mörderischen Krankheit bereits auf Barbadods und dann wiederum in Irland begegnet, wo er gemeinsam mit den Priestern einen verzweifelten Kampf gekämpft hatte, um die weitere Ausbreitung der Krankheit zu verhindern, und Hunderte von Menschen gestorben waren. Es war eine furchtbare, eine grausame Seuche. Das Wort allein weckte selbst in den tapfersten Herzen Furcht.

Plötzlich schien der Junge seine Überheblichkeit abzulegen, von der Tragik seiner Aufgabe überwältigt. „Der amerikanische Junge ist sehr krank, glaube ich! Mein Cousin, Jan Martova, bringt ihn in seinem *Vardo* — in seinem Wagen — zu dem Gelände auf der gegenüberliegenden Seite des Flusses!"

Ein Ansturm der Gefühle tobte in Sandemon, als er entsetzt auf das Kind schaute, das in der Tür stand. Wenn er bloß auf seine Gefühle gehört und den jungen Betrüger längst zur Rede gestellt hätte! Er hätte es nicht aufschieben und dem *Seanchai* sofort mitteilen müssen, was er wußte! Dies war nun das furchtbare Ergebnis seines Zögerns.

„Warum glauben sie, es sei Cholera?" forderte er den Jungen heraus. „Die Epidemie ist längst vorbei."

Der Junge brauste auf. „Mein Cousin Jan Martova weiß alles über die Cholera! Er ist ein Mann, und er hat solche Dinge bereits gesehen."

„Und ist er sicher?" drängte Sandemon weiter.

Der Zigeunerjunge musterte ihn. Seine Empörung über Sandemons beharrliches Fragen schien zu weichen, als spürte er die Angst des anderen. Sein Ton war weniger anmaßend, als er erwiderte: „Jan ist sicher. Es ist Cholera." Nach kurzem Zögern fragte er: „Wird der Amerikaner sterben?"

Sandemon schaute ihn an, noch immer darum ringend, mit der bitteren Botschaft des Jungen fertigzuwerden. Die unerwartete Frage des Junge erschütterte ihn, und er unternahm nicht erst den Versuch, ihm zu antworten. „Sie kommen *hierher*? Weißt du das genau?"

Der Junge nickte. „Jan hat mich vorausgeschickt, um den *Seanchai* über ihr Kommen zu informieren. Sie werden bald hier sein, aber sie werden nicht an das Haus herankommen. Mein Cousin wird seinen *Vardo* auf dem Feld auf der anderen Seite des Flusses abstellen."

„Und dann?" Sandemon richtete diese Frage viel mehr an sich selbst

als an das Kind. *Sie werden einen Arzt brauchen . . . Medikamente . . .*
Pflege . . .

Für einen Augenblick erschauderte er, von Verzweiflung erfaßt. Doch
schüttelte er den Schauder ab und mit äußerster Willensanstrengung
gelang es ihm, die Furcht, die ihn zu verschlingen drohte, zu unterdrük-
ken. Schließlich hatte er sich gefaßt und konnte wieder klarer denken.
Auf keinen Fall durfte die Familie in Gefahr gebracht werden. Der *Seanchai* mußte auf jeden Fall gemeinsam mit seiner Familie geschützt werden.

Ein Gedanke schoß ihm durch den Kopf, und er beugte sich nach vorn,
um dem Zigeunerjungen in die Augen zu sehen. „Ist es möglich, daß du
dich auch angesteckt hast? Ich muß es genau wissen."

Der Junge schüttelte den Kopf.

„Bist du absolut sicher?"

Das spitze kleine Kinn schob sich trotzig nach vorn. „Ich bin mir
sicher. Ich war nie in der Nähe des Amerikaners — nur Jan."

Sandemon hatte sich wieder aufgerichtet und erklärte: „Nun gut, geh
an den Fluß und warte, bis der Wagen kommt. Wenn sie da sind, gehst du
ihnen soweit entgegen, daß sie dich hören können, nicht näher — und du
bleibst auf dieser Seite des Flusses. Hast du verstanden? Du darfst den
Fluß nicht überqueren."

Der Zigeunerjunge runzelte die Stirn und nickte.

„Sag deinem Cousin, er soll seinen Wagen auf der anderen Seite des
Flusses abstellen, und sie sollen dort bleiben. Wir werden einen Arzt
holen lassen. Er darf auf keinen Fall den Fluß überqueren. Das mußt du
ihm ganz deutlich sagen. Er kann inzwischen selbst die Krankheit in sich
tragen. Er muß sich vom Haus fernhalten!"

„Ich werde es ihm sagen", erwiderte der Junge ernst, und zum erstenmal spiegelten seine großen dunklen Augen eine Spur von Angst wider.

Sandemon betrachtete ihn und wurde etwas nachsichtiger mit dem
Kind, das trotz allem für sein Alter eine nicht leichte Verantwortung auf
sich genommen hatte. „Wir brauchen wahrscheinlich jemanden, der
Nachrichten zwischen dem Haus und dem Wagen deines Cousins über-
mittelt. Wärst du bereit, eine Zeitlang hier zu bleiben, falls wir dich brauchen?"

„Ich werde bleiben", sagte der Junge nüchtern. „Jan Martova ist mein
Cousin, und er nennt den Amerikaner seinen Freund. Ich werde helfen,
wo immer ich kann."

Sandemon schaute ihn noch einmal an, dann nickte er kurz, bevor er
die Tür hinter sich schloß.

Schweren Schrittes verließ er die Küche, um nach oben zu gehen. Während er die Treppe hinaufstieg, schien jeder Schlag seines Herzens seine Angst widerzuhallen. Er würde alles darum geben, wenn er diese Nachricht nicht überbringen müßte — und noch dazu zu einer Zeit, da der *Seanchai* mit seiner neuen Familie endlich Freude und Ruhe gefunden zu haben schien.

Wie sollte er es ertragen, ihm die vernichtende Nachricht zu bringen, daß ein neues Unheil über Nelson Hall hereingebrochen war? Und noch mehr quälte Sandemon die Tatsache, daß diese neueste Tragödie vielleicht zu vermeiden gewesen wäre, wenn er die Wahrheit nicht so lange verschwiegen hätte.

* * *

Noch zwei Tage nach dem Eintreffen des Zigeunerwagens war Morgan zwischen Angst und blindem Zorn hin- und hergerissen. Mehr als einmal dachte er, wie gut es war, daß Tierney sich in dem Zigeunerwagen außer Reichweite befand; es wäre nicht auszudenken, was er mit dem Burschen gemacht hätte, wäre er ihm unter die Finger gekommen.

Er hatte jede Form von Strafe für Tierneys verantwortungsloses Verhalten und dessen entsetzliche Folge in Betracht gezogen. Dabei ließ er die Tatsache außer acht, daß er eigentlich kein Recht hatte, Tierney zu bestrafen. Solange der törichte Bengel unter seinem Dach lebte, *hatte* er seine Anweisungen zu befolgen! Er würde einen harten Preis zahlen müssen, wenn er wieder genesen war.

Falls er genas . . .

Nicht zum erstenmal fragte sich Morgan, ob er recht entschieden hatte, Tierney Burke in sein Haus aufzunehmen. Von Anfang an hatte der Junge ihm nichts als Schwierigkeiten gebracht. Zuerst seine grauenhafte Befreiung aus einer Gefängniszelle, dann hatte er mit Hilfe eines heuchlerischen Dieners Alkohol ins Haus geschmuggelt, seine nächtlichen Zechtouren mit kranken Zigeunern — und jetzt — jetzt lasteten die Folgen seines unerlaubten Handelns schwer auf Nelson Hall.

Zuweilen wünschte er sich, Michaels Bitte, seinem Sohn Zuflucht zu gewähren, einfach abgeschlagen zu haben. In seinem Bestreben, einem Freund zu helfen, hatte er es versäumt, die Folgen zu überschlagen. Warum hatte er nicht wenigstens in Betracht gezogen, welch tödlicher Rauch dem Feuer eines solch rebellischen Geistes entsteigen könnte! War seine eigene Vergangenheit nicht Beweis genug, welch weitreichende Folgen die Sünden eines Menschen habe konnten?

Es gab eine dunkle Seite in Tierneys Wesen, ein Dunkelheit, die zu oft die helleren, schönen Dinge in ihm überschattete. Aus einer Laune wurde nur allzuschnell Eigensinn, aus Streichen Böswilligkeit. Der Junge besaß Klugheit, Mut und Idealismus, doch äußerte sich seine Klugheit oft in schlauer List, sein Mut als Rebellion und sein Idealismus gern am falschen Platz. Mehr als einmal hatte Morgan den Kampf dieser beiden Naturen in Tierney gespürt – und ihn nur allzugut verstanden. Denn auch er war ein Mann, dessen Geist oft zum Schauplatz des Kampfes zwischen Licht und Dunkelheit geworden war – und viele Male hatte die Dunkelheit den Sieg davongetragen.

Doch mußte Gott ihn sehr wertgeachtet haben, denn er hatte ihn immer wieder bewahrt und erhalten.

Und war deshalb Tierney Burke nicht ebenso wertgeachtet bei dem allmächtigen Gott?

Sandemon würde sagen, der Junge war es wert, daß man sich für ihn einsetzte, daß man für ihn kämpfte, einfach, weil auch er ein geliebtes Geschöpf Gottes war. Und obgleich Morgan das auch glaubte, fand er es oft viel schwieriger als sein westindischer Freund, auch nach seinem Glauben zu handeln.

Seit dem frühen Nachmittag war keine weitere Nachricht aus dem Wagen überbracht worden, was vermutlich bedeutete, daß der Zustand des Jungen unverändert war. Der kleine Zigeunerjunge – Nanosh – war in Nelson Hall geblieben und schlief im Räucherhaus, wenn er keine Nachrichten zu überbringen hatte.

Morgan hoffte, daß es kein Fehler war, ihn hierzubehalten. Natürlich brauchten sie auf jeden Fall einen sicheren Mittler, und das Kind hatte geschworen, an jenem Abend, als er krank wurde, nicht in Tierneys Nähe gewesen zu sein. Dann könnte der Umstand, den Jungen hier zu haben, vielleicht auch dazu beitragen, den Zorn von Jan Martovas älterem Bruder, dem Anführer der Zigeuner, zu besänftigen.

Morgan hatte die unverfrorene Dreistigkeit und den unverschämten Zorn Greco Martovas nicht vergessen. Wer wußte, wozu der Mann fähig wäre, wenn jemand im Lager der Zigeuner der Cholera zum Opfer fiele! Das aggressive Oberhaupt der Zigeuner würde höchstwahrscheinlich Tierney beschuldigen, obwohl es in gleicher Weise möglich war, daß Tierney sich bei einem der Zigeuner angesteckt hatte. Trotzdem war es kein Fehler, den Jungen auf Nelson Hall zu haben für den Fall, daß Ärger aus dem Lager der Zigeuner zu erwarten war.

Außerdem war das Kind wirklich eine Hilfe als Botenjunge: er rief Nachrichten über den Fluß und legte Nahrung und andere Dinge an einer Stelle ab, wo Jan Martova sie abholen konnte.

Die häufigen Berichte aus dem Zigeunerwagen ließen jedoch deutlich erkennen, daß Tierneys Zustand kritisch war, und bisher hatte sich noch kein Arzt gefunden, der ihn behandelte. Eine Reihe von Ärzten war, als die Epidemie ihren Höhepunkt erreicht hatte, selbst der Cholera zum Opfer gefallen, was diejenigen, die überlebt hatten, zu größter Vorsicht gemahnt hatte.

Morgan vermutete, daß Tierneys Verbindung mit den Zigeunern es nur noch schwieriger machte, einen Arzt für ihn zu finden. Dr. Dunne, der eine Arzt, der ihn vermutlich behandelt hätte, weilte gerade in London und war nicht vor nächster Woche zurückzuerwarten. Zumindest bis dahin schien Tierneys Schicksal in den Händen seines Kameraden zu liegen, des Zigeuners Jan Martova.

Morgan konnte sich nicht vorstellen, daß ein Zigeuner — außer vielleicht ein paar nutzlosen Zaubersprüchen — irgend etwas von Heilkunst verstand. Als er seine Sorge Sandemon gegenüber geäußert hatte, hatte dieser ihm überraschenderweise widersprochen. Die Zigeuner, hatte er Morgan erklärt, verstanden sehr viel von pflanzlichen und anderen Heilmitteln. Obgleich er zugab, mit vielen ihrer Bräuche nicht einverstanden zu sein, schien er doch der Meinung, daß Tierney es schlimmer getroffen haben könnte, als einen Zigeuner als Pfleger bei sich zu haben.

Trotzdem machte Sandemon, der sonst ein sehr toleranter Mann war, keinen Hehl daraus, daß er den Zigeunern mißtraute. Jedesmal, wenn von ihnen die Rede war, wurde sein sonst so ruhiger, sanfter Blick plötzlich rastlos und schien in die Ferne zu schweifen. Mehr als einmal glaubte Morgan, auch eine Spur von Angst in den Augen des Freundes entdeckt zu haben. Er vermutete, daß Sandemons tragische Erfahrungen mit dem Okkulten in seiner alten Heimat die eigentliche Ursache für seine Vorsicht darstellten — was natürlich verständlich war.

Doch noch offenkundiger als seine Abneigung den Zigeunern gegenüber trat bei dem Mann von den Westindischen Inseln in letzter Zeit eine große Niedergeschlagenheit zutage, und Morgan fragte sich, ob dies nicht mit einer Schuldenlast in Verbindung stand, die er sich selbst aufgebürdet hatte.

Wiederholte Male hatte Sandemon Morgan um Vergebung gebeten, weil er zu Tierneys Betrug und Artegals Anteil daran geschwiegen hatte. Morgan hatte ihn zu beruhigen versucht und sogar erklärt, daß er in einer ähnlichen Situation vielleicht genauso gehandelt hätte.

Offenbar hatte er nicht sehr überzeugend gewirkt. Es überraschte ihn nicht, denn in gewisser Weise ärgerte es ihn *wirklich*, daß sein Freund geschwiegen hatte, fühlte er sich *tatsächlich* betrogen.

Tierneys Hinterhältigkeit hatte ihn zwar sehr enttäuscht, aber dennoch gestand der Realist in Morgan ein, daß seine eigenen Jugendstreiche weitaus schlimmer waren. Was Artegal betraf, so war sein Verhalten — obgleich mehr als eine Unverschämtheit Morgan gegenüber — dennoch keine Überraschung. Morgan war in der Tat beinahe froh, einen Grund zu haben, um den Mann zu entlassen, obgleich sein Fehlen den anderen Bediensteten vorübergehend eine zusätzliche Last auferlegte.

Die Tatsache jedoch, daß Sandemon nicht sofort zu ihm gekommen war, nagte fortwährend an ihm wie ein widerlicher Wurm. Er glaubte, darüber hinwegkommen zu können, und er hatte in der Tat enorme Anstrengungen unternommen, seine Gefühle zu verbergen — doch der Groll war geblieben wie eine hartnäckige Wunde, die nicht heilen wollte. Und Sandemon war viel zu empfindsam, um das nicht zu bemerken. Zweifellos war das der Grund für seine Niedergeschlagenheit und die Trauer, die aus seinen Augen sprach, wenn sich ihre Blicke zufällig trafen.

Im Augenblick sah sich Morgan jedoch außerstande, sich um die Gefühle eines anderen zu kümmern. Er schien selbst in einem Ansturm der Gefühle gefangen: Angst, so stark wie nie zuvor in seinem Leben; Empörung — über Tierney und sich selbst — weil er nicht besser auf den Jungen aufgepaßt hatte; Enttäuschung über Sandemon, daß er ihn nicht informiert hatte, solange es möglicherweise noch Zeit gewesen wäre, das Unheil zu verhindern, sowie das Gefühl, in seiner Verantwortung Michael und seinem Sohn gegenüber persönlich versagt zu haben.

Doch es war die Angst — diese grausame, unbarmherzige, quälende Angst — mit der am schwersten fertigwurde. Auf keinen Fall durfte er zulassen, daß jemand sah, wie er oft nahezu in Panik geriet, wie er ständig Angst hatte, — und das zweifellos ohne vernünftigen Grund — daß sich die furchtbare Cholera irgendwie einen Weg in sein Haus bahnen und Finola ... oder Baby Gabriel ... oder Annie ... oder seine ganze Familie befallen könnte.

Zuweilen übermannte ihn die Furcht mit solcher Heftigkeit, daß er beinahe an seinen Bemühungen erstickte, sie zu verbergen, ehe Finola oder Annie etwas bemerkten. Das kleinste Anzeichen von Schwäche seinerseits würde sie nur noch mehr beunruhigen, und das mußte er um jeden Preis verhindern. Es schien, daß sie sich beide auf seine Stärke und Zuverlässigkeit stützten, und obgleich er glaubte, daß es eitel von ihm war, wollte er sie dennoch nicht enttäuschen.

Mit einem tiefen Seufzer legte er *The Nation* beiseite und schaute noch einmal zum Fenster hinaus, hinüber zu dem dunklen Feld, wo der Zigeuner seinen Wagen abgestellt hatte.

Endlich zu dem Schluß gekommen, daß er versuchen sollte zu schlafen, rollte er zu seinem Bett. Mit der Bremse, die Sandemon angebracht hatte, sicherte er den Rollstuhl, einen Arm auf den Bettrahmen gelegt. Nach oben fassend, ergriff er einen dreieckigen Griff, der an einer Kette befestigt war, die von der Decke herabhing — alles Sandemons Erfindung. Er hievte sich selbst soweit hoch, bis er sich nach vorn ins Bett werfen konnte. Dann, die Kette weiter als Halt benutzend, drehte er sich auf den Rücken. Zum Schluß hängte er die Kette am Bettpfosten fest.

Einen Moment lag er da, die Augen zur Decke gerichtet, während sein Herz von der Anstrengung hämmerte. Es hatte viel Übung gekostet, bis er es geschafft hatte, selbst in sein Bett zu gelangen, doch nachdem er die Übung beherrschte, genoß er die kleine Freiheit, die ihm dadurch zuteil wurde. Wer gesunde Beine hatte, hielt diese Errungenschaft, selbständig ins Bett gehen und aufstehen zu können, gewiß für gering, doch für Morgan war es eine wesentliche Errungenschaft — eine von vielen, die er dem stets einfallsreichen, nimmermüden Sandemon zu verdanken hatte.

Er verdankte diesem seinem treuen Gefährten tatsächlich mehr, als Worte jemals ausdrücken konnten. Von dem Tage an, da der große, freundliche schwarze Mann nach Nelson Hall gekommen war, hatte er es sich zur Aufgabe gemacht, Morgan ein besseres Leben zu ermöglichen — und das mit beachtlichem Erfolg.

Schuld quälte Morgans Herz, als er erkannte, daß sein Freund es besser — viel, viel besser — verdient hatte, als er es ihm in den letzten Tagen vergolten hatte. Vielleicht *hatte* Sandemon die falsche Entscheidung getroffen — doch was war schon dabei! Der Herr allein wußte, wie viele falsche Entscheidungen Morgan Fitzgerald in seinem Leben getroffen hatte!

Er schluckte hart. Es war einfach ungehörig von ihm, Sandemons Treue in Frage zu stellen. Der Mann war vorbehaltlos treu, und doch hatte Morgan seine Zuverlässigkeit durch nichts anderes als kühle Reserviertheit und unbegründete Enttäuschung belohnt.

Morgans Augen schmerzten, und er fühlte sich unaussprechlich matt. Während er seine Brille abnahm und sie beiseite legte, gelobte er sich, daß diese Wand zwischen Sandemon und ihm nicht länger bestehen durfte. Morgen würden sie miteinander sprechen, und er würde diese Dinge zwischen ihnen ordnen.

Im Augenblick forderte sein Körper jedoch dringend Schlaf. Aber als er seine Hand ausstrecken und die Öllampe neben seinem Bett löschen wollte, ertönte ein scharfes Klopfen an seiner Tür, so daß seine Hand mitten in der Luft innehielt.

Auf sein „Herein", erschien Sandemon im Türrahmen. Die Tür leise schließend, kam er weiter ins Zimmer, bevor er sich an Morgan wandte. Sein Gesicht sah abgespannt, seine Augen betrübt aus, und Morgan wußte sofort, daß er schlechte Nachrichten brachte. Er atmete tief durch, dann hielt er den Atem an und wartete.

Äußerst selten nur setzte der große dunkelhäutige Mann seine abgetragene Matrosenmütze ab, doch jetzt hielt er sie vor seiner Brust, während er gedankenverloren mit deren Krempe spielte. „Der kleine Zigeunerjunge war soeben an der Küchentür", sagte er niedergeschlagen. „Er kam, um uns mitzuteilen, daß sein Cousin — Jan Martova — ebenfalls an Cholera erkrankt ist. Auch er scheint schwer krank zu sein."

Als Morgan nichts erwiderte, fuhr er fort: „Nanosh — der Zigeunerjunge — sagte, sein Cousin sei so schwach, daß er kaum noch in der Lage war, sich verständlich zu machen, als er an den Fluß kam." Er hielt inne. „Was sollen wir tun, *Seanchai*? Wir können sie nicht mehr länger sich selbst überlassen. Sie brauchen Hilfe."

Einen Augenblick lang war es Morgan, als hätte ihn die Krankheit befallen. Lähmende Furcht ergriff ihn, umkrallte seine Brust, legte sich um seinen Kopf. Etwas Bedrohliches erfüllte den Raum. Er krümmte sich, dann rollte er sich auf die Seite. In Sandemons dunklen Augen, die ihn beunruhigt anblickten, sah Morgan seine eigene Sorge widergespiegelt.

„*Seanchai?*"

Sandemons sanftes Drängen erinnerte ihn daran, daß er angesichts dieses neuesten Unheils nachdenken, eine Entscheidung treffen mußte. Ihre Blicke begegneten sich; schweigend sahen die Männer einander an, bis Morgan schließlich verzweifelt den Kopf schüttelte. „Ich kann mir nicht vorstellen, was ich tun soll", gestand er schweren Herzens ein, während er in seine Kissen zurücksank. „Ich weiß es einfach nicht."

28. Kapitel

Widerstrebender Abschied

Ich weiß, es ist Zeit, daß ich geh,
doch ist das Herz mir unendlich weh.

George Sigerson (1836-1925)

Mit einer Hand seitlich über sein Gesicht streichend, versuchte Morgan nachzudenken. Im Grunde empfand er wenig Mitleid für Jan Martova. Vermutlich hatte der Zigeuner Tierney sogar zuerst angesteckt! Doch es war sinnlos, die Zeit mit Beschuldigungen zu verschwenden. Um Tierneys willen — und ihnen allen zuliebe — mußten sie einen Weg finden, den beiden jungen Burschen zu helfen. Die Frage war nur, wie.

„*Seanchai?*"

Morgan schaute Sandemon an, während dieser an sein Bett trat.

„Ich glaube, ich sollte gehen und ihnen helfen. Das ist meiner Meinung nach die einzige Möglichkeit", erklärte der Mann mit der schwarzen Hautfarbe ruhig. Dann fügter er hinzu: „Das heißt, wenn Sie eine Zeitlang ohne mich auskommen könnten."

„*Das kann ich nicht!*" stieß Morgan hervor, während er sich, auf einen Arm gestützt, auf die Seite drehte. „Das steht völlig außer Frage! Ich brauche dich hier, darüber lohnt es sich nicht, noch weiter zu diskutieren."

Vor allem wollte er Sandemon nicht einer solchen Gefahr aussetzen. Selbst wenn er ohne ihn auskäme, . . . was natürlich nicht der Fall war, . . . war er nicht gewillt, Sandemon zu gefährden . . .

„Nein", sagte er noch einmal, „wir werden einen anderen Weg finden müssen. Ich kann nicht auf dich verzichten."

Sandemons Gesichtsausdruck war unergründlich, und einen Moment später wandte er seinen Blick ab. Morgan glaubte, trotz des Schweigens die Mißbilligung des anderen zu spüren.

„Schwester Louisa hat viel Erfahrung in der Pflege von Kranken", erklärte Morgan gedankenverloren. „Sie wäre gewiß bereit, die Pflege zu übernehmen."

Sandemon hob den Kopf und schaute Morgan direkt in die Augen.

„Bitte nicht, *Seanchai*. Bitte gefährden Sie nicht die Schwester. Sie wird hier dringend gebraucht, von Mrs. Finola, Annie — und auch von den Schülern. Sie sollten sie auf keinen Fall einer solchen Gefahr aussetzen."

„Sie wird nicht dringender gebraucht als du", erwiderte Morgan bitter. Sandemons Worte hatten ihn nur noch mehr bekümmert und verwirrt. Natürlich *wollte* er Schwester Louisa nicht eine so gefährliche Aufgabe übertragen, obgleich er wußte, daß sie, ohne zu fragen, die Aufgabe übernommen hätte. Doch welche andere Möglichkeit hatten sie?"

„Dann irgend jemand aus der Stadt", sagte er unsicher. „Wir werden eine Krankenschwester suchen —"

„Es wird niemand aus der Stadt kommen, *Seanchai*", sagte Sandemon ruhig, aber bestimmt, seine Worte abgehackt. „Sie müssen mir gestatten zu gehen. Es gibt keine andere Wahl. Ich werde Lucy darauf vorbereiten, Ihnen zu helfen. Ich werde ihr alles erklären, was sie während meiner Abwesenheit wissen muß."

„Das kommt nicht in Frage!" Morgan setzte sich auf, sein Gesicht glühend. „Ich werde mir nicht von einer Frau helfen lassen! Außerdem", fügte er schnell hinzu, „ist sie für Gabriels Pflege zuständig — und auch Finola ist auf ihre Hilfe angewiesen. Nein, nicht Lucy!"

Zwischen ihnen herrschte Schweigen, während Morgan alle Möglichkeiten in Betracht zog — und verwerfen mußte. Frustriert wurde ihm die Hoffnungslosigkeit ihrer verzweifelten Lage bewußt. Wer würde sich wissentlich einer solchen Aufgabe unterziehen, nicht ein, sondern *zwei* Opfer der mörderischen Cholera zu pflegen!

Als er Sandemons langes Seufzen hörte, warf Morgan ihm einen Blick zu.

„*Seanchai*", sagte der dunkelhäutige Mann, „ich sehne mich weder danach, diese Aufgabe zu übernehmen noch, Sie allein zu lassen. Ich fürchte jedoch, es wird leichter sein, jemanden für *Sie* zu finden, als jemanden, der bereit ist, sich der Cholera auszusetzen. Außerdem haben wir vermutlich keine Zeit zu verlieren."

„Verstehst du denn nicht?" stieß Morgan hervor. „Ich bin nicht bereit, dein Leben für einen gottlosen Heiden und einen undankbaren Bengel aufs Spiel zu setzen! Ich meine, du solltest mir dankbar sein!" Plötzlich erschöpft, seine Haut schweißnaß, sank Morgan in seine Kissen zurück.

Lange Zeit sprach keiner von beiden. Morgan spürte, wie die dunklen Augen Sandemons auf ihm ruhten, doch vermied er es bewußt, dem Blick des anderen zu begegnen, indem er an die Decke starrte.

Schließlich brach Sandemon das Schweigen. Er räusperte sich leise, bevor er erklärte: „Vielen Dank, *Seanchai*, für Ihre ... Fürsorge. Ich möchte Ihnen sagen, daß sie mich sehr bewegt und dankbar macht. Doch lassen Sie mich erklären, daß ich die Cholera bereits einmal überlebt habe und es vermutlich auch ein zweites Mal schaffen würde."

Morgan warf ihm einen skeptischen Blick zu, den Sandemon geflissentlich übersah. „Auf unseren Inseln glaubt man, daß man gegen Cholera geschützt ist, wenn man sie einmal durchgemacht hat. Das ist noch ein weiterer Grund, weshalb ich derjenige sein sollte, der –"

Er hielt inne, als an der Verbindungstür zu Finolas Schlafzimmer ein leises Klopfen ertönte. Beide Männer schauten zu der Tür, die sich nach einem weiteren leisen Klopfen öffnete.

In einen Morganmantel gehüllt, betrat Finola das Zimmer. Ihr Haar hing offen über ihre Schultern, und ihr Gesicht sah noch halb schlaftrunken aus, als sie fragend von einem zum anderen blickte.

„Ich . . . ich möchte nicht stören, aber ich hörte plötzlich Stimmen. Da vermutete ich, daß etwas passiert wäre."

Morgan warf schnell eine Decke über seine Beine, die nackt unter dem Saum seines Nachthemds hervorschauten. „Entschuldige bitte, Finola. Ich habe nicht gemerkt, daß wir so laut gesprochen haben."

Auch Sandemon neigte seinen Kopf, um sein Bedauern auszudrücken.

Mit einer Handbewegung wehrte sie ihre Entschuldigungen ab. „Was ist los?" fragte sie, während sie ihren Blick erneut von dem einen zu dem anderen wandern ließ. „Ist etwas passiert?"

Sandemon wandte sich um, mit Morgan einen Blick wechselnd.

„Nichts, was dich beunruhigen muß", erklärte Morgan, darauf bedacht, sie auf keinen Fall zu ängstigen. Als er sah, daß sie auf eine Erklärung wartete, fügte er widerwillig hinzu: „Der Zigeunerjunge scheint auch an Cholera erkrankt zu sein. Wir besprechen gerade, was wir tun sollten."

Sie griff sich an den Hals. „Sie sind *beide* krank? Aber . . . wie sollen sie dann allein zurechtkommen? Wer wird sie versorgen?"

Morgan schaute zu Sandemon, ehe er seinen Blick abwandte. „Genau darüber sprechen wir gerade", murmelte er. „Bisher haben wir jedoch noch keine Lösung gefunden."

Doch Sandemon ließ sich nicht so schnell abweisen. „Ich hatte gehofft, der *Seanchai* würde mir gestatten, den jungen Männern zu helfen", bemerkte er leise. „Es gibt sonst niemanden außer mir."

Finola wurde bleich und starrte Sandemon bestürzt an. „Oh Sandemon . . . das wäre sehr gefährlich für dich –"

Als Morgan ihre Bestürzung sah, begann er sofort, sie zu beruhigen. „Er weiß, daß ich es nicht zulassen werde", erklärte er, Sandemon einen finsteren Blick zuwerfend, den dieser zu ignorieren vorgab. „Ich kann ihn nicht weggehen lassen, um Krankenschwester zu spielen, wo ich ihn hier dringend brauche."

Sandemon wandte sich Morgan zu und forschte in seinem Gesicht. Er schien sich nicht sicher zu sein, ob er reden oder schweigen sollte. Seine Mütze noch fester an seine Brust drückend, warf er einen kurzen Blick in Finolas Richtung.

„Verzeihen Sie mir, *Seanchai*", sagte er schließlich wieder zu Morgan gewandt. „Ich möchte Sie gewiß nicht beleidigen, doch ich muß feststellen, daß Sie inzwischen sehr gut allein zurechtkommen. Sie haben tatsächlich ein hohes Maß an Unabhängigkeit erreicht. Gewiß könnte Ihnen jemand anders bei den wenigen Dingen beistehen, bei denen Sie noch Hilfe benötigen, zumindest vorübergehend."

Morgan erstarrte. Unterschwellig wußte er, daß er sich absichtlich stur stellte, doch war er nicht bereit, nachzugeben. Bevor er irgend etwas erwidern konnte, fuhr Sandemon fort. „Ich möchte gewiß nicht anmaßend sein, *Seanchai*, doch das Leben dieser beiden jungen Männer da draußen hängt vielleicht auch davon ab, welche Pflege ich ihnen zuteil werden lassen kann. Soviel könnte ich zumindest für sie tun." Er hielt inne, ehe er bestimmt hinzufügte: „Obgleich es mir gewiß nicht leichtfällt, Ihre Wünsche zu ignorieren, habe ich auch die *Absicht*, soviel für sie zu tun."

Zornentbrannt stieß Morgan hervor: „Du willst dich mir widersetzen?"

„Das möchte ich lieber nicht, und deshalb bitte ich Sie um Ihre Zustimmung."

Morgan starrte ihn finster an, unbehaglich zur Kenntnis nehmend, daß Finola jedes Wort ihrer Unterhaltung verfolgte, während sie besorgt vom einen zum anderen blickte.

Sie konnte natürlich nicht wissen, daß sich seine Unnachgiebigkeit vielmehr auf Angst um Sandemon als auf puren Starrsinn gründete.

Sandemon verblüffte ihn mit den folgenden Worten: *„Seanchai"*, sagte er sanft, „ich glaube, Sie haben Angst um mich, und Ihre Fürsorge bewegt mich tatsächlich sehr."

Morgan schaute ihn überrascht an, und Sandemon lächelte ein wenig, als er erklärte: „Es ist gut, wenn ein Mensch einen so treuen Freund hat, und ich bin sehr dankbar dafür."

„Nun ... ja ... ich habe schon gedacht, ich muß ein Bild malen lassen", sagte Morgan rauh.

„Trotzdem", fuhr Sandemon, immer noch lächelnd, fort, „möchte ich

Sie noch einmal daran erinnern, daß ich bereits an Cholera erkrankt war ... und überlebt habe. Es ist höchst unwahrscheinlich, daß mich die Krankheit noch einmal befällt. Darf ich, das in Betracht ziehend, um Ihre Erlaubnis bitten, *Seanchai*, zu den Jungen in den Zigeunerwagen zu gehen?"

Immer noch fest entschlossen, ihn nicht gehen zu lassen, verzog Morgan das Gesicht, als er erwiderte: „Und was soll dann aus mir werden? Soll ich einen Fremden einstellen während deiner Abwesenheit?"

„Das wird gewiß nicht nötig sein", erklärte Finola in einem ungewöhnlich bestimmten Ton. „Ich werde dir an Sandemons Stelle helfen, bis er zurückkommt."

Diese ruhige Feststellung schlug in dem Zimmer ein wie ein Blitz. Morgan erstickte beinahe an seinem eigenen Atem, und selbst Sandemons stoische Ruhe schien ein wenig gestört zu sein.

Als nähme sie in keiner Weise das Erstaunen der beiden Männer wahr, durchquerte Finola das Zimmer und blieb vor Morgans Bett stehen. Die Hände in die Hüfte gestemmt, lächelte sie Sandemon scheu an, bevor sie Morgan mit ihren großen blauen Augen ins Gesicht blickte.

„Wenn Sandemon tatsächlich spürt, daß er es tun muß, dann brauchst du dir keine Gedanken mehr darüber zu machen, wie du ohne ihn auskommen wirst. Ich bin sehr gut in der Lage, dir in seiner Abwesenheit zu helfen, und es würde mich sehr freuen, dir beistehen zu dürfen."

Einen Augenblick lang konnte Morgan nichts anderes tun, als sie ungläubig anzustarren. Irgend etwas an ihrem wohlgemeinten Vorschlag hatte bewirkt, daß sein Herz wie wild zu rasen begann, obgleich er sich schnell darin erinnerte, daß sie nichts anderes im Sinn hatte, als hilfsbereit zu sein.

„Das ist ... sehr nett von dir, Finola", brachte er ziemlich beherrscht hervor, „doch vollkommen unnötig. Wenn Sandemon so entschlossen ist, in den Wagen zu gehen, werde ich einen der Stallknechte bitten, mir zu helfen."

Unter ihrem forschenden Blick war ihm schmerzlich unbehaglich zumute. „Ich werde ... zurechtkommen", fügte er unbeholfen hinzu.

Noch einen Augenblick forschte sie in seinem Gesicht, dann wandte sie sich unerwartet Sandemon zu und erklärte: „Sandemon, könnte ich bitte einige Augenblicke allein mit Morgan sprechen?"

* * *

Finola wartete, bis Sandemon leise das Zimmer verlassen hatte, ehe sie sich Morgan wieder zuwandte.

Noch näher an sein Bett tretend, forschten ihre Augen von neuem in seinem Gesicht. „Du bist betrübt darüber, was Sandemon zu tun beabsichtigt", sagte sie sanft. „Du hast Angst um ihn."

Er nickte. „Ich glaube am meisten betrübt es mich zu wissen, daß er recht hat — es scheint keine andere Möglichkeit zu geben."

„Du mußt versuchen, dir um ihn keine Sorgen zu machen", sagte Finola sanft, seine Hand berührend. „Irgendwie glaube ich, daß Sandemon unbezwingbar ist."

Er schaute auf ihre Hand, dann schloß er sie in die seine. „Wollen wir es hoffen. Ich muß zugeben, ich kann den Gedanken nicht ertragen, ihn nicht mehr in Nelson Hall zu wissen." Er hielt inne. „Es tut mir leid, daß wir dich geweckt haben. Du hast genug Sorgen, auch ohne uns."

Es war nicht zu leugnen, daß auch sie sich Sorgen machte. Der bloße Gedanke an die Cholera ängstigte sie, besonders wenn sie daran dachte, daß Gabriel ... oder Morgan ... von dieser Krankheit heimgesucht werden könnten. Sie spürte jedoch, daß jetzt nicht der richtige Zeitpunkt dafür war, über ihre eigenen Ängste zu sprechen.

„Ich versuche, damit zu leben", sagte sie, bewußt um einen fröhlichen Tonfall bemüht. „Manchmal kommt es mir vor, als hätte ich mein ganzes Leben in Angst zugebracht. Das muß ein Ende haben. Ich möchte nicht den Frieden zerstören, den Gott mir in diesem Haus geschenkt hat."

Er drückte ihre Hand, und eine Spur von Freude huschte über sein Gesicht. „Es bedeutet mir sehr viel, wenn du sagst, daß du hier Frieden gefunden hast. Das hatte ich von Anfang an für dich im Sinn, Frieden für dich ... und Glück."

Finola spürte, wie ihr Herz vor Liebe zu ihm überströmte, für seine liebevolle, unerschöpfliche Fürsorge, seine Aufmerksamkeit, seine Freundlichkeit. Am liebsten hätte sie ihm gesagt, was sie für ihn fühlte. Stattdessen lächelte sie jedoch und erklärte beiläufig: „Dann wirst du auch nicht weiter mit mir streiten. Du wirst mir erlauben, dir zu helfen, solange Sandemon nicht hier ist, denn es würde mich sehr unglücklich machen, wenn du es ablehntest."

Er vermied es, Finola anzuschauen, während er sprach, doch sein Gesicht verriet seinen Schmerz. „Finola, ich kann nicht erwarten, daß du mich verstehst. Aber es ist ... schwierig, so sein zu müssen wie ich. Auch mit Sandemon fällt es mir manchmal nicht leicht, doch mit dir, *mavourneen*, meine Liebe, ..."

Er schaute sie an, und Finola mußte hart schlucken, als sie die Qual in seinen Augen erkannte.

„Mit dir", fuhr er nach einem tiefen Seufzen fort, „finde ich es noch schwieriger. Bei Sandemon kann ich meinen Stolz größtenteils in den Wind schlagen, wenn es jedoch um dich geht, kämpfe ich auch um das letzte bißchen, was davon noch übrig ist."

Fest entschlossen, ihm nicht mit Mitleid zu begegnen, kämpfte Finola die Traurigkeit nieder, die seine Worte ihn ihr hervorgerufen hatten. „Morgan ..."

Er schüttelte den Kopf, ihre Hand einen Augenblick an seine Lippen führend. „Es ist bitter für mich, in deinen Augen schwach und abhängig – hilflos – erscheinen zu müssen", sagte er leise, während er ihre Hand wieder von seinem Mund wegführte, sie jedoch nicht losließ. „Ich wünschte, du könntest mich als unbezwingbar erleben, wie Sandemon – als großen, starken Helden."

Sein schwaches, sich selbst verspottendes Lächeln brach Finola beinahe das Herz. *O, mein Liebling ... wenn du wüßtest, wie ich von dir denke ... du bist mein Prinz, mein mutiger, starker Prinz, der mein Herz höher schlagen und meine Seele vor Freude singen läßt ... ich denke nur in Liebe an dich ... immer nur mit Liebe ...*

Irgendwie gelang es ihr, ihm in die Augen zu schauen. „Morgan, ich muß dir etwas Wichtiges sagen", erklärte sie, tief durchatmend. „Es ist sehr wichtig für mich, und ich bitte dich, daß du mich anhörst. Bis jetzt hast du alles für mich getan, während ich ... nichts für dich tun konnte."

Als er protestieren wollte, brachte ihn Finola zum Schweigen, indem sie schnell fortfuhr: „Nein, bitte laß es mich dir sagen, Morgan. Verstehst du nicht, daß ich mich sehr lange so gefühlt habe, wie du es von dir gesagt hast, Morgan – schwach und abhängig und hilflos. Aber ich habe mich danach gesehnt, mehr zu sein ... in deinen Augen."

„Finola –" Bestürzt umklammerte er ihre Hand fester.

Sie schüttelte den Kopf und sprach weiter, während ihre Stimme einen immer festeren Klang annahm. „Du hast dich daran gewöhnt, mich ... beinahe als ein Kind zu betrachten – als ein krankes Kind, das Schutz und Zuflucht braucht. Und ich bin dir unendlich dankbar für deinen Schutz, Morgan – ja, ich mag nicht daran denken, was ohne dich aus mir geworden wäre! Ich bezweifle, ob ich überhaupt überlebt hätte. Doch ... ich bin mir nicht sicher, ob du bemerkt hast, wie ich mich verändert habe. Ich bin nicht mehr krank, verstehst du! Ich bin nicht mehr schwach ... oder hilflos. Ich fühle mich tatsächlich ziemlich gesund und sogar stark. Und Morgan – Morgan, ich bin eine *Frau*."

Sie hielt inne, wandte ihren Blick jedoch nicht ab. Sich zu ihm beugend, zwang sie sich, das, was sie begonnen hatte, zu Ende zu führen. „Ich bin eine Frau ... und eine Mutter. Ich bin auch deine Ehefrau, Morgan ... und es würde mich über alle Maßen freuen, wenn du mich auch so behandeln würdest. Ich bitte dich, daß du mir gestattest, dir zu helfen, wie du *mir* geholfen hast. Das wäre mir eine große Freude, wirklich Morgan."

Seine Augen suchten ihren Blick. Langsam nickte er als Zeichen seiner Zustimmung. Finola drückte seine Hand und lächelte. „Gut, ich werde gehen und Sandemon bitten, mir eine kurze Liste zusammenzustellen, damit ich genau weiß, was du während seiner Abwesenheit brauchst. Du ruhst dich jetzt aus, Morgan. Ich bin bald wieder zurück."

* * *

Binnen einer Stunde nahmen sie Abschied von Sandemon. Nur Morgan und Finola waren anwesend, als sie ihn in der Abgeschiedenheit von Morgans Schlafzimmer mit ihren guten Wünschen und Gebeten ziehen ließen.

Über Finolas Bestimmtheit noch immer ein wenig verblüfft, fand es Morgan schwierig, diese unerwartete Veränderung und ihre Bedeutung für sein Leben zu begreifen. Im Augenblick war er jedoch außerstande, sich auf etwas anderes zu konzentrieren als auf Sandemons Weggang zu dem Zigeunerwagen.

Mit der ihm eigenen Gründlichkeit hatte Sandemon sich Zeit genommen, einige Dinge zusammenzustellen, die er vermutlich brauchen würde: eine Rolle Flanell, etwas Laudanum und Kampfer, eine Laterne, eine Schachtel Kerzen und andere Kleinigkeiten.

„Ich werde durch den Zigeunerjungen mitteilen lassen, was wir an Nahrungsmitteln brauchen", erklärte er Morgan. „Das heißt, falls sie überhaupt Nahrung zu sich nehmen können." Er hielt inne von Morgan zu Finola blickend. „Ihr wißt, daß es Wochen dauern kann, bevor ich in das Haus zurückkehren kann. Wir müssen absolut sichergehen, daß jegliche Gefahr der Ansteckung ausgeschlossen ist."

Morgan nickte kurz, eine so lange Abwesenheit Sandemons nur widerwillig ins Auge fassend. „Du sollst wissen, daß wir dich schmerzlich vermissen werden." Seine Stimme klang schroff, selbst in seinen eigenen Ohren, doch dieser Abschied war so schwer, trotz allem — so schwer!

„Vielen Dank, *Seanchai*." Sandemon hielt inne, und seine dunklen Augen ruhten wieder auf beiden. „Ich bin sehr dankbar, daß ich jetzt mit Frieden ihm Herzen weggehen kann, weil ich Sie in tüchtigen, liebevollen Händen weiß."

Morgan schaute zu Finola und sah, wie sie leicht errötete. Doch sie lächelte Sandemon an, als sie ihm sagte: „Ich werde mein Bestes tun, doch Morgan wird zweifellos mehr als erleichtert sein, wenn du zurückkommst."

„Sei nicht so sicher", erwiderte Morgan trocken. „Dein Gesicht ist viel leichter zu ertragen als seines."

Er sah das Zucken um Sandemons Mund. Obgleich sie sich alle darum bemühten, sich den Abschied so leicht wie möglich zu machen, wurde die Stimmung schnell wieder betrübt.

„Du wirst so vorsichtig sein wie immer möglich", erinnerte ihn Morgan.

„Das werde ich, *Seanchai*, natürlich werde ich vorsichtig sein."

„Und du wirst uns wenigstens dreimal am Tag durch den Zigeunerjungen eine Nachricht übermitteln."

„Ja."

„Vergiß nicht, daß wir uns um dich sorgen werden."

„Bitte betet für mich und für die jungen Männer."

„Ja, du weißt, daß wir das tun werden."

„Wir werden alle beten, Sandemon", warf Finola ein, „Morgan und ich ... und Schwester Louisa und Annie — wir alle." Ihre Stimme klang nicht mehr so fest, und Morgan entging nicht, wie sie ihre Hände rang.

„Es wird mir Kraft geben, das zu wissen, Mistress Finola."

Es folgte ein unbehagliches Schweigen. Morgan war es schwer ums Herz. Er räusperte sich. „Bist du sicher, daß du alles mitgenommen hast, was du brauchst? Natürlich können wir dir jederzeit neue Vorräte schikken — du brauchst es uns nur durch Nanosh mitzuteilen — was immer es auch sein mag", betonte er, über das Zittern in seiner Stimme zusammenzuckend. „Wirklich alles, Sandemon."

Sandemon nickte und erwiderte: „Ich werde zurechtkommen, und alle werden wieder gesund werden. Bitte versucht, euch keine Sorgen zu machen. Ich werde gut auf die jungen Männer aufpassen — und auch auf mich."

Die Ruhe, die der schwarze Mann ausstrahlte, war beeindruckend. Doch im Augenblick widerspiegelte sein Blick — sowie eine gewisse

Beklommenheit um seinen Mund und das fehlende Leuchten in seinen Augen — wenn nicht wirkliche Besorgnis, so doch zumindest ein Widerstreben, sie zu verlassen und sich dieser Aufgabe zu stellen.

Morgan glaubte, daß er die folgenden Augenblicke möglicherweise durchgestanden hätte, ohne seine Fassung zu verlieren, wenn Finola nicht gewesen wäre. Ohne jegliche Vorrede trat sie nach vorn und nahm Sandemons Hände in ihre. „Wir werden dich schmerzlich vermissen, lieber Sandemon! Du mußt zu uns zurückkommen, gesund und munter — und sehr bald!"

Sie ließ seine Hände los und trat an Morgans Bett zurück, doch der Ausdruck unerwarteter Freude verblieb auf Sandemons Gesicht.

Einen Augenblick schaute er sie beide noch einmal an. Dann ging er zu dem Bett, Morgan in die Augen schauend. „Ich werde Sie auch vermissen, *Seanchai*, verstehen Sie! Ich werde Sie schmerzlich vermissen."

Morgan glaubte ersticken zu müssen. Tausende Erinnerungen stiegen in ihm auf, und seine Kehle schmerzte bei den unausgesprochenen Worten der Zuneigung und Liebe, die sich in seinem Herzen anstauten. Alles, was er tun konnte, war, den großen schwarzen Mann in seine Arme zu schließen. „Komm zurück, so schnell wie nur irgend möglich, *mo chara* . . . mein Freund", stieß er hervor, unfähig, noch ein weiteres Wort hervorzubringen.

Mit einem unbehaglichen Lächeln und einem letzten langen Blick ließen sie einander los. Dann, Finola zunickend, ging Sandemon zur Tür. „Sagen Sie bitte Miss Annie auf Wiedersehen von mir?"

Morgan nickte, dann war Sandemon verschwunden.

Schweigend starrte Morgan auf die geschlossene Tür. Er spürte Trauer und Niedergeschlagenheit, während er bereits jetzt die beruhigende Gegenwart, die unbesiegbare Stärke und verständige Weisheit Sandemons vermißte, an die er sich gewöhnt und auf die er sich zu verlassen gelernt hatte.

Er spürte, wie Finola ihre Hand in die seine legte, sanft seine Finger drückend. Als er zu ihr aufschaute, sah er in ihren Augen seine eigene Trauer widergespiegelt. Irgendwie half es ihm, zu wissen, daß sie seine Trauer verstand und seine Gefühle sogar teilte.

Sie blieb beinahe eine Stunde bei ihm. In dem Stuhl neben seinem Bett sitzend, gestattete sie ihm, ihre Hand zu halten, während er ihr von Sandemons ersten Tagen in Nelson Hall erzählte und wie er gerade an dem Tag angekommen war, als Finola Annie sicher bis vor die Eingangstür von Nelson Hall gebracht hatte und dann wieder verschwunden war. Er erklärte ihr, wie viel der ehemalige Sklave von den Westindischen Inseln

dazu beigetragen hatte, sein Leben zu verändern und wie unaussprechlich dankbar er ihm war. Er berichtete ihr viele Dinge von dem Mann,
den er jetzt seinen Freund nannte, bis er sich schließlich soweit entspannt
hatte, daß er einschlief.

Als er irgendwann in der Nacht noch einmal erwachte, bemerkte er,
daß sie gegangen war. Er stellte sich vor, wie ihre zarte Hand in der seinen lag, führte sogar seinen Handteller an seine Lippen, als könne er ihre
Nähe dadurch zurückerobern. In der Luft lag ein schwacher, sonnenum-
wobener Hauch von ihrem Haar, der die düstere Kälte des einsamen
Schlafzimmers ... und seines Herzens zu erhellen schien.

29. Kapitel

Im Zigeunerwagen

Es schmachteten die Geigen,
und die sommerlichen Weiden der Insel
flüsterten Geheimnisse, die längst begraben geglaubt.

Frederick Robert Higgins (1896-1941)

An der Tür des Zigeunerwagens angekommen, stellte Sandemon seine
Kiste mit den Vorräten ab, ein letztes Mal ihren Inhalt überprüfend. Das
Äußere des Wagens musternd, fielen Sandemon vor allem das fein
geschliffene, glänzende Holz und die farbenfrohen Fensterläden auf,
sowie die aufgemalten Symbole und die sorgfältige Ausführung der
Tischlerarbeiten.

Er zögerte, und es widerstrebte ihm noch immer, den Wagen zu betreten. Er fühlte sich hin- und hergerissen zwischen dem Drang, das zu tun,
was nötig war, auf der einen, und seiner Furcht vor der grausamen
Krankheit, die ihn in dem Wagen erwartete, auf der anderen Seite.

„Herr Gott", flüsterte er, *„umgib diesen Wagen mit einer Mauer deiner
Stärke und mit Engeln, die uns beschützen. Vertreib du die Finsternis
von diesem unheiligen Ort, und komme du selbst dorthin mit deinem
Licht . . ."*

Das alte Gebet St. Patricks auf den Lippen, blieb Sandemon stehen, bis
er sich stark genug fühlte, den Wagen zu betreten. . . . „Herr Jesus sei du
bei mir, Christus vor mir, Christus hinter mir, Christus in mir, Christus
unter mir, Christus über mir, Christus zu meiner Rechten, Christus zu
meiner Linken . . ."

Schließlich bekreuzigte er sich, seufzte noch einmal tief und begab sich
in den Wagen.

Drinnen fand er größtenteils das vor, was er erwartet hatte: den üblen
Gestank menschlicher Exkremente, eine wüste Unordnung aus Betten
und diversen Utensilien sowie das gequälte Stöhnen und die Schreie junger, vormals gesunder Körper, die jetzt in den furchtbaren Qualen dieser
grausamen Krankheit gefangen lagen.

Es würgte ihn, und er tastete in seiner Hose nach einem Taschentuch, das er sich über Mund und Nase band. Er ging zuerst zu Tierney Burke. Als er sich neben ihn kniete, sah er, daß die Cholera in ihr letztes Stadium eingetreten war, das tödliche Stadium, von dem nur äußerst selten jemand wieder genas.

Der Junge lag offensichtlich im Delirium, sein Gesicht geschwollen, die Augen entzündet und tief eingefallen, die Haut blaugefärbt – und sogar seine Hände waren dunkel und aufgequollen wie bei einer alten Waschfrau. Er lag da wie ein kleines Kind, die Beine angezogen, die Arme über seinem Bauch verschlungen. Als Sandemon Tierneys Puls fühlte – der gefährlich schwach war – murmelte der Junge unverständliche Worte.

Sandemon stand auf, um sich auf die andere Seite des Wagens zu begeben, wo Jan Martova lag. Der Zigeuner stöhnte, als er ihn sah, und für einen flüchtigen Augenblick schien Erleichterung auf sein Gesicht zu treten.

„Tierney?" flüsterte er heiser, als Sandemon neben ihm kniete. „Ist er ... noch ...?

Sandemon nickte, dann neigte er seinen Kopf an die Brust des Jungen, um seinen Herzschlag abzuhören. Sein Herz schlug viel zu schnell, aber nicht ungleichmäßig.

„Ich habe ... alles getan, was ich wußte", murmelte der Zigeuner. „Ich habe alles versucht ... aber nichts hat geholfen ..." Plötzlich streckte er eine Hand aus und klammerte sich mit unerwarteter Kraft an Sandemons Hemd fest. „Du wirst ihm helfen? Du wirst nicht zulassen, daß er stirbt –"

Er hielt inne, verdrehte die Augen und hielt sich den Bauch. Vor Schmerz aufschreiend, drehte er sich auf die Seite und rang nach Atem.

Eine Woge des Mitleids stieg in Sandemon auf, als er den Kummer des Jungen sah, gepaart mit Reue darüber, daß er es seinen alten Vorurteilen beinahe erlaubt hätte, ihn davon abzubringen, heute abend hierherzukommen. Seitdem er das Drängen des Geistes gespürt hatte, war es ihm schwergefallen, war es ihm sogar zuwider gewesen, zu gehorchen. Er wußte zuviel über die gottlosen Bräuche des Zigeuner: ihre heidnischen Götter, ihre geheimen Zeremonien, ihre schwarze Magie. Die Roma lebten in gefährlicher Nähe zur Finsternis, in unbehaglicher Nähe der dunklen Tiefen seiner eigenen Vergangenheit. Sie verkehrten mit den gleichen Mächten der Finsternis, die ihn beinahe ruiniert und die ihm seine Frau und seine Tochter geraubt *hatten*.

Ihre Art zu leben stieß ihn ab. Doch wie könnte er leugnen, daß auch sie Menschen waren? Wenn ihre Art ihm auch nicht gefiel, waren sie dennoch Geschöpfe Gottes. Die Retterliebe des Vaters galt den Zigeunern ebenso wie allen anderen Menschen.

Wenn der Herr heute nacht hier vorbeikäme, würde er achtlos an diesem Zigeunerwagen vorübergehen, wo zwei junge Männer krank auf dem Boden lagen? Würde er es ablehnen, ihnen Barmherzigkeit zu erweisen, ihre Wunden zu verbinden, sie zu heilen, nur weil sie seine Gnade noch nicht kannten?

Und könnte ein Mensch wie ich, der sowohl die Tiefen der Finsternis als auch das Wunder von Gottes gnädigem Licht erfahren hatte, es ablehnen, in die Lücke zu springen und ihnen zu helfen?

Der Kloß in Sandemons Hals wurde fest. Er schluckte ihn hinunter und atmete tief durch. Er hatte die richtige Entscheidung getroffen – das wußte er, so gewiß wie das Eingreifen Gottes in seinem Leben für ihn eine Realität war. Der heilige Geist hatte es ihm gesagt, und er würde tun, was ihm aufgetragen war.

Noch immer neben dem schmerzgequälten Zigeuner kniend, legte er eine Hand auf die glühende Stirn des jungen Mannes. „Versuch jetzt zu ruhen", sagte er freundlich. „Ich bin hier, um dir und deinem Freund zu helfen."

Jan Martova drehte sich auf den Rücken, vor Anstrengung stöhnend. Das Gesicht fieberrot, der Blick schmerz- und furchtgequält, starrte er Sandemon an. Als er jedoch zu sprechen begann, klang seine Stimme erstaunlich ruhig. „Werden wir sterben?"

„Wir wollen hoffen, nicht heute nacht", erwiderte Sandemon. Damit das Blut besser fließen konnte, entfernte Sandemon vorsichtig das schmutzige Tuch vom Hals des Jungen, dann knöpfte er sein Hemd auf und zog ihm die Stiefel aus.

„Eines Tages", fuhr er fort, „muß jeder von uns sterben. Wir wollen jedoch hoffen und beten, daß eure Zeit noch nicht gekommen ist."

* * *

Sandemon arbeitete die ganze Nacht hindurch und kämpfte nicht nur gegen die furchtbare Cholera selbst, sondern auch gegen die heimtücki- schen Krankheiten, die in den Exkremitäten und dem giftigem Dunst lauerten, welche die Cholera hervorbrachte.

Er konnte Jan Martova mittels Laudanum (d. h. in Alkohol gelöstes Opium) und einer Tinktur, die er aus Kaliumkarbonat und Minze herge- stellt hatte, zumindest etwas Erleichterung schaffen. Der Junge hatte weiterhin hohes Fieber und starke Schmerzen, doch binnen weniger Stunden schlug sein Puls schon wieder stärker und regelmäßiger.

Bei Tierney Burke sah es ganz anders aus. Er atmete bereits sehr schwer, bedingt durch die übermäßige Flüssigkeitsansammlung in seinem Körper und der damit verbundenen Belastung des Herzens. Nachdem Sandemon dieses Stadium der Cholera bereits in anderen Fällen gesehen hatte, wußte er, daß der Körper des Jungen an dem kritischen Punkt angekommen war, wo er die meisten Funktionen einfach einstellte. Jeder Augenblick zählte, um ihn wiederzubeleben.

Dankbar für die milde Herbstnacht, richtete Sandemon draußen vor dem Wagen ein kräftiges Feuer und kochte zunächst einen großen Kessel Wasser und anschließend einen Topf Reiswasser, welches er zu einer Art Sirup eindicken ließ. Als nächstes erwärmte er große Stücke von dem Flanelltuch, das er mitgebracht hatte. Dann trug er sie in den Wagen, wo er sie mit ein paar Tropfen des kostbaren Kampferöls besprengte. Schließlich zog er mit äußerster Vorsicht Tierneys Oberbekleidung aus und wickelte ihn behutsam in die warmen Flanelltücher ein, beinahe so, als wickelte er ein Baby.

An dem Abend, als sie erfahren hatten, daß Tierney an Cholera erkrankt war, hatte Sandemon eine Mischung aus pulverisiertem Kampfer, Cayennepfeffer und etwas Alkohol hergestellt. Seine Voraussicht hatte sich gelohnt. Jetzt nahm er die Flasche mit dieser Mixtur aus der kleinen Holzkiste mit Kräutern und Medikamenten, die er mit sich führte.

Die Mischung müßte eigentlich noch längere Zeit ziehen, doch mußte er hoffen, daß sie ihre Wirkung auch jetzt bereits zeigte.

Nachdem er eine kleine Dosis dieser Mischung in eine Tasse Reiswasser gegeben hatte, machte er sich daran, sie Tierney einzuflößen. Wie Sandemon erwartet hatte, wehrte sich der Junge. Er brauchte beinahe eine Stunde, doch schließlich gelang es ihm, Tierney ein paar Schlucke der Mixtur einzuflößen.

Als er sicher war, daß er für Tierney im Augenblick nichts mehr tun konnte, wandte er seine Aufmerksamkeit Jan Martova zu. Er würde ihm weiterhin alle zwei bis drei Stunden etwas Laudanum verabreichen. Das und die Kaliumkarbonattinktur würden die abführende Wirkung der Cholera etwas eindämmen helfen. Außer diesen Dingen und vielleicht noch ein wenig Reiswasser gab es kaum noch etwas, was er in den nächsten Stunden für den Zigeuner tun konnte.

Außer für ihn zu beten natürlich, und Sandemon wußte, er würde in dieser Nacht sehr viel beten.

30. Kapitel

Stimme des Herzens

Gemeinsam ... gemeinsam —
Dieses Wort ist Musik in meinem Herzen.

Morgan Fitzgerald (1849)

Früh am nächsten Morgen bekam Morgan zum erstenmal die Realität des Lebens ohne Sandemon zu spüren.

Der Tag hatte ganz gut begonnen. Er kam tatsächlich ziemlich gut allein zurecht und war zunächst mit sich ziemlich zufrieden. Er war allein aus seinem Bett aufgestanden und hatte ebenso — wenn auch etwas unbeholfen — seine Morgentoilette ausgeführt, ogleich ihm schmerzlich bewußt wurde, wieviel leichter mit Sandemons diskreter Hilfestellung alles war.

Sich selbst anzuziehen war kein Problem. Von Sandemon unterstützt, hatte er eine Routine entwickelt, die die Zeit nur noch vervollkommnet hatte. Er brauchte kaum länger, sich morgens fertigzumachen, als in der Zeit vor seiner Verletzung. Der gesamte Ablauf war so gut eingespielt, daß alles wie bei einem gut geschmierten Rad lief und Morgan kaum noch nachdenken mußte.

Erst jetzt, als er im Rollstuhl saß und auf seine nackten Füße herabschaute, die Socken in der Hand haltend, wurde ihm bewußt, daß in dem gut geschmierten Rad eine Speiche fehlte.

Zweifellos gab es Leute, die sich berechtigterweise fragten, warum ein Mann, der nicht laufen konnte, darauf bestand, Schuhe zu tragen. Natürlich war das keine Frage der Behaglichkeit; seine Füße reagierten nicht auf Wärme oder Kälte. Und es war auch nicht bloße Eitelkeit: wen interessierten die Füße eines gelähmten Mannes im Rollstuhl!

Es hatte etwas, wie Morgan sich eingestand, mit der Frage nach der *Würde* zu tun. Er fühlte sich einfach nicht vollständig angezogen, wenn er keine Schuhe trug. Deshalb hatte er sich zur Regel gemacht, morgens sein Schlafzimmer nicht ohne ordentliches Schuhwerk zu verlassen.

Leider hatte er vergessen, wie schwierig es sein konnte, ohne fremde Hilfe Schuhe und Socken anzuziehen.

Morgan starrte noch einen Augenblick weiter auf seine Füße und fand es zum Verzweifeln, daß eine so einfache, mechanische Handlung ein Problem darstellen konnte. Bei seinem ersten Versuch wäre er beinahe mit dem Kopf zuerst aus dem Rollstuhl gekippt. Auch der zweite Anlauf war nicht erfolgreicher.

Diesmal beugte er sich nicht so weit nach vorn und versuchte stattdessen, einen Fuß mit seinen Händen anzuheben. Wieder verlor er das Gleichgewicht und fing sich ab, indem er sich mit beiden Händen gegen eine Seite seines Bettes stemmte.

Er seufzte ärgerlich, die Socken über seinen Knien baumelnd, während er mit düsterem Blick auf seine Füße starrte.

Als er an der Verbindungstür zu Finolas Schlafzimmer ein leises Klopfen vernahm, hob er den Kopf.

„Morgan? Darf ich hereinkommen?"

Ohne abzuwarten, hatte sie die Klinke heruntergedrückt und steckte ihren Kopf herein. „Morgan?"

„Ja, komm herein." Er tastete nach seiner Kniedecke, die von der Lehne zu Boden gefallen war, aber er war nicht schnell genug; sie war bereits im Zimmer.

Sie trug eine Art gelbes Morgenkleid, und ihr goldenes Haar fiel lose an ihr herab. Sie sah aus wie eine Narzisse im Frühling!

„Ich dachte, ich schaue herein, um zu fragen, ob ich dir irgendwie helfen kann —"

Ihre Augen wanderten von den Socken in seiner Hand zu seinen nackten Füßen. Sie erfaßte die Situation sofort. „Komm, ich helfe dir."

„Nein!" Das Wort kam schärfer von seinen Lippen, als Morgan beabsichtigt hatte, doch es beschämte ihn zutiefst, daß sie ihn so sah.

Sie hielt mitten im Zimmer inne, mit einer Hand an ihren Hals fassend, während sie ihn fragend anschaute.

„Es tut mir leid, ich wollte dich nicht anfahren", sagte Morgan, zu dessen Verlegenheit sich Selbstverachtung gesellte. „Ich ... äh ... ich hatte vergessen, wie schwierig es sein kann, sich die Schuhe anzuziehen", erklärte er mit einem gezwungenen Lachen.

Sie schaute auf seine Füße. „Bitte, laß mich dir helfen", sagte sie wieder.

„Ich möchte es lieber nicht", sagte er, sorgfältig seinen Ton beherrschend. „Es ist ein bißchen demütigend, verstehst du?"

Sie sah ihn an. „Würdest du es für mich tun?" fragte sie überraschend.

„Wie bitte?"

„Wenn ich an deiner Stelle wäre, Morgan", erklärte sie, ihm direkt in die Augen schauend, „würdest du mir helfen, meine Schuhe anzuziehen?"

Etwas an dieser einfachen, direkten Frage traf ihn wie ein Schlag. Er schaute auf seine Hände und sah, daß er seine Socken zusammengeknüllt hatte. „Ja", erwiderte er schließlich, „ich glaube, ich würde es tun."

„Und fändest du es erniedrigend, mir so zu helfen, oder würdest du es gern tun?"

„Gern natürlich! Es ist nur —"

„Also dann", sagte sie bestimmt, während sie vor ihm niederkniete. „Ich habe natürlich mit Männersocken nicht viel Erfahrung, doch ich glaube, ich werde es schon schaffen."

Morgan kam sich völlig töricht vor und öffnete seine Hand. Sie blickte zu ihm auf, und er entdeckte ein zärtliches Lächeln in ihren Augen, als sie einen der Socken nahm und ihn behutsam über seinen Fuß zog.

„Den anderen, bitte", sagte sie, von neuem zu ihm aufschauend.

Er reichte ihr den anderen Socken und sah zu, wie sie ihn über seinen Fuß streifte. Einen Augenblick lang hätte er schwören können, ihre Berührung gespürt zu haben; doch das war natürlich Unsinn — seine Füße waren ebenso nutzlos wie seine Beine.

Einen flüchtigen Augenblick entstand in Morgans Phantasie eine Vorstellung davon, wie ihre Berührung sein mußte, wenn er Gefühl in seinen Füßen und Beinen *hätte*.

Die Wirkung war bestürzend. Er schloß einen Augenblick die Augen vor der bittersüßen Freude, sich ihre Berührung vorzustellen, dann atmete er tief durch, um Beherrschung ringend.

Als er seine Augen wieder öffnete, ruhten ihre schlanken Finger noch immer auf seinem Fuß, den Socken an seinem Knöchel glattstreichend.

Er war außerstande, seine Augen von ihren Händen abzuwenden und konnte nur staunen, wie sie eine so gewöhnliche Tätigkeit in einen Akt voller Anmut verwandelt hatte.

Unwillkürlich streckte er eine Hand aus, um die goldene Krone ihres Kopfes zu berühren. Ihr Haar fühlte sich warm und seidig an, wie er es immer vermutet hatte.

Sie schien einen Herzschlag lang innezuhalten, ehe sie seine Schnürsenkel zuband.

„So", sagte sie leise, als sie fertig war, und es klang so, als hätte sie eine wichtige Arbeit vollendet. Sie schaute auf, ihm scheu in die Augen lächelnd.

Widerwillig zog Morgan seine Hand von ihrem Haar zurück.

„Danke", stieß er hervor, sich in diesem Augenblick nichts sehnlicher wünschend, als sie in seine Arme zu schließen und sie fest an sich zu drücken. Doch der Gedanke, daß ein solcher Annäherungsversuch sie abstoßen oder gar erschrecken könnte, stach wie ein Messer in sein Herz und war Grund genug, ihn zurückzuhalten.

„Ich werde dir heute abend wieder helfen", erklärte sie, „und auch jeden Morgen." Sie wurde plötzlich rot, als hätte sie von Vertraulichkeiten gesprochen. An ihm vorbeischauend, sagte sie leise: „Ich helfe dir gern, Morgan. Es macht mir wirklich keine Umstände ..."

Sie unternahm nicht den Versuch, ihren Satz zu beenden. Morgan spürte, wie sie sich plötzlich unbehaglich fühlte und sagte so ungezwungen wie möglich: „Nun, nach all der Anstrengung freue ich mich auf das Frühstück. Gehen wir nach unten?"

Noch immer in einem Ansturm der Gefühle gefangen, als sie das Speisezimmer betraten, fühlte Morgan sich verwirrt. Er glaubte, daß ein herkömmliches Paar ihn für beschränkt halten würde, soviel Aufhebens um so eine Kleinigkeit zu machen wie die Augenblicke, die er soeben mit Finola erlebt hatte. Trotzdem glaubte er nicht, daß er, selbst wenn er für den Rest seines Lebens jeden Tag mit ihr verbringen würde, auch nur eine Sekunde dieser kostbaren gemeinsamen Zeit als selbstverständlich betrachten würde.

＊　＊　＊

Finola wußte, daß sie völlig verrückt sein mußte, dem, was sie eben erlebt hatte, soviel Bedeutung beizumessen. Zweifellos hatte ihm die einfache Tatsache, daß sie ihm mit seinen Schuhen geholfen hatte, nichts anderes als Unbehagen über seine eigene Unfähigkeit bedeutet. Und zweifellos war das Berühren ihres Haars nichts anderes als ein liebevolles Streicheln, so wie man einem artigen Kind über den Kopf streicht.

Ihr hatte es jedoch viel mehr bedeutet. Für einen Augenblick wenigstens hatte sie sich wie *seine Frau* gefühlt, hatte sich vorgestellt, daß sie ihm *jeden* Morgen half, seine Schuhe anzuziehen und daß der sanfte Druck seiner Hand auf ihrem Haar Ausdruck ehelicher Liebe war.

Während sie zu seiner Linken am Tisch saß, hielt sie ihren Blick sorgfältig auf ihren Teller gerichtet, obgleich ihr jeder Bissen im Hals steckenzubleiben drohte. Seitdem sie sich zu Tisch gesetzt hatten, hatte sie noch nicht wieder gewagt, seinem Blick zu begegnen, aus Angst, er könne den Aufruhr ihrer Gefühle entdecken.

Wie würde er reagieren, wenn er erfuhr, welche tiefen Gefühle sie für ihn hegte? Wäre es ihm peinlich? Unangenehm? Wäre er entsetzt? Sie war überzeugt, daß er, wenn er überhaupt an sie dachte, sie vielleicht als jüngere Schwester oder, schlimmer noch, vielleicht sogar als seine Tochter betrachtete!

Er brachte ihr die gleiche Zuneigung, die gleiche liebevolle Zuwendung entgegen wie auch Annie. Er war stets höflich, immer aufmerksam, unendlich rücksichtsvoll. Es schien im Freude zu bereiten, ihr ein Lächeln zu entlocken oder ein herzliches Lachen, und, wie auch Annie, verwickelte er sie gern in lebhafte Diskussionen und einen regen Gedankenaustausch.

Doch gab es Augenblicke ... seltene, unbedachte Momente ... in denen sie bemerkte, wie er sie anders ansah, auf eine Art und Weise, die ihren Kopf schwirren und ihr Herz rasen ließ. Wenn sie dann zu ihm aufschaute, sah sie, wie seine grünen Augen liebkosend auf ihr ruhten. Oder ein anderes Mal konnte sie entdecken, wie er sie so unendlich zärtlich anschaute, daß ihr der Atem stockte.

In solchen Augenblicken schien er verlegen zu werden und schaute schnell weg, so daß sie sich fragen mußte, ob sie sich den feinen Unterschied in seinem Blick nur eingebildet hatte.

Es verwirrte sie, störte sie und manchmal betrübte es sie sogar, daß er sie wie sein Mündel anstatt wie seine Ehefrau — oder wenigstens wie eine Frau — behandelte. Und doch gehörte sie auf eine Art und Weise, die sie nicht erklären konnte, zu ihm. Sie hatte ihm ihr Herz schon lange geschenkt, und daß er nichts von diesem Geschenk wußte, änderte nichts an der Tatsache. Denn sie war ebensowenig in der Lage gewesen, ihrer Liebe zu ihm zu widerstehen, wie sie aufhören konnte zu atmen.

„Hast du heute morgen schon die Schwester oder Annie gesehen?"

Als Morgans Frage sie aus ihren Gedanken riß, glaubte sie einen Moment, er habe ihre Gedanken gelesen und errötete schuldbewußt. „Die Schwester — oh, ja! Ich habe heute morgen als erstes mit ihr gesprochen, im Kinderzimmer."

„Hast du ihr von Sandemon berichtet?"

„Ja, sie hat vorgeschlagen, daß sie mit Annie sprechen will. Ich glaube, sie hat es bereits getan."

Morgan nickte. „Es wird hart sein für das Mädchen. Sie hängt noch immer an Sandemon wie ein treues Hündchen."

„Ich habe vor, sie zu beschäftigen, indem sie mir mit Gabriel hilft. Und vielleicht könntest du sie auch etwas für dich tun lassen?"

„Ja, das ist eine gute Idee." Einen Augenblick lang forschte er in ihrem

Gesicht. „Du bist sehr gut zu Annie. Sie liebt dich über alle Maßen."

Bei dem Gedanken an die temperamentvolle Annie mit den dunklen Augen mußte Finola lächeln. „Ich liebe sie auch. Ja, wenn ich jemals eine kleine Schwester gehabt hätte, dann hätte ich gewollt, daß sie —"

Finola hielt inne, erschrocken über das, was sie soeben gesagt hatte.

„Was ist?" Morgan beugte sich zu ihr. „Was ist mit dir, Finola?"

Sie schaute ihn an. „Es kam mir gerade in den Sinn", sagte sie mit bewegter, unsicherer Stimme, „daß ich ... vielleicht ... irgendwo ... eine kleine Schwester *habe*."

Er nahm ihre Hand. „Bereitet es dir noch viel Kummer, Finola, deine Vergangenheit nicht zu kennen?"

Sie starrte auf ihre gefalteten Hände herab und dachte über seine Frage nach. „Vielleicht nicht mehr so viel wie einst. Aber es ist sehr seltsam, nicht wirklich zu wissen, wer ich bin, wo ich herkomme — ob ich eine Familie habe, ob sie mich vermissen ..."

Als sie aufschaute, sah sie in seinen Augen Verständnis und Sorge. „Ich bin nicht unglücklich, Morgan. Aber ... ich muß mich einfach fragen. Ich glaube, ich werde mich immer fragen."

Er nickte und drückte ihre Hand. „Solange du nicht unglücklich bist", er hielt inne, bevor hinzufügte, „*hast* du eine Familie, *mavoureen*, meine Liebe. Du hast mich und Gabriel — und Annie —"

Finola lächelte ihn an. „Und Schwester Louisa ... und Sandemon. Ich habe eine sehr große Familie, meine ich! Und ich liebe euch alle!" fügte sie impulsiv hinzu. Schnell blickte sie weg und spürte, wie ihr Gesicht heiß wurde, als sie merkte, was sie gesagt hatte.

Es ist wahr ... ich liebe euch alle ... aber besonders dich, Morgan ....
ganz besonders dich ...

31. Kapitel

Schrecken der Nacht

Über die Hügel fegt tosend ein Sturm vom Ozean her;
und in seinem Tosen — ein Lied von Sieg ...
und die Schrecken der Nacht.

Eva Gore-Booth (1870-1926)

Am späten Nachmittag stand Annie auf der, wie sie es genannt hatten, „sichere" Seite des Flusses und schaute zu dem Zigeunerwagen auf der anderen Seite hinüber.

Obgleich der Abstand zwischen ihr und dem Wagen in Wirklichkeit nicht sehr groß war, erschien die Entfernung ihr meilenweit.

Mit Fergus an ihrer Seite stand sie beinahe seit einer Stunde hier und wartete, in der Hoffnung, daß Sandemon herauskommen würde. Sie wollte ihm sagen, daß sie ihn vermißte, daß sie für ihn betete.

Natürlich würde Sandemon darauf bestehen, daß sie mit gleicher Hingabe auch für Tierney Burke und den Zigeuner betete. Stirnrunzelnd widersetzte sie sich diesem Gedanken. „Schließlich ist Tierney Burke an dem ganzen Unheil schuld", sagte sie zu Fergus. Der Wolfshund schaute sie an und neigte seinen Kopf, als wolle er über ihre Bemerkung nachdenken.

„Er und seine Betrügerei! Mir scheint, er und sein Zigeunerkumpan haben das bekommen, was sie verdient haben!"

Sie hätte Tierney gleich zu Beginn verpfeifen sollen! Gleich am ersten Abend hätte sie zu dem *Seanchai* oder zu Sandemon gehen sollen, als sie gesehen hatte, wie er sich von dem Haus entfernte und den Hügel hinabsprang, ohne sich auch nur einmal umzudrehen. So sicher war er seiner Sache gewesen!

Wenn sie nur nicht so entschlossen gewesen wäre, nicht zu petzen! Nun sah sie, wozu ihr Schweigen beigetragen hatte!

Falls Sandemon irgend etwas zustoßen sollte, würde sie es Tierney Burke niemals verzeihen.

Oder sich selbst ...

Die Sonne war inzwischen von schweren, dunklen, grauen Wolken verdeckt, und ein scharfer Wind machte sich auf. Annie fröstelte in ihrem Mantel, doch hatte sie nicht die Absicht, zurück ins Haus zu gehen.

Drinnen gab es im Augenblick ohnehin nichts für sie zu tun. Alle schienen beschäftigt zu sein, außer ihr. Schwester Louisa half Mrs. Ryan, einen Korb mit Nahrungsmitteln für Sandemon und die kranken Jungen zusammenzustellen. Finola half dem *Seanchai* beim Abschreiben von Joseph Mahons Tagebuchaufzeichnungen, und Baby Gabriel schlief beinahe den ganzen Nachmittag durch.

Weil Sonnabend war, hatte sie den Luxus freier Zeit, die sie für sich selbst nutzen konnte. Es gab weder Vorträge noch zusätzlichen Unterricht, und ihre Pflichten im Haushalt hatte sie bereits am Vormittag erledigt.

Normalerweise hätte sie sich gefreut, so viel freie Zeit zu haben, die sie nutzen konnte, wie sie wollte. Dann hätte sie sich vielleicht auf dem Fensterplatz in der Bibliothek niedergelassen und ein Buch gelesen, oder vielleichte hätte sie auch an ihren Zeichnungen gearbeitet. Manchmal half sie auch Sandemon bei einem seiner Vorhaben. Er nahm sich immer etwas Neues vor — ein Spielzeug für Gabriel, einen zusätzlichen Tisch für das Klassenzimmer, irgendein Werkzeug und ähnliche Dinge.

Schwester Louisa drängte sie ständig, ihre Zeit mehr für die zahllosen „Handarbeiten" zu nutzen, womit sie ihr nahebringen wollte, daß sie sich mehr wie eine junge Dame verhalten sollte.

„Du wirst langsam erwachsen, Miss", pflegte sie zu sagen, während sie eine Augenbraue nach oben zog. „Und als Tochter eines berühmten Mannes mußt du lernen, dich entsprechend zu benehmen."

Annie hegte gemischte Gefühle in bezug auf das Erwachsenwerden. Einige Dinge schienen gar nicht so verwerflich zu sein, zumindest nicht gänzlich. Sie hatte es gern, wenn sie neue Kleider bekam, besonders, wenn Finola ihr half, den Schnitt auszusuchen. Von Zeit zu Zeit mußte sie den Versuchen der Schwester standhalten, ihr Haar „zu bändigen", doch gefiel es ihr viel besser, wenn Finoala sie frisierte. Manchmal war es schön, so zu tun, als sei sie eine feine, junge Dame, um deren Hand Dutzende von Freiern anhielten, doch wurde sie dieses Spiels stets schnell müde.

Wenn sie Hoffnung hätte, eines Tages etwas anderes zu sein als ein unscheinbares Mädchen mit spindeldürren Beinen, würde sie sich vielleicht mehr darauf freuen, erwachsen zu werden. Finola war so lieb, ihr zu versichern, daß sie eines Tages, „hinreißend" wäre. Ein Blick in den Spiegel genügte jedoch, ihre alten Zweifel neu zu beleben.

Insgesamt fand sie die Vorstellung, erwachsen zu werden, nicht sehr verlockend, schien es doch nichts anderes zu bedeuten als immer schwierigeren Unterricht, mehr Pflichten im Haushalt und mehr *Verantwortung* — eines der Lieblingswörter von Schwester Louisa.

Es schien außerdem zu bedeuten, in dem einen Augenblick himmelhoch jauchzend und im nächsten zu Tode betrübt zu sein — und daß man sich zuweilen, wie jetzt z. B., ohne ersichtlichen Grund geängstigt und ruhelos fühlte.

Der Wind blies inzwischen noch heftiger, heulte über die Hügel wie eine alte Frau, die Totenklage hielt. Die gewaltigen Bäume, die überall auf dem Gelände wuchsen, raunten und stöhnten, als würden sich Riesen einen Weg zwischen ihnen bahnen. Wieder fröstelte Annie. Normalerweise machte ihr der Wind nichts aus. Gemütlich in ihrem Bett liegend, die Decken bis an ihr Kinn hochgezogen, liebte sie es, der Musik des Windes draußen vor ihrem Fenster zu lauschen, als würden Dudelsackpfeifer über die Hügel marschieren, ihre Kampfeslieder spielend.

Heute jedoch vergrößerte der Wind nur noch das Gefühl der Einsamkeit in ihr, flößte ihr auf geheimnisvolle Weise Furcht ein, als trüge er auf seinen Flügeln neues, unbekanntes Unheil. Sie schaute zu Fergus herab. Auch der Wolfshund schien nervös und gereizt zu sein und spitzte die Ohren, als hörte er etwas, was sie nicht zu vernehmen vermochte.

Sie war gerade dabei, das Warten auf Sandemon aufzugeben und ins Haus zurückzukehren, als der Zigeunerjunge — *Nanosh* — aus dem Räucherhaus kam und ihr entgegenlief.

Wie gewöhnlich sah er nicht sehr sauber aus. Annie hatte sich ein- oder zweimal mit ihm unterhalten. Sie hielt ihn für unverschämt, doch der *Seanchai* hatte ihr gesagt, sie müsse ihn anständig behandeln, denn er war hilfreich und zuverlässig beim Überbringen der Nachrichten zwischen dem Haus und dem Zigeunerwagen.

Inzwischen hatte er sie erreicht, zunächst zu Fergus schauend, der ganz still stand, ebenfalls den Jungen ins Auge fassend. Zu Annie gewandt, fragte er ohne jegliche Vorrede: „Warum stehst du hier draußen in der Kälte?"

Annie sah ihn stirnrunzelnd an. „Vielleicht, um etwas zu beobachten", erklärte sie kurz angebunden.

Er musterte sie. „Bist du Tierney Burkes Schwester?"

„Nein, das bin ich nicht! Ich bin Annie Fitzgerald — die Tochter des *Seanchai*."

Einen Augenblick lang betrachtete er sie mit unverhohlener Neugier. „Ich wußte nicht, daß der *Seanchai* Kinder hat", erklärte er, um anschließend laut zu gähnen.

„Nun, er hat Kinder, zwei Kinder genau gesagt — einen Sohn und eine Tochter. Ich bin natürlich kein Kind mehr", fügte Annie schnell noch hinzu. Sie zeigte auf den Wagen. „Hast du Sandemon heute schon gesehen?"

„Den schwarzen Mann? Seit heute morgen nicht mehr. Nicht lange, nachdem er mir seinen Bericht über Tierney Burke und meinen Cousin zugerufen hatte, sah ich noch, wie er etwas verbrannte." Wieder gähnte er, die Hände in die Taschen vergrabend, während er Annie weiterhin musterte. „Ich nehme an, du lebst in dem großen Haus?"

„Ja, das stimmt."

„Ich lebe in einem Wagen", erzählte er ihr. „Mit meiner Mutter und meinen Geschwistern."

„Ihr lebt alle in einem Wagen?" fragte Annie überaus interessiert.

„Nun, meistens leben wir draußen. Im Wagen bleiben wir nur, wenn das Wetter schlecht ist oder wenn wir reisen."

Annie sah, wie er in den Taschen seiner ausgebeulten Hose nach etwas suchte und schließlich einen roten Ball hervorzog. Fergus spannte sofort seine Muskeln an, sprungbereit.

„Du hast keine Lust, Ball zu spielen, oder?" fragte der Zigeuner.

Annie betrachtete den Ball und das hoffnungsvolle Gesicht des kleinen Zigeunerjungen.

„Ich glaube nicht", erwiderte sie, denn ihr war *überhaupt nicht* nach Spielen zumute. Der Junge schaute sie enttäuscht an, und sie fügte, ihrem Gefühl folgend, hinzu: „Aber du kannst mit Fergus spielen, wenn du möchtest. Wenn du den Ball hochwirfst, holt er ihn wieder zurück."

Der Junge zögerte keinen Augenblick und rannte davon. Auf ein Kopfnicken von Annie folgte ihm der Wolfshund.

Annie sah den beiden nach, wie sie über das Feld davonjagten, dann richtete sie ihren Blick wieder zu dem Wagen auf der anderen Seite des Flusses. Sein strahlendes Äußeres schien ganz und gar nicht zu der düsteren Stimmung zu passen, die sich immer schneller über dem Feld ausbreitete — beinahe wie ein aufdringlich geschminktes Lächeln auf einem traurigen Puppengesicht.

Ein Teil von Annie wußte, daß Schwermut sich ihrer zu ermächtigen begann, daß das klagende Heulen des Windes und die hereinbrechenden Schatten der Finsternis sie in ihrem dunklen Netz gefangen hatten. Sie fühlte sich immer einsamer, und gleichzeitig durch das unheimliche Gefühl entnervt, nicht mehr allein zu sein.

Sie schaute um sich — hinter sich, über den Strom, zum Haus hinauf — doch sie sah nichts.

Plötzlich hatte sie ein kaltes Gefühl im Nacken, als hätte ein eiskalter Finger sie berührt. Etwas in ihr krampfte sich zusammen, als der Wind über den Hügel heulte, die Luft noch frostiger und ihr Herz noch einsamer zurücklassend.

Erschaudernd zog sie ihren Mantel fester um sich, um sich vor dem Wind zu schützen, der den Hügel herabfegte ... und vor all dem, was immer er mitbringen mochte. Plötzlich fror sie durch und durch, sich sonderbar klein und einsam fühlend. Von dem dringlichen Wunsch erfaßt, *nicht* länger allein zu sein, wandte sie sich um und rannte ins Haus zurück.

* * *

An diesem Abend verwandelte sich der Wind, der sich nachmittags aufgemacht hatte, in einen heftigen, tosenden Sturm, der an den Bäumen rüttelte und gegen den Wagen hämmerte.

Nachdem er noch eine Laterne entzündet hatte, ging Sandemon zuerst zu Jan Martova, welcher schlief. Die Haut des jungen Zigeuners fühlte sich bereits kühler an, obwohl er seine Beine noch immer vor Schmerz anzog.

Bei Tierney Burke angekommen, kniete Sandemon nieder, die Laterne hochhaltend, um das Gesicht des Jungen zu sehen. Er war noch immer restlos erschöpft, die Haut dunkel verfärbt und aufgedunsen. Er atmete in kurzen, flachen Zügen.

Als Sandemon die Finger an den Hals des Jungen legte, erschrak er, wie schwach und langsam sein Puls schlug. Er blieb noch einen Augenblick neben ihm knien und beobachtete ihn. Von Zeit zu Zeit wurde der abgemagerte Körper von ruckartigen Zuckungen erfaßt, und der Kopf drehte sich matt von einer auf die andere Seite. Aus seiner Kehle drang der unheimliche Klang des Todesröchelns.

Die Laterne in sicherer Entfernung abstellend, blieb er auf seinen Knien, zunehmend von einem Gefühl der Hilflosigkeit erfaßt, während er zuschaute, wie der Junge kämpfte. Wenn er sich nicht irrte, war dies eine Seele, die noch nicht gerettet war, auf die der tödliche Abgrund wartete.

„Dieser Junge ist nicht bereit, Herr, ... noch nicht ... er braucht noch Zeit und deine gnädige Geduld ..."

Seine Hände gegen die Knie pressend, zwang er sich, die kalte Woge der Angst abzuschütteln, die ihm den ganzen Abend hohnlachte. Weiter völlig stillsitzend, schloß er die Augen und versuchte, innerlich ruhig zu werden.

Es dauerte lange Zeit. Zuerst wurde er von einem Gefühl der Finsternis heimgesucht — Finsternis und bitterer Kälte. Erschaudernd schluckte er den Geschmack der Angst hinunter, der wie bei einer verdorbenen Speise aus seiner Kehle aufzusteigen begann. In dem jämmerlichen Heulen des Windes glaubte er ein Flüstern zu hören ... ein Murmeln zunächst, dann ein Stimmengewirr, das näher zu kommen schien, als trüge es der Wind auf seinen Flügeln heran.

Seine Augen schließend, begann er zuerst leise, dann laut zu beten. Er rief den Namen Jesu Christi an, berief sich auf das kostbare Blut Christi, das rettende Kreuz. Neben ihm stöhnte der Junge, wimmernd und um sich schlagend, als führte er einen erbärmlichen Kampf gegen einen mächtigen Angreifer.

Da Sandemon spürte, daß der Kampf besonders lang und hart würde — denn der Körper war jung, und der Geist stark und eigenwillig — betete er weiter. Er betete abwechselnd formulierte Gebete und Worte aus seinem Herzen ... und manchmal Worte aus der Heiligen Schrift. Als der Sturm mit voller Heftigkeit zu toben anfing und die Finsternis schwer auf ihm lastete, begann er, ganze Abschnitte aus der Bibel laut aufzusagen, bis er schließlich nur noch von Jesus sprach, die Geschichte seiner Geburt nacherzählend, sein Leben, seine Kreuzigung ... seine Auferstehung, um seinen Herrn und Heiland in diesem schwankenden Wagen zu erhöhen, hoch über alle Finsternis ... über alles Flüstern ... über den Sturm.

* * *

Tierney war in einem Tunnel gefangen und suchte eine Laterne, oder wenigstens eine Kerze, etwas, das seinen Weg erhellen könnte ...

Er kroch auf Händen und Knien vorwärts, und der Boden unter ihm war hart und feucht und kalt. Als er sich auf seine Füße zu stellen versuchte, schwankte er, von einer Seite auf die andere taumelnd, während ihm ein eisiger Wind entgegenheulte. Er streckte seine Hände in die Dunkelheit aus, nach irgendeinem Halt suchend, doch begegnete ihm nichts anderes als der schwarze, bedrohliche Sturm. Es waren keine Mauern da, und doch fühlte er sich wie in einer Art Kerker eingesperrt, dessen einziger Ausgang vor ihm am Ende des Tunnels lag ... Doch wie sollte er diesen Ausgang finden — ohne Licht?

Der Boden unter ihm schwankte und schlingerte weiter. Der Wind blies ihn hin und her, als triebe er müßig ein lebloses Blatt vor sich her. Doch er kämpfte weiter darum, vorwärtszukommen, sich auf den Beinen zu halten, um das Ende des Tunnels zu erreichen.

Doch was war, wenn der Tunnel kein Ende *hatte*? Was war, wenn er sich nur sinnlos im Kreis bewegte?

Der Schmerz war nicht mehr so vernichtend, obgleich er noch immer mit nadelähnlichen Krallen nach seinen Knochen griff. Eine zunehmende Angst vor der Dunkelheit und das verzweifelte Verlangen, ihr zu entfliehen, waren stärker geworden als aller Schmerz.

Er vernahm ein Flüstern, ein leises Rascheln, als schlügen Flügel in der Luft oder als raunte man Geheimnisse. Seine Schritte verlangsamend, schlug er mit den Armen um sich, ziellos nach irgendeinem Halt suchend. Der Wind schien nachzulassen, und er glaubte jetzt auf einer Art Brücke zu stehen, auf einem wackligen, schwankenden Steg ohne jegliche seitliche Befestigung, nichts zum Festhalten, nicht einmal ein Seil.

Das Flüstern war jetzt von beiden Seiten zu hören. Er begann, die Brücke zu überqueren, den Atem anhaltend und die quälenden Schmerzen ignorierend. Er wollte eine Hand ausstrecken, sich an etwas ... irgend etwas ... festhalten, doch fürchtete er, erneut in die Finsternis zu greifen. Das Flüstern ging weiter, und zum erstenmal wurde ihm bewußt, daß er Spießruten lief, auf allen Seiten von unförmigen Gestalten ohne Gesicht umgeben, die nach ihm griffen, ihn aufzuhalten versuchten, während er vorüberging.

Entsetzt lief er schneller, zwang sich, nicht loszurennen, um sein Gleichgewicht nicht zu verlieren. Er wußte, ohne zu wissen, woher, daß er, wenn er fiele ... niemals wieder herauskäme ... aus dem dunklen Abgrund, der unter ihm lauerte.

Das Flüstern wurde lauter, die Berührungen immer aufdringlicher. Von beiden Seiten der Brücke griffen klamme Hände nach ihm, ihn betastend und bedrängend. Aus dem Flüstern wurden Stimmen — kreischende, zornige, drohende Stimmen, die etwas forderten, was er nicht zu geben bereit war.

Plötzlich setzte der Sturm wieder ein, der diesmal in erbitterter, mörderischer, glühender Wut den Tunnel entlanggefegt kam, zunächst gegen seinen Rücken, dann in sein Gesicht schlagend. Er versuchte wegzulaufen, doch der heulende Sturm holte ihn ein, sog ihn in sich hinein und zwang ihn, einen unheimlichen, irrsinnigen Tanz zu vollführen in dem Versuch, seine Füße auf dem Steg zu halten.

Er beging den Fehler, nach unten zu blicken. Seine Augen füllten sich mit Entsetzen beim Anblick eines feurigen Pfuhls, dessen Flammen in gefährlicher Nähe des Stegs emporloderten. Er streckte einen Arm aus, nichts anderes erhaschend als eine Handvoll des versengenden Sturms, schrie er entsetzt auf, als vor seinem Gesicht ein Feuerball mit solcher Kraft explodierte, die ausreichte, ihn von der Brücke zu stoßen.

Er rutschte aus, stürzte nach vorn, schlug mit beiden Armen um sich und schrie, als er zu fallen begann ...

* * *

Der entsetzte Aufschrei des Jungen traf Sandemon wie ein Hieb mit einem Schwert, ihn jäh aus dem Frieden der Gegenwart Gottes in seine Umgebung zurückholend. Er beugte sich über den schreienden Jungen und sah, daß seine Augen geöffnet, weit aufgerissen waren, als erblickte er ein entsetzliches Grauen. Seine Arme ausstreckend, klammerte sich der Junge an Sandemons Hemd wie ein Ertrinkender an einen Rettungsring.

Sandemons Herz hämmerte wie wild in seiner Brust, als er seine Arme um den jungen Mann schlang und ihn mit aller Kraft festhielt. *„Halte dich fest, Junge! Halte dich fest!"*

„Laß mich nicht fallen! Bitte, Gott, laß mich nicht fallen!" Das Delirium des Jungen bewegte sich hart an der Grenze des Wahnsinns, und Sandemon zog ihn noch fester an seine Brust.

„Du wirst nicht fallen! Halte dich an Sandemon fest! Ich werde dich nicht fallen lassen!"

Er sprach weiter besänftigend auf den verängstigten jungen Mann ein, als wäre er ein kleines Kind, das man beruhigen muß. Endlich wurde der Junge Stück um Stück ruhiger, obgleich seine Hände Sandemons Schultern weiter fest umklammert hielten.

Sandemon legte ihn nur ein wenig zurück, um dem Jungen in die Augen zu schauen. Tierneys Blick wurde klarer und richtete sich schließllich auf Sandemon. „Du bist außer Gefahr", versicherte Sandemon ihm freundlich. „Hab keine Angst, du bist jetzt außer Gefahr."

Der Junge starrte ihn an, und Sandemon sah, wie die Angst zurückkehrte, die Erinnerung an das erlebte Grauen ihn einholte. Den Jungen in einem Arm haltend, legte Sandemon sein Ohr an Tierneys Brust. Sein Körper war längst nicht mehr so heiß, und der Herzschlag wurde bereits wieder stärker.

Er würde genesen.

„Was ist passiert?" fragte der Junge mit schwerer Zunge. „Wo war ich? Was ist mit mir geschehen?"

Ihn immer noch in seinen Armen haltend, forschte er in dem jungen geängstigten Gesicht, das schweißnaß glänzte.

„Ich glaube, Tierney Burke, du warst an den Pforten der Hölle", erwiderte Sandemon mit schwacher, unsicherer Stimme. „Gott sei es gedankt, daß er dich durch seine Barmherzigkeit zurückgebracht hat."

Der Junge lag so still, als atmetete er nicht. Aus diesen forschenden blauen Augen, in denen Sandemon selten etwas anderes als die dunklen Schatten des Spotts oder einen Anflug von Stolz gesehen hatte, sprach jetzt etwas anderes. Einen Augenblick dachte Sandemon, der Junge würde ihn verspotten und wappnete sich für weitere Beleidigungen.

Doch Tierney Burke lag nur da und starrte zu ihm empor, so schlaff wie eine zerbrochene Puppe. Zu Sandemons Erstaunen ergriff der Junge seine freie Hand und hielt sie fest. „Danke ..."

Sandemon wartete, den Atem anhaltend.

„Ich wäre beinahe gefallen ... dann wäre ich gestorben." Er hielt inne, nach Atem ringend. „Danke, daß du mich festgehalten, ... daß du mich nicht losgelassen hast. Ich stehe in deiner Schuld ... Sandemon."

„Nicht ich habe dich zurückgehalten, daß du nicht fallen mußtest, Tierney Burke, sondern dein gnädiger Heiland. Er hat dich nicht fallen lassen, um dir noch mehr Zeit zu geben − Zeit, um zwischen Tod und Leben, Himmel und Hölle zu wählen."

Tierney nickte schwach und schloß die Augen. Sandemons Augen füllten sich mit Tränen, doch er lächelte auch, als er den Jungen auf ein paar Decken bettete, die ihm als Lager dienten. Dann stand er auf und trat ans Fenster. Der Sturm hatte sich gelegt, und die Nacht war still und friedvoll. Er seufzte müde, aber erleichtert, ehe er sich auf Zehenspitzen an dem schlafenden Jan Martova vorüberschlich.

„Sandemon?" rief der Zigeuner leise.

Sandemon kniete neben ihm nieder und fragte: „Wie geht es dir? Schon besser?"

Der Zigeuner nickte, als wollte er sagen, daß bei ihm alles in Ordnung sei. Seine Augen suchten Sandemons, und er berührte seinen Arm. „Ich habe dir zugehört", sagte er. „Ich habe gehört, wie du für Tierney Burke gebetet ... und mit deinem Gott gesprochen hast. Mit dem einen, den du deinen Heiland nennst."

Sandemon nickte und fragte sich, was wohl als nächstes käme.

„Kannst du mir mehr erzählen?" bat der Zigeuner.

„Mehr?" rätselte Sandemon.

„Erzähl mir mehr von Jesus."

Langsam breitete sich ein Lächeln über Sandemons Gesicht aus. Vergessen waren die Müdigkeit, die zahllosen Stunden ohne Schlaf, als er sich neben dem Zigeuner auf dem Fußboden niederließ. „Ja, das will ich gern tun", sagte er, die Hand des Jungen streichelnd. „Du ruhst dich jetzt aus, und ich erzähle dir mehr über meinen Herrn Jesus."

* * *

In ihrem Bett, oben in ihrem Schlafzimmer in Nelson Hall, regte Annie sich im Schlaf. Dann drehte sie sich auf die Seite, öffnete die Augen, lauschte.

Der Sturm schien sich gelegt zu haben. Sie lauschte noch einmal in die Nacht hinein, um ganz sicherzugehen. Als sie nichts hörte, gähnte sie und streckte eine Hand aus, um Fergus über den Kopf zu streichen. Dann zog sie die Decken wieder bis unter ihr Kinn und murmelte ein letztes, schlaftrunkenes Gebet für Sandemon, und einen Augenblick später auch für Tierney Burke und den Zigeuner.

Sie drehte sich zur Seite und mit einem leisen Seufzer fiel sie wieder in einen tiefen Schlaf.

Teil drei

Licht der Hoffnung

Wunderbare Gnade

Und seht darauf, daß nicht jemand Gottes Gnade versäume.
Hebräer 12, 15a

32. Kapitel

Nehmet die Kinder an

Nie haben wir die sorglose Freude, den Frohsinn der Kindheit
gekannt, noch das stolze Herz der Jugend, mutig und frei.

Lady Wilde (1824-1896)

Anfang November
New York City

Zum erstenmal seit der Gründung ihrer Singgruppe verkürzte Evan Whittaker eine Probe am Donnerstag. Er wollte Five Points vor Einbruch der Dunkelheit verlassen haben und mußte noch zwei Besuche machen, bevor er nach Hause ging.

Es war November geworden, und die Tage schienen viel kürzer zu sein. Obwohl es erst kurz nach vier war, begann sich die Dunkelheit bereits anzukündigen, düstere Schatten auf die Straßen — und auf Evans Geist — werfend. Als er mit Lewis Farmingtons Buggy in die Mulberry Street, wo Billy Hogan wohnte, einbog, spürte er die Angst, die sich in seinem Magen regte. Trotz der großen Begeisterung, mit der sich der Junge an den Chorproben beteiligte, war Billy in der letzten sechs Wochen nur einmal zum Singen erschienen. Das war vor drei Wochen, und während der gesamten Stunde hatte der Junge Evan kein einziges Mal in die Augen geschaut. Er hatte nervös und zurückgezogen gewirkt, sein Kinn gegen die Schulter drückend, als versuchte er, den schlimmen blauen Fleck an seiner Schläfe zu verbergen.

Betrübt hatte Evan gespürt, daß in dem Jungen eine Veränderung vor sich gegangen war. Billy erschien so reserviert, in sich gekehrt — so distanziert von den anderen Jungen der Gruppe und von Evan.

Über das sonderbare Verhalten des Jungen beunruhigt, hatte Evan versucht, mit einigen der anderen Jungen über Billy zu sprechen, konnte jedoch nichts in Erfahrung bringen. Selbst Billys bester Freund, Tom Breen, hatte ihm nicht weitergeholfen, obgleich Evan ein seltsames Unbehagen in den Antworten des älteren Jungen bemerkt hatte. Tom hatte auf Evans Fragen jedesmal dasselbe geantwortet: Ja, er sah Billy manchmal; nein, in letzter Zeit nicht; nein, er hatte keine Ahnung, was Billy donnerstags nachmittags machte.

„Wahrscheinlich Zeitungen verkaufen oder für die Araber Kohlen schaufeln", war alles, was Tom Breen zu äußern bereit war. Ein- oder zweimal hatte Evan gemeint, daß der Junge noch etwas hinzufügen wollte, er hatte jedoch stattdessen nur mit den Schultern gezuckt und war weggegangen.

Heute beabsichtigte er, seine Fragen an Billy selbst zu richten, falls er ihn zu Hause antraf. Wenn nicht, würde er mit jemandem aus seiner Familie sprechen. Er mochte den kleinen, dünnen Jungen mit dem flachsblonden Haar und der Engelsstimme sehr. Er wollte nicht daran denken, daß Billy krank oder sonst in irgendwelchen Schwierigkeiten wäre.

Später hatte Evan noch vor, in der Missionsstation vorbeizuschauen, wo Dr. Grafton Sprechstunde hielt. Die Bitte des Arztes, bei ihm „vorbeizuschauen" beunruhigte Evan mehr, als er zuzugeben bereit war. Seit Wochen hatte er versucht, Nora dazu zu überreden, einen Arzt aufzusuchen, jedoch stets ohne Erfolg. Sie bestand unweigerlich darauf, daß „es ihr gutging, und sie nur noch etwas matt war", und daß er „aufhören sollte, sich soviel Sorgen um sie zu machen".

Glücklicherweise hatte Dr. Grafton kürzlich am späten Nachmittag bei ihnen vorbeigeschaut, um Teddy zu untersuchen. Evan war gerade zu Hause und hatte gegen Noras Widerspruch darauf bestanden, daß der Arzt auch sie untersuchte. Trotz seiner Besorgnis kam es für Evan unerwartet, nach dieser Untersuchung in die Sprechstunde des Arztes nach Manhattan bestellt zu werden. Dann hatte ihm Daniel heute mitgeteilt, daß er nach Sprechstundenschluß in der Missionsstation vorbeikommen sollte.

Er befürchtete, daß sich seine Sorge um Noras Gesundheit als berechtigt erweisen würde. Obgleich sie immer wieder behauptete, daß alles in Ordnung sei, schien sie auch die kleinste Aufgabe sehr anzustrengen, sie aß weiterhin schlecht und war am Ende eines jeden Tages völlig erschöpft.

Auch Daniel hatte ihm kürzlich anvertraut, daß er sich um die Gesundheit seiner Mutter sorgte. Wie Evan war auch ihm aufgefallen, wie ungewöhnlich dünn sie geworden und wie unnatürlich ihre Hautfarbe war. Alles in allem glaubte Evan, daß er Grund zur Sorge hatte.

Tief seufzend parkte er den Buggy vor einem häßlichen braunen Mietshaus, das zwischen zwei anderen eingequetscht war, die ähnlich häßlich aussahen. Er blieb noch einen Augenblick sitzen und musterte das Gebäude. Es war ein grauenhaftes Abbild des Verfalls — mit seinen verrottenden Türen und Fenstern, den Schmutz vieler Jahrzehnte auf seiner Fassade angestaut. Auf den ersten Blick erschien das Gebäude seltsam oberlastig, als wäre es nach vorn gebeugt. Beim näheren Betrachten sah man jedoch, daß dieser Eindruck durch einen Vorbau, der in sich zusammensackte, entstand. Dieser verlief in der ersten Etage über die gesamte Länge des Hauses, und es sah aus, als würde er sich jeden Augenblick von dem Gebäude lösen.

Das Haus war derart düster und häßlich, daß es beinahe angsteinflößend wirkte. Die anderen Gebäude in der Umgebung sahen ähnlich grauenvoll aus. Evan wurde beinahe übel, wenn er daran dachte, daß ein Kind wie Billy Hogan in einer so abscheulichen Gegend aufwachsen mußte.

Die Kinder, die auf der Straße spielten, sahen größtenteils schmutzig aus und waren mit Lumpen bekleidet, die ihren Körper kaum bedeckten. Sie schienen nicht auf die Abfälle und den Kot von Tieren zu achten, die überall herumlagen. Wild aussehende Hunde streunten herum, die Kinder ignorierend, während sie die Abfälle durchstöberten.

Man würde sich nie völlig an diese verwahrlosten Kinder gewöhnen können, dachte Evan — an die heimatlosen, hoffnungslosen, vergessenen Kleinen. Auch diejenigen, die für die Nacht ein Dach über dem Kopf hatten, hatten oft kein richtiges Zuhause, sondern nur einen Platz, an dem sie schliefen. Bei trinkenden oder mittellosen Eltern gab es oft nichts zu essen, kein Familienleben, keine Liebe. Sara Farmington Burke hatte ihm erzählt — und er hielt das durchaus für möglich — daß in den Slums von Five Points ein Kind einfach verschwinden konnte, ohne daß auch nur ein Mensch wußte oder sich darum sorgte, was aus ihm geworden war.

„Möge Gott ihnen helfen", seufzte er leise, während er aus dem Buggy ausstieg und sich wappnete, das Gebäude zu betreten. „Hilf ihnen allen, Herr ... und bitte, hilf Billy Hogan."

* * *

Nora saß im Schaukelstuhl am Fenster, das warme, schlafende Baby in ihrem Arm betrachtend. Sie ließ einen Finger über die unendlich zarte Wange gleiten und weiter zu dem kleinen Mund, der im Schlaf zu einem Lächeln geformt war.

Es war kaum zu glauben, daß sie ihn erst seit ein paar Monaten bei sich hatte. Ja, letztes Jahr um diese Zeit hatte sie noch nicht einmal gewußt, daß sie ihn unter ihrem Herzen trug!

Teddy war ein so liebes Baby! Er machte ihr niemals Ärger, selbst wenn er nachts unruhig war. Er weinte selten, außer wenn er Hunger hatte. Meist lag er still in seinem Bettchen, lächelte und schaute zu den buntbemalten Holztieren empor, die Daniel über seinem Bett aufgehängt hatte, um ihm die Zeit zu vertreiben.

In den düsteren Nachmittag hinausblickend, zog Nora das Baby noch fester an sich. Sie fröstelte, obgleich es im Zimmer wohlig warm war. Wie die Schatten des späten Nachmittags von draußen hereindrängten, bahnte sich ein Gespenst der Unruhe einen Weg in ihre Gedanken, ihre Zufriedenheit trübend.

Während der letzten Wochen war es ihr zunehmend bewußt geworden, daß etwas mit ihr nicht in Ordnung war. Zunächst war sie ganz unbesorgt und höchstens ungeduldig, daß sie sich so langsam von Teddys Geburt erholte. Gleichzeitig wußte sie auch, daß sie kein „junges Täubchen" mehr war und die Geburt deshalb auch nicht einfach so abschütteln konnte wie in jungen Jahren.

Wenn sie ganz ehrlich zu sich selbst war, mußte sie sogar zugeben, daß es von Anfang an ein Risiko dargestellt hatte, Teddy zu bekommen. Gewiß war sie nicht übermäßig stark, als sie Teddy empfangen hatte: zweifellos hatten die monatelange Hungersnot und der Scharlach ihren Tribut von ihr gefordert. So war es ganz natürlich, versuchte sie sich selbst zu sagen, daß es Zeit brauchen würde, bis sie sich wieder erholt hatte.

Doch Teddy war schon reichlich vier Monate alt, und anstatt stärker zu werden, spürte sie, wie ihre Kraft immer mehr versagte. Sie war ständig erschöpft, und Schwäche schien sie von dem Augenblick zu begleiten, da sie morgens das Bett verließ, bis sie abends wieder müde hineinsank. Sie hatte jedoch eigentlich keinen Grund, sich so matt zu fühlen. Sie brauchte sich wirklich nicht zu überarbeiten. Johanna und Daniel John halfen, soviel sie konnten, Tante Winnie kam ein- oder zweimal in der Woche, um den ganzen Tag bei ihnen zu verbringen, und obgleich Evan schon viel zu beschäftigt war, fand er dennoch stets Zeit für sie und die Kinder.

Natürlich hatte sie Evan nichts gesagt. Er machte sich ohnehin schon genug Sorgen um sie. Er schien jedoch mehr und mehr zu bezweifeln, daß es ihr, wie sie ihm stets einzureden versuchte, wirklich gutging. Tatsächlich waren er und Sara fest entschlossen, eine zusätzlichen Haushaltshilfe für sie zu finden — ein Gedanke, der Nora das Gefühl vermittelte, vollkommen nutzlos zu sein. Vor zwei Wochen war Sara sogar soweit gegangen, ein Mädchen von einer der Immigrantenvereinigungen auf Probe zu ihr zu schicken. Der Versuch hatte sich jedoch innerhalb von zwei Tagen als glatter Fehlschlag erwiesen. Nora hatte das Mädchen dabei ertappt, wie sie häßlich zu der armen Johanna war und sie wieder weggeschickt.

Im Geheimen hoffte sie, daß Sara niemanden anderes finden würde. Sie konnte sich nicht an den Gedanken gewöhnen, einen Fremden im Haus zu haben, der die Arbeiten verrichtete, die sie tun sollte. Und noch weniger mochte sie daran denken, daß sich ein Fremder mit um ihr kostbares kleines Baby kümmerte. Sie wußte, daß Evan und Sara nur in bester Absicht handelten, hoffte aber dennoch, sie würden die Sache ganz vergessen.

Etwas anderes hatte Nora jedoch noch viel mehr als ihre Müdigkeit zu beunruhigen begonnen. Seit Wochen bereits, und zu den überraschendsten Augenblicken, legte sich eine Schwere auf ihre Brust, der ein dumpfer, drückender Schmerz folgte. Der Schmerz hielt meist nicht sehr lang an — einige Sekunden nur — doch traten die Schmerzen zunehmend häufiger auf.

Oblgeich sie zu niemandem auch nur ein Sterbenswörtchen geäußert hatte, fürchtete sie, Dr. Grafton könnte etwas bemerkt haben, als er sie kürzlich untersucht hatte. Er hatte ihr endlose Fragen über ihr Befinden gestellt und schien auch ihre Brust übermäßig lang abgehört zu haben. Obwohl er freundlich und sachlich war wie immer, glaubte Nora, er sei vielleicht etwas stiller als gewöhnlich. An demselben Tag hatte er sie auch mit dem Vorschlag überrascht, sie solle erwägen, Teddy möglichst früh zu entwöhnen, womit er andeutete, daß sie alles tun sollte, um ihre Kräfte zu schonen.

Nora tat ihr Bestes, um vor Evan stark und gesund zu erscheinen, fest entschlossen, ihn nichts merken zu lassen. Doch konnte sie sich selbst nicht mehr länger einreden, daß alles in bester Ordnung wäre, und langsam fragte sie sich auch, ob es richtig war, ihren Zustand vor Evan zu verbergen. Sie mußte schließlich auch an die Kinder denken. Was wäre, wenn ihr tatsächlich etwas zustieße, und Evan völlig unvorbereitet war? Wie würde er zurechtkommen? Wie *könnte* er zurechtkommen — mit dem kleinen Baby Teddy und Johanna, die nicht nur körperlich behindert, sondern auch emotional belastet war!

Sie schaute auf und entdeckte in dem Spiegel auf der anderen Seite des Zimmers ihr Spiegelbild. Sie griff mit einer Hand in ihr Haar, um einige graue Strähnen unter dem dunkleren Haar an ihren Schläfen zu verbergen. Unwillkürlich kniff sie sich leicht in die Wangen und sah zu, wie sich ein schwacher rosa Hauch darauf legte.

Doch die Farbe wich sehr schnell wieder aus ihrem Gesicht, und das

Spiegelbild, das ihr entgegenstarrte, schien das einer Fremden zu sein: einer verhärmten, hageren Fremden mit aschfahler Haut und glanzlosen Augen, unter denen tiefe schwarze Schatten lagen, und die im Augenblick etwas widerspiegelten, das stark an Angst erinnerte.

* * *

Nachdem er einen der Küchenjungen, der in der Gastwirtschaft in der unteren Etage arbeitete, mit einer Nachricht zu Jess Dalton geschickt hatte, kritzelte Nicholas Grafton eilig noch eine Mitteilung auf einen Zettel, die für Evan Whittaker bestimmt war:

> *Bitte entschuldigen Sie, daß ich nicht anwesend sein kann. Ein dringender Fall rief mich weg. Wir werden uns an einem anderen Tag in dieser Woche unterhalten. N. G.*

Der Doktor nahm seinen Arztkoffer und steckte den Zettel außen an die Tür des Missionssprechzimmers, dann eilte er die Treppe hinunter.

Er hatte diesen Abruf nicht so schnell erwartet, obgleich er ihn nicht überrascht hatte, als er kam. Sowohl er als auch Elisabeth Ward wußten seit Tagen, daß das Ende nahe bevorstand. Nicholas Grafton war fest davon überzeugt, daß einzig die Sorge um ihre kleine Tochter die gemarterte junge Mutter noch weiter am Leben erhalten hatte. Unablässig hatte sie gehofft und gebetet, daß ein Brief von ihrem Vater aus England eintreffen würde, ein Brief, der ihr Frieden schenken würde in bezug auf die Zukunft ihrer kleinen Tochter.

Nicholas Grafton biß die Zähne zusammen, als er in seinen Wagen kletterte. Jedesmal, wenn er an den törichten, starrsinnigen Mann in England dachte, der seiner einzigen Tochter den Rücken zugekehrt hatte, hätte er explodieren können.

Während der vergangenen Wochen hatte er beobachtet, wie sich Elisabeth Wards Hoffnung durch das vernichtende Schweigen ihres Vaters schließlich in Qual verwandelt hatte. Und jetzt, da ihr Leben zu Ende ging, mußte das arme Mädchen nicht nur den grausamen Schmerz ihrer Krankheit ertragen, sondern auch noch die Verzweiflung und Angst um die Zukunft ihres Kindes.

Zunächst hatte er geglaubt, daß Edward Winston, Elisabeths Vater, sofort auf den Brief antworten würde, den er in ihrem Namen an ihn gerichtet hatte. Ganz gleich, wie ungerecht behandelt er sich fühlen mochte, er war ein Vater. Und ein Vater, das wußte Nicholas Grafton aus eigener Erfahrung, war in der Lage, alles erfahrene Unrecht beiseite zu legen, wenn das Wohl seiner Kinder auf dem Spiel stand.

Doch als immer mehr Zeit verging, mußte sich Nicholas Grafton widerwillig mit der Tatsache abfinden, daß es keine Antwort geben würde, keinen Brief, der in letzter Minute die Hoffnungen der jungen Mutter erfüllen würde. Edward Winston war also offenbar von der Bitte für seine Tochter unberührt geblieben, obgleich seine Herzlosigkeit sie ungetröstet ins Grab schicken – und seine Enkeltochter möglicherweise in ein städtisches Waisenhaus bringen würde.

Menschen wie Edward Winston erwogen selten die Folgen ihres Stolzes, dachte Nicholas Grafton ärgerlich: die langen und zuweilen weitreichenden Auswirkungen ihrer Selbstsucht. Dachten sie jemals daran, welchen Schaden sie im Leben derer anrichteten, denen sie ihre Barmherzigkeit vorenthielten, daß sie ihr Leben sogar völlig ruinieren konnten mit ihrer sturen Weigerung, ihnen Vergebung zuteil werden zu lassen?

Kopfschüttelnd fuhr er weiter, und er fürchtete, daß dies sein letzter Besuch bei Elisabeth Ward sein würde. Vielleicht empfand er am Ende sogar Mitleid für den Mann in England, für den der Stolz seines Namens offenbar mehr bedeutete als sein eigenes Kind. Doch im Augenblick spürte er in seinem Herzen für Edward Winston nichts als glühenden Zorn, weil er seiner sterbenden Tochter noch zusätzlichen, unnötigen Schmerz zufügte.

Seufzend trieb er Milly, seine alte Stute, voran, während er betete, daß Jess Dalton die Nachricht erhalten hatte und bei seiner Ankunft bereits in Elisabeth Wards Wohnung sein möge.

33. Kapitel

Du bist mein Licht

Du, Herr, bist das Licht, das meinen Pfad erhellt.
Du allein, in welche Dunkelheit ich auch gestellt.

Anonymus (aus dem Irland des 8. Jhdt.)

Der Mann, der die Tür aufriß, als Evan an der Wohnung im obersten Stockwerk klopfte, war ein großer Koloß und offensichtlich betrunken. Evan weit überragend, stand er im Türrahmen, mit einer Hand durch sein lichtes braunes Haar fahrend, während er Evan von Kopf bis Fuß musterte. Sein schmutziges graubraunes Hemd sperrte über seinem dikken Bauch, und er roch nach schlechtem Whisky und Schweiß.

Einen Augenblick lang konnte Evan ihn nur anstarren und hoffen, daß er nicht die richtige Adresse hatte, und dies *nicht* der Onkel war, von dem Billy Hogan gesprochen hatte.

Evan räusperte sich und stammelte schließlich mühsam einige Worte: „Gu- Guten Tag. Ich w-weiß nicht, ob ich die richtige Adresse habe. Ich suche eines m-meiner Chormitglieder − Billy Hogan."

Der Mann warf Evan einen verächtlichen Blick zu, und Evan fragte sich, ob er ihm überhaupt antworten würde.

„Sie sind also der Engländer", knurrte der Mann in der Tür schließlich. „Whittaker."

Seine Worte kamen undeutlich über seine Lippen, und irgendwie war es ihm gelungen, Evans Namen einen widerlichen Klang zu verleihen.

Evan schob sein Kinn leicht nach vorn. „Ich-Ich bin Evan Whittaker, das stimmt. Und Sie sind −"

„Billy is nich hier."

„Ich verstehe", sagte Evan nach kurzem Zögern. Obgleich er an der Grobheit des Mannes Anstoß nahm, blieb Evan dennoch höflich. „Sind Sie, äh, B-Billys Onkel?"

„Was wollen Sie von dem Jungen?"

Der Mann war offenbar nichts anderes gewöhnt, als grob zu reagieren. Gegen seine Ungeduld ankämpfend zwang sich Evan, freundlich zu erwidern: „Wir h-haben B-Billy in letzter Zeit zu den Proben vermißt. Ich

276

machte mir Sorgen, d-daß er krank sein könnte." Er hielt inne. „Ich hoffe, das ist nicht der Fall."

„Er ist nicht krank, und wie ich bereits sagte, ist er nicht hier." Die rotumränderten Augen gefährlich zusammenkneifend, erklärte er: „Wir brauchen keine Engländer, die hier unten herumschnüffeln. Kümmern Sie sich am besten um *Ihre* Angelegenheiten, nicht um unsere."

Mit letzter Kraft rang Evan darum, seine Fassung nicht zu verlieren. Sich daran erinnernd, daß der Mann offensichtlich betrunken war, holte Evan tief Luft. „Ich bin nur vorbeigekommen, um m-mich nach Ihrem Neffen zu erkundigen, um sicherzugehen, daß er nicht krank ist. V-Vielleicht sollte ich ein andermal wiederkommen —"

„Bemühen Sie sich nicht." Das Gesicht des Mannes verzog sich zu einer häßlichen Grimasse. „Es lohnt sich nicht, noch einmal wiederzukommen — der Junge wohnt nicht mehr hier."

Evan zog die Stirn in Falten. „Er w-wohnt nicht mehr hier? Aber — wo *lebt* er dann?"

„Auf den Gassen mit dem anderen Zeitungsjungengesindel höchstwahrscheinlich."

Einen Augenblick sah Evan Falschheit in den Augen des betrunkenen Mannes. Irgendwie wußte er, daß der Mann nicht die Wahrheit sagte.

„Sie k-können mir nicht sagen, wo ich Billy und s-seine Freunde finden könnte?"

„Nein."

Evan starrte ihn an, eine Mischung aus Zorn und Abscheu empfindend. „Nun gut, ... vielen Dank für Ihre Zeit. Ich w-werde Sie nicht länger aufhalten."

Während er die Treppe hinunterging, spürte Evan, wie sich der giftige Blick des Mannes in seinen Rücken bohrte. Als er auf die Straße hinaustrat, schüttelte er sich tatsächlich, als wollte er eine Schlange von sich abschütteln.

Einen Augenblick blieb er vor dem Mietshaus stehen und versuchte zu denken. Da entdeckte er ein Stück vor ihm auf der Straße einen Polizisten. Als er näher kam, erkannte er Sergeant Price, ein bekanntes Gesicht in Five Points.

Zu Evans großer Erleichterung bestand der Polizist darauf, ihn bei der Suche nach Billy zu begleiten. „Nun, Zeitungsjungen gibt es überall, Mr. Whittaker, in Five Points, in der Bowery — etliche von ihnen halten sich auch weiter oben in der Stadt auf, um näher bei den Büros der Zeitungen zu sein. Sie können nicht allein gehen. Kommen Sie — ich kenne viele der Stellen, wo wir suchen können."

Der Polizist wirbelte kurz mit seinem Schlagstock durch die Luft, dann faßte er Evan am Arm und machte sich mit ihm auf den Weg.

* * *

Billy lag auf die Seite gedreht und zusammengerollt in dem Kellerverlies, seine Knie beinahe bis zu seinem Kinn hochgezogen. Sein ganzer Körper bebte vor Kälte, denn er durfte im Keller keine Jacke tragen. Die Kälte zu ertragen war ein Teil seiner Strafe, hatte Onkel Sorley gesagt.

Er versuchte sich zu erinnern, wofür genau er diesmal bestraft wurde. Es mußte etwas sehr Schlimmes gewesen sein, denn er war schon sehr lange hier unten im Keller – länger als je zuvor, etliche Tage, vielleicht seit einer ganzen Woche.

Er erinnerte sich an die Prügel, erinnerte sich daran, wie sich Onkel Sorley auf ihn geworfen, auf ihn eingeschlagen, wie seine klobigen Hände auf seinen Kopf, auf seine Ohren eingehämmert hatten. Er erinnerte sich auch, wie er nach unten geschleift und gestoßen und dann in das kleine Verlies geworfen worden war. Und er erinnerte sich, wie Onkel Sorley sich drohend über ihn gebeugt, und der Mund mit der schlimmen roten Wunde ihn immer wieder angeschrien hatte, während in seinen Augen ein Feuer gebrannt hatte – und der Geruch von Whisky überall –

„Diesmal bleibst du hier, Bursche! Du wirst solange hier unten bleiben, bist du gelernt hast, dein freches Maul zu halten!"

Dann Stunden . . . Tage . . . nichts anderes als Kälte und Dunkelheit und Schmerzen. Der Unterschied zwischen dem Tageslicht und Dunkelheit war gering, denn er konnte kaum etwas sehen. Seine Augen waren schlimm geschwollen und der Keller so dunkel, daß er in dem Verlies kaum etwas erkennen konnte. Zuerst kam der quälende Hunger, denn er bekam nichts zu essen, doch der Hunger war größtenteils vorübergegangen. Sein Magen tat ihm noch weh und brannte, doch dachte er kaum noch an Essen.

Meist schlief er. Sein Kopf und seine Schultern schmerzten so sehr, daß ihm Schlaf willkommen war, daß er sich danach sehnte. Auch wenn er von Onkel Sorley oder von Ratten träumte, die in allen Ecken lauerten, wünschte er sich nichts sehnsüchtiger als zu schlafen, denn dies war sein einziger Trost.

Sein Magen krampfte, und er zog seine Beine so fest an, wie er konnte.

Außer dem Brennen in seinem Magen spürte er kaum noch etwas. Schwäche hatte sich wiederum seiner ermächtigt. Er fühlte sich erstarrt und leblos. Selbst seine Füßen waren erstarrt, wie damals, zu Hause in Irland, als er durch einen Schneesturm geirrt war, um seinen Hund Reg zu suchen.

Er erinnerte sich an Reg, seinen alten rotbraunen Hund, als hätte er ihn erst gestern verlassen. Er hatte geweint und gebettelt, ihn mit nach Amerika nehmen zu dürfen, denn er wußte, daß der arme, alte Reg sterben würde, wenn sich niemand um ihn kümmerte. Der Hund war beinahe blind und verließ sich auf Billy, daß er ihm sein Futter brachte, die Ohren kraulte und ihm manchmal auch ein Lied sang.

Noch Wochen, nachdem sie Irland verlassen hatten, hatte Billy gebetet, daß jemand ein gutes Herz haben und Reg zu sich nehmen würde, damit er nicht einsam und hungrig sein mußte. Manchmal dachte er noch immer an ihn und fragte sich, was wohl aus ihm geworden war. Ein alter Hund wie Reg würde nicht mehr lang leben ohne Futter und jemanden, der ihm zuweilen freundlich zusprach ...

Seine Gedanken begannen zu wandern, wie immer, wenn ihn die Schwäche überfiel. Er wollte schlafen, aber die Gedanken an seine Mutter und seine Brüder hielten ihn wach.

Hatte seine Mutter nach ihm gefragt, wollte er wissen. Vermißten sie und die kleinen Jungen ihn überhaupt? Ging es seinen kleinen Brüdern ohne ihn gut?

Was war, wenn Onkel Sorley sie in seiner Abwesenheit schlug?

Billy dachte nicht, daß er es tun würde. Onkel Sorley ignorierte die kleineren Jungen größtenteils, wie er auch seine Mutter kaum beachtete. Er kümmerte sich kaum um sie, außer daß er sie anfuhr, wenn das Abendessen nicht nach seinem Geschmack war.

Vielleicht würden Patrick und Liam die Mutter überreden, nach ihm zu suchen, wenn Onkel Sorley auf Arbeit war. Gewiß würde *irgend jemand* ihn vermissen.

Doch selbst, wenn sie *versuchten*, ihn zu finden, wie konnten sie ihn finden! Niemand wußte, wo er war.

Onkel Sorley hatte ihn in den Keller gebracht, während seine Mutter arbeiten war und die kleinen Jungen auf der Straße vor dem Haus spielten. Er hatte gesagt, Billy müsse hierbleiben, bis er gelernt hatte, nicht zu widersprechen. Billy wäre impertinent, hatte er gesagt.

Billy wußte nicht einmal genau, was *impertinent* bedeutete. Und er konnte sich wirklich nicht erinnern, widersprochen zu haben. Das war das, was Onkel Sorley ihm ständig vorwarf, obgleich Billy sich zumeist nicht mehr an sein Vergehen erinnern konnte. Wenn die Schläge vorüber waren, vermochte er sich in der Tat kaum noch an irgend etwas zu erinnern.

Wenn er diesmal wieder herauskam, würde er besonders sorgfältig darauf achten, nicht zu widersprechen. Er würde jedes Wort abwägen und nichts sagen, was Onkel Sorley reizen könnte.

Wenn er diesmal herauskam, würde er so brav sein, wie er nur konnte, *der bravste Junge der Welt.*

Sein Kopf schwirrte wieder, doch war er nicht völlig benommen. Er zuckte zusammen, als von der gegenüberliegenden Wand raschelnde Geräusche an sein Ohr drangen. Er schloß die Augen und wartete. Einen Augenblick später wurde ihm bewußt, daß er seine Zähne zusammengebissen hatte. Der Schmerz in seinem Kiefer überraschte ihn.

Es gab etwas ... etwas, an das er sich erinnern mußte ...

Schließlich fiel es ihm wieder ein, was die Ratten von ihm ferngehalten hatte. Er begann zu singen, und seine Stimme klang seltsam und weit entfernt in seinen Ohren. Worte fielen ihm ein, Worte, die Mr. Whittaker sie gelehrt hatte. Mr. Whittaker sagte oft, daß von Gott zu singen oder sein Wort zu zitieren so war, als baute man eine Festung um sich herum ... einen starken Schutz, denn die Dinge der Finsternis konnten die Dinge des Lichts nicht ertragen ...

> *„Du Herr, bist das Licht, das meinen Pfad erhellt.*
> *Du allein, in welche Dunkelheit ich auch gestellt.*
> *Du mein bester Gedanke bei Tag und bei Nacht*
> *Ob ich wach bin oder schlafe, du hältst die Wacht ..."*

Unfähig, sich an den übrigen Text dieses alten Liedes zu erinnern — denn sein Geist war wie ein Schiff, das auf das Meer hinaustrieb, sang Billy immer wieder dieselben Worte, bis das Kratzen schließlich aufhörte.

* * *

Mehr als eine Stunde später hatten Evan und der Sergeant eine Reihe von Zeitungsjungen befragt, von denen einige noch sehr klein, andere schon beinahe erwachsen waren. Etliche von ihnen hatten sich auf Treppenstufen zusammengedrängt, während andere auf den Gassen um ein Feuer hockten. Wieder andere hatten außerhalb von Five Points notdürftige Zelte aufgeschlagen.

Keiner von ihnen, ohne Ausnahme, hatte Billy in den letzten Tagen gesehen. Seit letzter Wocher hatte er seine Zeitungen nicht mehr abgeholt. Und nein, sie hatten keine Ahnung, wo er zu finden war.

Inzwischen war es völlig dunkel geworden, und Sergeant Price hatte darauf bestanden, die Suche zu beenden. „Ich werde mich morgen weiter oben in der Stadt nach ihm umsehen", versicherte er Evan auf dem Weg zurück zu dem Buggy. „Und ich werde Billys Freund, Tom Breen, aufsuchen. Wir werden ihn finden, Mr. Whittaker, ganz bestimmt.

Evan war frustiert, seine Hoffnung sank, und er war zunehmend beunruhigt. Außerdem hatte das, was Sergeant Price ihm auf dem Weg erzählt hatte, seine Sorgen nur noch verstärkt.

Billys Onkel — Sorley Dolan — war ein Trinker und „Schmalspurglücksspieler", der in einer der Spielhöllen in der Bowery als Rausschmeißer arbeitete. Zu Evans Bestürzung war er nicht einmal Billys richtiger Onkel!

„Er ist nichts anderes als ein Penner, den seine Mutter zu sich genommen hat", erklärte der Polizist. „Um ehrlich zu sein, ich weiß nicht einmal, ob sie überhaupt verheiratet sind. Billy stammt von ihrem toten Ehemann, und die beiden kleineren Jungen sind von Dolan. Man muß jedoch zu Billys Ehre sagen, daß er sich um die beiden kleinen Burschen kümmert, als wären sie seine richtigen Brüder. Er ist wie ein richtiger kleiner Vater für sie. Deswegen bin ich ein wenig überrascht. Ich hätte nicht gedacht, daß er einfach so wegläuft und die beiden Kleinen mit so einem Säufer von Vater allein läßt."

„Was ist mit Billys M-Mutter?" stieß Evan hervor, dem von allem, was er erfahren hatte, immer elender zumute wurde. „Was f-für eine Frau ist sie?"

Der Polizist zuckte mit den Achseln, seinen Schlagstock unter den Arm steckend. Während sie weitergingen, suchten seine Augen ständig die Gegend ab. Sie kamen an hohläugigen Männern vorbei, die sich unter Hauseingängen zusammendrängten und an Scharen zerlumpter Kinder, die schrien und sich gegenseitig quälten. Matt aussehende Frauen, die von den Fabriken nach Hause eilten, wichen ihren Blicken aus. Verderben und Hoffnungslosigkeit lag auf den Straßen, gemischt mit dem ungeräumten Abfall und Schmutz mehrerer Tage.

„Nell ist keine schlechte Frau", erklärte der Polizist schließlich. „Sie sorgt für ihre Jungen, so gut sie kann, doch arbeitet sie tagsüber in der Hemdenfabrik, und nachts scheint sie ihren Ärger ertränken zu wollen. Nell muß einem leid tun — sie hat es schwer."

„Ich w-wußte nicht, aus welchen Verhältnissen er kam", sagte Evan leise, mehr zu sich selbst als zu dem Polizisten. „Armer, kleiner Bursche."

„Ja, ich glaube, Billy hat genug Probleme", sagte der Polizist, als sie den Buggy erreicht hatten. „Ich glaube, Sie sollten sich jetzt lieber nach Hause begeben, Mr. Whittaker. „Es ist schon fast dunkel. Sie können beruhigt sein, daß ich nach dem Jungen Ausschau halte."

„Vielen Dank, Sergeant. Und geben Sie mir bitte umgehend Bescheid, sobald Sie herausgefunden haben, wo er sich aufhält."

Der Polizist tippte beschwingt mit zwei Fingern wie zum Gruß an die Stirn. „Jawohl, Sir. Gewiß werden wir den Jungen bald finden. Versuchen Sie, sich unterdessen nicht zuviel Sorgen zu machen, obwohl es rührend ist, wie sie sich um den Jungen kümmern."

* * *

Als Evan das Sprechzimmer der Mission erreicht und Dr. Graftons Nachricht gefunden hatte, war er völlig erschöpft, und drohte beinahe, unter der Belastung des zurückliegenden Tages zusammenzubrechen. Die entsetzlichen Berichte über die Verhältnisse, in denen Billy Hogan lebte, gepaart mit der Sorge um Nora hatten ihm Magenkrämpfe und heftige Kopfschmerzen eingebracht.

Auf der Fähre nach Brooklyn unterwegs, konnte sein Geist jedoch nicht abschalten von der Tragweite dessen, was er erfahren hatte. Wie Bienen zu ihrem Stock fliegen, stürmten unablässig die beunruhigenden Bilder von Billys „Onkel", von dem häßlichen Mietshaus, in dem der Junge wohnte, sowie von den zahllosen Jungen, die ihr Leben unter Türeingängen oder in dunklen Gassen fristeten, auf ihn ein und quälten ihn.

Und wo war Billy jetzt? Eine furchtbare Sorge um den schmächtigen Jungen mit den traurigen Augen legte sich auf Evan, begleitet von einem beinahe verzweifelten Drang, ihn unverzüglich finden zu müssen.

Aber wie? Er wußte nicht einmal, wo er suchen sollte.

Bevor die Fähre anlegte, begann etwas . . . ein Gedanke, eine Erinnerung an ihm zu nagen und setzte sich in seinem Denken fest. Was hatte Sergeant Price über Billy und seine Brüder gesagt?

„. . . *Billy ist wie ein richtiger kleiner Vater für sie . . . ich hätte nicht gedacht, daß er einfach so wegläuft und sie mit diesem Säufer von Vater allein läßt . . .*"

Besorgt rieb Evan an seinem Kinn und dachte nach. Er dachte an die

vielen Male, wo er blaue Flecke und Wunden im Gesicht des Jungen gesehen hatte, an Billys ausweichende Antworten, wenn er sich nach den
Ursachen erkundigen wollte, die Art und Weise, wie er oft sein Gesicht
zu verbergen suchte, an seine Augen, die ein Leben voller Herzeleid
widerzuspiegeln schienen . . .

*Wenn Billy nun überhaupt nicht weggelaufen war? Wenn er verletzt war
. . . schwer verletzt . . . oder schlimmer?*

Tief in seiner Seele spürte Evan Schmerz, schmerzliche Trauer aufsteigen. Unbeweglich saß er da und wagte kaum zu atmen, als ihm die volle
Bedeutung seines Verdachts bewußt wurde und ihn mit Furcht erfüllte.

Er war jetzt völlig überzeugt, daß er nicht die Wahrheit erfahren hatte.
Sorley Dolan hatte ihn belogen, dessen war er gewiß. Irgend etwas
stimmte nicht, und es drohte Gefahr.

Er *mußte* den Jungen finden! Er würde solange suchen, bis er ihn
gefunden *hatte*! Mit zunehmender Verzweiflung wünschte Evan, Five
Points gar nicht erst verlassen zu haben. Doch sein Verstand sagte ihm,
daß Five Points kein Ort für nächtliche Spaziergänge war, nicht einmal
mit einem Polizisten an der Seite. Außerdem würde Nora außer sich vor
Sorge sein. Noch nie war er so spät von einer Probe nach Hause gekommen.

Morgen würde er zurückgehen — zurückgehen an diesen abscheulichen Ort und zu diesem gräßlichen Mann. Doch diesmal würde er nicht
allein gehen. Er würde Sergeant Price bitten, ihn zu begleiten.

34. Kapitel

Hoffnung für die Hoffnungslosen

Neben ihrem Bett ich stand, Tränen auf meinem Gesicht,
wo bleich und still sie eingeschlafen war.
Und obgleich den Tod ich schon geschaut so manches Jahr,
schäme ich mich dennoch meiner Tränen nicht.

Richard D'Alton Williams (1822-1862)

Zu Nicholas Graftons großer Erleichterung wartete Pastor Jess Dalton bereits vor dem Mietshaus auf ihn, in dem Elisabeth Ward wohnte.

Als die beiden Männer einander die Hände reichten, fragte Nicholas Grafton sich von neuem, was an dem großen Pastor mit dem lockigen Haar anderen eine solche Ruhe zu vermitteln vermochte. Die Gegenwart Daltons war so, als tränke man einen tiefen Schluck frischen, klaren Wassers. Der Mann schien eine beständige Kraft und Wärme auszustrahlen, die Menschen aus allen Schichten der Gesellschaft anzuziehen vermochten, und ganz besonders Leidende. Die Einsamen, die Betrübten, und die Leidenden fühlten sich zu Jess Dalton hingezogen wie hungernde Kinder zu einem Festmahl.

Nicholas Grafton hatte gelernt, sich in schwierigen Situationen auf diesen Mann zu verlassen, und er war niemals enttäuscht worden. Dalton hatte eine der bestbezahlten, einflußreichsten Pfarrstellen in New York City aufgegeben und eine Arbeit unter den Armen und Ausgestoßenen der Gesellschaft begonnen. Unter den Mitgliedern seiner ehemaligen Gemeinde waren einige, die ihn schnell als „irren Abolitionisten" (= Verfechter der Abschaffung der Sklaverei) oder als „Verrückten" abstempelten. Andere brachten ihre Verachtung ihm und seiner Arbeit gegenüber zum Ausdruck, indem sie spotteten, daß er es sich mit dem Vermögen, das er von seinem Vater geerbt und dem Einkommen, das er aus seinen Veröffentlichungen bezog, leisten könne, „seinen Lieblingsthemen zu frönen".

Nicholas wußte, daß nichts von dieser üblen Nachrede auch nur im geringsten gerechtfertigt war. Jess Dalton mochte in der Tat eine Art „Tor für Gott" sein, aber ein Verrückter war er nicht. Es könnte stimmen, daß er ein Erbe von seinem Vater besaß, doch ließ seine bescheidene Lebensweise keinerlei Rückschlüsse auf großen Reichtum zu. Er *hatte tatsächlich* einige Bücher gegen Sklaverei und Unterdrückung veröffentlicht, die zumindest unter den gemäßigten Abolitionisten hohes Ansehen genossen. Es war jedoch, aus dem wenigen zu schließen, was Nicholas vom Bücherschreiben verstand, eher unwahrscheinlich, daß Jess Dalton durch seine Veröffentlichungen reich werden konnte.

Nachdem er von seinem Pfarramt in der Fifth Avenue zurückgetreten war, war Dalton mit seiner Frau und seinem Sohn in ein bescheidenes Sandsteinhaus in der Thirty-fourth Street umgezogen. Der offenbar nimmermüde Pastor war überall in der Stadt anzutreffen: er diente den armen, bedauernswerten Angehörigen der „Freak Shows" (in denen Menschen mit den verschiedensten Mißbildungen zur Schau gestellt werden) in der Bowery, verkündigte den geknechteten Einwanderern in Five Points das Evangelium oder hielt Beerdigungen in Shantytown. Für diejenigen, die sich längst von Gott vergessen und verachtet wähnten, war Jess Dalton eine Hoffnung in Person.

Der Arzt betete inständig, daß der große Pastor Elisabeth Ward heute abend wenigstens einen Schimmer von dieser Hoffnung vermitteln konnte.

„Weil ich Ihre Patientin noch nicht kenne", sagte der Pastor, während er Nicholas durch die Tür folgte, „dachte ich, es sei am besten, draußen zu warten."

Dr. Grafton nickte. „Ich habe Ihnen bereits von Mrs. Ward erzählt, nicht wahr? Von ihrer Krankheit, ihrer kleinen Tochter, ihrer Entfremdung von ihrer Familie?"

Die freundlichen blauen Augen des Pastors wurden traurig. „Ja, ich kann mich daran erinnern. Aus Ihrer Nachricht schließe ich, daß ihr Ende bevorsteht?"

Wieder nickte der Arzt. „Einer ihrer Nachbarn ließ mich holen", erklärte er, auf dem Treppenabsatz innehaltend, ehe er die Stufen zu der Kellerwohnung hinabstieg. „Ich freue mich sehr, daß Sie gekommen sind, Jess. Es wird schwer werden."

„Es ist niemals leicht, nicht wahr, Nicholas?" sagte der Pastor, eine Hand auf seine Schulter legend.

„Nein" erwiderte Nicholas und schüttelte den Kopf. „Und ich glaube nicht, daß es jemals leicht sein wird."

In der kleinen, dunklen Wohnung, die in Wirklichkeit nichts anderes war als zwei enge Zimmer — eine Art Küche und ein Schlafzimmer — fand Nicholas Grafton die Dinge so vor, wie er es erwartet hatte. Eine

Nachbarin hatte das Kind zu sich genommen, während eine andere Frau, – eine Italienerin, Mrs. Silone, – am Bett der Patientin saß.

Als sie den Arzt und den Pfarrer kommen sah, stand Mrs. Silone auf, resigniert den Kopf schüttelnd, während sie zwischen den beiden hindurchging und die Wohnung verließ.

Elisabeth Ward war wach und versuchte schwach zu lächeln, als die beiden Männer an ihr Bett traten.

Die dunkel umränderten Augen der jungen Frau schienen für einen Augenblick aufzuleuchten, als Dr. Grafton Pastor Dalton vorstellte. „Es ist schön, daß Sie gekommen sind, Herr Pfarrer." Ihre Stimme war so schwach, daß man sie kaum verstehen konnte. „Ich konnte ... leider seit langem nicht mehr an Ihren Gottesdiensten teilnehmen", sagte sie, ihre fieberheißen Lippen befeuchtend.

Plötzlich riß sie ihre Augen weit auf, mit ihrer schwachen Hand zu Dr. Grafton deutend. „Dr. Grafton ... gibt es ... irgendeine Nachricht?"

In Nicholas' Hals bildete sich ein Kloß, und er nahm ihre Hand. „Leider noch nicht." Als er ihren gequälten Blick sah, fügte er schnell hinzu: „Ich sollte vielleicht noch einmal schreiben. Vielleicht hat Ihr Vater meinen ersten Brief nicht erhalten."

Sie schloß die Augen und sagte schlicht: „Es ist keine Zeit mehr."

Eine Woge der Qual erfaßte Nicholas, und für einen Augenblick war er außerstande, irgend etwas zu erwidern.

Elisabeth Ward versuchte gequält, tief Luft zu holen, was einen Hustenanfall auslöste. Schnell griff Dr. Grafton mit einer Hand hinter ihre Kissen und hielt sie. Er war beinahe überrascht, als er Blut kommen sah. Das arme Mädchen war so bleich und abgezehrt, daß sie beinahe blutleer erschien. Doch als der Krampf vorüber war, war der kleine weiße Fetzen, der ihr als Taschentuch diente, blutrot, wie auch das Oberteil ihres weißen Nachthemds.

Sie sanft loslassend, strich der Arzt ihr das lichte Haar aus dem Gesicht. *Liebes Mädchen, wieviel würde ich dafür opfern, wenn ich diese Nacht irgendwie leichter machen könnte für dich...*

Ihre Augen schlossen sich und Elisabeth Ward flüsterte ein Wort: „Amanda."

„Amanda geht es gut", beruhigte sie Nicholas. „Mrs. Modine kümmert sich um sie."

Sie öffnete die Augen und sah Dr. Grafton an. „Sie kann nicht dort bleiben, Herr Doktor! Die Modines haben selbst vier Kinder. Sie können unmöglich –" Ihre Stimme brach, sie rang nach Atem. „Bitte ... ich möchte sie sehen ... ich möchte mein kleines Mädchen sehen ..."

Dr. Grafton kontrollierte schnell ihren Puls, der gefährlich schwach war. Sanft ihre Hand drückend, wandte er sich an Jess Dalton. „Wenn Sie hier bleiben würden, gehe ich schnell über den Flur und hole das kleine Mädchen."

* * *

Die kleine Amanda Ward, fünfzehn Monate alt und das Ebenbild ihrer Mutter, war ein freundliches, fröhliches kleines Mädchen. Sie hatte blaue Augen und Grübchen und üppige blonde Locken.

Selbst jetzt, wo er so tief betrübt war, mußte er dem Kind, das er in seinen Armen hielt, zulächeln.

Er blieb unter der Schlafzimmertür stehen und wartete. Jess Dalton stand am Bett, Elisabeth Wards Hände in den seinen haltend, und betete. Nicholas Grafton schaute einen Augenblick zu, dann schloß er die Augen und betete ebenfalls, sowohl für die sterbende Mutter als auch für das kleine Mädchen in seinen Armen.

Schließlich richtete sich der Pastor auf und trat zur Seite, damit Nicholas Grafton das Kind zu seiner Mutter bringen konnte. Elisabeth hatte nicht mehr die Kraft, ihre kleine Tochter in die Arme zu schließen, und so legte Dr. Grafton Amanda sanft an ihre Schulter.

Lange Zeit lag die junge Frau da und schaute ihr Kind an, während Amanda zufrieden das Gesicht ihrer Mutter betrachtete. Als jedoch der nächste Hustenanfall einsetzte, nahm der Arzt das Kind schnell hoch, um es Jess Dalton zu reichen.

Er stützte Elisabeth Ward an den Schultern, bis der Husten vorüber war und legte sie dann sanft in ihre Kissen zurück.

„Ich habe eine neue Flasche Hustensaft für Sie in meinem Koffer", sagte er, während er sich aufrichtete. „Ich werde ihn holen."

Sie schüttelte jedoch matt den Kopf und erklärte: „Nein, nein . . . es ist schon gut. Es . . . hilft eigentlich nicht mehr."

Sie sah zu Pastor Dalton und Amanda. „Haben Sie Kinder, Herr Pfarrer?"

Er lächelte sie an. „Einen Sohn", erwiderte er. „Casey-Fitz ist fast elf Jahre alt."

Elisabeth Ward gelang es, ihre rissigen Lippen zu einem Lächeln zu formen. „Casey-Fitz — sind sie Ire, Herr Pfarrer?"

„Meine Frau ist Irin — und ich glaube, man könnte sagen, ich auch, denn meine Vorfahren kamen vor einigen Generationen aus Irland."

„Ich ... hätte gern einen Sohn gehabt", flüsterte sie kaum hörbar. „Einen Bruder für Amanda."

Ihre Gesichtszüge verkrampften sich plötzlich. Die Augen schließend, stöhnte sie, sich an ihrer Brust festkrallend, während sie nach Atem rang. Das tödliche Röcheln in ihrer Kehle wurde deutlicher.

Wieder hob Nicholas ihren Kopf vom Kissen hoch. Nach Atem ringend, starrte sie zu Jess Dalton „Bitte ...", stieß sie hervor, „Sie haben versprochen, ... Sie werden nicht zulassen, daß sie in ein Waisenhaus muß ..."

Plötzlich atmete sie noch einmal hart und schwer, dann spürte Dr. Graftons, wie sie in seinen Armen zusammensank.

Nicholas Grafton hatte seit langem nicht mehr um einen Patienten geweint. Als er jedoch Elisabeth Wards zerbrechlichen Körper leblos in seinen Armen hielt, konnte er die Tränen nicht mehr zurückhalten.

Oh Gott, es sollte der Vater des Mädchens sein, der um sie weinte, nicht ein Arzt, der sie erst seit wenigen Monaten kannte! Was für ein Mann mußte das sein, der seine Tochter allein sterben ließ, auf einem fremden Kontinent, in den Armen eines Fremden? Was für ein Mensch?"

Als er aufschaute, sah er, daß Jess Dalton — die Augen ebenfalls feucht — auf das kleine Mädchen in seinen Armen blickte.

„Wenn Sie wenigstens den Frieden gehabt hätte, daß für ihr Kind gesorgt ist", sagte Nicholas Grafton mit heiserer Stimme. Sorgfältig legte er Elisabeth Wards Körper nieder und wischte das Blut aus ihren Mundwinkeln, bevor er ihre Augen schloß. „Wenn sie wenigstens soviel Hoffnung gehabt hätte, ehe sie sterben mußte."

„Vielleicht hatte sie das", sagte Jess Dalton leise.

Nicholas schaute ihn an. Die Augen des großen Mannes waren noch immer auf das Kind gerichtet, das ihn ernst und forschend ansah.

„Ich habe ihr versprochen, das Kind mit nach Hause zu nehmen", erklärte er. „Ich habe ihr mein Wort gegeben, daß meine Frau und ich für Amanda sorgen werden."

Das kleine Mädchen noch höher an seine kräftige Brust hebend, fügte er hinzu: „Zumindest solange, bis wir ein Zuhause für sie gefunden haben."

Nicholas Grafton nickte, über die Maßen erleichtert, — aber nicht völlig überrascht — zu erfahren, daß Elisabeth Ward doch noch ein Hoffnungsschimmer geschenkt worden war, ehe sie sterben mußte.

* * *

Fast zwei Stunden später suchte Jess Dalton mit der freien Hand den Haustürschlüssel, während er auf dem anderen Arm die kleine Amanda und einem Korb mit ihrer Kleidung hielt.

Bevor er selbst öffnen konnte, wurde die Tür jedoch von innen aufgerissen, und vor ihm stand eine leicht zornige Kerry. Ihr rotes Haar umgab ihr Gesicht wie eine feurige Wolke. Sie war bereits im Morgenmantel.

„Jess! Oh — Gott sei Dank! Ich habe mir solche Sorgen gemacht! Du hattest gesagt, du wärst nicht lange weg! Wo bist du — oh —"

Sie rang nach Atem, als er mit dem kleinen Mädchen eintrat.

„Was um —"

Das Kind reckte sich an seiner Schulter, und Jess griff nach oben, um ihr Gesicht aus der Decke zu befreien. Zwei große blaue Augen schauten erst ihn, dann Kerry an, die, mit einer Hand an ihren Hals fassend, verblüfft dastand und von dem Mädchen zu Jess schaute.

„Jess?"

Da er sie gut genug kannte, um voraussagen zu können, was sie als nächstes tun würde, wartete er lächelnd ab.

„Ja . . . was haben wir denn da?" Noch während sie fragte, öffnete sie ihre Arme, um das Kind zu nehmen. „Oh . . . ist sie nicht reizend!"

Nachdem er seiner Frau das kleine Mädchen übergeben hatte, schlüpfte er aus seinem Wintermantel und warf ihn über den Kleiderständer. „Kerry, das ist Amanda."

Er hatte sie bereits verloren. Kerry zog an den Bändern des Häubchens und schnalzte mit der Zunge, als beim Absetzen des Häubchens die blonden Locken zum Vorschein kamen. „Oh! Welch wunderschönes Haar! Sieh es dir nur an! Engelshaar, ja, das ist es. Oh, was für ein reizendes kleines Mädchen du bist!"

Jess sah, wie Amanda Kerrys Lächeln erwiderte und mit ihrer kleinen, rundlichen Hand Kerrys Gesicht berührte. „Amanda hat ihre Mutter verloren", sagte er behutsam. „Sie braucht einen Ort, wo sie bleiben kann. Ich dachte, vielleicht könnten wir . . . wenigstens eine Zeitlang für sie sorgen."

Schließlich schaute Kerry zu ihm auf, während sie mit ihrer Wange das Gesicht des Kindes berührte. „Oh Jess", sagte sie, und ihre grünen Augen strahlten, „natürlich kann sie bei uns bleiben! Habe ich nicht um ein kleines Mädchen gebetet!"

„Nun, Kerry, es wird nur für eine kurze Zeit sein", warnte sie Jess, während er ihr den Flur entlang in die Küche nachlief. „Es ist nur vorübergehend, verstehst du, nur so lange, bis wir eine andere Lösung gefunden haben."

Er war sicher, daß sie ihn nicht mehr gehört hatte. Den Korb voller Wäsche unbeholfen in der Hand haltend, folgte er ihnen in die Küche, wo Kerry bereits der kleinen Amanda, deren Augen weit aufgerissen waren, Brian Boru, den Kater, und eine verblüffte Molly Mackenzie, ihre Haushälterin, vorstellte.

35. Kapitel

Zwischen Freiheit und Furcht

Um die Gefängnismauern heulte der Wind,
wehklagend, und nicht wie andre blind
für unsre Qual und unser Siechen —
wenn im Kerker die Minuten nur vorüberkriechen.

Oscar Wilde (1854-1900)

Seit Montag stand für Quinn fest, daß sie den Shelter verlassen würde, doch erst am Freitag morgen wußte sie, daß dies der Tag sein würde.

Sie hatte die dazwischenliegenden Tage geflissentlich genutzt, um ihren Plan genau auszuarbeiten, indem sie Mathilda Cranes Tagesablauf studiert und — vergebens — versuchte hatte, ihre Freundin Ivy zu überreden, mit ihr zu kommen.

Ihr Plan stellte für sie eine *Flucht* dar, denn dieses Heim für Frauen war gewiß in jeder Hinsicht ein Gefängnis — außer daß das einzige „Verbrechen" seiner Insassen in der Schmach bestand, in der Neuen Welt allein, hilflos — und größtenteils irischer Herkunft — zu sein.

Quinn konnte nicht mehr anders, als zu fliehen.

Alle ihre bisherigen Versuche, sich aus den Krallen des Shelters zu befreien, waren von Mathilda Crane vereitelt worden. Die schlaue Vorsteherin wandte alle Mittel an, um die Bewohnerinnen in dem Shelter festzuhalten.

Tatsache war, daß keine der Heimbewohnerinnen etwas von ihrem Lohn behalten durfte. Wöchentlich wurde der Lohn der Mädchen und Frauen — einschließlich derer, die in Fabriken außerhalb des Shelters arbeiteten — für Ausgaben wie „Verpflegung" oder „medizinische Betreuung" oder „Kinderbetreuung" eingezogen.

Kinderbetreuung betraf diejenigen Frauen, die Babys oder Kleinkinder in die Obhut verschiedener Mitglieder der „Gemeinde" gaben, zu der Miss Crane — und die anderen Vorstandsmitglieder des Chatham Shelters — gehörten. Die Kinder wurden in einer Einrichtung weiter unten an der East Side betreut, und man forderte unverschämte Summen von den Müttern für diesen „Dienst".

Außerdem benutzte die raffinierte Miss Crane immer wieder „das Gesetz" als Waffe, um ihre Mädchen in Schach zu halten: seine „Schulden" nicht zu bezahlen bedeute ebenso, mit „dem Gesetz" in Konflikt zu geraten wie auflehnendes Verhalten oder Disziplinverstöße. Alle möglichen Beschuldigungen die — wie Quinn mit der Zeit herausgefunden hatte — größtenteils von Mathilda Crane zur Durchsetzung ihrer Ziele erfunden wurden, würden „gesetzlich geächtet". Da die meisten Bewohnerinnen des Shelters entweder ausländische Einwanderer oder ungebildete Mädchen vom Lande waren, denen Furcht und Mißtrauen gegenüber „dem Gesetz" im allgemeinen angeboren zu sein schienen, war es nur allzu leicht, sie mit Drohungen einzuschüchtern und weiter gefangenzuhalten.

Auch Quinn war diesem Schachzug zum Opfer gefallen, da sie wußte, daß sie keinerlei Konfrontation mit der Polizei riskieren konnte. Nachdem sie Mathilda Cranes Schikanen monatelang ertragen hatte, war sie an einem Punkt der Verzweiflung angekommen: sie wußte, daß sie irgend etwas unternehmen mußte, wenn sie überhaupt überleben wollte. Die Drohung mit „dem Gesetz" flößte Quinn inzwischen nicht mehr Furcht ein, als den Rest ihres Lebens im Chatham Shelter gefangen, als Schwerarbeiter verbringen zu müssen.

Ihr Plan war bis ins letzte ausgearbeitet, und sie war ihn im Geist hunderte Male durchgegangen. Jeden Freitag abend verließ Mathilda Crane, nachdem sie Mrs. Cunnington, der Köchin, die Verantwortung übertragen hatte, das Gebäude, um „Menschen zu berufen". Manchmal ging sie allein, ein andermal wurde sie von einer der reichen Wohltäterinnen begleitet — jedoch niemals von der netten Mrs. Deshler oder Mrs. Burke, jener Dame, die so freundlich mit ihr gesprochen hatte, als sie gemeinsam mit anderen Damen eines Missionsvereins den Shelter besucht hatte.

Quinn hatte bemerkt, daß Mathilda Crane, wenn sie ausging um „Menschen zu berufen" stets wenigstens eine neue Bewohnerin in den Shelter mitbrachte. Sie schien diese Freitagabende als ihre Fischzüge zu betrachten. Offensichtlich hatte es sich die geschäftstüchtige Mathilda Crane zur Regel gemacht, an Orten wie der Bowery oder am Hafen herumzuschnüffeln, wo sie junge Frauen oder Mädchen finden konnte, die auf sich allein gestellt waren — Mädchen, die allein, in Schwierigkeiten oder einfach einfältig waren. Indem sie den Eindruck erweckte, sie von ihrem Unglück zu „erretten", war es leicht für sie, die armen, ahnungslosen Seelen in ihrem Netz einzufangen — wie es ihr auch bei Quinn gelungen war.

Nun, dieser Fisch würde bald davonschwimmen, dachte Quinn erbittert, als sie den letzten Kragen für diesen Tag wendete. Heute abend, sofort nachdem Miss Crane den Shelter verlassen hatte, würde sie abwarten, bis der große Koloß von einer Frau, Mrs. Cunnington, in der Vorratskammer neben der Küche zu ihrer Flasche griff, bevor sie sich über die Feuerleiter auf der hinteren Seite des Gebäudes davonstahl.

Und das war das letzte, was man hier in dem Shelter von Quinn O'Shea sehen würde!

Das einzige Haar in der Suppe war die Frage, wohin sie gehen sollte. Sie glaubte, kaum eine andere Wahl zu haben, als nach Five Points zu gehen, wo sich etliche ihrer Landsleute vermutlich nach dem Verlassen des Schiffes hinbegeben hatten.

Quinn glaubte, daß Bobby Dempsey vielleicht am Ende doch seinen alten Freunden dorthin gefolgt war, besonders, falls es ihm nicht gelungen war, im Hafen Arbeit zu finden. Sie hoffte, Bobby sobald wie möglich zu finden, vor allem, um sicherzugehen, daß es ihm gutging. Jedesmal, wenn ihr der Mann in den Sinn kam, fühlte sie sich beunruhigt. Daß er damals nicht wie verabredet zurückgekommen war, mußte natürlich nicht automatisch bedeuten, daß ihm etwas zugestoßen wäre. Er könnte auch eine Stelle gefunden und sofort zu arbeiten begonnen haben. Trotzdem sollte sie, nach allem, was er für sie getan hatte, zumindest nach ihm Ausschau halten.

Sie hatte gehofft, der Polizist – Sergeant Price – würde sich die Mühe machen und Bobby suchen, nachdem sie ihn förmlich gebettelt hatte. Doch zweifellos hatte er sie im nächsten Augenblick völlig vergessen, nachdem er sie an Mathilda Crane weitergereicht hatte. Wie töricht war sie, anzunehmen, daß einem Polizisten an Leuten wie ihr irgend etwas gelegen wäre!

Nun, sie war schließlich nicht auf die Hilfe des dummen Sergeanten angewiesen! Sie würde Bobby selbst finden! Ohne sie war Bobby gewiß seinen anderen Freunden nach Five Points gefolgt. Wenn sie einmal dort war, würde sie sie gewiß bald alle finden. Es war nicht zu leugnen, daß ein vertrautes Gesicht oder zwei in dieser fremden Stadt mehr als willkommen wären – selbst die rauhen, gemeinen Gesichter von Leuten wie Roche und Boyle und ihresgleichen.

Durch die Gespräche der Frauen, die in Fabriken arbeiteten, wußte Quinn zumindest in etwa, wie sie nach Five Points kam. Einige der Geschichten, die man über diese Gegend erzählt hatte, machten ihr nicht gerade Lust, nach Einbruch der Dunkelheit dorthin zu gehen – doch konnte sie es sich nicht leisten, zu wählerisch zu sein. Dort bestand zumindest die Chance, Bobby zu finden oder sonst jemanden, den sie vom Schiff her kannte.

Das einzige, was sie im Zusammenhang mit ihrer Flucht aus dem Shelter bedauerte, war, daß Ivy nicht mit ihr kommen wollte. Quinn mochte nicht daran denken, ohne die Freundin wegzugehen – ihren *einzigen* Freund, außer Bobby. Ivy hatte eine kindliche Unschuld an sich, die Quinn zuweilen um das Mädchen Angst haben ließ. Sie war zu vertrauensselig, zu leicht zu täuschen und brachte sich damit selbst leicht in Gefahr.

Doch der *Grund*, weshalb Ivy es abgelehnt hatte, mit ihr zu fliehen, war das, was Quinn am meisten beunruhigte. Seit einigen Wochen hatte sich das Mädchen trotz ihrer ursprünglichen Abneigung den Mitgliedern der „Gemeinde" angeschlossen, die neben Miss Crane dem Shelter vorstanden: Bruder Willy und seiner „Herde" – in Quinns Augen eine Herde geistloser Schafe, die einem gleichermaßen geistlosen Hirten nachliefen.

Nach einem ihrer Gottesdienste im Shelter – an denen die Heimbewohnerinnen teilzunehmen verpflichtet waren – hatte Ivy Bruder Will eine Frage zu seinem Thema gestellt. Der Prediger war, so schien es, ausschweifend lang auf die Frage eingegangen und hatte ihr außerdem noch einige Traktate zu lesen gegeben, von denen er behauptete, sie selbst geschrieben zu haben.

Das war der Beginn von Ivys Verbindung mit der „Herde". Sie begann, immer mehr Freizeit dafür zu verwenden, ihre Literatur – ihre „Lehren", wie sie es nannten, zu lesen. Wenn sie nicht las, war sie mit Mathilda Crane und einigen anderen Bewohnerinnen des Shelters zusammen, die behaupteten, zum Glauben bekehrt worden zu sein.

Als Quinn versuchte hatte, sie über die Glaubensgrundsätze der Gruppe zu befragen, hatte Ivy nur allgemein zu schwärmen begonnen und konnte kein wirkliches Bild von ihren Lehren vermitteln, stattdessen aber einen übermäßigen – und ungerechtfertigten – Respekt gegenüber ihrem Leiter, Bruder Willy.

Quinn brauchte nicht lange, um zu begreifen, daß sie Ivys Meinung über die „Gemeinde" und Bruder Willy nicht ändern würde. Jeder ihrer Versuche brachte ihr ein nachsichtiges und irgendwie leeres Lächeln ein, verbunden mit einer Andeutung, daß sie eine „abgefallene Katholikin" sei und damit außerstande, die Wahrheit zu erfassen. Wenn Quinn es ablehnte, ihre „Lehren" zu lesen und über den Vorschlag spottete, eine ihrer Versammlungen zu besuchen, schaute Ivy sie verletzt an und erklärte: „Ich werde für dich beten, Quinn."

Quinn wünschte beinahe, sie hätte dem Mädchen nie geholfen, besser lesen zu lernen. Vielleicht wäre es für Ivy besser gewesen, wenn sie dieses Gefasel niemals hätte lesen können.

Einmal, als Ivy weg war, hatte Quinn einen Blick auf die Schriften auf ihrem Bett geworfen, und sie wollte ihren Augen nicht trauen, was diese Leute verbreiteten: „Töten des Fleisches", was offensichtlich Fasten und andere Formen der Selbstverleugnung einschloß, unter denen sogar Dinge aufgezählt waren wie „Selbstgeißelung" und „Unterwerfung des Körpers".

War dieses Geschwätz dafür verantwortlich, daß Mathilda Crane aussah, als hätte sie in Essig gebadet? Alles nichts als Unsinn!

Außerdem schienen Themen wie „Reinigung des Denkens" und „Unterwerfung des Willens, „Das Gemeinwohl" und „Pflichtergebenheit" eine große Rolle zu spielen. Was jedoch Quinns Zorn am meisten entflammte, war das Prinzip des „absoluten Gehorsams" — gegenüber ihrem „von Gott eingesetzten geistlichen Führer", der in diesem Fall natürlich zufälligerweise Bruder Willy war.

Irgend etwas an diesem Mann führte Quinn zu der Vermutung, daß er genauso geistlich war wie ein Stück altbackenes Brot. Sie hielt ihn tatsächlich für ein bißchen verrückt oder übergeschnappt. Er hatte eine Art, beim Beten seine Hände zu reiben, die Quinn stets daran erinnerte, wie sie ihrem Großvater zugeschaut hatte, wenn er ein Huhn für die Suppe geschlachtet hatte, in jenen Tagen, als es noch Hühner zu schlachten gegeben hatte. Außerdem hatte sie auch bemerkt, daß er stets ein Auge auf die Frauen richtete — und seinen unverkennbar lüsternen Blick, mit denen er die jungen Mädchen betrachtete, und ganz besonders Ivy, die zu Quinns Ärger nichts von all den Widersprüchen an diesem sonderbaren Mann wahrzunehmen schien.

Sie hatte gefleht und argumentiert, gestritten und gewarnt — alles umsonst. Ivy ließ sich nicht bewegen. Schließlich hatte Quinn sich damit abgefunden, den Shelter allein verlassen zu müssen.

* * *

Lewis Farmington war überrascht, als sein Assistent, Evan Whittaker, darum bat, an diesem Nachmittag freimachen zu dürfen.

Vielleicht hätte es ihn sogar gefreut, wenn der Mann nicht so offenkundig zerstreut gewesen wäre. Seitdem er bei ihm auf der Werft arbeitete, hatte Evan noch nie auch nur um eine Stunde Befreiung von seinen Aufgaben gebeten. Gelegentlich bestand Lewis darauf, daß sein überaus tüchtiger Assistent ein paar Stunden freinahm, besonders an Tagen, an denen es weniger zu tun gab — doch hatte Lewis noch nie erlebt, daß Evan um Freistellung *bat.*

„Sie wissen, daß Sie nur zu fragen brauchen, Evan", versicherte ihm Lewis, ohne auch nur einen Augenblick zu zögern. „Nehmen Sie den Rest des Tages frei, wenn Sie möchten. Sie haben es wahrlich mehr als verdient." Er hielt inne, bevor er hinzufügte: „Ich hoffe, zu Hause ist nichts passiert?"

Geistesabwesend strich Evan das Revers seiner Jacketts glatt, während er erklärte: „Nein, Sir. Aber Nora geht es nicht besser, seitdem ich Ihnen von meinen Sorgen um ihre Gesundheit berichtet habe. Ein Grund, weshalb ich heute früher weg muß, ist eine Unterredung, um die Dr. Grafton mich gebeten hat. Ich sollte gestern in der Missionssprechstunde vorbeikommen, doch Dr. Grafton war bereits weg, als ich dort eintraf. Außerdem brauche ich auch noch Zeit, um eine andere Angelegenheit zu erledigen.

Während Lewis zuhörte, wie Evan von seiner Sorge um den kleinen Jungen aus seiner Singgruppe — Billy Hogan — berichtete, war er, nicht zum erstenmal, beeindruckt von der Hingabe, mit der sich sein Assistent der Arbeit an den unterprivilegierten Kindern in Five Points widmete.

Evan nahm an jedem einzelnen Mitglied der Gruppe Anteil, und es war kein Geheimnis, daß „der Engländer", wie er von vielen genannt wurde, noch mehr für die Jungen getan hatte, als sie singen zu lehren. Ein halbes Dutzend Jungen — zu denen auch der kleine Billy Hogan gehörte — hatte lesen gelernt, weil Evan bereit war, viele Stunden zu opfern, um ihnen Leseunterricht zu erteilen. Die Jungen hingen sowohl an der Gruppe als auch an ihrem Leiter. Der Eifer der Jungen, gepaart mit Evans unermüdlichem Einsatz, nach immer besseren Leistungen zu streben, hatte sie schließlich zu einem Chor werden lassen, dessen Leistungen und Auftritte sich sehen lassen konnten.

Evan hatte sich als außerordentlich begabter Musiker erwiesen, und das nicht nur in seiner Funktion als Chorleiter. Der Mann verbrachte jede Woche etliche Stunden damit, Lieder für die Jungen zu bearbeiten, und er schrieb sogar eigene Stücke. Seine neueste Unternehmung war eine Band für einige der älteren Jungen, die sich im Stimmbruch befanden. Unterstützt von Alice Walsh — Mrs. Walsh überraschte ihn tatsächlich, wenn man daran dachte, mit welcher Schlange von Mann sie verheiratet war —

war Evan dabei, eine ansehnliche neue Gruppe zusammenzustellen, die einer Militärband ähnelte.

Die verschiedensten Begabungen des Mannes waren bemerkenswert, dachte Lewis, doch hatte er ebenso einen edlen Charakter. Evan war ein Gentleman, ein aufrichtiger Christ, ein sich aufopfernder Ehemann und Vater sowie ein tüchtiger Assistent. Doch in letzter Zeit waren Zeichen von Ermüdung und Überarbeitung an ihm nicht zu übersehen. Der Tag schien für diesen Mann einfach nicht genügend Stunden zu haben, um alles das ausführen zu können, wozu er sich berufen fühlte.

Seit kurzem hatte Lewis zu bezweifeln begonnen, daß er Evan noch lange Zeit als Mitarbeiter in seiner Werft behalten konnte. Lewis spürte seit einiger Zeit, daß Gott neue Wege im Leben des jungen Engländers vorzubereiten begann, daß er ihn ... für etwas zurüstete, obgleich er noch keine Ahnung hatte, was dieses *Etwas* sein würde. Er war sich in der Tat noch nicht einmal sicher, ob Evan bereits gespürt hatte, wie die Hand Gottes ihn auf neue Wege leitete. Doch wenn die Zeit gekommen war, würde er Gottes Stimme folgen, dessen war Lewis ganz gewiß.

Unter diesen Vorzeichen versuchte Lewis bereits jetzt, sich mit der Tatsache abzufinden, daß er Evan eines Tages, und vielleicht schon bald, als seinen Assistenten verlieren würde. Er sah auch schon voraus, daß, wenn die Zeit gekommen war, er derjenige sein mußte, der die Verbindung löste, denn Evan war bis ins letzte treu. Der Mann würde zweifellos so lange bleiben, wie er es irgendwie durchhalten konnte, und sich dabei völlig verzehren.

Entschlossen, das zu verhindern, hatte Lewis Gott bereits gebeten, ihm zu zeigen, wann die Zeit gekommen war ... und auch darum, ihn selbstlos genug zu machen, den ersten Schritt auf Evan zugehen zu können.

* * *

Als Evan an diesem Nachmittag Dr. Graftons Praxis in Manhattan betrat, fand er das Wartezimmer mit Patienten überfüllt, so daß nicht einmal mehr ein freier Stuhl zu finden war.

Es war schon fast vier Uhr, als Dr. Grafton ihn sah und hereinbat.

„Es tut mir leid, Evan, daß Sie so lange warten mußten", erklärte Dr. Grafton, während er ihn ins Sprechzimmer geleitete. „Und daß ich gestern nicht da war."

Evan zögerte nur einen kurzen Augenblick, ehe er in die ausgestreckte Hand des Arztes einschlug. Die Angewohnheit der Amerikaner, einander die Hand zu schütteln, überraschte ihn zwar hin und wieder noch, aber er fand diese Sitte nicht mehr so abstoßend wie früher.

Als er gegenüber von Dr. Grafton am Schreibtisch Platz genommen hatte, wurde seine Angst noch größer. Seitdem er die Nachricht von Dr. Grafton erhalten hatte, hatte er diese Unterredung gefürchtet. Seine Unruhe darüber, was er zu hören bekommen würde — gepaart mit der Sorge um den kleinen Billy —, hatte ihm wiederum eine schlaflose Nacht eingebracht. Der fehlende Schlaf machte sich ebenso bemerkbar wie die Tatsache, daß er nicht mehr als ein paar Bissen von seinem Frühstück hinunterbringen konnte. Er fühlte sich abgeschlagen und leicht schwindlig.

Dr. Grafton kam sofort zur Sache. „Ich nehme an, Sie wissen, daß ich mit Ihnen über Nora sprechen möchte", erklärte er, während er sich in seinem Stuhl nach vorn lehnte, die Hände auf dem Tisch gefaltet. „Sie haben sich bereits seit einiger Zeit Sorgen um sie gemacht — und ich auch."

Evan atmete tief durch und nickte.

„Ja, ich habe also während der letzten beiden Untersuchungen einige Dinge festgestellt, die ich gern mit Ihnen besprechen möchte."

Als Evan bemerkte, wie schwer es dem Arzt fiel weiterzureden, begann sein Herz wild zu hämmern. Er krampfte seine Hände zusammen und bemerkte, wie feucht sie waren, so daß er sie an seinem Hosenbein abwischte.

Nicholas Grafton betrachtete ihn forschend, mit ernstem Gesicht. „Ich fürchte, Nora ist schwer krank, Evan. Sie scheint ein Problem mit ihrem Herzen zu haben."

Angst stieg in Evan auf und raubte ihm den Atem. Plötzlich wurde ihm schwindlig. „W-Was für ein ... ein Problem?"

Dr. Grafton antwortete nicht sofort, sondern saß einige Augenblicke schweigend da, auf seine Hände schauend. Schließlich stieß er einen tiefen Seufzer aus. „Wenn jemand so viel durchgemacht hat wie Nora", begann er, „dann überrascht es nicht, daß ... sich gewisse Folgen einstellen." Er blickte auf. „Schließlich hat sie eine Hungersnot überlebt — und eine Überfahrt über den Ozean, die jeden Monat unzählige Menschenleben zu fordern scheint. Wenngleich schon das genug wäre, kommen noch der Scharlach und eine komplizierte Schwangerschaft hinzu. Es wäre für jeden Menschen eine große Belastung, das alles durchzumachen ... und zu überleben."

Ihre Blicke begegneten sich. In Evans Hals bildete sich ein Kloß, als er die Freundlichkeit und das aufrichtige Mitleid in den Augen des Arztes erblickte.

„Was ich Ihnen zu erklären versuche, Evan, ist, daß Noras Herz großen Belastungen ausgesetzt war, unter denen es offenbar Schaden genommen hat." Erschüttert versuchte Evan, etliche Fragen zu stellen, war jedoch außerstande, auch nur ein einziges Wort hervorzubringen, als ihm die Bedeutung dessen, was der Arzt gesagt hatte, voll zu Bewußtsein kam. Er hatte gewußt ... oder zumindest befürchtet ... daß es etwas Ernsthaftes sein mußte ... Er hatte es bereits seit einiger Zeit vermutet, aber nicht vermocht, sich dem zu stellen ... meist zumindest.

„Evan?"

Evan sah den Arzt an. *Erzähl mir nicht noch mehr ...* flehte er im stillen. *Ich möchte den Rest nicht mehr hören ... ich möchte es nicht wissen ...*

„Hören Sie, Evan, ich möchte den Ernst von Noras Zustand nicht herabspielen —"

Evan hielt den Atem an und starrte aus dem Fenster direkt hinter Nicholas Grafton. Das Licht des späten Nachmittags war bereits schwach und im Schwinden begriffen, als könne die Sonne es nicht erwarten unterzugehen. In dem Zimmer war es kalt geworden; Evan fröstelte.

„— aber ich möchte auch kein zu dunkles Bild für Sie malen. Nora ist krank, aber es besteht Hoffnung für sie."

Evans Augen kehrten zu dem Arzt zurück, der beruhigend nickte und fortfuhr: „Es gibt einen Spezialisten hier in der Stadt, dem ich Nora vorstellen möchte: Dr. Mandel, Abraham Mandel. Er ist ein sehr guter Arzt und Spezialist für Herzkrankheiten. Wenn Sie möchten, kann er Nora bereits nächste Woche untersuchen."

Seine Furcht niederkämpfend, umklammerte Evan die Lehne seines Stuhls. „Weiß ... weiß Nora bereits davon?"

Dr. Grafton schüttelte den Kopf. „Nein, ich habe mit ihr noch nicht darüber gesprochen. Ich glaube jedoch, sie weiß, daß sie krank ist. Ich vermute, sie versucht, es vor Ihnen zu verbergen." Er schaute Evan mit einem schwachen Lächeln an. „Ich glaube, es ist kein Geheimnis, daß Nora niemanden beunruhigen möchte, und ganz besonders nicht Sie."

Evan nickte. „Ja, sie ist stets darauf bedacht, niemanden mit ihren Sorgen zu beunruhigen", erwiderte er. Seine Augen brannten, und er wandte seinen Blick ab. *Oh, Nora ... Nora ... mein liebster Schatz, du*

mußt dich ängstigen ... so sehr ängstigen ... und doch hast du kein einzi-
ges Wort gesagt ...

„Meine Absicht war, zuerst mit Ihnen zu sprechen", erklärte Dr. Grafton. „Falls Sie möchten, könnte ich am Montag abend vorbeikommen.
Dann würden wir es ihr gemeinsam sagen."

Wieder nickte Evan, seine Augen auf Dr. Grafton richtend. „Sie sagten, sie ist sehr krank. *Wie krank?* Bitte – sagen Sie m-mir die Wahrheit."

„Ich habe den Eindruck, daß mit der nötigen Pflege und der Behandlung, die Dr. Mandel vorschlagen wird, ihr Zustand sich nicht verschlim-
mern müßte", erwiderte Nicholas Grafton. „Ich vermute, daß Noras
Herzmuskel durch all die Belastungen, die er aushalten mußte,
geschwächt wurde. Außerdem glaube ich, daß zumindest eine ihrer
Herzklappen beeinträchtigt ist. Deshalb möchte ich, daß Dr. Mandel sie
untersucht – denn er kann das Problem genauer umreißen als ich."

Evan atmete ein paarmal tief durch. „Sie sprachen von der n-nötigen
Pflege?"

Dr. Grafton nickte. „Sie wird absolute Ruhe brauchen, einige Zeit
Bettruhe, dann wird sie einen genauen Diätplan einhalten müssen, keine
Anstrengung, und, wie gesagt, viel Ruhe. Ich weiß natürlich, wie schwierig das für eine junge Mutter mit Kindern – und noch dazu einem Baby –
sein kann." Er schaute Evan direkt in die Augen. „Wenn Sie es irgendwie
ermöglichen können, dann finden Sie eine Ganztagshilfe für Sie, je früher, um so besser – jemanden, der den Haushalt übernimmt und bei der
Pflege des Babys hilft. Ich kann das nicht genug betonen."

Er hielt inne, dann fügte er hinzu: „Das könnte ihr das Leben retten."

*   *   *

Evan blieb vor Dr. Graftons Praxis, einem einfachen, schlichten Gebäude
in der Nähe des Broadway, stehen und schaute zum Astor House Hotel
hinüber. In dem luxuriösen Gebäude eilten Gäste aus und ein, einige
schienen es kaum erwarten zu können, der Kälte des grauen November-
nachmittags zu entfliehen, andere lachten in freudiger Erwartung, während sie eine Droschke bestiegen.

Evan war völlig erschüttert, und er zitterte am ganzen Körper. Er fand
sich nahezu außerstande, darüber nachzudenken, was er tun sollte. Am
liebsten hätte er alles vergessen und wäre so schnell wie möglich zu Nora
nach Hause geeilt. Er wollte sie in seinen Armen halten, ganz fest, und sie
nie mehr loslassen.

Eine Woge überwältigender Angst erfaßte ihn, als sein Geist unablässig das Gespräch mit Dr. Grafton wiederholte. Er glaubte, daß Angst und Verzweiflung ihn jeden Augenblick zu überwältigen und zu lähmen drohten. Und doch wußte er, daß er der Angst nicht nachgeben und sich nicht vorstellen durfte, was passieren *könnte*, und sich stattdessen irgendwie zwingen mußte, darüber nachzudenken, was er jetzt ... jetzt sofort tun könnte, um alles zum besten zu wenden.

Seit der Nacht, in der Teddy geboren wurde, hatte Evan sich noch nicht wieder so furchtbar geängstigt und über die Maßen bedrückt gefühlt wie jetzt, und zuvor hatte er nur ähnliche Qualen durchlitten, als Nora mit Scharlach im Krankenhaus lag. Beide Male hatte er gefürchtet, Nora zu verlieren, und diese Möglichkeit hatte ihn beinahe umgebracht.

Doch er *hatte* sie *nicht* verloren, sagte er zu sich selbst. Sie hatte überlebt, Gott sei es gedankt, Nora hatte nicht nur die schwere Krankheit überlebt, sondern auch eine Reihe anderer Schrecken, die ihr leicht die Gesundheit, den Verstand, ja sogar ihr Leben hätten rauben können.

Irgendwie mußte er alles, was in seiner Macht lag, tun — *alles* — , damit sie auch diese neueste Gefahr überlebte. Nora mußte um jeden Preis alles bekommen, was ihr half, wieder gesund und stark zu werden, und er würde ... mit Gottes Hilfe ... dafür sorgen, daß sie es bekam.

Aber wie? Spezialisten ... Medikamente ... eine Haushaltshilfe — alles würde Geld kosten, Geld, das sie nicht hatten. Wie sollten sie das schaffen?

Und wieder schluckte er die rasende Angst hinunter, die ihn zu lähmen drohte. Er durfte sich keine Sorgen um das Geld machen, nicht jetzt. Jetzt zählte nichts anderes als Nora. Er durfte sie nicht verlieren ... er konnte sie einfach nicht verlieren ... er würde an nichts anderes denken als an Nora ... an *nichts* anderes.

Er merkte, daß er pfeifend atmete und versuchte, nicht darauf zu achten. Seine von jeher schwache Lunge reagierte in schwierigen Situationen stets als erstes. Er bemühte sich, tief durchzuatmen und seinen rasenden Puls zu beruhigen. Es ging nicht, daß er wieder zurück in die Praxis gehen und *sich* behandeln lassen mußte.

Einen Schritt nach dem anderen, sagte er bestimmt zu sich selbst, während er seinen pfeifenden Atem ignorierte und darum kämpfte, zu einer gewissen inneren Ruhe zu finden. Nächste Woche würde Nora von dem Spezialisten, Dr. Mandel untersucht werden. Zuvor würde er mit Mr. Farmington — und auch mit Sara — sprechen und sie bitten, ihm bei der Suche nach einem Mädchen zum baldmöglichsten Dienstantritt zu helfen. Er war sicher, daß Tante Winnie, die liebe Tante Winnie, ihnen aushelfen würde, bis sie jemanden gefunden hatten.

Während er über die Straße starrte, nahm er das Geschehen am Astor House Hotel beinahe nur wie im Traum wahr: die vielen Wagen, die elegant gekleideten Damen und Herren, die lachend vorübereilten. Sie schienen alle so fröhlich und sorglos zu sein, und Evan mußte sich fragen, wie ihr Leben wohl aussah — ein Leben, in dem sie von einer Festlichkeit zur anderen eilten, ein Leben ohne Sorgen oder Angst, ohne Lasten tragen zu müssen ...

Plötzlich traf es ihn fast wie ein Blitz, daß er inmitten der Aufregung dieses Nachmittags beinahe *Billy Hogan* vergessen hätte! Er mußte nach Five Points zurück und die Suche nach dem Jungen fortsetzen!

Er seufzte betrübt. Er konnte nicht! Er konnte einfach nicht an diesen furchtbaren Ort zurückkehren und diesem schrecklichen Mann begegnen — heute nicht ...

Hin- und hergerissen zwischen seinem dringlichen Wunsch, bei Nora zu sein auf der einen, und seiner Sorge um den kleinen Jungen mit den traurigen Augen auf der anderen Seite, preßte Evan seine Hand gegen die Stirn und versuchte nachzudenken. Schuld nagte an ihm, als ihm bewußt wurde, daß er im Augenblick eine Art Groll verspürte — Groll gegenüber Billy Hogan, daß er zu einem Zeitpunkt in sein Leben getreten war, da Nora ihn so dringend brauchte. Und dennoch wußte er ganz gewiß, daß er sich diese Sorge um Billy nicht selbst, sondern Gott sie ihm auferlegt hatte.

Wußte Gott denn nicht, daß er jetzt außerstande war, noch eine zusätzliche Verantwortung zu übernehmen? Gewiß erwartete Gott nicht von ihm, daß er sich jetzt noch einer schwierigen Situation stellte oder sich auf irgend etwas einließ, das Nora seine Zeit und Aufmerksamkeit entzog.

Ein Tag mehr würde zumindest nichts ausmachen. Außerdem war es bald dunkel, und es wäre überaus töricht, nach Einbruch der Dunkelheit nach Five Points gehen zu wollen. Er würde morgen hingehen ... oder spätestens übermorgen.

Der Hufschlag einer vorüberfahrenden Droschke rüttelten ihn wach. Er richtete sich auf, atmetete tief gegen das Pfeifen in seinen Lungen und begab sich zu dem Buggy.

In wilder Verzweiflung fuhr er nach Five Points und betete die ganze Zeit, daß es für Billy Hogan nicht zu spät sein möge.

* * *

Quinn O'Shea verließ den Chatham Shelter abends um fünf, nur eine halbe Stunde, nachdem Mathilda Crane das Gebäude verlassen hatte. Wie geplant, floh sie über die Feuerleiter, unmittelbar nachdem sie Mrs. Cunnington mit ihrer Flasche in der Speisekammer eingeschlossen hatte. Die verblüffte Köchin fing sofort an zu schreien, als Quinn den Schlüssel im Schloß umdrehte — den Schlüssel, den sie vorher heimlich aus der Schürzentasche der Frau entwendet hatte. Doch Quinn, die nichts außer ihrer Kleidung auf ihrem Rücken hatte, war schnell und ungehindert die eisernen Sprossen hinabgestiegen, bevor auch noch irgend jemand daran dachte, nach draußen zu schauen.

Nachdem sie sich monatelang wie eine Gefangene gefühlt hatte, begrüßte sie den grauen, düsteren Abend mit zunehmender Freude, während ihr ausgedörrter Geist die neu gewonnene Freiheit genoß. Sie wünschte, sie hätte heute abend ihr eigenes Kleid tragen können, doch hatte sie es seit jenem Abend, als sie in den Shelter gekommen war, nicht wieder gesehen. Doch selbst das häßliche braune Kleid und der ausgebeulte Pulli — die „Uniform" des Shelters — vermochten ihre Freude nicht zu trüben.

Den dünnen Pulli fester um sich ziehend, richtete sie ihr Gesicht in den Wind und begab sich auf den Weg nach Five Points, in die Freiheit!

36. Kapitel

In der Höhle des Teufels

Es ist nichts so schlimm,
als daß es nicht noch schlimmer werden könnte.

Irisches Sprichwort

Es war beinahe dunkel, und Sergeant Price hatte einen Tag Dienst hinter sich — einen *langen* Tag, dachte er müde, als er auf den Paradise Square zusteuerte: mehr Messerstechereien als man zählen konnte, zwei Prostituierte hatte man zusammengeschlagen und als hoffnungslose Fälle liegenlassen, eine Bande hatte einen kleinen Zeitungsjungen überfallen — vermutlich Rynders gemeine Schläger — und ein verrückter Betrunkener hatte Denny mit einer zerbrochenen Flasche angegriffen.

Zwei Dinge haßte Denny noch mehr als die Schweine, die sich frei in dem Schmutz von Five Points herumtrieben: Trinker und Opiumsüchtige. Hatten sie sich einmal mit dem einen oder anderen Gift vollgepumpt, genügte der geringste Anlaß, um einem den Kopf zu zerschlagen oder die Kehle aufzuschlitzen!

Ganz zu schweigen von dem, wie sie ihr eigenes Leben ruinierten. In all den Jahren als Polizist hatte er erlebt, wie unzählige Familien zerbrachen, Frauen und Kinder mißbraucht und geschlagen und sonst gute Menschen durch dieses Laster boshaft geworden waren.

Er mußte an diesen Schriftsteller — Poe — denken, der für die Zeitungen jenes überaus seltsame Gedicht über die Krähe geschrieben hatte. Natürlich sagten einige, daß er nie dem Alkohol oder Opium verfallen gewesen wäre. Sie behaupteten, daß seine Kritiker nur seinen Namen verunglimpfen wollten und er in Wirklichkeit an einer Hirnkrankheit gestorben sei. Andere wiederum beharrten auf ihrer Meinung, er sei durch die kombinierte Wirkung von Alkohol in Verbindung mit Opium zu Tode gekommen. Man hatte ihn in Baltimore bewußtlos am Boden liegend gefunden.

Denny schüttelte den Kopf über diese sinnlose Zerstörung und Vergeudung. Was mußte einen so klugen und gebildeten Mann geritten haben, daß er am Ende starb wie ein Bettler!

Denny hatte wie vor ihm auch sein verstorbener Vater, noch bevor er nach Amerika gekommen war, ein Abstinenzgelübde abgelegt. Nachdem er nun seit beinahe sechs Jahren an Orten wie Five Points Streife zu laufen hatte, konnte er Gott nicht genug danken, daß er ihn so geführt hatte.

Die Schulter, die er sich verrenkt hatte um den Betrunkenen mit der Flasche abzuwehren, schmerzte heftig. An Tagen wie diesen fühlte sich Denny doppelt so alt wie seine sechsundzwanzig Jahre. Er rieb sich mit einer Hand den Nacken und seufzte müde, während er in Richtung Mulberry Street weiterging.

Er würde sich noch einmal dort umschauen; vielleicht konnte er den kleinen Hogan doch noch finden. Die Situation mit dem vermißten Jungen war betrüblich. Der Kumpel des Jungen, Tom Breen, hatte Denny gegenüber schließlich zugegeben, „daß es ihn nicht überraschen würde, wenn Billys Onkel ihn ab und zu verprügelte."

Doch auch Tom konnte keinerlei Hinweise in bezug auf den gegenwärtigen Aufenthalt des Freundes geben. So war Denny wieder dort, wo er am Abend zuvor zu suchen begonnen hatte, er und Mr. Whittaker: mitten in Five Points und ohne jeglichen Anhaltspunkt, wo er es als nächstes versuchen könnte.

Er würde sich trotzdem noch einmal umsehen. Plötzlich entschloß er sich, noch einmal Billys Familie aufzusuchen. Mit ein wenig Glück wäre Sorley Dolan nicht zu Hause. Wenn er nicht zu betrunken war, arbeitete er normalerweise in einer der Spielhöllen in der Bowery. Vielleicht konnte er bei den kleinen Jungen oder bei Nell selbst etwas herausbekommen, wenn Sorley nicht zugegen war und sie einschüchterte.

Er beschleunigte seinen Schritt, während er seine Hand zum Schaft seiner Pistole gleiten ließ. In Five Points mochte ein Polizist keine wirkliche Autorität besitzen, doch er hatte — stets — eine geladene Waffe bei sich.

* * *

Quinn brauchte nicht einmal fünf Minuten, um zu erkennen, daß sie einen Fehler gemacht hatte: nicht damit, den Shelter verlassen, doch sich an diesen Ort begeben zu haben, der gewiß hier in New York City die Höhle des Teufels war.

Sie lief in die Mitte eines Platzes, auf dem der gesamte Müll von New York aufgetürmt zu sein schien. In ähnlich großer Zahl rannten

Schweine und zerlumpte Kinder zwischen Abfällen, Mist und zerbrochenen Flaschen umher. Die Schweine waren fett, die Kinder nur Haut und Knochen.

Quinn würgte es bei dem fauligen, scheußlichen Geruch, der ihr entgegenschlug. Je weiter sie ging, um so furchtbarer wurde der Gestank! Trotz der hereinbrechenden Dunkelheit war es nicht zu übersehen, wie armselig und häßlich diese Gegend war. Von den Straßen bogen in jede Richtung kleinere Gassen ab und alle schienen von nichts anderem als von Kneipen und Bordellen gesäumt zu sein.

Der Lärm, der auf die Straßen drang, war unvorstellbar. Hinter den zerbrochenen Fensterscheiben der Obergeschosse lachten oder fluchten grobe, aufgedunsene Gesichter — sowohl von Männern als auch von Frauen. Laute, blecherne Musik aus den Kneipen erfüllte die Atmosphäre mit einer wilden Ausgelassenheit, mit dem Lärm zerbrechender Flaschen und schreiender Kinder wetteifernd.

Überall stieß man auf Menschen, Gesichter vieler Nationen und Rassen — größtenteils jedoch schwarze und irische Gesichter, die verhärmt und von Verzweiflung gezeichnet waren. Betrunkene mit blaugeschlagenen Augen stolperten übereinander hinweg, während Frauen mit harten Zügen Quinn haßerfüllt anstarrten. Eine disharmonische Mischung aus irischen Lauten und dem Geplapper der Schwarzen wetteiferte mit der seltsam deplazierten Fröhlichkeit von Geigen und Tamburins.

Quinn kam sich wie in den Alptraum eines Irren versetzt vor.

Plötzlich wurde sie von einer Hand am Nacken gepackt und jäh aus ihren Gedanken gerissen. Sie wirbelte herum und befreite sich, mit einer Hand gegen ihren Angreifer ausholend.

Der Betrunkene, unglaublich schmutzig und keinen einzigen Zahn im Mund, starrte sie begehrlich an. „He, Mädchen, ich habe Geld für ein bißchen Spaß, verstehst du?"

Als er versuchte, seine Taschen umzudrehen, trat Quinn einen Schritt zurück, dann drehte sie sich um und rannte über den Platz davon.

Als sie ein dunkles, höhlenartiges Gebäude erblickte, das derart verfallen erschien, daß es an Tod und Krankheit erinnerte, änderte Quinn die Richtung. Zu ihrer Rechten, außerhalb der hölzernen Umzäunung, die den Platz umgab, lagen eine Reihe von Kneipen — die zwar schäbig aussahen, doch zumindest erleuchtet waren.

Sie hatte gerade die hölzerne Umzäunung erreicht, als ein tiefer, befehlender Anruf sie aufhielt.

„Einen Augenblick — halt, stehengeblieben!"

Im Handumdrehen war er bei ihr. Er faßte sie mit einer großen Hand an der Schulter und drehte sie herum. „Was —" Er trat einen Schritt zurück und starrte sie an. „Sieh da, das ist doch das Mädchen von der Bowery!"

Quinn kniff die Augen zusammen, mit offenem Mund zunächst auf den Kupferstern auf der breiten Brust, dann auf das vertraute Gesicht starrend, das vom Licht der Kneipen erhellt wurde.

Er schaute ihr ins Gesicht. „Sieh dir das an! Das ist doch Quinn O'Shea, nicht wahr?"

Der törichte Mensch schien sich tatsächlich zu freuen, sie zu sehen! Er grinste — das breite, schlaue Grinsen wie das eines alten keltischen „Sündenessers" persönlich (der „Sündenesser" war ein Mann, der nach altem keltischen Brauch bei einem Begräbnis die Sünden des Verstorbenen auf sich nahm, indem er Brot und Salz aß — d.Ü.). Und das nach alldem, was er ihr angetan hatte!

Innerlich vor Zorn kochend, starrte sie auf seinen Kupferstern. *Zum Teufel mit ihm!* Das war er tatsächlich, der Polizist, der ihr damals in jener Julinacht in der Bowery aus der Klemme geholfen hatte — vor einer Ewigkeit, wollte es ihr scheinen.

Sergeant Price. Er hatte sie vor diesen beiden betrunkenen Lackaffen gerettet, die sich an ihr vergreifen wollten. Doch dann hatte er seine gute Tat zunichte gemacht und ins Gegenteil verkehrt, indem er sie der scheinheiligen Mathilda Crane ausgeliefert hatte.

War es nicht eine Unverschämtheit, wie er hier stand, die Hände auf ihren Schultern, und sie wie ein Irrer angrinste! Dabei war er die Ursache für all das Elend, das sie während der letzten Monate hatte ertragen müssen

Quinn schüttelte seinen Griff ab, trat einen Schritt zurück und blickte ihn finster an. Das koboldhafte Lächeln in seinen Augen verschwand. „Was in aller Welt machst du hier in Five Points, Mädchen? Dies ist ein grauenhafter Ort!"

Quinn starrte ihn nur an, nichts erwidernd. Würde er sie nicht in den Shelter zurückbringen, wenn er herausfand, daß sie von dort ausgebrochen war?

„Kannst du dich nicht mehr an mich erinnern — an Sergeant Price, der dir in der Bowery aus der Klemme geholfen hat?"

„Ich kann mich nicht besinnen", fauchte Quinn. Sie würde ihm nicht die Freude machen, zuzugeben, daß sie sich an ihn erinnerte.

Er strahlte wieder, als sei er tatsächlich hocherfreut, ihr zu begegnen. Polizist oder nicht, dachte Quinn, der Mann erschien ihr ziemlich einfältig.

„Natürlich mußt du dich erinnern", beharrte er. „Zwei Betrunkene hatten dich in Schwierigkeiten gebracht, und ich war der Polizist, der dir aus der Patsche half!"

„Um mich noch in viel größere Schwierigkeiten zu bringen!" stieß Quinn hervor, ehe sie ihre Worte zurückhalten konnte. „Ja, sie waren derjenige, ganz gewiß"

Das freche Grinsen verschwand. „Ich glaube, ich verstehe nicht ganz."

Seine Augen musterten das Mädchen. „Und was ist das? Ist das nicht die Kleidung, die die Mädchen im Shelter tragen? Du wohnst doch gewiß nicht mehr dort!"

„Nein, danke, ich wohne in der Tat nicht mehr dort!"

Er legte seine Stirn in Falten, so daß seine kräftigen Augenbrauen über seiner Nase zusammenstießen. „Warum trägst du dann immer noch diesen Sack? Nicht, daß er dich nicht kleiden würde." Wieder trat ein Lächeln auf sein Gesicht, das diesmal eher selbstgefällig erschien.

Vor Wut schäumend, ballte Quinn ihre Hände an ihren Seiten zur Faust. „Und ich würde dieses verhaßte Ding überhaupt nicht tragen, wenn die fromme Mathilda Crane mein Kleid nicht gestohlen hätte — noch dazu das einzige, das ich besaß!"

Den Schlagstock einsteckend, verschränkte der Sergeant die Arme über der Brust und musterte Quinn abschätzend. Quinn mußte sich zusammennehmen, um das Unbehagen zu verbergen, das sie unter dem Adlerblick des Polizisten verspürte.

„Ich glaube, wir fangen am besten noch einmal von vorn an", sagte er schließlich, und sein gutaussehendes, markantes Gesicht war inzwischen völlig ernst. „Du erzählst mir am besten, was dich so verärgert hat, und wenn du einmal dabei ist", fügte er hinzu, „sagst du mir auch, was dich nach Five Points geführt hat — dem gemeinsten, niederträchtigsten Ort in der ganzen Stadt, falls du das schon festgestellt hast."

Sein abgehackter Akzent war noch deutlicher geworden. Quinn ordnete ihn dem Norden zu, mit einem Hauch vom Meer: wahrscheinlich kam er aus Donegal. Sie beschloß deshalb, daß es klüger war, sich ihm nicht zu widersetzen. Wußte nicht jeder, daß die Männer von Donegal hart und auch verschlagen sein konnten? Doch sollte sie um Ivys und der anderen willen, die noch im Shelter gefangen waren, nicht doch erzählen, was sie über die Zustände in diesem Heim wußte?

Sie beschloß, es zu wagen. Sollte er sie zurückbringen wollen, würde sie ihm schnell entfliehen. Er sah aus wie eine Eiche und ganz gewiß waren seine Füße ebenso langsam wie Holzklötze. Es würde ihr gewiß nicht schwerfallen, schneller zu sein als er.

Quinns Gefühl sagte ihr, daß er nicht so grimmig war, wie er aussehen mochte. Trotz seiner gewaltigen Erscheinung und der Tatsache, daß er finster blicken konnte, entsprach er im Grunde nicht ihrer Vorstellung von einem Polizisten. Aus seinen Augen sprach auch ein Lachen, und sie glaubte sogar, eine tiefe Freundlichkeit an ihm zu verspüren.

So erlaubte Quinn ihm nach kurzem Zögern, sie zu einer Bank vor einer der Kneipen zu führen, wo sie ihre Geschichte zu erzählen begann. Es befriedigte sie sehr, festzustellen, wie er immer überraschter aussah, während sie von ihren Erlebnissen im Chatham Shelter berichtete.

Je länger sie erzählte, um so größer wurden seine Augen. Zweimal unterbrach er sie sogar mit einem Ausdruck zorniger Empörung, doch mußte sie dem Mann bestätigen, daß er ihrer Geschichte sonst mit der Geduld eines Priesters gelauscht hatte.

37. Kapitel

Der Preis der Gerechtigkeit

Die Gerechtigkeit nimmt unerbittlich ihren Lauf;
Sie schlägt die Schwachen wie die Starken,
es gibt kein Entrinnen — keiner hält sie jemals auf.
Mit eiserner Hand schlägt sie die Starken,
die grausigen Vatermörder, mitten in ihrem Lauf!

Oscar Wilde (1854-1900)

Enttäuscht ging Evan zum Buggy zurück, nachdem er eine Stunde vergeblich versucht hatte, Sergeant Price zu finden. Während der vergangenen Monate hatte Evan immer mehr von seiner ursprünglichen Furcht vor diesem abscheulichen Slum verloren. Er war jedoch noch vorsichtig genug, um nicht nach Einbruch der Dunkelheit an einem Ort wie diesem herumzustreifen, vor allem nicht allein.

Evan fuhr in Richtung Polizeirevier in der Hoffnung, einen anderen Polizisten zu finden, der ihn begleiten würde, falls er Sergeant Price auch dort nicht antreffen sollte. Er wußte, daß es keinen Zweck hatte, sich noch einmal allein in Billy Hogans Wohnung zu begeben. Er machte sich keinerlei Illusionen darüber, was er allein gegen einen Schläger wie Sorley Dolan ausrichten konnte. Er würde nicht einmal bis über die Türschwelle kommen, und wenn schon, was würde dann geschehen? Nein, wenn er in seiner Suche nach dem Jungen wirklich weiterkommen wollte, dann brauchte er jemanden wie Sergeant Price, der aussah, als könnte er leicht mit drei Burschen wie Sorley Dolan auf einmal fertigwerden.

Nach Einbruch der Dunkelheit durch Five Points zu fahren, war in der Tat grauenhaft. Beinahe jedes Haus war eine Kneipe, aus der Fluchen und Lachen, Musik und oft herzzerreißende Schreie nach draußen drangen. Die engen Gassen, die in beiden Richtungen abzweigten, spien stets von neuem zahllose Männer mit groben Gesichtszügen und zornigen Augen aus und Frauen, deren Gesichter von jahrelangem Schmerz und Leid gezeichnet waren. Die Straßen waren von Schmutz und Müll übersät, und an einigen Stellen spielten Kinder knietief im Schlamm.

311

Während Evan zum Polizeirevier fuhr, wurde seine Angst zunehmend von Kummer und Sorge abgelöst, Kummer und Sorge um die vielen „verlorenen Kinder", die hier in dieser verseuchten Brutstätte des Bösen gefangen waren. Die meisten von ihnen hatten keinerlei Chance zu entrinnen und mußten stattdessen ihr kostbares junges Leben in dem Schmutz, der Sünde und der Gewalt an Orten wie dem Paradise Square oder der Old Brewery, der Alten Brauerei, verbringen.

Slums wie Five Points gab es nicht nur in Amerika, sondern auch überall in Europa, das wußte Evan. Ob es die gräßlichen Slums von London waren, in denen es von Tausenden vergessener Kinder wimmelte, oder die heimatlosen, verhungernden kleinen Bettler in Irland, immer wieder starben Tausende und Abertausende kleiner Seelen, an die nur Gott dachte, ohne auch nur einmal menschliche Liebe oder Freundlichkeit erfahren zu haben.

Evan schmerzte das Herz für die Billy Hogans überall auf der Welt, die Kinder ohne Hoffnung, ohne Zukunft. Aber was konnte er tun? Er war nur ein Mann, und er verfügte weder über eine nennenswerte Summe Geld, noch über eine robuste Gesundheit. Außerdem hatte er furchtbar wenig Zeit. Er hatte eine Familie, um die er sich kümmern, eine Arbeit, der er nachgehen mußte und diesen kleinen Dienst mit den Jungen in Five Points. Es gab Tage, an denen er sich kaum noch auf den Beinen halten konnte. Wie sollte er zusätzlich noch etwas in Angriff nehmen können?

Als er vor der Hall of Justice hielt, dem Polizeigebäude, das aufgrund seines unterirdischen Kerkers auch oft als die „Tombs" — die Gräber — bezeichnet wurde, verweilte Evan einen Augenblick in der dunklen Stille seines Buggys, während er darum rang, seine Fassung wiederzugewinnen. Er kämpfte um innere Ruhe, als er — plötzlich und unerwartet — ein Drängen in seinem Geist verspürte, das ihm den Atem nahm und ihn abwartend festhielt.

Erschüttert schloß er die Augen, als wollte er die Hektik des vergangenen Tages aussperren, den Aufruhr seiner Gefühle und die Qual, die ihm heute abend noch bevorstand.

Doch anstatt den Frieden zu finden, den er suchte, schien die Last, die auf seinem Herzen lag, immer schwerer, immer bedrückender zu werden. Er fühlte sich von Unglück und Not umschlossen, darin eingetaucht. Nora ... Johanna ... Billy ... die verlassenen Menschen in Five Points ... die verlorenen, vergessenen Kinder — soviel Not, soviel verzweifeltes, unermeßliches Elend! Als drückte eine Hand auf seine Seele, wurde die Last immer größer, wog so schwer auf ihm, daß er kaum noch atmen konnte.

„O Herr, es ist genug — genug! Ich kann es nicht mehr ertragen!"

Ungewiß, ob er laut gesprochen oder nur im Geist rebellierend aufge-schrien hatte, erschauderte Evan und neigte seinen Kopf. Er wollte beten, er mußte beten, ... doch fühlte er sich so schwach und erschöpft, daß er kaum Kraft hatte, um beten zu können. Und so blieb er einfach sitzen und ließ die Stille des Abends auf sich einwirken, bis er schließlich genug Kraft gesammelt hätte, um das Polizeigebäude zu betreten.

Wieviel bist du zu tun bereit, Evan?

Klopfenden Herzens hob Evan den Kopf, öffnete die Augen und schaute sich um, bevor er seinen Blick in die dunkle, sternenlose Nacht richtete.

„Wie ... wie *viel*, Herr? Nun ... was immer ich vermag, natürlich, aber ..."

Bist du bereit, mir zu vertrauen?

In seinem Hals bildete sich ein Kloß. „Ja ... ich habe dir immer ver-traut, Herr."

Willst du mir in allen Dingen vertrauen? In bezug auf Nora ... deine Familie ... deine Arbeitsstelle ... deine Zukunft ... dein Leben?

Erneut schloß Evan die Augen, gegen die Tränen ankämpfend, die nun überzufließen drohten. „Ich versuche es, Herr, ... du weißt, daß ich es versuche ..."

Vertraust du auf mich, um Billy Hogan ... und anderen Kindern wie ihm, ... meinen verlorenen Kindern, zu helfen?

„Oh ja, Herr ... du bist doch ihre einzige Hoffnung!"

Auch du bedeutest Hoffnung für sie, Evan, ... du und meine Gemeinde ... ihr seid meine Hände ... meine Füße ... ihr seid ihre Hoffnung.

Lange Zeit war es dunkel um Evan. Er sah nichts, spürte nichts, hörte nichts, bis er schließlich einen entfernten Lichtschimmer in sich aufstei-gen spürte. Das Licht wurde immer heller und klarer, es wärmte ihn, je mehr Raum es in ihm gewann.

„Was soll ich tun, Herr? Was *kann* ich tun?" flüsterte er.

Vertrau mir, Evan ... vertrau auf mich und sei mutig, denn ich werde viel von dir fordern.

Evan öffnete die Augen. Noch einen Augenblick verharrte er in der Dunkelheit. Er versuchte, tief durchzuatmen und seine Fassung wieder-zugewinnen, doch wurde er stattdessen von einem Hustenanfall heimge-sucht. Schließlich verließ er mit zitternden Knien den Buggy und ging auf den Eingang des Polizeigebäudes zu.

* * *

Etwa eine halbe Stunde später hörte Michael Burke in einem kleinen Büro neben der Eingangshalle zu, wie Evan Whittaker schließlich mit seinem Bericht über Noras Krankheit zu Ende kam.

Michael hatte sich diesen Abend ganz bestimmt anders vorgestellt. In der Tat bedeutete Evans unerwarteter Besuch und sein verstörter Zustand für Michael, eine wichtige Verabredung abzusagen — eine Verabredung, auf die Michael schon seit einiger Zeit gehofft hatte.

Parlie Cottle, ein Informant, hatte schließlich eingewilligt, einiges über Patricks Walshs Schläger und seine Geschäfte mit Prostituierten in der Bowery und anderswo auszuplaudern. Es hatte monatelanger Drohungen und „Überzeugungsarbeit", die sich an der Grenze des Brutalen bewegten, bedurft, um Cottle endlich zum Reden zu bringen. Und jetzt, da er endlich weichgeworden war, mußte Michael die Verabredung aufschieben.

Nicht, daß irgendeine von Cottles Informationen genügen würde, Walsh hinter Gitter zu bringen; bis dahin war es noch ein weiter Weg. Doch jeder Stein half, um die Mauer um Patrick Walsh ein Stück höher zu bauen, und eines Tages, das hatte Michael sich geschworen, würde die Mauer hoch und stark genug sein, um ihn endgültig einzuschließen. Eines Tages, ganz gleich, wie lang es noch dauern würde, würde er diese Schlange unschädlich machen.

Heute abend hatte jedoch etwas anderes Vorrang gegenüber Patrick Walsh. Ein Blick auf Evan Whittaker hatte für Michael genügt, um zu wissen, daß heute abend alles andere warten mußte.

Nun saß er ihm gegenüber, erschrocken und tief betrübt darüber, daß Nora so schwer krank war. Er mußte sich zusammennehmen, um Evans Bericht bis zum Ende zu folgen. Im Geist sah er ein Bild aus vergangenen Zeiten vor sich, das ihn nicht mehr loslassen wollte: die Erinnerung an drei Kinder in einem kleinen Dorf in Irland, in einer Zeit, die eine Ewigkeit zurückzuliegen schien ... Morgan und er sowie die kleine, schüchterne Nora. Hätte sich auch nur einer von ihnen vorstellen können, daß das Leben so völlig anders sein würde als damals?

Sie waren als arglose, unbekümmerte Kinder auf den Feldern und an der felsigen Küste herumgestreift — das heißt, so arglos und unbekümmert wie ein Kind in Irland jemals zu sein wagte. Gemeinsam hatten sie ihre Kindheit verbracht, ihre Aufgaben gemeinsam erledigt, zusammen gespielt und gemeinsame Abenteuer erlebt.

Keiner von ihnen konnte damals ahnen, daß ihnen die Zukunft Hungersnot und Trennung, den Verlust der Heimat und sogar der Familie bringen würde. Auch in ihren schlimmsten Alpträumen hatten sie nicht geahnt, daß einer von ihnen seine Tage im Rollstuhl zubringen, ein anderer seine Frau verlieren und sich seinem einzigen Sohn entfremden würde ... und die Dritte, Nora, ein Unglück nach dem anderen erleiden und beinahe ihre gesamte Familie verlieren müßte, bevor sie schließlich ein neues Glück mit dem guten Menschen fand, der ihm jetzt gegenübersaß ... und versuchte, nicht zu zerbrechen.

Schon immer ... von jeher war ihm aufgefallen, daß Nora niemals so arglos und unbekümmert sein konnte wie Morgan und er, erinnerte sich Michael. Die Schlampe von Mutter, die Nora hatte, die ungewollten Kinder, die Armut, die entsetzlichen Bedingungen, unter denen sie aufwachsen mußte — nein, Nora war noch nie, niemals sorglos gewesen. Zwischen ihm und Morgan hatte es eine unausgesprochene Übereinkunft gegeben, Nora um jeden Preis zu behüten und zu beschützen. Sie war ihre Freundin, und sie hätten ihr Leben für sie gegeben.

Zweimal hatte er sie gebeten, ihn zu heiraten, und zweimal hatte sie ihn abgelehnt. Damals hatte er sie geliebt, ... und er liebte sie auch jetzt, als Schwester und Freundin. Sie war ein Teil seiner Vergangenheit ... seiner Jugend ... seines Herzens.

Oh Nora, ... Nora Ellen ... du darfst nicht sterben, ... wir werden es nicht zulassen, ... wir lassen dich nicht sterben, hörst du! Wir lassen dich nicht!

Michael mußte hart schlucken, und in seinen Augen brannten Tränen. Er stand auf, Evan für einen Augenblick den Rücken zugewandt, bis er seine Fassung zurückgewonnen hatte.

Schließlich schaute er ihn wieder an. „Was können wir tun, um euch zu helfen, Evan? Sara und ich — was können wir tun?"

Mit einer Hand schnell über seine Augen wischend, nahm Evan alle Kraft zusammen, um sich zu beruhigen. „Nun ... ihr k-könnt natürlich für uns beten. Wenn du außerdem mit Sara sprechen könntest, ob sie mir bei der Suche nach einem Hausmädchen behilflich sein würde, wäre ich sehr dankbar. Du verstehst, daß w-wir sobald wie möglich jemanden finden müssen."

Michael nickte, sich ein Lächeln abringend. „Das ist schon so gut wie erledigt. Du kennst Sara — sie wird nicht eher ruhen, bis sie genau das Mädchen gefunden hat, das ihr braucht. Nun, was sagtest du, als du kamst, wegen der Unterstützung die du für den kleinen Billy Hogan brauchst? Was ist mit ihm geschehen?"

Als Evan Michael seine Sorge und seinen Vermutungen in bezug auf den kleinen Billy mitgeteilt hatte, ergoß sich Zorn in die Flut seiner Gefühle. Noch ehe Evan um Hilfe bei der Suche nach dem vermißten Jungen bitten konnte, war er bereits halb hinter seinem Schreibtisch hervorgekommen.

„Wir machen uns sofort auf den Weg", erklärte Michael. Er hielt jedoch inne, als ihm plötzlich von neuem bewußt wurde, daß Evan völlig erschöpft und aschfahl sah. „Willst du nicht lieber hier warten? Ich kann einen von meinen Männern mitnehmen. Wir werden Sorley Dolan zum Reden bringen, dafür garantiere ich."

Evan schüttelte den Kopf und zwang sich, vom Stuhl aufzustehen.

„N-nein, ich möchte mitkommen. Ich kann nicht eher ruhen, bis der Junge gefunden ist."

„Nun gut", stimmte Michael widerwillig zu. „Wir werden aber noch einen weiteren Mann mitnehmen. Du kannst hierbleiben und dich ausruhen, während ich nachsehe, wer im Augenblick zur Verfügung steht."

*　*　*

Ungeduldig und innerlich vor Wut schäumend, ging Denny Price auf den Eingang des Polizeigebäudes in der Franklin Street zu, eine störrische Quinn O'Shea neben sich herziehend.

„Werden Sie mich endlich loslassen!" forderte sie. „Ich bin nicht einer von Ihren Betrunkenen, die Sie umherschleifen können, wie es Ihnen beliebt!"

„Ich habe dir gesagt, daß wir zum Polizeirevier gehen müssen, damit du deine Geschichte dem Captain erzählen kannst. Wir brauchen eine offizielle Beschwerde, ehe wir eine Untersuchung in die Wege leiten können." Denny versuchte, ihren Arm noch fester zu halten.

„Und ich habe *Ihnen* gesagt", fauchte sie, ihren Arm aus dem Griff des Polizisten befreiend, „daß ich heute abend mit niemandem mehr sprechen werde! *Ich* brauche eine Bleibe und eine Arbeit, bevor ich mich weiter um die griesgrämige Mathilda Crane und ihren elenden Shelter kümmern kann."

Denny wandte sich ihr zu in der Hoffnung, ihren erbitterten Widerstand mit einem seiner finstersten Blicke brechen zu können, doch konnte er nicht mehr bewirken als ein Eiszapfen in einem loderndem Feuer.

Starrkopf!

„Ich werde dir eine Bleibe hinter Schloß und Riegel besorgen, wenn du nicht mit deiner Torheit aufhörst! Und hast du nicht selbst gesagt, daß für Gerechtigkeit gesorgt werden muß? Das beginnt mit einer Beschwerde – einer schriftlichen Klage."

Denny spürte, wie sein Puls zu rasen begann und griff erneut nach ihrem Arm.

Sie wehrte ihn ab, weiter auf ihrer Position beharrend. „Vielleicht kann ich gar nicht schreiben", erklärte sie, sich wie eine Fürstin aufspielend, während sie ihr volles Haar nach hinten warf.

Während er sie betrachtete, versuchte Denny, nicht daran zu denken, wie schwach und jung sie aussah. Ein junges, zerbrechliches Menschenkind, das in dem abscheulichen Sack von einem Kleid halb verhungert aussah. Ihr Haar war so stark, daß es für zwei Mädchen gereicht hätte – und es hatte eine außergewöhnliche Farbe, wie Sand. Über ihre Nase zog sich ein schmaler Streifen Sommersprossen, die nicht viel dunkler als ihr Haar waren. In ihren großen braunen Augen funkelten goldene Tupfen, wie bei einer Katze. Plötzlich wußte Denny, woran sie ihn die ganze Zeit erinnert hatte: an ein hageres, kleines Kätzchen, das man in die Kälte hinausgestoßen und sich selbst überlassen hatte. Und hier war sie nun, tapfer nach etwas suchend, das ihr half, zu überleben – zu verwundet, um noch vertrauen zu können und zu stolz, um zu betteln.

„Ich meine", sagte er, sorgsam darauf bedacht, kein Mitleid in seinem Ton aufkommen zu lassen, „daß ein so keckes Mädchen wie du gewiß auch klug genug ist, um ihren Namen schreiben zu können. Kommst du nun mit wie ein braves Mädchen? Wenn wir die dienstlichen Angelegenheiten erledigt haben, verspreche ich dir, bei der Suche nach einer Bleibe für dich zu helfen."

Für einen Augenblick sah er das Feuer in ihren Augen erneut aufflammen, ihren Zorn entbrennen. Sie ließ sich nicht gern verpflichten, das war klar.

Sich zu ihrer vollen Größe aufrichtend – die allerdings nicht unbedingt beeindruckend war – betrachtete sie ihn mit einem abschätzenden Blick. „Und versprechen Sie mir auch, mir meinen Freund, Bobby Dempsey, suchen zu helfen?"

Eine Erinnerung, gefolgt von Mitleid für das Mädchen, ließ Denny hart schlucken. Als ob sie noch nicht genug erduldet hätte, mußte er ihr noch mehr Kummer bereiten! „Es tut mir leid, dir das sagen zu müssen, Mädchen, . . . aber dein Freund – nun . . . er hatte leider einen Unfall. Dein Freund, Bobby Dempsey, ist tot."

Sie starrte ihn an, als hätte er sie geschlagen. „Bobby? Bobby Dempsey ist tot?" stieß sie schließlich hervor. „Aber wie —"

„Er hatte einen Unfall im Hafen, Mädchen", erklärte Denny sanft. „Ich glaube, er hat nie erfahren, was ihn getroffen hat."

Lange Zeit stand sie regunglos da und starrte auf die Straße. Denny wurde nervös, glaubte einem Ausbruch von Tränen entgegensehen zu müssen und hatte keine Ahnung, wie er das seltsame Mädchen mit den verwundeten Augen trösten sollte.

„Es gibt keine Gerechtigkeit", sagte sie leise. „Absolut keine — Bobby hat niemals irgend jemandem etwas zuleide getan. Er hätte seine Haut sogar riskiert, um einen kleinen Vogel zu retten. Er war ein guter, einfacher Mensch, und was bekommt er dafür?"

Sie sah Denny an, und er zuckte zusammen, als er die Mischung aus Schmerz und Zorn in jenen wundersamen Augen erblickte. Doch dann überraschte sie ihn, indem sie auf die Tür wies und sagte; „Nun, dann bringen wir es hinter uns, erledigen wir Ihre offizielle Beschwerde."

Denny ging hinter ihr und versuchte nicht darauf zu achten, wie ihre schmalen Schultern leicht in sich zusammensackten, als sie das Polizeigebäude betrat.

* * *

Im Inneren des Gebäudes angekommen, wurde Quinns Kummer um Bobby Dempsey schnell von einer neuen Woge der Angst übertönt. Die „Tombs", wie Sergeant Price das Polizeigebäude genannt hatte, wirkten auf sie wie ein großes Mausoleum, das ihr allein schon durch seine Größe und Stattlichkeit Furcht einflößte.

Quinn wußte nur zu genau, daß dies ein *Polizeirevier* war, zu dem gewiß ein Gefängnis gehörte, — ein großes, nach dem Äußeren des Gebäudes zu urteilen — in dem Verbrecher eingekerkert waren.

Einen Augenblick lang erfaßte sie Panik. Genau davor war sie geflohen — zuerst in Irland und jetzt aus dem Shelter, der für sie nichts anderes als ein Gefängnis darstellte.

Sie war freiwillig hierhergekommen — doch *wofür*? Für etwas, das man *Gerechtigkeit* nannte? Sie war völlig verrückt geworden! Welche Gerechtigkeit hatte sie jemals zu Hause in Irland erfahren? Als Ire erfuhr man kaum eine andere Gerechtigkeit, als von der grausamen, unbarmherzigen Hand der Briten in den Schmutz gestoßen zu werden. Hatte sie wirklich geglaubt, hier in den Vereinigten Staaten etwas Besseres zu finden?"

„Komm, Mädchen. Sehen wir nach, ob der Captain noch im Haus ist." Der Sergeant wollte ihren Arm nehmen, doch Quinn trat zurück, den Kopf schüttelnd. „Ich habe es mir anders überlegt", erklärte sie, immer weiter in Richtung der Tür zurückweichend.

„Aber nein, das darfst du nicht!" protestierte der Sergeant. „Nun komm schon. Es wird alles gut werden —"

Einen Blick über ihre Schulter werfend, schätzte Quinn die Entfernung zur Tür ab. Erbittert dachte sie, daß sie vielleicht nicht in dieser Klemme säße, wenn sie schon früher einer der Damen aus dem Missionsverein begegnet wäre. Jene Mrs. Burke zum Beispiel — diejenige, die behauptet hatte, mit einem irischen Polizisten verheiratet zu sein, war ihr überaus freundlich erschienen. Wenn sie doch nur noch einmal in den Shelter gekommen wäre!

„Ich möchte über noch jemanden mit Ihnen sprechen", sagte sie plötzlich zu dem Polizisten gewandt. „Über eine Dame."

Er sah sie mißtrauisch an. „Über eine Dame? Woher solltest du eine Dame kennen?"

Quinn erstarrte; seine Worte trafen sie bis ins Herz. Hielt er sie denn für eine solche Schlampe, daß eine Dame sie um jeden Preis mied? Unwillkürlich schaute sie an sich herab, und beim Anblick des zerknitterten braunen Kleides, das wie eine Pferdedecke lose über ihren Körper hing, fühlte sie sich todunglücklich.

Sie schüttelte das Gefühl ab, die Scham, die in ihr aufzusteigen drohte. Es war nicht ihre Schuld, daß sie ihre Kleider im Fluß verloren hatte und später das einzige, ihr noch verbliebene Kleid den habgierigen Händen Mathilda Cranes zum Opfer gefallen war!

Sie hob das Kinn und schaute dem Polizisten mit ihrem eisigsten Blick direkt ins Gesicht. „Woher ich sie kenne, geht Sie nichts an. Wie ich bereits sagte, ich möchte mit Mrs. Burke sprechen, oder ich spreche mit niemandem."

„Mrs. Burke?" Der Mann starrte sie an, als hätte sie etwas sehr Sonderbares gesagt.

Quinn nickte und hätte gern gewußt, weshalb er sie so erstaunt ansah. „Die Dame, mit der du sprechen möchtest, ist Mrs. *Burke*?"

„Habe ich das nicht soeben gesagt?" fauchte Quinn, ungeduldig über seine Schwerfälligkeit.

Einen Augenblick lang schwieg der Sergeant und betrachtete sie mit einem seltsamen Blick. Jetzt, wo sie ihn bei Licht länger betrachten konnte, mußte Quinn widerwillig zugeben, daß er ganz und gar nicht so einfältig aussah, wie sie zunächst geglaubt hatte. Er hatte ein angenehmes Gesicht, auf dem Sonne und Wind ihre Spuren hinterlassen hatten, mit einer entschlossenen Kinnpartie und ungewöhnlich grauen Augen mit Wimpern, so dicht wie die einer Frau.

Er hätte gewiß den Eindruck eines gutmütigen Menschen erweckt, wenn er nur nicht so anmaßend wäre. Aber als Polizist hatte er zweifellos das *Recht*, anmaßend zu sein.

„Den Vornamen dieser ... Mrs. Burke weißt du nicht zufällig?" fragte er unvermittelt.

„Nein", erwiderte Quinn.

„Nun gut." Die Augen weiter auf Quinn gerichtet, strich der Sergeant mit einer Hand über sein Kinn. Dann schaute er zu einem Polizisten, der aus einem Büro auf der gegenüberliegenden Seite kam. „Und wie sah sie aus, deine Mrs. Burke?" fragte er.

Offensichtlich verärgert, runzelte Quinn die Stirn. „Sie sah aus wie eine *Dame*. Sie war fein angezogen und hatte freundliche Augen." Nach kurzem Zögern fügte sie in einem milderen Ton hinzu: „Ich glaube, sie hinkte ein wenig."

Der andere Polizist kam zu ihnen, und so schwieg Quinn. Für heute abend hatte sie mehr als genug von den unverschämten Fragen des Polizisten. Außerdem war es mehr als offensichtlich, daß er ihr kein Wort glaubte von dem, was sie ihm von Mrs. Burke gesagt hatte.

Sie völlig ignorierend, wandte sich Sergeant Price dem anderen Polizeibeamten zu. „Mike − Captain", sagte er grinsend.

Der andere zog eine Augenbraue nach oben und nickte. Er schien Quinn kaum zu beachten. Er war ein großer, gutaussehender Mann, größer als Sergeant Price, aber vielleicht nicht ganz so kräftig gebaut. Er hatte dunkles Haar, dunkle Augen und einen spitzbübischen schwarzen Schnurrbart. Besorgt stellte Quinn fest, daß er aussah wie ein Mann, der sehr gefährlich werden konnte. Außerdem schien er sehr zornig zu sein.

„Evan Whittaker ist in meinem Büro", sagte er kurz. „Er braucht Hilfe."

Sergeants Price Gesicht wurde sofort ernst. „Er sucht immer noch den kleinen Billy Hogan, nicht wahr?"

Der andere nickte kurz. „Ich gehe mit ihm nach Five Points". Dann schaute er unvermittelt zu Quinn und dann wieder zurück zu Sergeant Price, als erwartete er eine Erklärung.

320

„Captain Burke", erklärte der Sergeant, den Blick ebenfalls wieder auf Quinn gerichtet, „das ist Miss Quinn O'Shea. Sie kommt aus dem Chatham Shelter." Er hielt inne, bevor er hinzufügte: „Sie scheint dringend etwas mit deiner Frau zu besprechen haben."

38. Kapitel

Engel ohne Wissen

Der Vater im Himmel behütet dich, mein Kind,
seine Engel schickt er zu dir geschwind.
Das Licht seiner Liebe streichelt sanft dein Gesicht,
drum schlafe, mein Kind, und fürchte dich nicht.

Altes Wiegenlied

Es war inzwischen dunkel geworden, als Teddy sich an Noras Brust satt getrunken hatte. Während sie wartete, bis Johanna die Öllampe zwischen dem Wickeltisch und Teddys Bettchen angezündet hatte, versuchte Nora, Finbar von ihren Röcken zu verscheuchen.

Das Leben des kleinen Katers schien sich nur um Johanna und das Baby zu drehen. Nichts machte ihm mehr Freude, als die beiden zusammen in einem Zimmer anzutreffen — und aufmerksame Zuschauer für seine Streiche zu haben.

Nachdem sie das Baby auf den Wickeltisch gelegt hatte, suchte Nora Johannas Aufmerksamkeit. „Bring bitte Finbar aus dem Zimmer, Liebling", sagte sie, ihre Worte durch Zeichen begleitend. „Sonst versucht er noch, zu Teddy auf den Tisch zu springen."

Johanna nahm den Kater in ihre Arme und trug ihn aus dem Zimmer. Einen Augenblick später kam Winnie herein. „Laß mich das machen, Nora. Du setzt dich inzwischen hin, Schatz."

Immer wieder versuchte Nora, Evans sorgfältig gepflegte Tante davon abzuhalten, Teddys schmutzige Windeln zu wechseln — und stets aufs neue wies Tante Winnie ihren Protest als töricht zurück.

„Wie oft habe ich das inzwischen gemacht, und ich bin nicht in Ohnmacht gefallen, oder? Setz dich einfach hin und ruh' dich aus, während ich mich um Teddy kümmere." Nora stirnrunzelnd betrachtend, fügte sie hinzu: „Vielleicht solltest du dich auch hinlegen, Nora. Du siehst ziemlich erschöpft aus."

„Oh nein, mir geht es gut", beharrte Nora, während sie auf die Bettkante sank und versuchte, die Schwäche, die sie bereits den ganzen Nachmittag plagte, zu ignorieren. „Vielleicht bin ich nur ein bißchen müde."

322

Tante Winnie warf ihr über die Schulter einen Blick zu. „Es gibt in der Küche nichts mehr für dich zu tun. Der nette Dr. Grafton hat Daniel zum Abendessen eingeladen, so daß er heute abend nicht mit uns essen wird. Ich habe alles vorbereitet, so daß wir sofort essen können, wenn Evan nach Hause kommt. Wann er heute abend kommt, ist jedoch völlig unsicher, oder?"

„Evan sagte, es könne heute abend spät werden. Er meinte, wir sollten schon ohne ihn essen, aber ich möchte lieber warten." Nora sah zu, wie die ältere Frau Teddy hochnahm. „Ich hoffe, er bleibt nicht nach Einbruch der Dunkelheit in Five Points", fuhr sie fort. „Das ist eine entsetzliche Gegend. Er sorgt sich so sehr um den kleinen Jungen, nicht auszudenken, wenn er ihn nicht fände."

„Nun, er wollte einen Polizisten um Unterstützung bitten, so ist er bestimmt gut beschützt", erklärte Tante Winnie. „Sie lächelte zu Teddy herunter, der sich in ihren Armen wand. „*Dieser* kleine Mann scheint heute abend unruhig zu sein. Er wird sich doch nicht erkältet haben?"

Nora versuchte, die bereits vertraute Mattigkeit, die sie wieder heimzusuchen begonnen hatte, abzuschütteln. „Ich hoffe, es ist nicht meine Milch. Evan sagt, ich sorge mich zu sehr um alle. Um *ihn* mache ich mir Sorgen, das muß ich zugeben. Er hat in letzter Zeit so viel zu tun, und seine Lungen sind noch nicht wieder voll belastbar. Und Johanna – ja, auch sie macht mir Kummer. Sie ist so unglücklich." Ihr Blick wanderte zu Teddy. „Manche sagen, daß Kummer sich auf die Muttermilch legen kann."

Tante Winnie blickte Nora freundlich an und erklärte mit sanfter Stimme: „Ich will nicht behaupten, daß ich viel von Babys verstünde, meine Liebe, aber vielleicht solltest du doch auf Dr. Graftons Rat hören und anfangen, Teddy zu entwöhnen. Das ist vielleicht für euch beide besser."

Nora nickte widerstrebend. „Vielleicht, aber er ist mein letztes Baby, verstehst du . . . Wahrscheinlich ist es völlig selbstsüchtig von mir ist, aber ich möchte diese vertraute Nähe zwischen uns solange wie möglich aufrechterhalten.

Evans Tante legte Teddy in sein Bettchen und versuchte, ihn zu besänftigen, als er weinend zu protestieren begann. Schließlich beruhigte er sich und begann, nachdem er einen niedlichen, kleinen Seufzer von sich gegeben hatte, seine Umgebung zu studieren.

„Ich glaube, du bist kein bißchen selbstsüchtig", sagte Tante Winnie, sich neben Nora auf das Bett setzend. „Ich war niemals Mutter, doch ich glaube, ich verstehe, was du meinst. Trotzdem, Nora, wenn es das beste für Teddy — und für deine Gesundheit ist — dann ist es vielleicht an der Zeit."

Sie nahm Noras Hand. „Versuche, dir um Evan keine Sorgen zu machen. Er wird gewiß bald zu Hause sein. Und was Johanna betrifft" — sie warf einen Blick zur Tür — „so glaube ich, daß nur die Zeit ihr helfen kann. Sie trauert immer noch, fürchte ich."

„Hast du ihre Ablehnung Teddy gegenüber bemerkt?"

Tante Winnie nickte. „Ja, und es zerbricht mir das Herz. Doch Trauer braucht ihre Zeit, Nora. Das weißt du ebensogut wie ich. Bei manchen Menschen dauert es einfach länger, bis die Wunden verheilen. Gott weiß, daß das arme Mädchen in ihrem jungen Leben bereits so viel leiden mußte, daß ein schwächerer Geist vielleicht daran völlig zerbrochen wäre. Ich glaube fest daran, daß sie zur rechten Zeit alles verarbeitet haben wird."

„Das hoffe ich auch. Ich hatte geglaubt, Teddy würde ihr helfen, ihre Trauer zu überwinden, doch beginne ich daran zu zweifeln. Ich weiß, daß sie ihn mag — und man sieht das Verlangen in ihren Augen. Man spürt, wie sie ihn berühren, ihn in ihre Arme nehmen möchte — mir bricht das Herz, wenn ich es sehe! Ich habe für sie gebetet, immer wieder gebetet, aber sie hat immer noch Angst ... und leidet solchen Schmerz!"

Evans Tante nickte verständnisvoll. „Das Kind hat zweifellos Angst", pflichtete sie Nora bei. „Sie hat Angst davor, Teddy irgendwie verletzen zu können. Armer Schatz — sie gibt sich immer noch die Schuld an dem, was mit ihrem Bruder passiert ist", sagte sie seufzend. Sie stand auf und faßte Nora sanft an den Schultern. „Johanna wird sich wieder zurechtfinden. Sie braucht nur Zeit. Und du, meine Liebe, brauchst Ruhe. Ich möchte, daß du dich hinlegst", erklärte sie, während sie Nora sanft auf das Bett legte und die Bettdecke über ihre Füße legte. „Nur für ein Weilchen — und keine Einwände!"

„Aber Teddy —"

„Teddy wird wahrscheinlich schon bald fest eingeschlafen sein. Johanna und ich werden ihn aber trotzdem im Auge behalten. Du kannst ganz unbesorgt sein."

Zu schwindlig und schwach, um protestieren zu können, sank Nora in die Kissen zurück und schloß die Augen. Nur im Unterbewußtsein bemerkte sie, wie Johanna das Zimmer betrat und sich auf den Stuhl neben Teddys Bett setzte.

* * *

In der Küche sah Winifred – unnötigerweise – noch ein letztes Mal nach dem Schinken und dem Maisbrot. Zufrieden ... zum wiederholten Male ..., daß alles wohlgeraten war, gestattete sie sich ein befriedigtes Lächeln.

Sie hoffte, Gott würde ihr in bezug auf das Kochen ein gewisses Maß an Stolz verzeihen. Sie hatte zwei Gatten überlebt, beides wohlhabende Männer, in deren Anwesen es von Dienern wimmelte. Bis zum Tod ihres zweiten Ehemanns, Neville, hatten ihre „Kochkünste" darin bestanden, Tee auszuschenken und Gebäck herumzureichen.

Nachdem sie zum zweiten Mal Witwe geworden war, hatte Winifred jedoch beschlossen, endlich selbständiger zu werden. Zum Ensetzen von Nevilles Familie verließ sie das zugige, knarrende Landhaus, um sich in London eine Wohnung zu mieten. Dort lernte sie, wie man kocht und einen Haushalt führt. Inzwischen beherrschte sie beides, noch dazu mit viel Geschick.

Sie hatte bereits beschlossen, daß sie, wenn Lewis und sie verheiratet waren, – und bei diesem Gedanken glitt ein Lächeln über ihr Gesicht – es sich nicht gestatten würde, wieder in die Nutzlosigkeit zurückzufallen. Natürlich hatte sie Ginger und eine ganze Reihe anderer Hausangestellter, doch beabsichtigte sie, selbst eine aktive Rolle bei der Führung des Haushalts zu spielen.

Sie ging zum Spülbecken und begann, das Geschirr abzuwaschen, das sie beim Zubereiten des Abendessens verwendet hatte. Mit einem wehmütigen Lächeln blickte sie auf ihre Hände, die von dem heißen Seifenwasser gerötet waren, und gestand sich ein, daß es ihr wohl nie besonders viel Freude bereiten würde, Geschirr zu spülen.

Ihre Gedanken wanderten wieder zu Lewis – was in diesen Tagen recht oft vorkam – und es kam ihr in den Sinn, daß sie ihm vorschlagen könnte, Nora und Evan einen von ihren Hausangestellten auszuleihen, zumindest eine Zeitlang. Sie erkannte immer deutlicher, daß Nora eine ständige Hilfe brauchte, und ganz bestimmt mehr Hilfe, als Winifred zu leisten imstande war.

Einen Augenblick stand sie regungslos da, die Hände noch immer in dem heißen Wasser. In letzter Zeit schien jeder Gedanke an Nora von großer Sorge und einem dunklen Schatten der Angst begleitet zu sein. Irgend etwas stimmte nicht mit Nora, dessen war Winifred sicher. Sie glaubte, daß Evan die gleichen Befürchtungen hegte, der Ärmste es aber auf der anderen Seite auch nicht wahrhaben wollte. Wie konnte er auch anders handeln, wo er so sehr an ihr hing. Nora war sein ein und alles, sein Leben.

Sie biß sich auf die Lippe und seufzte tief, ehe sie weiter die Schüssel in ihrer Hand schrubbte. Sie fragte sich, ob Nora von Evans Verabredung mit Dr. Grafton wußte. Sie bezweifelte es sehr stark. Evan hatte es gewiß für sich behalten, um sie nicht zu beunruhigen.

Die Tatsache, daß der Arzt Evan um ein Gespräch gebeten hatte, war beängstigend und deutete gewiß auf etwas Ernstliches hin.

Wie sollten sie jemals zurechtkommen, wenn Nora, wie Winifred zu vermuten begonnen hatte, ernsthaft krank war? Dann *mußten* sie eine Haushalthilfe haben, eventuell sogar jemanden, der bei ihnen wohnte. Rechnungen für Medikamente würden anfallen und vielleicht sogar Kosten für einen Krankenhausaufenthalt ...

Natürlich hatten sie Evans Gehalt, und sie war sicher, daß Lewis es sofort erhöhen würde. Doch wußte Winifred aus eigener Erfahrung mit Neville, daß eine lange Krankheit meist unverschämte Summen verschlang. Selbst für Wohlhabende konnte eine lange Krankheit eine furchtbare finanzielle Belastung bedeuten.

Johannas Onkel schickte jeden Monat eine großzügige Summe für ihren Unterhalt aus Irland, aber da war auch noch der kleine Teddy — und die Frage nach einer Ausbildung für Daniel John, der gern Arzt werden wollte.

Wieder blieb Winifred, die Hände im Spülwasser, regungslos stehen. Seit langem schon hatte sie darüber nachgedacht, wie sie Evan wirklich helfen könnte. Da Evan so sehr darauf bedacht war, niemandem zur Last zu fallen, war sie lange Zeit unsicher, wie sie am besten vorgehen sollte, doch glaubte sie schließlich die richtige Antwort gefunden zu haben.

Evans Ersparnisse in London waren für ihn so gut wie verloren. Um zu verhindern, daß sein ehemaliger Arbeitgeber — jener abscheuliche Roger Gilpin — seinen Aufenthaltsort erfuhr, hatte Evan, als er in die Staaten auswanderte, es für notwendig erachtet, sein Bankkonto aufs Spiel zu setzen und seine persönlichen Dinge zurückzulassen.

Aber Winifred besaß viel Geld, mehr als sie jemals ausgeben konnte, selbst wenn sie so lange lebte, bis sie alt und wacklig war. Außerdem würde sie als Lewis Farmingtons Frau niemals wirklich bedürftig sein.

Sie lächelte in sich hinein. Lewis' kluger Rat war weitgehend verantwortlich für die Investitionen, die sich jetzt auf ihrem Konto zu Buche schlugen. Zumindest, dachte sie mit einem Anflug von Ironie, konnte ihr niemand vorwerfen, daß sie Lewis Farmington wegen seines Geldes heiratete. Als sie im Geist die Gründe durchging, weshalb sie sich in Lewis Farmington verliebt hatte, war Geld nicht einmal dabei.

Oh, wie sehr hoffte sie, bald von Jeremy Cole zu hören! Wenn es ihm gelungen war, das zu bewerkstelligen, worum sie ihn gebeten hatte, würde dies für Nora und Evan eine entscheidende Erleichterung bedeuten und ganz besonders jetzt. Sie setzte großes Vertrauen in Jeremy. In ganz London gab es keinen klügeren Anwalt als ihn, und außerdem war er seit Jahren ein guter Freund Winifreds.

Sie leerte das Spülbecken und trocknete ihre Hände. Doch obgleich Jeremy außergewöhnlich klug war, konnte sie nicht erwarten, daß er um ihretwillen Gesetze hinterging. Falls es jedoch unter Gottes Himmel irgendeine Möglichkeit gab, an Evans Ersparnisse heranzukommen, ohne daß der furchtbare Roger Gilpin etwas davon erfuhr, so würde Jeremy das gewiß herausfinden.

Sie hatte ihm strenge Anweisung erteilt, daß niemand – absolut niemand – jemals erfahren durfte, wo Evan sich aufhielt. Und das machte die Angelegenheit natürlich äußerst kompliziert.

Winifred hatte Evan in bezug auf ihre Bemühungen in dieser Angelegenheit absichtlich im dunkeln gelassen. Falls Jeremy Erfolg hatte, wäre es eine willkommene Überraschung für ihren geplagten Neffen. Für den Fall, daß Jeremy auch nicht helfen konnte, beabsichtigte sie, Evan eine Summe aus ihrem Vermögen zu überschreiben.

In jedem Falle mußte Evan der Meinung sein, daß es *sein* Geld war. In ihrem neu abgefaßten Testament hatte sie bereits – mit Lewis' Zustimmung – festgelegt, daß Evan ihren gesamten Besitz erben sollte. Wenn er einen Teil davon bereits bekam, solange sie noch lebte, dann war es um so besser. Es würde ihr Freude bereiten, mitzuerleben, wie er das Geld einsetzte.

Als sie mit dem Abwaschen fertig war, ging Winifred in das kleine Eßzimmer nebenan, um noch einmal nach den Gedecken und Kerzen zu schauen. In der Tür blieb sie stehen. Dieser ungezogene Kater – der noch dazu den anmaßenden Namen Finbar trug – hockte auf Evans Stuhl und beäugte den Tisch!

Zum Tisch eilend, zischte Winifred ihn an und wedelte mit ihrer Schürze. Im Nu sprang er von dem Stuhl und jagte aus dem Zimmer.

Kopfschüttelnd wischte sie mit einer Hand über den Stuhl. Sie war entsetzt, daß der sonst so empfindliche Evan dieses lästige kleine Wesen im Haus duldete. Sie konnte sich nicht erklären, wie die ganze Familie Finbars Streiche ertrug.

Nachdem sie das Tischtuch glattgezogen hatte, trat Winifred an das Fenster und schaute hinaus. Es war bereits dunkel, doch im Schein des Mondes konnte sie die Silhouette des nahegelegenen Parks erkennen. Erschaudernd schlang sie die Arme fest um sich. Sie konnte den Anblick dieses Ortes kaum ertragen, der sie in tragischer Weise an den viel zu frühen Tod des kleinen Tom erinnerte.

Bei Tageslicht vermied sie es, aus diesem Fenster zu schauen, das auf den Park zeigte. Es war genug, mit den Folgen dieses Unglücks leben zu müssen, ohne stets von neuem daran erinnert zu werden. Die traurigen, gequälten Augen der unglücklichen Johanna ließen jedoch kaum zu, daß jemand vergaß, was im vergangenen Frühjahr geschehen war.

Johanna — was sollte bloß aus dem Mädchen werden! Der Tod ihres Bruders schien sie noch mehr isoliert zu haben als die Tatsache, daß sie weder hören noch sprechen konnte. Nora und Evan — sowie dieser wunderbare Junge, Daniel John, — hatten alles versucht, um die Mauer des stummen Schmerzes, die sie umgab, zu durchbrechen. Sie alle hatten so sehr gehofft, daß das Baby ihr helfen würde, ihre Trauer zu überwinden, doch Johanna hielt sich noch immer von Teddy fern.

Es war nicht übertrieben zu behaupten, daß die ganze Familie und auch sie für Johanna im Gebet rangen. Was Winifred jedoch noch niemandem bekannt hatte, war, daß es ihr ohne echte Hoffnung immer schwerer fiel zu beten. Außerdem konnte sie sich immer schwerer vorstellen, wie die Zukunft des Mädchens aussehen sollte.

Unerwartet und beinahe wie eine Antwort auf ihre trüben Gedanken fiel ihr einer ihrer Lieblingsverse aus der Bibel ein: *„Denn ich weiß wohl, was ich für Gedanken über euch habe, spricht der Herr: Gedanken des Friedens und nicht des Leides, daß ich euch gebe Zukunft und Hoffnung.“*

Winifred hielt den Atem an, und sie spürte Erstaunen in sich aufsteigen. Zum erstenmal seit langer, langer Zeit fühlte sie, wie die Schatten der Sorge und düsteren Befürchtungen um Johanna ... und auch um Evan und Nora ... hinter einem langsam aufsteigenden Licht göttlicher Verheißungen zurückzuweichen begannen.

Sie wußte nicht, warum sie plötzlich wieder Hoffnung hatte. Sie spürte nur, wie ihr Geist froher zu werden begann, als hätte Gott ihr Herz mit seiner Liebe berührt und sie daran erinnert, daß er trotz allem im Regiment saß ... daß er sie alle liebte ... und daß es dennoch Hoffnung gab.

* * *

Johanna saß auf dem Stuhl zwischen dem Ehebett und Teddys Bettchen und hielt Wacht; von Zeit zu Zeit nahm es ihr die Gedanken. Tante Nora schlief fest, aber Teddy war hellwach. Er zappelte herum, fuchtelte energisch mit seinen kleinen Fäustchen durch die Luft oder verzog den kleinen Mund zu einer Schnute, um im nächsten Augenblick schon wieder zu lächeln.

Johanna beobachtete ihn aus den Augenwinkeln und versuchte, seine Possen zu ignorieren, doch mußte sie unwillkürlich lächeln. Als jedoch ein Verlangen in ihr aufstieg, ihn in ihre Arme zu nehmen und an sich zu drücken, schaute sie schnell weg. Den Kopf gegen die Stuhllehne gestützt, schloß sie die Augen. Bald unternahm Teddy erneute Anstrengungen, ihre Aufmerksamkeit auf sich zu ziehen, doch Johanna zwang sich, ihn zu ignorieren.

Im Geist begann sie, einen kleinen Kinderreim zu singen, den sie sich ausgedacht hatte — ein Gedicht, das Teddy niemals hören würde, das sie jedoch speziell für ihr Engelspiel ersonnen hatte:

Oh, Teddy, kleiner Liebling du,
schlafe fest in süßer Ruh.
Gott hat dir einen Engel gesandt,
der über dir wacht mit liebender Hand.
Der Engel bleibt bei dir und weichet nicht,
bis Dunkelheit sich verkehrt in Wärme und Licht.

Manchmal tat Johanna so, als sei sie Teddys Schutzengel, vom Himmel gesandt, um ihn zu beschützen. Sie hoffte, daß es keine Sünde war, so zu tun, als sei sie ein Engel. Sie tat dies, weil sie meinte, es könnte Teddy helfen, zu begreifen, weshalb sie ihn nicht in ihre Arme nehmen, ihn wie Tante Winnie unter dem Kinn kitzeln, ihn in den Schlaf wiegen — oder irgend etwas von den Dingen tun konnte, nach denen sie sich insgeheim sehnte.

Wenn sie ein Engel war, konnte sie keine gewöhnliche große Schwester sein, wie sie es sich im tiefsten Herzen wünschte. Doch sie konnte bei ihm bleiben und über ihn wachen. Sie konnte sogar ihrem Herzen gestatten, ihm zuzuflüstern, daß sie ihn liebte.

Johanna wußte, daß dieses Engelspiel pure Phantasie war. In Wahrheit war sie sich nicht sicher, ob sie noch an Engel glauben konnte oder nicht. Wenn es sie wirklich gab — wie Onkel Evan es behauptete — wo waren sie dann, als der arme kleine Tom in dem Teich ertrank? Warum hatte kein Engel ihn gerettet?

Und doch konnte sie mit diesem Spiel auch nicht völlig aufhören, gestattete es ihr doch, zumindest eine Zeitlang so zu tun, als sei sie wichtig für Teddy, als hätte sie einen guten Grund, bei ihm zu sein.

Außerdem war nicht das gesamte Engelspiel nur Phantasie, ein Teil davon war echt, denn sie liebte Teddy, wenngleich auch nur im verborgenen.

Johanna hatte noch ein Geheimnis, und sie war sich nicht sicher, wie sie damit umgehen sollte. Sie hatte es niemandem anvertraut, denn sie wußte nicht, was es für sie bedeuten würde, wenn jemand davon erfuhr.

Sie konnte Laute bilden ... in ihrer Kehle. Sie erinnerte sich noch genau an die Nacht, in der sie dieses Geheimnis entdeckt hatte. Es war sehr spät, lange nach Mitternacht, in einer der Nächte kurz nach dem Tod des kleinen Tom. Sie hatte mit dem Gesicht nach unten im Bett gelegen und um ihren Bruder geweint. In jenen Nächten, nachdem Tom ertrunken war, hatte sie oft bis zum Morgengrauen geweint – bitterlich und herzzerreißend, so daß sie am Morgen matt und schlaff war wie eine Stoffpuppe.

In jener Nacht wurde sie von einem ungewöhnlich heftigen Weinen geschüttelt. Sie war in einen unruhigen Schlaf verfallen, nur um davon aufgeschreckt zu werden, daß sie im Geist sah, wie ihr kleiner Bruder leblos aus dem Teich getragen wurde. Von neuem von einer heftigen Woge der Schuld und Trauer erfaßt, hatte sie sich hinter einer ständig höher werdenden Mauer aus Stein und Mörtel eingeschlossen gefühlt. Stück um Stück mauerten die riesigen Steine sie ein, ließen ihr Gefängnis höher und immer höher werden, bis sie kein Tageslicht mehr sehen, keine frische Luft mehr atmen konnte, und ihr nur der kalte, feuchte Gestank eines ausgetrockneten Brunnens entgegenschlug.

Vor Angst und Qual umklammerte sie mit beiden Händen ihren Kopf, das Gesicht in ihrem Kissen vergrabend. Während sie im Geist verzweifelt versuchte, sich aus diesem Gefängnis zu befreien, drang aus ihrer Kehle ein heftiges Schluchzen.

Dann hatte sie jenes seltsame Gefühl in ihren Ohren verspürt, das heftige Kitzeln in ihrem Hals, wie ein starkes Zittern. Sie schluchzte wieder in ihr Kissen ... und faßte an ihre Kehle, als etwas tief aus ihrem Inneren hervorzubrechen schien.

Sie hatte damals gewußt, daß dies ein Laut war ... eine Stimme ... etwas, das tief in ihr verborgen lag und nun hervorzubrechen versuchte.

Seitdem hatte sie es nie wieder erlebt, hatte bewußt jeden Impuls unterdrückt, einen Ton hervorbrechen zu lassen. Das, was in jener Nacht, die nun schon einige Monate zurücklag, geschehen war, machte ihr angst; es schien sie irgendwie zu bedrohen, und so hatte sie die ganze Zeit über dieses Geheimnis für sich behalten.

Manchmal kam es Johanna so vor, als sei ihr ganzes Leben ein Geheimnis ... als wäre die Mauer des Schreckens, die sie in jener Nacht eingeschlossen hatte, schließlich Wirklichkeit geworden, und niemand sah, wie sie hinter jenen riesigen Steinen gefangen war.

39. Kapitel

Akt der Verzweiflung

Der Winter ist bitterkalt,
eisig bläst der Wind ...

Aus dem „Colloquy of the Ancients", einem altirischen Zyklus

Quinn war über sich selbst empört, daß sie sich so eingeschüchtert fühlte. Während sie neben dem finster blickenden Captain saß, richtete sie ihr Gesicht, jeglichen Seitenblick in seine Richtung vermeidend, streng geradeaus.

Quinn war realistisch genug, um zuzugeben, daß sie in Gegenwart jedes Polizisten leicht nervös wurde. Auch der jüngere, gutmütige Sergeant Price hatte ihr die Ruhe geraubt. Zweifellos hatte sie das ihrem Volk innewohnende Mißtrauen gegenüber den Hütern des Gesetzes in sich. Außerdem hatte sie persönliche Gründe, der Polizei *aus dem Weg zu gehen*.

Sie versuchte sich einzureden, daß es der Polizeiwagen war, der sie so entnervte – „Black Maria" hatte er ihn genannt und erklärt, daß er zum Transport von Gefangenen eingesetzt wurde.

Und genauso fühlte sie sich auch – wie eine Gefangene. An diesem Abend hatte sie sich aus ihrer Zelle im Chatham Shelter befreit, nur um von Sergeant Price abgeführt und in die Obhut seines Vorgesetzten, eines schwarzhaarigen irischen Kämpfertypen, übergeben zu werden, der, wie sich zu Quinns Erstaunen herausstellte, der *Ehemann* von Mrs. Burke war!

Nachdem er sich zunächst ihre Erklärungen über den Shelter angehört hatte, hatte er Quinn geradeheraus, wenngleich auch nicht unfreundlich, gefragt, in welcher Angelegenheit sie seine Frau zu sprechen wünschte. Immer noch etwas benommen von der Tatsache, daß dieser streng aussehende Captain wirklich mit Mrs. Burke verheiratet war, hatte es Quinn, was ihr im Leben noch nicht oft passiert war, zunächst die Sprache verschlagen.

Zu seiner Ehre mußte gesagt werden, daß Sergeant Price ihr zu Hilfe gekommen und etwas Ordnung in ihre Geschichte gebracht hatte. Seine

Erklärungen waren offensichtlich einleuchtender gewesen, denn der Captain hatte keine Zeit mehr verloren und sofort seinen Plan geändert. Nachdem er Sergeant Price mit einem einarmigen Engländer weggeschickt hatte – wegen eines vermißten Jungen – hatte er erklärt, daß er und nicht Sergeant Price sie zu seiner Frau begleiten würde.

Quinn merkte, daß sie ihm verdächtig vorkam – und daß er ungehalten war. Ihre Hoffnungen erhielten jedoch wieder etwas Auftrieb, als er dem Sergeanten gegenüber etwas von einer „Kommission" und der Möglichkeit „sofortiger Nachforschungen in dem Shelter" erwähnte.

Einen verstohlenen Blick auf das strenge Profil neben ihr werfend, versuchte Quinn, ihre Lage einzuschätzen. Was würden sie mit ihr machen, nachdem sie mit Mrs. Burke gesprochen hatte? Captain Burke schien ein harter Mann zu sein, und sie schloß nicht aus, daß er sie an einen anderen „Zufluchtsort" bringen würde – oder in eine Zelle.

Quinn zog mit beiden Händen an ihrem Rock. Ganz gleich, wie der Captain versuchen würde, sie loszuwerden, sie würde ihm stets einen Schritt voraus sein. Zum erstenmal seit vielen Monaten hatte sie wieder freie Luft geatmet, und wenn sie auch den Geruch von Mist und Abfall an sich trug, hatte sie nach der langen Gefangenschaft dennoch einen Hauch des Himmels an sich.

„Du brauchst keine Angst zu haben, Mädchen", sagte der Captain überraschend.

Quinn fuhr zusammen und wandte sich ihm zu.

„Wenn du die Wahrheit sagst", erklärte er und sah sie sah, „hast du nichts zu befürchten."

„Das ist die Wahrheit", sagte sie, über die Maßen empört, wie er ihre Geschichte weiterhin in Frage stellte, nachdem er sie bereits mehr als einmal hinterfragt hatte, ehe sie das Polizeigebäude verließen. „Führen Sie mich deswegen ab? Weil Sie meinen, ich sage nicht die Wahrheit?"

„Er wirbelte herum und schaute sie an. „Ich habe dich nicht *festgenommen*, Mädchen! Wenn ich mich nicht täusche, warst *du* diejenige, die darauf bestand, mit meiner Frau sprechen zu wollen!"

Quinn sah stur geradeaus und gab keine Antwort. Aus dem Augenwinkel beobachtete sie, wie er seine Aufmerksamkeit schließlich wieder auf die Straße richtete, die Zähne noch fester zusammengebissen als zuvor.

Lange Zeit herrschte Schweigen zwischen ihnen. Während sie fuhren, bemerkte Quinn, wie sich ihre Umgebung zusehends veränderte. Sie hatten die zerfurchten Straßen, die Schweine, die verkommenen Kneipen hinter sich gelassen und waren in eine breite, von Bäumen gesäumte, gepflasterte, hell erleuchtete Allee eingebogen. An der Ecke flackerten Gaslaternen, und aus den mit Gardinen geschmückten Fenstern der stattlichen Häuser drang ein warmes Licht. Es roch auch anders, statt des säuerlich gärenden Abfallgestanks roch es nach brennendem Holz und frisch gefallenen Blättern.

„Wir sind fast da", erklärte der Captain, während er um eine Ecke bog. Überrascht betrachtete Quinn die Gegend. Obgleich sie sich daran erinnerte, daß Mrs. Burke fein gekleidet war und auch wie eine Dame gesprochen hatte, hätte sie niemals geglaubt, daß ein irischer Polizist in einer so vornehmen Gegend wohnen würde.

Je weiter sie fuhren, um so größer und eleganter erschienen die Häuser. Viele waren Villen mit zwei, drei oder gar vier Stockwerken, einem geräumigen Vorbau und kegelförmigen Dächern. Die meisten waren von schmiedeeisernen Zäunen und hochaufragenden Bäumen umgeben.

Am Ende der Straße hielten sie vor einer einzeln stehenden Villa aus dunklem Steinmauerwerk, deren Vorderfront beinahe mit Efeu zugewachsen schien. Obgleich an dem Haus nichts Spektakuläres war, erinnerte es Quinn um alles in der Welt an eines der alten Schlösser zu Hause in Irland. Von riesengroßen alten Eichen und einem gepflegten Gelände umgeben, sah es friedlich und irgendwie einladend aus.

Sie blickte zu dem Captain hinüber. Als hätte er bemerkt, wie sie das Anwesen musterte, wies er auf das Haus und erklärte: „Es gehört der Großmutter meiner Frau. Wir wohnen hier gemeinsam mit ihr."

Ohne ein weiteres Wort sprang er von dem Streifenwagen herunter und überraschte Quinn damit, daß er auf ihre Seite kam, um ihr herunterzuhelfen.

Als sie den Wagen verlassen hatte, schien ihr der kalte Novemberwind bis an die Knochen zu wehen. Ihr dünner Pulli wärmte sie kaum, und so konnte sie es nicht verhindern, daß sie zitterte — und sogar ihre Zähne klapperten.

Der Captain öffnete ein massives Eisentor, und sie gingen den Weg zum Haus. Beim Anblick dieses Anwesens verschlug es Quinn den Atem, und sie mußte sich fragen, welche verrückte Idee sie darauf bestehen ließ, hierhergebracht zu werden. Welchen Empfang konnte sie von jemandem erwarten, der in einem solchen prachtvollen Stil lebte?

Sie stolperte, und der Captain stütze sie am Ellenbogen. Einen Augenblick fragte sie sich, ob sie auch nur irgendeine Chance hätte, ihm zu entkommen. Als hätte er ihre Gedanken gelesen, sah er sie stirnrunzelnd an und wies zur Eingangstür.

Quinn eilte neben ihm her, ihre Torheit, hierherkommen zu wollen, bitterlich bereuend. Doch sie war selbst schuld, und jetzt schien es keine andere Möglichkeit mehr zu geben, als bis zum Ende durchzuhalten.

* * *

Johanna kämpfte darum, sich wachzuhalten. Das Zimmer war warm, das Licht der Öllampe flackerte trübe, und sie konnte es einfach nicht verhindern, daß sie von Zeit zu Zeit einnickte. Sie warf einen Blick auf das Bett und sah, daß Tante Nora noch immer fest schlief. Teddy war jedoch noch immer hellwach und spielte. Jedesmal, wenn er Johannas Blick auf sich lenken konnte, fuchtelte er mit seinen Fäustchen durch die Luft und grinste, als suche er ihren Beifall.

Schließlich stand sie auf und ging zum Fenster. Der Mond spendete gerade so viel Licht, daß sie durch die Bäume hindurch nebenan Dulcies Haus sehen konnte. Sie sah zu, wie sich die inzwischen kahlen Zweige im Wind bogen und hin- und herwehten. Sie schlang ihre Arme um sich und genoß die Wärme des Schlafzimmers.

In ihrer Hütte in Killala war es stets kalt gewesen. Sie hatten niemals genug Feuerholz, und manchmal, besonders nachts, schien es, als würde der kalte Wind vom Ozean bis in ihre Zimmer wehen.

Eines der Dinge, die sie an Amerika am meisten liebte, waren die warmen Wohnungen. Sie hatte kaum jemals gefroren, seitdem sie hier war. Sie liebte tatsächlich vieles an ihrem neuen Land, doch manchmal fühlte sie sich deswegen schuldig und wagte nicht, es einzugestehen. Ihre Eltern waren beide in Irland gestorben, ihre Schwester und ihr kleiner Bruder hier in Amerika. Sie mußte wirklich sehr schlecht sein, für dieses neue Leben dankbar zu sein. Irgendwie schien es nicht richtig zu sein, daß ein neues Land, ein neues Zuhause – ganz gleich wie warm es auch sein mochte – auch nur zum Teil das ersetzen konnte, was sie verloren hatte.

Lange Zeit stand sie so da, starrte zum Fenster hinaus und dachte über ihre Familie nach, bis sie plötzlich einen Schatten an den Vorhängen bemerkte. Sie drehte sich um. Finbar, der nichts als Streiche im Kopf hatte, hockte auf der Lampe und versuchte, Teddys Aufmerksamkeit zu erheischen.

Offenbar bereiteten Finbars Dummheiten Teddy viel Spaß. Seine Wangen waren gerötet, und seine kleinen Fäuste und Füße zappelten aufgeregt, als Finbar um den Lampenständer herumschlich.

Johanna sah ihnen einen Augenblick zu. Sie hatte es gern, wenn Teddy lachte. Auch wenn sie es nicht hören konnte, stellte sie sich gern vor, wie sein Lachen klingen mochte, wenn er seine kleine Nase krauszog und seinen Mund öffnete, bis seine Augen beinahe verschwunden waren.

Und eigentlich mochte sie auch die Kapriolen des kleinen Katers. Doch Tante Nora sah Finbar nicht gern an Teddys Bettchen, und so würde sie ihrem Spiel besser ein Ende bereiten.

Finbar sah sie an, und, als fühlte er sich von ihrem Lächeln ermutigt, neigte er seinen Kopf erst auf die eine, dann auf die andere Seite.

Johanna ging auf ihn zu und drohte mit dem Finger. Gleichzeitig steckte Teddy eine Hand durch das Gitterbettchen, nach Finbars Schwanz greifend. Finbar sprang auf, stieß gegen die Öllampe und warf sie um.

Johanna erlebte das alles wie einen schwindelerregenden Traum. Die Katze rannte wie wild aus dem Zimmer. Die Lampe zerschellte auf dem Fußboden. Das Öl brannte, und Teddys kleines, rundes Gesicht wurde seltsam ernst.

Die Tischdecke hatte sofort Feuer gefangen und wurde von den Flammen verzehrt. Auf dem Fußboden breitete sich das Feuer durch das Öl aus und griff, wie mit todbringenden Fangarmen, nach dem Ehebett auf der einen und Teddys Bettchen auf der anderen Seite.

Johanna wurde von panischer Angst ergriffen; sie riß den Mund auf und versuchte zu schreien, doch brachte sie keinen Ton hervor.

Sie *mußte* Tante Nora wecken! Sie ging zu dem Bett, doch dann hielt sie inne. Eine kleine Flamme kroch bereits an einer Seite des Kinderbetts hinauf.

Ohne weiter nachzudenken, sprang sie zu dem Kinderbett und nahm Teddy in ihre Arme. Während sie ihn an sich zog, schaute sie wieder zu dem Ehebett und sah, wie Nora sich regte, als würde sie wach werden.

Ein Feuerband züngelte zwischen Johanna und dem Bett empor. Rauch brannte in ihren Augen, füllte ihre Lungen. Die kleinen Fäustchen des Babys klammerten sich an ihrem Kleid fest, während sie entsetzt in die Flammen starrte.

Verzweifelt warf Johanna ihren Kopf zurück und schloß die Augen, wobei sie unter größter Anstrengung versuchte, einen Ton in sich wachzurufen.

Dann spürte sie ein Zittern in ihrer Kehle, ein Vibrieren. Sie öffnete die Augen und sah, wie Nora in ihrem Bett aufsprang und entsetzt auf das Geschehen in ihrem Schlafzimmer starrte.

* * *

Sara saß im Wohnzimmer am Kamin und las, als sie Michaels Stimme hörte. Freudig überrascht sprang sie auf und lief ihm entgegen, ihm schon von weitem zurufend:

„Michael? Ich dachte, du hattest gesagt, du kämst heute erst spät —" Abrupt hielt sie inne, als sie ihren Mann und das junge Mädchen neben ihm erblickte. Sofort erkannte sie, daß Michael angestrengt und leicht gequält aussah, während das Mädchen wütend und auch ein wenig furchtsam erschien. „Michael?"

Als er Sara erblickte, hellte sich sein Gesicht vorübergehend auf.

„Sara, ich habe dir einen Gast mitgebracht."

Sara brauchte nur einen Augenblick, um sie wiederzuerkennen. „Du meine Güte, das ist doch . . . Quinn, nicht wahr? Quinn O'Shea aus dem Shelter! Wie schön dich zu sehen, meine Liebe! Aber wie hast du es bloß geschafft, mich zu finden?"

Sara hielt inne und schaute Michael an, auf eine Erklärung hoffend. Dieser zog jedoch nur abwartend die Augenbrauen hoch.

Als Sara näher trat, erkannte sie, daß aus den Augen des Mädchens tatsächlich Furcht sprach. Unwillkürlich nahm sie ihre Hand. „Ja . . . es freut mich wirklich sehr, dich wiederzusehen, Quinn. Ich habe sehr viel an dich gedacht."

In den braunen Augen mit den goldenen Punkten leuchtete etwas auf — entweder Erleichterung oder Überraschung, das vermochte Sara nicht genau zu sagen.

„Sie . . . Sie erinnern sich also an mich, Madame?"

Die Stimme des Mädchens zitterte. Sara betrachtete sie und fragte sich, warum sie so offensichtlich bekümmert aussah.

„Ja, natürlich erinnere ich mich an dich! Michael, nicht wahr, ich habe dir erzählt, wie ich Quinn im Shelter begegnet bin?"

Verblüfft die Stirn runzelnd, sah er zuerst Sara, dann das Mädchen an. „Nun, ich weiß nicht mehr genau —"

„Natürlich erinnerst du dich!" unterbrach ihn Sara und lächelte Quinn an. „Es war an dem Tag, als ich mit Helen Preston und den anderen Frauen den Chatham Shelter besucht habe. Ich habe dir erzählt, wie ich mit einer der jungen Heimbewohnerinnen gesprochen habe . . . erinnerst du dich?"

Michael nickte, und schließlich lächelte er, als ihm einfiel, was Sara ihm damals erzählt hatte. „Ja, ich glaube, ich besinne mich wieder. Ich hatte nur den Namen vergessen."

Immer noch Quinns Hand festhaltend, forschte Sara in ihrem Gesicht. Sie hatte sich von Zeit zu Zeit gefragt, was wohl aus dem schlanken irischen Mädchen geworden war, das sie so schmerzlich an ein gefangenes, hilfloses Tier erinnert hatte. Mitleid vermischte sich mit Neugier, als sie wieder jene verwundeten Augen sah und den schmalen Körper, der unter dem abscheulichen, formlosen Kleid verborgen war.

„Kann einer von euch beiden mich vielleicht aufklären, was los ist?" fragte Sara, bemüht, ihre Ungeduld zu verbergen.

„Miss O'Shea hat darum gebeten, mit dir zu sprechen", erklärte Michael trocken. „Sie besteht darauf, mit niemandem sonst über das zu sprechen, was anscheinend eine wichtige Angelegenheit ist."

Er verzog den Mund kaum merklich, und nachdem Sara einen Moment in seinen Augen geforscht hatte, wandte sie sich wieder an Quinn. „Ist etwas passiert, meine Liebe? Hast du vielleicht irgendwelche Schwierigkeiten?"

Das Mädchen schien sehr aufgeregt zu sein. Sie biß sich auf die Unterlippe, während sie ihren Blick unruhig durch das Zimmer schweifen ließ. Sie sah aus, als wollte sie am liebsten davonlaufen.

Unsicher, ob sie weiter in sie dringen sollte oder nicht, warf Sara Michael eine hilfesuchenden Blick zu.

Er zögerte einen Augenblick, das Mädchen mit einem unergründlichen Blick musternd. „Sara, warum zeigst du dem Mädchen nicht, wo sie sich ein wenig frisch machen kann, und dann könnten wir vielleicht etwas essen, während wir uns unterhalten. Ich könnte etwas zu essen vertragen, und ich glaube, sie auch."

„Oh, natürlich! Ich nehme an, keiner von euch hat bereits zu Abend gegessen, nicht wahr?"

Sanft an Quinns Hand ziehend – einer furchtbar dünnen Hand, wie ihr auffiel – erklärte Sara: „Komm, mein Mädchen, wir gehen nach oben. Michael, Mary ist noch in der Küche. Sagst du ihr bitte, daß sie für dich und Quinn noch eine Mahlzeit serviert. Wir haben noch Kartoffelsuppe und Fleisch – und auch frisches Brot. Wir sind gleich zurück."

* * *

Winifred hatte ihren Kopf in die Backröhre gesteckt, um nach dem Schinken zu sehen, als sie den Schrei vernahm – einen urtümlichen Aufschrei wie den eines wilden Tieres. Sie richtete sich auf, eilte zur Tür und sah, wie der freche Kater wild kreischend den Flur entlangrannte. Sie lehnte sich gegen den Türrahmen und seufzte. Wie konnte so eine kleine Katze einen so entsetzlichen Laut ausstoßen?

Und was hatte der kleine Räuber wieder verbrochen? Die Hände an der Schürze abwischend, bereitete sie sich darauf vor, den Kater zu strafen, ganz gleich ob er der Liebling der Kinder war oder nicht.

Auf dem Flur hörte sie, wie Teddy aufschrie und zu weinen begann. Sie rümpfte die Nase, als sie den beißenden Geruch von ... *Rauch* wahrnahm! Das Herz schlug ihr bis an den Hals, als sie den Flur entlangrannte.

An der Schlafzimmertür angekommen genügte ein flüchtiger Blick, um das furchtbare Geschehen zu begreifen: die lodernde Tischdecke, die Flammen am Fuß des Kinderbetts, das Feuer, das sich über den Fußboden ausbreitete, und mitten in diesem Alptraum – *Johanna!*

Mit einem Arm hatte das Mädchen Teddy fest an sich gepreßt, mit der anderen Hand hielt sie ihre Röcke hoch, damit die Flammen sie nicht erreichen konnten, während sie davonzuspringen versuchte. Und Nora – oh Gott erbarme dich – Nora taumelte aus dem Bett und zog, so schwach wie sie war, an den Decken, zweifellos, um sie über das Feuer zu werfen!

Winifred flog in das Zimmer, packte Johanna und schob sie und das Baby sicher in den Flur. Dann ging sie zu Nora zurück.

Nora war halb benommen und rang nach Atem. Winifred trug sie halb aus dem Zimmer und übergab sie Johannas Obhut. Sie jagte in das Zimmer zurück, zog mit einem Ruck die Decken aus dem Bett und begann, sie auf die Flammen zu werfen.

Einen Augenblick später stand Johanna neben ihr. Seite an Seite kämpften sie gegen die Flammen, zuerst mit den Decken, dann rissen sie die Vorhänge von den Fenstern. Obgleich es ihnen wie eine Ewigkeit vorkam, hatten sie schließlich den Brand unter Kontrolle.

Außer daß das Zimmer von Rauch erfüllt und einige Bettdecken und Vorhänge ruiniert waren, war kaum Schaden entstanden. Erschöpft wischte Winifred sich mit einer Hand über die Augen. Das schmale, von ein paar Sommersprossen übersäte Gesicht des Mädchens war rußverschmiert, und ihre Augen vom Rauch gerötet. Sie mußten beide husten, und Winifred wußte, welchen Anblick sie bot, wenn ihr Haar auch nur halb so von Ruß beschmutzt war wie Johannas.

Aber sie waren gerettet.

Winifred legte einen Arm um die schmalen Schultern des Mädchens und führte sie aus dem Zimmer, wo Nora mit dem weinenden Baby im Arm stand.

Johanna an den Schultern fassend, drehte Winifred das Mädchen herum, so daß sie ihr vom Mund ablesen konnte. „Ich möchte, daß du genau weißt, was du heute abend getan hast", sagte sie, sehr langsam und deutlich sprechend, während sie ihre Augen über das schmale, rußverschmierte Gesicht gleiten ließ.

Johannas Augen weiteten sich, und Winifred beeilte sich, sie zu beruhigen: „Du bist ein sehr mutiges Mädchen, meine Liebe", erklärte Winifred, sanft ihre Schultern drückend. „Du hast heute abend das Leben deines kleinen Bruders gerettet, und wahrscheinlich unser *aller* Leben."

Johanna wurde rot, doch Winifred sah ihr weiter in die Augen und fuhr fort: „Ja, das ist die Wahrheit, Liebling. Und wenn Teddy alt genug ist, um es zu verstehen, werden wir ihm erzählen, wie seine große Schwester ihn aus dem Feuer gerettet hat!"

Sie zögerte, ehe sie mit einer Hand zärtlich über Johannas rußgeschwärzte Wange strich. „Kind ... wußtest du, daß du eine Stimme hast?" Sanft berührte sie Johannas Kehle. „Ich habe dich schreien gehört." Winifred griff an ihr Ohr, dann noch einmal an Johannas Hals. „Ich habe dich gehört, Liebling."

Johanna führte eine Hand an ihre Kehle, dann, die Augen weit aufgerissen, nickte sie. Der Hauch eines Lächelns stahl sich über das vom Rauch entstellte Gesicht.

Dann nahm Winifred das Baby und stand dabei, als Nora und Johanna sich umarmten. Als sie sich losließen, wandte Johanna sich um, und ihr Blick wanderte zu Teddy. Winifred lächelte und gab ihn ohne zu zögern Johanna.

„Bist du nicht ein glückliches Baby", sagte sie, so daß Johanna die Worte von ihrem Mund ablesen konnte, „so eine mutige große Schwester zu haben, die so gut auf dich aufpaßt!"

40. Kapitel

Und in der Ferne ... ein Singen ...

Du, nur Du allein sollst mein Herz regieren,
Du König des Himmels, mein kostbarster Schatz.
Und sollte ich hier gleich alles verlieren,
Bist du dennoch da, weisest Ziel mir und Platz.

Anonymus (aus dem Irland des 8. Jhdt.)

Auf der anderen Seite der Tür hörten sie einen Mann zornig schreien, gefolgt von den leiseren Worte einer Frau und von Kindern. Der Sergeant klopfte dreimal, und einen Augenblick später hörten sie, wie schwere Schritte über den Flur gestampft kamen.

„Ach du meine Güte", stöhnte Sergeant Price. „Es klingt so, als sei Sorley doch zu Hause. Würden Sie das bitte für mich halten, Mr. Whittaker?" fragte er, während er Evan die Laterne reichte, die er aus dem Streifenwagen mit nach oben gebracht hatte.

Angespannt sah Evan zur Tür. Wie Sergeant Price hatte auch er gehofft, Sorley Dolan wäre heute abend nicht zu Hause. Obwohl es beruhigend war, den kräftigen Polizisten – ausgerüstet mit Schlagstock und Pistole – an seiner Seite zu wissen, fürchtete Evan dennoch eine zweite Begegnung mit Billys betrunkenem „Onkel". Tief durchatmend richtete er sich auf und wartete.

Die Tür wurde aufgerissen und prallte gegen die Wand im Flur. In der Tür erschien Sorley Dolan. Als er Evan und Sergeant Price sah, kniff er seine blutunterlaufenen Augen zusammen.

„N'Abend, Sorley", sagte der Sergeant. Sein Ton war freundlich, während er mit dem Schlagstock in der einen Hand auf den Handteller der anderen klopfte. „Wir haben heute abend frei, was?"

„Was wollen Sie?" fauchte Dolan. Er wandte sich Evan zu und schaute ihn an, als hätte er ein häßliches Insekt vor sich. „Und was wollen Sie schon wieder hier?"

„Nun, Sorley, begrüßt man so einen Hüter des Gesetzes – ganz zu schweigen von einem Gentleman wie Mr. Whittaker?" Evan fiel auf, daß das Lächeln des Sergeanten nicht bis in seine Augen drang, und daß auch der Schlagstock noch sehr deutlich zu sehen war, als er damit ein klein wenig heftiger gegen seine Hand tippte.

„Ich dachte, ich hatte Ihnen gesagt, daß der Junge nicht mehr hier wohnt!" zischte Dolan und warf Evan einen bösen Blick zu.

Sergeant Price gab Evan keine Möglichkeit zu antworten. „Doch könnten wir nicht der Meinung sein, daß Billy inzwischen wieder zu Hause ist? Eine Junge in seinem Alter schläft gewiß lieber in seinem warmen Bett als auf der Straße, besonders, da der Winter vor der Tür steht."

„Nun, er ist nicht nach Hause gekommen, und ich warte auch nicht auf ihn!"

Dolan machte eine Bewegung, als wollte er die Tür zuschlagen, doch der Sergeant hinderte ihn daran, indem seinen großen Fuß in die Tür stellte. „Wenn du nichts dagegen hast, Sorley, werden wir uns trotzdem in der Wohnung umschauen."

Evan bemerkte, wie eine leichte Veränderung in die Stimme des Polizisten getreten war und sie einen warnenden Ton angenommen hatte.

Der Sergeant bahnte sich einen Weg an Sorley vorbei und sagte über die Schulter zu Evan: „Kommen Sie mit herein, Mr. Whittaker. Sorley hat nichts dagegen."

Den Atem anhaltend, folgte Evan dem Sergeanten in eines der am spärlichsten möblierten, trostlosesten Zimmer, die er jemals gesehen hatte. Der Fußboden war blankes Holz, zersplittert und voller Flecken. Es gab weder Gardinen an dem Fenster noch irgendeinen Vorleger auf dem Fußboden — keinerlei Anzeichen auch nur des geringsten Versuches, aus der Wohnung ein Zuhause zu machen. Der Kocher war dick mit Fett verkrustet, und auf dem wackligen Tisch türmten sich Flaschen und schmutziges Geschirr.

Um den Tisch herum standen vier ungleiche, grobgezimmerte Stühle, von denen zwei kaputt waren. Auf einem der Stühle saß eine Frau undefinierbaren Alters; ihre Augen waren trübe, ihr Gesicht blaß. Sie schaute auf, als sie eintraten, sagte jedoch nichts. Zwei kleine Jungen in der Ecke am Fenster hielten in ihrem Spiel inne, Evan und den Polizisten mißtrauisch betrachtend. Einen Augenblick später kamen sie beide zu ihrer Mutter geeilt und setzten sich zu ihren Füßen auf den Boden.

Evan erschauderte bei dem Gedanken, daß dieses kalte, trostlose Zimmer Billy Hogans Zuhause war. Zweifellos war die verbraucht aussehende Frau Billys Mutter, und die aufgeregten kleinen Jungen ihre Söhne von Dolan.

Sorley stand in der Mitte des Zimmers, seine fleischigen Schultern wie zur Selbstverteidigung zusammengezogen. Sein Gesicht war gerötet, seine Miene finster und bedrohlich.

„Ich habe nicht darum gebeten, in meine Wohnung einzubrechen, Price!" explodierte er. „Und ich habe dem Engländer gesagt, daß der Junge weg ist und er sich nicht wieder blicken lassen soll!"

Der Sergeant unterbrach seine Inspektion des Zimmers und trat Dolan entgegen. „Nun, Sorley, ich bin nicht in deine Wohnung eingebrochen! Die Tür stand weit offen, hast du es nicht selbst gesehen?"

Plötzlich verschwand sein Humor und wurde von einem kalten, harten, herausfordernden Blick abgelöst. Er trat noch näher an Dolan heran und erklärte mit starkem, irischen Akzent: „Sag mir, Sorley, weshalb weißt du so genau, daß Billy nicht wieder nach Hause kommen wird? Du würdest uns doch nichts verschweigen, oder?"

Keine Antwort abwartend, zeigte der Polizist mit seinem Schlagstock auf eine Decke, die an einer Türöffnung hing. „Das ist das Schlafzimmer, nicht wahr? Wir werfen nur einmal einen Blick hinein.

„Dort ist niemand!" donnerte Dolan und nahm eine Haltung an, als wollte er den Polizisten angreifen. Als er sah, wie die Hand des Polizisten zu seiner Pistole glitt, hielt er jedoch inne.

Schließlich begann die Frau zu sprechen. „Es stimmt", erklärte sie tonlos. „Billy ist seit Tagen nicht mehr zu Hause gewesen."

Sergeant Price betrachtete sie skeptisch, „Wo ist der Junge dann, Nell? Du mußt doch wissen, wo dein eigener Sohn ist."

Sie schüttelte den Kopf. Als er ihre langsamen Bewegungen, ihren niedergeschlagenen, leicht glasigen Blick sah, dachte Evan, daß die Frau entweder geistig zurückgeblieben oder betrunken sein mußte.

„Nell?" drängte der Sergeant.

Bevor sie antwortete, warf die Frau Dolan einen raschen Blick zu, der seinen Mund zu einem häßlichen, spöttischen Lächeln verzog, jedoch nichts sagte.

Die Augen auf den Tisch geheftet, erwiderte die Frau kaum hörbar. „Ich weiß nicht, wo er ist."

Der Sergeant betrachtete sie mit einem Blick voller Abscheu, ehe er Evan bedeutete, ihm in das Schlafzimmer zu folgen.

Evan hielt die Laterne hoch, um ihren Weg in das dunkle Zimmer zu erleuchten. In dem Schlafzimmer gab es praktisch keinerlei Möbel außer zwei großen Strohsäcken in der einen Ecke und einem durchgelegenen Eisenbett auf der entgegengesetzten Seite des Zimmers. Auf dem Fußboden verstreut lag schmutzige Kleidung.

Als Evan sich in dem kalten, trostlosen Zimmer umschaute, wurde er, von einer großen Traurigkeit erfaßt, noch einmal überwältigt von dem Gedanken, daß Billy Hogan in dieser freudlosen, entmutigenden Umgebung gewohnt und geschlafen hatte.

„Gibt es vielleicht n-noch ein anderes Zimmer?" fragte er den Sergeanten. „Wir dürfen den Jungen einfach n-nicht aufgeben!" Verzweiflung breitete sich in seinem Herzen aus. Auch nicht das geringste Zeichen deutete darauf hin, daß Billy Hogan einmal an diesem verkommenen Ort gelebt hatte. So wollte es nach außen beinahe scheinen, als hätte es den Jungen nie gegeben. Und doch konnte Evan das Gefühl nicht abschütteln, daß noch etwas von Billy anwesend war ... wenn nicht der Junge selbst, dann zumindest ein Teil seiner Qual und Einsamkeit, die er hier durchlitten hatte.

Als er plötzlich merkte, daß der Polizist etwas zu ihm gesagt hatte, wandte Evan sich um. „Wie bitte, Sergeant?", sagte er und versuchte blinzelnd die Tränen zurückzuhalten.

„Ich habe nur gesagt, Mr. Whittaker, daß es außer diesen beiden Zimmern leider nichts mehr gibt, wo wir nachschauen könnten."

Evan nickte, konnte jedoch immer noch nicht das nagende Gefühl abstreifen, daß Billy ganz in der Nähe war. Auf der einen Seite war ihm klar, daß seine Sorge und Angst um den Jungen seinen Verstand vernebeln könnten. Hinzu kam, daß er seit zwei Tagen kaum geschlafen und gegessen hatte. Das allein genügte, um sein Urteilsvermögen zu beeinträchtigen.

Evan bemerkte, daß der Polizist ihn beobachtete und stieß einen tiefen Seufzer aus. „Ja ... dann können wir hier wirklich nichts mehr tun, oder?"

„Es tut mir leid, Mr. Whittaker." Der Polizist deutete auf den notdürftigen Vorhang, der das trostlose Schlafzimmer von dem anderem Wohnraum trennte. „Ich werde mir Dolan noch einmal vorknöpfen, bevor wir gehen, doch ich fürchte, er wird uns nicht mehr sagen als bisher."

„Ich möchte n-nicht, daß sie den M-Mann herausfordern, Sergeant. Er ist offenbar übel gelaunt — und betrunken. Man kann nie w-wissen, wozu er fähig ist."

„Oh, ich komme mit Sorley schon zurecht, Mr. Whittaker", erwiderte der Sergeant grimmig lächelnd. „Seien Sie deswegen ganz unbesorgt."

In dem anderen Zimmer stand Dolan an der geöffneten Tür, die Hand zur Faust geballt. Die Frau und die kleinen Jungen saßen noch so da, wie sie sie verlassen hatten.

Evan folgte Sergeant Price zur Tür. Der Polizist bedachte Dolan mit einem häßlichen Grinsen, und Sorley Dolans fleckiges Gesicht wurde noch finsterer.

„Ich werde wiederkommen, Sorley", sagte der Polizist. „Du machst dir gewiß Sorgen um den Jungen, aber hab' keine Angst, ich werde weitersuchen. Und ich werde ab und zu vorbeischauen, um dich auf dem laufenden zu halten."

Er hielt inne, und Evan sah, wie seine Augen hart wurden. „Und, Sorley, sollte ich herausfinden, daß du uns nicht die volle Wahrheit gesagt hast –" Wieder begann er mit dem Schlagstock gegen seine Handfläche zu klopfen. Er sagte nichts mehr, sondern schüttelte nur den Kopf, während er Sorley ein letztes Mal musterte.

Sorley Dolan stieß einen leisen, knurrenden Laut aus und sprang nach vorn, doch der Polizist war schneller. Mit einer so raschen Bewegung, daß Evan sie kaum verfolgen konnte, war die Hand mit dem Schlagstock nach oben geschnellt, unter Dolans Kehle. Gleichzeitig warf sich Sergeant Price gegen den Mann und drückte ihn gegen die Wand, wo er ihn, den Schlagstock unter dem Kinn, festnagelte.

Der Sergeant drückte sein Gesicht in Dolans, den Mund zu einem grausamen Lächeln verzerrt. „Du willst mich doch nicht etwa auf die Probe stellen, Sorley!"

Seine Augen glühten, als er den Schlagstock noch fester gegen Dolans Kehle drückte, doch sein Ton blieb ruhig und drohend. „Ich werde zurückkommen, Sorley. So oder so, ich komme wieder. Und du solltest hoffen, daß ich vorher Billy gefunden haben, gesund und munter."

* * *

Stöhnend erwachte Billy in dem kleinen Kellerverlies. Der Ton seiner eigenen Stimme und die Heftigkeit neuer Schmerzen hatten ihn aus dem Halbschlaf gerissen.

Er lag auf der Seite und lauschte auf seinen schweren Atem. Er versuchte, tief durchzuatmen, aber der Schmerz in seiner Brust ließ den Versuch mißlingen. Jeder Teil seines Körpers schmerzte, selbst seine Zähne.

Er hob eine Hand, um sicherzugehen, daß er noch sehen konnte, denn sein rechtes Auge war beinahe zugeschwollen, und sein linkes brannte und näßte die ganze Zeit. In der Dunkelheit konnte er gerade noch die Umrisse seiner Finger erkennen. Erleichtert ließ er seine Hand wieder sinken.

Aus der nächsten Ecke drangen die vertrauten, kratzenden Laute an sein Ohr. *Die Ratten warteten* ...

Das Rascheln war lauter, als Billy es in Erinnerung hatte. Er glaubte, ein Quietschen gehört zu haben, aber seine Ohren sausten in letzter Zeit so heftig, daß er nicht sicher sein konnte.

Er legte eine Hand auf seinen Bauch. Er konnte sich nicht vorstellen, weshalb er so dick war, da er doch so lange nichts gegessen hatte. Er fühlte sich geschwollen an und schmerzte. Irgendwie kamen ihm plötzlich die Hayes-Kinder aus Irland in den Sinn, die er gesehen hatte, bevor sie im Schnee gestorben waren. Ihre Bäuche waren angeschwollen gewesen, bei jedem von ihnen, obgleich ihre Arme und Beine nur spindeldürr waren.

War er am Verhungern? Es wollte ihm nicht so scheinen, denn er hatte nicht einmal Hunger. Er wußte nicht mehr, wie lange er nichts mehr gegessen hatte, doch wenn er verhungern würde, müßte er doch Hunger haben, oder?

Er schloß die Augen und versuchte wieder einzuschlafen. Wenn der Schmerz ihn nicht weckte, schlief er jetzt fast die ganze Zeit. Er wartete nicht mehr darauf, daß die Tür sich öffnen würde, lauschte nicht mehr auf Onkel Sorleys Stimme, die ihn herausrufen würde.

Diesmal würde Onkel Sorley nicht zurückkommen.

Billy versuchte, nicht an seinen Onkel zu denken und richtete seine Gedanken stattdessen auf seinen Vater. Es war sonderbar, wie er sich nach so langer Zeit noch immer an das Gesicht seines Vaters, an den Klang seiner Stimme erinnern konnte. Er hatte ihn oft an kalten Wintermorgen geweckt, indem er ihn, noch fest in alle Decken eingewickelt, auf seinen Schoß genommen hatte. Sie saßen dann zusammen auf der Bettkante, bis Billy wach wurde, noch wohlig und warm in den Armen seines Vaters.

Hier unten im Keller, wo die Kälte an seinen Knochen nagte und der Schmerz seinen Körper quälte, rollte Billy sich ganz fest wie zu einem Ball zusammen und tat so, als läge er zu Hause in seinem Bett, wo sein Vater ihn fest und warm hielt. Manchmal schlief er sogar so ein mit dem Gefühl, als hielte sein Vater ihn in seinen starken Armen.

Billy riß die Augen auf, als die kratzenden Laute immer näher kamen. Er fröstelte und biß die Zähne aufeinander.

In die Dunkelheit starrend, versuchte er sich zu erinnern ... an etwas zu erinnern ...

Das Lied ... er mußte das Lied finden ... das Lied über das Licht ... Mr. Whittaker hatte gesagt, daß das Licht die Dinge der Finsternis fernhielt ...

Jemand flüsterte in der Dunkelheit. Billy lächelte, und dachte, es sei vielleicht sein Vater, der ihn schließlich doch noch herausholte.

Sing, Billy ... sing. Sing die Dunkelheit hinweg ... sing von dem Licht ...

Sing weiter Billy ... sing weiter ...

* * *

Sergeant Price und Evan standen unten in dem engen Treppenhaus und unterhielten sich mit gedämpfter Stimme. Evan hatte immer noch jenes seltsame Gefühl wie oben in der Wohnung, und zögerte deshalb bewußt, das Gebäude zu verlassen.

„Ich bin mir nicht sicher, was ich als nächstes tun soll, Sergeant", erklärte er, „doch ich bin sehr dankbar für Ihre Hilfe und für Ihre Geduld."

Der Polizist wies den Dank zurück. „Ich will den Jungen ebenso finden wie Sie, Mr. Whittaker. Billy ist ein feiner Junge. Was den nächsten Schritt betrifft, so habe ich unsere Männer bereits informiert; wir halten weiter nach ihm Ausschau."

„Vielen Dank, Sergeant." Evan zögerte, über alle Maßen erschöpft, doch nicht bereit aufzugeben. „Ich glaube nicht, daß wir uns hier noch ein wenig umschauen k-können."

„Das können wir, wenn Sie möchten. Doch, wenn ich das sagen darf, Mr. Whittaker, sehen Sie aus, als könnten Sie erst einmal Schlaf gebrauchen. Ist alles in Ordnung, Sir?"

„Oh ja ... natürlich ..."

Evan war selbst überrascht, als sich in seiner Kehle ein Klumpen bildete und seine Augen zu brennen begannen. Seine Stimme versagte, und, über seine Schwachheit betrübt, torkelte er gegen die Wand, während er am ganzen Körper zu zittern begann. „Es tut mir leid ..."

Sergeant Price nahm die Laterne. „Mr. Whittaker", sagte er freundlich, während er eine Hand auf Evans Schulter legte, „ich sollte sie jetzt am besten zur Fähre begleiten. Sie haben mein Wort, ich werde die Suche nach dem kleinen Burschen fortsetzen."

Evan nickte, mit der Hand über seine Augen wischend. „Ja, vielleicht haben Sie recht. Ich sollte nach Hause gehen. Ich sollte Nora nicht noch mehr Sorgen bereiten als —"

Evan verstummte; er hielt den Atem an, während er lauschte. *Es war unmöglich ... doch, diese Stimme ...*

Er kannte diese Stimme!

Der Sergeant runzelte die Stirn, seine Hand weiter auf Evans Schulter, denn er fürchtete, Evan könnte auf der Stelle umfallen. „Was ist los, Mr. Whittaker?"

„H-Haben Sie etwas gehört?" fragte Evan, während er sich von der Wand entfernte. Einen Augenblick lang glaubte er, die Stimme eines Kindes gehört zu haben, Billys Stimme. Doch das mußte nur in seiner Phantasie gewesen sein ...

Und dann hörte er es wieder. „Da! Haben Sie es gehört?"

Er strengte sich an, um über die anderen Töne, die durch das Haus schallten, hinwegzuhören – ein Baby schrie, Stimmen von Erwachsenen, die stritten, Kinder, die sich anschrien.

„Vielleicht habe ich mich geirrt", sagte er unsicher. „Ich dachte, es klang ... als sänge jemand."

Beide standen angespannt wartend da. Kaum atmend, ging Evan alle Töne der Reihe nach durch, beinahe wie in der Chorprobe, wenn er nach einem schiefen Ton suchte.

Da! Evan berührte den Arm des anderen. „Hören Sie es?"

Der Sergeant nickte langsam, Evan mit einem fragenden Blick betrachtend. „Ja, es klingt so, als ob jemand singt, das stimmt." Sein stirnrunzelnder Blick enthielt die unausgesprochene Frage: *Was soll uns das helfen?*

Evan wandte sich um und starrte auf die schmale Brettertür, die vor ihnen im Schatten lag. Dann ging er auf die Tür zu und lehnte sein Ohr gegen das morsche Holz.

„Du Herr, bist das Licht, das meinen Pfad erhellt.
Du allein, in welche Dunkelheit ich auch gestellt.
Du, mein bester Gedanke bei Tag und bei Nacht ..."

„Ob ich wach bin oder schlafe, du hältst die Wacht." Evan beendete die Strophe, kaum fähig die Worte hervorzubringen. „Das ist er! Das ist Billy!" Zu Sergeant Price gewandt, erklärte er: „Ich würde diese Stimme überall heraushören!"

Der Polizist starrte ihn an. Dann, mit einer Hand die Laterne haltend, schob er den Holzriegel vor der Tür beiseite.

Die Tür führte zu einer dunklen steilen Treppe. „Hier muß es zum Kohlenkeller gehen", bemerkte Sergeant Price. „Hier unten sieht es so schwarz aus wie in einer Grube. Die Laterne über die Stufe haltend, begann er hinabzusteigen. „Halten Sie sich gut fest, Sir. Die Stufen sind sehr schlecht."

Das Singen klang immer noch leise, schien jedoch näher zu kommen. Evans Herz hämmerte wild. Es war Billy, jawohl. Diese glockenreine Stimme war unverwechselbar, obgleich sie furchtbar schwach und zittrig klang.

Er sang immer wieder die gleichen Worte, das alte gaelische Lied: *„Du Herr, bist mein Licht"*

Während sie die wacklige Treppe hinabstiegen, dachte Evan, sein Herz müßte zerspringen.

Sergeant Price zog den Kopf ein, als sie einen dunklen, schmutzigen Keller betraten. Drinnen hielt er die Laterne hoch, alle Wände ableuchtend. Doch sahen sie nichts außer einem Kohlenbehälter und leeren Kisten.

„Hören Sie . . .", flüsterte Evan. Ihre Blicke begegneten sich in dem schaurigen Licht der Laterne. Das Singen hatte aufgehört.

Der Kohlenstaub drang in seine Lungen ein, und Evan mußte husten. Er suchte nach einem Taschentuch. Als er wieder freier atmen konnte, schaute er zu, wie Sergeant Price jede Ecke des Kellers absuchte – und dann den Kopf schüttelte.

„Doch er muß hier irgendwo sein!" beharrte Evan. „Wir haben ihn *gehört!"*

Plötzlich wirbelte der Polizist herum und bedeutete Evan zu lauschen. „Dort! Es kommt von der anderen Seite!"

Der Ton war ganz schwach, wie das Wimmern eines verwundeten Tieres. Sergeant Price winkte Evan, ihm zu folgen. „Dort drüben", sagte er. Er hielt die Laterne tiefer und gab den Blick auf eine weitere Tür hinter den Stufen frei.

„Mist! Sie ist verschlossen!" murmelte der Polizist, als er an dem Griff zog. Er gab Evan die Laterne und versuchte, die Tür mit seiner Schulter einzudrücken, doch sie hielt.

„Bleiben Sie zurück, Sir". Evan trat beiseite, während Sergeant Price einen Schritt von der Tür zurücktrat. Ein kräftiger Tritt genügte. Die morsche Tür löste sich aus ihrem Rahmen und schlug nach innen gegen die Wand. Evan die Laterne abnehmend, zog der Polizist seine Pistole. Die Laterne in der Hand, folgten sie einem schwachen Stöhnen.

Evans Herz klopfte wild und ihm wurde für einen Augenblick schwindlig. Er wußte, daß er einer Ohnmacht nahe war. Er hielt einen Moment inne und zwang sich mit aller Kraft, bei Bewußtsein zu bleiben, indem er tief durchatmete.

Sergeant Price richtete die Laterne auf die äußerste Ecke des Verlieses und folgte ihrem Strahl, dann hielt er plötzlich inne. *„Gott erbarme dich!"*

Aus Evans Kehle drang ein entsetztes Stöhnen, als er auf den Alptraum starrte, der sich vor ihnen abspielte. Dort lag Billy Hogan, mit dem Gesicht zu ihnen gewandt, zusammengerollt wie ein kleines Baby. Sein Gesicht war mit blauen Flecken und Wunden übersät, seine Augen waren zugeschwollen. Eingetrocknete Blutspuren bedeckten seine Wangen. Er hatte die Knie beinahe bis zum Kinn hochgezogen, doch Evan sah trotzdem, wie abgezehrt er war. Außer dem aufgeblähten Bauch – zweifellos durch Hunger verursacht – sahen auch seine Arme zum Erbarmen dünn aus.

Der Junge stöhnte, und Evan sank erleichtert in sich zusammen. *Er lebte noch!*

Sergeant Price trat weiter nach vorn – und schrie auf. Seine Augen folgten dem schwankenden Licht der Laterne – die Hand des Polizisten zitterte – und er sah etwas, das ihm den Verstand zu rauben drohte.

Eine Rotte großer brauner Ratten hockte beutegierig, wie zu einer schaudererregenden Totenwache versammelt, zu Füßen des todmatten Kindes.

Evan hielt sich mit der Hand den Mund zu; es würgte ihn. Der Sergeant stürzte sich wutschnaubend auf sie, so daß sie quietschend in ihr Nest verschwanden.

„Ihr Teufel!" donnerte der Polizist hinter ihnen her, dann steckte er seine Pistole ein und wandte sich Evan zu. „Lassen Sie mich das machen, Mr. Whittaker."

Doch Evan kniete bereits neben Billy. „Ich schaffe es schon", beharrte er. Einen Augenblick lang schreckte er davor zurück, den armen, zerschlagenen Körper zu berühren, aus Angst, ihm noch mehr Qualen zu bereiten. Schließlich legte er seine Hand auf das strohblonde Haar, das jetzt mit Blut und Dreck beschmiert war. Der Junge zitterte, sein ganzer Körper bebte heftig wie in einem Krampf.

„Der arme Junge friert", murmelte Sergeant Price und zog seinen Mantel aus, um den kleinen Körper vorsichtig darin einzuhüllen.

„Oh, Billy ... *Billy!"* Evan stieß den Namen des Jungen aus wie ein Schluchzen. „Was haben sie nur m-mit dir gemacht!"

Billy stöhnte, aber seine Augen blieben weiter geschlossen. Evan fuhr fort, dem Jungen über das Haar zu streichen und seinen Namen zu nennen. Er rückte beiseite, als Sergeant Price sich neben ihn kniete.

„Schauen wir uns den kleinen Burschen einmal an", sagte er leise. Die großen, breiten Hände des Polizisten glitten so sanft und sicher wie die eines Arztes über Billy Hogans kleinen Körper. Evan spürte regelrecht, wie der Mann beim Anblick von soviel ungeheuerlicher Grausamkeit darum ringen mußte, seinen Zorn zu beherrschen.

„Er wurde furchtbar geschlagen, der arme Junge. Und außerdem ist er halb verhungert."

„Sergeant ..." Evan bemerkte das Zittern in seiner Stimme und hielt inne, um noch einmal tief durchzuatmen. „Die Ratten ..."

„Ich glaube nicht, daß diese schmutzigen Biester ihm etwas getan haben, Mr. Whittaker." Er legte sein Ohr an die Brust des Jungen und lauschte. „Aber es geht ihm sehr schlecht, dem armen Jungen. Er muß ins Krankenhaus, aber ich möchte ihn im Augenblick noch nicht transportieren."

Er stand auf und erklärte: „Wenn Sie noch ein wenig bei ihm bleiben könnten, würde ich Dr. Hilman holen – es ist nicht weit, hier in der gleichen Straße. Und dann brauche ich auch noch einen oder zwei von meinen Männern, um hier mitzuhelfen. Wir werden Sorley Dolan noch heute abend festnehmen."

Mit Hilfe des Sergeanten ließ sich Evan mit dem Rücken gegen die Wand gelehnt auf dem Fußboden nieder, so daß er den Kopf des Jungen in seinem Schoß halten konnte. Der Junge murmelte irgend etwas Unzusammenhängendes, während er weiter am ganzen Leib zitterte. Evan tat sein Bestes, um ihn zu beruhigen – er streichelte ihm übers Haar und flüsterte ihm Trost zu. Der Sergeant stand daneben und sah den Jungen mit Augen voller Mitleid an.

Plötzlich drehte sich Billy, und dann stöhnte er heftig, als hätte ihm diese Anstrengung neuen Schmerz bereitet. „Vati?"

Evan beugte sich tiefer über den Jungen. „Billy ... Billy ... kannst du m-mich hören?"

Dann wandte er sein Gesicht Evan zu, aber seine Augen blieben weiter geschlossen. „Vati ... bist du es, Vati?"

Evan schaute über den schwachen, kleinen Körper hinweg zu Sergeant Price. Ihre Blicke begegneten sich, und erschüttert sah Evan, daß die Augen des Polizisten, wie auch seine eigenen, voller Tränen waren.

„Er glaubt, Sie sind sein Vater, Mr. Whittaker", erklärte der Polizist mit einem schwachen Lächeln für Evan. „Sein richtiger Vater ist vor einigen Jahren, bevor sie nach Amerika kamen, gestorben."

Zu dem Jungen schauend, flüsterte Evan: „Dein ... dein Vater ist hier, B-Billy. Er ist ganz nahe bei dir." *Oh, Gott, du bist hier ... und du bist die ganze Zeit hier gewesen, nicht wahr?*

Einen letzten Blick auf den Jungen werfend, sagte Sergeant Price: „Ich werde jetzt am besten gehen, um den Arzt und meine Männer zu holen, Mr. Whittaker. Werden Sie allein zurechtkommen, bis ich zurück bin?"

Evan nickte, seinen Blick nicht von dem kleinen, zerschundenen

Gesicht abwendend. Seine Hand zitterte, als er weiter das Haar des Jungen streichelte und glattstrich. Wieder drehte sich Billy und stöhnte. „Vati? Ist es schon Morgen?"

In Evans Kehle bildete sich ein Kloß. Er glaubte an seinen Worten ersticken zu müssen. „Bald, B-Billy, bald wird es M-Morgen sein ..." Langsam, wie mit unheimlicher Qual verbunden, öffnete Billy die Augen. Durch die schmalen Schlitze schaute er zu Evan empor. „Mr. Whittaker? Sind Sie es?"

Irgendwie fand Evan die Kraft zu lächeln. „Ja, Billy, ich bin es ... Mr. Whittaker."

Der geschwollene Mund des Jungen verzog sich tatsächlich zu einem Lächeln. „Sie hatten recht ... mit dem Singen, Mr. Whittaker."

Evan beugte sich noch weiter herab. „Was meinst du damit, mein Junge? Was war mit dem Singen?"

Billy schloß die Augen wieder, der Hauch eines Lächelns verblieb jedoch auf seinem Gesicht. „Ich habe daran gedacht, was Sie uns gesagt haben, Mr. Whittaker ... über das Singen ... wie es um uns eine Festung baut und die Dinge der Finsternis fernhält —"

Billy schnappte unter dem dicken Mantel des Sergeanten nach Luft. „Es hat funktioniert, Mr. Whittaker. Es war so ... wie Sie es uns gesagt haben. Haben Sie mich gehört? Haben Sie mich singen gehört?"

Die Tränen, die Evan bislang zurückgehalten hatte, strömten nun unhaltbar über sein Gesicht. „Oh ja, Billy ... ich habe dich singen gehört", stieß er hervor. „Ich habe dich gehört, mein Junge ... und auch dein Vater im Himmel und alle seine Engel."

41. Kapitel

Frauenart

Gott sei gepriesen für Frauen,
die bereit sind, sich selbst aufzugeben.
Auf ihre Freundschaft kann man bauen,
und man wird sie so bei einem Mann kaum erleben.

W.B. Yeats (1865-1939)

Es war kurz vor Mitternacht, als Evan endlich zu Hause ankam. Zwei von Sergeant Prices Männern hatten ihn vom Krankenhaus mit einem kleinen Boot, das zuweilen für Patrouillenfahrten im Hafen eingesetzt wurde, übergesetzt.

Die letzten Schritte bis zu ihrem Haus stolperte er förmlich. Evan konnte sich nicht erinnern, jemals im Leben so erschöpft gewesen zu sein. Doch er hatte wenigstens den Trost, daß Billy Hogan nun sicher in einem Bett des Bellevue Krankenhauses lag, und vermutlich saß auch der Unmensch, der Billy so grausam mißhandelt hatte, inzwischen hinter Gittern. Sergeant Price hatte klar zu verstehen gegeben, daß er fest entschlossen war, Sorley noch heute zu inhaftieren.

Tante Winnie öffnete ihm, bevor er seinen Schlüssel ins Schloß stecken konnte. „Evan ... mein Junge, du siehst ja völlig erschöpft aus!"

Drinnen angekommen, gestattete er ihr, ihm den Mantel abzunehmen. Sein matter Geist versuchte herauszufinden, wonach es im Haus roch. „Tante Winnie? Brennt irgend etwas?"

Sie wandte sich ihm zu, und jetzt erst sah er, daß sie nicht so gepflegt aussah, wie er es stets von ihr gewohnt war; ihr Haar war zerzaust, ihr Kleid sah zerknittert — und schmutzig aus. Er starrte sie an, während Angst in ihm aufzusteigen begann. „Tante Winnie, ist etwas passiert?"

Sie nahm ihn am Arm. „Es ist alles wieder unter Kontrolle, Evan. Du brauchst dir keine Sorgen zu machen. Wir hatten einen kleinen Brand hier, aber es wurde niemand verletzt."

„Es hat *gebrannt!*" Sein Magen krampfte sich vor Angst zusammen. „Nora —"

Ihn fest am Arm haltend, führte Winifred Evan ins Wohnzimmer. „Es

353

ist wirklich alles wieder in Ordnung, mein Junge. Darauf gebe ich dir mein Wort. Nora geht es gut, und auch Johanna und Teddy. Komm mit und überzeuge dich selbst."

Während sie ihn über den Flur begleitete, glaubte Evan einen Augenblick, nicht mehr weiterzukönnen. Er war völlig erschöpft, ausgehungert, und er fühlte sich krank. Heute nacht war er einfach nicht mehr fähig, neuem Unheil zu begegnen.

„Hier hinein, Liebling. Wir werden dir alles erklären."

Unter der Tür blieb er stehen, über alle Maßen erleichtert, als er Nora auf dem kleinen Sofa vor dem Kamin sitzen sah, und sie ihn matt anlächelte. Völlig überrascht entdeckte er Teddy schlafend in den Armen von Johanna, die in dem Schaukelstuhl am Fenster saß. Auch sie schaute zu ihm auf und lächelte ihm zu.

Einen Augenblick konnte Evan nur auf das Bild starren, das sich ihm bot. Doch wurden seine Erleichterung und Freude rasch von neuer Sorge abgelöst, als der Rauchgeruch noch schärfer in seine Nase drang.

Bevor er irgend etwas fragen konnte, drängte ihn Tante Winnie in das Zimmer. „Ich muß dich vorwarnen, daß es im Schlafzimmer ziemlich wüst aussieht. Ich habe aufgeräumt, so gut ich konnte, aber wir werden neue Vorhänge und Bettdecken brauchen."

Evan blieb der Mund offen stehen. „Wovon r-redet ihr nur? Was ist passiert?"

Tante Winnie beruhigte ihn. „Das Baby schläft, Evan. Sprich bitte leise." Sie führte ihn zum Sofa und fuhr in ihrer fröhlichen Art fort: „So, jetzt setz dich hierher zu Nora, ich werde dir alles erklären. Dann bringe ich dir etwas zu essen. Du wirst jedoch mit einer kalten Mahlzeit zufrieden sein müssen. Als wir das Feuer im Schlafzimmer gelöscht haben, habe ich das Abendessen völlig vergessen." Sie hielt inne und holte Luft. „Der Schinken ist leider verbrannt."

* * *

Es war schon beinahe Mitternacht, als Sara Quinn O'Shea in das Gästezimmer gebracht hatte. Nun lauschte sie betrübt auf das, was Michael ihr von Nora zu berichten hatte.

Sie unterhielten sich leise im Wohnzimmer. Sara hatte sich in einem Sessel am Kamin zusammengerollt, während Michael mit dem Rücken zum Kamin stand und seine Finger wärmte.

Erschüttert von der Ereignissen des heutigen Abends und der Angst um Nora, begann Sara die Wirkungen eines langen Tages zu spüren. Sie wußte nicht, was sie sagen sollte, außer der Frage, die ihr auf dem Herzen brannte, seitdem sie gehört hatte, wie ernst Nora erkrankt war. „*Wird* sie wieder gesund werden?" fragte sie ängstlich. „Mit der richtigen Behandlung und Pflege ... kann sie doch gewiß wieder gesund werden?"

„Ich bin nicht ... sicher, ob das der Fall ist", erwiderte Michael nach auffallendem Zögern. „Doch falls sie auch nicht wieder völlig gesund werden sollte, so kann zumindest eine bedeutende Verbesserung ihres Gesundheitszustandes erreicht werden. So hat Evan es ausgedrückt."

„Armer Evan. Wie geht es ihm?"

Michael zuckte mit den Achseln. „Wie du gewiß vermutest, hat er Angst, und er ist auch ziemlich niedergeschlagen. Aber er ... kommt zurecht. Du weißt ja, wie er ist."

Sara nickte, und ihr Herz schmerzte um den tapferen, aufopferungsvollen Engländer, den sie alle liebten und bewunderten. „Wir müssen ihnen helfen, Michael, wo immer wir können. Ich bin sicher, daß auch Vater ... und Großmutter ihnen helfen wollen."

Er nickte. „Natürlich werden wir ihnen helfen. Evan und Dr. Grafton wollen es Nora Anfang nächster Woche sagen. Sobald Nora um ihre Krankheit weiß, werden wir mit ihnen sprechen und beraten, was wir tun können."

Einen Augenblick später kam er zu ihr, hob sie von ihrem Sessel hoch und nahm sie, sich auf ihren Platz setzend, auf seinen Schoß. „Was hast du aber in der Zwischenzeit", sagte er, während er sie fest in seine Arme schloß, „mit deinem eigenwilligen Mädchen da oben vor, Sara, *a gra*, mein Liebling? Hmm?"

„Ich weiß es noch nicht genau", räumte Sara seufzend ein. „Sie kann erst einmal hierbleiben, bis wir etwas für sie gefunden haben."

Er streichelte ihr Haar und schwieg einen Moment. „Sara, ich hoffe du übereilst es nicht, dich mit diesem Mädchen einzulassen. Du mußt bedenken, daß wir sie überhaupt nicht kennen."

Sara wich soweit zurück, daß sie ihn anschauen konnte. „Wir wissen, daß sie Hilfe braucht. Und wir wissen auch, daß sie klug und tapfer ist und gewiß einiges zu leisten vermag." Sie hielt inne, bevor sie beinahe ärgerlich hinzufügte: „Und wir wissen, daß ihr furchtbares Unrecht zugefügt wurde."

„Ja, das stimmt, aber ich glaube, du solltest trotzdem vorsichtig sein. Ich habe den Eindruck, daß Quinn O'Shea möglicherweise nicht nur vor Mathilda Crane davonläuft."

Sie runzelte die Stirn. „Ich glaube, du kannst gar nicht anders, als wie ein Polizist zu denken, Michael, aber vergiß bitte nicht, daß das Mädchen erst vor kurzem herübergekommen ist. Sie ist offensichtlich ängstlich und unsicher. Das muß doch nicht bedeuten, daß sie vor etwas *flieht*, nicht wahr?

Er musterte sie einen Augenblick. „Vielleicht nicht, aber sie hat einen Blick an sich, Sara, den ich allzuoft gesehen habe. Ich könnte es nicht beschreiben, aber —"

Er hielt inne, und Sara wußte, daß sie ihn nicht überzeugt hatte.

„Gewiß ist dir aufgefallen, wie nervös sie in meiner Gegenwart ist", erklärte er. „Sie benimmt sich so, als erwarte sie beinahe jeden Moment, daß ich sie festnehme und ins Gefängnis stecke."

Sara schüttelte seine Skepsis ab. „Du hast mir selbst gesagt, daß die Iren gewöhnlich Angst vor der Polizei haben. Und außerdem, Liebling", fügte sie hinzu, „*kannst* du tatsächlich furchteinflößend sein, besonders wenn du deinen grimmigen Blick aufgesetzt hast."

„Wirklich?" Er stupste sie leicht am Kinn, bevor er sie wieder fest in seine Arme nahm. „Nun, auf jeden Fall müssen wir bald etwas für sie tun. Sie scheint wirklich arbeiten zu wollen, hatte jedoch noch keine Gelegenheit, sich eine Stelle zu suchen. Die Tatsache, daß sie Irin ist, verringert ihre Chancen noch um ein Vielfaches. Du mußt sie über die Situation der Iren hier in New York aufklären."

„Ich werde ihr helfen, etwas zu finden", bemerkte Sara, seine Bedenken beiseite schiebend. „Michael", sagte sie, ihren Kopf an seiner Schulter bergend, „du *wirst* doch eine Untersuchung in diesem furchtbaren Shelter veranlassen, ja?"

„Oh, darauf kannst du dich verlassen. Am Montag werde ich als erstes meine besten Männer dafür einsetzen. Außerdem habe ich die Absicht, eine Untersuchung durch die Kommission vorzuschlagen. Wir werden alles tun, was notwendig ist, um dort aufzuräumen, und, falls nötig, auch das Heim schließen.

„Ich möchte auch helfen", gab Sara bekannt, sich wieder zurücklehnend, um Michael in die Augen zu schauen.

„Ich glaube, die Polizei wird schon zurechtkommen, Liebling", neckte sie Michael.

„Aber ich *will* mithelfen", wiederholte sie ernst. „Und ich glaube, ich kann das auch. Mathilda Crane ist es gewöhnt, daß Mitglieder der Missionsvereine ab und zu den Shelter besuchen. So hätte sie keinen Grund, mißtrauisch zu sein, wenn ich ihr einen unerwarteten Besuch abstatte."

Sie hielt inne, bevor sie hinzufügte: „Michael, mir liegt wirklich sehr viel daran. Bitte, laß mich mithelfen."

Er faßte sie an den Schultern und schaute ihr in die Augen „Die Frau ist dir tatsächlich auf die Nerven gegangen, stimmt's?"

Sara ging hoch. „Ich habe sofort, als ich sie kennenlernte, gespürt, daß Mathilda Crane unqualifiziert, falsch und noch dazu fanatisch ist."

Auch jetzt, Monate später, wurde Sara noch immer zornig, wenn sie nur daran dachte, was sie bei ihrem Besuch im Shelter erlebt hatte. Sie sah Mathilda Crane noch genau vor sich, wie sie inmitten der Gruppe von Frauen aus ihrer Gemeinde stand und mit ihren strengen, dünnen Lippen wackelte, um über die „schmutzigen" Iren zu schimpfen, die „meist noch schlimme Krankheiten verbreiteten".

Sie hätte die Frau gleich damals, dort im Shelter, zur Rede stellen sollen, dachte Sara, noch immer über ihren Rückzug verärgert. Und sie hätte gleichzeitig eine gründliche Untersuchung des Shelters – und seiner Leiterin – fordern müssen. Nicht auszudenken, wieviel Kummer sie Quinn O'Shea und den anderen Heimbewohnerinnen erspart hätte, wenn sie ihren Gefühlen gehorcht hätte.

Mit einem tiefen Seufzer ließ sie sich in Michaels Arme sinken, dankbar für seine Kraft, seine Wärme und für seine Geduld. „Ich bin so dankbar für dich, Michael, wie du es dir nicht vorstellen kannst."

Mit seinem Kinn über ihren Kopf streichend, erwiderte er: „Weil ich deine Neigung für streunende Tiere und umherirrende Mädchen dulde?"

Sie hörte das Lächeln in seiner Stimme und erkannte, daß er versuchte, sie aufzumuntern. „Das auch, aber vor allem, weil du du bist ... und so viele Eigenschaften besitzt, die mir fehlen."

„Zum Beispiel?"

„Oh ... praktisch, einfühlsam, ruhig, zuverlässig."

„Du zeichnest ja ein todlangweiliges Bild von mir, Liebling."

„Kaum, ich kann mir keinen Mann vorstellen, der *weniger* langweilig ist als du. Ich bin jedoch gewiß nicht immer so vorsichtig oder vernünftig, wie ich sollte."

Er lachte leise vor sich hin, während Sara fortfuhr. „Und ich glaube, ich sollte in bezug auf Quinn deine Mahnung zur Vorsicht beherzigen. Ich gebe zu, daß ich ihren Mut bewundere, und ich mag das Mädchen, Michael. Du hast jedoch recht, daß wir sie nicht kennen – auch wenn sie dort oben in unserem besten Gästezimmer schläft."

Immer noch ihren Kopf mit seinem Kinn streichelnd, gab Michael einen kurzen, zustimmenden Laut von sich. „Ich weiß, daß du dem Mädchen nur helfen willst, Sara. Und das möchte ich auch. Ich glaube nur, daß im Augenblick Nora und Evan für uns an erster Stelle stehen sollten. Das soll nicht heißen, daß das Mädchen nicht eine Zeitlang bei uns bleiben kann, wenn deine Großmutter einverstanden ist. Wir werden mit ihr gleich morgen früh sprechen, und —"

„Michael?" Sara setzte sich abrupt auf und sah Michael an. „Hat Evan nicht gesagt, daß sie am dringendsten ... ein Mädchen brauchen, das die Hausarbeit übernimmt und sich mit um Teddy kümmert?"

„Ja, das stimmt."

„Wahrscheinlich suchen sie eine Einwanderin, ... ein Mädchen, das keinen unverschämten Lohn erwartet ... vielleicht jemanden, der mit einem kleinen Gehalt sowie Übernachtung und Verpflegung zufrieden wäre?"

Michael nickte. „Sie müßte vernünftige Gehaltsforderungen stellen. Nora und Evan haben nicht allzuviel zur Verfügung, doch Evan sagte, daß sie es irgendwie schaffen würden."

„Michael?" Ihre Stimme klang gedämpft an seiner Schulter. „Wie wäre es mit Quinn?"

Michael wurde still. *„Quinn?"*

Eine Hand an seiner Brust, stieß Sara sich ab, um Michael anzuschauen. „Ja, Quinn! Sie ist erst vor kurzem eingewandert. Sie ist jung, sie scheint gesund zu sein — ich glaube kaum, daß sie unverschämte Gehaltsforderungen stellen würde bei ihrer ersten Stelle in einem neuen Land. Oh, Michael, sie könnte genau das Mädchen sein —"

„Nun, Sara, erst einmal langsam!" Er nahm ihre Hand.

„Ich glaube nicht, daß Quinn O'Shea unbedingt die beste Wahl für Nora und Evan sein muß."

„Warum nicht?" Plötzlich ungehalten über sein feines Gespür, das sie noch wenige Augenblicke zuvor gepriesen hatte, sah Sara ihn stirnrunzelnd an.

„Aus dem gleichen Grund, weshalb ich dich gewarnt habe, nicht zu voreilig zu sein in deinem Engagement für das Mädchen. Wir wissen nichts über sie! Du schlägst vor, daß Evan und Nora eine Fremde bei sich aufnehmen solllen, die sich um Nora und das Baby kümmert —"

„Michael — du hast mir einmal gesagt, daß du meiner Menschenkenntnis vertraust. Erinnerst du dich?"

Widerwillig gab er zu, daß er ihr genau das einmal gesagt hatte.

„Und hast du nicht selbst gerade gesagt, daß die Sorge um Nora und Evan jetzt an erster Stelle stehen muß?"

Er biß die Zähne aufeinander und nickte.

„Und du warst auch der Meinung, daß wir gleichzeitig auch versuchen sollten, *Quinn* zu helfen."

„In Ordnung, Sara, das mag alles stimmen! Ich hatte jedoch nicht im

Sinn, sie alle in einen Topf zu werfen, um zu sehen, ob daraus eine Suppe werden könnte. Quinn O'Shea ist kaum mehr als ein Strich, und sie ist eine Fremde. Außerdem wissen wir nicht, ob sie etwas von Hausarbeit, Kochen und Kinderpflege versteht." Er hielt inne. „Und vergiß nicht", sagte er betont, „daß Evan und Nora unsere Freunde sind."

„Und gerade deshalb, scheint mir, sollten wir versuchen, ihnen zu helfen! Michael − könnten wir nicht wenigstens mit Quinn *sprechen*?"

Michael runzelte die Stirn. „Mit ihr sprechen?"

Sara nickte eifrig. „Ja, könnten wir nicht mit Quinn sprechen, um herauszufinden, ob sie die nötige Qualifikation für eine solche Stelle besitzt? Verstehst du nicht, Michael? Wenn sie geeignet wäre ... und Interesse an der Stelle hätte ... würden wir *ihr* und gleichzeitig auch Nora und Evan helfen! Quinn hätte Arbeit und Unterkunft − und Nora die Hilfe, die sie so dringend braucht. Das wäre doch ideal!"

Am Ende stimmte er zu, daß es nicht schaden könne, mit dem Mädchen zu reden. Er erinnerte sie jedoch schnell noch einmal daran, daß sich daraus noch keine Verpflichtung ableitete. Ja, und sie hatte recht: es könnte am Ende sowohl für Nora und Evan als auch für das Mädchen gut sein. Nachdem er das alles gesagt hatte, lächelte er, als Sara ihre Arme um seinen Hals schlang und ihm − und das nicht zum erstenmal − sagte, daß er einfach wunderbar sei.

42. Kapitel

Ich habe dich an diesen Ort geführt

Mein Herz ist die Saat der Zeit,
mein Blut mit dem Staub von Sternen getränkt,
und in meinem Geist dreht sich
alles um Gottes Plan.

T.D. O'Bolger

Am späten Vormittag des nächsten Tages verabschiedete sich Evan ein letztes Mal von Billy Hogan und versicherte ihm, ihn morgen wieder zu besuchen. „Ich komme gleich nach dem Morgengottesdienst", versprach er dem Jungen. „Vielleicht kann auch Daniel John m-mitkommen. Würdest du dich darüber freuen, Billy?"

Billy gelang ein schwaches Lächeln. Seine Stirn und auch sein linkes Auge waren verbunden. Seine Wunden waren gereinigt und versorgt, und weil eine Schulter gebrochen war, trug er den rechten Arm in einer Schlinge. Doch er war wach und in der Lage, sich mit Evan und Michael Burke zu unterhalten, der kurz nach Evan in der Kinderstation eingetroffen war.

„Mr. Whittaker?" Die Stimme des Jungen war kaum mehr als ein Flüstern. Er litt offenbar noch heftige Schmerzen. Evan mußte wieder daran denken, daß es wirklich an ein Wunder grenzte, daß, in Anbetracht seines geschwächten Zustandes, die Stimme des Jungen aus dem Kohlenkeller an ihr Ohr gedrungen war.

„Ja, Billy?" Evan beugte sich zu dem Jungen herunter, um ihn besser verstehen zu können.

Das Kind schaute zu Michael Burke, der, die Arme über der Brust verschränkt, am Fußende des Bettes stand, bevor er noch leiser fragte: „Bin ich in Schwierigkeiten?"

„Schwierigkeiten?" Evan starrte ihn an. „Natürlich nicht, Billy! Wie kommst du darauf?"

Der Blick des Jungen wanderte zu Michael Burke zurück, der offenbar die Frage des Jungen gehört hatte. Lächelnd kam der Polizist um das Bett herum und stellte sich neben Evan. „Ich bin nur als ein Freund hier, Billy, als nichts anderes. Du hast mir vor einigen Jahren aus einer sehr schwierigen Lage geholfen, Billy. Erinnerst du dich noch?"

Billy runzelte die Stirn und schüttelte den Kopf. „Nein, Sir."

„In Five Points, als Sergeant Price und ich von streikenden Arbeitern angegriffen wurden, hast du Hilfe geholt. Wenn du nicht gewesen wärst, wäre es uns gewiß schlecht ergangen."

Die Gesichtsausdruck des Jungen klärte sich auf, und er nickte. „Werde ich wieder gesund werden, Mr. Whittaker?"

„Oh ja, Billy!" versicherte Evan ihm schnell. „Du wirst schon bald wieder völlig hergestellt sein. Zwei Ärzte haben mir das bestätigt. Doch solange du hier bist, mußt du genau das tun, was die Ärzte und Schwestern dir sagen."

Der Junge wandte seinen Blick ab, und Evan glaubte, er würde wieder in Schlaf versinken. Doch einen Augenblick später fragte er leise: „Muß ich nach Hause zurück, wenn ich wieder gesund bin?"

Evan schluckte hart gegen den Klumpen in seiner Kehle. Dann schaute er zu Michael, der, die Augen voller Zorn, den Kopf schüttelte.

„N-nein, Billy", sagte Evan sanft. „Das mußt du nicht."

Wieder schwieg das Kind. Dann, wieder zu Evan gewandt, fragte Billy: „Wohin werde ich dann gehen?"

Evan atmete tief ein — und wieder aus — und wußte immer noch nicht, was er antworten sollte. Es drängte ihn, den verwundeten Jungen an sein Herz zu drücken und ihm zu sagen, daß *er* ihn mit nach Hause nehmen würde. Doch Nora war schwer krank, und im Haus war bereits wenig Platz — wie konnte er auch nur daran denken!

Stattdessen kniete er sich neben das Bett des Jungen und nahm Billys Hand. „Es ist n-noch zu früh, um genaue Pläne zu machen, Billy. Eine Zeitlang wirst du noch hier sein, um gesund und stark zu werden. Aber ich v-verspreche dir, daß wir bis zu deiner Entlassung einen Ort gefunden haben, w-wo du gut ... und *sicher* l-leben kannst. Bitte versprich du mir auch, daß du dir jetzt darüber noch keine Sorgen m-machst, sondern dich d-darauf konzentrierst, wieder gesund zu werden."

„Ja, Mr. Whittaker", erwiderte Billy, ohne auch nur einen Augenblick zu zögern. „Ich verspreche es."

Als er sah, daß Billy wieder schläfrig wurde, erhob sich Evan. „Captain Burke und ich müssen jetzt gehen, Billy. Du ruhst dich aus. Und iß alles schön auf, was die Schwestern dir bringen. Ich komme morgen wieder."

Während sie die Kinderstation verließen, fiel Evan auf, wie voll sie belegt war. In jedem Bett lag ein kleiner Patient, viele der Kinder noch wesentlich jünger als Billy Hogan. Einige stöhnten offenbar unter großen

Schmerzen. Andere hatten blaue Flecke und Wunden, die denen von Billy nur allzusehr ähnelten — die Narben der Mißhandlung.

Unfähig, sich zurückzuhalten, blieb Evan immer wieder bei dem einen oder anderen Kind stehen, das einsam oder unglücklich aussah. Als er und Michael den Ausgang erreicht hatten, war ihm beinahe so schwer ums Herz wie am Abend zuvor.

Vor dem Krankenhaus blieben sie stehen, um noch ein paar Worte zu wechseln, bevor jeder wieder seiner eigenen Wege gehen mußte. „Ich bin mit dem Streifenwagen hier", erklärte Michael. „Ich könnte dich zur Fähre bringen."

Evan schüttelte den Kopf. „Vielen Dank, Michael, aber ich glaube, ich möchte l-lieber ein Stück laufen ... ja, ich m-muß über vieles nachdenken."

„Über Nora, nehme ich an."

Evan nickte, seinen Schal fester um seinen Hals ziehend. „Und über Billy, eigentlich über sehr viele Dinge."

Die beiden schauten zum East River hinüber, der von dem frischen Novemberwind bewegt wurde. Wie immer waren etliche Schiffe auf dem Fluß, größtenteils Schiffe mit Einwanderern an Bord. Immer noch strömten sie zu Tausenden in das Land — Woche um Woche, Monat um Monat brachten sie ihre Sorgen und Träume mit nach Amerika.

„Hast du mit Nora bereits über deinen Besuch bei Dr. Grafton gesprochen?" fragte Michael, auf den Fluß starrend.

„Nein, Dr. Grafton kommt am Montag abend vorbei. Er war der M-Meinung, daß es gut sei, wenn er dabei ist, wenn ich es ihr sage. Gewiß hat er recht, und außerdem war es letzte Nacht ohnehin zu spät. Ich war erschöpft, und all die anderen Dinge — ja, ich glaube, es wird am besten sein, bis Montag zu warten."

Er berichtete Michael von dem Wohnungsbrand und erzählte ihm auch, was Tante Winnie gemeint hatte: daß Gott damit ein Ziel verfolgt und für Johanna alles zum besten gewendet hat. „Sie ist immer optimistisch, unsere Tante Winnie", erklärte Evan mit einem matten Lächeln. „Und Nora sagt, ich sollte mich lieber nicht mit ihr anlegen."

Nach langem Schweigen wandte sich Michael wieder Evan zu. „Sara und ich möchten euch helfen, wo immer wir können. Du und Nora — nun, ich glaube, du weißt es selbst, Evan, wir sind doch wie eine Familie."

„Vielen Dank, Michael", erwiderte Evan, über Michaels Worte sehr erfreut. „Gewiß würde Sara uns einen wichtigen Dienst tun, wenn sie uns hilft, ein Mädchen zu finden, das bei uns wohnt."

Er schaute Michael an und fuhr fort: „Ich glaube, daß es äußerst wichtig für uns ist, so bald wie m-möglich eine Hilfe im Haus zu haben. Natürlich n-nicht nur irgend jemanden, sondern ein Mädchen, dem Nora vertrauen kann und das die nötigen Fähigkeiten mitbringt."

Evan hielt inne und lächelte wehmütig. „Es sollte eigentlich einfach sein, meinst du nicht auch: ein Mädchen zu finden, das bereit ist, die Verantwortung für den Haushalt zu übernehmen und das Baby — und Nora zu versorgen? Ein sehr kleines Haus, in dem viele Leute wohnen und in dem es viel zu tun gibt. Und das alles für einen Lohn, den wir uns leisten können. Ich kann mir nicht vorstellen, weshalb ich irgendwelche Schwierigkeiten haben sollte, sofort eine geeignete Person zu finden . . ."

Michael verschränkte die Arme über der Brust und sah Evan forschend an. „Nun, Evan, es scheint, daß es vielleicht doch *nicht* so schwierig ist, jemanden zu finden. Es könnte sein, daß wir sie bereits gefunden haben — das heißt, wenn ihr einverstanden seid."

Evan starrte ihn an. Er konnte den Hoffnungsschimmer nicht verbergen, der in ihm aufstieg, als Michael ihm die Situation eines jungen Mädchens namens Quinn O'Shea erklärte.

Michael beendete seine Geschichte mit warnenden Worten. „Sara sagt, ich sei zu sehr Polizist, aber ich würde mich nicht wohlfühlen, wenn ich euch nicht auch von meinen Vorbehalten gegenüber dem Mädchen berichten würde. Ich kann das Gefühl nicht abschütteln, daß sie uns gegenüber nicht restlos ehrlich ist."

„Du meinst, sie lügt?"

Michael zögerte. „Vielleicht lügt sie nicht direkt . . . sondern verschweigt vielmehr irgend etwas. Ich weiß, daß du so schnell wie möglich jemanden finden mußt — aber ich weiß auch, daß du um Nora und der Kinder willen keinerlei Risiko eingehen möchtest. So dachte ich, ich sollte dir auch meinen Verdacht mitteilen."

Evan dachte einen Augenblick nach. „Du sagtest, das Mädchen hat überhaupt keine Bleibe?"

„Sie besitzt nichts außer den Kleidern, die sie auf ihrem Leib trägt, das ist die Wahrheit. Sara hat ihre Großmutter um Hilfe gebeten, um heute vormittag einige Kleider für sie zu ändern. Sie ist vollkommen mittellos." Michaels Blick verfinsterte sich. „Offenbar hat sie keinen Pfennig von ihrem Lohn gesehen, obwohl sie täglich viele Stunden in dem Shelter gearbeitet hat."

„Du sagtest, sie hat bereits Erfahrungen, wie man einen Haushalt führt?" fragte Evan nachdenklich.

„Sie behauptet es jedenfalls, und Sara scheint das Mädchen für klug und fähig zu halten."

Evan versuchte, sich nicht zu großer Begeisterung hinzugeben und wählte seine Worte mit Bedacht. „Es könnte zumindest nichts schaden, mit ihr zu sprechen. Mir scheint, als könnte eine Anstellung sowohl für das Mädchen als auch für uns eine Hilfe bedeuten."

„Das hat Sara gestern abend auch gemeint. Sie mag das Mädchen."

„Und was ist mit dem M-Mädchen? Wäre sie an d-dieser Stelle interessiert?" fragte Evan noch hoffnungsvoller.

Michael zog eine Augenbraue nach oben. „Nun, sagen wir, sie schien zunächst ihre Zweifel zu haben, daß ein Engländer und eine Irin unter einem Dach leben könnten, ohne einen Krieg zu beginnen." Er grinste. „Aber Sara ist der Meinung, daß Nora und du gewiß imstande sein werdet, ihre Zweifel in diesem Punkt zu zerstreuen."

* * *

Evan ging lange Zeit; er ging, und er betete, seinen Gedanken freien Lauf lassend.

Er dachte an Nora und den Schatten, der seit kurzem auf ihr gemeinsames Leben gefallen war, und er fragte sich, ob er jemals wieder eine ganze Nacht durchschlafen würde, ohne daß die Angst um sie ihn weckte.

Diesen trüben Gedanken auf den Fuß folgte jedoch die Erinnerung an das, was Nora bisher alles durchgemacht und überlebt hatte. Die Hungersnot in Irland, den Verlust ihrer gesamten Familie mit Ausnahme von Daniel John, den Alptraum der Ozeanüberquerung, Scharlach, Teddys schwere Geburt.

Ganz zu schweigen von dem Brand gestern abend, dachte er seufzend.

Er mußte plötzlich daran denken, wie sie ausgesehen hatte, als er ihr zum erstenmal begegnet war: eine kleine, schwache, halb verhungerte Frau, deren Augen von unendlichem Kummer gefüllt waren. Aus einem offenbar hoffnungslosen Leben hatte Gott sie über den Ozean geführt, durch Krankheit, Gefahr und Todesnot, um ihr ein neues Leben ... in einem neuen Land ... mit einer neuen Familie zu schenken.

Bekannte nicht Nora selbst immer wieder, daß der Herr stets bei ihr war und sie gerade durch die schlimmsten Zeiten ihres Lebens hindurchgetragen hatte, durch alles Leiden und allen Schmerz?

Und was hatte sie in jener Nacht, als Teddy geboren wurde, zu ihm gesagt? ... *„Das eine weiß und glaube ich fest,... daß ich in diesen Zeiten näher bei unserem Herrn bin als sonst irgendwann in meinem Leben ...* "

Wenn er daran dachte, was Gott in der Vergangenheit für Nora, ... für sie alle getan hatte, dann konnte Evan nicht anders, als auch für die Zukunft auf seine Treue zu vertrauen. In seinem Geist hörte er die Ermahnung seines Vaters widerhallen: *„Sei tapfer und vertraue auf Gott.* "
Er ging weiter und merkte kaum, wie scharf der Wind blies. Während er lief, war es ihm, als spürte er den Pulsschlag der Stadt, ihre Kraft und ihre Qual wie an seinem eigenen Leib. Er ging an Menschen aus aller Herren Länder vorbei, an Menschen mit unbekannten Sprachen, exotisch gekleidet. Amerika war schnell zu einem Land der Einwanderer geworden, einem Land, das sich buchstäblich auf die Träume, den Schweiß und die Leiden all derer gründete, die an seinen Ufern landeten und hier eine Zuflucht suchten.

Für Evan war es ein Wunder, daß der Gott, der Nora ... und auch ihn ... durch die Tiefen ihres Lebens hindurchgetragen hatte, auch der Gott der unzähligen Immigranten war, die diese neue Nation aufbauten. Und es würde stets ein Wunder für ihn bleiben, wie Gott gleichzeitig inmitten so vieler Menschen und im Herzen eines jeden einzelnen wohnen konnte.

Obgleich es zwischen den Völkern der unterschiedlichsten Nationen Vorbehalte und Spaltungen, zum Teil sogar Haß gab, wurden sie doch von einem gemeinsamen Band des Glaubens zusammengehalten: dem Glauben an den einen Gott, im Vertrauen auf den die ersten Siedler dieses Land gegründet hatten.

Zu Tausenden hatte man in Richtung Westen zu strömen begonnen, um sein Glück mit dem Gold zu machen, das dort lockte ... und nach Norden, wo Fabriken und Industrie Sicherheit boten ... oder in das Zentrum des Landes, wo das weite Land reich und fruchtbar war. Und sie alle hatten ihren Glauben mitgenommen.

Seit mehr als siebzig Jahren stand Gott im Mittelpunkt der wachsenden Vereinigten Staaten, in denen es auch so manchen Kampf auszutragen gab. Und jetzt, da man in ein neues Jahrzehnt eintrat, – 1850 – war Gott noch immer das Zentrum eines nach vorn drängenden, dynamischen Amerikas, dem keine Grenze gesetzt ... und dessen Schicksal die Größe zu sein schien.

Solange Gott im Mittelpunkt Amerikas stand, konnte es dann etwas anderes als großartig sein?

Evan ging nun langsamer und beobachtete die Busse, Polizeiwagen, Droschken ..., die an ihm vorüberfuhren. Er bahnte sich einen Weg zwischen Kaufleuten und Straßenhändlern, Drehorgelspielern und Bettlern.

Und wo er auch ging, überall tauchten die oft heimatlosen Kinder auf; sie kamen spielend aus den Gassen oder gingen ihrem kleinen Gewerbe nach: sie verkauften Kunstblumen oder Süßigkeiten, putzten Schuhe ... oder stahlen. Sie waren überall, die Kinder mit den schmutzigen Gesichtern und den hungrigen Augen, dem scheuen Lächeln und den tränenbeschmierten Wangen. Mit Lumpen und Schuhen aus Papier bekleidet, waren ihre Körper oft mit blauen Flecken übersät, ihre Blicke verstohlen. Einige hatten ihre Eltern durch tragische Umstände verloren, andere waren verstoßen ... weggeworfen wie schmutzige Lumpen, vergessen und allein.

Die Kinder Amerikas.

Und Evan erkannte, daß etwas für diese Kinder getan werden mußte, wenn Amerika eine Zukunft haben sollte. Dieses Land, dieses wunderbare neue Land vernachlässigte seine Kinder! Und wenn ein Land sich seinen Kinder versagte, dann würden sich diese Kinder auch eines Tages ihrem Land versagen.

Die Hoffnung ... die Zukunft ... eines jeden Landes waren seine Kinder. Es mußte etwas getan werden für die Billy Hogans der Vereinigten Staaten von Amerika. Sie brauchten eine Stätte, wo sie Zuflucht finden konnten, diese ausgestoßenen, mißhandelten kleinen Menschenkinder: einen Ort, wo sie sicher aufwachsen und den Frieden und die Liebe Gottes und einer Familie kennenlernen konnten.

Aber wo? Evan verlangsamte seinen Schritt. Ein Gefühl der Verzweiflung und grenzenloser Sehnsucht, wie er es noch nie gekannt hatte, übermannte ihn. Seine Umgebung nur noch schematisch wahrnehmend, war es ihm jedoch, als existierte nichts anderes als diese immer größer werdende Sehnsucht in ihm, und er spürte nichts mehr von dem Glanz und der Qual dieser Stadt, durch die er lief.

In diesem Moment, obgleich er weiterging, fühlte er sich festgehalten. Er spürte die Kälte, aber sie tat ihm nicht weh — als hätte ihn der himmlische Vater in seine Arme genommen, als trüge er ihn ... die ganze Zeit mit ihm sprechend ...

Ich werde für Nora sorgen, Evan. Vertrau mir.

Unheimlich ermutigt, zog Evan seinen Schal fester um seinen Hals. „Ich weiß, Herr ... ich weiß, daß du es tun wirst."

Nora wird alles haben, was sie braucht ... und auch du. Ich werde eure Familie versorgen, Evan. Vertrau mir.

Es machte Evan nichts mehr aus, daß er sich mitten in einer bewegten

Stadt befand. Leichten Schrittes und frohen Herzens ging er weiter und pries und dankte Gott in leisem Gebet.

Vertrau mir, Evan, daß ich für dich und deine Lieben sorgen werde, dann werde ich dir meine Kinder anvertrauen.

Evan hielt den Atem an, sein Herz raste.

Ich habe dich aus einem bestimmt Grund hierhergeführt, Evan. Unterwegs habe ich dich mit einer Familie und mit Freunden gesegnet. Ich habe für dich Menschen in dieser Stadt erwählt, die dich lieben und dich ermutigen, die dir zur Seite stehen ... und ich habe dich erwählt für mein Volk, für meine Kinder in dieser Stadt. Ich habe dir gesagt, daß ich viel von dir fordern würde ...

Evan stolperte, dann blieb er stehen, wartete. „Ja, Herr?"

Wie du deine Lieben mir anvertraust, so vertraue ich dir jetzt meine Kinder an. Rette die Kinder, Evan. Vertrau auf mich ... und rette meine Kinder.

Zitternd schaute Evan sich um. Erstaunt stellte er fest, daß er in Richtung Bowery gelaufen war. Er befand sich in der Nähe der Elisabeth Street, inmitten einer der größten deutschen Siedlungen der Stadt.

Er starrte die Straße hinunter, auf Händler und Einkäufer, die sich zwischen Wagen und Pferdegespannen einen Weg bahnten. Während er um die Ecke bog, warf er einen Blick auf die Gebäude, die die Straße säumten, von denen ihm die meisten vertraut waren. Die Bäckerei, das Spirituosengeschäft, der Schilderladen, keine schlechte Gegend für New Yorker Verhältnisse.

Plötzlich brach die Sonne hervor und bahnte sich einen Weg durch die dichten Wolken des Novemberhimmels, ein silbernes Band auf die Dächer werfend. Besonders angestrahlt wurde ein Gebäude rechts von Evan.

Drei Stockwerke hoch, machte das Gebäude aus dunklen Ziegelsteinen einen soliden, geräumigen Eindruck. Obwohl es nicht neu war, schien es doch gut erhalten zu sein. Das Haus stand offenbar leer, was in dieser Gegend ungewöhnlich war.

Evan war im Begriff weiterzugehen — er war ohnehin schon viel länger als beabsichtigt von zu Hause weggeblieben — doch irgendwie zögerte er. Während er dastand und das Haus, das jetzt voll von der Sonne beschienen wurde, betrachtete, glaubte er ... nur einen Moment lang ... Lachen und Singen gehört zu haben.

Kinderlachen, Kinderstimmen ...

Er schaute sich um. Kein Kind war zu sehen.

Seine Augen wanderten zu dem Gebäude zurück, das in dem warmen

Licht der Sonne einen freundlichen, einladenden Eindruck erweckte. Lange Zeit stand er da und starrte auf das leere Gebäude.

Schließlich wandte er sich erneut zum Gehen.

Und wieder hörte er Kinder, viele glückliche, sorglose Kinder.

Ich habe dich hierhergeführt, Evan ... um der Kinder willen ...

Wie im Traum ging Evan auf das Gebäude zu. Langsam stieg er die Steinstufen zu der massiven Doppeltür hinauf, an der ein Schild hing: *Zu verkaufen oder zu vermieten; Nachfragen in der Bäckerei Gartner.*

Lange starrte Evan auf das Schild, bevor er die Stufen wieder hinabstieg. Auf der Straße angekommen, richtete er noch einmal einen letzten langen Blick auf das massive Backsteingebäude, das ihm irgendwie vertraut erschien ... wie ein alter Freund.

Während er so verweilte, spürte er ein Drängen, ein leises Flüstern in seinem Geist ...

Whittaker – Haus ...

Eine Zuflucht für die Kinder.

Dann, den Klang von fernen Kinderstimmen im Herzen und die warmen goldenen Strahlen der frühen Nachmittagssonne im Rücken, ging Evan die Straße entlang zu Gartners Bäckerei.

43. Kapitel

Auf der Suche nach
alter Pracht und Herrlichkeit

*Die Geschichte unseres Landes und damit auch unsere eigene
Geschichte liegt dicht hinter den Toren der Vergangenheit.
Hier finden wir uns selbst, in den Fußspuren all derer, die vor uns
gegangen sind.*

Anonymus

*Dublin
Anfang Dezember*

Der Mittagshimmel war erstaunlich klar. Der Dezember hatte mit einer
Reihe von beinahe lauen Tagen und frischen Nächten ungewöhnlich
mild begonnen.

Sandemon, der in Hemdsärmeln draußen vor dem Zigeunerwagen
stand, spürte eine rastlose, undefinierbare Sehnsucht in sich, die dem
Verlangen junger Herzen in der Frühlingszeit ähnelte. Er war schon zu
lang allein: beinahe fünf Wochen in diesem Wagen mit den zwei jungen
Burschen. Fünf Wochen schwerer Krankheit, rastlosen Bangens und
ständiger Pflege; und fünf Wochen, in denen er gegen die Ungeduld und
die Gereiztheit ankämpfen mußte, die mit einer solchen Isolation einher-
gingen.

Bald würde alles vorüber sein − welch große Erleichterung! Er warf
das letzte der verseuchten Kleidungsstücke in das Feuer und schaute zu,
wie der Rauch sich zum Himmel empor schlängelte. Er vermißte Nelson
Hall und die Familie dort, er vermißte sie schmerzlich: den geistreichen
Humor und die Freundschaft seines jungen Herrn, den Frohsinn der
Kinder, die zurückhaltende Freundlichkeit von Mistress Finola − und
natürlich den Scharfsinn und die feine Herzlichkeit von Schwester Louisa.

Seine Familie.

Während er mit einem Stock das Feuer schürte, wanderten seine

Gedanken zu jedem einzelnen von ihnen. Wie hatten sie wohl den vergangenen Monat verbracht? Welches neue Unheil mochte Annie inzwischen über sie gebracht haben? Und das Baby — ja, der goldene Sohn von Nelson Hall — er war gewiß noch kräftiger und munterer geworden. Und der *Seanchai* . . .

Seine Stimmung trübte sich. Er machte sich oft Sorgen um diesen jungen Riesen, der so hilfebedürftig und doch so entschlossen in seinem Verlangen nach Unabhängigkeit war — und so ergreifend in seiner Liebe für seine Frau.

Sandemon wußte, ob es den anderen im Haus bekannt war oder nicht, daß die beiden noch immer wie Freunde und nicht wie Ehegatten lebten. Sie liebten einander; nur ein Blinder würde nichts von der Liebe sehen, die die beiden zueinanderzog. Doch sie lebten getrennt — gefangen, so vermutete er, von der Angst, von dem anderen abgelehnt zu werden. Hinzu kam vielleicht, daß sie ihre Gefühle einander noch nicht offenbart hatten.

Doch er hatte große Hoffnungen, und er hatte auch sehr viel darum gebetet, daß sie in seiner Abwesenheit näher zueinander finden und sich endlich ihre Liebe eingestehen würden . . . und daß sie einander brauchten. Wenn der *Seanchai* einmal die Tiefe ihrer Gefühle in den Augen seiner jungen Frau erkannt hatte, würde er vielleicht endlich seine Zurückhaltung in den Wind schlagen und seine Arme für sie weit aufmachen . . . wie er ihr bereits sein Haus und sein Herz geöffnet hatte.

Doch der *Seanchai* war ein sehr stolzer Mann — stolz und von einer ungewöhnlichen Selbstbeherrschung besessen. Sandemon hatte seit langem den Aufruhr der Gefühle in dem jungen Poeten verspürt. Sein fester Vorsatz, der vom Unheil heimgesuchten jungen Frau, die er geheiratet hatte, keinerlei Forderungen oder Verpflichtungen aufzuerlegen, befand sich gewiß in ständigem Kampf mit seiner Liebe zu ihr.

Mistress Finola schien ebenso entschlossen, nichts von ihrer Ehe zu erwarten, obgleich sie ihren Ehemann nicht anschauen konnte, ohne daß sich die Gefühle ihres Herzens in ihren Augen widerspiegelten.

Sandemon seufzte kopfschüttelnd. Er war bestimmt kein Ehestifter. Alles, was er tun konnte, war, für diese beiden Liebenden, die sich nur aus der Ferne liebten, zu beten. Er würde weiter beten und weiter hoffen, daß inzwischen wenigstens einer von ihnen erkennen würde, welches Geschenk sie füreinander waren — und Schritte unternehmen würde, um die Mauer, die sie trennte, niederzureißen.

Er stieß einen langen Seufzer aus und starrte in das Feuer auf die verkohlenden Reste seines langen, schweren Kampfes gegen die Cholera.

Wehmütig lächelnd dachte er, daß er vielleicht auch um Geduld beten sollte — Geduld für noch einen letzten Tag in der Isolation. Denn morgen — ja morgen! — würden sie endlich den Wagen verlassen! Morgen durfte er endlich wieder zu seiner Familie zurückkehren!

Doch der Gedanke an morgen brachte auch die bange Frage, was der morgige Tag für den jungen Zigeuner drüben im Wagen bedeutete. Erst heute morgen hatte er Sandemon und Tierney Burke anvertraut, daß er kein Zuhause mehr hatte, wohin er zurückkehren konnte. Auf ihr Fragen hin hatte er ihnen das Prinzip der *marhime* — der Verbannung aus seiner Familie und aus dem ganzen Lager der Zigeuner — erklärt.

Tierney hatte ihn davon zu überzeugen versucht, daß er sich gewiß täuschte, daß sein Volk ihn bestimmt wieder willkommen heißen würde. Aber Jan Martova hatte seinen Freund nur mit seinen traurigen dunklen Augen angesehen und erwidert: „Du verstehst unsere Gesetze nicht. Ich kann dir versichern: inzwischen bin ich aus unserem Stamm ausgeschlossen, verbannt."

Sandemon warf einen Blick zu dem geöffneten Wagenfenster. Es klang so, als diskutierten sie immer noch. Er mußte das Gespräch der beiden jungen Männer unweigerlich mithören, und was er hörte, bereitete ihm große Sorgen — nicht nur in bezug auf Jan Martova, sondern auch auf Tierney Burke.

* * *

„Aber das ist doch irrsinnig!" Auf dem Fußboden sitzend, lehnte sich Tierney gegen die Wand. Er mußte sich sehr bemühen, um in seinen Worten die Abscheu zu verbergen, die er den absurden Sitten der Zigeuner gegenüber empfand. „Aber du hast doch nichts *Schlechtes* getan! Warum sollten sie dich verbannen, weil du einem Freund geholfen hast?"

Ihm gegenüber, ebenfalls auf dem Fußboden, saß Jan Martova und rieb seinen Geigenbogen mit Kolophonium ein. „Ich habe dir doch gesagt, daß du unsere Gesetze nicht verstehen kannst. Du bist ein *Gorgio*, ein Fremder. Unsere Gesetze sind uralt und nur dem Zigeuner verständlich und logisch."

„Eure Gesetze sind *ungerecht*, wenn du mich fragst", murmelte Tierney. Jan keine Möglichkeit einräumend, irgend etwas zu erwidern, fuhr er fort: „Ich weiß nicht, ob Morgan es erlauben wird oder nicht, deinen Wagen hier stehen zu lassen. Aber ich werde ihn nicht fragen. Ich habe dabei kein Wort mitzureden, und ganz besonders jetzt nicht."

Jan nickte. „Das verstehe ich. Der *Seanchai* muß die Entscheidung treffen. Ich dachte nur, wenn du vielleicht zuerst mit ihm sprechen könntest ..."

Tierney stieß ein kurzes, sich selbst verachtendes Lachen aus. „Morgan wird mich nicht wieder hereinlassen in Nelson Hall! Nicht nach dem, was ich getan habe. Ich bin auch verbannt, wie du."

Jan Martova forschte in seinem Gesicht. „Meinst du, daß er wirklich so wütend auf dich ist?"

Tierney lachte noch einmal bitter. „Ich glaube, er würde mir am liebsten den Hals umdrehen!" Er ließ seine Fingen knacken. „Wenn er mir überhaupt so nahe kommt."

Lange Zeit schwieg Jan. Er ließ einen Zeigefinger über den Hals seiner Geige gleiten. Tierney fiel auf, mit welcher Zärtlichkeit sein Freund das Instrument behandelte, als sei es aus Marmor oder Gold und nicht aus altem, zerkratztem Holz.

„Was ... wirst du nun tun? fragte Jan schließlich. „Wohin willst du gehen?"

Tierney zuckte die Achseln. „Ich weiß nicht. Ich werde versuchen, Arbeit zu finden und für eine Weile eine Unterkunft, in Dublin."

Jan schüttelte seinen Kopf. „Ich kann mir nicht vorstellen, daß es soweit kommen würde. Ich glaube, du schätzt den *Seanchai* falsch ein."

Tierney erwiderte nichts. Obgleich er nur einen flüchtigen Eindruck von Morgans Temperament erhalten hatte, glaubte er genug gesehen zu haben, um davon überzeugt sein zu können, daß er in Nelson Hall nicht mehr willkommen war.

Er war der Meinung, daß er es Morgan eigentlich nicht übelnehmen konnte. Der Mann hatte ihm sein Haus geöffnet, ihn praktisch wie zu seiner Familie gehörend aufgenommen, noch dazu kurzfristig und ohne irgendwelche Fragen zu stellen. Als Gegenleistung hatte Tierney ihn belogen und seine Autorität vorsätzlich hintergangen.

Er glaubte, daß Morgan ihm vielleicht seinen Betrug verzeihen würde. Der Mann konnte zuweilen überraschend tolerant sein. Doch Tierney glaubte auch, daß die Chance, jemandem zu vergeben, der seine Familie derart in Gefahr gebracht hatte, sehr gering war. Und es war tatsächlich nicht zu leugnen, daß er mit seiner Rücksichtslosigkeit die ganze Familie gefährdet hatte.

Er lehnte seinen Kopf wieder gegen die Wand und schloß die Augen. Ein quälendes Gefühl der Schuld hatte ihn beinahe die ganze Nacht nicht schlafen lassen. Er bereute ernstlich, was er getan hatte. Die Schwierigkeiten, in die er sich selbst gebracht hatte, genügten bereits, doch wenn er daran dachte, was seine Torheit Jan Martova kostete, wurde alles noch viel schlimmer. Er dachte bereits, daß es vielleicht besser gewesen wäre, wenn er in New York geblieben und sein Glück bei Patrick Walsh versucht hätte.

„Ich bedaure es, daß ich meinen Wagen nicht hier lassen kann", erklärte Jan. „Ich hatte gehofft, hier in der Nähe zu bleiben, um unserer Freundschaft willen."

Tierney öffnete die Augen. „Wir können trotzdem Freunde bleiben", sagte er unbehaglich und wußte nicht, wie er seine Gefühle zum Ausdruck bringen sollte.

Der andere nickte kurz. „Das stimmt. Wir können Freunde bleiben, wo immer wir auch sind. Aber ich möchte auch wegen Sandemon gern hier bleiben."

Tierney reckte und streckte sich, ungeduldig über die Schwäche, die ihn noch immer bei der geringsten Anstrengung überkam. „Du magst ihn sehr, nicht wahr?"

„Sandemon?" Jan nickte. „Ja, ich meine, er ist ein edler Mensch, ein großartiger Mann. Aber noch viel mehr sehne ich mich danach, von ihm unterwiesen zu werden."

Tierney dachte über seine Gefühle gegenüber Sandemon nach. „Ich muß zugeben, daß ich ihn zunächst nicht sehr mochte. Bei uns zu Hause in Amerika kommen Schwarze und Iren nicht gut miteinander aus."

Jan Martova schaute ihn überrascht an. „Aber warum nicht?"

Tierney zuckte mit den Achseln. „Es gibt nicht genug Arbeitsplätze, und die Schwarzen arbeiten für einen geringeren Lohn. Dadurch entsteht viel böses Blut."

„Aber gewiß achtest du Sandemon?"

Tierney zögerte, ehe er nickte. „Ich glaube, ja. Er hat schließlich sein Leben für uns aufs Spiel gesetzt. Ja, ich bin ihm Dank schuldig."

Jan Martova nickte. „Ich glaube, er hat mein Leben verändert."

Tierney betrachtete den Freund skeptisch. „Dein Leben verändert?"

Jan lächelte und legte seine Geige beiseite. „Ja, ich würde sagen, genau das hat er getan. Das ist noch ein Grund mehr, weshalb ich gehofft hatte, in seiner Nähe bleiben zu können. Ich möchte noch mehr von ihm lernen über euren – über meinen – Gott."

Wie immer, wenn man auf den Glauben zu sprechen kam, fühlte sich Tierney unbehaglich und schwieg.

„Bist du gläubig?" fragte Jan unvermittelt.

Tierney wußte nicht, wie er sich aus dieser Frage herauswinden sollte. Jans Blick ausweichend, zögerte er mit seiner Antwort, doch konnte er den Fiebertraum, den er während dieser Krankheit hatte, nicht einfach abschütteln. Der dunkle Tunnel, die gesichterlosen Gestalten, die nach ihm gegriffen hatten, das Flüstern, der feurige Pfuhl ...

Wie sehr er sich auch bemühte, das, was er in jener Nacht gesehen – oder zu sehen *geglaubt* hatte – zu vergessen, es ließ sich nicht aus seinem Gedächtnis ausradieren. Wie eine Art Schreckgespenst lauerte diese Erinnerung unter der Oberfläche seines Denkens, um gerade dann hervorzubrechen, wenn er es am wenigsten erwartete.

„Ich weiß nicht, was ich glaube", antwortete er schließlich. Und das war die Wahrheit. Er konnte sich an keine Zeit in seinem Leben erinnern, wo er nicht verunsichert und im Kampf mit sich selbst darüber war, was er glaubte. Er war nicht wie sein Vater, der in Glaubensdingen nie Fragen zu stellen oder Zweifel zu hegen schien. Für seinen Vater war alles absolut: richtig ist richtig, falsch ist falsch – und keine Kompromisse.

Für Tierney hatte es jedoch nie so einfach ausgesehen. Er hatte nie ernsthaft darüber nachgedacht, was er glaubte, er hatte sich nie wirklich seinen Gefühlen gestellt und versucht, sie in Worte zu fassen. Irgendwo in seinem Inneren glaubte er an Gott, und er glaubte an das Böse. Wahrscheinlich glaubte er an den Himmel und an die Hölle, obgleich er sich nie genau gefragt hatte, was er unter beiden verstand – ein weiterer Unterschied zwischen ihm und seinem Vater.

Er hatte den nächtlichen Gesprächen zwischen Sandemon und Jan Martova gelauscht, hatte eine Reihe der Fragen des Zigeuners bewegt. *Doch glaubte er den Antworten Sandemons?*

Glaubte er wirklich, daß eine Welt, in der Ungerechtigkeit die Norm zu sein schien – eine Welt, in der Haß, Leid und Gewalt unkontrolliert zu herrschen schienen – das Werk eines barmherzigen, allmächtigen Gottes war? Glaubte er wirklich, daß der Wahnsinn, der die gesamte Welt zu erfassen schien, das Ergebnis der Sünde war, und daß diese gleiche todgeweihte Welt eines Tages von ihrem Schöpfer erlöst werden würde? Glaubte er wirklich, daß Gott einen Sohn hatte, der sich zwischen zwei gewöhnlichen Verbrechen an ein Kreuz nageln ließ ... einen Sohn, der bereit war, sein Leben zu opfern für die Sünde der Welt?

Er war sich nicht sicher. Wie oft er es auch im Geist durchging, er endete immer wieder dort, wo er begonnen hatte: er wußte einfach nicht, was er glaubte.

Natürlich hatte er sich zu dem Glauben seiner katholischen irischen Freunde in der Stadt hingezogen gefühlt. Doch dieses Verlangen bestand vielleicht in erster Linie in seinem kindlichen Wunsch, so zu sein wie seine Freunde. Als Ire in den unteren Stadtgebieten New Yorks zu wohnen, bedeutete gleichzeitig, katholisch zu sein. Schon als kleiner Junge tat Tierney alles, um sich als echter Ire zu erweisen.

War das nicht der eigentliche Grund, weshalb diese Reise nach Irland ihm so viel bedeutete? Wenn er auch herübergekommen war, weil er in New York in Schwierigkeiten geraten war, stellte diese Reise dennoch die Erfüllung eines Traums dar: das Land seiner Herkunft zu sehen, in den Fußstapfen seiner Vorfahren zu wandern und schließlich ein Sohn Irlands zu werden, was er stets zu sein geglaubt hatte.

Vor Jahren hatte Tierney fest beschlossen, daß er die alte Pracht und Herrlichkeit Irlands und seines Volkes für sich entdecken wollte ... des Volkes, zu dem er gehörte. Das war für ihn wie ein ferner Stern, dem er zu folgen, ein Traum, den er zu verwirklichen suchte.

Doch nun hatte er mit seinem rücksichtslosen Betrug und seiner Auflehnung diesen Traum befleckt, und der Stern schien ferner denn je zuvor.

Er hatte Morgan enttäuscht, sein Vertrauen mißbraucht − und die nackte Wirklichkeit seines Versagens wog schwerer auf ihm, als er es jemals vermutet hätte.

Morgan Fitzgerald war der eine Mensch, den er mehr als jeden anderen achtete und vergötterte − sein eigener Vater eingeschlossen. Während er heranwuchs, lange bevor er Morgan persönlich kennenlernte, hatte er davon geträumt, zu Füßen dieses großen Patrioten und Dichters zu sitzen, von ihm zu lernen − und zu werden wie er.

Wie Morgan würde er sich mit Irland verloben. Er würde sich so sehr mit Irland identifizieren, bis sein Herz mit diesem Land verschmelzen und sie eins sein würden. Diesem Land und seiner Freiheit würde er sein Leben weihen.

Seine anfängliche Enttäuschung über die Entdeckung, daß aus dem legendären Rebellen mehr ein Poet als ein Kämpfer geworden war, war bald neuem Respekt gewichen. Er hatte sehr bald begriffen, daß Morgan Fitzgerald, auch wenn er an den Rollstuhl gebunden war, immer noch ein Riese von einem Mann, immer noch ein Held war, der mehr als Bewunderung verdiente − und noch immer in allen wichtigen Dingen die Verkörperung irischer Gesinnung darstellte, nach der sich Tierney ausstreckte.

Er wußte jetzt, zu seiner eigenen Überraschung, daß er sich danach sehnte, von Morgan geachtet und anerkannt zu werden. Die Erkenntnis, daß er sich beides verscherzt hatte, war ein bitterer Geschmack, der ihn niemals ganz verlassen würde.

Bevor er an Cholera erkrankt war, war er sich seiner Sache ziemlich sicher gewesen. Er war nach Irland gekommen, um seinen Traum zu verfolgen, seine Vergangenheit zu erforschen, seine Seele zu finden. Er hatte genau gewußt, was er tun wollte, wohin er gehen wollte, wohin er gehörte.

Doch nun schien er, zum erstenmal in seinem Leben, keinen Ort zu haben, wohin er gehen konnte. Von seinem Vater getrennt, hatte er keine Verwandten, und durch seinen eigenen Starrsinn von Morgan entfremdet, hatte er keine Stätte, an die er zurückkehren konnte.

Tierney Burke war in dem Land, das sein Herz schon lange seine Heimat nannte, zu einem Verbannten geworden.

44. Kapitel

Torheit oder Gnade?

Ich habe die wunderbaren Jahre meiner Jugend,
die Gott mir geschenkt hat, vergeudet,
indem ich Unmögliches versucht habe,
das allein ich aller Mühe wert geachtet habe.
War es Torheit oder Gnade?
Nicht Menschen, Gott allein wird das Urteil fällen.

Padraic Pearse (1879-1916)

Während des Abendessens sagte es Morgan den anderen.

„Sandemon und seine Patienten werden morgen den Wagen verlassen", erklärte er.

Er hätte Annies Reaktion voraussagen können. Sie sprang von ihrem Stuhl auf, ihre dunklen Augen funkelten, und sie ließ beinahe das Glas in ihrer Hand fallen. „Wirklich *Seanchai*? „Oh, endlich!"

Morgan nickte, während er Finola und Schwester Louisa zulächelte. „Der Zigeunerjunge hat die Nachricht überbracht. Sandemon sagt, daß die Gefahr der Ansteckung vorüber ist, und daß seine Patienten, obgleich sie sich noch nicht wieder allzu stark fühlen, seine Pflege nicht mehr brauchen."

„Wie erschöpft der arme Sandemon sein muß!" stellte Finola fest.

„In der Tat", bemerkte Schwester Louisa. „Wir müssen alle sehr viel Rücksicht nehmen und ihn nicht gleich am ersten Tag mit endlosen Fragen ermüden." Sie warf Annie einen bedeutsamen Blick zu. „Nach dieser Strapaze wird er gewiß viel Ruhe brauchen, um neue Kräfte sammeln zu können."

Die Schwester ignorierend, schwenkte Annie ihr Kristallglas gefährlich durch die Luft. „Ich werde ein Geschenk für Sand-Mann vorbereiten!" erklärte sie. „Ein Heimkehrgeschenk, vielleicht eine Tuschezeichnung."

Morgan behielt das Glas im Auge, während Annie weiter schnatterte, wobei ihr Belfaster Akzent ihre Worte wie Pfeile hervorbrechen ließ. „Oder vielleicht sollte ich drei Zeichnungen anfertigen — eine für Sand-Mann, eine für Tierney Burke und auch eine für den Zigeuner. Ob Sie mir bitte helfen könnten, Schwester?"

Keine Antwort abwartend, stellte sie ihr Glas schwungvoll auf dem Tisch ab. „Ich gehe meinen Zeichenblock holen", sagte sie, gegen ein Stuhlbein stoßend.

„Annie..." Morgan hielt sie zurück. „Ich fürchte, du wirst keine Gelegenheit haben, mit Tierney Burke oder mit dem Zigeuner zu sprechen."

Annie, schon beinahe an der Tür angekommen, wirbelte herum. „Aber Sand-Mann hat doch gesagt, daß die Gefahr der Ansteckung vorüber ist."

Morgan atmete tief durch. „Es geht nicht um die Frage der Ansteckung", erklärte er unverblümt. „Der Zigeuner wird uns verlassen, und Tierney Burke auch."

Annie schaute ihn offensichtlich bestürzt an. „Sie verlassen uns? Aber wohin sollen sie gehen, nachdem sie so schwer krank waren?"

Annies Augen ebenso wie Finolas und Schwester Louisas fragenden Blicken ausweichend, legte Morgan seine Gabel akkurat neben seinem Teller ab. „Wohin sie gehen ist nicht unsere Sorge. Doch sie werden auf jeden Fall Nelson Hall verlassen. Das bedeutet jedoch nicht, daß du keine Zeichnung für sie machen kannst, wenn du es möchtest", fügte er in etwas milderem Ton hinzu.

Morgan schaute auf und begegnete Annies Blick. Sie stand ganz still, als hielte sie den Atem an. „Du willst sie wegschicken, nicht wahr? Du willst Tierney Burke dafür bestrafen, daß er dich hintergangen hat." Ihre Stimme klang ruhig, aber deutlich angespannt.

Ziemlich geräuschvoll erhob sich Schwester Louisa von ihrem Stuhl. „Wenn Sie mich bitte entschuldigen", erklärte sie, „ich habe Arbeiten zu korrigieren."

Auch Finola schickte sich an, von ihrem Stuhl aufzustehen, doch Morgan bedeutete ihr, sitzen zu bleiben.

Wieder zu Annie gewandt, forschte Morgan in ihrem Gesicht, nach den rechten Worten ringend, um ihr seine Entscheidung verständlich zu machen. „Du hast recht. Ich werde sie auffordern, Nelson Hall sofort zu verlassen. Doch nicht, um sie damit zu bestrafen, *alannah*, mein Kind."

Annie erwiderte nichts. Stocksteif stand sie da, ihre Augen anklagend. „Der Zigeuner würde ohnehin weggehen", fuhr Morgan fort. „Er wird wieder zu seinem Volk zurückkehren. Und was Tierney betrifft, ... mußt du verstehen, daß ich ihm nach dem, was er getan hat, nie mehr vertrauen könnte. Sein Verhalten war rücksichtslos und ist nicht zu entschuldigen. Er hat mich betrogen ... er hat uns alle betrogen, und sein Verrat hätte uns allen das Leben kosten können. Ich kann über seine Falschheit nicht einfach so hinwegsehen."

Annie trat von einem Fuß auf den anderen, die Augen zu Boden gerichtet. „Vielleicht tut es ihm leid. Vielleicht wird er dich um Verzeihung bitten, wenn er erst einmal Gelegenheit dazu hat."

„Er kann bitten, worum er will", fauchte Morgan, „ich werde ihn nicht wieder aufnehmen. Er wird nicht mehr unter meinem Dach wohnen. Morgen noch wird er Nelson Hall verlassen — er und sein gottloser Zigeunerfreund."

Morgan spürte, wie tief enttäuscht Annie war, als sie langsam den Kopf hob und ihm in die Augen schaute. Von ihrem durchdringenden Blick verunsichert, mußte Morgan sich beherrschen, damit er sich nicht zu verteidigen begann.

„Sand-Mann sagt, wir müssen immer bereit sein zu vergeben." Aus ihren dunklen Augen sprach eine Herausforderung.

„Sandemon sagt auch, daß wir ehrlich sein sollen", schoß Morgan zurück, plötzlich erbost darüber, daß sie sein Urteil in Frage stellte. „Für Tierney Burke ist Ehrlichkeit ein Fremdwort."

Annie schaute ihn noch einen Augenblick an. Anstelle eines Zornausbruchs oder der kindischen Sturheit, die Morgan erwartet hätte, begegnete sie ihm nur mit einen durchdringenden Blick, aus dem auch ein leiser Vorwurf sprach.

„Darf ich jetzt gehen, bitte, *Seanchai*?" fragte sie, und ihre Worte klangen abgehackt.

Morgan ließ sie nur ungern gehen. Er spürte einen unerklärlichen Drang, sich zu erklären, doch gleichzeitig wußte er, daß er warten mußte. Nachdem er sie mit einem kurzen Kopfnicken entlassen hatte, wandte sich das Mädchen um und schritt steif aus dem Zimmer.

* * *

Mit Finola allein, vermied es Morgan, ihr in die Augen zu schauen. Annies ungewöhnliches Verhalten hatte ihn nervös gemacht. Nachdem er schon beinahe mit einem Zornesausbruch oder offenem Widerspruch gerechnet hatte, wußte er nicht, wie er ihren stillen Tadel werten sollte. Erst jetzt wurde ihm bewußt, daß er auf ihr Verständnis gehofft hatte, und er fühlte sich seltsam verletzt, daß sie ihn nicht verstand.

Finolas Stuhl stand dicht neben ihm. Leicht hätte er ihre Hand ergreifen können. Stattdessen umklammerte er, unsicher und unbehaglich, die Lehnen des Rollstuhls.

Schließlich schaute er sie an. „Und mißbilligst du meine Entscheidung auch?"

„Es steht mir nicht zu, etwas zu billigen oder zu mißbilligen", erwiderte sie sanft.

„Das stimmt nicht, du weißt, daß ich deine Meinung schätze." Was er natürlich nicht sagte, war, daß er ihre *positive* Meinung — über sich selbst — begehrte. „Es ist mir wichtig, was du denkst, Finola. Das mußt du inzwischen wissen. Bitte ... sag mir deine Meinung."

Sie lächelte, jenes kleine, scheue Lächeln, das er liebengelernt hatte. Sich leicht zu ihm beugend, hob sie eine Hand, als wollte sie seinen Arm berühren, doch schien sie es sich anders zu überlegen. „Ich meine, ... vielleicht ... handelst du zu übereilt." Sie sprach langsam, ihre Worte offensichtlich sorgfältig abwägend. „Ich frage mich, ob du dir nicht noch etwas mehr Zeit lassen solltest, bevor du eine solche Entscheidung triffst."

So hielt ihn also auch Finola für unvernünftig! Gekränkt wandte Morgan seinen Blick ab. „Mir liegt nur daran, dich und die anderen in unserer Familie zu schützen", erklärte er gereizt. „Ich kann nicht begreifen, warum Annie und du mich so schnell dafür verurteilt, daß ich euch beschützen möchte."

Jetzt *legte* sie ihre Hand auf seinen Arm. Er schaute sie an, überrascht von der Zärtlichkeit, die aus ihren Augen sprach. „Oh, Morgan, ich *verurteile* dich nicht! Wie könnte ich ..." Sie nahm ihre Hand von seinem Arm und wandte sich einen Augenblick ab, als hätte sie etwas Falsches gesagt.

Schließlich schaute sie ihn wieder an. „Ich glaube, ich verstehe, warum du Tierney wegschicken möchtest. Darf ich offen reden?"

„Ich möchte, daß du immer offen mit mir redest", erwiderte er und meinte das auch wirklich.

Seine Augen wanderten zu ihren Händen, den langen, schmalen Fingern, die sich jetzt in ihrem Schoß verkrampften, als würde sie das, was sie sagen mußte, nur sehr ungern aussprechen.

Doch als sie sprach, sah sie ihn direkt an, und ihre Stimme klang fest und stark. „Vielleicht möchtest du Tierney für sein unbedachtes Verhalten strafen. Ich bestreite nicht, daß er rücksichtslos gehandelt hat —"

„Er hat mich *hintergangen*!" stieß Morgan schärfer als beabsichtigt hervor.

„Ja, er hat dein Vertrauen hintergangen." Sie hielt inne, ihren Blick fest auf ihn gerichtet. „Ich glaube, er hat dich auch geängstigt. Er hat uns alle der Cholera ausgesetzt, und das war furchtbar."

Morgan nickte und versuchte zu erraten, wie sie fortfahren würde.

„Und troztdem glaube ich, daß Tierney dir dennoch sehr am Herzen liegt, und das nicht nur, weil er der Sohn deines Freundes ist. Ich glaube, du liebst ihn um seinetwillen."

Auf Bestätigung wartend, schaute sie ihn an, und wieder nickte Morgan, wenn auch nur widerwillig. „Ich habe eine gewisse Zuneigung für den jungen Toren entwickelt, das ist wahr. Doch der Junge muß für seinen Betrug bezahlen, Finola! Es war keine Kleinigkeit, die er sich geleistet hat!"

Sie wich zurück und starrte ihn an. „Morgan – er ist beinahe an der Cholera *gestorben*! Er war wochenlang todkrank. Meinst du nicht, daß er bereits *genug* gebüßt hat? Was muß er tun, um sich deine Vergebung zu verdienen?"

Ihre Worte hallten in Morgans Ohren wider. Unvermittelt riß er seinen Stuhl herum und rollte zum Fenster. Finola den Rücken zugewandt, starrte er zum Fenster hinaus.

„Er könnte unser aller Leben auf dem Gewissen haben", erklärte er erbittert. „Durch seinen Eigensinn hätte ich dich verlieren können ... Gabriel ... Annie. Wie soll ich ihm das vergeben?"

Er hörte, wie ihre Röcke raschelten, als sie aufstand und hinter ihn trat, doch er wandte sich nicht um. Einen Augenblick später spürte er, wie ihre Hände sanft seine Schultern berührten. Er erschauderte unter ihrer Berührung, und sein Herz begann ob ihrer Nähe wild und töricht zu rasen.

„Morgan, du hast mehr als einmal gesagt, wie sehr Tierney dich an deine eigenen Jugendjahre erinnert. ‚Aus demselben Guß', hast du, glaube ich, einmal gesagt." Sie hielt inne. „Und du hast auch eingestanden, daß du wie Tierney auch genug Torheiten begangen hast. Ich muß mich einfach fragen, ... waren nicht vielleicht manche deiner Jugendstreiche auch gefährlich oder verantwortungslos? Vielleicht sogar ... hinterhältig?

Morgans Schultern spannten sich an. „Zweifellos", sagte er kurz angebunden. In der Tat würde Tierneys Verhalten im Vergleich zu seiner eigenen bewegten Vergangenheit beinahe harmlos erscheinen. „Ich habe dir erzählt, was für ein Rebell ich einst war. Und wer kann sagen, ob nicht jetzt noch die Großmütter über mich den Kopf schütteln würden, wenn mich nicht jene teuflische Kugel in den Rücken getroffen hätte. Ich kann mich jedoch nicht besinnen, jemals eine ganze Familie in Lebensgefahr gebracht zu haben, nur um mich zu amüsieren!"

Er war sich ziemlich sicher, ein Lächeln in ihrer Stimme zu hören, als sie antwortete. Er wandte sich jedoch bewußt nicht um, aus Furcht, sie könnte ihre Hände von seinen Schultern wegnehmen.

„Ganz bestimmt nicht", entgegnete sie. „Doch Tierney konnte nicht wissen, daß er sich mit Cholera infiziert hatte."

„Außerdem", konterte Morgan, „hätte er sich überhaupt nicht anstek-ken können, wenn er sich nicht meinen Anordnungen widersetzt hätte."

Ihre Hände berührten seine Schultern noch fester, und er war zumindest irgendwie beruhigt, daß sie ihm nicht böse war.

„Du hast mir einmal erzählt, daß der gute alte Priester, Vater Mahon, dir geholfen hat, dich ... vor dir selbst zu retten", erklärte sie nachdenklich. „Wie hast du das gemeint?"

Er seufzte, nur ungern einen so dunklen Teil seiner Vergangenheit offenbarend. Doch er hatte niemals versucht, vor ihr als etwas anderes zu erscheinen als das, was er war — ein Tor, der Vergebung erfahren hatte.

„Man könnte sagen, daß Joseph Mahon eine Art Abbild des Vaters aus dem biblischen Gleichnis vom Verlorenen Sohn für mich war. Der gute Mann hatte offenbar unzählige Stunden seines Lebens auf den Knien zugebracht, um für meine unwürdige Seele zu flehen, und als die Zeit gekommen und ich zur Besinnung gekommen war, hat er mich ohne ein einziges Wort des Vorwurfs in seine Arme geschlossen."

Joseph ... ach, Joseph, ich werde dir ewig dankbar sein für deine Treue ...

In Morgans Hals bildet sich ein Kloß, und seine Augen brannten, als er an den Priester dachte, den er wie einen Vater geliebt hatte. „Ich habe niemals daran gezweifelt, daß ich meine Errettung auch Josephs nimmermüdem Gebet verdanke." Reumütig lächelte er vor sich hin. „Und habe ich auch erwähnt, daß auch er es war, der meinen sturen Kopf aus der Schlinge gerettet hat?"

Wieder spürte er den Druck ihrer Hände noch heftiger auf seinen Schultern. „Ja, du hast es mir erzählt, und auch, daß Joseph Mahon derjenige war, der dich mit deinem Großvater zusammengeführt hat."

Morgan nickte. „Ja, das stimmt. Bevor Joseph Mahon ihn zu suchen begann, hatte ich nicht einmal gewußt, daß ich einen Großvater hatte."

Während beide schwiegen, wanderten Morgans Gedanken zu dem Priester, der in seinem Leben eine so wichtige Rolle gespielt hatte. „Ich glaube, es vergeht kein Tag", sagte er mehr zu sich selbst als zu Finola, „an dem ich Gott nicht für Joseph Mahon danke."

Ihre Stimme klang unheimlich zärtlich hinter ihm. „Und hast du dich jemals gefragt, wo du jetzt wärst, wenn es in deinem Leben Joseph Mahon nicht gegeben hätte?"

Ihre ruhigen Worte trafen Morgan. Er saß da, von dem Gewicht ihrer Frage wie benommen.

„Ich glaube, dein Leben würde ganz anders aussehen, wenn dein barmherziger Priester dich angeklagt hätte, anstatt dir zu vergeben." Der zärtliche Ton ihrer Stimme nahm ihren Worten nichts von ihrer Tragweite. „Wie viele Male haben wir gehört, wie Schwester Louisa gesagt hat, ‚Barmherzigkeit gebiert Barmherzigkeit'? Mir will es bald scheinen, daß die Vergebung, die Vater Mahon dir erwiesen hat ... dich vielleicht auch befähigt hat, deinem Großvater zu verzeihen."

Morgan war es, als hätte man eine glühende Kohle in sein Herz geworfen. Schweigen breitete sich zwischen ihnen aus, ein so intensives Schweigen, daß Morgen ihr leises Atmen im Gegensatz zu dem lauten Hämmern seines Herzens hören konnte.

„Es tut mir leid, Morgan." Er hörte die Traurigkeit in ihrer Stimme. Ihre Hände erhoben sich von seinen Schultern, und Morgan fröstelte plötzlich. „Ich hatte nicht das Recht, dir das zu sagen. Es tut mir leid ..."

Morgan schüttelte den Kopf und versuchte, das heftige Klopfen in seinen Ohren zu verbannen. „Nein ... nein, du sollst dich nicht entschuldigen", sagte er, eine Hand hebend. „Ich habe dich um deine Meinung gebeten."

„Nein, es steht mir nicht zu —"

Er drehte seinen Rollstuhl herum, um sie anzuschauen. „Natürlich steht es dir zu, Finola", erklärte er und wünschte sich, sie würde erkennen, daß er ihre Offenheit wirklich schätzte, auch wenn sie ihn zuweilen erst einmal betroffen machte. „Schließlich bist du meine Frau."

Schweigen trat zwischen sie. Morgan sah, wie sich Verzweiflung über ihr Gesicht legte. Besorgt streckte er seine Hände nach ihr aus, doch sie trat zurück, dann drehte sie sich um und rannte aus dem Zimmer.

Lange Zeit starrte er auf die leere Tür und versuchte zu begreifen, was er gesagt oder getan hatte, daß sie vor ihm geflohen war. Er war gerade im Begriff gewesen, ihr zu sagen, daß sie ihn getroffen hatte mit ihren schmerzlich zutreffenden Erkenntnissen in bezug auf Joseph und seinen Großvater. Er wollte ihr sagen, daß er immer auf das hören wollte, was sie zu sagen hatte und daß sie, mehr als irgend jemand anders auf dieser Welt, stets sein Innerstes erreichen, seine Seele berühren und von der Finsternis zum Licht führen konnte.

Einen Augenblick, bevor sie geflohen war, war er nur noch einen Herzschlag davon entfernt, sie in seine Arme zu schließen und sie zu bitten, ihn zu lieben. Und einen aussichtslosen, wirren Augenblick lang hatte er sogar beinahe geglaubt, sie würde ihn erhören.

Torheit!

Er hatte beinahe alle Versprechen vergessen, die er sich selbst im Hinblick auf Finola gegeben hatte: sie zu ehren und zu beschützen – und nichts von ihr zu erwarten. In seiner Einsamkeit hatte er sich selbst zum Narren gemacht und ihrer ohnehin schon angeschlagenen Beziehung möglicherweise einen nicht wieder gutzumachenden Bruch zugefügt.

Er konnte sich nicht besinnen, wann er sich jemals so allein, so furchtbar einsam gefühlt hatte. Irgendwie hatte er es fertiggebracht, sie alle von sich wegzutreiben: Annie und Schwester Louisa ... und, möge Gott ihm gnädig sein, Finola. Mit seinem hartherzigen Vorgehen und mangelndem Einfühlungsvermögen hatte er sich denjenigen entfremdet, die er am meisten brauchte.

Morgen würde wenigstens Sandemon zurückkehren. Doch dazwischen lag noch eine lange Nacht. Er durfte kaum erwarten, daß Finola wie gewöhnlich noch einmal bei ihm vorbeischaute, nachdem sie Gabriel zu Bett gebracht hatte. Eine große Enttäuschung erfaßte ihn, denn er hatte sich stets riesig auf diese abendlichen Besuche gefreut, wo Finola ihm half, seine Kleidung für den nächsten Tag zurechtzulegen.

In Wahrheit wäre er durchaus in der Lage, diesen banalen Vorgang selbst zu bewältigen, doch das würde er um keinen Preis zugeben. Stets war sie noch eine Weile bei ihm geblieben. Sie unterhielten sich oder spielten lange Schachpartien. Manchmal bat sie ihn, auf der Harfe zu spielen, und zuweilen gelang es ihm, sie zum Mitsingen zu überreden, doch war sie damit noch sehr zurückhaltend.

Der Gedanke, daß sie heute abend nicht zu ihm kommen würde, war beinahe mehr, als er ertragen konnte. Unheimlich matt und von einer schmerzlichen Kälte erfaßt, rollte Morgan zum Tisch zurück. Er sah Finolas zartes Spitzentaschentuch auf ihrem Stuhl liegen und hob es auf. Mit einem traurigen Lächeln berührte er damit seine Wange, einen Hauch ihres Dufts aufsaugend, bevor er das zarte Tuch in seine Brusttasche, an sein Herz, steckte.

* * *

Später an diesem Abend, nachdem Finola Gabriel gestillt und ihn Lucys Obhut überlassen hatte, zog sie sich ihr Nachthemd und ihren Morgenmantel an, die Bewegungen automatisch ausführend, ohne eigentlich zu wissen, was sie tat.

Sie war entsetzt über die Art, wie sie mit Morgan gesprochen hatte. Es betrübte sie noch immer, daß sie es gewagt hatte, ihn zu ermahnen. Nicht, daß sie sein Mißfallen fürchtete; er schien es ihr nicht übelzunehmen, daß sie ihre Meinung gesagt hatte — er hatte sie sogar dazu ermutigt.

Was sie am meisten betrübte, war der Schmerz, den sie in seinen Augen gesehen hatte, als er sich zu ihr umgewandt hatte. Sie hatte ihn verletzt. Sie würde lieber einen Dolch in ihr eigenes Herz stechen, als ihn zu verwunden, doch es gab keinen Zweifel an der Qual, die aus seinen Augen gesprochen hatte. Bei ihrem Versuch, Tierney Burke davor zu bewahren, verstoßen zu werden, hatte sie *Morgan* verletzt!

Sie ließ sich auf die Bettkante sinken, ihre Arme fest um sich schlingend. Sie konnte nicht vergessen, wie er sie angeschaut, wie seine Stimme zu versagen gedroht hatte, als er sagte:

„Du bist meine Frau ..."

Schluchzend warf sie sich auf das Bett und ließ ihren Tränen freien Lauf. Die vielen Monate, die sie gemeinsam mit ihm unter einem Dach wohnte ... in denen sie ihn immer mehr liebengelernt ... dem Klang seiner Stimme gelauscht ... die kleinsten Dinge zu schätzen gelernt hatte — die Berührung seiner Hände auf den ihren, den leisen Ton, der den Beginn seines wunderbaren Lachens ankündigte, den Rhythmus und den singenden Klang seiner Stimme ... das Lächeln, mit dem er sie in seinen Bann zog — oh, wie sie ihn liebte, sich danach sehnte, zu ihm zu gehören, wie sie davon träumte, *wirklich* seine Frau zu sein!

Die vergangenen Wochen waren ... wie ein Festmahl für ihre verhungernde Seele. Die Zeiten mit ihm allein, morgens und abends, wo sie ihm bei einfachen, gewöhnlichen, aber doch persönlichen Dingen half ... ihm die Schuhe anzog, die Kleidung für den nächsten Tag bereitlegte, sein Haar schnitt ... sie hatte jeden Augenblick genossen wie ein Geschenk. Ein Teil von ihr hatte sogar zu hoffen begonnen ...

Was hatte sie gehofft? Daß er anfing, sie als Frau zu betrachten, anstatt nur eine einfältige kleine Schwester in ihr zu sehen? Daß er schließlich ihre Liebe spüren und erwidern würde? Daß die Erde aufhören würde, sich zu drehen, und der Himmel herabfiele? Was?

Als er seinen Stuhl herumgedreht und sie mit seinen verwundeten Augen angeschaut hatte, als er sie seine Frau nannte, war etwas in ihr zerbrochen. Sie hatte in demselben Augenblick gewußt, daß sie, wenn sie sich nicht auf der Stelle abwandte und floh, sich völlig bloßstellen, sich in seine Arme werfen und ihn bitten würde ... sie zu lieben!

Ihr war, als wären alle ihre Träume in Stücke zerbrochen, von denen sich jede einzelne Scherbe langsam in ihr Herz bohrte.

Was hatte sie sonst erwartet mit ihrem verrückten, törichten Verlangen nach dem Unmöglichen?

Sie hatte sich tatsächlich einzureden begonnen, daß er sie brauchte, daß er sich vielleicht sogar ein wenig in sie verliebt hatte. In ihren Illusionen über ihn hatte sie sogar geglaubt, sie könne *gut genug* für ihn sein ... sie könnte ihn glücklich machen, ihm ein erfülltes Leben schenken und ihm sogar helfen, den Verlust seiner Beine besser zu verkraften.

Doch in all ihrem Bestreben, ihm zu helfen und ihn glücklich zu machen, hatte sie nichts anderes erreicht, als ihn zu beleidigen und zu verletzen. Das Schluchzen in ihr wurde immer stärker und heftiger. Eine Faust gegen ihren Mund gepreßt, um das Schluchzen ihrer Einsamkeit zu ersticken, rollte sich Finola auf die Seite und weinte.

45. Kapitel

Das Wunder der Liebe

Dies ist das Geheimnis, das Wunder der Liebe:
Daß wir, indem wir einander unser Herz schenken,
viel mehr gewinnen, als wir zu geben meinten ...
Und indem wir uns einander schenken,
werden wir mehr, als wir jemals zu hoffen gewagt.

Morgan Fitzgerald (1849)

Schwester Louisa klopfte einmal leise an, dann ein zweites Mal. Als niemand antwortete, legte sie ein Ohr an die Tür und lauschte. Als sie drinnen leises Weinen hörte, nahm sie sich das Recht einzutreten.

Unter der Tür blieb sie stehen und blickte betroffen auf Finola, die wie ein Kind zusammengerollt in der Mitte ihres Bettes lag und sich das Herz aus dem Leibe schluchzte.

„Du meine Güte, Kind, was ist los?" Louisa dachte zuerst an das Baby, und Angst stieg in ihr auf. „Finola — ist etwas mit Gabriel? Ist dem Baby etwas zugestoßen?"

Das Mädchen schüttelte den Kopf, ihre Schultern bebten weiter.

Schwester Louisa setzte sich zu ihr und streichelte ihr unbeholfen über den Rücken. „Nun, mein Kind ... was sollte denn so furchtbar sein!"

Sanft hob sie das Mädchen auf und drückte sie fest an sich. Mit einer Hand versuchte sie, das Kind zu beruhigen, während sie mit der anderen eine Flut von Tränen abwischte.

„Unserem Gabriel geht es also gut? fragte Louisa wieder.

Schluchzend nickte Finola wieder.

„Dann ... bist du krank, Kind?"

Finola schüttelte den Kopf.

„Was ist es dann, *alannah*, mein Kind? Bitte sag mir, was los ist."

Nach einer kurzen Weile stieß Finola ein ersticktes Flüstern hervor: „Morgan ..."

Louisas Mund formte sich zu einem Strich, und sie drückte das Mädchen noch fester an sich. „Was hat er getan? Ich glaube, er ist immer noch fest entschlossen, den jungen Tierney den Wölfen vorzuwerfen ... nicht, daß der junge Rebell keine Strafe verdient hätte . . ., aber wir sollten uns darum jetzt nicht den Kopf zerbrechen, meine Liebe. Wenn er erst noch einmal in Ruhe über alles nachdenkt, wird er seine Meinung vielleicht am Ende doch ändern."

„Das ist es nicht."

Louisa zog eine Augenbraue hoch und stieß ein Seufzen aus — ein echt irisches, langes, klagendes Seufzen. „Ich nehme an, er hat irgend etwas gesagt oder getan, das dich verletzt hat, nicht wahr, mein Kind?"

Finola löste sich stirnrunzelnd aus den Armen der Schwester. „Oh . . . nein, nein, keinesfalls. Ich glaube, . . . ich habe *ihn* verletzt. Ich habe ihm gesagt, daß ich seine Meinung in bezug auf seine Entscheidung über Tierney Burke nicht teile. Er sagte, ich hätte das Recht, meine Meinung zu äußern, schließlich sei ich seine Frau, aber —"

Sie hielt inne und sah Schwester Louisa an, als sei sie außerstande weiterzusprechen.

Louisa musterte sie. „Ich verstehe", sagte sie leise. „Ich nehme an, du wolltest sagen, daß du ihn . . . äh . . . liebst, wie eine Frau einen Mann liebt."

Finola nickte und sah immer noch furchtbar elend aus.

„Und du möchtest . . . äh . . . im wahrsten Sinne des Wortes seine Frau sein."

Wieder nickte Finola, während sie versuchte, ihre Tränen zurückzuhalten. „Ich könnte ihm ein Trost sein, Schwester, und ich könnte zumindest ein wenig dazu beitragen, seine Einsamkeit zu lindern. Er hat soviel Schmerz erdulden müssen, . . . und manchmal scheint er so einsam, so unglücklich zu sein."

Louisas Gedanken rasten. „Aber er weiß nicht, was du für ihn fühlst, nicht wahr?"

Finola schüttelte den Kopf. „Natürlich nicht."

„Nun — dann solltest du es ihm vielleicht sagen", schlug Louisa ganz praktisch vor.

Finola starrte sie an, als hätte sie den Verstand verloren. „Das könnte ich niemals!"

„Warum nicht?" fragte Louisa geduldig zurück. „Er ist schließlich dein Ehemann."

Mit zitternder Hand wischte Finola die Tränen aus ihren Augen. „Aber er betrachtet mich nicht als seine *Frau*, nicht wirklich. Er sieht in mir eher eine einfältige kleine Schwester, verstehen Sie das nicht?"

Darum bemüht, keine Miene zu verziehen, erwiderte Louisa: „Das sehe ich offengestanden anders."

„Er will mich nicht", erklärte Finola niedergeschlagen.

„Er *will* dich nicht?" gab Louisa erstaunt zurück.

„Du meine Güte, mein Kind, der Mann liebt dich abgöttisch!"

Finolas Kinn schnellte nach vorn. Das verblüffte Gesicht des Mädchens ignorierend, rang Louisa um die Weisheit, die diese Situation zu erfordern schien. In Anbetracht des Zustandes, in dem sich das arme Kind befand, schien nichts anderes zu helfen, als direkt zu sein.

Natürlich hatte sie bereits seit einiger Zeit beobachtet, wie die Dinge lagen: die scheuen Blicke, die die beiden wechselten, die sehnsüchtigen Blicke, wenn der eine dachte, der andere bemerkte es nicht, die Art, wie sich sein Gesicht aufhellte, wenn sie nur das Zimmer betrat und wie nur ein Lächeln von ihm das Mädchen sprachlos machen konnte.

Louisa holte tief Luft und dachte, und das nicht zum erstenmal, daß das Leben im Kloster nicht immer die richtige Vorbereitung für die wirklichen Probleme dieser Welt darstellte.

Louisa nahm eine Hand des Mädchens und schloß sie in ihre Hände ein. „Ich möchte, daß du genau zuhörst, was ich dir jetzt sagen werde, Finola. Auf der einen Seite gebe ich etwas Vertrauliches preis, doch ich glaube, der Augenblick erfordert das einfach. Ich glaube, du hast ein Recht darauf, von einem Gespräch zu erfahren, daß ich vor eurer Hochzeit mit dem *Seanchai* geführt habe."

Finolas Augen wurden immer größer, und sie blickte von Minute zu Minute ungläubiger, als Louisa offen und unverblümt von der Diskussion berichtete, die sie mit Morgan Fitzgerald an jenem Abend geführt hatte, als er Finola gebeten hatte, sie zu heiraten.

Louisa konnte ein Lächeln nicht gänzlich unterdrücken, als sie daran zurückdachte, wie sie in jener Nacht unverblümt die Motive des *Seanchai* hinterfragt hatte. Sie konnte sich noch ganz genau an die feurige Antwort erinnern, die ihre Dreistigkeit bei dem *Seanchai* provoziert hatte.

„*Nicht, daß es Sie irgend etwas anginge*", hatte er gefaucht, „*aber ich liebe Finola zufällig ... sehr!*"

Finola hielt sich inzwischen die Hand vor den Mund, und als Louisa glaubte, endlich einen schwachen Hoffnungsschimmer in diesen wunderschönen blauen Augen entdeckt zu haben, fuhr sie tapfer fort.

„Ich habe ihn herausgefordert, verstehst du, ob er das Recht hätte, dich an eine Ehe zu binden, in der es keine echte Vereinigung geben könnte. Mit der ihm eigenen Direktheit", erklärte Louisa trocken, „gab er mir zu verstehen, daß er durchaus zu einer echten Vereinigung fähig wäre. Ich glaube, er sagte damals: ‚Meine Beine mögen zwar gelähmt sein, aber trotzdem bin ich immer noch ein Mann.‘"

Finola nahm die Hand von ihrem Mund, und ihre Augen waren weit aufgerissen. „Dann stimmt es also nicht so, daß er nicht in der Lage ist, ... ich war mir nicht sicher ..." Sie wurde feuerrot und wandte sich ab.

„Oh, er war ... an diesem Punkt sehr bestimmt", bemerkte Louisa und verzog den Mund zu einem Lächeln. Dann wurde sie wieder ernst, denn sie wußte, daß der Rest der Geschichte für das Mädchen von größter Bedeutung war. Behutsam erklärte sie dem Mädchen, wie der *Seanchai* ihr versichert hatte, daß er sich Finola niemals „von selbst aufdrängen" würde, daß er nichts von ihrer Ehe erwartete: er wollte sie nur beschützen und für sie sorgen.

Louisa hielt Finolas Hand fester und schaute ihr in die Augen. „Ich werde niemals vergessen, wie er mich zum Schluß angeschaut und erklärt hat: ‚Für mich, Schwester Louisa, ist dies weder eine Vernuftehe noch Lüge oder Schein. Ich werde ihr ein wahrer Ehemann sein, solange ich lebe — oder solange sie es wünscht.‘"

Louisa hielt inne, einen tiefen Seufzer ausstoßend. „Oh, mein Kind — dein Mann liebt dich aus der tiefsten Tiefe seines großen Herzens! Doch er wird dich nie und nimmer berühren, ehe du ihm nicht sagst, daß du es möchtest. So liegt es an dir, verstehst du? Der Mann wird dich zweifellos ohne auch nur einen Moment zu zögern in seine Arme schließen, wenn er einmal weiß, was du für ihn empfindest."

Wieder hielt Louisa inne. Plötzlich wurde ihr bewußt, daß sie möglicherweise dieses junge, zerbrechliche Wesen zu einer Beziehung ermutigte, auf die sie noch gar nicht vorbereitet war. Was war, wenn Finola noch nicht stark genug war, um allen Anforderungen einer Ehe — und ganz besonders einer Ehe mit einem Mann wie Morgan Fitzgerald — gerecht zu werden?

Louisa seufzte; es fiel ihr schwer, ihre Zweifel zu artikulieren, doch durfte sie sie um Finolas willen auch nicht verschweigen. „Du kannst also ganz sicher sein, daß er dich liebt. Doch Finola ... *alannah* ... du hast in deinem jungen Leben viel durchgemacht. Du sagtest, der *Seanchai* hat viel Schmerz erduldet, ... aber auch du hast viel leiden müssen, Liebes. Und obgleich ich in den vergangenen Monaten selbst erlebt habe, wie du gesund und schon wieder viel stärker geworden bist, muß ich mich dennoch fragen —"

Louisa hielt inne. Hatte sie wirklich das Recht, Finolas Entscheidung zu beeinflussen? Obgleich sie sie oft noch als Kind betrachtete, war sie *kein* Kind mehr. Sie war eine Frau, sie hatte einen Sohn geboren — und sie liebte einen Mann. Und ihre Liebe war tief, wie es schien.

„Finola ... bist du ganz sicher, daß du bereit bist... daß du dich in der Lage fühlst, dich einem Mann, dem *Seanchai*, zu schenken? Oh, Kind, überleg es dir *genau*! Überleg es dir genau, ob du bereit bist, alles zu geben, denn ich glaube, ein Mann wie Morgan Fitzgerald wird sich mit nichts weniger als allem begnügen."

Lange Zeit saßen sie schweigend da, und Louisa hielt Finolas Hand, während das Mädchen auf das Bett starrte und kaum zu atmen wagte. Als sie schließlich wieder zu ihr aufblickte, sah Louisa neue Tränen in ihren Augen glänzen.

„Können wir jemals etwas ganz genau wissen, Schwester?" fragte sie leise. Ich weiß nur das eine: ich liebe Morgan mehr als alles andere auf der Welt, mehr als das Leben. Ich weiß, daß ich so nahe bei ihm sein will, als wären wir ein Fleisch. Ich möchte, wenn es möglich ist, den Rest meines Lebens in seiner Gegenwart verbringen. Ich möchte ihm seine Einsamkeit nehmen und ihn lachen sehen, ich möchte ihm soviel von seinem Mannsein zurückgeben, wie eine Frau es je vermag."

Eine Augenblick versagte ihre Stimme. Doch ihr Gesicht erstrahlte im Licht der Kerze, als hätte sie neue Kraft gesammelt. „Ich möchte Morgan Kinder gebären. Ich möchte ihm ein Zuhause schaffen, ein Heim voller Frieden und Licht und Liebe. Ja, ich glaube, ich bin bereit, alles zu geben, um ihm die Frau zu sein, die er braucht und die er verdient."

Louisa bemühte sich, das Zittern ihrer Lippen zu verbergen. Sie konnte nicht länger an sich halten und faßte Finola an den Schultern. Durch ihre eigenen Tränen hindurch forschte sie in den klaren blauen Augen, die neue Stärke und Entschlossenheit widerzuspiegeln schienen.

„Dann geh zu ihm", sagte sie, und ihre Stimme klang nicht gerade fest, als sie Finola noch einmal umarmte. „Und sag ihm, was du für ihn fühlst."

* * *

Finolas Herz hämmerte wild — sowohl vor Hoffnung als auch vor Angst — als sie vor der geschlossenen Verbindungstür zu Morgans Schlafzimmer stand. Eine Hand auf dem Türknopf, zögerte sie, plötzlich von neuer Unsicherheit gelähmt.

Was war, wenn Schwester Louisa sich geirrt hatte? Wenn sie etwas in

Morgans Gefühle hineingelesen hatte, was in Wirklichkeit überhaupt nicht da war?

Sie stand ganz still, beinahe unfähig, die Spannung weiter zu ertragen. Ihre Hand griff zu, dann ließ sie den Türgriff los, bevor sie ihn wieder umfaßte. Leise an die Tür klopfend, wartete sie. Als keine Antwort erklang, drehte sie den Griff herum und betrat vorsichtig das Zimmer.

Im Kamin tanzten die Flammen und spendeten neben der Öllampe an Morgans Bett das einzige Licht in dem Zimmer. Morgan saß aufrecht in seinem Bett und schlief.

Auf Zehenspitzen schlich sich Finola leise zu ihm ans Bett. Seine Brille war ein Stück auf seiner Nase heruntergerutscht; eine dicke kupferne Locke hing in seine Stirn. In seinem Nachthemd, eine seiner großen Fäuste gegen die Brust gedrückt, die andere Hand auf dem Buch, das er gelesen hatte, sah er um viele Jahre jünger aus, wie ein Junge, den man in seinen Träumen überraschte. Ein sehr großer Junge, der glückselig schlafend auch seine Verletzlichkeit vergessen hatte.

Einen Augenblick lang stand Finola nur da und schaute ihn an. Sie lauschte auf seinen Atem und genoß die seltene Gelegenheit, ihn unbeobachtet betrachten zu können. Seine strenge, beinahe stolze Kieferpartie sah im Schlaf viel weicher aus, und die leichten Falten, die seine Augen umgaben, waren auch weniger ausgeprägt als gewöhnlich.

Während sie neben ihm stand und seinen Anblick genoß, konnte Finola beinahe einen Blick des Jungen erhaschen, der er einst gewesen sein mußte. Es war ein bittersüßes Bild, das ihr beinahe das Herz zerriß. Wie sehr wünschte sie sich, ihn damals gekannt zu haben, bevor ihm das Unglück geschah ... und auch ihr.

Doch sie war nicht gekommen, um den Jungen zu betrauern, den sie nie gekannt hatte. Sie war gekommen, um sich dem Mann zu schenken, der er geworden war.

Ihr Herz hämmerte, ihr Puls raste. Noch näher zu ihm tretend, nahm sie behutsam seine Brille ab und legte sie auf das Nachtschränkchen. Vorsichtig zog sie das geöffnete Buch unter seiner Hand hervor.

Da sah sie, was er gelesen hatte, und sie glaubte vor lauter Liebe zu ihm überzufließen. Ihre Augen wanderten zu seinem Gesicht, dann zurück zu seiner Bibel, in der er das Gleichnis vom Verlorenen Sohn aufgeschlagen hatte.

Tränen traten in ihre Augen — Tränen der Freude und der Liebe, als sie die Bibel neben seiner Brille ablegte. Sie beugte sich über ihn, zärtlich die Haarsträhne aus seiner Stirn streichend. Er schreckte zurück, die Hand auf seiner Brust zuckte zusammen. Er öffnete langsam die Augen und

Finola sah zu, wie sein Blick klarer wurde und auf ihr ruhte. Er blinzelte, dann noch einmal.

„Finola?" Seine Zunge war schwer, die Stimme noch rauh vom Schlaf. „Ist etwas passiert?"

Finola schüttelte den Kopf, und sie sah, wie seine Augen der Bewegung ihres Haars folgten, das sie offen trug.

Er führte eine Hand zu seinem Gesicht, als wollte er seine Brille abnehmen.

„Ich habe sie auf den Nachttisch gelegt", erklärte sie lächelnd.

Er forschte in ihrem Gesicht. „Gabriel ... geht es ihm gut?"

„Er schläft süß seit einigen Stunden."

Er nickte, sie weiterhin unsicher musternd, während er sich in seinem Bett aufrichtete. Als Finola sich neben ihn setzte, schreckte er zurück, als hätte man ihn geschlagen.

„Nun", sagte er schließlich ein wenig zu laut, „das ist ... eine freudige Überraschung. Ich fürchtete schon, du würdest heute abend nicht zu mir kommen, nachdem ich mich im Speisezimmer wie ein großer Trampel benommen habe."

„Ich habe mich einsam gefühlt", sagte Finola leise. „Ich wollte bei dir sein."

In seinen Augen leuchtete etwas auf, das wie eine Frage aussah.

„In meinem Schlafzimmer ist es kalt", erklärte sie, einen flüchtigen Blick auf das gewaltige Feuer werfend, das im Kamin auf der anderen Seite des Zimmers hell aufloderte. „Ich fürchte, ich habe immer noch nicht gelernt, wie man ein richtiges Feuer macht."

Seine Augen wanderten zu dem Kamin, dann kehrten sie zu Finola zurück, und sie sah, wie ihr ein Feuer entgegenschlug.

Das Blut raste in Finolas Kopf, als sie sich nach vorn zu ihm beugte und seine Hand nahm. „Darf ich heute nacht bei dir bleiben, Morgan?" fragte sie schlicht, ihm in die Augen schauend.

Sein Blick verdunkelte sich, verweilte einen Augenblick auf ihrem Gesicht, bevor er zu der seidenen Schleife glitt, die ihren Morgenmantel am Hals zusammenhielt. „Ich verstehe nicht ganz ...", sagte er leise, seine Stimme noch immer belegt.

Finola atmete tief durch. „Liebst du mich, Morgan?"

„Was?" Es klang, als müßte er ersticken.

„*Liebst* du mich?" wiederholte Finola, sein Hand umklammernd. „Als Frau?"

Er schaute überall hin, nur nicht zu Finola, und das Feuer in seinen Augen loderte noch heftiger. „Mußt du das fragen?" Er versuchte ein kurzes, ersticktes Lachen. „Ich komme mir in deiner Gegenwart nicht anders als töricht vor. Was für ein Leiden sollte das sein, wenn nicht das eines verliebten Mannes?"

Er hielte inne und schaute sie an. „Ja, Finola, *aroon*, meine Liebste, ich liebe dich — ich liebe dich von ganzem Herzen und von ganzer Seele."

Seine Hand zitterte heftig in der ihren. Die Stärke seiner Gefühle überraschte sie. „Morgan... schau mich bitte an. Ich möchte dir etwas sagen, und ich möchte, daß du mich dabei anschaust."

Langsam wanderte sein Blick zu ihrem Gesicht. Nun sah sie es in seinen Augen — das süße, zögernde Eingeständis seiner Liebe, vermischt mit einem alten Schmerz, und vielleicht dem schwachen Glanz einer neu aufleuchtenden Hoffnung.

Finola drückte noch einmal kurz seine Finger, dann ließ sie seine Hand los und stand auf. Erleichtert und voller Freude, das Eingeständnis seiner Liebe gehört zu haben, spürte sie, wie auch ihre Finger zitterten, während sie ihre Hände unter die Bänder ihres Morgenmantels gleiten ließ.

Ihre Augen ruhten innig auf seinem Gesicht, ... seinem geliebten Gesicht, ... als sie ihm leise und auf irisch die Geheimnisse ihres Herzens anvertraute: wie sie ihn liebte und sich danach sehnte, ihm zu gehören. Während sie sprach, streifte sie den Morgenmantel von ihren Schultern und stand vor ihm in ihrem elfenbeinfarbenen Seidennachthemd, das sie für den heutigen Abend ausgewählt hatte.

Morgan rang nach Atem, während sein Kopf in seine Kissen zurücksank.

„Ich liebe dich, Morgan", sagte sie noch einmal und streckte ihm ihre Arme entgegen. „Und ich bitte dich, daß du mich zu deiner Frau machst ..."

Er rührte sich nicht, sondern tauchte sie zunächst nur in den Glanz seines liebestrunkenen Blicks. Dann nahm er, auf einen Ellbogen gestützt, ihre Hand und führte sie zu einem langen Kuß an seinen Mund. „Bist du ganz sicher, Finola, *aroon*? Bitte überleg es dir ganz, ganz genau! Denn wenn du einmal mein geworden bist, wirst du mir für immer gehören. Ich würde eher sterben, als dich wieder loszulassen."

Finola zog ihre Hand nur solange weg, um die Lampe auslöschen zu können, dann wandte sie sich ihm wieder zu. Als sie zu ihm ins Bett schlüpfte, glitt der Schwanenanhänger aus Elfenbein, den Morgan ihr zur Hochzeit geschenkt hatte, aus ihrem Nachthemd. Mit der einen Hand den Anhänger festhaltend, legte sie die andere Hand auf Morgans Herz und begann, ihr Gesicht dicht an das seine geschmiegt, auf irisch:

„*Ich, Finola, nehme dich, Morgan, zu meinem Ehemann . . . jetzt und für alle Zeit . . .*"

Er nahm ihr Gesicht zwischen seine Hände, hielt sie fest und blickte ihr so tief in die Augen, als wollte er ihr ins Herz schauen. Schließlich lächelte er . . . ein wundervolles, strahlendes Lächeln, das wie Staub von einem fernen Stern auf Finolas Gesicht fiel, bevor er seine Stimme, bewegt, wie sie war, mit der ihren vereinte. In der alten Sprache ihres Volkes sprechend, zog er sie in die warme, sichere Zuflucht seiner Arme . . .

„*Ich verspreche dir meine Liebe . . . meine Treue . . . mein Leben . . . jetzt und für alle Zeit . . .*

Und den Verlorenen ... Gnade

Der Sohn aber sprach zu ihm:
Vater, ich habe gesündigt gegen den Himmel und vor dir; ich
bin hinfort nicht mehr wert, daß ich dein Sohn heiße. Aber
der Vater sprach zu seinen Knechten: Bringt schnell das beste
Gewand her und zieht es ihm an und gebt ihm einen Ring an
seine Hand und Schuhe an seine Füße und bringt das gemästete Kalb
und schlachtet's; laßt uns essen und fröhlich sein!
Denn dieser mein Sohn war tot und ist wieder lebendig
geworden; er war verloren und ist gefunden worden.

Lukas 15, 21-24

Am nächsten Morgan saß Morgan Fitzgerald am Fenster seines Schlafzimmers und sah zu, wie ein weiterer milder, sonnendurchwobener Dezembermorgen heraufzog. Er hatte das Fenster einen Spaltbreit geöffnet und genoß die frische, süße Morgenluft. Er wußte, daß dieses frühlingshafte Dezemberwetter bald vorüber sein und der Winter Einzug halten würde. Doch inzwischen wollte er jeden kostbaren milden Augenblick und jeden Sonnenstrahl genießen, wann immer er konnte.

Als sein Blick durch das Zimmer wanderte, lächelte er bei dem Bild, das sich ihm im frühen Morgenlicht bot. Finola lag noch im Bett, aber nicht allein. Längst vor Tagesanbruch hatte sie Gabriel geholt, um ihn zu stillen, und jetzt lagen die beiden dicht aneinander geschmiegt wohlig warm in Morgans großem Bett.

Er ließ seine Augen auf ihnen ruhen und genoß den Anblick, wie das goldene Haar seiner Frau wie ein sonniger Vorhang über das Baby an ihrem Herzen fiel. *Wenn ein Mensch vor lauter Glück sterben konnte, dachte Morgan, dann war seine Zeit vielleicht gekommen.*

Plötzlich drang ein Ton in sein Bewußtsein. Leise, verschwommen und flüchtig hörte er Musik, und er öffnete das Fenster ein Stück weiter.

Erstaunt lauschte Morgan mit zunehmender Freude und Verwunderung den Tönen einer Geige, die sich von dem Zigeunerwagen über die

Flur zu ihm herüberschwangen. Das konnte nur Jan Martova sein. Obgleich der Zigeuner seine Geige überall, wohin er ging, mitzunehmen schien, hörte ihn Morgan heute zum erstenmal spielen.

Er spielte hervorragend: schmerzlich melodisch, bestechend schön. So etwas hatte Morgan noch nie gehört. Es schien eine Mischung aus der alten Musik der Kelten und der Roma zu sein, eine bezwingende Melodie, die das Klagen des Windes über den Bergen ebenso in sich trug wie die Geheimnisse, die man sich am Lagerfeuer zuflüsterte.

Morgan wußte sofort, daß dies ein außergewöhnliches Talent, eine wunderbare Begabung sein mußte. Der Junge spielte wie ein Meister! Und dennoch spürte Morgan die ungezügelte Freude und Spontaneität desjenigen, der frei aus seiner Seele spielte, dessen Geist sich frei emporschwang, ohne die Fesseln von Form und Methode.

Als er hörte, wie Finola sich regte, winkte er sie ans Fenster. Sie schlüpfte aus dem Bett, in dem Gabriel weiter fest schlief, und stellte sich neben Morgan.

„Hörst du?" sagte er leise. „Das ist der Zigeuner. Er spielt wie inspiriert, meinst du nicht auch?"

„Es klingt wundervoll", pflichtete sie ihm bei, eine Hand auf Morgans Schulter legend. „Morgan, was wird jetzt aus ihm werden? Du sagtest, du fürchtest, daß er nach allem, was geschehen ist, von seinem Volk verstoßen worden sein könnte."

Morgan nickte. „Der Junge hat sein Leben aufs Spiel gesetzt, um einem *Gorgio* — einem Außenstehenden — zu helfen. Noch dazu einem *Gorgio*, der das ganze Lager der Gefahr der Ansteckung mit Cholera ausgesetzt hat. Aus dem wenigen zu schließen, was ich über die Roma weiß, ist Jan vermutlich von nun an ein Verbannter."

„Sind sie wirklich so hart?"

„Ja, so sind ihre Sitten", erklärte Morgan. „Ich habe gedacht, ... das heißt, wenn du einverstanden bist, daß ich ihm erlauben könnte, seinen Wagen dort zu lassen, wo er ist. Zumindest eine Zeitlang, bis er stark genug ist, um neue Pläne zu schmieden."

„Oh, ich freue mich, Morgan!" Sie hielt inne. „Obgleich es mich auch ein wenig überrascht."

Er lächelte über ihr Taktgefühl. „Ich meine, daß eine Seele, die so wunderbare Musik in sich birgt, nicht völlig dunkel sein kann. Außerdem", erklärte er, „kann man nie wissen, welche Wunder der großartige Sandemon in den all den Wochen bewirkt hat, oder? Man kann sich schwer vorstellen, daß jemand, der so viele Wochen mit ihm zusammen war, völlig unverändert geblieben sein sollte."

„Und Tierney?" fragte sie einen Augenblick später. „Was wird aus diesem verlorenen Sohn?"

Reumütig lächelnd legte Morgan seine Hand auf Finolas Schulter. „Ach ja, mein verlorener Sohn. Ich habe sehr viel über diesen jungen Rebellen nachgedacht, und immer wieder komme ich dabei auf mich selbst zurück." Er seufzte. „Ich glaube, das mindeste, was ein verlorener Sohn für einen anderen tun kann, ist, ihm die gleiche Barmherzigkeit zu erzeigen, die er selbst erfahren hat. Und weil ich als verlorener Sohn übermäßige Gnade erfahren habe, muß ich zumindest einen Teil davon an Tierney Burke weitergeben, oder?"

Morgan blickte zu ihr auf, und sie beugte sich zu ihm herab und küßte ihn, wobei ihr Haar sein Gesicht in sanfter Berührung streichelte. Das Herz vor Liebe und der überwältigenden Erkenntnis, wie reich gesegnet er war, überfließend, schloß Morgan sie fest in seine Arme und flüsterte ihr in gälischer Sprache zärtliche Worte ins Ohr.

Finola blieb einige Minuten ganz still neben ihm stehen und lauschte der Musik aus dem Zigeunerwagen. „Seine Musik klingt ... so fröhlich", sagte sie leise. „Sein Herz muß trotz allem, was er erduldet hat, sehr glücklich sein."

Morgan nickte und führte ihre Hand an sein Herz. „Und kannst du auch meine Freude hören, Finola, *aroon*? Hörst du die Musik meines Herzens?"

Finola kniete sich neben ihn, eine Wange an sein Herz drückend, als wollte sie lauschen. Morgan vernahm das Lächeln in ihrer Stimme, als sie ihm antwortete: „Nun, lauschen wir einmal ... oh ja ... ich kann es hören! Ist das die Möglichkeit? Mir scheint, das Herz des großen *Seanchai* spielt ein Liebeslied!"

Zärtlich hob er ihr Gesicht auf und lächelte ihr in die Augen. „*Du* bist das Lied meines Herzens, *macushla*, mein Liebling. Du bist die Freude, die Musik meines Lebens ... und wirst es immer sein.

An meine Leser

Dieses Buch ist für Sie. Sie haben mich mit Ihren ermutigenden Briefen überwältigt, durch Ihre Gebete gestärkt, und Sie haben den Wert der Erzählungen bestätigt, indem Sie mir Ihre mitfühlenden Herzen geöffnet und mir *Ihre* einzigartigen Geschichten mitgeteilt haben: die Geschichte Ihrer Kämpfe, Ihrer Sorgen und Ihrer Siege.

Das Geschichtenerzählen hat unter den Iren stets eine herausragende Rolle gespielt. Da die gälische Sprache über Generationen hinweg verboten war, war die alte Kunst des Geschichtenerzählens einfach lebenswichtig für den Erhalt der irischen Kultur. Jahrhundertelang war es in Irland der Seanchai —, der umherziehende Geschichtenerzähler — der die Sagen, die Geschichte und die Traditionen des Volkes am Leben erhielt.

Ich glaube, daß Gott mich durch meine Leidenschaft für alles Irische dazu motiviert hat, die Tradition des Seanchai aufzugreifen und die tragische Geschichte Irlands und ihre weitreichenden Auswirkungen sowohl auf der Grünen Insel als auch in Amerika zu erzählen. Außerdem glaube ich, daß die Erfahrungen der irischen Einwanderer (Erdulden von Knechtschaft, religiöser Verfolgung, Völkermord, Abschiebung und ethnischer Vorurteile) stellvertretend für *alle* Menschen *auf der ganzen Welt* stehen, die ihre Heimat verlassen mußten, und deshalb möchte ich die Erzählungen der Irish Saga vielmehr als Geschichten aller Immigranten als nur die der Iren betrachten. Viele haben mir geschrieben und mich in dieser Auffassung bestätigt. Dafür danke ich Ihnen.

Vor allem hoffe ich jedoch, daß *Doch vergeßt die Heimat nicht* sowie die anderen Bände der Irish Saga einen liebenden Gott aufzeigen, der unter seinen Kindern am Werk ist, einen Gott, der unsere Schwachheit kennt und unser Versagen überwunden hat. Immer wieder werden wir von Gott in seinem Wort dazu aufgefordert, unseren Kindern und Enkeln von seinen Taten zu erzählen. Wenn ich Ihnen diese Geschichten der Kinder Irlands erzähle, so ist es mein Gebet, daß Sie sie weitergeben. Mögen wir alle treu erfunden werden, unseren Kindern ... und *deren* Kindern ... von „seinen Großtaten, seiner Macht und den Wundern zu erzählen, die Er getan hat."
Dia linn ...

Gott segne Sie
B. J. Hoff
1993

Eine Anmerkung der Autorin

Als ich begann, für mein erstes Buch in dieser Serie „*Und niemand hört mein Lied*" Nachforschungen anzustellen, fand ich heraus, daß sich durch die gesamte Geschichte Irlands ein starker religiöser Faden zieht. Ich hoffe, daß es mir gelungen ist, meinen Lesern deutlich zu machen, wie das Christentum das Leben mancher irischer Einwanderer Amerikas geprägt hat.

Während der Jahre meiner Nachforschungen und während des Schreibens wurde mir bewußt, daß es faktisch unmöglich ist, die Vergangenheit von der Gegenwart zu trennen. Die Kämpfe und Erfolge, die Versuchungen und Siege unserer Vorfahren bilden nicht nur ein reiches Erbe, sondern sie tragen auch auf unschätzbare Weise zu dem bei, was wir — und unsere Welt — heute sind. Wie der junge Daniel Kavanagh glaube auch ich, daß aus Gottes Sicht das Gestern, Heute und Morgen ein großes *Panorama* darstellt, eine fortlaufende Geschichte, die unser Schöpfer in ihrer Gesamtheit betrachtet, vom Anbeginn der Zeit über die Gegenwart bis hin zur Ewigkeit.

Außerdem *wiederholt sich* Geschichte tatsächlich. Viele Ereignisse kehren immer wieder. Die Schrecken der Hungersnot und Hoffnungslosigkeit, wie sie vielen Personen dieser Reihe begegnet sind, gibt es noch immer. Monat um Monat, Jahr um Jahr leiden und sterben weiterhin unschuldige Opfer von Kriegen und Katastrophen, von politischer Gleichgültigkeit und Unterdrückung, wie einst die Menschen in Irland während der großen Hungersnot.

Regierungsprogramme und private Hilfsorganisationen sind kaum mehr als ein Anfang im Hinblick auf die Hilfe, die weltweit immer nötiger wird. Ich bin der Meinung, daß die christliche Kirche in der vordersten Reihe internationaler Hilfsmaßnahmen stehen sollte, denn die *Gemeinde* hat die Aufgabe — und das Vorrecht —, einer Welt Liebe zu spenden, die sie dringend braucht.

Ich möchte Sie einladen, wie ich nach Wegen zu suchen, praktische Hilfe leisten zu können. Es gibt viele Organisationen, die Möglichkeiten bieten, Glaube und Liebe in die Tat umzusetzen. Dabei kommt es auf *jeden einzelnen* an.

B.J. Hoff